Zoran Ferić

Das Alter kam am 23. Mai gegen 11 Uhr

Roman

Aus dem Kroatischen von Klaus Detlef Olof

TransferBibliothek
FolioVerlag

Transfer Bibliothek CXVI

Das Zitat von Seite 5 stammt aus dem Buch: Malcolm Lowry, *Unter dem Vulkan*. Roman. Mit einem Vorwort des Autors. Aus dem Englischen von Susanna Rademacher. Durchgesehen von Karin Graf. Rowohlt Taschenbuch Verlag, 12. Aufl. 2010, S. 108.

Die Originalausgabe dieses Buches ist erstmals 2011 unter dem Titel *Kalendar Maja* bei Profil Multimedija, Zagreb, erschienen.

Die Herausgabe dieses Werkes wurde gefördert durch TRADUKI, ein literarisches Netzwerk, dem das Bundesministerium für europäische und internationale Angelegenheiten der Republik Österreich, das Auswärtige Amt der Bundesrepublik Deutschland, die Schweizer Kulturstiftung Pro Helvetia, KulturKontakt Austria, das Goethe-Institut, die Slowenische Buchagentur JAK, das Ministerium für Kultur der Republik Kroatien und die S. Fischer Stiftung angehören.

traduki

Lektorat: Christiane Keller

Umschlagfoto: Getty Images

Grafische Gestaltung: Dall'O & Freunde
Druckvorbereitung: Typoplus Frangart
Printed in Austria

ISBN 978-3-85256-609-2

www.folioverlag.com

„Die Mayas“, las er laut, *„waren in der beobachtenden Astronomie weit fortgeschritten. Aber sie hatten keine Ahnung vom Kopernikanischen System.“* Er warf das Heft wieder aufs Bett und setzte sich lässig auf seinen Stuhl. Er kreuzte die Beine und legte die Fingerspitzen in seltsamer Ruhe aneinander. Das Strychnin stand neben ihm am Boden. „Warum sollten sie? ... Aber was mir gefällt, sind die ‚unbestimmten‘ Jahre der alten Mayas. Und ihre ‚Pseudojahre‘, nicht zu vergessen! Und ihre köstlichen Monatsnamen: Pop. Uo. Zip. Zotz. Tzec. Xul. Yaxkin.“

„Mac.“ Yvonne lachte. „Gibt es nicht einen, der Mac heißt?“

„Es gibt Yax und Zac. Und Uayeb – das ist mein liebster Monat, weil er nur fünf Tage hat.“

„Hierdurch bestätige ich den Empfang Ihres sehr geehrten vom ersten Zip!“

„Aber wozu führt das alles letzten Endes?“

Malcolm Lowry, *Unter dem Vulkan*

Eine glückliche Fügung

Das Alter kam am 23. Mai 2010 gegen 11 Uhr. Ich hatte es mir gerade in einem der Rattan-Imitate vor dem kleinen Café am Fuß der Sternwarte bequem gemacht, unterhalb dieser Einrichtung zum Zoomen der Sterne, wo sie dann von den Kindern bestaunt werden, wenn sie einen Schulausflug in die Hauptstadt machen. Ein klarer Morgen, ein später Frühling, der Duft von Kastanienlaub und Kaffee, der nur hier mit einem kleinen Bajadere-Konfekt serviert wird. Die Vorboten des Sommers werden von Tag zu Tag offenkundiger. Die Füße schlafen seltener ein, der Druck in den Nebenhöhlen ist weg, und auch die Verdauung funktioniert besser. Noch vor wenigen Jahren kam die wärmste Jahreszeit mit offenen Automobilen daher, mit dem Brummen der Motorroller, mit kurzen Röcken, mit Farbe und Bewegung, mit dem, was man nicht mehr haben, aber noch anschauen kann und was von außen nach innen geht, in den Menschen hinein. Heute kommt sie mit dem, was aus ihm herauskommt. Ein großer kompakter Pfropf aus der Nase etwa, der einem, wenn er nach heldenhaftem Kampf schließlich im Taschentuch gelandet ist, Erleichterung im Bereich der linken Nebenhöhle verschafft. Oder jene zwei, drei Morgenwinde, einem linden Maestral gleich, die einen leise, aber stetig von der Blähung befreien. Und alles wäre auch in Ordnung geblieben, die Sternwarte, die Kastanien und die Wärme, selbst das koffeinfreie Wässerchen, das ich morgens wegen meines hohen Blutdrucks schlürfe, wobei ich Duftspuren von echtem Minas-Kaffee in der Luft nachschnuppere, wäre nicht plötzlich im Winkel meines Gesichtsfeldes, wie Schlafsand im Auge, eine elegante Dame mit hellem Haar und einer etwas aus der Mode gekommenen, aber noch immer schönen Jacke aus schwarzem Boxcalf aufgetaucht. Sie kam aus der Ballettschule und ging die Radićeva hinunter. Auch jetzt war sie noch nichts Besonderes, eine Person eben, ein Jemand auf einem Schnappschuss, der einen Moment zuvor von zwei Weitwinkelobjektiven geschossen worden war. Erst jetzt begann sich das Bild scharf zu stellen. In den Augen und im Bewusstsein. Das helle Haar, die Bob-Frisur, wie sie französische Tänzerinnen tragen, der spezifische Gang der Ballerina und das bekannte Kleidungsstück. Aber gerade als ich genauer hinsehen wollte, fingerte sie aus der Tasche eine große Sonnenbrille hervor und setzte sie sich auf, sodass ich ihre Augen nicht sehen konnte. Was heißt Augen, das halbe Gesicht war verdeckt. War das tatsächlich sie? War sie nicht größer gewesen? Und schon hatte ich das Tischchen mit der Marmorplatte zurückgeschoben und kam irgendwie auf die Beine, Tässchen und Untertasse klirrten, und ich lief den kleinen Weg hinunter, der zu den Stufen an der Radićeva führt. Sie hatte nur einen kleinen Vorsprung, hatte aber ein strammes Tempo drauf und entfernte sich ziemlich rasch. Ich sah ihren Rücken in der schwarzen Jacke und die über die Schulter geworfene Tasche. Und die Haare, die im Gehen wippten. Leger, aber in Form, als wären sie Mitglieder eines gut eingespielten Tanzensembles. So ist das Haar in der Werbung für Taft oder L'Oréal. Ich stapfte hinter ihr her, die Radićeva hinunter, obwohl es mir dumm vorgekommen wäre, einfach hinzugehen und zu fragen:

– Sind Sie Senka? Ist das die Jacke, die ich vor dreißig Jahren, erfüllt von Liebe, auf Korfu erstanden habe?

Immer unentschlossener ging ich ihr nach. Eigentlich hatte ich diese kleine Verfolgung aufgenommen, weil ich für einen Moment vergessen hatte, was alles geschehen war. Hätte ich etwas überlegt, hätte ich mich aus meinem bequemen Rattansessel nicht fortbewegt, zumal die Gründe, warum man eventuell ein wenig hätte plaudern können, schon drei Jahrzehnte zurücklagen. Ich folgte ihr trotzdem bis zur Kamenita Vrata, von wo die Straße steil zum Hauptplatz hinunterführt, als mir zwei Dinge siedend heiß einfielen: dass ich meinen Kaffee nicht bezahlt hatte und dass ich, wenn ich hinunterginge, diesen Berg wieder würde hinaufkeuchen müssen. Und so machte ich beim bronzenen Drachentöter Georg halt und sah ihr nach, wie sie unaufhörlich kleiner wurde, wie sie immer wieder vor den Schaufenstern stehen blieb, als wollte sie das Unvermeidliche hinauszögern, und wie sie dann weiter schrumpfte. Ich stand dort, bis die Menschenmenge am Ende der Straße sie verschluckt hatte, und machte mich dann mit müden Schritten auf den Rückweg. Das war die erste Niederlage an diesem Morgen.

Der Kellner erwartete mich auf der Straße und durchbohrte mich mit frechem Blick. Er sagte nichts, er sah mich nur an und kehrte auf die Terrasse zurück. Offensichtlich hatte er geglaubt, ich wollte mich aus dem Staub machen, ohne dieses Spülwasser von koffeinfreiem Nescafé zu bezahlen. Sehe ich etwa so aus? Wie ein Zechpreller? Ruhig sah ich über die Beleidigung hinweg und machte es mir wieder in meinem falschen Rattansessel bequem. Die Leute auf der Terrasse, ein älteres Ehepaar und zwei jüngere Mädchen, vermutlich aus der Ballettschule, schauten interessiert zu mir herüber. Offenbar hatte der Gastronomiebedienstete einen erheblichen

Aufruhr veranstaltet, als er mich der Frau nachrennen sah, die so große Ähnlichkeit mit Senka hatte. Ich griff nach dem *Večernji* vom Nachbartisch, trank einen Schluck Kaffee, schlug die Seite mit den Todesanzeigen auf und räkelte mich in der Sonne, die durch die Kronen der alten Kastanien drang und bald auch den Turm der Sternwarte überragen würde.

Mit einem Mal bemerkte ich, dass mich der Kellner herausfordernd ansah. Ich hatte die koffeinfreie Mixtur schon ausgetrunken und saß jetzt einfach da und las in der Kaffeehauszeitung. Ich belegte einen Platz mit Beschlag. Und obwohl es freie Tische gab, hasste mich der Kellner jetzt vermutlich doppelt. Einmal, weil er mich für einen verhinderten Zechpreller hielt, und dann auch prinzipiell, nach dem Kodex seines Standes, weil ich vor einer leeren Tasse saß. Während er zwischen den Tischen hindurchging und andere Bestellungen aufnahm, wanderte sein Blick immer wieder zu meinem Tisch. Zuerst sah er mir ins Gesicht, dreist, dann auf die Zeitung, als könnte er ihr ansehen, ob sie dem Café gehörte oder mir privat, und schließlich fiel der Blick anklagend auf die leere Tasse. Allerdings räumte er sie noch nicht ab. Das wäre vermutlich zu unhöflich gewesen, aber bald würde er es tun. Es war ja klar, dass ich als frisch gebackener Rentner zu Hause störte, wenn die Frau Staub saugte, wenn der Enkel die Kolonne seiner Matchboxautos durch alle Zimmer hindurch auffahren ließ, für die noch immer die Raten bezahlt werden mussten, wenn die Tochter mit den Händen auf den Ohren für die noch verbliebenen Prüfungen lernte, aber dass ich auch hier in dem Café störte, das war für mich an diesem sonnigen Morgen, an dem ich an Senka dachte, etwas völlig Neues. Der Kellner, dieser Kerl, nahm jedenfalls gerade angewidert die Bestellung des älteren Ehepaares auf. Es war keine Diskriminierung des Alters, so benahm er sich auch bei Jüngeren. Die beiden Gymnasiastinnen hatten ihre Portion Frechheit bereits abgekriegt. Er hielt sich für besser als alle, denen er den Kaffee brachte.

Und da war er schon, er kam und räumte unter dem lauten Scheppern des Porzellans Tasse und Untertasse ab, fuhr ein paar Mal mit dem Tuch über den Tisch, als hätte ich etwas vergossen, was ich aber nicht hatte, und sagte:

– Zwölf Kuna!

Dabei musterte er provokativ den Tisch, um zu sehen, ob ich nicht irgendwie doch die glatte Oberfläche aus rötlichem Marmor besudelt hatte, dann ließ er seinen Blick über der Terrasse kreisen, wie eine jener Kameras im Supermarkt, die verfolgen, wenn einer klaut, und suchen, wen man beklauen könnte, wenn er ehrlich bezahlt, was er in den Einkaufswagen gepackt hat. Deutlich gab er den Gästen zu verstehen, dass sie verdächtig waren, aber mich sah er nicht einmal an, als ich fünfzehn Kuna aus der Geldbörse fischte und ihm in die Hand legte. Und erst als er mein Geld eingesteckt hatte, wurde mir klar, dass er nicht kontrollierte, wer flüchten könnte, er wusste genau, wo wer saß, sondern dass er den Augenkontakt vermied, um mir nicht die drei Kuna herausgeben zu müssen. So konnte er immer sagen, er sei in Gedanken abgeschweift, aber meine drei Rentnerkuna, Wechselgeld für ein halbes Brot, hatte er bei seinem Schweifen vergessen. Er hatte sie als Entschädigung für ausgestandene Angst einbehalten. Er murmelte etwas wie Danke und kehrte mir seine Rückseite zu. Einen solchen Idioten hatte Senka doch nicht verdient an diesem sonnigen Morgen, der wohl zur Gänze ihr gehören würde. Teils wegen der weit zurückliegenden, vergessen geglaubten Gefühle, die, wer weiß, warum, heute Morgen erwacht waren, aber auch, weil niemand mehr da war, dem sie noch gelten konnten. Die zu Hause waren allzu sehr da, als dass man ihnen den Tag auch noch in seinen Gedanken gewidmet hätte. Es blieb also Senka und wie sie mit raschem Schritt die Straße hinuntermarschiert war. Der Körper gehorchte ihr offensichtlich noch. So wie sie aussah, reckte und streckte sie sich vermutlich dreimal die Woche in der Kraftkammer oder beim Pilates. Und so neutralisierten dieser Frühlingsmorgen, ihre wenigen eiligen Schritte und ihr jugendlich kurz geschnittenes Haar, das den Nacken freiließ, die Tatsache, dass sie geschrumpft war. Denn schrumpfen taten wir zweifellos alle, wir aus der 4c des damaligen XVI. Gymnasiums, die wir in dem einen Krieg geboren und zu einem Gutteil in einem anderen pensioniert worden waren, weil die Firmen für uns Versicherungszeiten nachgekauft hatten. Nur um uns loszuwerden.

Die Mädchen waren schon längst zum Ballett gegangen, das ältere Ehepaar hatte vor ein paar Minuten der Bus verschluckt, der hier in regelmäßigen Abständen hielt, und ich saß noch immer an dem leeren Tisch. Jetzt hatte ich die Zeitung zusammengefaltet und auf den Tisch zurückgelegt und schaute nur noch umher. Die kleine Kapelle mitten auf dem Illyrischen Platz, das Mažuranić-Haus etwas weiter weg, und aus den offenen Fenstern der Ballettschule drang angenehme Musik. Ein Menuett. Eine Musik, zu der sich junge Körper gelenkig bogen. Senka war Ballettlehrerin gewesen, und vielleicht war das alles hier kein Zufall. Der Trottel stand am Eingang zum Café, das Aluminiumtablett nonchalant unter die Achsel geschoben, und trat mit dem Schuh das künstliche Gras vor der Tür nieder. Offensichtlich wartete er, dass ich mich trollte. Dass ich verschwand und sich hier statt meiner Rentnerfigur befreiende Luft ausbreitete. Ich wusste, dass er auch gern die Zeitung abgeräumt hätte, wenn ich sie nicht so vollgespeichelt hätte. Und während wir uns gegenseitig wie Revolverhelden beäugten, hatte es sich der Gastronomiewerker bequem gemacht. Mit dem Rücken lehnte er am Türrahmen, er entlastete sein Rückgrat so, als würde er in stehender Haltung liegen und diesen Frühlingsmorgen und die angenehme Wärme ebenso genießen wie ich. Das könnte dir so passen, sagte ich zu mir und hob die Hand. Missmutig löste er sich vom Türrahmen und kam langsam näher, als bereitete er sich auf einen Schlag vor. Selbst das Tablett hielt er wie ein Racket.

– Schenken Sie Champagner glasweise aus?, fragte ich, denn ich wusste, dass sie es nicht tun. In Zagreb gibt es kein Café, in dem Schaumwein glasweise ausgeschenkt wird.

– Nein, sagte er verächtlich und wollte bereits weggehen.

Aber da, ich weiß nicht, was mit mir war, alles war eine Sache des Augenblicks, sagte ich:

– Bitte zahlen!

Jetzt sah er mich verdutzt an. Er wusste nicht, ob ich ihn verscheißern wollte oder ob ich tatsächlich vergessen hatte, dass ich schon bezahlt hatte. Zuerst geflüchtet, ja, aber dann bezahlt. Man sah es ihm an, er wälzte es in seinem Hirn hin und her, er hatte daran zu kauen. Vielleicht ein Finanzinspektor, vielleicht eine Falle in der Maske eines jüngeren Rentners. Er war am Wälzen, und es hatte tatsächlich den Anschein, als würde er ausrechnen, wie viel ein koffeinfreier Kaffee mit Milch kostet. Und dann stieß er eiskalt hervor:

– Zwölf Kuna!

Dieses Mal holte ich einen Zwanziger heraus und reichte ihm den. Er nahm das Geld und gab das Wechselgeld genau heraus. Noch einen Augenblick war die Verwunderung auf seinem Gesicht zu sehen, dann ging er, wenn auch ein wenig unsicher, ins Innere des Cafés zurück. Er dachte vielleicht, dass ich, wenn er aus meinem Gesichtsfeld verschwände, mich nicht erinnern würde, dass ich ihm ein und denselben Kaffee zweimal bezahlt habe. Schon im nächsten Augenblick allerdings, eigentlich schon, als ich ihm noch den Geldschein mit dem Konterfei des Banus Jelačić hinhielt, fühlte ich, dass ich mich auf ein gefährliches Spiel eingelassen hatte. Ich wusste weder, weshalb es gefährlich war, noch wie sehr es das werden konnte, aber dieses Bauchgefühl hatte mich noch nie getäuscht. Und dass der Kellner sich jetzt nicht mehr blicken ließ, dass er sich meinem Blick entzogen hatte, auch das war ein Symptom, dass sich die Konstellationen in diesem Café und an diesem herrlichen Morgen irgendwie geändert hatten.

Und fast bedauerte ich, dass er nicht noch immer an den Türrahmen gelehnt dastand und sich sonnte, als ein japanisches Paar mittleren Alters auf der Terrasse erschien. Sie nahmen unweit von meinem Tisch im Schatten Platz. Also musste der Kellner herauskommen und die Bestellung aufnehmen. Er ging an mir vorüber wie an einer krepierten Krähe und hatte den Blick, statt mich herausfordernd anzusehen, weil ich umsonst dasaß, abgekehrt. Jetzt habe ich zumindest das Sitzen bezahlt, dachte ich.

Der Damm war gebrochen. Dieser Mensch würde mich bis zum Ende seiner Schicht für den einen Kaffee bezahlen lassen. Und sogar Überstunden machen, um weiterkassieren zu können. Als er mit der Coca-Cola für die Japaner zurückkam, wich er meinem Blick noch immer aus, allerdings schien mir, dass er mit jener leichten Verachtung an mir vorübergegangen war, wie sie manche Menschen denen gegenüber empfinden, die weniger glücklich sind als sie. Gegenüber Verrückten und Geisteskranken. Er war einer von denen, die mich verhöhnen würden, wenn ich wirklich krank wäre. Aber ich blieb sitzen. Ich würde noch einmal zahlen, oder zweimal. Einfach nur, um ihn in meinem tiefsten Inneren zu beleidigen, obwohl das Spiel jetzt wirklich gefährlich zu werden schien. Ich wollte das freche Gesicht sehen, wenn ich am Ende nonchalant, ganz nebenbei fragte:

– Bitte schön, und warum kassieren Sie hier für ein und denselben Kaffee zweimal?

Unglaublich, was für Leute es gibt. Sie sind imstande, ihren Arbeitsplatz für ein paar Kuna zu riskieren. Ich stierte in die Zeitung, als mein Handy klingelte.

– Hallo?, fragte ich hoffnungsfroh, weil mich in letzter Zeit niemand ernsthaft anrief. Nur Tanja, damit ich ihr einen Kopf Salat vom Markt mitbringe, oder mein Enkel, damit ich ihm ein Matchboxauto kaufe. Zuerst hörte ich aus dem Telefon ein Krächzen und Räuspern, dann kam das erste verständliche Wort:

– Tiho, du mich hören? Reinhard da?

Ich musste ein wenig überlegen, ich verharrte in peinlichem Schweigen, doch dann setzte die Erinnerung ein. Reinhard, der Kollege aus Regensburg. Wir waren im Laufe der Jahre, in denen wir miteinander zu tun gehabt hatten, richtiggehend Freunde geworden und hatten eine Zeit lang mit den Familien gemeinsam Urlaub am Meer gemacht. Sie hatten einen Wohnwagen, einbetoniert auf einem Campingplatz auf Pag. Vor dem Wohnwagen hatten wir Meeräschen gegrillt und sie mit Rotem von der Insel begossen. Reinhard war nett. Er hatte gehört, dass ich seit Kurzem in Rente war, und interessierte sich, wie es mir ging. Ob mir schon das Gefühl der Nutzlosigkeit zu schaffen mache, ob ich die Morgenspaziergänge genösse, wie es mit dem Sex stehe, was genau genommen eine schönere Umschreibung war für: Was macht die Prostata? Und ich sagte zu ihm:

– Natürlich macht es mir zu schaffen.

Ich meinte das Gefühl der Nutzlosigkeit. Aber zu schaffen machte mir auch die Prostata. Ich durfte nicht auf Reisen gehen, wenn ich vorher auch nur ein winziges Glas von irgendwas getrunken hatte, und zwischen Zagreb und Rijeka musste ich zehnmal raus zum Pinkeln, obwohl sie da eine ganz neue Autobahn gebaut hatten. Reinhard ging es im Großen und Ganzen gut, er hatte eine neue Frau, die alte war vor zwei Jahren gestorben.

– Du warst auf Beerdigung, sagte er.

Ich erinnerte mich, ich war beim Begräbnis in Regensburg gewesen. Reinhard sagte, er habe sich Ende letzten Sommers hervorragend amüsiert. Es hätten sich sechzehn Rentner, alles ehemalige Klassenkameraden vom Gymnasium, zusammengefunden, und sie hätten ihre Abifahrt wiederholt. Von Triest mit dem Schiff nach Griechenland. Er erinnere sich nicht, wann im Leben er mehr Spaß gehabt habe. Und so erzählte er mir von seiner neuen Frau, die etwas jünger sei, aber nicht wesentlich, von den Enkeln, von seinem Passat, den er eingewechselt habe. Wir redeten über Gott und die Welt, tauschten Rentnererfahrungen aus. Er zum Beispiel nahm Klavierstunden und machte einen Japanischkurs. Er wolle Murakami im Original lesen. Das sei seine Rentnerambition. Und noch ein bisschen in der Welt herumgondeln. Ich sagte, dass ich mich noch zu nichts Derartigem entschlossen hätte, aber dass für mich inzwischen Uhren und Kalender sinnlos geworden seien.

– Das ist erster Schritt, was geht in Ewigkeit, radebrechte Reinhard auf Kroatisch.

Kaum hatte ich das Gespräch beendet, traf mein Blick auf den des Kellners. Wieder stand er im Türrahmen und fixierte mich dreist. Vermutlich schien ihm, dass ich den einen Kaffee schon lange nicht mehr bezahlt hätte, und das machte ihn nervös. Er war jung, mit Gel im Haar und einem Ringelchen im Ohr, und die gestreifte Schürze an ihm sah aus wie die embryonale Variante eines Sträflingsanzugs. Jetzt rieb der Typ auf dem völlig sauberen Tisch neben mir herum. So einen Mistkerl, das musste ich zugeben, hatte ich noch nicht erlebt. Ich wartete, dass er sich entfernte, um ihn erneut herbeirufen zu können. Damit er mehr zu laufen hatte. Dieses Mal kam er, so schien es, liebenswürdiger zu mir. Ich bestellte einen Martell, und jetzt machte er ein enttäuschtes Gesicht. Er musste gedacht haben, dass ich ihm auch das dritte Mal denselben Kaffee bezahlen wollte. Aber dann brachte er doch mit unlogischer Fröhlichkeit auf einem Tellerchen das Gläschen mit dem Kognak.

– Bitte sehr, der Herr!

Jetzt war er höflich und stellte das Tellerchen mit einer Verbeugung auf den Tisch. Er hoffte, dass ich auch den Martell mehrere Male bezahlen würde. Und auch die Ziffer war größer. Aber anstatt sich zu entfernen wie bisher, blieb er mit dem Tablett unter der Achsel neben mir stehen und wartete. Als ich ihn fragend ansah, bleckte er die Zähne und sagte:

– Ich muss kassieren! Meine Ablöse kommt.

Was war das jetzt? Als ich ihm den Kaffee zweimal bezahlt habe, hat er nichts im Voraus verlangt, und jetzt auf einmal heißt es: „Bitte, zahlen!" Warum? Und während ich langsam die Geldbörse herauszog, dämmerte es mir langsam. Der Martell war teurer, und außerdem konnte jemand, der so senil war wie ich, dass er vergessen konnte, dass er schon bezahlt hat, vielleicht noch leichter vergessen, dass er nicht bezahlt hat, und sich mit seinem geschwinden Rentnerschritt vom Acker machen. Vielleicht dachte der Kamerad im embryonalen Sträflingsanzug, er hätte mein Spiel durchschaut. Er tut senil, der Tagedieb, das vergessliche Individuum, zahlt zweimal denselben Kaffee, impft dem Kellner, der sich bezahlen lässt für einen Augenblick der Schwäche und einen Anfall unschuldiger Gier, einen Schuldkomplex ein, den er genau genommen selbst provoziert hat, dieser Espresso-Provokateur, dieser Polizeispitzel. Dann bestellt er einen teuren Kognak, säuft ihn aus, steht auf und verschwindet. Darf sich da ein Kellner erlauben, ihn anzuhalten und zu behaupten, er habe den Martell nicht bezahlt, vor allem wenn er sich dann vielleicht erinnert, dass er für den Kaffee zweimal bezahlt hat? Und ein original Martell kostet mehr als zwei Kaffee. So dachte der Gastronomierat höchstwahrscheinlich, und deshalb sagte er auf die ganz feine Art: „Davaj, rück die Knete raus, alter Zausel!" Logisch. So sah er es in seiner Gaunerhaut und mit seinen Gaunerauge, mir wäre die ganze Konstruktion jedenfalls nicht im Traum eingefallen, als ich mich im Bruchteil einer Sekunde, gerade solange wie das Eichhörnchen über mir zum Sprung brauchte, entschlossen hatte, aus Rache denselben Kaffee zweimal zu bezahlen. Ich hatte etwas Gefährliches in Gang gesetzt und war, ja, war in seinen Gaunerauge vielleicht selbst ein Gauner: ein Gaunerrentner, ein alter Knacker, der in den umliegenden Lokalen das anständige Kellnergewerbe provoziert. Als was würde sich das Ganze am Ende noch entpuppen, was würde noch alles ans Licht kommen?

Und genau in dem Augenblick, als ich die dreißig Kuna für den Kognak herauszog und überlegte, ob nicht jetzt der Moment gekommen sei, jene nonchalante Frage an ihn zu richten, betrat eine sehr junge Frau mit Kindergesicht, ein mongoloides Kind an der Hand, die Terrasse. Kaum hatte der Junge den Kellner erblickt, flog er auf ihn zu und packte ihn fest am Bein. Er umarmte es wie die Säule eines Tempels oder einen Baum im Wald. Jedenfalls wie etwas, das wir anbeten. Der Mensch in der gestreiften Schürze hatte sich inzwischen niedergebeugt und das Kind aufgehoben. Er hielt es im Arm und küsste es, der kleine Mongoloide schmiegte das Gesicht an seines, und so standen sie eine Zeit lang da. In dieser kurzen Zeitspanne schien alles stehen geblieben zu sein: die Eichhörnchen im Sprung, das Menuett aus der Ballettschule und die Menschen auf der Terrasse, alle waren erstarrt wie im Märchen.

– Gib Papa ein Küsschen, sagte die Frau und stopfte dem Kleinen das T-Shirt in die Hose.

Und der kleine Mongoloide küsste seinen Papa fröhlich auf die Wange. Welch glückliche Fügung, dachte ich im Stillen. Der Kleine wird nie erfahren, was für ein Mistkerl sein Vater ist. Die Enttäuschung bleibt ihm für immer erspart.

Ich verzichtete darauf, ihn irgendetwas zu fragen, ich stand auf, spazierte an dem Vater mit dem kleinen Mongoloiden auf dem Arm vorbei und sah hinauf zu den Wipfeln der Kastanienbäume. Wieder sprang ein Eichhörnchen völlig lautlos von einem Baum zum anderen, und mein Blick erhaschte es im Flug. Und während ich dem Geschöpf zusah, wie es mit buschigem Schwanz seinen Sprung steuerte, kam mir die Idee, dass auch wir aus der 4c, die wir aller Wahrscheinlichkeit nach bereits alle im Ruhestand und mit Sicherheit schon am Schrumpfen waren, unsere Abiturreise mit dem Schiff wiederholen könnten. Von Opatija nach Zadar. So wie im Jahre '61. Ich war kein großer Organisator, ich ging nicht einmal zu diesen Abenden alle fünf Jahre, aber ich stand in Kontakt mit Jugana. Solche Sachen organisierte sie. Ich würde ihr den Floh ins Ohr setzen, vielleicht würde etwas daraus.

In der Zwischenzeit, während ich das Café, die Kastanien und den Kellner mit dem Kind auf dem Arm hinter mir ließ, wurde mir langsam klar, zu was sich das Ganze entwickelt hatte. Der Lümmel in der gestreiften Schürze hatte auf meine Senilität gesetzt, seinem geschulten Auge war vermutlich nicht entgangen, dass sie manifest war, die haben das Talent, diese Kellner, die haben das gastronomische dritte Auge, und meine Vergesslichkeit kriegte mit einem Mal auch für mich etwas Überzeugendes. Deshalb nahm es nicht wunder, dass ich mir für einen kurzen Augenblick eine zweite Jugend wünschte oder etwas Ähnliches. Das bedeutete, von nun an und in Hinkunft war ich alt. Viel älter, als ich noch gestern war oder heute Morgen. Wer hätte gedacht, dass das Alter an einem einzigen Tag kommt, dass es einem von einem frechen Kellner serviert wird wie ein schaler Kaffee und dass das zudem noch an der Schwelle vom Frühling zum Sommer geschieht.

Erster Teil

Die Einschiffung

Wir waren einmal dreißig. Wie es Tage gibt im Monat. Jetzt waren wir noch zwölf. Wie die zwölf Apostel. Und so, wie wir damals, 1961, mehr waren und unsere Leben kürzer, so waren wir jetzt, 2010, erheblich weniger, hatten aber ein unvergleichlich längeres Leben hinter uns. Als würde hier eines mit etwas anderem gleichgesetzt und sich gegenseitig aufheben. Damals waren wir neunzehn, jetzt waren wir achtundsechzig. Jeder von uns trug in diesem Augenblick drei damalige Leben in sich. Und mit diesem Gewicht dreier junger Leben, die sich in ein altes verwandelt hatten, standen diese zahlenmäßig relativ kleinen, aber gut erhaltenen Überbleibsel einer Abiturklasse aus der Mitte des vergangenen Jahrhunderts in kleinen Gruppen oder einzeln auf dem ausgewaschenen Pflaster der Riva von Opatija. Sie standen zerstreut in scheinbarer Unordnung, so wie Pflanzen wachsen oder Pinguine zu ruhen pflegen. Aber wenn man sich ein wenig unter diese lebenden Karyatiden begab, die nichts hielten, auch nicht den klaren Himmel über sich, sondern nur in Gruppen oder einzeln dastanden und plauderten, konnte man langsam, als würde sich Nebel lichten, eine gewisse Ordnung und Rollenverteilung erkennen. Gerade hatte ich mich aus dem Auto herausgewurstelt und mir eilig eine Ronhill light angesteckt, als würde dieses „light" irgendwie die Folgen des vierzigjährigen Rauchens mildern, und warf nun einen Blick auf die Schulkameraden unter den Greisenmasken, als wären wir beim Fasching in Samobor und nicht im Hafen von Opatija. Sara hatte aus dem Kofferraum des Passats mein Gepäck ausgeladen.

– Papa, den Koffer lass hier beim Auto, ich geh dem Kleinen ein Cornetto kaufen!

An der noch immer offenen Tür stehend, musterte ich die Gruppe auf der Riva aus der Distanz. Marijan, das war er sicher, denn durch all die Fleisch- und Hautschichten, die sich mit den Jahren abgelagert hatten, schimmerte das boshafte Knabengesicht von den Klassenfotos hindurch, hatte eine Gruppe von Bewunderern um sich versammelt und redete heftig gestikulierend auf sie ein, während sie vor Lachen schier zu platzen schienen. Er war der Unterhalter. Lidija und Vera standen an der Seite und verfolgten die sich amüsierende Gruppe aufmerksam mit den Blicken und sonderten nur hin und wieder einen Kommentar ab. Sie waren die Beobachterinnen. Das waren sie auch damals vor fünfzig Jahren gewesen. Jugana hingegen zog ihre Kreise. Sie war das Bindeglied. Sie ging von einem pensionierten Schulkameraden zum anderen und stellte ihren Sohn vor: einen mittelalterlichen Herrn, der doch tatsächlich schon völlig ergraut war. Sie hatten denselben Gang, dieselbe Körperhaltung, nur war sie ein wenig stärker in den Schultern gebeugt und war allem Anschein nach schon am Schrumpfen. Verwunderlich war eigentlich, wie genau er die Bewegungen seiner Mutter wiederholte, wenn er jemandem die Hand gab, er neigte den Kopf ein wenig zur Seite und schenkte seinen Gesprächspartnern ein trauriges Lächeln. So geht eine Mutter wohl in ihr Kind über.

Meine Abirentner gruppierten sich wie damals in der Schule: Die Populären zu den Populären, so als galt es auch jetzt nach so viel Jahren den Unterschied zu betonen zwischen dem Klassenadel und jenen armen Waisenkindern, den Unpopulären, die ständig versucht hatten, jemanden nachzuahmen. Und so wie mir vor zwei Monaten, auf der Terrasse des Palainovka, geschienen hatte, dass ich etwas Ernsthaftes und Gefährliches in Gang gesetzt hätte, so erschien mir jetzt auch diese Rückkehr in die Jugend, die vom Bewusstsein des Alters initiiert wurde, viel ernsthafter. Als wären keine fünfzig Jahre seit jener ersten Reise vergangen, als uns auf dieser Riva, statt unserer Kinder und Enkel, unsere Mütter und Väter verabschiedet hatten.

Wir standen umgeben von mittelalterlichen Menschen, unter denen es auch schon Witwer gab, denn der Tod treibt gern seinen Scherz. Und so gab er mir die Gelegenheit zu sagen:

– Mein Beileid, Mislav!

Ich bot Juganas Sohn zugleich mit meiner Hand meine Anteilnahme dar, ihm, der gerade, ich weiß nicht zum wievielten Mal, seine Lebenstragödie vor einigen ehemaligen Schulfreunden seiner Mutter ausgebreitet hatte.

– Kennt ihr beide euch eigentlich?, fragte Jugana.

– Ja, aber da war er noch klein, als ich ihn das letzte Mal gesehen habe.

Jugana stellte hier eine Art Empfangskomitee dar. Sie kurvte von Kamerad zu Kamerad, als führe sie Slalom auf einem Terrain, das jemand boshafterweise glatt geschoben hatte und das nun von den Alpen bis unmittelbar zum Meer hinab reichte. Sie gab die Hand, küsste, tauschte Liebenswürdigkeiten aus. In der Hand hielt sie eine Namensliste, die mit einer Metallklammer auf einer Unterlage befestigt war. Ähnlich jenen Metalltafeln, die am Fußende von Krankenbetten hängen und zur Aufnahme der Fieberkurven bestimmt sind. Sowie sie einen der verehrten Kameraden aufgesucht hatte, strich sie seinen Namen aus.

Und dann, irgendwoher aus dem Hintergrund, von der anderen Seite des Parkplatzes, erschien eine kleinere, noch jugendlich wirkende Dame mit größerer Oberweite.

– Kannst mich auch ausstreichen!

Kaum hatte Jugana sie bemerkt, begann sie schon, sie zu umarmen. Sie, groß gewachsen, metallisch graues Haar, hielt sie mit ihren langen Armen fast vollständig umschlungen.

– Ana, Herzchen.

Mit ihrem Namen passte Ana genauso glatt in Jugana hinein wie eine Matroschka in die andere. Aber so sehr sich ihre Namen auch teilweise deckten, so völlig unterschiedlich sahen die beiden doch aus. Jugana groß, in die Länge gezogen, Ana klein, gedrungen, mit ausgesprochen großen Brüsten, die mit der Zeit immer größer geworden waren, so als wären gerade diese beiden ballförmigen Gebilde das Reservoir, in dem sich die Jahre ablagerten. Freundinnen noch vom Gymnasium her, hatten sie immer in naher Verbindung gestanden. Wenn sie allerdings zusammen gewesen waren, hatte keine der beiden schön sein können. Juganas Schlankheit und Größe und Anas gedrungene Erscheinung mit den ausgeprägten Rundungen, so miteinander verknüpft, waren eine Art Karikatur gewesen. Manchmal hatten sie vor einem Schaufenster oder einem Spiegel selbst über das eigene Bild lachen müssen. Die besten Freundinnen, aber wie Figuren aus einer Komödie. Jede für sich besaß allerdings ihre eigene Anziehungskraft. Jugana eine Schönheit, die durch ihre Haltung und ihre Art sich zu bewegen in Würde überging, während Anas Rundungen seit je, von der ersten Klasse des Gymnasiums an, ausgesprochenen Sex-Appeal hatten, wobei aber auf den Körper der Puppenkopf eines Kindes gesetzt zu sein schien, der auch nach all den Jahren jünger aussah, als er in Wirklichkeit war.

Juganas Sohn, dessen Frau unlängst an Bauchspeicheldrüsenkrebs gestorben war, stand vor Ana, gierig nach Mitgefühl.

– Mislav!, brachte sie traurig hervor und umarmte ihn.

Seine Mutter und ich standen beiseite und sahen ihnen zu, wie sie sich umarmten. Ana indessen machte hinter Mislavs Rücken ein verwundertes Gesicht und versuchte Jugana still etwas zu fragen, indem sie die Worte nur mit den Lippen formte. Die sah sie aufmerksam an und sagte dann:

– Mislav, wir haben im Auto mein Necessaire vergessen.

Der ergraute, mittelalterliche Herr ließ Ana los, dreht sich zu dem Koffer um und ließ den Blick über die Riva kreisen.

– Was schaust du?

– Ich weiß nicht, mir scheint, als hätten wir es mitgenommen. Hast du es nicht getragen?

– Ich weiß nicht, Junge, flötete sie liebenswürdig, sieh bitte trotzdem nach.

Ich bemerkte, wie sie mit dem Fuß ein kleineres Samsonite-Necessaire hinter meine Beine schob. Und als sich Mislav endlich bequemt hatte, zum Parkplatz hinüberzuwatscheln, und als sein trauriger Rücken schon kleiner zu werden begann, trat Ana zu ihrer Freundin und richtete eine leise Frage an sie. Aber Jugana zuckte nur ohnmächtig mit den Schultern und kramte, nachdem sie sich sorgfältig vergewissert hatte, wo sich ihr Sohn befand und ob er herschaute, panikartig ihr Handy aus der Tasche und drückte es Ana in die Hand. Was führen die da auf, dachte ich. Obwohl ich nur zwei Schritte entfernt stand, konnte ich nicht hören, was sie miteinander redeten.

– Ich habe es auf leise gestellt, damit es nicht klingelt, wenn er hier ist, hörte ich Jugana am Ende sagen. Dieses kleine konspirative Konzil war mir unangenehm, und ich machte schon Anstalten, mich zu entfernen, als mich Ana am Arm fasste.

– Grüß dich, Tiho! Wir haben uns noch gar richtig begrüßt.

Während ich Ana umarmte, flüsterte sie Jugana zu:

– Da, er kommt zurück!

Ich sah, wie Mislav langsam zurücktrottete. Sein Gang wirkte älter als der von vielen hier. So, als wären das einstige Kind und der künftige Greis zu einem zeitlosen Körper verschmolzen, und seine Tragödie bekam auf einmal auch etwas Komisches, als er mit einer Art Triumph in der Stimme zu seiner Mutter sagte:

– Und du hast es doch mitgenommen.

Diskret ließ ich meinen Blick über diese alten, von Kindern und Enkeln umgebenen Apostel wandern, auf der Suche nach dem hellen Kopf mit der Frisur einer französischen Tänzerin. Für einen Moment wollte mir sogar scheinen, dass ich ihn gesehen hätte. Er wurde von einer jungen Frau verdeckt, und für kurze Augenblicke sah hinter ihr nur der ins Gespräch vertiefte Kopf mit dem hellen Haar hervor. War die junge Frau Andrea? War das tatsächlich Senka? Nachdem wir die Verabredung getroffen hatten, hatte ich Jugana kein einziges Mal gefragt, ob sie mit Senka Kontakt aufgenommen habe und ob auch sie diese Reise mitmache. Und jedes Mal, wenn wir uns hörten und wenn sie mir erzählte, mit wem sie alles gesprochen habe, hatte ich die Hoffnung, dass unter den erwähnten Namen auch ihrer sein würde. Das war nie der Fall gewesen. Nun, sie hatte mir gegenüber auch Vera und Lidija nicht erwähnt, und die waren trotzdem hier, was bedeutete, dass es noch Hoffnung gab, denn die Liste hatte sich ständig geändert. Jemand hatte sich abgemeldet und ein anderer sich nachträglich angemeldet. Ich machte ein paar Schritte, um besser zu sehen, und stellte fest, es war nicht Senka, sondern Alma. Sie hatten sogar jede eine Tochter gleichen Alters. Und nun fiel mir ein, dass ich mir überhaupt nicht sicher war, ob das beim Palainovka tatsächlich Senka gewesen war und ob ich wirklich wusste, wie sie jetzt aussah. Von dem Augenblick an, als Jugana die Organisation dieses Ausflugs in die Hände genommen hatte, war mir auch Senka nicht mehr aus dem Sinn gegangen, aber es war mir nicht mehr so wichtig gewesen. Es stimmte zwar, dass Senka mit dieser Idee der wiederholten Abireise sehr viel zu tun hatte, aber genauso stimmte es, dass mir das einfach nur so eingefallen war. Unvermittelt. Wie jener Eichhörnchensprung. Beim in die Höhe gerichteten Blick, um nicht den kleinen Mongoloiden und seinen Vater vor mir zu sehen und daran denken zu müssen, dass auch der Liebe unwürdige Menschen geliebt werden können. Wenn sie kommt, könnte es interessant werden, dachte ich, wenn sie nicht kommt, auch gut, wahrscheinlich werden wir uns auch ohne sie ausgezeichnet amüsieren. Aber warum bin ich jetzt, wo ich gesehen habe, dass nicht sie es ist, so enttäuscht?

– Papa, warum hast den Koffer selber getragen?, sagte Sara, die plötzlich neben mir stand.

– Deshalb, weil ich keinen Bruch habe und meinen Koffer schon mein ganzes Leben lang selber trage.

Es folgte kein Kommentar, sie verdrehte nur die Augen, und auch Denis sah mich anklagend an. Er leckte an seinem Eis, das ihm seine Mutter gekauft hatte. Hätte ich es ihm gekauft, würde er mich nicht so ansehen. Er hatte ein Gespür für die richtige Seite. Ana, Jugana und Mislav standen noch immer neben mir.

– Das ist Sara, sagte ich, und der dort, der sich hinter ihr versteckt und seiner Mutter den Rock mit Eis vollschmiert, ist Denis.

Sara begrüßte Ana und Jugana, und als sie auch Mislav die Hand gab, sagte Ana:

– Mislav ist letztes Jahr die Frau gestorben.

Sara sagte:

– Das tut mir leid.

Mislav nahm diese Beileidsbekundung mit einem ausgeprägten Gefühl für das Zeremonielle entgegen und verneigte sich. Der Tod seiner Frau machte ihn vermutlich zum Helden des Tages, wo immer er hinkam. Denis indessen, mit seinem untrüglichen Instinkt für das Tragische oder Ungewöhnliche, kam aus seinem Versteck hervor und beäugte, noch immer am Eis leckend, den Helden des Tages mit unverhohlener Neugierde.

Im nächsten Augenblick unterbrach Ana das peinliche Schweigen und rief:

– Ist das etwa Toni?

Ein groß gewachsener, hagerer Herr mit gepflegter Glatze und in militärischer Haltung kam auf uns zu, er zog einen Trolley hinter sich her, der auf den unebenen Steinplatten hüpfte. Ich erkannte ihn wieder, den einstigen Freund, mit dem ich neununddreißig Jahre lang keinen Kontakt gehabt hatte. In der Stadt waren wir einander sorgfältig aus dem Weg gegangen. In der Frankopanska, wo wir uns eine Zeit lang öfter über den Weg gelaufen waren, hatten wir jeder unsere Straßenseite: er die linke, ich die rechte. Jeder von uns hatte zu der Zeit in der Frankopanska eine Beschäftigung, deshalb war auch jeder gezwungen, sich auf eine Seite zu schlagen. Ich war Mitarbeiter an der *Medizinischen Enzyklopädie* und hatte in den Räumen des Lexikografischen Instituts zu tun, und er hatte, wie mir zu Ohren gekommen war, eine Geliebte in der Frankopanska 16, zu der er regelmäßig nach Dienstschluss ging. Und da ist er und kommt gefährlich nahe, hat aber nur Augen für Ana und Jugana. Würdig wie immer, Chefarzt und Akademiemitglied, geht er, als hätte er einen Mast verschluckt. Solchen Leuten ist das Rückgrat eine Waffe.

– Das finde ich wirklich schön, dass du es machen konntest, sagte sie zu ihm.

Es wird so sein, dass er, der Ärmste, schrecklich eingespannt war, als es um die Frage ging, ob er auch an dieser Reise teilnehmen wolle. Sicherlich Gynäkologenkongresse von Kalkutta bis Japan. Der Akademiker sah sich neugierig um, blickte in einzelne Gesichter, als würde er sie in diesem Haufen von Gesichtern im Hafen langsam wiedererkennen, dann reichte er Jugana ein zweites Mal die Hand.

– Ich gratuliere, sagte er. Kolossal!

Jugana hörte nicht auf zu lächeln und nahm die Glückwünsche entgegen. Ich war gespannt, ob sie mich als Ideengeber erwähnen würde, zumindest ein wenig, aber das tat sie nicht. Nachdem Ana mit ihm Wangenküsse gewechselt hatte, erlaubte sie dem Akademiker auch die Übrigen zu begrüßen, während Jugana freudestrahlend seinen Namen auf ihrem Fieberblatt ausstrich. Toni gehörte in jedem Fall zu den Populären.

Noch immer irrte mein Blick den Hafen auf und ab auf der Suche nach der hellen Frisur der französischen Tänzerin, wobei sich mir von Zeit zu

Zeit ironischerweise mein Enkel ins Blickfeld schob, der sich endlich von den Rockschößen seiner Mutter gelöst und ein Mädchen seines Alters gefunden hatte, Marijans Enkelin, und mit ihr herumrannte.

Ich zündete mir eine Zigarette an, und Denis, der sich unvermittelt doch wieder in meiner Nähe eingefunden hatte, sagte:

– Mama, Opa raucht wieder, er wird Krebs kriegen, und dann müssen wir ihn in der Erde begraben.

Und dann geschah etwas wirklich Merkwürdiges. Von der anderen Seite des Parkplatzes, hinter dem Gebäude der früheren Hafenkommandantur hervor, kam ein Mann mit schmalem Gesicht und kurzem schwarzen Haar, das nur von wenigen grauen Strähnen durchzogen war. Das ist Roman, dachte ich für einen Moment. Es sah indessen so aus, als würde er sich vor jemandem verstecken. Alles erschien mir normal, bis ich Juganas erschrockenes Gesicht sah und Ana, die geschockt die Hand vor den Mund hielt. Die Sache war die, dass Roman schon seit zwanzig Jahren tot war und dass der Mann, mit dem ich ihn verwechselt hatte, genau in dem Augenblick aufgetaucht war, als ich mir die Zigarette angezündet hatte. Genau wie damals, als wir uns kennenlernten.

Die Namen

1

Januar, Februar, März, April, Mai, Juni …, meine Mutter tippte mit dem Zeigefinger an die Knöchel auf meinen geballten Fäusten. Jetzt du!

Sie ballte die Fäuste wie kurz zuvor ich und schob sie mir unter die Nase.

– Januar, Februar, März, April …, begann ich unsicher, auf die Knöchel und Mulden auf Mutters Fäusten zu zeigen.

– Wie viele Tage hat der Januar?

– Einunddreißig.

– Und der März?

– Genauso.

– Hast du jetzt verstanden?

Das Schreibheft aus Natur- und Sozialkunde lag auf einer der Schachteln in der leeren Küche, wo wir saßen und darauf warteten, dass der LKW mit unseren Möbeln kommen sollte. Da drinnen prangte meine erste Fünf nebst einer Mitteilung für meine Mutter. Da stand, ich wisse in der dritten Klasse noch nicht, was ich in der ersten hätte lernen sollen: wie viele Tage welcher Monat hat.

– Siehst du jetzt? Hier, wo ein Knöchel ist, da sind es einunddreißig, und da dazwischen sind es dreißig. Außer dem Februar, der hat achtundzwanzig. Und hier, wo meine Fäuste sich berühren, siehst du, guck nicht in der Gegend herum, sondern sieh her, hier sind zwei Knöchel nebeneinander, hier ist es erhöht. Das sind Juli und August, die haben beide einunddreißig Tage. Verstehst du?

Ich nickte mit dem Kopf, aber genau genommen war mir nicht klar, wie die Knöchel an den Händen und die Mulden dazwischen Monate sein konnten. Das Jahr müsste dann vierzehn haben.

– Wann hat der Februar einen Tag mehr?

Ich schwieg. Das mit dem Februar und den Knöcheln war wirklich zu viel, und das gerade jetzt, wo wir in die neue Wohnung gezogen waren und darauf warteten, dass mein Vater mit noch einem Mann aus der Firma mit einem Lastwagen alle unsere Sachen bringen würde, die wir so sorgfältig in Zeitungen gewickelt und in Schachteln gepackt hatten. In den vergangenen Monaten hatten wir zwischen Schachteln in Omas Wohnung gelebt, unten in der Medulićeva, und auf den Bescheid für die Zuteilung der neuen Wohnung gewartet.

– Der Februar hat in jedem Schaltjahr einen Tag mehr, rezitierte meine Mutter und versuchte ihre Nervosität zu verbergen.

– Jetzt haben wir das Jahr 1953. Wann ist das nächste Schaltjahr?

– 1956!

– Genau. Dann gehst du in die sechste Klasse.

– Wenn ich nicht vorher Leukämie kriege und sterbe.

Meine Mutter sah mich an, als würde sie statt ihres Kindes plötzlich ein Stachelschwein vor sich sehen.

– Wo hast du denn von Leukämie gehört?

– Das haben wir in Naturkunde gelernt. Das ist, wenn sich das Blut in Wasser verwandelt.

Sie stand auf und begann nervös eine der Schachteln zu öffnen, um ihr einen Drahtschwamm für den Parkettfußboden zu entnehmen. Warum hatte sie das so aus der Fassung gebracht?

– Geh hinaus und mach dich mit den Kindern bekannt!, sagte sie.

Unsicher stieg ich aus dem zweiten Stock hinunter und fand nur einen verlassenen, mit Unkraut überwachsenen Hof und ein paar gerade angepflanzte, kümmerliche Bäume vor, die am Haus wuchsen. Ich setzte mich auf die Einfriedung zur Straße hin, die aus dicken, waagerechten Rohren bestand und zum Sitzen wie gemacht war. Wie Vogelstangen. Die Straße war ebenfalls verlassen. Autos schienen hier nicht vorbeizukommen. Unten in der Stadt herrschte lebhafter Verkehr, Autos fuhren vorbei, Kleinlaster mit Baumaterial, mitunter auch ein Pferdegespann, Menschen, die durch die Passage zur Ilica strebten. Hier war das Einzige, was auf ein gewisses Leben hinwies, ein Haufen frisch gesägter Holzscheite vor dem gegenüberliegenden Haus. Das bestärkte mich in der Überzeugung, dass wir ans Ende der Welt gezogen waren.

Ich hatte ziemlich lange auf dem Geländer gesessen, als neben dem Holzhaufen ein Mann mit einem großen Flechtkorb aus Birkenruten auftauchte. Ich beobachtete, wie er die gesägten Rundhölzer in den Korb legte. Er tat das auf eine merkwürdige Weise und irgendwie langsam, denn er hatte keine Hände. Statt der Hände sahen aus den Ärmeln seiner altmodischen Jacke aus dickem, braunen Stoff runde Stümpfe hervor, die selber dünnen Holzscheiten glichen. Mit diesen Stümpfen fasste er die einzelnen Scheite wie mit einer unhandlichen Zange und legte sie in den Korb. Wenn er ihn vollgepackt hatte, schlang er ihn sich mithilfe eines Gurtes zum Hochziehen von Rollos um den Nacken, sodass er ihm vor der Brust zu hängen kam. Dann ging er zu den Steinstufen, die zum Eingang der Bergvilla führten.

Ich war wie erstarrt und sah fest auf einen Punkt des weitläufigen Gartens, der die Villa umgab. In dem Augenblick indessen, als sich unsere Blicke für einen Moment trafen, rief der Mann:

– He, Kleiner, komm mal her!

Dabei lüpfte er die Krempe seines alten Hutes, unter dem hervor ihm das feuchte Haar über die Stirn fiel. Ich saß da, als hätte mich jemand wie einen präparierten Vogel auf die Stange des Gartengeländers geklebt.

– He, mit dir rede ich!

Wieder trafen sich unsere Blicke. Der Mann ohne Hände, mit schiefem Hut und verschwitztem Haar, erwartete mich auf der anderen Straßenseite. Ich sprang vom Geländer, am liebsten wäre ich zurückgelaufen in den Hof, der sich anschickte auch meiner zu werden, aber etwas hielt mich zurück. Vielleicht Höflichkeit. Vielleicht Scham. Der Mann stand noch immer da und wartete, und ich ging langsam, mit unsicherem Schritt auf ihn zu. Ich sah seine Jacke, an der Sägespäne hafteten, die Fettflecken am Hut, das unrasierte Gesicht voller grauer Stoppeln, die Stümpfe, die in der Mitte Narben vom Nähen hatten.

– Schieb die Hand hier rein!

Dabei zeigte er mit einem der Stümpfe auf eine Jackentasche. Ich zögerte, ich dachte, dass mir etwas von dort drinnen, aus dieser Tasche, die Hand abbeißen würde, wenn ich sie tatsächlich dort hineinschöbe. Der Mann sah mich verwundert an.

– Brauchst keine Angst zu haben!

Ich biss die Zähne zusammen und schob die Hand in die Tasche, als würde ich sie einem Krokodil in den Rachen schieben, und ertastete etwas Viereckiges. Ich zog eine flache, blaue Schachtel aus weichem Karton mit der weißen Aufschrift OPATIJA heraus. Über dem Schriftzug war ein kleines, weißes Segelboot gezeichnet.

– Na?, sagte er ungeduldig, nimm eine raus!

Ich nahm eine Zigarette heraus und stand mit ihr in der Hand vor dem Mann.

– Da sind auch Streichhölzer drin. Komm, zünd sie an!

Ich tat die Schachtel zurück, steckte mir die Zigarette in den Mund und zündete sie an, so wie ich es bei meinem Vater gesehen hatte. Ich hielt die Flamme vor die Spitze der Zigarette und zog ein paar Mal. Einige Tabakkrümel blieben auf der Innenseite meiner Lippen zurück. Ich zog noch ein paar Mal, und dann gab mir der Mann mit dem Kopf ein Zeichen, ich solle ihm die Zigarette zwischen die Lippen stecken.

– Du bist nicht von hier?

– Wir sind heute hergezogen!

Das war die erste Zigarette, die ich im Leben angezündet hatte.

Noch während ich vor dem Mann stand und die zwei, drei Züge einsog, hatte ich gesehen, wie aus der Durchfahrt unseres Hauses zwei Jungen herauskamen, die einen Ball bei sich hatten. Einer von ihnen, der größere, kam rasch über die Straße und blieb vor uns stehen.

– Alter, hast du eine?

– Nimm!, deutete er mit dem Kopf auf seine Tasche.

Der Junge, vorsichtig zu den Fenstern des Hauses hinaufschauend, nahm eine Zigarette und die Streichhölzer heraus und zündete sie sich an. Er verbarg sie in der Hand und blies den Rauch hinter sich. Dabei drehte er sich kein einziges Mal zu mir um. Er ging über die Straße zurück, wo der andere Junge bereits Tore aus Ziegelsteinen aufgebaut hatte, die neben der Einfriedung standen. Sie fingen an abzugeben. Ich machte schnell, dass ich zu meiner Stange kam, setzte mich drauf und sah zu, wie sie spielten. Jeder von ihnen war gleichzeitig Torwart, Verteidiger und Stürmer. Jeder fing beim eigenen Tor an und versuchte irgendwo in der Mitte dieses Behelfsterrains den Gegner zu überdribbeln oder gleich direkt aufs Tor zu schießen. Der andere Junge war kleiner, hatte schwarzes Haar und ein schönes, längliches Gesicht. Er war ungefähr so alt wie ich, trug aber noch immer Kinderschuhe. Opatija-Sandalen mit weißen Riemen und mit Löchern im Oberleder. Mir war nicht klar, warum ein so großer Junge Opatija-Sandalen trug und warum Zigaretten und Schuhe gleich hießen. Der Große war der bessere Spieler und war erfolgreicher im Umdribbeln des anderen. Es war merkwürdig mitanzusehen, wie nur die beiden etwas spielten, was sonst zweiundzwanzig spielen. Sie sahen einsamer aus als ich, der ich allein auf dem Geländer saß. Ich versuchte irgendeinen Kontakt herzustellen, aber sie reagierten nicht. Als wäre ich Luft. Deshalb fing ich auch an sie zu ignorieren. Ich sah auf meine Hände, ballte sie zu Fäusten und begann zu zählen:

– Januar, Februar, März …

2

Im Juni waren wir schon die besten Freunde. Außer uns dreien gab es sonst keine Kinder in unserer Straße. Fußball spielten wir deshalb auch weiterhin einer gegen einen, denn drei kann man einfach nicht auf zwei Mannschaften aufteilen. Der Dritte saß immer auf der Mauer und war Schiedsrichter. Unterbrochen wurden wir nur von den wenigen Autos, die hier trotzdem durchkamen. Eigentlich waren es nur zwei. Ein blauer Opel Olympia mit weißem Dach, den unser Nachbar von Nr. 50 fuhr, und ein Peugeot 402, dessen Farbe wir einfach nicht bestimmen konnten, weil jede Beleuchtung auf ihm ihre Spur hinterließ, und der nur hin und wieder hier aufkreuzte und einen Mann im dunklen Anzug herbrachte, der in unserem Haus wohnte und den wir mit besonderem Respekt grüßten.

– Guten Tag, Onkel Mrazović!

Gegen drei Uhr, wenn er von der Arbeit kam und wir wieder auf der Straße spielten, blieb der Nachbar mit dem Olympia vor dem unteren Tor stehen und wartete geduldig darauf, dass einer von uns die Ziegelsteine von der Straße räumte. Dann fuhr er vorbei und winkte mit der Hand und hupte manchmal. Anschließend stellte Roman die Tore wieder auf. Er stellte den einen Ziegelstein auf der einen Seite auf und zählte dann zehn Fuß bis zum anderen ab. Er war verantwortlich für das Abmessen der Tore, damit der Abstand zwischen den Pfosten immer gleich war. Der andere, Radovan, hatte einen viel größeren Fuß und trug keine Kinderschuhe mehr.

Jetzt, im Spätfrühling, wenn die Luft noch immer ziemlich kühl war, sodass die Wärme, die der Asphalt abstrahlte und die sich im Lauf des Tages aufgestaut hatte, auf Rücken und Hintern angenehm warm wirkte, lagen wir nachmittags mitten auf der Straße und horchten auf die wenigen Autos, die vom Kvaternik-Platz durch die Domjanićeva heraufkamen. Wenn hinter der Kurve das Brummen eines Motors zu hören war, das Fahrzeug selber aber noch nicht in Sicht war, rieten wir:

– Opel Olympia!

Oder:

– Peugeot 402.

Der den Genossen Mrazović brachte.

Manchmal, es vergingen oft mehrere Stunden, bis das erste Auto in die Straße einfuhr, kamen Wäscherinnen vorüber, auf dem Kopf große Wäschebündel, die von einem geschickt gewickelten, schlangenförmigen Tuch gehalten wurden. Und wenn unten, hinter der Kurve undeutlich eine heisere Stimme zu hören war, wussten wir, dass da der Mann mit dem großen Holzkoffer auf dem Rücken kam und rief:

– Alte Töpfe bringt geschwind, dass die Suppe nicht verrinnt!

Der alte Zigeuner kam langsam die Straße herauf. Gebeugt von der Last, den Jahren und der Steigung. Damals, 1953, lief keiner von uns mehr vor ihm weg, wir waren schon zehn und wussten, dass die Zigeuner keine Kinder stehlen und dass Adil, der Mann, der in unserer Straße manchmal alte Töpfe flickte, erst recht nicht stahl. Viele Male schoben wir ihm eine

Geldbörse an einem dünnen, schwer erkennbaren Faden unter, damit er versuchen sollte, sie von der Straße aufzuheben, aber Adil blieb immer stehen, sah sich um, ließ seinen Blick auch über uns hinter dem Zaun wandern und spuckte auf die abgewetzte Lederhaut. Adil, gebeugt unter seinem Werkzeug zum Töpfeflicken, spuckte auf alles, was man uns über die Zigeuner beigebracht hatte.

Ende April begann noch ein Auto in unsere Straße einzubiegen: ein gelb lackierter, englischer Militärjeep, der meinen Vater vom Außendienst heimbrachte. Zu der Zeit beaufsichtigte mein Vater als Bauingenieur den Bau von Silos in Slawonien. Mutter sagte immer, das sei eine furchtbar gefährliche Tätigkeit, denn die Silos seien hoch, und wenn es regnete, seien die schmierigen Gerüste schrecklich rutschig, sodass er sich oft in Todesgefahr befinde. Wenn ich mit Roman und Radovan auf der Straße Fußball spielte, konnte ich meine Mutter sehen, wie sie alle Augenblicke den Vorhang zur Seite schob und aus dem Fenster zur Kurve hinunter sah, wo das Auto erscheinen sollte, das meinen Vater nach Hause brachte. Manchmal spähte sie so den ganzen Nachmittag, und die Abstände zwischen den Ausblicken verringerten sich schrittweise bis hin zu dem Moment, wo sie alle zwei, drei Minuten ans Fenster trat und die Straße unterhalb des Hauses fixierte. Ich wusste, was folgte. Laut und gedehnt:

– Tihomirrreeeeeeeeeeeee!

Das bedeutete, dass die Angst in ihr so groß geworden war, dass sie sie nicht mehr allein ertragen konnte. Ich musste im selben Moment raufkommen, und Mutter servierte mir das Abendbrot. Sie tat das auch, wenn die Zeit fürs Abendbrot noch nicht gekommen war und ich gar keinen Hunger hatte. Das war der einzige Weg, meine Anwesenheit in der Wohnung zu rechtfertigen. Und wenn ich ihr sagte, dass ich nicht hungrig sei, dass ich meine Hausaufgaben gemacht hätte und dass wir gerade so schön spielten, sagte sie:

– Mach nicht, dass ich böse werde!

Die Ankunft meines Vaters ließ ihre Bewegungen langsamer und die Dinge, die sie mit den Händen machte, sinnvoller werden. Ihn kündigte gewöhnlich der spezifische Klang des ausgeleierten Motors des alten Jeeps an.

Der Juni 1953 war regnerisch, und wir konnten nicht oft auf der Straße spielen. Wir saßen im Eingang zum Treppenhaus und langweilten uns. An einem solchen unendlich langweiligen Nachmittag sagte Roman:

– Wir könnten wieder das mit den Namen machen.

Das Haus, in dem wir wohnten, war 1932 auf dem flachen Teil unserer steilen und schmalen Straße von der Baufirma Bernstein & Benceković errichtet worden. So stand es zumindest auf der Marmortafel neben der Eingangstür. An den Türen aller acht, auf vier Etagen verteilten Wohnungen gab es keine gravierten Metallschilder mit Vor- und Nachnamen, wie in den meisten anderen Häusern, sondern kleine Metallrahmen, in die man ein kleines Kärtchen mit dem Nachnamen einschieben konnte. Alle Kärtchen waren gleich, und die Namen waren auf der Schreibmaschine des Vorsitzenden des Mieterbeirats geschrieben worden. Roman wollte gehört haben, dass die Wohnungen in diesem Haus vor dem Krieg zum Vermieten gedient hätten, und so war dies wohl die einfachere Lösung gewesen, die immer neuen Namen anzubringen. Zuerst hatten hier angeblich gut situierte Juden gewohnt, denn auch der Besitzer der Immobilie war Jude gewesen. Ab April 1941 gingen die großen und attraktiven Wohnungen an die Mitglieder der ersten Regierung des Poglavnik. Einige von ihnen zogen noch während des Krieges wieder aus, nach der Kapitulation Italiens. Aber der zweite große Namenswechsel erfolgte erst nach dem 8. Mai 1945, als die XXXIII. Partisanendivision des X. Korps, von Zelina vorrückend, nach Zagreb einmarschierte. Die ersten leeren Wohnungen gingen an Überlebende aus dem Zagreber Untergrund, denen es im Laufe des Jahres 1944 gelungen war, auf das befreite Territorium überzuwechseln. Der dritte massive Namenswechsel kam 1948, gleich fünf Kärtchen wurden durch neue ersetzt.

Roman führte mich an die Tür der ersten Erdgeschosswohnung. Radovan deckte für alle Fälle den Spion der gegenüberliegenden Wohnungstür ab, während Roman den Karton mit dem Namen herauszog:

– Geht ganz leicht. Wenn es dunkel ist, vertauschen wir alle Namen. Zuerst ziehst du es raus, so, und dann steckst du es genauso in den anderen hinein, du legst es flach an die Tür und schiebst mit dem Finger nach.

Er schob das Kärtchen zurück in den Rahmen.

Ich schwieg.

– Gefällt es dir nicht?

– Mein Alter schlägt mich tot!

– Sie kriegen uns nicht, sagte Radovan. Haben sie auch beim ersten Mal nicht. Und weißt du, weshalb? Weil wir auch bei uns die Namen austauschen.

– Ich weiß nicht.

– Sei keine Memme, sagte Roman, als er sah, dass ich meine Zweifel hatte. Es war gefährlich, aber ich hatte gerade Freunde gefunden, und deshalb sagte ich:

– Gut.

Jetzt gab es kein Zurück mehr.

Sobald es so dunkel geworden war, dass man ohne Licht nicht mehr durch den Spion sehen konnte, was im Treppenhaus vor sich ging, warteten wir auf einen günstigen Augenblick. Und gerade als alles sicher schien, weil niemand das Haus betrat oder verließ, und Roman schon dabei war, bei der ersten Tür das Namenskärtchen herauszunehmen, hielt vor dem Haus der Peugeot und kam Genosse Mrazović in den Hof. Wir versteckten uns hinter dem großen Lorbeerbusch. Er ging langsam, die Schritte abgezirkelt setzend, als hätte er ein bisschen mehr getrunken. Er trug einen eleganten, dunkelgrauen Sommeranzug und einen Hut in gleicher Farbe. Sein weißes Hemd mit dem spitzen Kragen stand über der Brust offen. In der Rechten trug er eine schwarze Tasche, so wie sie Ärzte haben.

– Mit dem dürfen wir uns nicht anlegen, sagte Radovan, als Genosse Mrazović im Treppenhaus verschwunden war.

– Keiner weiß, wo er arbeitet, erklärte Roman. Aber meine Mutter sagt, dass er ins Gefängnis bringen kann, wen er will.

Wir warteten, bis wir hörten, wie die Tür zur Wohnung des Genossen Mrazović zufiel. Dann ging das automatische Treppenlicht aus, und wir setzten uns in Bewegung. Roman führte. Wir gingen ins Treppenhaus, in dem es stockdunkel war, und tasteten herum, um uns zu orientieren. Lediglich durch die Eingangstür drang eine Spur Licht von der Straßenlaterne. Ich arbeitete mich zum Treppengeländer vor und horchte angestrengt. Mein Herz schlug wie wild. Mein Vater war nicht zu Hause, konnte aber jeden Moment zurückkommen. Schon drei Tage war er im Außendienst, und das war das längste Mal bisher. Heute Abend würde er bestimmt zurückkommen.

– Los, ich hab sie!, flüsterte Roman, und wir schlichen die Treppe hinunter zu den Kellerwohnungen. Ich klammerte mich ans Geländer, und als wir endlich unten waren, schob mir Roman zwei Kärtchen in die Hand.

– Halten!

Er brauchte nur wenigen Sekunden, um die Namensschilder von beiden Kellerwohnungen abzunehmen.

– Gib mir jetzt eines!

Wir waren schon auf dem Weg nach oben, als plötzlich eine Wohnungstür in einem der oberen Stockwerke geöffnet wurde. Wir duckten uns unter die Treppe, direkt vor der Metalltür, durch die man in den Abstellraum kam, in der Erwartung, dass jemand das Licht anmachen würde. Licht ward indessen keines, aber jemand schickte sich an, langsam die Treppe herunterzukommen. Jemand in Pantoffeln, denn Schritte waren fast gar keine zu hören. Nur ein gespenstisches Schlurfen. Und das dauerte eine unbestimmte Zeit. Die geheimnisvolle Person kam bis zum Hauseingang und blieb dort eine Zeit lang im Dunkeln stehen, nur ein Dutzend Stufen über uns. Dann trat sie langsam noch einen Schritt vor. Für einen Moment wurde sie von einem Streifen Licht beschienen, der von der Straße her durch die Eingangstür drang. Es war Mrazović.

Jemand krallte mir seine Finger in den Bizeps. Das war das Zeichen, dass ich mich völlig still verhalten sollte. Ich hörte auf zu atmen. Auch das Atmen der beiden anderen war nicht zu hören. Jetzt kam Mrazović ganz herunter, bis zum unteren Treppenabsatz und blieb, wie es schien, vor einer der Wohnungen stehen. Genau vor der, an der wir gerade den Namen vertauscht hatten. Er war weniger als drei Meter von uns entfernt, aber es bestand nicht einmal die theoretische Chance, dass er sah, was wir getan hatten. Er schien nur auf etwas zu horchen. So wendeten auch wir unsere Aufmerksamkeit dem schwachen, gedehnten Klang zu, der aus dem Inneren drang. Das konnte Musik sein oder etwas Gesprochenes aus dem Radio. Mrazović horchte eine Zeit lang auch vor der anderen Wohnung, dann ging er wieder hinauf und schloss bald darauf die Tür seiner Wohnung leise hinter sich.

– Ich hab mir fast in die Hose geschissen!, flüsterte Roman.

– Ich glaube, der sieht im Dunkeln. Radovan war überzeugt davon. Habt ihr gehört, wie sicher der geht, der hat die Treppe überhaupt nicht berührt.

– Besser, wir tun alles zurück, wie es war!

– Nichts tun wir zurück, meldete sich Roman. Er hat nicht uns gesucht.

Wenig später tauschten wir die Namen im zweiten Stock gegen die aus dem ersten aus. Wir tauschten sie auch an unseren Wohnungen und an der von Mrazović aus. Mehrere Male ging das Licht an, und mehrere Leute kamen und gingen in eine Wohnung im ersten Stock: zu den Pekonjićs.

– Die haben Gäste!, sagte Roman.

Als wir alle Namen durcheinander gemischt hatten, die aus dem zweiten Stock mit denen aus dem Keller oder dem Erdgeschoss, sagte Radovan:

– Und jetzt jeder zu sich nach Hause! Wollen mal sehen, was passiert, wenn sie es entdecken.

Meine Mutter war seltsamerweise guter Laune. Mit zufriedenem Lächeln ließ sie mich ein.

– Ich mache Pfannkuchen. Vati kommt jeden Moment …

Das traf mich wie ein Blitz. Schon beim Überschreiten der Türschwelle, während sich meine Nasenlöcher mit dem Duft des Bratöls füllten, bedauerte ich, dass ich mich zu der Schandtat bereitgefunden hatte. Wenn die Mutter sagte, dass Vater jeden Augenblick komme, wenn sie nicht besorgt und erschrocken war, dann konnte er tatsächlich jeden Moment zur Tür hereinplatzen. Er würde müde sein, aber nicht so müde, um nicht zu bemerken, dass an unserer Tür ein anderer Name stand. Denn immer, wenn er kam, immer, wenn er nach Hause kam, verhielt er den Schritt, am Gartenzaun oder direkt beim Hauseingang, und musterte mit dem erfahrenen Auge des Baumeisters die graue Fassade, die in großen Placken abfiel und den nackten gelblichen Mörtel freigab, aus dem die Ziegel herausschauten. Und vor der Wohnung angekommen, blieb er vor dem Eintreten manchmal längere Zeit stehen und erfreute sich an der großen Flügeltür aus Nussbaum, die jetzt frisch mit Firnis gestrichen war. Manchmal bückte er sich sogar und richtete den Fußabstreifer gerade, wenn er schief war. Aber warum ist mir das nicht vorher eingefallen, sondern erst jetzt, wo mich die Angst klüger gemacht hat. Warum habe ich wie ein Idiot zugestimmt, bei so etwas mitzumachen, wo ich doch genau gewusst habe, dass das sofort rauskommt. Drei Jahre haben wir gewartet, dass uns diese Wohnung zugeteilt wird, und jetzt, wo wir sie endlich haben, wo an dieser großen Tür endlich unser Name steht, jetzt treibe ich damit mein Spiel. Meine Mutter war glücklich und sang vor sich hin, während die Pfannkuchen brutzelten. Ich setzte mich so wie immer an den Küchentisch und zeichnete Häuser. Meine Mutter sah es gern, wenn ich Häuser zeichnete, sie sagte dann immer, ich würde einmal ein Bauingenieur werden, so wie mein Vater. Dieses „Bauingenieur" sprach sie mit Ehrfurcht und großem Ernst aus, völlig anders, als wenn sie sich sonst an Vati wandte. So als wären der „Ingenieur" und mein Vater zwei völlig verschiedene Personen. Und so sah mich, während ich gedankenverloren zeichnete, meine Mutter prüfend an und versuchte den Grund meiner Nachdenklichkeit auf meinem Gesicht zu lesen. Obwohl es dunkel gewesen war, hatte ich Angst, dass uns jemand gesehen haben könnte, jemand von den Nachbarn, und dass er jeden Augenblick mit dem falschen Nachnamen in der Hand und mit strengem Gesichtsausdruck an der Tür läuten könnte. Oder dass sich, schon vor Vaters Kommen, unten beim Vorsitzenden auf die Schnelle der Mieterbeirat versammeln und über die Strafe verhandeln könnte.

– Was hast du?, fragte meine Mutter plötzlich.

– Nichts.

– Wie nichts. Du bist so merkwürdig.

Mit dem Instinkt eines erfahrenen Jägers, geeicht auf die Stimmungen ihres Sohnes, spürte sie, dass etwas nicht in Ordnung war.

Ich horchte und zuckte bei jedem Geräusch zusammen, das vom Treppenhaus kam. Ich hörte, wie Türen geöffnet und geschlossen wurden, die Stimmen der Leute oder sogar die Musik aus dem Radio, mysteriöse Schläge ans Treppengeländer, die durch die Stockwerke wanderten. Diese sonst alltäglichen Geräusche bekamen jetzt etwas Erschreckendes. Mutter setzte sich mir gegenüber, strich Marmelade auf die Pfannkuchen und rollte sie.

– Möchtest du einen?

– Ich kann nicht.

– Sonst magst du doch Pfannkuchen, sagte sie, stand auf und legte mir die Hand auf die Stirn.

– Du bist mir doch nicht krank?

Ich musste ein süßes, gelbes Röllchen nehmen. Zu der Zeit gab es bei uns selten Pfannkuchen. Nur, wenn es meinem Vater gelungen war, vom Dorf zwei, drei Eier mitzubringen.

– Pass auf, dass es nicht tropft, heb das andere Ende hoch!

Und so war, während ich kaute, vor dem Haus plötzlich das Geräusch eines Fahrzeugs zu hören, das anhielt. Ich fuhr bei dem Gedanken zusammen, dass es Vaters Jeep sein könnte. Die Fenster im Wohnzimmer standen offen, und das Geräusch drang direkt zu uns in die Küche. Aber dieses Mal war es irgendwie anders.

Ich rannte ins Zimmer, die Mutter mir nach. Wir beugten uns aus dem Fenster, beide, jeder in seiner Erwartung. Es war nur ein Mann auf einem Moped. Er hatte eine Lederkappe auf und eine kleine Tasche in den Händen. Ich atmete auf. Es war nicht mein Vater. Die schreckliche Entdeckung war für kurze Zeit hinausgeschoben. Die Zeit schien irgendwie für mich zu arbeiten, und je später Vater zurückkam, desto geringer war die Chance, dass er den Betrug entdecken würde. Meine Mutter hatte mich indessen aufmerksam angesehen.

– Hast du eine böse Ahnung?, fragte sie besorgt.

Und so standen wir beide da, ans Fenster gelehnt. Jetzt, innerlich beruhigter, aß ich den Pfannkuchen so, dass mir die Marmelade in den Hof hinunter tropfte. Mutter sah wie gewöhnlich zur Kurve hinunter. Ein frischer Sommerabend, der Regen hatte gerade aufgehört, und von Westen her begann es aufzuklaren. Man konnte bereits kleine Flecken des dunklen, gestirnten Himmels sehen. Ein seltsamer Friede hatte die Straße erfasst, selbst die Geräusche von der Treppe waren verstummt.

In dem Moment läutete es. Mutter fuhr zusammen und hastete zur Tür. Ich sah ihr ziemlich ruhig nach. Hauptsache, dass es nicht Vater war. Ich hörte, wie sie mit jemandem an der Tür sprach, und im nächsten Augenblick sah ich, wie sie ins Wohnzimmer ging und Licht machte. Sie hielt ein Papier in der Hand. Sie starrte mit entsetztem Blick auf das, was auf dem Papier geschrieben stand, und sank dann auf die Ottomane. Für einen Moment sah sie mich mit entsetzter Miene an und fing an zu schluchzen. Sie weinte hysterisch, noch immer das Papier in der Hand haltend. Als ich hinzusprang, umarmte sie mich fest, und ich nahm das Papier. Es war ein Telegramm. Mit Schreibmaschine mit sichtlich abgenutztem Farbband geschrieben, stand dort: „aufrichtiges Beileid" und „schmerzliches Mitgefühl". Und während mich meine Mutter krampfhaft an sich presste, stammelte sie unter Tränen:

– Papa ist nicht mehr! Unser Papa ist nicht mehr!

Ich, der zehnjährige Knabe, verwandelte mich in ein Stück Holz. Wie in dem Märchen von Pinocchio, nur umgekehrt. Ich stand ganz ruhig da, mit hängenden Armen, und erlaubte meiner Mutter, mich zu kneten, mich aufs Haar zu küssen und mir mit ihren Tränen die Wangen zu benetzen. Ich konnte mich nicht von der Stelle rühren, obwohl ich das vielleicht gern getan hätte. Die Zeit war schon vorüber, wo ich mich in einer solchen Situation der Mutter in die Arme geworfen und mit ihr zusammen geweint hätte. Wir waren nicht mehr so wie einst, fast ein und derselbe Körper, die Verbindung hatte sich gelockert. Ich hatte mich von meiner Mutter gelöst, das konnte man in einem solchen Augenblick deutlich sehen. Obwohl wir, wenn uns jemand sehen würde, wie eins waren, vier Arme, zwei Köpfe, zwei Beine, die standen, zwei Beine, die saßen, ein Rumpf, der sich bewegte, und einer, der stand. Von der Seite betrachtet, waren wir sicher ein Monstrum. Das Papier glitt zu Boden, und jetzt konnte ich es besser lesen, obwohl es ziemlich zerknittert war. Auf dem Briefkopf stand ein anderer Nachname. Zuerst gelangte das gar nicht bis an mein Hirn, ich starrte dumpf auf den Namen, so wie ich auch auf die Worte „Beileid" und „Mitgefühl" gestarrt hatte. Doch dann sagte ich:

– Mama, das ist nicht für uns!

Zuerst schien sie mich nicht gehört zu haben, aber als sie mich mit Tränenaugen ansah, griff sie hysterisch nach dem Papier des Telegramms und las laut:

– Pekonjić!

Sie erhob sich, wischte sich die Tränen ab und ging mit verwirrtem Gesichtsausdruck ins Badezimmer. Gewaschen und hergerichtet, kehrte sie zurück und wich meinem Blick aus. Mit der Hand bügelte sie das Telegramm glatt, suchte den Umschlag, der irgendwo im Flur heruntergefallen war, steckte es zurück und verließ die Wohnung, um bei Pekonjićs zu klingeln. Ich blieb an der Wohnungstür stehen. Als die Tür der Wohnung unter uns aufging, hörte ich von drinnen ein Singen. Traurig, gedehnt, aber doch ein Singen. Es füllte gespenstisch das ganze Treppenhaus. Mutter verweilte kurze Zeit bei den Nachbarn, dann kehrte sie mit fröhlicher Miene zurück. Sie bemühte sich, die Fröhlichkeit nicht durchdringen zu lassen, aber sie drang durch und hatte ihre Gesichtszüge verändert. Auch beim Zurückkommen hatte sie nicht bemerkt, dass an unserer Tür etwas stand, was an der unter uns hätte stehen sollen. So hatte der Tod zum ersten Mal an unserer Tür geläutet, ohne dass bei uns jemand gestorben wäre.

3

Zu meinem elften Geburtstag bekam ich ein illustriertes Buch mit den Abenteuern der vier Musketiere. Auf dem dicken Pappeinband mit dem gelben Rand waren sie abgebildet: D'Artagnan, Aramis, Porthos und Athos. Alle vier kreuzten die Schwerter irgendwo in der Luft, über den Federbüschen ihrer Hüte, während auf einem Berg hinter ihnen ein prächtiges Schloss mit vielen spitzen, weißen Türmchen prunkte. Auf der Innenseite, unter dem Titel und dem kleinen Bild einer Schatztruhe, stand: Svjetlost, Sarajevo 1950. Eine Zeit lang dachte ich, dass dieses Svjetlost, Sarajevo, etwas mit der Geschichte zu tun habe und dass es ein Teil des Titels sei, den ich nicht verstand. Und gerade deshalb, wegen dieses Teils, den ich nicht verstand und der sich irgendwie in ein Geheimnis verwandelt hatte, wurde es mein Lieblingsbuch. Ich las immer darin vor dem Schlafen, im Bett, und schlief mit dem offenen Buch auf der Brust und bei brennender Lampe ein. Morgens lag das Buch zugeklappt auf der Truhe für das Bettzeug, die mir als Nachtschränkchen diente, und die Lampe war ausgeschaltet. So müssen die Musketiere direkt in mein Unterbewusstsein gelangt sein.

Einmal, als wir Fußball spielten, sagte ich zu Roman:

– Komm, wir spielen Musketiere!

Ich hatte auch das Buch mitgebracht. Roman betrachtete eine Zeit lang die Titelseite, er öffnete sogar die Umschlagseite, um sich die anderen Illustrationen anzusehen, und sagte dann:

– Geht nicht.

– Warum?

– Wir sind nur zu dritt.

Wir sahen uns an: Roman, Radovan und ich. Wir drei, allein in der ganzen Straße.

– Wieso?

– Was wieso?

– Na, dass wir nur zu dritt sind. Dass es nicht mehr Kinder gibt.

– Das ist so, sagte Roman.

– Es wurden keine geboren, warf Radovan ein und jonglierte den Ball auf dem Fuß.

– Bei Pekonjićs ist der Sohn im Krieg gefallen. Mrazović lebt allein, beim Vorsitzenden des Mieterbeirats ist ebenfalls der Sohn gestorben, und bei Frau Mayer ist der Mann noch vor dem Krieg gestorben. Und das war es dann.

Es war mir indessen nicht klar, warum es auch in den anderen Häusern keine Kinder gab, aber ich fragte nicht weiter, denn ich sah, dass Roman dieses Thema ärgerlich machte.

Ein paar Tage später, als mein Vater von einer seiner Reisen nach Slawonien zurückgekommen war und meine Mutter zuvor fettige Stirnabdrücke am Glas des Fensters, das auf die Straße hinaussah, zurückgelassen hatte, bat ich ihn, uns Holzschwerter zu machen.

– Was willst du damit?

– Wir wollen Musketiere spielen.

So bekamen wir eines Samstagnachmittags alle drei Holzschwerter aus der improvisierten Werkstatt, die sich mein Vater in unserem Holzverschlag eingerichtet hatte, dem ersten neben der Waschküche, wohin die Frauen aus dem Haus mit großen Blechtöpfen voll Weißwäsche kamen. Der ganze Kellerraum roch nach Wäschestärke. Und an der Tür hing der Plan, wann welche Wohnung den Raum zum Wäschewaschen benutzen konnte, amtlich unterschrieben und gestempelt vom Mieterbeirat. Und so traten wir mit unseren Holzschwertern, die mehr nach unseren sauberen Unterhosen und -hemden rochen als nach dem Tannenholz, aus dem sie gemacht waren, unseren Dienst zum Wohle Frankreichs an. Jetzt, wo wir Schwerter hatten, zählte das Argument unserer zu geringen Anzahl offenbar nicht mehr.

Als wir den Kampf gegen die Leute des Kardinals Richelieu aufnahmen, gegen Spione in schwarzen Masken, gegen Geharnischte mit scharfen Hellebarden und spanische Söldner mit Spitzbärtchen, konnte ich mir leicht vorstellen, wie sie auf uns eindringen, wie wir sie durchbohren und mit dem Fuß wegstoßen, wie manche von ihnen mit einem Loch im Gedärm und mit Tränen in den Augen auf Französisch, Baskisch, Spanisch nach ihrer Mutter rufen würden. Was ich mir einfach nicht vorstellen konnte, war der vierte Musketier. Manchmal stellte ich mir vor, er sei gestorben. Stellte mir vor, dass nicht existieren dasselbe sei wie gestorben sein. Ich spürte nicht die Person, sondern die Leere, die die Person hinterlassen hatte, die nicht einmal geboren war. Ein Tod vor dem Tode. Wir waren D'Artagnan, Athos und Porthos. Aramis, der weder geboren noch hierher gezogen war, fehlte. Die Leere in den Ecken unseres Hofes, diese Leere, wenn jeder von uns einen Winkel des unregelmäßigen Vierecks besetzte und mit seinem Holzschwert gegen die unsichtbaren Feinde kämpfte, aber sich den unsichtbaren Freund nicht vorstellen konnte, versetzte mich in schreckliche Trauer. Es betrübte mich wohl, dass wir uns so leicht Schurken im schmutzigen Dienste des Kardinals ausdenken konnten, aber nie, wirklich nie uns unseren vierten Freund vorstellen konnten, der gestorben war, bevor er noch geboren wurde.

Das Fehlen des vierten Musketiers war die erste Begegnung mit einer schmerzlichen Abwesenheit, so als hätte der Tod unterschiedliche Formen angenommen, von einem verirrten Telegramm bis zu der Tatsache, dass jemand zu unserer großen Trauer nicht einmal geboren war. Im Spiel schlug ich mir irgendwie mit dem eigenen Schwert ins Gesicht. Es war nicht stark und tat auch nicht weh. Doch weil ich mir die Feinde vorstellen konnte, aber nicht den Freund, wurde ich von großer Trauer gepackt, einer Trauer, die stärker war, als die vielen rational begründeten Momente der Trauer, die mich im Leben heimsuchen sollten. Als ich mich im Treppenhaus fast vor der Wohnungstür von den Freunden trennte, flossen die Tränen wie von selbst.

– Was hast du?, stieß meine Mutter einen Schrei aus, als sie mich verweint sah und mit einem blauen Fleck unter dem Auge. Haben sie dich geschlagen?

– Nein.

– Sicher?

– Nein, Mama, ich sag es doch!

Und ich weinte noch stärker los. Ich war nicht mehr in dem Alter, in dem man häufig weint, und so war es umso seltsamer. Indessen konnte ich meiner Mutter einfach nicht klarmachen, dass ich um jemanden weinte, der noch nicht geboren war, und dass mir an diesem Tag zum ersten Mal etwas begegnet war, was zwar nicht gerade der Tod, aber doch sein schlimmstes Resultat war. Ich ging in mein Zimmer und legte mich hin, ohne das Bilderbuch mit den Musketieren aufzuschlagen. Bevor ich einschlief, hörte ich, wie meine Mutter und mein Vater einen heftigen Disput hatten.

Schon am nächsten Morgen weckte mich mein Vater ziemlich früh. Er war ernst, als wollte er etwas Wichtiges von mir.

– Komm, zieh dich an!

– Wohin gehen wir?

– Wirst du sehen.

Wir kamen zu einer Sporthalle in der Nähe der Moschee und betraten einen dunklen Raum, der nach Schweiß und Bohnerwachs roch. Dort hingen Sandsäcke zum Boxen, einige sogar bedeutend größer als ich. Mein Vater schüttelte einem Mann im Trainingsanzug herzlich die Hand. Sie sprachen miteinander, als würden sie sich aus dem Krieg kennen. Er war Boxtrainer.

– Šime wird dir ein paar Schläge zeigen. Damit du dich verteidigen kannst.

Er stellte mich vor einen Sack, nahm meine Hände und zeigte mir, wie ich die Faust halten sollte, wie ich die Füße auf dem Boden breit aufsetzen und wie ich mit aller Kraft auf das Leder einschlagen sollte, das hart war und von dem mir die Finger wehtaten.

– Wenn dich einer anfasst, drisch ihm eins auf die Nase. Direkt. Auf die Nasenspitze, dass es blutet. Alle haben Schiss, wenn sie ihr Blut sehen.

Es war mir nicht klar. Ich trauerte um einen Freund, der nicht geboren war, und sie wollten mir beibringen, wie ich mich zu schlagen hatte.

Der Gast

Mit den Monaten aber war es seit jeher so. Der erste Teil, der Anfang, wenn jedes Datum noch aus einer Ziffer besteht, verging für mich doppelt so schnell wie das Ende, wenn das Datum zwei Ziffern aufweist. So als würde Dienstag, der 3. Januar schneller vorbeigehen als Dienstag, der 24. Januar, weil ja auch vierundzwanzig irgendwie mehr und länger ist als drei. Je höher das Datum war, desto länger erschien der Monat, so als würde sich die Zeit entschleunigen. Der Mensch ermüdet von so einem Monat, denn der scheint sich mit all seinen Sensationen, mit Sonne, Regen, Schnee oder Hitzewellen, zuerst im Bewusstsein zu verbrauchen und langweilig zu werden und später auch zeitlich auszurinnen. Besonders intensiv verbraucht ihn das Hinschreiben des Datums. Seit meiner Jugend erwarte ich eigentlich, dass der laufende Monat vorbeigeht, und hoffe, dass sich in dem Monat, der kommt, etwas Schönes ereignet. Und warum kommen mir jetzt diese Gedanken? Weil es mir, während ich uns dieserart auf diese Riva Versetzte sehe und auf ein Schiff warte, das noch nicht da ist, scheinen will, dass für uns alle der größere Teil des Lebens in diesem Warten verronnen ist.

– Sind wir jetzt komplett?, fragte Ana mit einem Blick auf Juganas Liste.

– Nein, nicht unbedingt.

Jugana versuchte sich in dem Salat aus durchgestrichenen Namen zurechtzufinden. Auch ich linste ein wenig darauf, aber es gelang mir nicht zu sehen, was mich interessierte. Ich glaubte, ich würde das nur so tun. Neugier. Reine Neugier. Die beiden hatten sich irgendwie beruhigt, nachdem der Mann aufgetaucht war, der Ähnlichkeit mit Roman hatte, aber das konnte auch mit dem Umstand zu tun haben, dass ich ihn unter uns nirgends entdecken konnte. Wir standen da und plauderten friedlich zwischen den Koffern, die Enkel rannten zwischen uns hindurch, Möwen ließen ihre Schreie hören, und es war nicht die geringste Nervosität zu spüren, obwohl das Schiff noch nicht da war.

Dann hielt auf den Steinplatten der Riva, wo Autos normalerweise nicht fahren, ein Taxi. Das rief allgemeines Interesse hervor. Alle starrten wir jetzt auf diesen roten Audi Caravan. Im Innern war Bewegung zu erkennen, vermutlich ging es ums Zahlen, aber ziemlich lange stieg niemand aus, und das Licht fiel so, dass man nicht gut ins Wageninnere sehen konnte.

– Wer ist das jetzt?, sagte Alma, die sich irgendwie neben uns eingefunden hatte.

Marijan rief:

– Doch wohl nicht Boba!

– Schwein, schwarzes!, reagierte Ana, so laut sie konnte.

Boba war in der dritten Klasse tödlich verunglückt, sie war die Erste, die uns verlassen hatte. Wir waren alle gemeinsam auf ihrer Beerdigung gewesen, wir hatten Spalier gestanden, und jeder von uns hatte eine rote Rose in der Hand gehalten. Heute scheint mir, dass sie ziemliches Pech gehabt haben muss, in einer Stadt von einem Auto überfahren zu werden, die in jener Zeit so wenig Autos hatte. Aber etwas anderes war hier interessant. Zuerst war ein Mann aufgetaucht, der Ähnlichkeit mit Roman hatte, und jetzt hatte noch der Idiot von Marijan über die ganze Riva Bobas Namen gebrüllt. Unsere Toten meldeten sich auf seltsame Weise. So, als ob auch sie mit auf die Abireise wollten.

Aber dieses Herumgemache im Taxi ging weiter, und wir verloren schon die Geduld. Für einen Moment hatte ich auch eine leise Hoffnung gehegt. Schließlich war Senka immer zu spät gekommen, und sie besaß ein äußerst gut entwickeltes Gespür für das Theatralische.

– Juga, sag schon, wer das ist!, Ana saß wie auf Nadeln.

Jugana indessen schwieg nur und lächelte.

– Was seid ihr so ungeduldig. Ihr werdet schon sehen.

Zuerst stieg der Taxifahrer aus und mühte sich, einen riesigen, altmodischen Koffer aus dem Gepäckraum zu heben, einen von denen, wie sie mindestens dreißig Jahre nicht mehr im Gebrauch sind. Dann hob er auch eine kleinere Reisetasche heraus. Danach öffnete er die Tür, und wir konnten sehen, wie eine offensichtlich sehr alte Frau, die sich auf seinen Arm stützte, als Erstes einen Fuß in einem weißen Schuh herausstreckte, der einer orthopädischen Gehhilfe ähnelte und vermutlich Anfang der Fünfziger gekauft worden war. Dann erschien auch das zweite Bein, und eine alte Frau mit grauem Haar, mit ordentlich gewickelter Frisur, trat vorsichtig, sich auf den Taxifahrer stützend, auf die Platten der Riva, als würde sie gerade den Mond betreten. Es herrschte völlige Stille. Selbst die Kinder hatten im Laufen innegehalten, weil sie spürten, dass etwas Besonderes vor sich ging.

– Jessas, flüsterte Alma. Die Klassenlehrerin.

– Die lebt noch?, sagte Toni.

– Ja, die lebt. Wenn du mit zweiundneunzig noch allein reist … Jugana schien diese Frage irgendwie verletzt zu haben, aber dann drehte sie sich zu ihrem Sohn um:

– Mislav, geh ihr helfen, was wartest du!

Ich ging hinter Mislav her, und als wir ankamen, kam ich nicht einmal dazu, unsere Klassenlehrerin, Frau Sruk, zu begrüßen, denn Mislav hatte sie schon unter den Arm gefasst. Obwohl in Trauer, ist er findiger, eine jüngere Generation. Mir blieben natürlich der Koffer und Marijans betrunkener Kommentar, den vermutlich die ganze Riva mitkriegte:

– Er war schon immer ein Streber!

Mislav und Frau Sruk gingen voran, während ich mich hinter ihnen auf den rutschigen Steinplatten mit dem Koffer unserer Klassenlehrerin abplagte. Was hatte sie da drin? Kleidung aus der Zeit des Informbüros, ein Badekostüm, das sie gekauft hatte, als Kennedy ermordet wurde, Sandalen, älter als meine Tochter und ich zusammen? In einer Hand trug ich das riesige Monstrum aus festem Karton mit Metallscharnieren, in der anderen die kleinere Reisetasche. Das Gewicht glich sich überhaupt nicht aus, und so kam es, dass ich das Ungetüm von Koffer, halb auf die Seite gekippt, über die rutschigen Platten mehr nachschleifte als trug. Der Schweiß lief mir gefährlich den Nacken hinunter, und mein Herz, das beschlossen hatte, mich an die Angina Pectoris zu erinnern, spürte ich in der Kehle.

– Ist er schwer, Tihomir?

– Nein, Frau Klassenlehrerin, sagte ich, über die rutschigen Platten wankend, verblüfft über die Tatsache, dass sie mich wiedererkannt und sich an meinen Namen erinnert hatte.

Ein halbes Jahrhundert seit dem Abitur und zweiundneunzig auf dem Buckel, echt gut, und ich bin mit achtundsechzig bereits senil. Und das selbst für Kellner überzeugend.

Neben mir stand plötzlich Marijan.

– Fass du an dem einen Ende an, ich nehme das andere, sagte er.

Ich hängte mir die Tasche über die Schulter und packte den Koffer mit beiden Händen. Von der anderen Seite fasste Marijan an. Er war auch für zwei ziemlich schwer. Hinter uns kam Sara und führte Denis an der Hand. Ohne mein Engagement zu kommentieren, weil sie es vermutlich für vergeblich hielt.

– Ist in dem Koffer ein Toter?, fragte der Kleine. Offensichtlich hatte er vergangenen Abend einen Film gesehen, den er nicht hätte sehen dürfen.

– Sei still, Denis!, sagte Sara.

Frau Sruk schien nichts gehört zu haben.

– Und jetzt wird sie ihn zerstückeln und ins Meer werfen, nicht wahr, Mami?

– Wenn du nicht still bist, wird es nichts mit der Ninja-Turtle!

Und so zog unsere Prozession langsam und feierlich zum Zentrum der Riva, wo die anderen auf das Schiff warteten, das noch immer nicht in Sicht war. Und als wir endlich ankamen, drängten die Kameraden heran, um mit der Klassenlehrerin Begrüßungsküsschen zu wechseln, während wir den Koffer auf den Steinplatten absetzten. So allein und braun sah er wirklich aus wie ein Sarg, um den wir uns alle versammelt hatten, als wären wir auf einer Beerdigung und nicht am Beginn unserer zweiten Abireise. Wenn das Alter eines Tages wirklich kommt, scheint alles immer mehr einem Leichenzug zu gleichen, selbst die Pinkelschlange in der Pause von Schwanensee vor der Theatertoilette.

Ein seltsamer Bote

1

Zehn Tage vor Neujahr 1955 passierten an unserer Schule zwei Dinge: Die Heizung für sogenannte feste Brennstoffe ging kaputt, und die Schwester von Anica Klaković starb. Wir saßen in den modern ausgestatteten Klassen in Mänteln, und einige Mädchen hatten sich in Decken gewickelt, damit sie sich nicht die Fortpflanzungsorgane erkälteten. Unsere Klassenlehrerin hatte sie zu diesem Einwickeln aufgefordert, während sie uns Burschen weiszumachen versuchte, dass die Kälte gar nichts sei und dass wir uns stählen müssten.

Unserer Mathematiklehrerin, Diana Politeo, kam während des Unterrichts weißlicher Dampf aus dem Mund. Sie hatte Wollhandschuhe, bei denen sie den oberen Teil der Finger abgeschnitten hatte, um an der Tafel mit dem großen hölzernen Zirkel und den Dreiecken leichter hantieren zu können. Die Geschichtslehrerin, Genossin Zlatić, trug einen Mantel aus schwarzem Astrachan; der Geografielehrer, Doktor Res, unterrichtete mit einem großen Filzhut und aufgestelltem Mantelkragen. Lediglich unsere Klassenlehrerin, die Haushaltslehrerin Zlata Obrenović, legte keine zusätzlichen Kleidungsstücke an und benahm sich in der Klasse, als würde ihr die Kälte nichts anhaben. Ich hatte schon am Morgen Temperatur bekommen und saß in der zweiten Bank in eine Decke gehüllt, zitternd. Die Klassenlehrerin sah mich an und sagte:

– Komm, Tihomir, wo bleibt deine Männlichkeit? Und alle lachten.

In der zweiten Woche dieser großen Kälte begannen in der Schule Gerüchte zu kursieren. Während der Pause flüsterte Radovan:

– Nicht die Heizung ist kaputt gegangen, sondern die Kohle ist aus.

– Wie aus?

– Es wurde keine gefördert. Die Produktion hat das Soll nicht erfüllt.

Die Gerüchte tauchten am Montag auf, und schon am Mittwoch hielt das Lehrerkollegium eine lange Sitzung ab. Wir drei und noch ein paar Burschen aus unserem Viertel, auf der Šalata, warteten vor der Schule, versteckt in der grimmigen Kälte, in der Hoffnung, dass, wenn die Sitzung aus sein und die Lehrer nach Hause gehen würden, wir ihre Kommentare hören könnten. Es war nämlich das Gerücht aufgekommen, dass wegen der kaputten Heizung bis Neujahr keine Schule sein würde, sodass unsere Winterferien fast zehn Tage länger dauern würden. Das war eine derart verführerische Nachricht, dass es sich auszahlte, in der Kälte auf sie zu warten. Die Sitzung ging zu Ende, die Lehrer gingen an uns vorüber, sagten aber nichts von einem Aussetzen des Unterrichts. Nur Genosse Res gab einen Kommentar ab:

– Eine Schule bauen, aber kein Geld für die Heizung haben!

Lange wussten wir nicht, dass auf der Šalata der Neubau einer Grundschule vonstattenging. Wir, vom oberen Teil des Horvatovac und Zelenjak, wie auch unsere Mitschüler von der Šalata gingen in die Grundschule Kaptol, weil sie für uns näher war als die Ivan-Filipović-Schule in der Zajčeva. Außerdem wurde erzählt, dass die Lehrer in der Schule Kaptol viel besser seien als in der Filipović-Schule. Über das neue Gebäude wurde nicht gesprochen, so als würde es heimlich gebaut. Das erste Mal hörte ich etwas darüber in unserer Küche, als meine Mutter mit Romans Mutter Kaffee trank.

– In der Mesićeva haben sie eine Schule für die Kinder der Leitenden gebaut, sagte Romans Mutter, aber keine Angst, Nachbarin, unsere Kinder kommen dort nicht hin.

Später sprach man davon, dass es ein ultramodernes Gebäude werde, das der prominente Architekt Božidar Rašica entworfen habe und die neueste Errungenschaft unserer Baukunst sei. Als im September das neue Schuljahr begann, gingen wir wieder in die Schule Kaptol, so wie bisher. Aber schon Anfang Oktober machte sich in der Schule eine gewisse Nervosität breit, es kamen Leute in Anzügen, mit Dienstautos, Daten wurden auf den neuesten Stand gebracht. Mehrere Male mussten wir Bögen ausfüllen mit Fragen nach den Noten, dem Beruf der Eltern, dem Wohnort, den außerschulischen Aktivitäten. Es war etwas Großes in Vorbereitung, aber niemand wusste, was. Bei einer Gelegenheit hörte ich von unserer damaligen Klassenlehrerin den Satz, der gefährliche Ähnlichkeit mit dem Satz hatte, mit dem Genosse Res das Fehlen der Heizung kommentiert hatte:

– Eine Schule bauen, aber nicht genug Kinder haben!

Der Kindermangel war allem Anschein nach nicht nur mein persönliches Problem.

Auch am 12. Oktober 1955 zogen wir wie gewöhnlich zur Schule Kaptol und gingen nach dem Klingeln in die Klasse. Uns erwartete die Klassenlehrerin mit einer Liste in den Händen. Sie wirkte ziemlich feierlich, so als würde sie einen Tod vermelden.

– Liebe Kinder, ich werde jetzt die Namen von einigen von euch verlesen. Ich bitte, dass die Aufgerufenen ihre Sachen nehmen und vor der Tafel in einer Reihe antreten.

– So haben die Ustascha die Juden herausgerufen, flüsterte Roman, als die Klassenlehrerin meinen Namen vorlas. In den wenigen Minuten, bevor sie Roman und Radovan aufrief, zitterte ich davor, dass man uns trennen würde. Wir Aufgerufenen stellten uns mit unseren Schultaschen in den Händen vor die Tafel, und die Klassenlehrerin sagte:

– Unsere Schulkameraden gehen heute in ihre neue Schule. Wir wünschen ihnen gute Noten und alles Beste im Leben. Zdravo!

Und die ganze Klasse rief einstimmig: „Zdravo!" „Heil!" Und das war es. In stiller Kolonne, so als würden wir tatsächlich ins Lager abgeführt, gingen wir die Moše Pijade hinunter und von dort die Vinkovićeva hinauf zur Šalata. Damals wussten wir nicht, dass man die breite Straße, die seit Kurzem den Namen des prominenten Theoretikers der Revolution trug, als Verwaltungsgrenze genommen hatte. Alle, die östlich von ihr wohnten, hatte man in die neue Grundschule eingewiesen, die den Namen der Straße trug, in der sie sich befand: Mesićeva. Später bekam sie ihren Namen nach dem Dichter Ivan Goran Kovačić, der über die Ustascha-Verbrechen geschrieben hatte und bei Foča von den Tschetniks umgebracht worden war.

Zum ersten Mal sah ich die Schule von der Seite, von Süden her, wo sich der Kinosaal befand und wohin die meisten Klassenzimmer sahen. Sie wirkte unglaublich modern im Vergleich zu den umliegenden Vorkriegsbauten, und die großen Glasflächen machten einen fast unwirklichen Eindruck. Hier muss ich ein anderer Mensch werden, war, ich erinnere mich, mein erster Gedanke, und da irgendwo muss mir auch die Idee gekommen sein, ein besserer Schüler werden zu wollen. Mir der Wirkung noch in keinem Augenblick bewusst, aber zu einer Zeit, als die Begegnung mit einem modernistischen Bau noch einen Reiz ausübte. In diesen ersten Tagen bemerkte ich auch bei den anderen eine Veränderung. Damals kam es mir völlig normal vor, dass der Raum die Menschen verändert. Ich bemerkte zum Beispiel, dass einige Schüler anders gingen als in der Schule Kaptol. Hier waren die Gänge um ein Mehrfaches breiter, es gab bedeutend mehr Licht, und all das wirkte auf uns ein. In der Schule Kaptol hatten wir durch schmale, längliche Fenster nur Segmente der Stadtlandschaft gesehen, Teile der Palais in der Oberstadt, die Dächer in der Tkalčićeva und Medvedgradska. Jetzt konnten wir dank dem Umstand, dass eine ganze Wand in der Klasse aus Glas war, mehr von der Welt sehen. Außerdem waren auch die Sonnenuntergänge anders, so wie auch unsere Gesichter. Uns war, als wären wir in eine andere, modernere Zeit eingetreten.

Gerade wegen dieser anfänglichen Faszination erlebten wir das tragische Aussetzen der Heizung als Katastrophe und die kalten Heizkörper, als hätte uns diese moderne Zeit irgendwie verraten. Am nächsten Tag, nach der langen Sitzung des Lehrerkollegiums, kamen die Lehrer ohne ihre Mäntel, Pelzmützen und Hüte in die kalten Klassenräume. Keiner von ihnen ließ mehr erkennen, dass ihm kalt war. Im Gegenteil. Alle benahmen sich wie unsere Klassenlehrerin, als wäre das alles das Normalste von der Welt. Gegen Ende des Tages, wir hatten nachmittags Schule, kam Frau Obrenović nur in einer leichten, geblümten Bluse und einem einfachen, grauen Stoffrock in die Klasse. Sie verlas eine Bekanntmachung.

– Das Lehrerkollegium der Grundschule Mesićeva I hat auf seiner Sitzung vom 22. Dezember 1955 beschlossen, dass der Unterricht bis zum Ende des ersten Halbjahres in der Natur abgehalten wird. Am 23. Dezember, das heißt morgen, begeben sich die Schüler auf unseren Zagreber Hausberg. Abmarsch morgen früh um acht Uhr vor der Schule.

So begann der Tag, den ich von allen Tagen meines Grundschülerdaseins am besten in Erinnerung behalten habe, genau genommen am Abend vorher mit einem Bild im Kopf: wie wir zweihundert uns wieder vor der Schule aufstellen und wie wir in aller Stille über den Mirogoj, den Zentralfriedhof, auf den Sljeme gehen. Die Lehrerin hatte noch etwas gesagt. Inoffiziell.

– Morgen kommt Anica zurück. Seid bitte alle nett zu ihr!

Anica hatte fast zwei Wochen gefehlt, seit ihr Vater in die Schule gekommen war, um sie abzuholen, und gesagt hatte, dass ihre Schwester gestorben sei, sodass sie als Einzige von uns der Kälte im Klassenzimmer bisher entgangen war. Die Schwester war jünger als sie und schwer krank gewesen, aber man hatte doch erwartet, dass sie überleben würde. Ein schwerer Fehler an ihrem Herzen indessen hatte sie vor der Zeit hinweggerafft. An diesem Tag wurden wir mit dem Tod konfrontiert, als wir das Gesicht ihres Vaters sahen, das aussah, als wäre er gestorben und nicht seine jüngere Tochter. Es sah aus, als hätte ihm jemand die Augen geschlossen und als würde er jetzt nur nach innen und zurücksehen, irgendwohin hinter sich. Zu dieser Zeit war der Tod für mich bereits ein falsch zugestelltes Telegramm und die Unmöglichkeit, mir einen nicht vorhandenen Freund vorzustellen, nun kam das Gesicht dieses Mannes hinzu. Ich wusste, dass jetzt, mit Anicas Rückkehr, noch etwas beginnen würde und dass wir alle monatelang diesen Tod in Anicas Augen sehen würden. Die Sache war deshalb umso schlimmer, weil Anica vor dem Tod ihrer Schwester, seit Radovan, Roman und ich in diese Klasse gekommen waren, in mich verliebt gewesen war. Das hatte mir ihre Freundin gesagt, schon am dritten Tag.

– Du gefällst Anica!, hatte sie gesagt, und das reichte, dass ich ihr aus dem Weg zu gehen begann.

Die Mädchen in der Klasse teilten wir ein in hübsche, hässliche und sonstige. Anica gehörte zu den sonstigen, was bedeutete, dass es Tage gab, wo man sie zu den hübschen zählen konnte, aber dass sie zu einer anderen Zeit auch nicht weit von den hässlichen war. Mit diesem Schatten der Hässlichkeit auf dem langen glatten Haar von dunkler Kastanienfarbe und dem länglichen blassen Gesicht stellte sie eine ernsthafte Gefahr dar für meine Reputation. Deshalb war ihre Rückkehr für mich besonders delikat. Ich hoffte, dass der Tod der Schwester etwas genügend Großes war, um diese Liebe in ihr erlöschen zu lassen. Gleichzeitig wusste ich, dass ich nicht grob sein und sie auf keinen Fall verletzen durfte.

Vor der Schule nahmen die Dinge indessen einen anderen Verlauf. In dem Moment, als sie erschien, hatte Anica für mich kein Gesicht, geschweige denn einen Körper. Sie spazierte einfach in unsere Mitte und wurde sofort von den Mädchen eingekreist. Sie küssten und umarmten sich und verdeckten mit ihren Körpern alles außer den Beinen. Ich sah Anicas Beine, und das waren jetzt ziemlich schöne Beine in modernen Stiefeln und in einem Schottenrock, der über dem Knie endete. Anica hatte anscheinend einen ihrer hübscheren Tage. Als ich sie schließlich zur Gänze sah, war sie für mich kaum wiederzuerkennen. Als hätten all die anderen hübschen Mädchen aus der Klasse, die sie geküsst hatten, einen Teil der eigenen Schönheit an sie übertragen. Sie hatte wesentlich kürzeres Haar, auf Bubikopf getrimmt, und trug einen ganz neuen, schwarzen Mantel, den ihr die Eltern wahrscheinlich zur Beerdigung gekauft hatten. Ich musste daran denken, dass sie schön war auch wegen des Todes ihrer Schwester und dass das Ende von jemandes Leben für die, die zurückbleiben, auch solche Folgen haben kann.

Mit mir sprach sie kein Wort, sie sah mich nicht einmal an. Erst als wir den zur Puntijarka-Hütte hinaufführenden Bikić-Steig in Angriff nahmen. Da war sie plötzlich neben mir und sagte:

– Ich habe in diesen Tagen an dich gedacht.

Das bedeutete, dass der Tod nicht stark genug war, eine solche unernste, platonische Liebe zu besiegen. Ich drückte ihr mein Beileid aus, und so setzten wir unseren Aufstieg gemeinsam fort. Es war höllisch kalt, und sie hatte weder Schal noch Mütze noch Handschuhe, und den Mantel trug sie vorne aufgeknöpft, damit man ihren neuen Rock und die dunkle Weste sah. Mich hatte meine Mutter mit einem Wintermantel ausgerüstet, mit zwei Paar Handschuhen, das eine Paar aus Leder für die Schneeballschlachten, das andere aus Wolle, um die Hände zu wärmen. Ich hatte auch einen langen Strickschal, sodass mich Roman, als ich am Morgen an seiner Tür klingelte, gefragt hatte:

– Willst du etwa nach Grönland?

Anica indessen sagte:

– Ich habe es kaum erwarten können, wieder zur Schule zu gehen.

– Warum?

– Zu Hause war es so langweilig!

– Was hast du gemacht?

– Ich habe mit meiner Mutter Mensch ärgere dich nicht gespielt.

Ich hatte wohl gedacht, dass Kinder, denen ein Bruder oder eine Schwester gestorben ist, nicht mit ihrer Mutter Mensch ärgere dich nicht spielen dürfen. In dem Gespräch erwähnte sie auch kein einziges Mal ihre Schwester, die Beerdigung oder die Eltern. Als wollte sie sich von alledem erholen. Alle Augenblicke hauchte sie in ihre Hände, die schon ganz rot waren.

– Willst du meine Handschuhe?

– Gern!

Ich zog sie aus und gab sie ihr.

Mir war bewusst, dass sie jetzt eine ganz andere war, und mit dieser Ehrfurcht vor dem Tod, der sie berührt hatte, setzten wir unsere Unterhaltung fort. Sie fragte mich, was es in der Schule Neues gebe, und ich erklärte ihr, dass die Heizung kaputt sei, dass die Lehrer in Mänteln unterrichtet hätten und dass das Lehrerkollegium eine solche Praxis schließlich verboten habe, damit sich unter den Kindern kein Defätismus ausbreite.

Als wir den Unterstand mit dem Holzdach passiert hatten, auf der Höhe von Njivice, blies plötzlich ein sehr kalter Nordwind. Ich sah, wie sie ihre Hände in meinen Handschuhen an die Ohren presste.

– Willst du die Mütze?

Sie sah mich geradezu zärtlich an. Und dankbar.

– Dir wird kalt werden.

– Nein.

So wanderte meine Mütze auf ihren Kopf. Fast schon am Ende unseres Aufstiegs gab ich ihr auch noch den Schal. So ausgerüstet mit meiner Mütze, meinem Schal und meinen Handschuhen muss sie mir gefährlich ähnlich gesehen haben, denn als Roman uns endlich eingeholt hatte, sah er Anica ziemlich verwundert an, so als wollte er diesen Anblick aufsaugen und möglichst lange in sich behalten: Mich, verfroren und barhäuptig, und sie, die irgendwie meine Umrisse angenommen hatte. Und diese Ähnlichkeit hielt den ganzen Tag an, denn sie trennte sich nicht von meinem Schal und meiner Mütze. Als hätte ich sie mit meinen Kleidungsstücken irgendwie umarmt. Andererseits sie so sehend, irgendwie bekannt, gefiel sie mir immer mehr und ernsthafter, als ich es jemals für möglich gehalten hätte. Als wir gegen vier Uhr den Abstieg vom Sljeme begannen, hielten wir uns an den Händen, und ich war verliebt wie nie zuvor. Diese Liebe war jedoch nur von kurzer Dauer. Bis wir vom Sljeme abgestiegen waren und in der Schule die Heizung wieder funktionierte. Von da an bis zum Ende der achten Klasse gefiel sie mir überhaupt nicht mehr. Tatsache ist indessen, dass ich diesen Tag besser und deutlicher in Erinnerung behalten habe als all die anderen, an denen sie mir auf die Nerven ging.

2

An jenem Abend, als mich mein Papa mitnahm, damit ich zum ersten Mal einen Film über Vampire sehen sollte, brach jemand unserem Hund Sam den Schwanz. Vor dem Kino hielten Mama und Papa Rat.

– Er ist noch zu jung, sagte Mama. Er behält ein Trauma zurück.

– Er ist nicht mehr in deinem Bauch. Noch kurze Zeit und er wird sein Leben leben und muss wissen, wie Vampire aussehen.

Der Film war schrecklich, aber das Einzige, was ich wirklich behalten habe, waren zwei, drei Huren in einem Bordell in London, das man durch eine Geheimtür von der Armenküche aus betrat. Dort gab es eine halb nackte Hure, die mit einer Schlange tanzte. Papa wollte mich erschrecken, damit ich erwachsen würde, und ich wurde so erwachsen, dass ich eine ungeplante Erektion bekam. Ein derartiger kardinaler Erziehungsfehler musste Folgen haben, und die sollten sich rasch zeigen.

Als wir nach Hause kamen, saß Mama voller Kummer in der Küche und sah unter den Tisch. Dort lag unser English Setter und jaulte vor Schmerzen. Als er unsere Gerüche witterte, versuchte er mit dem Schwanz zu wedeln, konnte es aber nicht, weil sein Schwanz direkt an der Wurzel gebrochen war. Er hatte Schmerzen, weil er sich freute.

– Wir müssen zum Tierarzt, sagte Vater, jemand hat ihm den Schwanz gebrochen.

Da wusste ich, dass es zwischen dem Film und wie dort die Frau mit der Schlange getanzt hatte und Sams gebrochenem Schwanz eine Verbindung gab. Die folgenden zwanzig Jahre sollte ich, wenn ich traurig oder enttäuscht war, diese Verbindung suchen. Das wusste ich damals zum Glück noch nicht. Das Übel hatte sich auf zwei unterschiedlichen Seiten gezeigt, es rührte aus zwei Quellen und mündete in ein Bild auf dem Küchenboden, wo unser Hund unter dem Tisch seinen Platz hatte. Manchmal sah ich zu, wie er sich auf der Steppdecke befriedigte, auf der er lag. Er stopfte sie mit den Beinen unter sich, ein Ende hielt er mit den Zähnen, in das andere stach er sein rotes Glied hinein, das aus dem weißen Fell herausgekommen war, als wäre es blutig, wie eine längliche spitze Wunde. Dann rief ich Mama.

– Mama, Sam schiebt wieder die Decke!

– Lass ihn, sagte dann meine Mutter, und so lernte ich, dass die Menschen den Hunden das nachsehen, was Gott den Menschen niemals nachsieht.

Wenn ich mir, bevor wir Sam bekamen, vorstellte, ich hätte einen Hund, kam mir nur ein einziges Bild in den Sinn: Das Bild, auf dem der Knabe René aus dem Bilderbuch *Big Red,* das mir Mama, im vergeblichen Versuch mir von klein auf diese Sprache beizubringen, auf Englisch vorlas, an der Seite seines rötlichen Irish Setters über eine Wiese läuft und beide glücklich sind. Der Hund hat die Zunge heraushängen, und René lacht so mit offenem Mund, dass man seine regelmäßigen, weißen Zähne sieht, wie auf einem Werbeplakat für eine Zahnpasta, die erst später kommen sollte und Signal hieß. Dieses Bild, glücklicher Knabe und Hund, hat mich ständig verfolgt. Die Wiese, der freie Raum, das Laufen und die romantische Freundschaft zwischen Mensch und Hund. Das ist der Beweis, dass Bilderbücher unser Leben bestimmen.

Als wir ihn nach Hause brachten, war Sam fast so süß wie Big Red, nur dass er nicht rot war, sondern weiß. Probleme traten erst auf mit seinem Heranwachsen. Wir konnten ihm absolut nichts beibringen. Als er ein wenig größer geworden war, ging ich mit Vater und Sam in den Garten zum Dressieren. Vater hatte die Tasche voll geschnittener Speckscheiben in Fettpapier. Wir ließen Sam von der Leine, Vater blies in eine Hundepfeife, und wenn Sam käme, sollte ich ihm ein Stückchen Speck geben. So würde er sich daran gewöhnen, auf jeden Ton der Pfeife zurückzukommen. Das war die erste Lektion. Wir übten tagelang, aber Sam kam und kam nicht. Er war nicht imstande, auch nur die erste und einfachste Lektion zu erlernen, damit wir ihn ohne Leine spazieren führen konnten. Manchmal kam er, um Speck zu fressen, aber nie auf den Ton der Pfeife hin. So übten wir monatelang. Ich übertreibe nicht. Auch andere Sachen konnten wir ihm nicht beibringen: Sich setzen, sich hinlegen, er wusste nicht, dass man nach Hause zurückkehren musste, er tobte wie verrückt in den Nachbarhöfen herum, leckte Unbekannten, die in unseren Hof kamen, die Hand. Kurzum, er hatte nichts von einem Hund an sich, von dem die Bilderbücher so schön erzählten.

Bald begannen wir einzusehen, dass unser Hund unverbesserlich dumm war. Dass er dumm war, selbst für einen Setter, die ohnehin dumm sind. Mehr noch, mein Vater war davon überzeugt, dass der Hund geistig retardiert sei. Ich wusste nicht, ob Hunde geistig retardiert sein können, ich wusste nicht einmal, was das Wort bedeutete. Aber ich hörte es am Telefon, als Vater mit dem Freund seines Freundes telefonierte, der Tierarzt war. Er fragte:

– Hör mal, Slavko, kann ein Hund eigentlich retardiert sein, so wie zum Beispiel ein Mensch?

Ich weiß nicht, was aus dem Hörer kam, aber Vater machte ein ernstes Gesicht, nickte mit dem Kopf und wiederholte:

– Verstehe! Ja, ich verstehe.

Das war alles. Von da an fühlte ich mich, als hätte ich einen retardierten jüngeren Bruder. Wäre er von normaler Intelligenz gewesen, wäre er ein Hund geblieben. Aber so, als sich die Retardierung zeigte, war es, als wäre er zu einem Wesen geworden, das mir näherstand, zu jemandem, der sich nicht mehr in hündischen, sondern allmählich auch in menschlichen Sphären befand. Ich dachte: Hätte ich einen Idioten zum Bruder, wären wir gleich klug, nur dass mein Bruder, wenigstens für gewisse Zeit, weniger struppig wäre.

Sowohl meinen Eltern als auch mir fiel es schwer, einen retardierten Hund zu haben. Jeden Tag fühlte ich mehr, wie sie litten. Aber sie liebten ihn. Wir mussten ihn im Hof an der Kette halten. Er wälzte das Gras nieder und verwandelte es in einen staubigen Kreis Erde im Radius seiner Kette. Auf diesem Fleckchen Erde pflanzte er seinen Dreck und jagte manchmal Tauben, die kamen, um aus seinem Napf zu essen. Er war also doch ein Vorstehhund. Auch der drastische Mangel an Intelligenz konnte die Gene nicht annullieren.

Auch sonst stimmte nichts in unserem Haus mit den Bilderbüchern überein. Weder hatten sich meine Eltern lieb, noch hatten wir einen innerlich gefestigten Hund. Eines Abends, als Mama und ich von einem Spaziergang nach Hause zurückkehrten, hörten wir zwei Schüsse aus einem Jagdgewehr. Wir glaubten, Vater hätte Sam erschossen. Davor war uns noch aufgefallen, dass sich der Hund in panischer Angst in seine Hütte verzogen hatte, als das kleine Badezimmerfenster zum Garten hin aufging. Etwas war hier nicht logisch. Dann begriffen wir, dass Vater, wenn wir nicht zu Haus waren, mit dem Jagdgewehr ohne Schrot aus diesem Fenster schoss, um den Hund ans Schießen zu gewöhnen, damit er ihm bei der Jagd dienen konnte. Der Ärmste, der auf den Ton der Hundepfeife nicht zurückzukommen verstand, sollte ein Jagdhund werden. So drückte mein Vater seine Trauer aus: durch Pulver, ohne Schrot.

Wir konnten Sam auch nicht abgewöhnen, an der Leine zu zerren. So zog er bei einer Gelegenheit Mama, als sie ihn auf der Beamtenwiese auf dem Sljeme spazieren führte, so unerwartet hinter sich her, dass sie sich auf dem sanften Hang unversehens auf dem linken Arm wiederfand. Es war nicht stark gewesen, sie hatte sich nur ein wenig abgestützt. Wir wunderten uns, dass der Arm gebrochen war. Damals wussten wir noch nicht, dass sie Knochenkrebs hatte. Den hatte für uns der retardierte Hund entdeckt. Gott hatte sich einen seltsamen Boten ausgesucht.

3

Der erste Fernseher, und einer der ersten in Zagreb, kam Anfang Juni 1956 auf dem dreirädrigen Lieferwagen von Šandor Bivec in unser Haus und hielt Einzug in die Wohnung von Tante Rada, der Witwe von Oberst Milan Pekonjić, als durchaus adäquater Ersatz für ihren Mann. Das, was Tante Rada in den Jahren, die kamen, auf diesem Bildschirm hören und sehen sollte, war genau genommen dasselbe, was auch ihr Mann ohne Unterlass gepredigt hatte: die Erfolge des Selbstverwaltungssozialismus und die Bedeutung des Kampfes gegen den Faschismus. Gerade deshalb war es vielleicht verwunderlich, dass das erste Programm, das wir in diesem Fernseher sahen, in Italienisch war, in der Sprache, in der der Faschismus in die Welt gekommen war. Der Fernseher kam am Donnerstag, und Tante Rada lud uns schon am Samstag alle ein, sich gemeinsam mit ihr das Programm anzusehen. Aber vor meiner ersten Fernsehübertragung im Leben, einer Übertragung der italienischen Rai Uno, von der ich kein Wort verstand, musste ich mit ansehen, wie mein Vater meiner Mutter ein festliches Kleid anzog. Mutter stand lange im Unterrock vor dem Schrank im Schlafzimmer und hielt sich am Bettrand fest.

– Ich nehme doch das Gelbe. Gib mir das Gelbe heraus.

Vater nahm ein Kleid aus gelbem Leinen heraus, das mit roten Rosen bedruckt war. Mit ebensolchen Rosen, wie sie im Mai an unserer Einfriedung blühten. Der Garten, in den sie nicht mehr hinunter konnte, war auf Mutters Kleid nachgemalt. Mir fiel auf, dass sie in letzter Zeit Kleider, Blusen und Schürzen mit Pflanzenmustern trug, als würde sie jeden Tag eine andere Blume in einen großen Strauß flechten. Mein Vater war schon ziemlich geschickt bei dieser Tätigkeit. Er zupfte das Kleid in Falten, wobei er es in etwas verwandelte, was nach einem Rettungsring aussah, und hockte zu Mutters Füßen. Sie hielt sich mit beiden Händen zitternd an seinen

Schultern fest und versuchte in jenen Kreis zu steigen, den der Faltenwurf des Leinens beschrieb. Sie brauchte immer länger, aber zum Schluss gelang es ihr stets. So hob sie auch dieses Mal tapfer ein Bein, während sie sich mit allen anderen Gliedern an etwas Festes klammerte. Dieses eine Bein indessen war einer solchen Belastung nicht gewachsen, und Mutter sank aufs Bett. Da sagte Vater zum ersten Mal in einer solchen Situation:

– Was guckst du nur, hilf lieber!

So zogen wir mit gemeinsamen Kräften Mutter an.

Im Flur, vor dem großen Spiegel, in dem wir uns von uns selbst verabschiedeten, wenn wir die Wohnung verließen, sahen Mutter und Vater, so festlich gekleidet, aus, als würde es Mutters Krankheit nicht geben. Sie hielt sich an ihn, und wenn sie dastand, wie jetzt vor dem Spiegel, schien alles so zu sein wie früher. An diesem Tag, dem 7. Juni 1956 um halb sieben Uhr abends, standen auch unsere Nachbarn vor ihren Spiegeln und richteten ihr Festgewand. Wir waren drauf und dran, der wichtigsten Technologie des 20. Jahrhunderts zu begegnen, und es schien uns, als würde uns diese neue Zeit sorgsam ins Auge fassen. Die Anzüge, und mit ihnen die Krawatten, waren sorgfältig gereinigt, die Frisuren gewickelt, die Schuhe poliert, und so betraten wir das große Wohnzimmer von Rada Pekonjić, die am Tag des Todes ihres Gatten genau in diesem Zimmer gemeinsam mit ihren Freundinnen das Klagelied vom stöhnenden Konjuh-Gebirge und seinen Tannen und Kiefern gesungen hatte. Jetzt dröhnten hier ganz andere Lieder, in einer Sprache, die in den Filmen von den Besatzern gesprochen wurde.

Zu der ersten Fernsehübertragung in unserem Haus und einer der ersten in Zagreb kamen alle Hausbewohner, außer dem Genossen Mrazović. Jemand erwähnte, dass Genosse Mrazović Ende Mai immer auf Brioni sei, um dort die Ankunft des Präsidenten vorzubereiten.

– Waren Sie, Nachbar, schon einmal bei ihm?, fragte Frau Šebetić, die Zuckerkranke aus dem Erdgeschoss.

– Niemand aus dem Haus ist jemals bei ihm gewesen, sagte meine Mutter, die im Sessel saß, und es schien, als hätten ihre Schmerzen vor der Ausstrahlung mit der überirdisch schönen Ansagerin des ersten Programms des italienischen Fernsehens ein wenig nachgelassen.

– Was hat der zu verbergen?, fragte der Vorsitzende des Mieterbeirats, dem ein Arm fehlte und dessen Ärmel etwas oberhalb des Ellbogens verkürzt war.

Nach den Nachrichten sahen wir eine Sendung über Zirkusse. Das war vermutlich eine Reportage über italienische Zirkusse, Szenen mit Tieren, Clowns und Artisten wechselten sich unaufhörlich ab. Roman, Radovan und ich saßen auf dem Boden und starrten gebannt auf die halb nackten Artistinnen.

– Hätte er nichts zu verbergen, würde er nicht das Schloss austauschen, sagte wieder der Vorsitzende des Mieterbeirats. Ich habe Schlüssel zu allen Wohnungen, ich muss sie haben, wenn ein Rohr leckt oder ein Feuer ausbricht, aber von seiner habe ich keinen. Kaum war er eingezogen, hat er schon das Schloss ausgetauscht, aber mir nie einen Schlüssel gegeben.

– Haben Sie offiziell einen verlangt?, sagte Frau Barbetti, Radovans Mutter, die als Einzige Italienisch konnte und für uns Teile der Sendung übersetzte.

– Nein. Verlang mal einer von dem etwas offiziell!

Tante Rada, die den Erwachsenen Kaffee brachte und uns Himbeersaft, teilte ihren Nachbarn ein Geheimnis mit …

– Manchmal hört man aus seiner Wohnung Schreie, müssen Sie wissen.

– Er nimmt seine Arbeit mit nach Hause, sagte Vater.

Aber Mutter zischte sofort:

– Nicht so vor den Kindern. Sie werden es irgendwo herumerzählen, und wo sind wir dann.

– Der kann mich am Arsch lecken, sagte Vater. Und dann sagte er noch, ich habe nicht den Sturm auf Guadalajara mitgemacht, um jetzt Angst vor solchen zu haben. Außerdem hat er unserem Hund den Schwanz gebrochen.

– Das weißt du nicht mit Sicherheit, sagte Mutter.

– Deshalb mussten Sie ihm eine Spritze geben lassen?, sagte Tante Rada.

– Ja, sagte Vater.

Romans Mutter hingegen schwieg nur. Sie war wesentlich jünger als unsere Mütter und ließ sich zumeist nicht auf heikle Gespräche ein.

An diesem Abend, als es uns die Technik möglich machte, den Zirkus vom Empfangssalon unserer Nachbarin aus zu sehen, ohne auf die Jordanovac-Wiese gehen zu müssen, wo die Zirkusse gewöhnlich ihre Zelte aufschlugen, wurde der Same der Neugier gesät, der uns in ein neues Abenteuer führen sollte. Als wir uns nach zehn Uhr im Treppenhaus trennten, bemerkte ich, wie Roman das Schloss an der Wohnung unseres geheimnisvollen Nachbarn fixierte. Soweit ich mich erinnere, waren nicht viele Tage vergangen, als er mich abfing und sagte:

– Dieser Tage gehen wir in die Wohnung von Mrazović.

– Bist du verrückt?

– Ich habe einen Plan.

Aber am Donnerstag, nach dem Tag der Jugend, konnte man uns schon wieder dabei sehen, wie wir durchs dunkle Treppenhaus schlichen. Aus den

Wohnungen, an denen wir vorbeikamen, drangen Geräusche: Radiosendungen, Bruchstücke laut gesprochener Sätze, einförmige Hammerschläge, ein Fluch. Die Angst legte sich schwer auf die Brust und ließ die Luft nicht hinein. Von Zeit zu Zeit sah ich auf meine Hand und fühlte die kalte Rundung des hölzernen Handlaufs am Geländer, der aussah, als schwebte er in der Luft. Die Welt zerfiel in Teile, die nicht miteinander verbunden waren. Zu der einen Tür, im Erdgeschoss, gehörte das Fluchen, zu einer anderen, im ersten Stock, lautes Lachen. Roman flüsterte:

– Heute Abend kommt er nicht vor zehn. Donnerstags ist er nie da …

Das sagte er, während wir uns der Tür der geheimnisvollen Wohnung näherten.

– Meine Mutter sagt, dass er gefährlich ist.

– Und du hast dir vor Angst gleich in die Hose geschissen.

– Nein.

– Doch.

Dann war ich still, denn aus der Wohnung, die sich neben der von Mrazović befand, hörten wir ein lautes Geräusch. Ich hielt den Atem an. Tante Rada war im Flur und konnte jeden Moment die Tür aufmachen. Einige Zeit war nichts zu hören, dann leuchtete ein gelbes Licht auf. Die Tür ging für den Bruchteil einer Sekunde auf, und eine Spur dieses Lichts streifte uns, die wir uns an die Wand drückten. In dieser Sekunde wäre es mir fast lieb gewesen, dass sie uns erwischt hätte, obwohl mir das Herz im Halse schlug, unter dem rechten Ohr. Wenn mein Herz unter dem rechten Ohr schlägt, bedeutet das, dass ich große Angst habe. Sie machte die Tür indessen nur kurz auf und ließ das unkontrollierte Licht hinaus, wie ein fröhliches Tier. Vor der Tür, neben der Fußmatte, stellte sie ihre frisch geputzten Schuhe ab.

Und schlug die Tür zu. Uns hatte sie keinen Augenblick angesehen, aus dem Hellen konnte sie nicht ins Dunkle sehen. Noch ein Augenblick der Stille, dann hörte ich einen Seufzer aus Romans Lunge.

– Fast!

– Und wenn wir es lassen?

Roman zog mich am Revers. In dieser Finsternis starrte er mir in die Augen.

– Haben wir es abgemacht?

Ich schwieg.

– Sag, haben wir es abgemacht? Hast du es versprochen?

– Ja?

– Dann sei keine Memme.

Dieser Satz war mir bekannt. Etwas, das ich schon erlebt hatte, wiederholte sich. Unser Abenteuer hatte so große Ähnlichkeit mit jenem weit zurückliegenden Abend, als ich zum ersten Mal dem Schatten des Todes begegnet war, der fälschlicherweise an unsere Tür geklopft hatte. Jedes Mal seit damals, welche Gestalt er auch annehmen mochte, kam er näher. Und die Geschichte wiederholte sich. Auch deshalb erfasste mich eine Angst, die es mir unmöglich machte, mich zu bewegen. Für die wenigen Schritte bis zur Tür von Mrazovićs Wohnung brauchte ich eine Ewigkeit. Und als ich endlich da war, sank ich zu Boden, direkt neben dem Eingang der Wohnung des Mannes, den die ganze Straße fürchtete. Als wir gerade eingezogen waren, hatte meine Mutter zu mir gesagt:

– Lass dich nicht zufällig in ein Gespräch mit diesem Mrazović ein. Du antwortest nur höflich, wenn er dich etwas fragt. Hast du verstanden?

Und jetzt waren wir vor seiner Tür. Ich hockte in der Ecke, mir sagten die Wände zu, die ich im Rücken spürte, aber Roman hatte die Fußmatte angehoben und fuhr mit der Hand suchend über den Boden. Plötzlich sah ich unseren Hauseingang im Dunkeln aus der Perspektive eines sehr kleinen Kindes, von drei oder vier Jahren, so groß, wie ich mit vierzehn in der Hocke war. Die Dinge waren groß, die Treppe war steiler, das Fenster im Zwischenstock länglich. Ich fühlte, dass mich diese Perspektive irgendwie tröstete, sie verringerte die Angst, die ich hatte, weil ich von unten schon vorsichtige Schritte mit Nagelschuhen hörte. Auch Roman hielt für einen Moment inne. Das bedeutete, die Schritte waren real. Jemand schlich wie wir durchs Dunkel, aber die Schuhe verrieten ihn.

– Da ist er, flüsterte er endlich.

Er nahm den Schlüssel, steckte ihn leise ins Schloss und drehte ihn ohne zu zögern im Schloss um. Die Tür gab nach, und er, noch immer in gebückter Haltung, schlüpfte hinein. Die Schritte im Treppenhaus kamen näher. Unter normalen Bedingungen hätte ich lange auf der Schwelle dieser Tür gestanden. Und lange überlegt, ob ich diesen entscheidenden Schritt tun und wie ein Einbrecher in eine fremde Wohnung eindringen sollte. So fasste ich den Entschluss im Nu und huschte hinter Roman her. Er schloss ungeduldig die Tür.

– Bist du verrückt, zischte er, willst du, dass sie uns kriegen?

Ich saß auf den Fliesen im Flur des Genossen Mrazović, wie in einem Traum. Ich hatte das Ohr an die Tür gelehnt und hörte deutlich, wie jemand an die Tür trat, innehielt und horchte. Roman, der sich bereits langsam dorthin bewegte, wo sich das Wohnzimmer befinden musste, dachte offenbar, es sei jemand von den Hausbewohnern, der nur vorbeiging. Aber die Person war stehen geblieben, das hörte ich deutlich. Das hörte die Angst in mir, das hörte das Herz unter meinem rechten Ohr, das hörten die gespreizten Finger auf dem glatten, lackierten Holz. Und so belauschten wir uns eine Zeit lang gegenseitig, getrennt nur durch die starke Holzmembrane der Tür. Es hätte genügt, dass der Jemand auf der anderen Seite die Klinke herunterdrückt, um uns zu erwischen, denn zum Abschließen waren wir nicht mehr gekommen. Aber diese Person auf der anderen Seite kam nicht herein. Sie stand nur da, und das war beruhigend. Das bedeutete, dass sie nicht der Besitzer war, denn der wäre ohne zu zögern hereingekommen. Es war ein Nachbar, der etwas gehört hatte und jetzt nachsah. Und wirklich, nach kurzer Zeit hörte ich, wie sich die Schritte entfernten. Das eiserne Treppengeländer sirrte für einen Moment, als ob der Unbekannte beim Gehen zufällig die Richtung verfehlt hätte, und dann erkannte ich langsam, dass er die Treppe wieder hinunterging.

– Was wartest du? Wir haben nicht den ganzen Tag Zeit!

Roman und Radovan waren mit der kleinen Taschenlampe schon den Flur entlanggeschlichen und hielten jetzt vor einem Raum, dessen Tür offen stand. Ich zog die Schuhe aus und holte sie langsam zu mir. Jetzt standen wir an der Schwelle zu einem großen Wohnzimmer, so wie es auch das meiner Eltern einen Stock höher war. Von der Straße drang das starke Licht der Straßenlaterne herein, genau durch die Glastür, die auf den Balkon führte. Roman hatte die Taschenlampe ausgemacht, das Licht von der Straße reichte aus, dass wir alles sahen. Bilder an den Wänden, in schweren, vergoldeten Rahmen, eine elegante antike Vitrine mit mattem Glas, Ledersessel und ein großer Konzertflügel am Fenster, sodass das Licht auf den Notenständer fiel. Über einem von Sesseln umstandenen Tischchen hing von der Decke herab ein angsteinflößender, metallener Kronleuchter in Form einer Riesenpflanze und mit Schirmen aus mattem Glas. Sein starkes Licht konnte man von der Straße aus sehen, aber ihn selbst nicht, denn er befand sich in einem Teil des Raumes, dessen Decke man auch dann nicht sehen konnte, wenn man auf die Einfriedung unseres Hofes kletterte. Wir bestaunten alles ehrfürchtig, so als wären wir Kolumbus, der seinen Fuß auf einen unbekannten Kontinent mit unbekannten Bäumen, Tieren und Menschen gesetzt hatte.

– Woher hat er das alles?

– Von den Vormietern, sagte Roman, nichts davon gehört ihm.

Das Mobiliar in unseren Wohnungen war ebenso alt, aber bescheiden. Niemand hatte Ledersessel, geschweige denn einen Flügel. Alle diese interessanten Dinge ringsum, das von Büchern überquellende Regal, der Getränkewagen, die metallene Zeitungsablage neben einem der Sessel, alles das bewirkte, dass die Angst allmählich nachließ. Roman nahm eine Flasche, schraubte den Verschluss ab und roch am Inhalt.

– Kognak!

Ich kam näher und roch zum ersten Mal Kognak. Ich wusste, wie Schnaps riecht, Pflaume, Grappa, Treber, alle Schnäpse. Aber Kognak hatte ich noch nie gerochen. Mein Blick fiel auf den Teppich, der zusammengerollt und irgendwie abgeknickt unter den Flügel geschoben war, damit er weniger Platz wegnahm. Er erinnerte mich an eine alte Frau, die gerade gestorben war und auf dem Boden lag. Ein lautes Geräusch ließ mich zusammenzucken.

– Sieh mal hier!

Roman stand vor der Vitrine mit dem matten Glas, die er gerade geöffnet hatte. Das Licht von der Straße fiel auf sein Gesicht, und es war zu sehen, dass er geschockt war. Für einen Moment dachte ich, er habe in dem Schrank eine Mumie oder ein präpariertes Kind gesehen, so fremdartig war sein Gesichtsausdruck. Ich war es nicht gewohnt, Roman verwundert oder furchtsam zu sehen, er wirkte immer kaltblütig. Auf jeden Fall viel kaltblütiger als ich. Jetzt hatte sich sein Gesicht aber doch in etwas verwandelt, was mich mehr erschreckte als das, was im Schrank war und was ich nicht erkennen konnte. Der Roman, den ich gekannt hatte, war auf einmal verschwunden und hatte uns in der fremden Wohnung allein gelassen mit dieser entgeistert blickenden Maske, die nur in den Schrank starrte. Die Angst war so groß, obwohl ein wenig unlogisch, dass ich mich eine Zeit lang nicht traute, näher an den Schrank heranzutreten, um zu sehen, was er sah. Aber als ich Mut gefasst und mich endlich genähert hatte, grinste er und schlug mir auf die Schulter:

– Hab' ich dich?

– Du blödes Arschloch, du blödes, presste ich halb geflüstert durch die Zähne.

Bei diesem Scherz begriff ich zum ersten Mal, dass jemand, den wir gut kennen, dass jemand, bei dem wir uns absolut sicher sind, plötzlich zu einem Fremden werden kann. Roman zeigte uns damals, in Mrazovićs Wohnung, zum ersten Mal eine Eigenschaft von sich, die später viele Male zum Ausdruck kommen sollte: die Fähigkeit, von einer Sekunde zur nächsten ein anderer zu werden.

In der Vitrine mit dem matten Glas waren Waffen. Zwei Schrotflinten, eine einläufige und eine doppelläufige, eine Bockflinte, ein Karabiner mit Zielfernrohr und eine kurze italienische Beretta, wie sie Mussolinis Truppen im Zweiten Weltkrieg verwendet hatten. Roman nahm den Karabiner aus der Halterung und sah durch das Visier.

– Lass das!, sagte ich, Gewehre sind nicht zum Spielen.

– Du bist wirklich ein Feigling. Es ist nicht geladen. Sieh her!

Er zog den Verschluss zurück und steckte den Finger in den Lauf.

– Auch ein leeres Gewehr kann töten, wiederholte ich einen Satz, den meine Mutter ständig zu mir sagte.

In dem Moment hörten wir das Geräusch eines Schlüssels im Schloss der Wohnungstür. Es hallte gespenstisch durch die dunklen Räume und ließ unsere Gesichter gefrieren. Jemand versuchte vergeblich, die schon aufgeschlossene Tür aufzuschließen. Das, was danach geschah, sollte unser Leben verändern.

Die Uhr aus der Frauenklinik

Als ich auf meine alte Dox blickte, die ich zu meinem dreißigjährigen Dienstjubiläum im Krankenhaus für Gynäkologie und Geburtshilfe bekommen hatte, zeigten die Ziffern, dass wir bereits anderthalb Stunden warteten, und noch immer war vom Schiff weit und breit nichts zu sehen. Mit unseren Lieben und Teuren bildeten wir mehrere Kreise wie bei einem ungeplanten Massenauflauf, und wenn jemand uns aus der Luft oder von einem erhöhten Punkt aus betrachtet hätte, hätten wir für ihn vermutlich Ähnlichkeit mit olympischen Ringen gehabt. Vor der eigenen Vergangenheit kann man offensichtlich nicht davonlaufen. Die ursprüngliche Stimmung war verflogen, und Einzelne lösten sich immer häufiger aus den Kreisen und sahen vom Rand der Riva aufs Meer hinaus. Dorthin, von wo sie unsere Arche erwarteten. Ich hörte wie Jugana, noch immer das Fieberblatt mit den ausgestrichenen Namen in der Hand haltend, immer heftiger mit jemandem am Handy disputierte.

– Das Schiff hat einen Platten!, kommentierte Marijan mit betrunkener Stimme.

Mislav führte in der Zwischenzeit Frau Sruk von Schüler zu Schüler, damit sie sie begrüßten. So kam die zweiundneunzigjährige Frau auch zu Alma und sagte:

– Liebe Alma, du siehst noch immer aus wie ein junges Mädchen!

Und Alma schmolz dahin und umarmte Frau Sruk, als hätte Gottvater selbst zu ihr gesprochen und nicht die ehemalige Klassenlehrerin und als würde sie tatsächlich wie ein junges Mädchen aussehen. Im Vorbeigehen warf sie Marijan zu:

– Marijan, Marijan, hast wohl wieder ein bisschen getrunken?

Ana begrüßte sie besonders herzlich:

– Ančica, du bist ja auch hier!

Dann trat sie einen Schritt zurück, um sie anzusehen, und fuhr fort:

– Wann kommst du endlich aus der Pubertät?

– Das ist deshalb, weil ihre Titten noch wachsen, kommentierte Marijan, der sich irgendwie nahe meinem Ohr eingefunden hatte.

So ging die Klassenlehrerin auch zu den Übrigen: zu Lidija, Vera, Toni, Jugana …

– Acht fehlen ihr nur noch bis hundert, und noch erinnert sie sich an uns alle, kommentierte Toni mit etwas leiserer Stimme.

– Toni, ich habe dich gehört, rief sie fast vom anderen Ende der Riva. Ich werde alles deiner Mutter sagen.

Dann drehte sie sich langsam zu dem Professor und Akademiker um, wobei sie den traurigen Mislav in ihrer Drehung mitnahm, wie einen orthopädischen Gehbehelf mit Kopf, und ließ ihren Blick lange auf der glatzköpfigen Erscheinung des Akademikers ruhen.

– Lebt deine Mutter noch?

– Nein, erwiderte Toni mit trauriger Stimme. Sie ist sechsundachtzig gestorben.

– Macht nichts, sagte die Klassenlehrerin, ich werde es ihr sagen, wenn ich sie dort treffe!

Und dann rief jemand:

– Da ist es!

Alle drehten wir koordiniert den Kopf nach rechts. Direkt auf uns zu pflügte der Bug eines hölzernen Schiffes. Endlich wurde die Klasse, die immer auf etwas gewartet hatte, für ihr Warten belohnt.

Bald machte an der Riva dieses gepflegte Schiff fest, das man zusätzlich mit hohen Aufbauten, mit Oberdeck, Kommandobrücke und zwei Masten, bestückt hatte. Auf Ersterem drehte sich ein neues Radar. Den weiß gestrichenen Rumpf schützten gegen die Stöße der steinernen Riva vier Autoreifen mit noch erkennbarem Profil, von denen einer beschädigt war.

– Ich habe doch gesagt, dass ihm ein Reifen geplatzt ist.

Marijan sah genauer hin, er wippte sogar am Rand der Riva vor und zurück, als würde er gleich fallen.

– Und zwar ein Winterreifen.

Niemand lachte. Alle betrachteten wir still unsere Arche. Am Bug war ein Schild aus grünlichem Kupfer angebracht, auf dem der Name des Schiffes prangte: Tramuntana. In der ersten Hälfte des Jahrhunderts, mit dessen Dahingehen ich mich nicht abfinden kann, vor dem ganzen Tourismus, vor all den Hotels und Marinas, wurden mit solchen Schiffen Erde und Sand transportiert. Die meisten davon sind auf der Werft in Krilo Jesenice gebaut worden, und Anfang der Sechziger fing man an, sie massenhaft für den Personenverkehr zu adaptieren. Statt der Erde kamen die Touristen. Erde in kompakterer Form, Staub, der zu Staub zurückkehren wird, aber davor eine Bevanda trinkt, sich mit Creme vor Sonnenbrand schützt und sich seine Dorade munden lässt. Selbst die Unternehmer von damals hatten begriffen, dass sich ein Mensch *alla rinfusa* und in Staubform weniger auszahlt als ein Mensch im Ganzen, und fingen an, pro Kopf zu kassieren. Zwar büßten solche Schiffe ein wenig an Stabilität ein, und sie waren auch ständig überladen, aber im Sommer ist das Meer gewöhnlich ruhig, es besteht keine Gefahr für diese Köpfe außer hin und wieder ein plötzlich aufziehender Sturm. Und so geht das schon seit Jahrzehnten. Genau genommen unterschied sich die Tramuntana nicht sehr von dem Schiff, auf dem wir von dieser Riva vor neunundvierzig Jahren abgelegt hatten.

Jetzt sprang ein braun gebrannter junger Mann von etwa zwanzig Jahren in abgeschnittenen, zerfransten alten Jeans und in einem weißen T-Shirt, auf dem in Schreibschrift der Name des Schiffes stand, von Deck. Er legte Schiffstaue in großen Schlingen über die Eisenpoller, während ein Zweiter an Deck jemandem auf der Kommandobrücke zurief, mit welchem Seitenruder er anlegen sollte. Von Zeit zu Zeit spähte ein zerzauster und völlig ergrauter Kopf, der von einem ebensolchen grauen Lockenbart bedeckt wurde, durch das Fenster auf der Brücke.

– Sag endlich, soll ich gegensteuern oder nicht?

– Nicht nötig, nein, gab der junge Mann auf Deck zurück und bereitete die Gangway mit dem Handlauf aus Schiffstau vor.

Das ganze Unternehmen wurde von Deck aus von einer jungen, blonden Frau mit wütendem Gesichtsausdruck beobachtet. Sie trug eine ebensolche Blechtafel mit einer Metallklammer in der Hand, wie sie Jugana hatte.

Als sich das hölzerne Ungeheuer endlich unter einigem Zucken beruhigt und die jungen Männer das Fallreep hinuntergelassen hatten, setzte Jugana ihren Schritt als Erste auf das Deck der Tramuntana. Sie begrüßte die junge Frau mit Handschlag, und dann begannen sie die Listen zu vergleichen.

– Das ist Silva, sagte Ana. Die Reiseleiterin.

Wie es sich gehörte, ging nach Jugana, die sozusagen dienstlich an Bord gegangen war, als Erste unsere Klassenlehrerin an Bord. Mislav führte sie langsam die Gangway hinauf.

– Vorsicht bei diesen Latten! Es ist rutschig, so, jetzt nur noch über diese eine. Ausgezeichnet.

Marijan und ich setzten uns wieder mit dem Koffer der Klassenlehrerin in Bewegung.

– Papa, lass das, sagte Sara nervös, mit derselben Stimme, mit der sie sonst mit Denis redet. Du nimm dein Gepäck und ihre Tasche.

– Kein Problem. Marijan hilft mir.

So schifften wir uns endlich auf der Tramuntana ein. Silva hatte inzwischen die Klassenlehrerin herzlich begrüßt und mit ihr ein paar Worte gewechselt und wandte sich nun an uns.

– Gehen Sie nur, wir verstauen den Koffer der gnädigen Frau sofort in ihrer Kabine.

In die Kabine von Frau Sruk kam man direkt von Deck. Sie lag mittschiffs unmittelbar neben dem Durchgang mit den Treppen, von denen eine zu den Kabinen im Unterdeck, die andere auf das Oberdeck und zur Kommandobrücke führte. Obwohl ziemlich eng, war es eine der luxuriösesten Kabinen auf dem Schiff. Silva zeigte Frau Sruk das untere Bett:

– Das ist Ihres!

Sie öffnete den Schrank bis zur Hälfte, weiter ging es nicht, weil wir uns alle in diesen engen, mit auf Teak gebeizter Fichte verkleideten Raum gedrängt hatten. Sie sah auf ihre Liste und sagte:

– Frau Jugana ist über Ihnen!

In diesem Augenblick erschien auch meine Tochter mit der Tasche der Klassenlehrerin.

– Das hier ist auch von der gnädigen Frau!

Ich nahm die Tasche entgegen und stellte sie neben den Koffer, der fast ein Viertel der Kabine einnahm. Unsere Klassenlehrerin hatte vorgesorgt, als würde sie auf eine sehr, sehr lange Reise gehen, wie ein Pharao, der sich anschickt in seine Pyramide einzuziehen. Gleich danach brachte sie auch meine Sachen.

– Ihre Kabine ist unten, sagte Silva, und wir stiegen die steile und enge Treppe hinunter. Eine schwache Birne erhellte nur spärlich den schmalen Gang, in dem sich auf jeder Seite vier Kabinen befanden. Sie öffnete die Tür der zweiten Kabine links und gab mir den Schlüssel. Ich betrat einen stickigen Raum ohne Fenster, mit zwei Stockbetten und einem Schrank.

– Die Sanitäreinrichtungen befinden sich am Bug, sagte sie, als wäre es die allernormalste Sache von der Welt, dass der Mensch mitten in der Nacht ans andere Ende des Schiffes pinkeln geht. Man geht von Deck aus hinein. Dort gibt es zwei große Waschräume.

Ich stellte die Tasche neben das Bett und ging hinter ihr zurück aufs Deck. Oben umarmte ich Sara und Denis zum Abschied.

– Opa, und was ist Zadaj?

– Zadar, korrigierte Sara

– Das ist eine Stadt in Dalmatien.

Ich erwartete, dass er jetzt fragen würde, was Dalmatien ist. Er sagte indessen:

– Und gibt es in Zadar Ninja-Turtles?

– Hör auf zu nerven, sagte Sara und brachte ihn von Bord.

Ich lehnte mich an die Reling rechts neben der Gangway und sah zu, wie sich die Reste meiner Abiturklasse, die wir zwischen 1957 und 1961 für Frau Sruk der erste Jahrgang gewesen waren, auf der Tramuntana einschifften. Ein Jahrgang, an den man sich vermutlich erinnert. Wie an das erste Auto. Oder die erste Reise über die Grenze nach Italien, wegen eines dieser raschelnden Nylonmäntel. Marijan hatte sich jetzt von den Kameraden gelöst und entschlossen die Gangway betreten, als würde er sich bemühen, so rasch wie möglich von der hektischen älteren Frau wegzukommen, die hinter ihm hertrippelte und laut den Inhalt der Tasche beschrieb, die er trug.

– Im Fach auf der linken Seite sind deine Strümpfe, ich habe dir auch drei Paar Wollstrümpfe eingepackt, und unter der Weste hast du die Regenjacke. Die grauen Sommerstrümpfe habe ich ganz nach unten gelegt und die neuen nach oben. Trag aber zuerst die alten … deine Wäsche ist im Fach an der Seite, in einer weißen Plastiktüte. Die zweite Tüte ist für die Schmutzwäsche …

Marijan schickte nur Küsschen mit der Hand in unbestimmte Richtung hinter sich. Und die Frau blieb vor der Gangway stehen, als dürfte sie nicht weiter, als wäre die Brücke für Frauen tabu.

Marijan war schon oben an Deck. Er schoss nur einen giftigen Blick auf sie ab, bevor ihn die lächelnde Silva empfing. Auch Marijan lächelte sie an, und zwar so, als hätte er die Anzahl seiner Jahre schon vergessen. Als sie seinen Namen auf der Liste gefunden hatte, stiegen sie ins Unterdeck hinunter, und schon legte er die Hand auf ihre Schulter. Nur so, freundschaftlich. Gleich hinter ihm betrat der Professor und Akademiker die Gangway, noch immer seinen Rollkoffer hinter sich herziehend. Aber kaum war er an Bord, hörte er auf Professor und Akademiker zu sein. Er stieß auf Marijan, der die Tasche in seiner Kabine abgestellt hatte und jetzt aufs Deck zurückgekehrt war.

– Toni, alter Arsch, wo treibst du dich denn herum?, schrie dieser fast außer sich vor Freude, und die beiden umarmten sich unmittelbar vor mir, als hätten sie nicht zusammen eine Stunde auf das Schiff gewartet. Und während ihn Marijan umarmte und er sich an andere Verhaltensregeln gewöhnte, so als hätte ihn jemand mit einem Fußtritt aus seiner Welt hinausbefördert, traf sich sein Blick mit meinem. So, vom größeren Marijan umarmt, sah er mich lange und irgendwie herzlich an. Als wäre jenes neununddreißigjährige Missverständnis endlich ausgeräumt.

Hinter Toni setzte sich jetzt die ganze Korona Richtung Deck in Bewegung. Bei den einen trugen die Ehegefährten die Sachen, bei den anderen die Söhne oder Töchter. Begleitpersonen, die die Koffer vor der Bar im Salon abstellen, sich von ihren ergrauten Abiturienten verabschieden und dann lange zum Heck des Schiffes hinauf winken würden, wenn es bereits auf die Crikvenica-Passage zupflügte. Manche würden vielleicht auch denken: Wenn ihr heil zurückkommt, gut, und wenn nicht, auch gut! Es würden Häuser und Wohnungen zurückbleiben, sogar manches Wochenendhaus. Und Bilder, Lacković, Ivančic, Berber, auch die Wintermäntel waren nicht zu verachten, Kaschmir, Kamelhaar, Jacken aus Sämischleder und Nerzpelze mit entwerteten Straßenbahnfahrkarten in den Taschen. Zuerst zieht der Mensch den Mantel der toten Person an, wobei er sich einzureden sucht, er tue das nicht wegen des Mantels, sondern wegen der Erinnerung und der Nähe. Es ist schön, es tröstet zu spüren, dass dich jemand von den Deinen, ein Toter, mithilfe ebenso toter Lebewesen umarmt. Und alles das ist schön, das Menschenwesen empfindet Güte und Rührung und vergisst die Habgier. Und bald wird der Mantel mit dem neuen Besitzer verschmelzen, der alte wird allmählich vergessen, und nicht selten kommt es vor, dass man ihn auch vor der höheren Macht leugnet. Wie Petrus seinen Rabbi.

– Wann hast du diesen Pelz gekauft?

– Ooooh, den habe ich von früher. Schon zehn Jahre, und mehr.

Und dann findet sich, vielleicht auch nach mehreren Monaten, plötzlich in einem Täschchen im Innern eine alte Straßenbahnfahrkarte. Als sendete die Verblichene eine Botschaft aus dem Jenseits:

– Nimm und fahre!

Und das ist plötzlich eine unangenehme Erkenntnis, denn sie kommt in einem Augenblick, wenn das überlebende Menschenwesen sich den Mantel schon angeeignet hat, ihn nach seinem Körper dressiert, ihn an den eigenen Gang gewöhnt hat, und jetzt plötzlich ein so deutlicher Hinweis, der neben diesem „Nimm und fahre“ auch sagt: „Sie haben sich ein wenig geirrt, liebes Kind, das ist trotz allem mein Mantel.“ Und dann füllt das liebe Kind den Pelz mit Naphtalin, um möglichen zukünftigen Bewohnern den Garaus zu machen, und hängt ihn in den Schrank. Und wenn die lieben Nächsten fragen:

– Wo hast du denn Mamas Pelz?

Sagt es:

– Ich kann ihn nicht tragen. Der Schmerz ist zu groß. An der Straßenbahnhaltestelle breche ich jedes Mal in Tränen aus.

So werden uns jetzt von der Riva die Kinder und Enkel zuwinken, und vielleicht haben sie, außer den Immobilien, auch schon etwas „besitziert“, was im Schrank hängt. Wie ich das alles weiß? Nun, ich weiß es, so etwas braucht man auch nicht zu verdrängen.

In der Zwischenzeit hatte sich Mislav, der den Koffer der Klassenlehrerin und den seiner Mutter in ihrer Kabine abgestellt hatte, von seiner Mutter verabschiedet und war auf dem Weg hinunter zur Riva. Noch während er über die Gangway schlurfte, in diesen zehn Sekunden, sah ich, wie Ana, die noch nicht an Bord gegangen war, von Jugana ein Zeichen bekam. Ana verfolgte Mislav auf seinem Weg zum Parkplatz aufmerksam mit dem Blick, dann holte sie Juganas Handy heraus und rief jemanden an. Erst als sie das erledigt hatte, bestieg sie die Tramuntana. Das alles war ziemlich seltsam.

In der Zwischenzeit hatte sich Marijan von Toni gelöst und war an Deck erschienen, an der Reling. Etwas warf er der heftigen Dame zu, die ihm die Dinge in den Koffer gelegt hatte. Die Dame hielt ein Mädchen an der Hand, vermutlich seine Enkelin, die vorhin mit Denis Fangen gespielt hatte. Das Mädchen sandte mit ihrem kleinen Händchen Küsschen zum weißen Rumpf der Tramuntana hinauf, und die flogen durch die Luft wie Blütenblätter unsichtbarer Orchideen, von denen die Legenden der Amazonen erzählen, und landeten auf Marijans glückseligem Gesicht mit den ausgesprochen roten Wangen. Und dann rief die Kleine:

– Opilein, betrink dich nicht wie ein Schwein!

Neben ihm sah der kleine Kopf von Frau Sruk mit den eingedrehten Locken kaum über die Reling.

– Frau Lehrerin, passen Sie auf ihn auf, dass er nicht übertreibt, rief Marijans Frau hinauf.

– Keine Sorge, ich werde auf sie alle aufpassen, meldete sich Frau Sruk mit ihren hohen Tönen.

– Nur immer streng!, warf die Frau ihr zu.

Im Salon, vor der Bar, herrschte jetzt Gedränge. Sieben oder acht Personen mit Gepäck drängten irgendwohin, wieselten herum und redeten laut durcheinander. Höflichkeit und Herzlichkeit erzeugten einen ziemlichen Lärm.

– Ruuuuuheee!, brüllte die Reiseleiterin, und die Grauköpfe gaben endlich Ruhe und sahen sie gehorsam an. So werden wir nie fertig. Hier sind die Schlüssel zu Ihren Kabinen. Wenn ich Ihren Namen aufrufe, gehen Sie jeweils zu zweit in Ihre Kabine. Wenn die Nummern mit eins beginnen, sind sie hier hinten auf diesem Deck, sie zeigte mit dem Daumen hinter sich, und wenn sie mit einer Null beginnen, sind sie unten im Unterdeck. Haben wir uns verstanden?

– Haben wir, Fräulein, sagte Alma, aber warum sind Sie so böse auf uns?

Silva tat, als hätte sie diesen Satz überhört, und begann mit dem Aufrufen.

In diesem Augenblick kam Toni zu mir geschlendert, lehnte sich mit dem Rücken an die Reling und sah in den Salon. Offensichtlich hatte ihm unten auf der Riva niemand das Geleit gegeben.

– Die Kleine ist scharf!

Das war das Erste, was er nach neununddreißig Jahren zu mir sagte. Und als es so aussah, als hätten wir uns alle eingeschifft und uns an der Reling an Deck aufgereiht, um unseren Liebsten zuzuwinken, standen Jugana und Silva immer noch an der Gangway, die man noch nicht eingezogen hatte. Offenbar wurde noch jemand erwartet. Ob sie vielleicht doch ... dachte ich. Dachte ich nur. Und dann sah ich im Salon den Menschen, der einfach so aus dem Nichts aufgetaucht war, als ich mir die Zigarette angezündet hatte. Jetzt, aus dieser Ecke betrachtet und im Schatten des Salons, schien er mir keine so große Ähnlichkeit mehr mit Roman zu haben. Eine gewisse Ähnlichkeit gab es aber doch, einige Züge deckten sich. Schwarzhaarig, angegraut, mit hübschem, schmalem Gesicht, saß er dort bei einer Coca-Cola und wandte nicht allzu viel Aufmerksamkeit auf uns. Ich versuchte intensiv, mich zu erinnern, wer das war. Ich trat sogar in einem Moment zu Alma.

– Weißt du, wer das ist?

Alma drehte sich um, sah in den Salon und sagte:

– Ich weiß nicht. Vielleicht jemand von der Besatzung. Er ist keiner von uns.

Er sah überhaupt nicht aus wie einer von der Besatzung. Ein gestreiftes Angeberhemd mit kleinem Lacoste-Krokodil und eine sandfarbene Sommerhose.

Vor der Gangway Wache stehend sah Jugana bereits ungeduldig auf die Uhr. Das Warten zog sich in die Länge. An Bord und auf der Riva hatten sich in der Zwischenzeit zwei Lager gebildet. Hin und wieder riefen wir einander etwas zu, aber es war eine unruhige Atmosphäre zu spüren. Wir wussten eigentlich nicht mehr, was wir miteinander anfangen sollten, denn wir hatten uns bereits ausreichend verabschiedet, uns glückliche Fahrt und glückliches Bleiben gewünscht, hatten Anweisungen und Ermahnungen ausgetauscht, und dieser jemand kam noch immer nicht. Etliche von denen auf der Riva sandten Küsschen durch die Luft und begaben sich zu ihren Autos, um die quälende Situation irgendwie zu beenden. Sara winkte noch einmal, und auch Denis winkte, und dann gingen sie langsam zu unserem Passat. Auf der Riva waren bald nur noch einige wenige, die dort einsam standen wie böswillig gesetzte Stangen beim Super-G. Und erst jetzt tauchten von irgendwo aus dem Park zwei Figuren auf. Ein Mann unseren Alters, der eine sehr alte Frau am Arm führte. Sie gingen langsam, denn die Greisin ging schwer.

– Da ist er!, sagte Jugana, und Silva machte noch einen Strich auf der Liste mit unseren Namen. Der Mann, der dort kam, war der Einzige von uns, der noch von der eigenen Mutter herbegleitet wurde, so wie auch bei der ersten Reise. Als sie sich trennten, hier vor dem Schiff, küsste die Mutter Josip lange und hielt ihn umarmt. So muss es auch das erste Mal gewesen sein, als wir noch nicht alle Karikaturen waren. Damals hatte sie vermutlich Angst um ihn, während sie jetzt um sich selbst fürchtete, dass sie sterben könnte, bevor der Sohn von der Abiturreise zu ihr zurückgekehrt war.

Nachdem er sich schließlich aus der mütterlichen Umarmung befreit hatte, packte er seine Tasche und hopste mit zwei Sprüngen an Deck, und alle, die wir dort standen, konnten sehen, welche Freiheit er auf einmal fühlte. Die beiden Burschen, die von irgendwo aus dem Schiffsinnern aufgetaucht waren, zogen das Fallreep ein. Die Motoren brummten auf, und das Schiff begann sich langsam vom Ufer wegzubewegen. Ich blieb noch etwas an Deck, selbst als sich schon alle anderen verzogen hatten. Senka war nicht gekommen, und so war ich ein bisschen traurig. Nichts Schlimmes, nur eine kleine Enttäuschung.

Und erst jetzt, als das Schiff seinen Bug gen Südost gekehrt hatte, kam der Mensch, der mich an Roman erinnert hatte, aus dem Salon.

– Wer ist der, der jetzt rausgekommen ist?, fragte ich Toni, der noch immer an die Reling gelehnt neben mir stand.

Toni dachte ein wenig nach, sein akademischer Hirnprozessor ratterte, dann sagte er:

– Ich weiß es absolut nicht. Vielleicht wenn du mir den Nachnamen sagst.

War es möglich, dass sich niemand an ihn erinnerte? In diesem Augenblick hatte ich das Gefühl, dass wir tatsächlich jemanden mitgenommen hatten, der nicht mehr am Leben war.

Die Begegnung

Sohnverwitwet, sagte Radovan mit Romans Stimme und wiederholte dann, sohnverwitwet, sohnverwitwet.

Dieses Wort wurde schließlich in dreifachem Konsens angenommen, am ersten Schultag, an dem wir aufs Gymnasium kamen. Für eine Frau, deren Mann gestorben ist, gibt es ein eigenes Wort: Witwe. Roman stellte schon seit zwei Monaten die ganz ernst gemeinte Frage:

– Warum gibt es kein ähnliches Wort für eine Frau, deren Sohn gestorben ist?

Wir waren uns darin einig, dass eine solche Trauer vermutlich die größte ist und dass sie ein eigenes Wort verdient. Und so fingen wir an. Radovan deklamierte mit meiner Stimme, im Stil der Filmwochenschau:

– Genossin Rada Pekonjić, Witwe und Sohnverwitwete, nahm gestern eine posthume Auszeichnung für ihren Sohn Karlo entgegen, einen gefallenen Partisanen aus …

Roman unterbrach ihn:

– Die Sohnverwitwete des Genossen Karlo hat heute Vanillekipferl gebacken.

Gerade gingen wir den unbebauten Teil unserer Straße, wo sich noch immer Wiesen und Unkrauthalden erstreckten, zur Šalata hinauf, als uns der Vorsitzende des Mieterbeirats entgegenkam. Er war Frühaufsteher und kam um die Zeit, wenn wir zur Schule gingen, schon vom Markt zurück. Von Weitem sah es manchmal so aus, als hätte er beide Arme. Kaum sahen wir seine Silhouette auf uns zuschaukeln, sagte Roman zu Radovan:

– Jetzt mach dich unsichtbar!

– Gut, sagte Radovan, indem er meine Stimme nachmachte.

Der Vorsitzende des Mieterbeirats kam rasch näher, und je näher er kam, desto weniger schien sein Arm zu existieren, um in dem Moment, als wir einander passierten, völlig verschwunden zu sein und sich in einen leeren Ärmel verwandelt zu haben.

– Wo kommt ihr denn her, ihr Helden!, sagte er statt eines Grußes, ihr zwei, als wärt ihr Brüder. Immer gemeinsam in die Schule?

– Heute ist unser erster Tag im Gymnasium, sagte ich, nur so viel, um überhaupt etwas zu ihm zu sagen.

Roman grinste, und Radovan machte auf unsichtbar. Erst als der Nachbar weg war und auch die Leere an der Stelle seines linken Armes mitgenommen hatte, sagte Radovan mit Romans Stimme:

– Heute treffen sich bei Tante Rada die Sohnverwitweten. Deshalb hat sie Kipferl gebacken.

Die Mütter toter Söhne waren eine Sonderkategorie in unserem Haus, und wir kannten sie über Tante Rada. Sie kamen zu ihr zu Besuch, waren gesellig, tauschten Erfahrungen aus. In welcher Brigade? Wo? Wie? Und schrittweise füllten sich ihre Köpfe mit den Bildern der eigenen und fremden toten Söhne, denen die Kugeln durch den Kopf gegangen waren wie durch einen bunten Nebel, im Kozara-Gebirge, in der Neretva-Schlucht, an der Srem-Front, und diese Bilder schienen in ihren Köpfen stärker zu glänzen als die posthumen Orden ihrer Söhne. Orden, die zu jedem Begängnis des Tages der Republik aufs Neue eintrudelten, so als würde der tote Partisan Karlo Pekonjić im Jenseits noch immer Heldentaten begehen. Das war eine seltsame Bestätigung postfuneralen Lebens seitens einer kommunistischen Regierung. So hatte es Tante Rada Pekonjić ausgedrückt, die unlängst bereits den dritten posthumen Orden für ihren Sohn, einen Stoßkämpfer der ersten Kompanie, dritte Lika-Brigade, in Empfang genommen hatte, der sein Leben in der Nähe von Modriča, wie mein Vater zu sagen pflegte, auf dem Altar des Vaterlandes geopfert hatte. Beim Sterben hat er sich nicht vorstellen können, dass er dafür einmal drei vergoldete Posthume bekommen, dass seine Mutter den ersten Fernseher in unserer Straße haben und dass er ein wichtiger Faktor innerhalb der atheistischen Idee vom postfuneralen Leben werden würde.

Das Gymnasium befand sich im selben Gebäude wie die Grundschule Mesićeva I. Wir gingen schweigend nebeneinander den alten Weg, aber in gewisser Weise waren wir jetzt Neue: Gymnasiasten. Vor der Schule stand ein Haufen verwirrter Kinder, und unter ihnen gab es zahlreiche, mit denen wir acht Jahre in die Grundschule gegangen waren und die sich jetzt, ebenso wie wir, ins Gymnasium eingeschrieben hatten. Diese uns vertrauten Kindergesichter bewirkten die Vorstellung, als wäre die Schule gemeinsam mit uns gewachsen und hätte in einem Augenblick beschlossen, selbst zum Gymnasium zu werden. Bei einer der Teestunden der Sohnverwitweten, zu denen auch wir ab und zu wegen der Kuchen gingen, hatte meine Mutter Tante Rada eröffnet, dass in der Mesićeva auch ein Gymnasium aufmachen und sie mich dort einschreiben würde. Meine Mutter hatte auf diesen Sitzgesellschaften als Einzige einen lebendigen Sohn, war aber selber am Sterben, sodass ihr die Sohnverwitweten das nachsahen. Damals wurde festgestellt, dass unsere Schule an ständigem Kindermangel litt und dass sie sogar mit uns, die wir nachträglich aus der Schule Kaptol dazugekommen waren, noch vor Leere gähnte. Es gab auch diese unangenehmen Tratschereien, etwa dass der moderne Bau nur wegen der Kinder der Führungskräfte entstanden war, die in die Luxusvillen auf der Šalata eingezogen waren. Deshalb hatte man beschlossen, im selben Gebäude auch ein Gymnasium zu eröffnen, das mit Kindern aus dem Ostteil der Stadt belegt werden sollte. Wir, die Kinder, waren nach dem Großen Krieg, in dem wir geboren wurden, ziemlich defizitär, und dieses Defizit war unter den Sohnverwitweten am meisten spürbar. Die Helden, die an jedem 29. November Auszeichnungen für ihre postfuneralen Verdienste erhielten, waren nur wenig älter gewesen als wir, aber sie blieben in den Erinnerungen weiterhin jung, während wir fortfuhren, älter zu werden, bis wir sie am Ende überholt hatten.

Vor der Schule wurden wir mit Nachnamen aufgerufen. Die Klassenlehrerin, Frau Sruk, rief auf: Karlo Belinić, Nadica Zagrajski, Ema Hafner, Boba Štedul, Jugana Kotarec, Josip Raki, Ana Plišo, Roman Blažinčić, Lidija Rakoci, Veronika Žužul, Tihomir Romar, Laci Pletikosa, Marijan Pribilović …

Roman und ich sahen uns erleichtert an, wir waren in derselben Klasse, und die paar Minuten Ungewissheit waren endgültig ausgestanden. Alles erinnerte an die Situation, als man uns vor nicht ganz zwei Jahren in der Schule Kaptol vor die Tafel gerufen und Roman gesagt hatte:

– So haben die Ustascha die Juden herausgerufen!

Etwas hatte sich wiederholt, aber mit einem Unterschied: Niemand hatte Radovans Namen aufgerufen, und niemand hatte das, wenn man es genau nahm, auch erwartet. Nur einen Augenblick lang war mir, als ob ich vielleicht erwartet hätte, dass auch sein Name fiel: Radovan Podhrasky. Roman und ich hatten nie mehr über das gesprochen, was in der Wohnung des Genossen Mrazović geschehen war, wir hatten nur die Fähigkeit erworben, länger zu schweigen, wenn wir zusammen waren.

In der ersten Stunde, in einem der Klassenräume im ersten Stock, von dessen Fenstern aus man das Dach der Pathologie der Medizinischen Fakultät sehen konnte, wohin wir gleich nach dem Eintritt in diese Schule heimlich Leichen zum Sezieren anschauen gingen, mussten wir aufstehen und deutlich unseren Vor- und Nachnamen aufsagen, den die Klassenlehrerin dann auf einer Liste abhakte. In der zweiten Bank sah ich Anica und dachte, dass sie jetzt, nach den Ferien, wieder gut aussah. Als sich die Mädchen vorstellten, hörte ich ihren Namen allerdings nicht. Vermutlich hatte ich aus dem Fenster gesehen und daran gedacht, dass wir zum ersten Mal im Leben gerade hier auf der Šalata einen Toten gesehen hatten. Nach der Vorstellung las uns die Klassenlehrerin die Hausordnung vor, die wesentlich strenger war als die der Grundschule. Ich sah Anica nur von hinten, wie sie von Zeit zu Zeit mit der linken Hand das Haar aus den Augen strich und mit der rechten sorgfältig die Bestimmungen aufschrieb, nach denen wir die nächsten vier Jahre zu leben haben würden. Diese Bewegung zeigte, dass Anica über den Sommer irgendwie erwachsen geworden war. Als es klingelte, ging ich mit einem offenen Lächeln auf sie zu, das mir indessen auf den Lippen gefror, als sich Anicas Gesicht, je näher ich kam, doch in etwas Unbekanntes verwandelte. So lernten Senka und ich uns kennen. Durch einen Irrtum. Und diesen ganzen ersten Schultag und den ganzen Heimweg musste ich daran denken, wie seltsam es war, dass mir Senka gefiel, die so große Ähnlichkeit mit Anica hatte, die mir eigentlich nicht gefiel und die ich nur einen einzigen Tag geliebt hatte. Auf dem Heimweg redeten Roman und ich nicht viel miteinander, auch Radovan meldete sich nicht zu Wort. Er fragte, weder wie es in der Schule sei noch ob es hübsche Mädchen gebe. Hätte er gefragt, hätte ich gesagt, dass es eine gebe, aber dass die anderen anstrengend seien.

Diese Begegnung sah überhaupt nicht aus wie etwas Wichtiges. Viel wichtiger war, dass am Nachmittag bei Tante Rada die Sohnverwitweten zusammenkamen. Roman und ich waren eingeladen, und daran hatten wir und die Sohnverwitweten ein klares Interesse. Wir, den besten Vanillekipferln im Hause zuzusprechen, und die Sohnverwitweten, neben ihren toten, für kurze Zeit auch lebendige Söhne zu sehen. Wenn auch nicht die eigenen. Ich zog meiner Mutter das helle Kleid mit den rosafarbenen Blumen und den breiten Ärmeln an, damit sie auch den rechten Arm, der wieder eingegipst war, durchstecken konnte. In Radas Wohnzimmer saßen schon die Frauen und hielten Teetassen in den Händen und sahen Roman an, der mit vollem Mund erklärte, dass das Schulgebäude nach Südwesten ausgerichtet sei, damit es in den Klassenräumen immer Sonnenlicht gebe.

– Es kommt auch Genossin Nada, sagte die Gastgeberin zu meiner Mutter, kaum dass wir uns an der Wohnungstür gezeigt hatten. Bei Erwähnung der Genossin Nada wurden immer alle ernst, woraus man schließen konnte, dass es sich um eine wichtige Person handelte, die uns dieses Mal mit ihrem Besuch beehren würde. Und tatsächlich verging der größere Teil des Nachmittags in Erwartung dieser bedeutenden Person.

– Sie hat gesagt, sie möchte euch kennenlernen, erklärte Tante Rada unsere Anwesenheit an diesem seltsamen Ort.

Als ihr Auto schließlich vor dem Haus hielt, liefen einige Frauen vorsichtig ans Fenster, um zu sehen, wie Genossin Nada aus dem Dienst-Mercedes ausstieg. Vielleicht fanden sie es interessant von oben zu sehen, wie sie mit dem Stock langsam auf unseren Hauseingang zuging. An diesem Nachmittag hörten wir, dass der Genossin Nada, deren Name ja doch „Hoffnung" bedeutet, dieser Name keineswegs entsprach, da sie im Krieg drei Söhne verloren hatte. Sie war demnach eine dreifache Sohnverwitwete, die ranghöchste, mit drei Kerben über dem Herzen. Eine lebende Legende des Partisanenkrieges, in dem Branko, Josip und Ranko tapfer für das Vaterland gefallen waren.

Tante Rada erzählte uns, dass Ranko und Branko bei den großen Offensiven von neunzehndreiundvierzig in Zentralbosnien gefallen seien, während Josip, ihre einzige Hoffnung, noch bis 1945 gelebt habe. Dann sei er bei den Kämpfen vor Zagreb umgekommen.

Und kaum hatte Tante Rada den letzten Satz beendet, als es an der Tür läutete. Die dreifache Sohnverwitwete war die ganze Zeit, solange diese Geschichte brauchte, mithilfe des Chauffeurs die Treppe hinaufgestiegen. Ihr tragisches Leben war ihr vorangegangen und hatte ihr den Weg gebahnt.

Die ganze Zeit war der Fernseher gelaufen, aber ohne Ton. Einzelne Sohnverwitwete warfen von Zeit zu Zeit einen Blick auf das, was auf dem Bildschirm passierte, aber in der Mehrzahl der Fälle verfolgten sie aufmerksam das, was erzählt wurde, und warteten darauf, mit ihrer Geschichte an die Reihe zu kommen. In unserem Haus hatten sie erst vor Kurzem begonnen zusammenzukommen, und das aus gutem Grund. Der Einzug der Genossin Nada war so feierlich gewesen wie die Geschichte, die ihr vorausging. Damals hatte mir geschienen, als würde sie absichtlich hinken, damit die Geschichte über sie Zeit hatte, sich zu entwickeln und zu vollenden. Bis sie selbst als Schlusspunkt kam. Klein, schwarz, mit einem Kopf, der beim Gehen pendelte. Kaum hatte sie ihren Platz eingenommen und hielt die weiße Porzellantasse in der dünnen, knotigen Hand, sagte sie:

– Rada, Seelchen, eines Tages wird es Fernsehen in Farbe geben. Wie bei den Filmen.

Auch die Erinnerung an die Söhne war, das ahnte ich, bei ihnen schwarz-weiß geworden. Da schaltete Tante Rada den Fernseher aus. Vermutlich, damit er ihnen nicht den letzten Rest Erinnerung verdürbe, der noch in Farbe war. Nur eine Frau unter den Sohnverwitweten hatte nämlich noch immer Erinnerungen in Farbe. Radovans Mutter. Die Sohnverwitweten waren nicht zuletzt auch gekommen, um ihr irgendwie beizustehen.

Das war ein paar Tage geschehen, nachdem wir in die Wohnung des Genossen Mrazović eingedrungen waren. Roman und ich spielten auf der Straße Fußball, und Radovan lag auf dem warmen Asphalt der Fahrbahn. Es war ein friedlicher Frühlingsabend, es gab weder Autos noch Passanten, und unser Freund war in den Schlaf gesunken. Plötzlich rief meine Mutter, die, obwohl so krank, in ständiger freundschaftlicher Beziehung zum Fenster stand:

– Passt auf! Ein Auto kommt!

Es hatte sich eigentlich ziemlich unhörbar herangeschlichen. Radovan sprang auf die Füße, und erst jetzt erblickte ihn der Fahrer. Es gelang Radovan zwar hochzukommen, aber nicht von der Fahrbahn zu flüchten, und so erwischte ihn der Peugeot 402 des Genossen Mrazović. Radovan prallte mit dem Kopf gegen den hölzernen Masten der öffentlichen Straßenbeleuchtung. Nicht stark, es war fast nicht zu sehen gewesen. Für einen Moment fasste er sich an den Kopf, aber er kam sofort zu sich, als der Fahrer mit der Absicht aus dem Auto gestürmt kam, ihm eine Ohrfeige zu verpassen. Radovan lief weg, und der Fahrer hinter ihm her, und so jagten sie einander um das Auto. Wenn der Fahrer nach rechts lief, rannte Radovan nach links und umgekehrt.

– Hier auf der Straße schlafen, ich werd' es dich lehren, brüllte der Fahrer des Genossen Mrazović, der noch nicht wusste, dass er genau in diesem Moment zum Mörder geworden war, so wie auch Radovan nicht wusste, dass er bereits tot war und dass der Umstand, dass er rannte, die niederträchtigste aller Illusionen war, die ich je im Leben gesehen habe. Über innere Blutungen und platzende Blutgefäße wusste man damals im Allgemeinen wenig. Genosse Mrazović saß die ganze Zeit – während der Mörder, der das noch nicht wusste, hinter dem Ermordeten herlief, der das ebenfalls noch nicht wusste – ruhig auf dem Beifahrersitz und hielt seine schwarze Tasche auf dem Schoß. Wenige Tage zuvor hatte Roman in seiner Wohnung aus dem nicht geladenen Gewehr auf Radovan abgedrückt, und diese nicht existente Kugel hatte sich jetzt in einen Peugeot 402 verwandelt. Diesmal dunkelgrau, als würde ein wolkiger Tag durch die Straße fahren.

Radovan entkam ohne Ohrfeige, und noch immer schweißnass, mit Holzsplittern im Haar, bat er uns:

– Sagt es nicht meiner Mutter!

Das war der letzte Satz, den wir von ihm hörten. Am nächsten Morgen versuchte er aufzustehen, kehrte aber ins Bett zurück und sagte zu seiner Mutter, dass er müde sei. Seine Mutter dachte, er wäre krank geworden, und ging in die Küche, um ihm einen Tee zu kochen. Als sie ihm den bringen wollte, konnte sie ihn nicht wach bekommen und alarmierte die Nachbarn. Wir kamen alle, um ihn zu wecken. Blut aus der Nase war über der Oberlippe geronnen, wie ein Bärtchen, das ihm nie wachsen würde.

So wie es bei Geistern ist

Ich sehe Toni an Deck der Tramuntana, und unsere Ad-hoc-Versöhnung von vor wenigen Minuten scheint sich irgendwie zu festigen. Mit vorgetäuschter Nonchalance an die Reling gelehnt, klammert er sich in Wirklichkeit so stark ans Holzgeländer, dass seine Fäuste ganz weiß sind. Er probiert Blickeinstellungen aus, als wollte er plötzlich so viel wie möglich sehen: sowohl rechts die Riva, die wir zurücklassen und von wo ihm niemand zuwinkt, als auch links das Panorama von Opatija und Volosko. In ihm meldet sich etwas wie visuelle Gier, er stopft unkontrolliert Eindrücke in sich hinein. Er beugt sich ein wenig auch zur gegenüberliegenden Seite vor, ob er nicht vielleicht auch Lovran sehen könnte, das sich im nächsten Moment dem Blick zeigen wird. So wie jede Gier wirkt auch dieses Überfressen an Blicken traurig und abstoßend zugleich. Mehrere grauhaarige Abiturienten hüpfen über die Taue am Bug und blicken heiter in die sonnige Zukunft, wo Crikvenica und die Brücke von Krk auf uns warten. Der geheimnisvolle Herr in der hellen Hose wiederum sitzt an der Bar und unterhält sich mit dem Seemann, der vorhin die Taue ausgeworfen und sich jetzt plötzlich in einen Barkeeper verwandelt hat und billigen Prošek ausschenkt. Je länger ich ihn ansehe, desto sicherer bin ich mir, dass er nie mit uns in die Klasse gegangen ist. Alle anderen habe ich ohne Probleme wiedererkannt, und diese Gestalt, deren Ähnlichkeit mit meinem verstorbenen Freund unglaublich schnell verblasst ist, sogar so schnell, dass mir nicht mehr klar ist, wie er für mich Ähnlichkeit mit Roman haben konnte, erweckt bei den anderen überhaupt keine Aufmerksamkeit. So als sähe ich ihn als Einziger. Er allerdings bemüht sich, real zu werden. Er holt ein Handy heraus, auf dem offenbar eine Nachricht eingegangen ist. Er klappt das große Nokia auf und zeigt beim Ablesen vom Display ein sanftes Lächeln. Eine solche Reaktion und Geste würde ich von einem jungen Mann erwarten, aber nicht von jemandem, der mindestens so ein Greis ist wie ich. Auch in dieser Situation spüre ich, dass seine Geste der Würde, die seine Erscheinung hervorruft, irgendwie unangemessen ist. Und diese Unangemessenheit macht ihn für mich so real. Als würde ich die Realität anhand der Sperrigkeit wahrnehmen, mit der sie sich offenbart.

Am Heck ist die Situation weitaus fröhlicher. Ana und Alma stehen an der Reling und krümmen sich vor Lachen. Als wäre in ihnen tatsächlich eine neue Jugend aufgebrochen. Kaum bin ich bei ihnen, rücken sie auseinander und machen mir Platz.

– Er tut es auch, sagt Alma.

– Tut er nicht, sagt Ana.

Ich lehne mich mit dem Rücken an die Reling.

– Was denn?, frage ich.

– Er tut es, wenn ich es dir sage.

– Was tue ich denn?

– Und ich sage dir, er tut es nicht!

Alma sieht auf die Uhr. Sie hat eine schmale Hand, die viel älter wirkt als ihr Gesicht, und eine elegante Gucci mit Kroko-Armband. Die Farbe des Armbands harmoniert mit den Flecken auf den Händen.

– Warten wir noch eine Minute, sagt sie.

– Worauf warten?, sage ich. Warum eine Minute?

– Du siehst doch, dass er sich nicht einmal umgedreht hat, bleibt Ana hartnäckig.

– Gut, wenn ihr es mir nicht sagen wollt, kann ich auch still sein.

Ich stülpe die Lippen vor und verschließe sie mit zwei Fingern, als würde ich ein Schloss davorhängen. Sie grinsen nur. Alma sieht herausfordernd auf die Uhr, als würde sie ein Rennen stoppen. Und wir schweigen zu dritt.

Dieses Schweigen wird auf aufdringliche Weise von Marijan unterbrochen, der gerade zu uns herüber gewatschelt kommt. Alma hat ihm Platz gemacht, so wie auch mir kurz zuvor, und er lehnt jetzt an der Reling, das Gesicht der Schaumfurche zugekehrt, die die Tramuntana hinter sich lässt.

– Das Schiff ist eine alte Schaluppe, sagt er und spuckt in die Furche.

Er hat sich mit dem Körper herumgedreht, um möglichst weit spucken zu können, fast wäre er dabei von Bord gefallen.

– Siehst du, sagt Alma, das liegt ihnen im Blut.

– Dann ist Tiho kein Mann!

Ich schweige noch immer, aber Marijan spuckt noch einmal.

– Das ist kein Schiff, das ist ein Seelenverkäufer.

– Du erinnerst dich, sagt Alma wieder, wenn sie herumstanden und redeten, war um sie herum immer alles vollgespuckt.

– Worüber sprecht ihr Mädchen eigentlich?, meldet sich Marijan.

– Ich sage, das Spucken sitzt bei euch im Hirn. Wenn ihr gepinkelt habt, spuckt ihr ins Pissoir, alle.

– Ich habe mir so einmal auf den Schwanz gespuckt, freut sich Marijan.

– Hast du dich danach bei ihm entschuldigt?, fragt Alma.

– Tiho, ob du auch gespuckt hast, weiß ich nicht mehr, sagt Ana, offenbar um meine Männlichkeit besorgt.

– Auch ich erinnere mich nicht mehr, komme ich, um das Gleiche besorgt, endlich zu Wort.

– Er war schon immer ein Weichei, sagt Marijan. Noch heute kann er nicht durch die Zähne spucken.

– Kann ich doch!

– Dann lass sehen!

Alma und Ana sehen mich hoffnungsvoll an.

– Kann ich, aber mir fällt das Gebiss heraus, wenn ich es probiere.

– Da seht ihr!

– Wie soll man diesen Geschlechtsunterschied erklären?, fragt Alma.

– Frauen besitzen kein Spuckzentrum im Hirn.

– Wir haben das anstelle des Gebärzentrums, bringe ich mich ein.

– Du nicht, sagt Marijan.

Langsamen Schrittes und würdevoll, so weit es der unsichere Deckboden erlaubt, nähert sich Toni. Er hat sich an seinen Blicken nun wohl sattgesehen, hat die Bilder in seinem Doktoren- und Akademikerhirn deponiert und ist jetzt etwas geselligkeitsbedürftig.

– Was ist das hier, eine Konferenz?, sagt er, blickt hinunter in die Furche und spuckt durch die Zähne, wie um das zu demonstrieren, was ich hätte tun sollen. Dieser Mensch ist darauf programmiert, mich zu beschämen, auch wenn er sich dessen nicht bewusst ist.

– Mashallah!, sagt Alma.

– So wird gespuckt, konstatiert Marijan.

Meine Aufmerksamkeit indessen hat der geheimnisvolle Herr mit Beschlag belegt. Alle diese Menschen, die ich kenne, sind mir nicht so interessant wie der eine, den ich nicht kenne. Seine Ähnlichkeit mit Roman hat etwas Temporäres und verblasst immer wieder. So wie es bei Geistern ist. Mir wird klar, dass es vom Winkel abhängt, aus dem ich ihn betrachte. Im Profil hört die Ähnlichkeit rasch auf, während sie sich en face immer aufs Neue zeigt. Seine Nase unterscheidet sich von Romans ziemlich, aber Kopfform, Augen und Mund unterstreichen die Ähnlichkeit. Und diese Ähnlichkeit ist wie das Fenster in eine vertraute Welt.

Die Spucke

1

Als sie nicht mehr gehen konnte, brachten sie Mutter in das Krankenhaus in der Vinogradska, und ich bekam eine ernste Aufgabe: Ein rundes Geschenk und ein großer Blumenstrauß sollte bei einer Adresse in der Moše Pijade abgegeben werden.

Vater sagte:

– Wenn du hinkommst, grüßt du schön und gibst an der Tür den Strauß und den Aschenbecher ab, hast du gehört, falls dir etwas angeboten wird, sagst du, ich kann nicht, ich habe es eilig, verstehst du, du stellst nur zu …

Die Zustellung, die einzelne Blumenhandlungen organisierten, war zu jener Zeit teuer, also vertraute Vater diese Arbeit mir an.

Die Nacht, bevor ich das Geschenk hinbringen würde, konnte ich nicht schlafen. Es sollte in der Früh erledigt werden, gegen zehn, bevor ich in die Schule ging. Aber Vater hatte gesagt:

– Du nimmst auf keinen Fall deine Tasche mit, hast du verstanden, du stellst zuerst artig zu, was du zustellen sollst, dann kommst du zurück, um deine Tasche zu holen, und machst dich fertig für die Schule. Hast du verstanden? Deshalb musst du früh genug losgehen, aber auch wieder nicht zu früh, kapiert? Es schickt sich nicht, zu früh zu den Leuten zu kommen, also rechne so, dass du gegen zehn dort bist, ein paar Minuten früher oder später. Bis zum Kvatrić brauchst du zehn Minuten, die Straßenbahn braucht bis zur Draškovićeva zirka fünf Minuten, wenn kein Verkehr ist, und dort nimmst du die Vierzehn und steigst am Đuro-Đaković-Heim aus. Dafür brauchst du zehn Minuten. Von dort hast du noch gute fünf zu Fuß … das dauert eine halbe Stunde. Das bedeutet, dass du spätestens um halb zehn losgehen musst. Hast du verstanden?

– Ja!

Ich hatte es verstanden, aber ich konnte nicht schlafen. Mir schien, dass sie sofort mitkriegen würden, dass ich kein Zusteller bin, sondern der Sohn, und es war mir nicht klar, was passieren würde, wenn sie es mitkriegten. Am besten nichts sagen, einfach grüßen, die Blumen abgeben und gehen. Aber Vater hat nicht gesagt, was ich tun soll, wenn sie mich etwas fragen. Das kann man nie wissen. Und wie werde ich das Haus finden? Haben sie einen Hund? Was ist, wenn sie, angenommen, einen Hund haben und die Klingel an der Eingangstür nicht funktioniert? Oder sagen wir, der Strauß fällt mir in der Straßenbahn auseinander? Die Nacht war lang und leer, aber es waren genug Fragen, um sie zur Gänze zu füllen.

2

Am Morgen ging der ganze Weg gut, ich stieg rechtzeitig in die Elf am Kvatrić, ich erwischte rechtzeitig die Vierzehn, lediglich in der Straßenbahn war es mir unangenehm, weil ich im Gedränge ständig jemanden mit dem oberen Teil des Straußes, wo aus dem weißen Papier die Anthurien und der stachelige grüne Asparagus ragten, im Gesicht kitzelte. Ich wusste, wie diese Blumen heißen, denn Mutter hatte sie mir, bevor sie ins Krankenhaus ging, gezeigt und gesagt:

– Siehst du diese Blume, sie heißt Anthurie, manche nennen sie auch Aronstab, was nicht richtig ist, weil das eine ganz andere Blume ist.

Dann sah sie mich bedeutungsvoll an.

– Du fragst mich nicht warum?

– Warum, Mama?

– Wegen dem Pimmel in der Mitte, hast du gesehen, da sitzen sein Stempel und die Staubgefäße.

Mir war es peinlich. Seit sie krank war, hatte Mutter sich verändert, sie war freier geworden, erzählte unanständige Witze und bemühte sich, mir das zu zeigen, wozu sie noch bis vor wenigen Monaten gesagt hätte:

– Das wirst du erfahren, wenn du erwachsen bist.

Ja, und plötzlich war ich erwachsen.

Als ich am Đuro-Đaković-Heim ausstieg und auf dem Gehsteig an den heruntergekommenen Villen mit den Vorgärten vorüberging, packte mich wieder die Panik, dass die, denen ich die Blumen und den Aschenbecher zustellen sollte, entdecken würden, dass ich kein Zusteller war, sondern der Sohn, dass mein Vater, obwohl er ein hohes Gehalt hatte, keine Zustellung bezahlen konnte, und dass es uns, seit Mutter im Krankenhaus lag, ständig an Geld fehlte. Die Vorgärten der Villen, an denen ich, genau auf die Nummern achtend, vorüberging, sahen vernachlässigt aus, die Fassaden waren grau und die Metallzäune rostig. Bis zu der Hausnummer, die ich auf dem Zettel hatte, den mir mein Vater in der Früh auf dem Küchentisch gelassen hatte, unter dem Teller mit dem frischen Brötchen, war es noch ein gutes Stück Wegs. Mich quälte auf dem ganzen Weg, dass ich entlarvt werden könnte, doch als diese Qualen ihren Höhepunkt erreicht hatten, sagte ich mir: Na und, sollen sie es doch entdecken, was kümmert es mich. Diese Leute hatte ich mein Lebtag noch nicht gesehen und würde es auch danach nicht. Wieso sollte es mir unangenehm sein, wenn ich sie nicht einmal kannte? Und Unbekannten hatten wir sowieso schon alles Mögliche angetan: Wir hatten bei ihnen an der Tür geläutet und waren weggerannt, hatten Schweinereien auf staubige Autoscheiben gemalt, und unlängst hatten wir aus der Wohnung von Davor Zebić in der Maksimirska, die im fünften Stock liegt, auf die Köpfe der Passanten gespuckt.

– Pfui, ihr solltet euch schämen! Gymnasiasten, und dabei so albern, hatte die Nachbarin über den Balkon gerufen, uns aber nie bei unseren Eltern verpfiffen. Ihr gefiel es wohl, dass wir auf die Leute hinunterspuckten. Vielleicht ist auch jemand von denen, denen ich diese Blumen bringe, vor einer Woche durch die Maksimirska gekommen und vielleicht habe ich ihm gerade an dem Tag, als wir die letzten drei Stunden schwänzten, auf den Kopf gespuckt. An den Hausnummern sah ich, dass ich bald da sein musste. Genau, was kümmern mich unbekannte Leute. Und zur Bekräftigung dieses Gedankens spuckte ich auf den Asphalt. Die Spucke schoss aus mir heraus als etwas Kompaktes, klatschte auf den Boden und wurde zu einem unregelmäßigen Stern aus schaumiger Flüssigkeit. Ich blieb stehen. Ich drehte mich um. Niemand war auf der Straße. Keiner hatte mich gesehen. Ich sah auf diese Flüssigkeit, die im Staub verklumpte und mich sofort anekelte. Ich empfand Ekel, obwohl sie bis vor wenigen Sekunden noch in meinem Mund gewesen war. Zerspritzt, teilweise auf der grauen Unterlage verklumpt, eine widerliche Sumpfblüte. Solange es in mir ist, dachte ich, heißt es Speichel, und wenn es herauskommt, wird es Spucke. Aber weshalb wird mir das, was in mir und ein Teil meines Körpers ist, auf einmal so ekelhaft, wenn es herauskommt? Ich entfernte mich von der Blume, die ich auf den Gehsteig gepflanzt hatte. Ich war kurz vor dem Haus. Ich stellte mir vor, dass ich zum Beispiel irgendwo in einem Restaurant in einen Suppenlöffel spucke, ihn ganz mit Speichel fülle, eine Zeit lang die schaumige Flüssigkeit betrachte, wie in ihr die kleinen Bläschen erlöschen, wie kleine Leben, und ich sie dann wieder aufesse. Sie vom Löffel schlürfe wie Eingekochtes. Mein Magen kam mir hoch. In der Zwischenzeit war ich schon vor dem Haus angekommen, das ich gesucht hatte. Ich blieb vor der grünen Einfriedung stehen, um zu mir zu kommen, und wunderte mich noch einmal, wie das, was bis vor Kurzem ein Teil von mir selbst gewesen war, jetzt Ekel in mir hervorrufen konnte, wegen dem ich fast erbrochen hätte. Ich sah auf den Namen auf der Klingel, er stimmte. Kann sich, dachte ich, auch der ganze Mensch einmal so vor sich selbst ekeln?

3

Das Haus hatte eine relativ neue Fassade. Als Einziges in dieser Reihe verstaatlichter Vorkriegsvillen, vor denen die Gärten üppig wuchsen und wo das Laub jetzt rote und braune Farbe annahm. Ein einfaches, einstöckiges gelbes Haus ohne Stuckaturen, mit vier Dachtraufen und einer kleinen, verglasten Veranda im Hochparterre, zu der eine Steintreppe hinaufführte. Mutter hätte gesagt: Maria-Theresien-Gelb. Nach dem Läuten war nichts zu hören, in den wenigen Sekunden stieg mir das pochende Herz bis zum Hals, so wie kurz zuvor der Magen. Ich würde doch wohl nicht allein einen fremden Vorgarten betreten müssen. Da erschien in der Veranda aber doch eine grauhaarige alte Frau, gekleidet in einen Rock aus grauem Stoff und einen schwarzen Rollkragenpullover, auf dem sich Perlen aus Perlmutt befanden.

– Sie wünschen?, sagte sie streng, als hätte ich sie bei einer wichtigen Arbeit unterbrochen.

– Ich soll Blumen abgeben.

– Gut, drück die Tür auf!

Mir war nicht entgangen, dass sie sofort zum Du übergegangen war.

Der Automat summte, ich betrat den Vorgarten und befand mich nach wenigen Schritten vor der Veranda. Als ich nahe genug war, sah ich, dass die Perlen fast die gleiche Farbe hatten wie ihr Haar.

– Komm herein!, sagte sie.

– Ich gebe nur ab …, sagte ich laut den Satz, den ich die ganze Nacht im Munde gewälzt hatte.

– Macht nichts, komm herein!

Die Veranda war voller Zimmerpflanzen: Philodendren, Fici, Palmen in grünen Holztöpfen. Sie ging mir voraus und ich mit den Blumen und dem in weißes Papier gewickelten Aschenbecher hinterher. Wir kamen in ein Vorzimmer.

– Zieh die Pantoffeln an!, sagte sie und stellte zwei Pantoffeln mit dem gleichen Karomuster, aber in verschiedenen Farben vor mich hin. Ich wollte wiederholen, dass ich nicht bleiben werde, dass ich nur zustelle, aber sie hatte schon den Strauß genommen und war irgendwohin verschwunden. Einen Augenblick lang zögerte ich, dann zog ich meine Schuhe aus, schlüpfte in die Pantoffeln und betrat das riesige Wohnzimmer. Wenn man dieses Haus von außen sah, würde man nie denken, dass so ein großes Zimmer darin Platz hat. Die Einrichtung war alt, aber auf Hochglanz poliert: eine Kommode mit Marmorplatte wie in Omas Wohnung in der

Medulićeva, ein dunkelbraunes Pianino links vom Fenster und in der Mitte eine Ledergarnitur mit einem runden Tischchen, auf dem eine schöne Bulldogge aus Porzellan saß. Das ist Biedermeier, würde Mutter zu der Kommode sagen, und der Tisch ist Jugendstil, Nussbaum. Die Wände waren voller Bilder. Ich erkannte einen Stančić, den auch eine Freundin von Mutter besaß und den ich gern abmalte, wenn wir zu Besuch waren. Ich stellte den eingewickelten Aschenbecher auf den Tisch und setzte mich in den Sessel. Von draußen konnte man die Straßenbahnen hören, obwohl die Fenster geschlossen waren.

Die alte Dame kam mit den Blumen in einer Vase zurück. Sie stellte sie auf den Tisch, und dann sagte sie:

– Magst du einen Saft?

– Gern.

Sie ging wieder fort, und ich hörte, wie sie in der Küche das Wasser laufen ließ, und als sie wieder zurückkam, brachte sie auf einem kleinen Teller ein Glas Himbeersaft mit. Sie stellte es vor mich hin, und es war ein Klirren zu hören, als das Glas das Porzellan berührte.

– Pass auf, dass du nichts verschüttest!

Vater wäre sicher böse gewesen wegen alldem. Ich hätte mich einfach umdrehen und weggehen müssen. Die alte Frau hatte in der Zwischenzeit das Paket genommen und öffnete es vorsichtig, sie löste die Schleife und legte sie zur Seite, sie entfernte das Papier und knüllte es zu einem Ball. In dem billigen Kupferaschenbecher klebte ein Kuvert. Die Frau löste es vorsichtig ab, stand auf und brachte es in das andere Zimmer. Sie kam rasch zurück, nach etwa zwanzig Sekunden. Sie hat nicht nachgezählt, dachte ich. Dann setzte sie sich wieder auf das Sofa und betrachtete den Aschenbecher. Auf seinem Boden prangte als Flachrelief ein Hirsch mit einer Hirschkuh und einem Lamm. Ich wusste schon lange, was Kitsch ist, und das hier war ein Schulbeispiel.

– Ist der Himbeersaft gut?, fragte die alte Dame.

– Ja, sagte ich, obwohl ich nicht einmal gekostet hatte. Und damit alles so schnell wie möglich vorbei war, trank ich ihn in einem Zug aus. Und hätte mich beinahe verschluckt. Er schmeckte schal, es war nicht genug Saft drin.

Dann starrten wir noch einige Zeit lang auf den Aschenbecher. Es wurde mir immer peinlicher, bis die alte Dame schließlich sagte:

– Am besten nimmst du das wieder mit nach Hause.

Das Blut stieg mir ins Gesicht. Wahrscheinlich wurde ich schrecklich rot, denn auch die Dame hob den Blick und sah mich prüfend an.

– Grüß deinen Papa!, sagte sie, als ich mit dem Aschenbecher in den Händen hinausging.

Irgendwo in der Nähe der Straßenbahnhaltestelle warf ich ihn in eine Mülltonne. Ich durfte gegenüber meinem Vater nicht zugeben, dass ich erkannt worden war und dass die alte Dame das Geschenk nicht hatte annehmen wollen.

4

Am selben Tag, gegen Abend, hätten wir ins Krankenhaus gehen sollen, aber Vater hatte mich angerufen:

– Ich kann heute nicht, ich habe eine Besprechung, geh du, wenn du willst.

Ich setzte mich in die Elf und fuhr zum Krankenhaus. Ich stieg an der Haltestelle vor der Kaserne aus und ging die Vinogradska hinauf zum Eingang.

Als wir diese Straße noch gemeinsam gingen, hatte Vater immer gesagt:

– Siehst du, mein Junge, hier, wo einmal Weinberge waren, werden heute die Leute vom Alkohol geheilt.

Und hatte dann unter Lachen einen gewissen Doktor Jungwirth erwähnt. Das war seine Art, die Dinge zu verharmlosen.

– Mama wird nicht vom Alkohol geheilt …, hatte ich zu ihm sagen wollen.

Sie empfing mich liegend mit der üblichen Frage:

– Hast du zu Mittag gegessen?

– Porree mit Hackfleisch, log ich. Als ich von der Zustellung nach Hause kam, war keine Zeit mehr gewesen, etwas zu essen. Über Mutters Bett hing jetzt ein Dreieck aus Metallröhrchen. Beim letzten Mal war es nicht da gewesen. Ich wusste nicht, wozu es diente, aber ich wollte sie auch nicht mit überflüssigen Fragen quälen.

– Wie war es in der Schule?

– Wir haben nichts geschrieben.

– Hast du Geschichte ausgebessert?

– Ja, log ich, aber auch das war keine schwere Lüge, denn ich hatte mit der Lehrerin vereinbart, es morgen auszubessern. Heute oder morgen, das war eigentlich egal.

Mutter versuchte nun, eine sitzende Position einzunehmen. Sie griff nach dem Dreieck und richtete sich langsam auf.

– Richte mir das Kissen!

Ihre Stimme war heiser, und ihre Arme zitterten vor Anstrengung.

Ich richtete ihr das Kissen zum Sitzen her und half ihr, sich langsam mit dem Rücken anzulehnen.

– So ist es gut, jetzt sehe ich dich besser … Warum ist Papa nicht gekommen?

– Er hat eine Sitzung.

Sie schwieg eine Weile.

– Pass auf ihn auf. Er hat es nicht leicht.

Ich fragte mich, warum wir alle drei ständig logen. Vater tat so, als wäre es nichts Ernstes, Mutter tat so, als würde sie ihm verzeihen, dass er nicht ins Krankenhaus kam, und auch ich bemühte mich ziemlich, die Dinge schöner erscheinen zu lassen. Aber einmal werde ich Vater sagen, dass er ein Feigling ist, dass er keinen Mut hat, der Wirklichkeit gegenüberzutreten, er, der sich immer damit brüstet, dass er Batina Skela erstürmt und gemeinsam mit den Russen die Srem-Front durchbrochen hat, wobei nur jeder Fünfte mit dem Leben davongekommen ist.

– Gerade deswegen hat er keinen Mut, erklärte mir Mutter, wenn ich ihr erzählte, was mich quälte.

Sie sah mich verliebt an, aber dann kam sie wieder mit dem einen.

– Hast du eine Freundin?

– Nein, wozu denn!

– Du bist nun fünfzehn, jetzt werden sich auch diese Bedürfnisse einstellen, nicht mehr lange und …

Das war mir unangenehm. Vielleicht wurde ich auch rot, wie immer, wenn Mutter davon anfing.

– Diese Prostituierte aus unserer Straße, die sie Schweinskopf nennen …

– Warum erzählst du mir das, Mama?, presste ich mit einer Stimme hervor, die mehr an ein Quieken denn an eine menschliche Stimme erinnerte.

– Deshalb, weil sie sicher bald auch euch junge Burschen anzulocken versucht …

– Mama, das ist ein widerliches altes Weib.

– Lass nur, ich will dir ja nur sagen, dass der menschliche Trieb die dehnbarste Sache ist, die es gibt, verstehst du, der Genuss am Körperlichen kann vom Himmlischsten bis zum Widerlichsten gehen, und ich werde nicht mehr da sein, um dir Ratschläge zu geben …

– Mama, bitte!, heulte ich auf. Ich konnte Mutter nicht eingestehen, dass ich schon mehrere Monate lang masturbierte, wenn die alte Prostituierte mit ihren dicken Arschbacken im engen Rock unsere Straße heraufkam, die Netze voll mit Marktgemüse, das ihr die Freier gekauft hatten.

– Aber ich muss es dir sagen, ihre Stimme wurde entschlossener und stärker, darüber, was es sein wird, ob das Himmlischste oder das Widerlichste, darüber entscheidest du selbst, ich möchte nur nicht, dass du etwas tust, was du dann dein ganzes Leben lang bereust.

– Mama!

– Gut, ja, das wollte ich dir sagen, ihre Stimme wurde wieder schwächer, so als wäre die Entscheidungsschlacht geschlagen, ihr Batina Skela. Ich habe den Arzt heute gefragt, und er hat mir versprochen, dass er mich nach Hause gehen lässt. Mir fehlt das Zuhause sehr, sie hielt inne, weißt du das?

– Ich weiß, sagte ich.

– Jeden Tag wird eine Schwester kommen, um mir eine Spritze gegen die Schmerzen zu geben und um mich umzuziehen, aber auch Tante Rada wird helfen, ihr werdet nichts tun müssen. Und nun geh nach Hause, damit du für morgen lernen kannst.

5

Sie ließen Mutter auch in der folgenden Woche nicht nach Hause, und ich musste mich am Donnerstag noch einmal auf den Weg zu der Adresse in der Moše Pijade machen. Dieses Mal waren es weder Blumen noch Aschenbecher, nur ein Kuvert. Ein gewöhnliches weißes, auf das mit Schreibmaschine der Nachname geschrieben war. Ich stieg rechtzeitig am Kvatrić in die Straßenbahn, erwischte rechtzeitig die Vierzehn und kam sogar etwas früher zu dem Haus. Heute werde ich nicht hineingehen, dachte ich, ich werde das Kuvert an der Tür der alten Dame nur übergeben und wieder gehen. Ich möchte keine Pantoffeln anziehen, ich möchte keinen Saft, ich möchte mit denen nichts zu tun haben. Dieses Mal war ich fester, sicherer, was meinen Entschluss betraf. Ich läutete drei Mal. Zwei Mal kurz und ein Mal etwas länger. Mir kam es so vor, als wäre die alte Dame dieses Mal rascher auf der Veranda als beim letzten Mal. Sie trug dieselbe schwarze Bluse und darüber eine weiße Küchenschürze.

– Drück die Tür auf, sagte sie, aber in einem freundlicheren Ton als beim letzten Mal.

Ich stieg die Stufen hinauf, immer noch mit der Absicht, das Kuvert nur abzugeben und gleich wieder zu gehen. Ich hielt es in der Hand, grüßte und reichte es der alten Dame. Ihr indessen war es unangenehm, sie wendete sich sogar ein wenig nach links und rechts.

– Das machen wir nicht so an der Tür, sagte sie, komm herein, ich habe Kekse gebacken.

In ihrem Ton war etwas Befehlendes, was meinen Entschluss ins Wanken brachte. So ging ich hinein. Die Pantoffeln warteten schon auf mich im Vorzimmer, und die alte Dame stand neben mir, als ich mir die Schuhe auszog. Und als wir das Wohnzimmer betraten, stand auf dem runden Tischchen eine Kristallschale, in der Vanillekipferl lagen. Ich setzte mich vorsichtig, das Kuvert noch immer in der Hand haltend, und die alte Dame verschwand wieder irgendwohin. Sie kam mit einem Glas Himbeersaft auf einem Tellerchen zurück. Porzellan und Glas klirrten wie beim letzten Mal. Sie stellte es vor mich hin und setzte sich in den Sessel. Sie sah mich lächelnd an.

– So, bediene dich, die habe ich für dich gemacht.

Es wäre mir leichter gefallen, wäre sie unfreundlich gewesen, aber ich nahm doch einen Keks und hielt die Hand unter den Mund, um nicht auf den Teppich zu krümeln.

– Jessas, bin ich vergesslich, sagte sie und ging wieder in die Küche.

Sie kam mit einem leeren Tellerchen zurück, das sie vor mich hinstellte, und setzte sich wieder. Sie sah mir zu, während ich aß.

– Wie geht es dir in der Schule?

– Gut, sagte ich mit vollem Mund.

– Du gehst ins Gymnasium?

– Hier oben, auf der Šalata, sagte ich wieder. Nun war mein Mund leerer und ich konnte antworten.

– Was hast du in Mathematik?

Ich wartete mit der Antwort. Wenn ich Mutter anlüge, heißt das nicht, dass ich alle anlügen muss. Außerdem, warum tat diese Frau so, als wäre sie liebenswürdig. Wozu brauchte sie das?

– Eine Fünf, sagte ich, vielleicht sogar mit einem gewissen Triumph in der Stimme.

– Das ist nicht gut. Mathematik ist das Wichtigste, ohne Mathematik kannst du gar nichts.

– Es ist nicht das Wichtigste, denn ich gehe in ein Sprachengymnasium. Für uns sind das Wichtigste die Sprachen.

Ich probierte den Himbeersaft, und mir schien es, als hätte sie diesmal mehr Sirup ins Wasser gemischt als beim letzten Mal.

– Nimm noch Kekse!

Ich nahm. Was kümmert sie, was ich in Mathematik habe, dachte ich, während ich aß. Das geht sie nichts an.

– Solltest du Probleme haben, kannst du zu mir kommen. Ich habe als Mathematiklehrerin gearbeitet.

Ich hob meinen Kopf und sah sie verwundert an.

– Nun bin ich in Pension, aber ich gebe noch Nachhilfe.

– Das kann ich auch allein.

– Das sagen alle, aber dann, wenn sich die Fünfer häufen, ist es zu spät. Es wäre gut, mit der Nachhilfe rechtzeitig anzufangen, denn die Mathematik ist so ein Stoff, der …

– Ich kann es allein, unterbrach ich sie.

Sie sah mich lächelnd an, als würde sie die Dreistigkeit in meiner Antwort nicht bemerken.

– Du bräuchtest nichts zu bezahlen, sagte sie schließlich mit leiserer Stimme.

Es ist ihr unangenehm, dachte ich, und sie will sich freikaufen. Sie möchte ihren widerlichen Sohn, den Arzt, freikaufen.

Still nahm ich noch einen Keks, zermalmte ihn, während ich brav das Tellerchen unter mein Kinn hielt, trank das Glas Himbeersaft halb leer und sagte:

– Papa schickt Ihnen das hier. Ich legte das Kuvert vor mich auf den Tisch. Mir war eingefallen, dass sie es letztes Mal nur ins andere Zimmer gebracht hatte, ohne nachzuzählen. Deshalb riss ich es vor ihr mit dem Finger am Rand auf.

– Das musst du nicht, sagte sie mit spürbarem Unbehagen in der Stimme.

Ich beachtete es nicht. Ich nahm aus dem zerrissenen Kuvert das Bündel Geldscheine heraus und begann zu zählen, indem ich sie neben dem Tellerchen auf den Tisch legte. Eins, zwei, drei … Es waren zehn blaue und fünf braune Scheine. Die alte Dame sah mir zu, wie ich zählte, und ihr Gesicht veränderte sich, es nahm eine hellviolette Farbe an.

– Papa hat gesagt, ich soll nachzählen.

Das hatte mein Vater nicht gesagt, aber mein Vater, dieser Feigling, kümmerte mich nicht. Das Gesicht der alten Dame sah aus, also wollte es zerplatzen. Die ganze Zeit schwieg sie und sah mir mit diesem explosiven Gesicht zu.

Schließlich gurgelte sie hervor:

– Das ist nicht für Rudi, falls du das denkst, ihre Stimme zitterte, das ist für die Schwestern, die sich im Krankenhaus um deine Mutter kümmern.

Und warum bringe ich dann das Geld zu Ihnen?, wollte ich fragen. Tat es aber nicht.

6

Mutters Fehlen war am meisten beim Essen zu spüren. Am Freitagabend, als ich aus der Schule kam, setzten Vater und ich uns zu Tisch, um zu Abend zu essen. Vorher hatte Vater auf dem Herd ein Gulasch aufgewärmt, das uns Tante Rada gebracht hatte, und ich hatte grünen Salat angemacht. Vater sagte nur einmal, dass das Gulasch gut sei und dass es wirklich nett sei von der Nachbarin, dass sie für uns koche, da wir sonst hungrig bleiben würden. Erst als wir aufgegessen hatten, sagte ich:

– Gehen wir heute ins Krankenhaus?

Vater schwieg und machte die Teller sauber. Zuerst wischte er alle Reste in den Mülleimer, dann wusch er die Teller in der Spüle.

– Geh du, sagte er, mit den Tellern beschäftigt, ich habe ein paar Pläne mit nach Haus gebracht …

Seit sich Mutters Zustand verschlechtert hatte, seit fast einem Monat, ging Vater nicht mehr ins Krankenhaus. Er ließ sich durch nichts dazu bewegen.

– Macht nichts, sagte ich, sie werden sie ohnehin bald nach Hause entlassen.

Er hielt inne und drehte sich um, als hätte er nicht richtig gehört.

– Wer hat dir das gesagt?

– Wie, wer, Mama hat es mir gesagt. Sie hat die Ärzte gebeten, dass sie sie nach Hause lassen, und sie haben ihr gesagt, dass sie sie gehen lassen und dass zweimal täglich eine Schwester kommt, um ihr eine Spritze gegen die Schmerzen zu geben und um sie umzuziehen.

– Das höre ich zum ersten Mal …

– Aber das ist die reine Wahrheit. Sie hat noch gesagt, dass wir mit ihr überhaupt keine Sorgen haben werden, dass alles diese Schwester machen wird.

Mein Vater tauchte murmelnd die Teller ins heiße Wasser, das er in die Spüle eingelassen hatte, und schüttete eine halbe Dose Vim hinterher.

An diesem Abend gingen wir doch ins Krankenhaus, aber als wir in die Vinogradska einbogen, erwähnte Vater seltsamerweise weder die Weinberge noch Doktor Jungwirth. Es war schon nach sieben, als wir durchs Hauptportal kamen und nach links abbogen, zu dem Trakt, in dem Mutter lag. Der Himmel war noch hell, aber auf die Erde hatte sich schon Dunkelheit gelegt und die schwachen Krankenhauslichter waren bereits angegangen. Obwohl keine Besuchszeit war, tolerierte man uns auf der Station. Die Schwestern waren gerade dabei, die Teller vom Abendessen einzusammeln, und der Wagen quietschte im Flur, aus einigen Zimmern kam Musik aus dem Radio, und im Speisesaal hatten sich die mobilen Frauen eingefunden, um die Abendnachrichten zu hören.

Als wir das Zimmer betraten und sie Vater erblickte, war Mutter überrascht.

– Du bist gekommen?, sagte sie mit schwacher Stimme. Vater setzte sich ans Bett, er wusste nicht, wie er sich hinsetzen sollte, so als hätte er plötzlich die Kontrolle über seine Hände verloren. Dann begann er auf ihrem Nachtkästchen herumzukramen, um seine Hände irgendwie zu beschäftigen.

– Du brauchst etwas zum Lesen, sagte er.

Sie lächelte nur. Sie konnte schon seit Langem nicht mehr lesen.

– Junge, kauf unten beim Kiosk einen *Vjesnik!*

Er zog seine Geldbörse heraus und reichte mir fünfzig Para. Ich nahm das Geld und ging aus dem Zimmer. Ich ging langsam, ich hatte es nicht eilig, jetzt, wo Vater endlich bei Mutter war. Ich ging hinunter zum Kiosk, trank einen Himbeersaft und stand eine Zeit lang bei den Trinkern, die aus der Station für Alkoholismus geflüchtet waren und Schnäpse aus kleinen Gläschen kippten. Ich wusste, dass die Zeitung für Vater war, damit er irgendwie die Zeit totschlagen konnte, die er am Bett verbringen musste, und nicht für Mutter, die nicht mehr lesen konnte. Und deshalb ließ ich mir Zeit. Aber als ich dann mit dem *Vjesnik* in der Hand vor Mutters Zimmer stand, waren von drinnen laute Stimmen zu hören. Sie stritten wieder. Durch die Tür hörte ich nur Mutters Worte, das Ende ihres nun mit tieferer und stärkerer Stimme gesprochenen Satzes, so wie damals, als sie zu mir von Schweinskopf gesprochen hatte:

– … weil ich in meinen eigenen vier Wänden verrecken will!

Mein Vater schwieg.

Als wir kurz darauf aus dem Krankenhaus kamen und auf dem Weg zum Auto waren, fragte ich meinen Vater:

– Haben sie dir gesagt, wann sie entlassen wird?

Übellaunig schloss er die Tür seines Dienst-DKWs auf.

– Sie werden sie nicht entlassen.

– Aber sie möchte nach Hause!

– Und ich möchte auf den Mond, sagte er und setzte hinzu: Was würden wir wohl zu Hause mit ihr anfangen? Wir können nicht einmal für uns selber sorgen, geschweige denn für sie.

7

Einige Tage nach dem Gespräch vor dem Krankenhaus gab mir Vater den Auftrag, noch einmal in die Moše Pijade zu gehen.

– Es ist nicht nötig, dass du dieses Mal Kekse isst und mit der Alten redest, hast du gehört, gib ihr einfach das Kuvert und geh nach Hause. Sie sind keine Verwandten von uns, und auch wenn sie es wären, ich scheiße auf solche Leute, die auf Kosten anderer leben, hast du verstanden, du gibst es ihr nur und gehst.

Er hat alles erfahren, dachte ich, aber jetzt kümmerte es mich nicht. Das Problem lag nämlich woanders, und es war ernster. Ich wusste nicht, wie ich mich nach jenem Zählen, als die alte Dame vor Wut fast geplatzt wäre, verhalten sollte. Vielleicht wäre es gut, wenn ich ihr das Kuvert nur in den Briefkasten werfen würde, so wie jeden anderen Brief. Ich dachte ernsthaft darüber nach, dann fiel mir aber ein, dass da viel Geld drinnen war und dass es jemand aus dem Briefkasten stehlen könnte. Er könnte mir zum Beispiel gefolgt sein und das Geld stehlen. Nein, der Briefkasten war keine gute Idee. Und so lag ich diese wie auch jene erste Nacht grübelnd wach. Wie das Geld zustellen, ohne die alte Dame sehen zu müssen? Und wieso hat man eigentlich solchen Leuten gegenüber höflich zu sein? Und warum stellt man ihnen das Geld in einem Kuvert mit Namen zu und zählt es ihnen nicht direkt auf die Hand? Es ist schon das dritte Mal in diesem Monat, dass ich dort hingehe, was bedeutet, dass es jede Woche war. Wofür bezahlt Vater da jede Woche? Und dann durchfuhr es mich wie ein Blitz, ich erinnerte mich an das Gespräch mit Mutter, ich erinnerte mich an Vater und ihren Streit im Krankenhaus und begriff endlich: Er zahlte, damit sie Mutter bis zum Ende im Krankenhaus behielten. Die Ärzte hätten sie gehen lassen, vor allem deshalb, weil es ihr letzter Wunsch war, und letzte Wünsche werden auch Mördern erfüllt, würde mein Vater nicht den Chef der Abteilung fürs Dabehalten bezahlen. Der Hass meldete sich zuerst in Form von Luftmangel. Wie flache Atmung.

Und dann kam auch das Ballen der Fäuste. So sehr ballte ich, im Bett liegend, die Fäuste, dass meine Nägel kleine Wunden auf den Handflächen zurückließen. Dieser widerliche, alte, ausgekotzte Feigling, mir täte es um die Spucke für ihn leid. Am meisten ekelten mich seine Weichteile, das glatt rasierte Unterkinn und die wulstigen Finger.

– Ich habe mich in seine Hände verliebt, hatte Mutter gesagt.

Jetzt waren diese Hände fettige Wülste, aus denen gestopfte Würste mit Nägeln herauswuchsen.

8

Am Morgen fand ich auf dem Tisch, so wie gewöhnlich, ein Tellerchen mit einem frischen Brötchen vor, und unter dem runden Porzellan mit dem verblichenen Goldrand lag ein weißer Umschlag mit Vor- und Nachnamen, geschrieben auf unserer alten Olympia. Wieder blieb mir vor Wut der Atem weg, so wie am Abend davor. Ich nahm den Umschlag und steckte ihn in die Innentasche der Jacke, die sich gut verschließen ließ.

– Wenn du in der Straßenbahn Geld bei dir hast, hatte Vater gesagt, musst du es in die Innentasche tun, verstehst du, nach Möglichkeit dorthin, wo du sie mit einem Reißverschluss verschließen kannst, zum Beispiel in deine blaue Jacke, hast du gehört, die Straßenbahnen sind voller Taschendiebe, du kannst sie nicht erkennen, du spürst es nicht, wenn sie dir mit der Hand hineinfahren, nichts. In ihren Taschendiebschulen haben sie Puppen mit Glöckchen, an denen sie üben.

Das Brötchen rührte ich nicht an. Mit Ekel bemerkte ich Vaters Absicht, fürsorglich zu wirken. Er ist immer so, er spielt den Guten, das macht es ihm leichter. Dieser stinkende Feigling, von dem mir übel wird. Als ich mit dem Geldüberbringen anfing, war ich überzeugt, dass ich es tue, damit die im Krankenhaus besser für Mutter sorgen, damit sie so weit wie möglich ihre Schmerzen lindern, auch wenn sie mir gegenüber so tat, als würde sie keine Schmerzen leiden. Aber ich hatte gesehen, wie sie die Zähne zusammenbiss, ich hatte gesehen, wie sich ihr ganzer Körper verkrampfte, ich hatte gehört, wie sie mit zusammengepresstem Kiefer zu der Schwester, die die Spritze vorbereitete, etwas sagte, das klang wie: „Bringen Sie mich um, ich flehe Sie an!“ Ich hatte es gehört. Mit fünfzehn Jahren war ich tapfer genug, es zu hören. Wäre ich nicht so tapfer gewesen, wären mir die Worte unverständlich gewesen, das Ohr hätte sie gehört, aber sie wären nicht tiefer in den Kopf gedrungen, sie hätten vor dem Hirn haltgemacht. Ich kam langsam zu der Haltestelle am Kvatrić, es war mir irgendwie egal, aber die Straßenbahn kam gerade im richtigen Moment. Es wäre blöd gewesen nicht einzusteigen.

Mutter fuhr mit ihren Worten „Bringen Sie mich um, ich flehe Sie an!“ den ganzen Weg bis zur Draškovićeva mit und dann auch weiter bis zum Đuro-Đaković-Heim. Die Leute, die mich im hinteren Wagen der Vierzehn sahen, sahen einen mageren Fünfzehnjährigen mit hellem, glattem Haar, der unverständliche Worte murmelte. Sie waren nicht tapfer genug, es zu hören, bei ihnen konnte es nicht bis zum Hirn durchdringen:

– Bringen Sie mich um, ich flehe Sie an!

– Bringen Sie mich um, ich flehe Sie an!

– Bringen Sie mich um, ich flehe Sie an!

Aber wenn ich ins Krankenhaus kam, wenn ich an ihrem Bett stand, fragte sie:

– Hast du deine Hausaufgaben gemacht?

All das konnte ich sehen, all das konnte ich hören, mir entging nicht das kleinste Detail, aber mein Vater flüchtete sich in Sitzungen, irrte ziellos durch die Stadt, ich hatte ihn einmal beim Westbahnhof gesehen, ein anderes Mal streifte er völlig verloren die Vodnikova hinunter. Er konnte sich nicht neben seine Frau setzen, ihre Hand nehmen und sagen:

– Auch ich leide mit dir. Auch ich leide …

Ich stieg am Đuro-Đaković-Heim aus, wo sie mich zu den Pionieren aufgenommen hatten, und ging langsam zum Haus der alten Dame. Mit jedem Schritt hasste ich meinen Vater mehr. Anstatt dass er das Geld für Pflege und Hilfe ausgab, bezahlte Vater dafür, dass sie Mutter bis zum Tod im Krankenhaus behielten. Und als ich nahe an dem Haus war, spuckte ich auf dieselbe Stelle, wo ich auch beim ersten Mal hingespuckt hatte, und betrachtete mit Ekel meine Spucke, wie sie auf dem Asphalt kochte.

– Lieber Papa, murmelte ich, es täte mir um die Spucke für dich leid.

Einen Augenblick ging meine Hand zu der Glocke, blieb aber plötzlich in der Luft stehen. Jemand hätte darin einen Gruß sehen können. Nein, es war ein Entschluss. Wenn das Schwein von einem Vater den Arzt dafür bezahlte, dass sie Mutter im Krankenhaus behielten, was würde passieren, wenn das Geld beispielsweise nie bei diesem anderen Schwein ankäme? Ich hatte noch nie im Leben jemandem etwas gestohlen. Vor allem nicht den Eltern. Wenn sie mich in den Laden schickten, gab ich das Wechselgeld immer bis auf die letzte Para zurück, wenn sie mir Geld gaben, sagte ich immer, dass ich nicht viel brauche. Auch als meine Freunde anfingen in den Läden zu klauen, wenn sich der Verkäufer einmal umdrehte, habe ich nie geklaut. Ich konnte raufen, ich konnte jemandem auf den Kopf spucken, aber gestohlen hätte ich nie. Eher würde ich jemanden umbringen. Und doch, jetzt drehte ich vor dem Eingang zur gelben Villa um und rannte über die Straße. Es war mir egal, wohin, ich wollte nur so weit wie möglich weg von der alten Frau, weg von den Pantoffeln und dem Himbeersaft. Das Geld, das Mutter im Krankenhaus zurückhielt, war immer noch in der Innentasche meiner blauen Jacke und entfernte sich immer weiter von den Leuten, die darauf warteten.

9

Und so entfernte sich das Geld immer weiter von dem gelben Haus. Es entfernte sich über die Nova Ves und einen Augenblick später ging es bergauf, dann kehrte es unerwartet wieder zurück und ging hinunter, überquerte die Medvedgradska und fuhr fort sich zu entfernen, vorbei an den Hallen der Schuhfabrik, und lief dann die Tkalčićeva hinunter. Es ging lange Zeit an verfallenen Häusern vorüber, aus denen es nach Feuchtigkeit und Kohlsuppe roch, worauf es unerwartet in die Skalinska einbog, zum Dolac hinauf, geradewegs bis vor die Statue von Petrica Kerempuh und die gehenkten Bronzemenschen. So fand ich mich auf dem Markt wieder, ohne recht zu wissen, wie ich dort hingelangt war. Der Entschluss aber, der sich zuerst in den Beinen und in der Bewegung eingenistet hatte, wanderte nun hinauf in den Kopf. Und wurde immer fester. Wenn das Geld nicht bis zum Chef der Station gelangte, gäbe es die Chance, dass sich Mutters letzter Wunsch erfüllen würde. Um das Denkmal herum verkauften die Marktfrauen Herbstblumen, Rosen und Gerbera. Und es gab auch Chrysanthemen. Ich ging die paar Holzstufen hinunter und hatte auf einmal das Gefühl, als würden mich das Gedränge, die Stände und die Sonnenschirme irgendwie umarmen, als wollten sie mich beschützen. Mein Entschluss war derart unverrückbar, dass mit einem Mal alles geschehen konnte. Hier, auf dem Dutzend Holzstufen, die zum tiefer gelegenen Teil des Marktes führten, beschloss ich, heute nicht in die Schule zu gehen. Ein Kind, dessen Mutter im Sterben liegt, hat das Recht zu schwänzen. Die Schule hatte sich vor der Größe des Todes in eine winzige Murmel verwandelt, die im Sand verloren gehen konnte. So hatte auch ich mich im Marktgewühl verloren, und dieses Verlorensein war angenehm.

Bei der Fischhalle sah ich Schweinskopf. Eigentlich sah ich zuerst ihren Hintern in dem engen Strickrock aus roter Wolle, die riesigen Arschbacken, die sich in dem dehnbaren Strickwerk vollständig abzeichneten, die fetten Stelzen und die schwarzen Stöckelschuhe mit dem dreckigen Rand. Sie ging und zeigte bei den Ständen hier und da mit dem Finger auf die Lebensmittel, und hinter ihr marschierte ein älterer Mann mit Hut, ein Bauer, und kaufte das, was sie bestellte. Ich ging vorsichtig hinter ihnen her. Wir gingen wie eine seltsame kleine Prozession. Als Erste Schweinskopf, hinter ihr der alte Bauer und hinter ihm, in einigem Abstand, ich. Der entsetzlich dicke Hintern rief sofort eine Erektion bei mir hervor, also hängte ich mich an die beiden dran. Es war mir überhaupt nicht unangenehm, eine seltsame Freiheit hatte von mir Besitz ergriffen. Früher, wenn ich Schweinskopf auf der Straße mit dem Blick begegnet war, hatte ich meine Augen niedergeschlagen, war rot geworden, hatte mich in fremden Höfen versteckt, bis sie vorüber war. Jetzt ging ich hinter ihrem Hintern her wie ein Hund, der sich paaren will. Wenn sie bei einem Stand stehen blieb, legte Schweinskopf die Hand auf den Schlitz des alten Mannes, und er blieb ganz steif stehen, als wollte er diesen Augenblick so lang wie möglich hinauszögern. Dann nahm sie schnell die Hand wieder weg, und sie gingen weiter. Als Mutter noch gesund war und wenn Schweinskopf mit ihren Tragetüten bei uns vorbeikam, war Mutters leiser Kommentar:

– Mein Gott, wie ist sie widerlich!

Auch wenn ich masturbierte und im Klo fertig machte, flüsterte ich: „Sie ist widerlich! Sie ist widerlich! Sie ist widerlich!" Er wurde steif allein schon bei dem Wort „widerlich". Allerdings würde ich Schweinskopf niemals anfassen, auch nicht wenn Mutter sterben sollte. Das hatte ich mir geschworen.

Aber ich könnte hinuntergehen zur Varteks-Passage, wo die Prostituierten stehen, und ein wenig gucken.

10

Einem Jungen, dessen Mutter im Sterben liegt, ist manches erlaubt. Aber ich würde nur gucken. Ich ging die Bakačeva hinunter, um zu der Passage zu gelangen, die unter dem Varteks-Kaufhaus hindurchführt, damit mich nicht zufällig ein Bekannter vom Platz der Republik her sah. Wenn einer in jenen Jahren diese Passage betrat, wusste man, was er suchte. Alte, schlecht gekleidete Prostituierte, manche in sehr engen Röcken, die ihre speckigen, mit Venen übersäten Oberschenkel zeigten, standen in der Passage und lockten die dort herumlungernden Soldaten an. Die Passage stank nach Urin. Zwei Frauen standen weiter hinten, gut zehn Meter von mir entfernt, der ich so tat, als würde ich mir das Schaufenster mit den Herrenanzügen ansehen. Ich spürte mein Herz im Halse, als hätte mein Adamsapfel zu pochen begonnen. Ich starrte in das Schaufenster und traute mich nicht den Blick zu heben, damit nicht eine von ihnen sich aufgefordert fühlte näher zu kommen. Aber es tat mir leid, dass ich sie mir nicht genauer angesehen hatte. Ich wollte sie so lange wie möglich im Gedächtnis behalten. Ich studierte eine männliche Schaufensterpuppe in einem grauen Anzug und Perücke. Die Puppe trug auch Hemd und Krawatte wie ein durchaus anständiger Mann an einem schrecklich unanständigen Ort. Bald hörte ich

Absätze, die näher kamen. Im Schaufenster sah ich, wie in einem Spiegel, den Umriss einer Frau, die von hinten an mich herangetreten war und jetzt neben mir stand. Wir standen eine Weile so da. Ich würde sie mir nur einmal ansehen, ich würde sie von unten nach oben ansehen und dann würde ich weitergehen. Ich würde von diesem schrecklichen Ort flüchten, obwohl das Schwein von Vater es verdient hätte, dass ich alles bis auf die letzte Para ausgab. Dass nicht eine einzige gelbe Fünfparamünze, so klein wie ein Pyjamaknopf, übrig blieb. Ich drehte mich um und guckte. Dicke Beine in weißen Stöckelschuhen, ein enger Rock aus abgewetztem Stoff, auf dem man die Fettwülste sieht, eine hellblaue Strickjacke, die die großen Titten verdeckt, ein breites Gesicht. Sie hatte Ähnlichkeit mit Schweinskopf, und wäre die andere nicht schon Schweinskopf gewesen, würde diese hier sicher so heißen. Die grellroten Lippen bewegten sich:

– Was willst du denn, Kleiner?

– Nichts!, antwortete ich. Ich wunderte mich über mich selbst, dass ich überhaupt etwas sagte. Aber nun würde ich mich umdrehen und gehen. Ich hatte genug gesehen.

Jetzt kam auch die zweite Frau. Eine magere Zigeunerin mit dunklem Lockenhaar und einer Zigarette, die sie im Mundwinkel hielt. Wegen des Rauches kniff sie die Augen zu.

– Der Bubi hat kein Geld, er schaut nur, sagte die Dicke zur Zigeunerin.

– Sie schauen und dann zupfen sie zu Hause an ihrem Pimmel herum, lachte die Zigeunerin.

Ich lief rot an, so wie vor der alten Dame, als sie mir den Aschenbecher zurückgab.

– Ich habe Geld, sagte ich dreist.

Ich würde es ihnen zeigen, mich dann umdrehen und weggehen. Ich zog den Reißverschluss auf, nahm den Umschlag heraus, öffnete ihn am Rand mit dem Finger, genauso wie bei der alten Dame, zog das Papier auseinander und zeigte ihnen das Geld. Ich ließ ihnen Zeit, es sich anzusehen, dann steckte ich den Umschlag wieder zurück und wandte mich zum Gehen um.

– Warte, wohin denn, rief die Dicke und kam mir eilig nach, ich habe nur Spaß gemacht, weißt du …

Sie holte mich ein.

– Warte, Junge, wir werden uns schon einig!

Sie stand vor mir und fasste mir mit der Hand an den Schlitz. Die Erektion wurde stärker und nahm mir die Kraft zu gehen. Die Dicke drückte und lockerte ihre Hand, in der sie meine Eier und mein steifes Glied hielt.

– Für zweihundert kannst du komplett … ich mache Stellungen, von vorne und von hinten …

Ich stand ruhig da, konzentriert, wie der alte Bauer mit dem Hut, und wünschte mir nichts mehr auf der Welt, als dass diese Berührung andauerte. Ich sah ihr in die Augen, sie war etwas kleiner als ich und mindestens zwanzig Jahre älter. Sie lächelte.

– Na siehst du, so ist es besser, du brauchst keine Angst zu haben.

– Und wie lange dauert das?, röchelte ich. Sie hielt mich unten noch immer fest. Sie fürchtete, ich könnte es doch nicht wollen.

– Bis du fertig bist, sagte sie sanft.

Ich nahm den Umschlag heraus und gab ihr zwei blaue Scheine.

– Tu noch ein wenig dazu, fürs Glück!

Ich gab ihr auch noch einen braunen.

– Willst du hier oder im Zimmer?

Ich sah mich um. Die Leute gingen ziemlich nahe vorüber, manche blieben auch stehen und sahen in die Passage hinein.

– Im Zimmer, sagte ich.

– Das kostet extra.

– Gut.

Sie streichelte noch immer mit der Linken meine Eier, während sie mit ihrer Rechten die Scheine einsteckte. Sie konnte mit einer Hand die Handtasche aufmachen, das Geld hineinstecken und sie wieder schließen.

– Du gehst mir nach, das ist hier in der Vlaška.

Sie ging voraus, ich folgte, vorsichtig, gut zehn Meter hinter ihr, wobei ich mich umblickte, ob mich jemand sah. Ich dachte auch daran, jetzt kehrtzumachen und wegzugehen, so wäre es eigentlich am besten gewesen, aber dann fiel mir mein Vater ein, der immer sagte:

– Was du einmal angefangen hast, bringst du auch zu Ende, hast du mich gehört, lass nie eine Arbeit halb fertig liegen, das ist ein Zeichen von schwachem Charakter.

Vater hatte es gerade nötig, über Schwächlinge zu reden. In einem Augenblick hatte ich endgültig beschlossen wegzugehen, aber dann, schon in der nächsten Sekunde, hatte ich es mir wieder überlegt, als ich die Arschbacken in dem abgewetzten Rock sah, wie sie über den kurzen Beinen schaukelten. Ich werde ihr noch kurz zusehen, dann aber gehen. Es war, als hätte sie ein unsichtbares Gummiband um mein Glied gebunden und führte mich nun an der Leine wie einen Pudel.

Wir gingen in den Eingang eines schäbigen Hauses in der Stara Vlaška. Auf der rechten Seite war das Treppenhaus. Sie stieg im Dunkeln eine Holztreppe hinauf. Langsam ging ich hinter ihr her.

– Pass auf, dass du nicht fällst, sagte sie, sie haben die Glühbirne geklaut.

Als wir im ersten Stock waren, öffnete sie eine Tür, und wir kamen auf eine Holzveranda hinaus. Auf der rechten Seite konnte ich eine Reihe von Türen sehen, die offensichtlich in die Zimmer führten.

– Gib mir was fürs Zimmer!

Ich gab ihr noch einen Blauen.

– Warte hier, sagte sie und ging weiter bis zur letzten Tür. Sie verschwand für einige Zeit da drinnen, lang genug, um mich denken zu lassen, sie hätte mich betrogen und wäre irgendwohin auf die andere Seite abgehauen und würde jetzt bereits die Palmotićeva hinunterlaufen. Mir wurde schon leichter. Ich würde noch einen Augenblick warten und, wenn sie bis dahin nicht wiederkäme, hinuntergehen. Inzwischen kam ein Junge mit Pickelgesicht aus einem der Zimmer, er war etwas jünger als ich, er trat an das Holzgeländer und glotzte hinunter in den Hof. Hinter dem Kleinen erschien die Dicke an der Tür und deutete mir mit der Hand zu kommen. Ich wusste nicht, ob ich den Jungen grüßen sollte oder nicht, am Ende tat ich es nicht. Der Kleine trug eine neue Stoffhose, aber an den Füßen hatte er zerrissene Pantoffeln. Ich ging an ihm vorbei und schob mich durch die Tür.

Sobald ich das vollgeräumte Zimmer betreten hatte, in dem ein Herd, ein Ehebett und ein Arbeitstisch mit Büchern stand, dunkelte die Dicke das Fenster, das auf die Veranda hinaussah, mit einem Vorhang ab.

– Musst du dich waschen?

– Ich weiß nicht.

Sie öffnete meinen Gürtel, zog mir Unterhose und Hose in einem Schwung herunter, bückte sich und roch zwischen meinen Beinen.

– Es ist gut.

Dann zog sie ihren Rock und ihr Höschen aus, aber die Jacke behielt sie an. Sie spreizte die Beine und weitete die Schamlippen mit den Fingern, als wollte sie sich auslüften. Ich spürte den Geruch. Zuerst befreite ich mich von der Jacke, dann von Unterhose und Hose, ich zog auch die Schuhe aus, aber als ich daran ging den Pullover auszuziehen, sagte sie:

– Oben musst du nicht!

Ich blieb in Pullover und Socken. Den Pullover hatte mir meine Mutter vor zwei Jahren im Robni Magazin gekauft, die Socken hatten wir gemeinsam bei NAMA besorgt. Sie hatte welche mit möglichst wenig Synthetik gesucht.

– Junge, wenn du Socken kaufst, dann achte darauf, dass sie kein Synthetik haben, sonst kriegst du Schweißfüße, die Haut kann nicht atmen, verstehst du!

Sie war schon krank, als sie das sagte. Wir haben viele Socken gekauft.

Die Dicke lag da mit gespreizten Beinen, und als ich nähertrat, fasste sie wieder an mein Glied und knetete es. Dann zog sie mich auf sich und half mir mit der Hand, in sie einzudringen. Das, was so ausgesehen hatte, als würde es heute auf keinen Fall geschehen, war gerade dabei zu geschehen. Ich hob und senkte mich auf ihr und sah mich wie einen Blasebalg aus Kuhleder, der sich füllt und leert. Ich fuhrwerkte ziemlich lange auf ihr herum, ich versuchte mich mit den Handflächen und den Zehenspitzen abzustützen wie beim Liegestütz und dann gleichmäßig hineinzustoßen und herauszuziehen, hineinzustoßen und herauszuziehen. Sie wurde bald ungeduldig. Sie suchte in meinem Gesicht nach Spuren von etwas, was einfach nicht kommen wollte. Einen Augenblick später sagte sie:

– Kleiner, bist du etwa schon gekommen, ha?

Dann zog sie ihn aus sich heraus und sah ihn argwöhnisch an. Da sie aber nichts fand, wischte sie das Glied mit dem Handtuch ab und legte sich wieder hin.

– Komm, dann fick mich in den Mund!

Ich rutsche auf den Knien zu ihr ran und schob ihn ihr in die Mundhöhle. Sie spielte mit der Zunge um meine Eichel und mit der Hand an den Eiern. Als sie mir den Finger in den Anus schob, begann ich zu kommen. Sie warf ihn aus dem Mund, sie spuckte ihn fast aus. Der Strahl traf sie an der Wange.

Ich legte ihr den Umschlag mit dem restlichen Geld hin. Ich wusste nicht, was ich damit sollte. Würde ich es wieder mit nach Hause bringen, wäre die Rache nicht vollständig gewesen. Meinem Vater gegenüber verspürte ich allerdings nicht mehr jenen Ekel, der mich bis vor einer halben Stunde noch gequält hatte. Ich ließ sie ihn mit einem feuchten Handtuch abwischen, zog mich auf die Schnelle an und ging hinaus auf die Veranda. Den Jungen mit dem Pickelgesicht traf ich in derselben Pose an, in der ich ihn zurückgelassen hatte, wie er dumpf in den Hof glotzte. Der Bengel hatte sich total in sein eigenes Gehirn zurückgezogen und lebte da. Ich lief aus dem feuchten Eingang hinaus an die strahlende Oktobersonne und begann vor dem Widerlichsten zu fliehen, was es im Triebleben gibt. Davor laufe ich noch immer weg, obwohl seitdem gut fünfzig Jahre vergangen sind. An jenem Morgen erfuhr ich, wie leicht sich ein Mensch vor sich selbst ekeln kann, als wäre er eine Spucke neben der Mauer eines gewöhnlichen Hauses.

Hunde pinkeln, ihr spuckt

In dieser kurzen Zeit auf der Tramuntana hatte eine wahre Spuck-Epidemie um sich gegriffen. Man konnte beobachten, wie Josip aus dem Salon kam, sich über die Reling beugte und in den Schaum spuckte. Einer der jungen Männer mit dem Schriftzug Tramuntana auf dem T-Shirt, der die Gummireifen an Deck gezogen und sie am Bug verstaut hatte, erleichterte sich ebenfalls die Mundhöhle hinunter ins Meer. Alles, was männlich war auf dem Schiff, außer mir und dem geheimnisvollen Herrn, spuckte in diesen kleinen Teil der Meeresfläche unter unserer Arche. Als wollten sie sich gewaltsam mit dem ganzen Nass ringsum verbinden. Alma sah dieser Vermählung der Flüssigkeiten fröhlich zu und sagte:

– Hunde pinkeln, ihr spuckt. Ich hatte sowohl einen Hund als auch einen Mann, ich kenne das.

– Und hast du sie nicht mehr?

– Gestorben. Beide.

– Um den Hund hat es ihr mehr leidgetan, erklärte Ana.

– Verständlich, brachte sich Marijan ein. Köter lecken besser, wenn wir nicht mehr können.

Nach diesem Satz herrschte peinliche Stille, die zum Glück von Toni unterbrochen wurde.

– Sagt mal, was haltet ihr von unserem Kapitän?

Von der Brücke stieg gerade ein großer Mann mit riesigem Bauch. Sein T-Shirt mit der Aufschrift des Schiffsnamens vermochte nicht die behaarte untere Region seines Wanstes zu bedecken. Er hatte völlig graues Kraushaar und war am Kinn vorschriftsmäßig zugewachsen, sodass seine Lippen nicht zu sehen waren.

– Er hat keine Zähne, sagte Marijan. Typen mit solchem Bart haben gewöhnlich keine Zähne.

– Wozu braucht er Zähne. Fisch ist weich und Wein flüssig, sagte Ana.

– Da habt ihr wohl einen gefunden, den ihr verarschen könnt, sagte ich missbilligend, aber ich war dem Kapitän auch in gewisser Weise dankbar, dass ich so meine Gutmütigkeit zeigen konnte. In der Zwischenzeit hatte der Barba, der Käpt'n, der aussah, als hätte man den Kopf von Sokrates auf den Körper eines gealterten bosnischen Bauarbeiters gepflanzt, den Weg zu uns gefunden. Der große rundliche Körper hielt sich auf verhältnismäßig dünnen O-Beinen, die in übertrieben hohen Absätzen steckten. Und so streckte er, wie ein altväterlicher Schiffseigner, zuerst Alma die Hand entgegen.

– Krstinić, sagte er und schüttelte ihre kleine Hand, aber Sie können mich auch Zvir, die Bestie, nennen.

– Der Name passt, flüsterte Toni. Er schien systematisch an der Verbesserung unserer Beziehung zu arbeiten. Als ließe sich das, was zwischen uns stand, nur so aus der Welt schaffen.

Barba Zvir indessen hatte noch alle Zähne. Sie waren nicht gerade in bestem Zustand, vielleicht ein wenig zu gelb, aber wie die sprichwörtlichen Schäfchen alle an der Zahl. Das war die erste Überraschung an diesem ungewöhnlichen Menschen. Liebenswürdig gab er allen die Hand und hieß uns willkommen auf seinem Schiff, das, wie er erklärte, schon in der dritten Generation im Besitz seiner Familie sei. Vor langer Zeit einmal, als es noch Sand und Steine transportierte, habe es Arba geheißen und sei von Zvirs Großvater gefahren worden. Dann sei es gleich nach dem Krieg in Velebit umgetauft worden, damit sich Gebirge und Meer unserer stolzen Heimat miteinander vermählten, und nach dem Neunzigerjahr habe man ihm seinen heutigen Namen gegeben, Tramuntana. Nach dem Wind, der vom Velebit herabweht. Alles war irgendwie miteinander verbunden, so als würde ein Name aus dem anderen hervorgehen. Bald gesellte sich auch Jugana zu uns ans Heck, und Zvir küsste ihr die Hand.

– Entschuldigen Sie, dass wir etwas länger gebraucht haben, sagte er zu Jugana, die Ölpumpe hat ihren Geist aufgegeben. Und bis wir sie getauscht hatten …

Interessant, dass unser Schiffer die Verspätung von anderthalb Stunden als „etwas länger" interpretierte.

– Nicht so schlimm, sagte Jugana, liebenswürdig, aber dienstlich, wenn nur jetzt alles in Ordnung ist.

– Ist es, kein Grund, warum es das nicht sein sollte, erklärte Zvir.

– Und wie alt ist das Schiff?, meldete sich Marijan.

– Wie alt, ja, so alt wie wir. Aber ein Schiff ist wie guter Wein, mit den Jahren wird es immer besser.

Nach kurzer Zeit meldete sich auch Silva, die Reiseleiterin. Sie umfing uns mit dem Blick, lächelte, murmelte etwas in ihren nicht vorhandenen Bart und entfernte sich rasch wieder.

– Was ist mit der?, sagte Toni. Gerade eben habe ich sie im Salon dasselbe tun sehen.

Unsere Blicke folgten Silva. Sie trat zu dem Grüppchen unserer Kameraden im Salon, wo sich Josip, Lidija und Vera aufhielten. Sie wechselte mit ihnen ein paar Worte, dann entfernte sie sich auch von dort wieder, um sich zu der Klassenlehrerin zu gesellen, die auf der Kiste saß, in der die Rettungsringe verstaut waren.

– Mein Gott, die Kleine zählt uns, sagte Ana. Als wären wir zurückgeblieben.

– Lass sie, das ist ihr Job. Du glaubst, dass es mit zwölf Alten leichter ist als mit zwölf Kindern. Du siehst, wie es schaukelt, im Nu liegt einer im Wasser.

– Du musst immer alle verteidigen.

– Verteidigen, natürlich muss ich sie verteidigen. Man muss die Leute ihre Arbeit machen lassen.

In diesem Augenblick bereitete der geheimnisvolle Herr im Salon seinem Prošek ein Ende, kam an Deck und spuckte weit hinaus ins Meer. Er tat das ziemlich würdevoll, als würde er die hohe See mit Weihwasser besprengen. Das war der Moment, als ihn auch die anderen bemerkten.

– Und der da, fragte Toni diskret, ist der auch mit uns mitgekommen … ?

Ana und Jugana wechselten bedeutungsvolle Blicke.

– Willst du oder soll ich?, fragte Ana.

– Sag du's!

– Das ist Juganas … Freund.

– Das heißt, er ist nicht mit uns in die Schule gegangen?

– Nein, verdammt, der Mann ist Italiener, sagte Marijan. Itaker rieche ich auf fünf Kilometer. Stimmt es, dass er Italiener ist?

– Ja, aber er kann Kroatisch. Ihr solltet ihn nicht verarschen.

– Er ist inkognito hier, erklärte Jugana.

Marijan blickte argwöhnisch.

– Und was ist er, Spion oder Mafioso?

– Na, Juganas … Partner. Soll ich es dir aufschreiben?

– Wir sagen Beischläfer!

– Ich habe meinetwegen Beischläfer, sie hat Partner. Aber du, Marijan, kannst das nicht verstehen.

– Mislav ist krank vor Eifersucht, erklärte Jugana. Er durfte nicht sehen, dass er mit an Bord geht.

– Du versteckst dich vor dem eigenen Sohn?, Alma wirkte geschockt.

– Was soll ich machen?

– Du hast keine Ahnung, Alma, wie Mislav ist, sagte Ana. Als Franco nach Zagreb kam, musste Juga den Kleinen fragen, ob sie bei mir übernachten dürfe. Nur so konnte sie mit Franco zusammen sein. Und weißt du was? Der eifersüchtige Kerl rief einmal, als Juga „bei mir" war, gegen neun Uhr abends an und sagte: Gib mir Mama! Nur so. Nicht guten Abend, nicht, hier ist Mislav, sondern: „Gib mir Mama!" Er brauche ein bestimmtes Kuchenrezept. Da habe ich gesagt, „deine Mutter ist unter der Dusche", und habe das Hotel angerufen, das Handy war ausgeschaltet, aber über die Rezeption habe ich das Zimmer gekriegt, habe mit Juga gesprochen, das Rezept mitgeschrieben und es ihm zwei Minuten später ins Telefon diktiert.

– Er hat dir nicht geglaubt. Als ich am Morgen zurückkam, hat er sich hysterisch vor mich hingestellt und gefragt: „Wo bist du gewesen?" Ich dachte, er würde mir eine herunterhauen.

– Schrecklich, sagte Alma.

– Jetzt ist es noch schlimmer, seit ihm die Frau weggestorben ist.

– Wahrscheinlich warst du zu nachgiebig ihm gegenüber.

– War ich nicht.

– Von wegen, warst du nicht, meldete sich Ana. Brauchst mir nichts vorzumachen, ich weiß alles, von Anfang an.

– Zuerst war er kränklich und dann schrecklich unsicher.

– Ja, unsicher, deshalb, weil du ihn so erzogen hast, und dann drehte sich Ana zu den anderen um:

– Der kleine Schreihals frisst sich noch immer bei Juga durch, bevor er in seine Wohnung schlafen geht.

– Ich habe meine rechtzeitig aus dem Haus gejagt, sagte Ana. Ich habe gesagt: „Marsch!"

– Einen Dreck hast du, sagte Jugana. Sag, dass du nicht die Kohle für Miete und Nebenkosten brennst. Sag, dass du es nicht tust.

Ana schwieg.

– Da siehst du. Warum sagst du nichts?

– Meine ist von Anfang an daran gewöhnt, dass ich jemanden habe. Als sie in die siebte Klasse Grundschule ging, fragte sie mich: „Mama, hast du einen ...?" Ich sage: „Was habe ich?" „Einen Orgasmus", fragt mich die Kleine. Im Ranzen hatte sie noch ihre Plüschtiere, als sie mich das fragte. Jetzt fragt sie mich nichts mehr.

– Ich könnte ihn durch den Wolf drehen, wenn er so ist. Aber dann erinnere ich mich, wie krank er war, als er drei war, und wie ich geglaubt habe, ich würde ihn nie wiedersehen. Auf der Infektionsstation. Eine Arbeitskollegin hat ihn mir durchs Fenster gezeigt. Es ging um Leben oder Tod. Meningokokken, Sepsis. Und was das Schlimmste ist, vermutlich habe ich sie aus dem Krankenhaus mitgebracht.

– Wäre er damals gestorben, würde dich Fürst Mislav jetzt nicht ins Altersheim stecken.

– Nein, Ana, mich steckt niemand ins Altersheim, und am wenigstens Mislav.

– Ja, das machst du selbst.

– Und warum kommt der Herr nicht her, damit wir uns kennenlernen?, fragte Toni.

– Er glaubt, dass Mislav ihn von der Riva aus sehen kann.

– Er ist auf der Hut, er hat alles Mögliche erlebt, sagte Ana.

Jugana nahm ihr Handy und tippte eine kurze Nachricht ein. Einige Sekunden später konnten wir vom Bug aus sehen, wie Franco im Salon sein Nokia aufklappte, genauso jungenhaft, wie er lachte und zu uns herübersah.

– Die sind auf demselben Schiff und schicken sich Nachrichten, ich kann es nicht glauben, sagte Marijan.

Alma, die sich vom ersten Schock erholt hatte, zeigte plötzlich ein verschmitztes Lächeln.

– Deshalb also hast du diese Reise organisiert, Juga. Um dich ein wenig der Kontrolle zu entziehen.

– Was fällt euch ein. Übrigens ist Tiho als Erster auf die Idee gekommen. Nicht wahr, Tihomir?

Bisher hatte sie mich unterschlagen. Aber jetzt, wo es sich zu verteidigen galt, erwähnte sie sofort meinen Namen. Meine bisherige Annahme, dass uns ein Telefonanruf, ein frecher Kellner und ein Eichhörnchen hier zusammengebracht hätten, war offenbar ziemlich naiv gewesen. Der Hauptgrund dieser Reise war ein Mensch, der aussah wie mein Freund aus Kindheitstagen und der genau in dem Moment aufgetaucht war, als ich mir eine Zigarette ansteckte.

Il Silenzio

1

Das ist wie eine Minute des Schweigens, die zu Musik geworden ist. Nini Rosso hat sie 1965 komponiert, sie wurde sofort ein Welthit und bis 1967 als Single über fünf Millionen Mal verkauft. Komponiert wurde sie für Trompete mit begleitendem Jazzorchester und vor dem Schluss hat sie eine kurze Vokalpassage. Das Thema des *Il Silenzio* genannten Originals hat zahlreiche Überarbeitungen erfahren, für Solotrompete, aber auch für Bigband, und eine Passage ist auch in einem Film zu hören, in *Verdammt in alle Ewigkeit.*

Wahren Ruhm indessen erlebte diese Komposition erst auf den Friedhöfen. In der Variante für Solotrompete bereicherte sie maßgebend das Angebot an Begräbnismusik im südlichen Teil Europas. Ein Freund, der Ende der Sechziger von einer Beerdigung in Bozen zurückgekehrt war, sprach von seinem Erlebnis von *Die Stille.* Es hatte keine Blechbläser gegeben, es hatte keine Vokalmusik gegeben, nichts, es schien, als würde der Leichenzug seines Onkels, der nach dem Krieg nach Italien geflüchtet und dort gestorben war, in aller Stille dahinziehen, als von irgendwoher der Klang einer Trompete heranwehte. Am Anfang nur ein paar Töne, der Wind schien den Klang von einer anderen Beerdigung heranzutragen, aber dann setzte die Melodie ein. Er habe nicht, sagte er, sehen können, woher der Klang kam, aber er sei immer stärker geworden, immer voller, allmählich schien er alle zu erfassen, die da in schwarzen Gewändern würdig einherschritten, den Sarg, den Wagen mit den Kränzen, die verweinten Frauen, den Priester, und dann auch die Gräber, die Hecken, die Lorbeerbüsche, selbst die Bäume. Als die Melodie stärker wurde, schienen die Wipfel der Zypressen in dem vollen Klang zu erbeben. Und die ganze Zeit, während der sich der Klang ausbreitete, habe man nicht sehen können, woher er kam. Dieses Mysterium, wie auch der Umstand, dass er sie damals zum ersten Mal hörte, habe diese Komposition für ihn zu einer überirdischen gemacht.

Zu der Zeit bestand bei uns nicht die Möglichkeit, bei Beerdigungen die Musik und die Ausführenden zu wählen. Bis Mitte der Siebziger konnte man auf unseren Friedhöfen nicht so wie heute zwischen Vokal- und Instrumentalmusik wählen, man konnte weder einen Männerchor noch Solosänger bestellen, vor allem nicht solche, die Erfahrung mit geistlicher Musik hatten. Deshalb gaben sich die Trauernden, um nichts zu verkomplizieren, mit dem gewohnten Blasorchester zufrieden. Das Angebot an Musik zum letzten Geleit war erschreckend armselig, wie im Übrigen auch das Angebot an Hosen oder Wintermänteln. Die Toten gingen in jenen Jahren unter dem dröhnenden Getöse von Becken und Tuba dahin. Erst Mitte der Siebziger wurde das Angebot an Begräbnismusik besser, man konnte sowohl ein Vokalensemble mit geistlichem Liedrepertoire als auch eine Solotrompete bestellen. In diesem Fall wurde meistens *Die Stille* gespielt.

Heute höre ich es manchmal, wenn ich im Winter, am Nachmittag, wenn es noch hell ist, auf dem Mirogoj spazieren gehe. Man hört es besser als ein ganzes Blasorchester und unvergleichlich besser als jede menschliche Stimme. Nini Rosso hat eine Stille geschaffen, die man hören kann. Und dafür hat er das lauteste aller Instrumente gewählt. Doch wann immer ich es höre, muss ich lächeln und spüre in mir eine wunderbare Wärme. Eine Wärme, nicht von der Musik erzeugt, sondern von ihrem Titel. *Die Stille.*

2

Und da war der Tod schon wieder bei uns. Dieses Mal kam er zur richtigen Tür herein und ohne Anklopfen. Er fand in unsere Wohnung in Form eines kurzen Telefonanrufs, und nachdem mein Vater den Hörer aufgelegt hatte, umarmte er mich theatralisch und sagte:

– Mein Junge, jetzt sind wir allein!

Mutter war am Donnerstagmorgen, dem 23. Oktober 1958, im Krankenhaus in der Vinogradska gestorben, und schon am Abend versammelte sich im großen Wohnzimmer die Verwandtschaft, als handelte es sich bereits um den Leichenschmaus, und nicht erst um das Besprechen der Beerdigung. Meine Ujna, also die Frau meines Onkels, hatte Baklava mitgebracht, denn die verstand sie seit jeher am besten zu machen, und der Mensch darf sich in bedeutenden Augenblicken keine Experimente erlauben; Tante Rada hatte Quarkstrudel gemacht, denn das war ihre Art, sich dieser Stadt anzupassen, vor allem weil sie von ihrem Küchenbalkon aus jeden Morgen auf das malerische Šestine hinaus sah; mein Vater hatte das letzte Geld für ein halbes Kilo aufgeschnittenen dalmatinischen Pršut verwendet, den er über Beziehungen aus Drniš besorgt hatte, und alles das um zu zeigen, dass wir keinen Mangel litten; Mutters Freundin Lidija hatte Spanferkel und Plinsen gebracht, denn der Mensch muss, auch wenn es ihm am schwersten fällt, etwas Herzhaftes zu sich nehmen. Und so besprachen wir jetzt beim Essen, was wir beim Leichenschmaus essen würden.

Der Kern der Trauernden hatte sich um meinen Vater geschart und dort wurden ernste Gespräche geführt. Man besprach das Protokoll, wer und wie man am Sarg stehen würde, und mein Vater erläuterte, was bisher alles erledigt worden sei. Ich saß im Sessel in der Nähe, und vor mir stand, unberührt, ein Teller mit einem großen Stück Spanferkel und Plinsen. Alle Augenblicke kam eine der um meine Gesundheit besorgten Frauen vorüber.

– Du fällst uns sonst vom Fleisch!

Oder:

– Du musst essen, das Leben geht weiter!

Und ich fragte mich: Wohin geht es?

Für den Sarg hatten wir zweitausendfünfhundert Dinar ausgegeben. Mein Vater sagte, es sei ein Buchensarg, keine Eiche, Eiche sei teurer, aber auch Buche sei nicht schlecht, das gehöre zu den besseren Holzsorten, sei aber im Preis erschwinglicher als Eiche oder Nussbaum, aber nicht der Preis stehe zur Diskussion, er würde bei solchen Gelegenheiten nicht auf den Preis schauen, aber alles, was sie an Eiche oder Nussbaum da gehabt hätten, sei zu kitschig gewesen, zu viele Schnörkel und geschnitzte Palmzweige, und der, den sie ausgesucht hätten, sei gerade richtig, auch sie wäre damit zufrieden, Friede ihrer Seele, und außerdem habe es auch einen kleinen Nachlass gegeben.

Das Holzkreuz zahle man extra. Sie hätten keine große Auswahl, aber er habe darauf bestanden, Eiche zu nehmen, das sei etwas, was draußen im Regen und Wind steht, zumindest bis wir die Inschrift einmeißeln, müsse es Eiche sein, denn das sei das widerstandsfähigste Holz, Eichenplanken hielten an die dreihundert Jahre. Das Kreuz komme auf sechshundert Dinar. Man glaube gar nicht, wie teuer das alles ist.

– Das Leben ist teuer, warf Tante Rada redensartlich ein, aber der Tod ist noch teurer.

Die schwarze Hose für mich kostete achthundert Dinar, aber sie war aus leichtem Stoff und konnte jeden Tag getragen werden, während der Anzug für Papa dreitausendvierhundert Dinar gekostet hatte und schwerlich für etwas anderes verwendet werden konnte als für Beerdigungen. Aber mein Vater erklärte, dass es ihm nicht leidtue, denn der Mensch müsse im Leben einen schwarzen Anzug haben, und er habe es vermieden, einen zu kaufen, solange sie noch am Leben war, obwohl es, wenn man es recht betrachte, keinen besonderen Unterschied mache, denn wir hätten schon seit Monaten gewusst, dass sie sterben würde.

Das Bestattungsunternehmen und die Parte werden extra bezahlt. Er habe sich doch für ein Kreuz über dem Text entschieden, weil sie es so gewollt habe, obwohl er einen Palmzweig schöner gefunden hätte, und das nicht etwa, weil er sich vor jemandem fürchtete, die könnten ihn alle mal am Arsch lecken, sondern einfach, weil er es schöner finde. Die Parte habe vierhundert Dinar gekostet, teuer, und was hast du da, ein bisschen schwarze Farbe, Vor- und Nachname und das bisschen Text.

– Und was machen wir mit der Musik?, frage Ujna plötzlich.

Augenblicklich herrschte Stille.

Mein Vater stand auf, ging zu dem Tisch im Wohnzimmer, wo das Essen serviert war, nahm ein Kipferl und goss einen Schnaps hinterher. Währenddessen traten zwei Kollegen zu ihm, ein Mann und eine Frau, die Frau küsste ihn auf die Wange, und der Mann klopfte ihm auf die Schulter. Sie wollten nach Hause. Die Frau wischte ihm mit Taschentuch und Spucke den Lippenstift von der Wange, der Mann lächelte ihm zu, während er den Mantel anzog. Als er zurückkam, sagte mein Vater:

– Ich bin mir nicht sicher, ob ich Musik möchte.

Wieder herrschte Stille. Alle starrten ihn an.

– Aber es geht nicht ohne Musik, Josip!, röchelte Ujna.

– Weshalb nicht?

– Deshalb. Weil bei jeder Beerdigung etwas gespielt wird, verstehst du, das ist Teil des Rituals.

– Ich weiß nicht, sagte er unsicher.

– Lass, meldete sich Ujna in versöhnlichem Ton, es ist noch Zeit, morgen früh werden wir die Musik aussuchen.

– Da gibt es nichts auszusuchen, sagte mein Vater, es gibt das Blasorchester, und das wars.

Jetzt warf sich der Onkel in Pose.

– Hör zu, ich weiß, dass ihr euch verausgabt habt, es hat lange gedauert, aber jetzt ist es vorbei, jetzt muss man nur noch ein bisschen durchhalten.

Und ich dachte, mein Gott, Vater versucht zu sparen.

– Das ist es nicht, Marin!

Er versuchte überzeugend zu sein, aber ich wusste, dass er log.

– Was werden die Leute sagen?, unternahm die Tante einen ernsthaften Vorstoß.

– Die können mich am Arsch lecken!

Das hatte er mit erhöhter Stimme gesagt, und viele Köpfe drehten sich in seine Richtung. Es war mir so peinlich, dass ich anfing, von den verklebten Plinsen zu essen.

– Sei vernünftig, sagte der Onkel. Wir übernehmen die Musik.

– Ihr habt schon genug übernommen, murmelte mein Vater.
– Und das werden wir auch noch, beschloss Ujna.
– Werdet ihr nicht, knurrte er plötzlich.
– Josip, warum bist du so dickköpfig? In ihren Augen zeigten sich Tränen.
– Denk an sie, sagte der Onkel, sie hat wenigstens zwei Töne verdient.
– Lass sie in Ruhe, ich weiß, was sie verdient hat und was nicht.
Der Onkel stand auf.
– Wo willst du hin?, fragte ihn seine Frau.
– Du siehst, dass ich nicht mit ihm kann.
– Josip, versteh doch, wir werden die Musik zahlen und fertig, sagte sie mit leiser Stimme.
– Damit du hinterher herumerzählst, dass du für meine tote Frau die Blasmusik bei der Beerdigung bezahlt hast, weil ich nicht imstande bin, denkst du, ich kenn dich nicht, du glaubst doch, dass ich nicht imstande bin …
– Sei still, das Kind kann dich hören!
– Soll er ruhig, damit er weiß, mit wem er es zu tun hat.
– Jetzt gehst du wirklich zu weit. Der Onkel drehte sich zu seiner Frau um: Wir gehen!
Und wieder herrschte Stille.

3

Zur Aufbahrungshalle auf dem Mirogoj kamen wir reichlich vor der Zeit. Mein Vater und mein Onkel gaben einander nicht die Hand, so wie sie es bisher getan hatten, sondern nickten sich nur mit dem Kopf zu. Jetzt, in Gesellschaft des Buchensarges II. Kategorie, mit diskretem, geschnitztem Rosenkranz an der Seite, waren wir irgendwie stiller. Tante ging, vorsichtig auftretend, als wäre der Boden ein lebendiges Wesen, durch den Raum, der nach frischem Kiefernholz roch, und vergewisserte sich, wer alles einen Kranz geschickt hatte.
– Da, der ist von Kos und der ist von Spiegels, sagte sie mit leiser Stimme, fast flüsternd. Wenn an einem Kranz ein Band verdreht oder verschlungen war, brachte sie es in Ordnung, damit man es sah. Und hier auch der von Štimac aus Samobor …
Währenddessen standen mein Vater und mein Onkel ruhig neben dem Sarg und sahen vor sich hin. Nach einiger Zeit kam Tante Rada langsam angewatschelt.

– Ich bin gekommen, um sie noch einmal zu sehen, sagte sie und fing an zu weinen.

Sie, die mit meiner Mutter überhaupt nicht verwandt war, weinte als Einzige. Onkel ließ sie eine Zeit lang weinen, dann sagte er:

– Gehen wir, Leute, es ist Zeit!

Wie auf Befehl kam Tante zu mir, der ich neben meinem Vater stand und auf den Buchensarg starrte, auf dem unser Kranz aus weißen Lilien lag. Sie legte mir die Hand auf die Schulter.

– Gehen wir, Tihomir! Es ist schnell vorüber.

Sie führte mich in die am weitesten entfernte Ecke des Raumes, ans Fenster, und wir sahen hinaus, mit dem Rücken zum Sarg.

– Tiho, du bist schon ein großer Junge, aber besser, du siehst es nicht.

Ich wusste, dass sie den Sarg öffnen und nachsehen mussten, ob in ihm Mutter lag oder jemand anderer, damit wir sicher waren, wen wir begraben würden. Und auch damit die, die das wollten, sie noch ein letztes Mal sehen konnten. Es war beschlossen worden, dass ich sie nicht sehen durfte, denn das Bild würde mir mein ganzes Leben bleiben und mich vor dem Schlafen quälen.

– Und euch wird es das nicht?, fragte ich sie. Und Tante sagte, dass sie schon genug Tote gesehen hätten. So wurde mir, in dieser Aufbahrungshalle, während draußen ein böswilliger sonniger Tag dieses sehr roten Oktobers leuchtete, klar, dass sich in den Erwachsenen mit den Jahren eine unbestimmte, aber ziemlich große Menge toter Menschen ansammelt, deren Bilder ihnen dann vor den geschlossenen Augen schweben, wenn sie versuchen einzuschlafen. Besonders, wenn sie den Krieg durchgemacht haben. Ich hörte, wie sie den schweren Holzdeckel abnahmen, der Klang war irgendwie voll und rund, als würde man eine Trommel öffnen, doch dann, nach ein paar Sekunden Stille, drang wieder das dünne Greisinnenweinen von Tante Rada durch. Ich wusste, dass sie auch um Mutter weinte, sie hatte sie gern gehabt, sie hatten sich miteinander angefreundet, aber unvergleichlich mehr um ihren toten Sohn und ihren Mann. Wie ist das, wenn du eine tote Person siehst und weinst um eine andere? Ist das Untreue, so wie wenn du mit dem einen Mädchen schläfst, denkst aber an ein anderes?

4

Als das Kondolieren endlich anfing, standen Vater und ich als Erste rechts vom Sarg mit unserem Kranz aus weißen Lilien obenauf, der wirklich billig aussah. Onkel und Tante standen auf der anderen Seite. Die Leute betraten die Aufbahrungshalle und änderten dann sofort ihren Schritt und ihre Bewegungen. Manche sanken in sich zusammen, andere wiederum schritten voran, als wollten sie sich entschuldigen. Sie kamen bis an das Metallgefäß mit dem geweihten Wasser (ihr ausdrücklicher Wunsch) und machten mit dem Weihwasserwedel über dem Sarg ein Kreuzzeichen. Die Lilien und das Band, auf dem stand „Der lieben Mutter zur ewigen Ruhe" waren nass, als wäre die Aufbahrungshalle eine Wiese, auf die morgendlicher Tau gefallen war. Erst wenn sie den Sarg besprengt hatten, drückten sie uns der Reihe nach das Beileid aus. Für den Trauernden, der am Sarg steht, reduzieren sich die Menschen, die ihm ihr Beileid ausdrücken, auf Gesicht und Hände. Viele Hände berührten an diesem Nachmittag meine Hand, und alle waren sie irgendwie verschieden. Genauso küssten mich mehr Gesichter, als ich kannte, und nur wenige von diesen Gesichtern gaben, außer den üblichen Beileidsfloskeln, auch etwas Eigenes von sich. Aber immer äußerst konventionell und vorsichtig. Etwa so: „Seid stark" oder „Das Leben geht weiter". Die konventionellen Worte waren ein Schild, mit dem sich jene, denen noch niemand gestorben war, irgendwie davor schützten, sich allzu sehr auf den Tod einzulassen.

Als sie den Sarg dann auf dem Wagen vor die Aufbahrungshalle hinausschoben und wir aus dem Halbdunkel in die grelle Sonne blickten, sah ich, wie meine Schulkameraden, auf der einen wie auf der anderen Seite des Sargs mit den Schnitzblumen, ein Spalier formierten und jeder in der Hand eine rote Rose hielt. Die ungeschickt geschnitzten Blumen auf dem billigen Buchensarg waren eine Karikatur dieser echten Blumen in den Kinderhänden. Erst als sie die Kinder mit den Blumen in den Händen sah, fing meine Ujna unkontrolliert an zu weinen, während Vater sich auf die Lippe biss. Der Geistliche sprach, er erwähnte das Evangelium, den toten Lazarus, Jesus, der nach drei Tagen wiederauferstanden war, und denjenigen, der als Erster unter uns meiner Mutter nachfolgen würde. Ich sah mich um, aber nirgends konnte ich die grauen Uniformen der Musiker und ihre Instrumente entdecken. War es möglich, dass es keine Musik geben würde? Ich hatte gehofft, dass Vater und Onkel doch irgendwie ein Abkommen geschlossen hätten oder sogar, dass Tante das Blasorchester auf eigene Faust bestellt hätte. Doch als der Geistliche fertig war und den Sarg besprengt hatte, schoben die vier Totengräber den Wagen mit dem Sarg an, der jetzt im Konvoi hinter dem mit Kränzen überladenen Wagen herfuhr, von denen im leichten, vom Sljeme kommenden Wind Schleifen mit letzten Grüßen wehten. Noch immer spielte nichts. Die Männer, als die stärkeren und mutigeren, reihten sich gleich nach dem Sarg ein, und wir Übrigen in der vorgeschriebenen Reihenfolge: zuerst der Geistliche, dann die Leidtragenden, dann die nähere Verwandtschaft der Leidtragenden und erst dann Freunde und Nachbarn. Die Reihenfolge fußte auf Blutsverwandtschaft und Trauscheinen. Und während wir so langsam in der Kolonne schritten, die in der Nähe des Sargs still war, und während weiter weg das Stimmengewirr immer lauter zu hören war, drangen auch andere Geräusche zu uns. Das Gummi an Onkels neuen Schuhen winselte, ein Rad am Wagen quietschte, die Kranzschleifen erzeugten im Wind ein raschelndes Geräusch, hier und da drang auch ein unterdrücktes Husten zu uns. Es war, als würden die Geräusche ringsum die drückende Stille noch verstärken. Die Musik bei Beerdigungen dient dazu, die Leidtragenden von äußeren Geräuschen zu isolieren, sie ist wie ein Klangballon. Ein Leichenzug, der sich in der Stille dahinschleppt, ist besonders verwundbar.

Zu Anfang, als ich noch dachte, es werde doch Musik geben, half mir die Hoffnung, dass mir nicht übel wurde. Aber als wir zum Eingang in den Mirogoj kamen und es klar wurde, dass wir auch bis an Mamas Grab in Stille gehen würden, wurde mir schwindelig vor Übelkeit und Wut. Jetzt würde meine ganze neue Klasse aus dem Gymnasium darüber reden, dass wir kein Geld für die Musik hätten, und wenn Ausflüge geplant waren, würde man halblaut, damit ich es nicht hören sollte, Geld sammeln, um für mich die Fahrt zu bezahlen. So wurde die Wahrheit immer schwerer und schwerer. Unmittelbar vor dem Eingang hupte ein Auto und bimmelte die Glocke, die meldet, dass gleich ein Trauerzug die Straße überquert. Aber sobald wir den Untergrund gewechselt hatten und vom Asphalt auf den Betonweg eingebogen waren, waren Onkels Schuhe weniger zu hören, Glocke und Hupe blieben hinter uns, und wir tauchten ein in die grüne Oase des Friedhofs und den zarten Gesang der Vögel. Der Zug bewegte sich unmittelbar unter den Arkaden dahin, und alles war akustisch: Der Gesang der Amseln und Meisen machte aus dem Friedhof einen verzauberten Garten. Mit den Amseln hatten wir schon unsere Erfahrungen. Wir Jungen aus der Straße riefen uns durch Pfeifen, mit einer einfachen Melodie von nur wenigen Tönen. Diese Melodie wechselte von Stadtviertel zu Stadtviertel. In unserer steilen Straße, wo man sogar Fußball auf einer sanften Schräge spielte, hatten die Amseln mit der Zeit angefangen, unser Flöten so geschickt nachzumachen, dass ich manchmal voller Hoffnung ans Fenster ging, in der Meinung im Garten warteten die Freunde, dann aber begriff, dass Roman beim Zeichenkurs und Radovan überhaupt nicht mehr da war. Das bedeutete, dass die Amseln in einem anderen Stadtviertel eine andere Melodie flöteten, die sie von den dortigen Jungen gelernt hatten, und dass die ganze Stadt ein Mosaik aus unterschiedlichen Vogelkompositionen war. Wessen Pfeifen aber imitieren die Amseln hier auf dem Mirogoj?

Die Kolonne wandte sich bald nach links. Wir lösten uns von den Arkaden und kamen zum jüdischen Teil, wo das Grab meiner Mutter ausgehoben war. Wir umstellten die Grube, und dann war das schwere Geräusch des Sargs zu hören, den sie vom Wagen gehoben hatten. Er stieß bald mit dem einen, bald mit dem anderen Rand an, bis sie ihn endlich ganz aufgesetzt hatten, was ein stark raschelndes „PUFFF!" verursachte. Und der Geistliche sagte:

– Lasset uns beten!

Und die Mehrzahl der Leute bekreuzigte sich. Nicht so mein Vater, auf dem kritische Blicke ruhten. Und die ganze Zeit, während der Geistliche sprach, drang das Stimmengewirr, das vorher vom Ende der Kolonne zu hören war, deutlicher zu uns. Und so sahen wir uns in diesem Halbkreis an, und jedes Geräusch verstärkte die Stille bis zum Unerträglichen. Zum Schluss, als die Leute damit begonnen hatten, eine Schaufel Erde auf den Sarg zu werfen, machte das eine seltsame abgehackte Melodie, wie für Solo-Trommel. Diese Melodie habe ich noch immer im Ohr, wann immer ich an meinen Vater denke.

5

Etwas mehr als ein Jahr nach Mutters Tod, im Dezember 1959, begann Vater sich häufiger mit einer Frau namens Ljerka zu treffen. Ihr Name sei nach dem Substantiv „lijer", Lilie, gebildet, fand ich im Lexikon, und das erinnerte mich sofort an den Kranz aus weißen Lilien, der auf Mamas Sarg gelegen hatte. Die Dinge sind auf seltsame Weise miteinander verbunden, dachte ich. Mein Vater ließ mir jeden Morgen ein frisches Brötchen auf dem Tisch zurück, und vor dem Einschlafen kam er immer in mein Zimmer, um mit mir zu reden. Wir sprachen über gewöhnliche Dinge: Wie es in der Schule war, welche Fächer ich gern hatte und welche nicht, wann ich die Fünf in Mathematik ausbessern würde. Eines Abends sagte er zu mir:

– Ich habe für morgen Frau Ljerka hierher zu uns zum Abendessen eingeladen, sei bitte liebenswürdig zu ihr, aber nicht zu liebenswürdig, denn das könnte man als gezwungen auffassen, sei einfach du, aber liebenswürdig und vor allem wohlerzogen.

– Keine Sorge, mach ich.

Aber er fuhr fort:

– Du musst jetzt viel wohlerzogener sein als andere Kinder, hast du verstanden, damit es nicht heißt, die Mutter im Grab, und der Sohn …

Ljerka kam eines Abends, vielleicht war es ein Donnerstag, etwas vor sieben. Als ich aus der Schule kam, wir hatten Nachmittagsunterricht, musste ich meine neue Hose und das neue karierte Hemd anziehen, während Vater seine Jägerhose aus grünem Samt und die olivfarbene Weste mit Hirschhornknöpfen trug. Das Haus war aufgeräumt, auf dem Tisch im Esszimmer standen eine Schale mit Obst und Tellerchen, aber ich bemerkte nirgends sonst etwas zu essen. Wir warteten eine Zeit lang, am Tisch sitzend, schweigend. Es sah so aus, als würden wir tatsächlich auf etwas warten, was unser Leben verändern sollte.

Als sie endlich da war und Vater ihr aus dem Mantel geholfen hatte, begrüßte sie mich.

– Ein richtiger junger Mann!, sagte sie und gab mir ein kleines Geschenk: ein paar Lebkuchen in weißes Papier gewickelt.

– Hast du Danke gesagt?, beeilte sich mein Vater, noch bevor ich dazu gekommen war, etwas zu sagen.

Ich erwartete, dass wir uns jetzt an den Tisch setzen und zu Abend essen würden, aber Ljerka legte das Oberteil ihres dunkelroten, kitschigen Kostüms ab, das an den Rändern mit schwarzem Faden in Rankenform gesäumt war, und hängte es über die Lehne eines der Stühle.

– Wo ist Ihre Küche?, sagte sie entschlossen, und Vater zeigte sie ihr.

Sie ging in die Küche und band sich Mutters Schürze um, auf der gestickt stand:

Hausfrau, tu mit Worten sparen,
soll das Essen nicht vergaren!

Sie öffnete den Kühlschrank, nahm die Lebensmittel heraus, stellte sie auf den Küchentisch und begann das Abendessen herzurichten, zu dem sie eingeladen war. Mein Vater öffnete während dieser Zeit eine Flasche Graševina. Er schenkte sich und Ljerka ein und sagte zu mir:

– Du kannst lernen gehen. Wir werden dich rufen, wenn es fertig ist.

Ich zog mich in meine Gemächer zurück und versuchte mich mit den Quadratgleichungen auseinanderzusetzen, aber es wollte einfach nicht gelingen. Ständig war mir Ljerka vor Augen. Groß, schwarzhaarig, mit einem Dutt à la Jovanka, gut geschminkt, aber rot im Gesicht wie eine Bäuerin. Vater hatte mir gesagt, sie habe keine große Schulbildung, aber sie sei eine gute und arbeitsame Frau, die im Leben kein Glück gehabt habe. Sie war Frisöse und hatte einen kleinen Salon in Trešnjevka gepachtet, aber als sie heiratete, kündigte sie den Pachtvertrag und verkaufte Haube und Trimmer. Ihr Mann war Spediteur, er verdiente gut, und sie hatte ihre Ersparnisse im gemeinsamen Haus angelegt. Jetzt hatte er sie weggejagt, weil er eine jüngere Frau gefunden hatte, aber sie konnte ihren Anteil am Haus einfach nicht zurückkriegen und musste daher in einer Mietwohnung leben.

– Wird sie bei uns wohnen?

– Das weiß ich noch nicht.

Das war unser ganzes Gespräch über Ljerka gewesen.

Als sie mich riefen, saßen beide schon am Tisch, sie hatte die Schürze abgenommen und wieder das Oberteil ihres Kostüms angezogen, er hielt das Glas in der Hand, mit dem er anzustoßen gedachte. Auf dem Tisch stand unser Festtagsteller aus böhmischem Kristall und auf ihm lag paniertes Fleisch. In der großen Suppenschüssel war Spinat und im neuen silbrigen Stieltopf Püree. Etwas, was Vater und ich am liebsten hatten, denn wenn man an irgendetwas sehen konnte, dass wir Vater und Sohn waren, dann waren das Püree, Spinat und Paniertes.

– Setz dich, Tihomir, wir werden auf Frau Ljerka anstoßen!

Er schenkte auch mir ein wenig Graševina ein. Also stießen wir an und begannen zu essen. In Stille. Diese Stille war etwas anderes als jene auf dem Friedhof. Aber es war Stille. Vater sagte dreimal:

– Das ist Ihnen wirklich gut gelungen, Frau Ljerka.

Zu Anfang, wenn er ein Stück Paniertes in den Mund steckte, irgendwo in der Mitte, um die Stille zu durchbrechen, die allzu unangenehm zu werden drohte, und am Ende, als er das Besteck abgelegt und sich den Mund abgewischt hatte.

– Also, das war wirklich gut.

Nach einem kurzen Gespräch zog ich mich wieder in mein Zimmer zurück, ließ aber die Tür angelehnt. Das geschah vielleicht nicht einmal absichtlich, ich hatte nicht vor zu horchen, im Gegenteil, mir war übel von alledem, aber die Tür war einfach angelehnt geblieben. Vater erklärte, dass ein Mann in den besten Jahren es schwer habe, wenn er allein lebe mit seinem Sohn. Natürlich, sagte er, vertragen wir uns gut, er ist ein guter Junge, aber ein männliches Kind braucht auch eine Mutter, wenn Sie mich verstehen. Er ist ein einsames und schweigsames Kind.

Ich war überhaupt kein einsames und schweigsames Kind.

Frau Ljerka erkundigte sich vorsichtig, wie sein Verhältnis zur Mutter gewesen und ob sie lange krank gewesen sei. Er beschrieb ihr kurz, wie wir von ihrer Krankheit erfahren hatten und wie die Krankheit fortgeschritten war, ging aber nicht ins Detail. Dann herrschte wieder Stille. Man hörte nur, wie das Leinen auf der Couch raschelte, auf der sie saßen. Vater sagte, er sei offen für verschiedene Möglichkeiten, aber man müsse sofort die Regeln kennen, denn, sie habe es ja gesehen, er habe ein Kind und das sei delikat, andererseits brauche der Kleine, wie bereits gesagt, auch eine Frauensperson, auf die er sich verlassen könne.

Sie sagte, dass es in diesem Falle kein Problem gebe, denn sie wisse mit Kindern umzugehen, obwohl sie keine eigenen Kinder habe, praktisch habe sie ihre Neffen großgezogen, fast von Geburt an. Dann erstarb das Gespräch wieder, und wieder begann ein Rascheln, dieses Mal stärker als vorher. Als das Gespräch wieder einsetzte, bestand sie darauf, dass er über sein Verhältnis zu Mutter spreche. Er indessen wich auf andere Fragen aus.

– Die Wohnung gehört nicht mir, aber ich habe das Wohnrecht. Auf dem Boden haben wir eine kleine Einzimmerwohnung. Die haben wir für Tihomir eingerichtet, wenn er mal studiert.

Sie schwieg.

– Ich habe auch Anteile an einer Wohnung in der Medulićeva, jetzt wird da ein Rechtsstreit geführt, aber sie gehört mir, es ist nur die Frage, zu wie vielen Anteilen.

– Ich habe nicht an so etwas gedacht.

– Natürlich, sagte mein Vater, ich bin auch kein Materialist, aber man lebt nicht von der Luft. Im Gorski Kotar haben wir auch Wald, das ist von früher noch von meiner Großmutter her …

– Sie haben schöne Vorhänge, sagte Frau Ljerka, hat die Ihre Gattin genäht?

Und die Unterhaltung wurde ein wenig angespannter, mit immer längerem Schweigen zwischendurch und ohne irgendwelches Rascheln. In einem Augenblick wurden die Stimmen lauter, um dann völlig zu verstummen. Eine lastende Stille breitete sich aus wie eine heftige Überschwemmung, das Wasser stieg und stieg. Ich wusste nicht, was vor sich ging. Zuerst waren die Stimmen lauter geworden, dann hatte eine Stille eingesetzt, die immer mehr der vom Friedhof glich. Und lange dauerte. Ich versuchte mich auf die russischen Kohlebecken zu konzentrieren, Kuznezk, Kubal, Lenski und Tunguski, aber es ging einfach nicht. Das Hirn kehrte ständig zu der Stille im Wohnzimmer zurück, zum Dutt der Frau Ljerka, der wie eine schwarze Eiskugel aussah, zu ihrem bäuerlichen Kostüm und dem starken Rot auf Händen und Gesicht. So verging etwa eine halbe Stunde, vielleicht auch mehr, eine Schulstunde, und dann waren aus dem Wohnzimmer Stöhnen und kurze Schluchzer zu vernehmen. Ich erstarrte zu Eis. Die Schluchzer verstärkten nur die Stille, sie waren ihre Höhepunkte, der Punkt, in dem sich die Stille so sehr verdichtet hatte, dass sie ihren Aggregatzustand veränderte und zum Ton wurde. Erstarrt saß ich auf meinem Stuhl, ich traute mich weder aufzustehen, um die Tür zu schließen, noch ins Bett hinüberzuwechseln und mir die Decke über den Kopf zu ziehen. Diese Stille löste ein viel stärkeres Unbehagen aus als das auf dem Friedhof, aus ihr wird, dachte ich, unsere Zukunft geboren. Und sie gibt Antwort auf die Frage, wohin das Leben geht, wenn es weiter geht.

Mit einem Mal wuchs die Wut in mir dermaßen an, dass mir wieder der Atem wegblieb. Ich stand von meinem Schreibtisch auf, öffnete die Tür meines Zimmers, durchquerte die zwei Meter Flur und stand im Wohnzimmer. Mein Vater saß völlig verweint da, über seine Wangen liefen Tränen, und Frau Ljerka stand über ihn gebeugt, ihren Mantel in den Händen.

– Ruf mich an, wenn du sie vergessen hast, sagte sie durch die Zähne und ging zur Tür. Sie zog den Mantel nicht an, so eilig hatte sie es hinauszukommen.

Auf den ersten Blick mutete mich das, was ich im Dezember 1959 im Wohnzimmer sah, als etwas Edles an. Mein Vater war in Tränen ausgebrochen wegen meiner Mutter, er flennte wie ein Kind vor einer anderen Frau, die ihm ein Abendessen gekocht hatte. Vor einer unglücklichen und verlassenen Frau, deren Name an Friedhofsblumen erinnerte. Aber es hatte bei alledem auch etwas Abstoßendes. Warum war er jetzt plötzlich in Tränen ausgebrochen, wenn er doch die ganze Zeit der Krankheit und ihres schweren Sterbens und auch als sie gestorben war, bei der Beerdigung, beim Leichenschmaus, bei unseren Gesprächen in meinem Zimmer, vor dem Schlafen, nie geweint hatte. Um mir das zu erklären, brauchte ich Jahre, denn das Leben war wieder weitergegangen. Frau Ljerka hatte an diesem Abend zu starken Widerstand geleistet, allzu direkt hatte sie seine Vorzüge, die Wohnungen und das Stück Land missachtet, und dann war mein Vater zur toten Mutter zurückgekehrt. Er hatte sie benutzt als Deckung für seine Niederlage. Er hatte ihren Leib als Zudecke genommen, um in der Ödnis, die sie hinterlassen hatte, nicht zu erfrieren.

6

In dem Sommer, am Ende der zweiten Klasse des Gymnasiums, musste ich auf Anweisung meines Vaters in das *Vjesnik*-Gebäude am Cvjetni Trg gehen und im kleinen Anzeigenblatt des *Večernji list* ein Inserat folgenden Inhalts aufgeben: In ein Zimmer mit Küche, eigener Eingang, wird eine beschäftigte Frau in mittleren Jahren aufgenommen. So wurde die Einzimmerwohnung im Dachgeschoss, in der ich lernen sollte, wenn ich einmal studieren würde, zum Netz, in dem sich beschäftigte Frauen in mittleren Jahren verfangen sollten. Das Inserat hatte ich gegen Mittag aufgegeben, und schon am nächsten Tag, als die Zeitung erschien, befand sich unsere Wohnung im Belagerungszustand. Das Telefon läutete ununterbrochen, und wir meldeten uns wie ein automatischer Anrufbeantworter mit einem einzigen Text:

– Ja, eigener Eingang … eingerichtete Küche … nein, kein Bad … Preis zweitausend Dinar, ja, können Sie morgen nach drei besichtigen, danke und auf Wiedersehen.

Am nächsten Tag, als Vater von der Arbeit gekommen war, gegessen und seinen schönen Anzug für zu Hause angezogen hatte, bat er auch Tante Rada, ihm zu helfen, die beschäftigte Frau in mittleren Jahren zu begutachten. Er sagte:

– Tante Rada hat ein erfahrenes Auge, ich habe mich unzählige Male davon überzeugt, wie gut sie Menschen einschätzen kann, glaub mir …

Und so zog von Mittag bis elf Uhr in der Nacht eine lange Prozession Frauen durch unsere Wohnung. Traurige Existenzen, Arbeiterinnen, geschiedene Frauen, die von ihren Männern verstoßen worden waren wie Ljerka oder auch von ihren Kindern und die statt einer Miete auch Hilfe im Haus anboten. Eines hatten sie gemeinsam: Niemand hätte ihr Leben haben wollen, auch wenn sie sie billig verkauft hätten.

– Wir wollen keinen Sozialfall, sagte mein Vater, dann wirst du sie nie mehr los.

Am Ende hatte sich die Auswahl auf eine einzige Frau eingeengt. Ich denke, es war entscheidend, dass sie in einer Bank arbeitete, wie auch meine Mutter, bevor sie krank geworden war, aber auch, dass sie, wie Tante Rada sagte, eine ausgezeichnete Gelegenheit für meinen Vater zu sein schien, und dazu unabhängig und ehrlich. Sie hieß Ana, und mir fiel die Ehre zu, sie aus Gefälligkeit am Telefon anzurufen und ihr zu eröffnen, dass sie ausgewählt sei.

Als sie mit ihren Sachen kam, musste sie mehrmals zum Taxi hinunter und Taschen und Plastiktüten hinauftragen, dann kam sie zu uns, damit wir die Details vereinbarten. Vater sagte zu ihr, sie könne einen Kaffee trinken, wenn sie wolle, aber sie müsse ihn sich selber kochen, denn wir beide könnten das nicht.

– Kein Problem, sagte sie und ging in die Küche.

Bald kam sie mit dem Kaffee zurück, ohne vorher gefragt zu haben, wo die Džezva oder der Zucker stehen. Vater nahm ihr gegenüber Platz und ich neben ihm, und so sahen wir aus wie eine Kommission.

– Wir haben uns überlegt, begann er, wir beide sind allein, unsere Mama ist vor einem Jahr gestorben …

– Mein Beileid, warf Ana ein.

– … und da haben wir gedacht, natürlich nur wenn Sie wollen, dass wir statt der Miete gern Hilfe im Haushalt annehmen würden.

Sie sah ihm einen Augenblick in die Augen, überrascht, aber dann fasste sie sich, nahm einen Schluck Kaffee und erklärte:

– Das kommt nicht in Betracht, denn ich arbeite, manchmal bleibe ich auch nach der Arbeitszeit, und manchmal, wenn ich zu tun habe, arbeite ich auch nachmittags, sodass ich keinerlei weitere Verpflichtung übernehmen kann.

Für einen Augenblick herrschte Stille.

– Und was ist mit dem Baden, ich habe gesehen, dass es kein Bad gibt?

– Sie haben eine öffentliche Badeanstalt hier ganz in der Nähe, am Kvaternik, sagte Vater und erwähnte dann wie nebenbei, aber Sie können auch bei uns, da würde man etwas extra zahlen.

– In Ordnung, sagte Ana, und so wurde unser bilaterales Abkommen zur beiderseitigen Zufriedenheit geschlossen.

Das Leben ging weiter, und Frau Ana blieb fast zwei Jahre bei uns. Solange ich aufs Gymnasium ging. Dabei hörte sie keinen Augenblick lang auf, zu meinem Vater Sie zu sagen. Sie kam im Prinzip drei- bis viermal die Woche zum Baden, und dann herrschte in der Wohnung eine besondere Stille. Das schwache Rauschen der Dusche war aus jeder Ecke, aus jedem Zimmer zu hören, sogar aus der Speisekammer, die vom Badezimmer ziemlich weit entfernt war. Alle Geräusche schienen verstummt, wie die Vöglein vor einem Erdbeben, zu uns drang nur das Rauschen des Wassers aus dem großen Duschkopf an der Decke. Und jedes Mal in diesen Jahren kam sie in ihren Bademantel aus türkisfarbenem Frottee gehüllt heraus, das Haar in ein Handtuch gewickelt und ihre Flechttasche mit den Badesachen unterm Arm tragend. Und erst dann, immer nach dem Duschen, ließ sie auf dem Schuhschränkchen im Flur einen feuchten, violetten Fünfhundertdinarschein zurück. Vater sah dieses Geld nach einer Zeit gar nicht mehr an, sondern ließ es dort tagelang liegen. Auch ich rührte es nicht an, als wäre es infiziert. Wir schämten uns beide. Von Vaters nebulöser Idee von einer beschäftigten Frau in mittleren Jahren war nur dieser feuchte Geldschein geblieben. Bald, nachdem sie eingezogen war, schlug Vater Ana vor, sie könne umsonst duschen, er erklärte, wir hätten uns von Mutters Tod finanziell erholt, aber Ana wollte das auf keinen Fall. Sie bestand darauf, Sie zu ihm zu sagen und ihm jedes Mal diesen feuchten, violetten Schein dazulassen.

Vater kaufte sich mehrere elegante Anzüge mit dazugehörigen Hüten, er trug teure Schuhe, was bis dahin nicht sein Stil gewesen war. Ana sah das, stets sprach sie mit ihm voller Respekt, sogar herzlich, manchmal beehrte sie ihn mit einer Berührung an der Schulter oder am Oberarm, aber der feuchte Fünfhundertdinarschein lag immer auf dem Schuhschränkchen bereit. Aus Respekt vor Vaters Absicht brachte sie nie einen Mann mit in ihr Zimmer, obwohl sie einen eigenen Eingang hatte. Sie achtete darauf, Vater nicht zu verletzen, und das war rührend. Deshalb waren wir überrascht, als wir hörten, dass sie sich schon anderthalb Jahre mit einem Mann aus der Bank traf, den sie später auch heiratete und der, noch später, sie und ihre Mutter mit einer Kleinkaliberpistole in der Küche seines Hauses in Kašina erschoss. Die Nachricht von ihrem Tod hatte mein Vater aus der Zeitung ausgeschnitten und sie stand eine Zeit lang auf dem Tisch im Esszimmer, an den Rand des Kristallaschenbechers gelehnt. Danach verlor sich auch von diesem Zettel jede Spur.

7

Zu der Zeit, noch während Ana bei uns wohnte, begann in unserem Haus die große sexuelle Revolution. Zuerst tauchten auf Vaters Nachttisch Bücher auf, die ich bis dahin nicht bei ihm gesehen hatte, *Wendekreis des Krebses* oder De Sades *Justine. Justine* war mit frechen Zeichnungen geschmückt, so wie Casanovas Memoiren, sodass die alten Kupferstiche vom Koitus die erste Pornografie war, die ich im Leben zu Gesicht bekam. Und dann bemerkte ich etwas später, dass sich Vater oft ins Arbeitszimmer einschloss, das man durch eine zweiflügelige Tür vom Wohnzimmer aus betrat, und etwa eine halbe Stunde drinnen blieb. Danach schloss er auf und ging direkt ins Badezimmer. Solange er in dem Zimmer war, schien die Wohnung in lastendes Schweigen gehüllt, von drinnen hörte man nichts, und ich wurde ganz Ohr, ob nicht vielleicht doch ein wenn auch noch so schwaches Geräusch zu mir drang, ein Rascheln oder Klopfen, irgendein Lebenszeichen. Mir schien, dass mein Vater, wann immer er sich ins Zimmer einschloss, für kurze Zeit starb und dann, mit dem fröhlichen Klang des Schlüssels im Schloss, erneut geboren wurde, lächelnd, ein Osiris, der das Reich der Dunkelheit verlässt. Bei einer Gelegenheit, als er nicht zu Hause war, fand ich die Stelle, wo er den Schlüssel der mittleren Lade von Großvaters Schreibtisch aufbewahrte. Damals begegneten mir zum ersten Mal die bunten, aus Deutschland und Italien eingeschmuggelten pornografischen Heftchen, für die Beate Uhse und Caballero verantwortlich zeichneten, die Vorreiter der europäischen Pornoindustrie. Von da an teilte ich die kleinen bunten Heftchen heimlich mit meinem Vater, und beide wussten wir natürlich voneinander, sprachen aber nicht darüber. Um Beate Uhse und ihre sterilen Blondinen mit den großen Schwänzen im Mund rankte sich eine diskrete Verschwörung des Schweigens. Die Stille half uns in diesem Fall, das Unbehagen zu umschiffen. Wenn die große Geschichte vom christlichen postfuneralen Leben wahrhaftig war, würde Mutter vom Himmel aus in unserer Wohnung ein ganz besonderes Schauspiel sehen. Im Schreibtisch ihres Mannes war die mittlere Schublade voller Pornohefte. Ich kam früher aus der Schule nach Hause als Vater, mittags gegen eins. Ich nahm mir etwas aus dem Kühlschrank und ging dann, vielleicht auch ein Sandwich kauend, ins Arbeitszimmer, zwinkerte Großvaters Bild an der Wand zu, öffnete die Schublade und zog eines der Heftchen heraus, von denen manche an den Ecken diskret verklebte Seiten hatten. Und meine Mutter würde von oben sehen, wie Kopf und Schultern bei mir in einem seltsamen Rhythmus ohne Musik zitterten. Zuerst langsam, dann immer schneller, so wie die linke Hand, zuerst langsam und dann immer schneller die Seiten umblätterte. Es konnte passieren, dass in der Hitze des Gefechts der linken Hand das rutschige Papier entglitt und das Heft im ungünstigsten Moment zuklappte. Dann fing alles von vorne an, und Mutter würde im Himmel sicher seufzen:

– Oh, nicht schon wieder, Tihomir. Besser, du machst deine Hausaufgaben.

Und wenn zur allgemeinen Freude alles zu einem Ende gekommen war und ich mich tatsächlich mit den Aufgaben zu beschäftigen begonnen hatte, kam mein Vater, gegen halb drei, von der Arbeit. Ich hörte, wie er den Mantel im Flur ablegte, wie er den Kühlschrank öffnete, um einen Imbiss zu nehmen, und sich dann langsam ins Arbeitszimmer einschloss, um für kurze Zeit zu sterben.

Einmal, als er in der Küche das Essen aufwärmte, das uns Tante Rada gekocht hatte, fragte er mit ernster Stimme:

– Slavko hat den Vorschlag gemacht, dass wir die Pornohefte tauschen, diese sind schon langweilig. Bist du einverstanden?

– Ja, nickte ich mit dem Kopf, zu Boden sehend. Von nun an war Beate Uhse in unserem Haus jahrelang ein würdiger Ersatz für eine Stiefmutter.

8

Vater und ich lebten nach Mutters Tod noch mehrere Jahre mit Beate zusammen. Nur dass ich mit ihr relativ rasch Schluss machte, als ich Karmen kennenlernte und wir anfingen gemeinsam Anatomie zu lernen, in dem Zimmer mit eigenem Eingang und Küche, wo man sich zur Not auch waschen konnte. Mit der Zeit hat wohl auch mein Vater Beate immer seltenere Besuche abgestattet, und ich fand nach kurzer Ehe mit Karmen auch eine Reihe andere Frauen, aber Beate war mir ab und zu noch immer eine Stiefmutter. Meinen Vater brachte das eigene Herz um. Das Leben, das nach Mutters Tod für ihn unaufhaltsam weitergegangen war, war plötzlich stehen geblieben, um acht Uhr abends, nach den Nachrichten. Dazu muss gesagt werden, dass es an diesem Tag in den Nachrichten nichts Besonderes gegeben hatte. Bakarić hatte eine neue Fabrik eröffnet, und Jakov Blažević hatte die Bedeutung des Kampfes gegen den Nationalismus hervorgehoben. Vater war vor dem Fernseher gestorben, und als ich ihn fand, zitterte auf seinem Gesicht der bläuliche Widerschein von Mladen Delić, der das Spiel Ajax – Milan kommentierte. Als ich feststellte, dass er keinen Puls hatte und nicht atmete, schaltete ich den Fernseher ab. Als wäre dieses Programm nur für ihn gesendet worden. Schon geraume Zeit hatte ich befürchtet, dass ich ihn tot antreffen würde, in Gesellschaft Beate Uhses, aber Gott war gnädig und teilte ihm einen würdigeren Tod zu: Ajax – Milan. Und nachdem ich mit dem Fuß den Schalter des Signalstabilisators gedrückt hatte, herrschte in der Wohnung Stille. Eine Stille gut elf Jahre schwer. Es waren weder die Geräusche der Stadt zu hören, die gewöhnlich unter uns brauste, noch das Geräusch der Heizungsrohre im Haus noch die Fernseher aus den Nachbarwohnungen. Ich war schon ein erwachsener Mann, aber die Melodie für Lehmklumpen und Buchenbretter bei Mutters Begräbnis hatte ich noch immer im Ohr. Und so musste ich in der Stille, über den toten Körper meines Vaters gebeugt, gerade an jene Stille von vor elf Jahren denken, als die große Stille begann, die uns diese Jahre hindurch begleiten sollte.

Die Beisetzung bestellte ich beim Beerdigungsinstitut in der Radićeva. Als sie mich fragten, was für einen Sarg ich möchte, begutachtete ich zögernd die ausgestellten Exemplare, aber sie hatten nur Buche, II. Kategorie, im Angebot; ein höflicher junger Mann mit priesterlichem Gebaren erklärte mir, dass gerade dieser hier das beste Preis-Leistungs-Verhältnis hätte.

Das Holzkreuz war aus Eiche, aber eines von den billigeren. Die Parte bestellte ich nur in dreifacher Ausfertigung, für den Lichtmasten vor der Kurve in unserer Straße, für den Strommasten vor unserem Haus, der uns Radovan genommen hatte, und eine zur Erinnerung. Als würde der Mensch solche Erinnerungen brauchen. Und als sie mich nach der Musik fragten, denn auch die könne ich bei ihnen fix und fertig bestellen, gab ich höflich, aber entschieden zur Antwort:

– Nein. Für die Musik werde ich selbst sorgen.

Die Anzeige gab ich ohne Bild und mit einer minimalen Anzahl Wörter in die Zeitung. Sie riefen mich vom SUBNOR an, was sie immer tun, wenn ein Träger der Partisanenmedaille und Spanienkämpfer stirbt. Ich erklärte, dass Vater ausdrücklich erklärt habe, dass niemand an seinem Grab sprechen solle und dass er keine Gewehrsalven und keinen Partisanenkranz wünsche. Sie sagten, dass es so nicht gehe, dass es ein Protokoll gebe, aber dass sie sehen würden, was sie tun könnten, denn das sei schließlich der ausdrückliche Wunsch eines bescheidenen Kameraden, der seit Jahren in der Organisation nicht mehr aktiv gewesen sei. Am Ende verzichteten sie auf Ehrensalve und Grabrede, aber der Kranz blieb obligat. Wie auch eine kurze Meldung in den Nachrichten: „Gestern starb nach kurzer und schwerer Krankheit Genosse Josip Romar, Träger der Partisanenmedaille 1941 und Spanienkämpfer. Die Beisetzung des Genossen Romar findet statt am …"

Auf dem Buchensarg II. Kategorie mit dem besten Preis-Leistungs-Verhältnis lag, mit feiner bourgeoiser Distanzierung zum Beerdigungskitsch, der SUBNOR-Kranz aus roten Rosen und mit zwei Anthurien in der Mitte. Zwei Pimmel würde meine Mutter von oben sagen. Meiner, etwas billiger, aus roten und weißen Gerbera, stand an der Seite. Beim Kondolieren kamen mehr von meinen als von Vaters Freunden, zum Teil deshalb, weil viele der Seinen bereits dorthin gegangen waren, wohin er sich gerade aufmachte, eher aber deshalb, weil er sich in der letzten, zynischen Phase seines Lebens mit vielen zerstritten hatte. Mit einigen sogar so sehr, dass sie nicht einmal Lust hatten, zu seiner Beerdigung zu kommen. Meine waren freilich gekommen. Roman, Toni, Alma, Freunde aus der Klasse und vom Studium. Lediglich Karmen war nicht erschienen. Und alles war in Ordnung, das Kondolieren, das Beileid, die tröstenden Worte der Kollegen, „Seien Sie stark" oder „Das Leben geht weiter", aber als sie den Sarg vor die Aufbahrungshalle hinausschoben und die mit rotem Musselin überzogene

Holztafel, an der ich seine Orden und Medaillen befestigt hatte, auf den Wagen stellten, meldete sich wieder die Melodie für Lehmklumpen und Buchenbretter im Kopf und in den Ohren und im Herzen und in der Leber, und die Stille, mit der wir diese elf Jahre gelebt hatten, verdichtete sich und wurde schwerer als die Luft, schwerer als Sarg und Kränze, schwerer als das vergoldete Blech der Auszeichnungen. Und sie wurde noch schwerer, denn wir standen nur da und sahen uns an in der Stille, als würde sich die Minute des Schweigens bis in die Ewigkeit ausdehnen. Es gab keinen Geistlichen, es gab keinen Grabredner. Niemanden. Nur die Stille. Oberhalb des Sarges standen nur der Onkel und ich. Auch er verstand die Bedeutung dieser Stille sehr gut, aber er begann doch vor Unbehagen unruhig hin und her zu treten. Ich wiederum starrte nur nach vorn, wie ein Spähtrupp an vorderster Front. Als die Minuten verstrichen, aber nichts passierte, als weder ein Geistlicher auf das Matthäusevangelium verwies noch Christus den Lazarus auferweckte, oder zumindest ein Männerchor die obligaten *Konjuh planinom* oder *Bilećanka* anstimmte, begannen die Leute unruhig hin und her zu treten, zu hüsteln, in den Taschen zu kramen. Und die Stille dauerte an wie eine quälende Avantgarde-Komposition. Es war keine Rache mehr, sondern das Bedürfnis nach universaler Gerechtigkeit. Ich wusste, dass jetzt in vielen Köpfen derer, die im gesitteten Halbkreis unten standen, in den tiefer gelegenen Arealen des Gehirns Sätze gebildet wurden vom Typ „Geizig wie sein Vater“ oder „Er ist nicht einmal imstande die Musik zu bezahlen, und dabei hat ihm der Alte die Wohnung hinterlassen“, aber Gerechtigkeit hat immer ihren Preis.

Und dann, völlig unerwartet, löste sich aus dem Grüppchen Rentner ein älterer Mann, offenbar ein Mitkämpfer, und hinkte mit festem Schritt nach vorn, soweit es seine von der Gicht angegriffenen Gelenke erlaubten, in einer Art Wut, weil er spürte, dass diese Situation einen bedeutenden Kameraden erniedrigte, und blieb einige Stufen oberhalb des Sarges stehen. Er würdigte mich keines Blickes und begann zu reden. Seine Stimme war stärker als seine Glieder und Gelenke, eine Stimme, die es gewohnt war, sich auch an größere Haufen und traurigere Versammlungen zu wenden:

– Liebe Freunde, geehrte Familie, Genossen, ich hatte heute hier nicht vor, etwas über den Genossen Marko zu sagen, denn ich war überzeugt, dass das jemand anderer und besserer tun würde …

Unter den Leuten machte sich Bestürzung breit, denn mein Vater hieß Josip. Das wussten alle meine Freunde, alle Nachbarn und Bekannten. Ich sah, wie sich die Köpfe zueinander neigten und wie geflüsterte Kommentare von Ohr zu Ohr wanderten. Aber der Redner ließ sich nicht beirren:

– Als es am schwersten war, hat sich Genosse Marko zwischen den Faschismus und die Freiheit gestellt, zuerst in Spanien und dann auch bei uns, von Anfang an, in Užice …

Fast sah ich meinen Alten Herrn vor mir, wie er im Sarg grinste und zu sich sagte, so wie die Toten immer sagen:

– Es ist dir nicht gelungen. Was, du Dreckskerl?

In der Zwischenzeit, nachdem der Redner auch zum dritten Mal den Mut und die Opferbereitschaft des Genossen Marko erwähnt hatte, war durch Flüstern irgendwie die Information an jedes Ohr gelangt, dass das der Deckname meines Vaters gewesen war und dass sich hier ein Genosse an uns wandte, der mit ihm in derselben Parteizelle zusammengearbeitet hatte.

Als allerdings der revoltierte Genosse vom SUBNOR schließlich mit dem originellen Satz endete – „Möge dir die Erde leicht werden, alter Genosse!“ – und als die Totengräber den Wagen mit dem Sarg anschoben, gefror meines Vaters Lächeln im Sarg irgendwie und seine Mundwinkel kehrten sich nach unten. Sie hörten dieselben Geräusche wie damals, als wir Mutter begruben. Räder, die quietschen, als wären sie elf Jahre lang nicht geschmiert worden, Schrittgeräusche, Volksgemurmel, das stärker wurde, je weiter weg vom Sarg die Leute standen, die Friedhofsglocke, die den Leichenzug ankündigte. Und wenn der Genosse vom SUBNOR kurzzeitig noch eine Art Triumph meines Vaters gewesen war, so lastete die Stille jetzt umso bitterer. Im Nu hatten wir den Weg von der Aufbahrungshalle zur Straße und von der Straße zum Friedhofseingang zurückgelegt, aber in dieser kurzen Zeitspanne musste ihm klar geworden sein, dass es tatsächlich keine Musik geben würde, so wie es auch mir, genau an dieser Stelle, vor ganzen elf Jahren klar geworden war. Ich horchte aufmerksam auf die Geräusche, die die Stille unterstrichen, und beinahe wollte es mir scheinen, als hörte ich neben dem Geräusch der Schritte, der fernen Gespräche oder der Sirene des Rettungswagens, unten in der Stadt, noch eines, das auf keinen Fall hierher gehörte. Einen tiefen und kaum wahrnehmbaren Ton, so als würde jemand in der Kiste mit der Faust gegen den Deckel hämmern. Zuerst schwach und einförmig, dann immer stärker und schneller, als wir in den Friedhof einbogen. So als würde es meinem Alten im Sarg klar werden, dass es tatsächlich keine Musik geben würde. Dass er ohne Ehrensalve verabschiedet worden war, ohne lange Lobgesänge seiner Kriegskollegen, nur mit einem rhetorischen Missverständnis, das im Publikum fast ein Lachen ausgelöst hatte. Sogar ohne Blasmusik.

– Du hast mich in die Lehmgrube geworfen wie einen toten Hund!

Das rief er wütend von innen, aber nur ich hörte ihn, denn die Särge sind heutzutage gut isoliert, selbst wenn sie II. Kategorie sind.

– Du bist nicht mein Sohn, du bist ein Dreckskerl.

Wir gingen an den Arkaden vorbei, nach Süden, und der rhythmische Klang der Schläge war jetzt noch stärker zu hören.

– Ich weiß nicht, wie du den hippokratischen Eid abgelegt hast, bestimmt mit gekreuzten Fingern und Zehen gleichzeitig. Mama haben wir deshalb ohne Musik begraben, weil wir kein Geld hatten, deshalb, weil wir uns bis zum Hals verschuldet hatten für Medikamente und Ärzte, und du weißt das sehr gut. Ich konnte doch wohl nicht zulassen, dass diese Schlange für Mama die Musik zahlt und damit dann jahrelang hausieren geht. Oder siehst du das anders?

Er lügt auch jetzt noch, nach dem Tod, dachte ich. Mir wurde klar, dass er bei Mutters Begräbnis nicht deshalb keine Musik hatte haben wollen, um zu sparen, dafür hätte sich immer etwas gefunden, sondern weil er Angst hatte, ihn könnte die Musik zum Weinen bringen. Er wollte nicht, dass die Leute sehen, wie er weint.

Der Alte im Sarg wurde immer wütender, und auch das Hämmern verstärkte sich in dem Raum neben den Arkaden. Solange bis dann doch einer der Totengräber hinzusprang und die Tafel mit den Auszeichnungen, die bei der Fahrt ans Holz geschlagen hatte, diskret wieder befestigte.

– Es gibt kein größeres Verbrechen als den Verrat am Vater, du scheiß Dreckskerl!

Und dann, als wir in der bleiernen Stille nach links abbogen und zwischen den Grabreihen gingen, kam mit einem Mal der volle Klang einer Trompete zu uns geschwommen. *Die Stille* senkte sich auf den ganzen Zug wie zarter Feenstaub. Ich sah mich um und bemerkte, dass auch die Trauergäste überrascht waren, denn *Die Stille* kam in dem Augenblick, als sie sich schon damit abgefunden hatten, dass es keine Musik geben würde. Jetzt war der Moment gekommen, dass auch ich lächeln musste. Und ich konnte mir gut vorstellen, dass auch mein Vater im Sarg lächelte, ich konnte direkt sehen, wie sich seine Mundwinkel verzogen und er, obwohl er nur gegen das violett ausgeschlagene Innere des Buchendeckels blickte, deutlich den Klang der Trompete hörte, der zwischen den steinernen Engeln und Kreuzen dahinströmte, wie er die schwarze Marmorplatte mit den jüdischen Namen beweinte, wie er von Josef Freulinger und seiner Frau Hanna, über Benjamin und Ivka Bernstein bis hin zu der schwarz-weißen Fotografie eines blonden Knaben wanderte, der Oskar Sechner hieß. Und es wollte mir auf einmal scheinen, dass auch sie alle, Sara Hafner, Milan Ostoja, Ambroz Ros, gemeinsam mit den Barmherzigen Schwestern und allen Holocaustopfern, die man exhumieren und hierher hatte umbetten lassen, dass sie alle in ihren Gräbern lächelten, denn die göttliche Musik Nini Rossos war das Zeichen, dass ein uralter Hass überwunden war und dass der Sohn mit dieser Melodie nach elf Jahren seinem Vater endlich verziehen hatte. Und diese Melodie begleitete uns bis zum offenen Grab, in dem sie Mutter ein wenig tiefer gelegt hatten (das nennt sich Exhumierung und ist nicht billig), damit Vaters Buchensarg auf den Resten ihres Buchensarges zu liegen kam und dass sie dann wieder zusammen sein konnten.

Die ganze Zeit jedoch, während *Die Stille* spielte, sahen wir nicht die Quelle des Klanges, denn der Trompeter bewegte sich parallel zum Trauerzug und wurde von den Grabdenkmälern verdeckt. Als wir Papa endlich zur Ruhe gebettet, Lehmklumpen auf ihn geworfen und uns verabschiedet hatten und der Trompeter heraustrat, sahen wir, dass es ein schöner, aber sehr kleiner Mensch war. An der Schwelle zum Zwergwuchs. Es lag etwas Tröstliches darin, dass ein so kleiner Mensch eine so herrliche Musik hervorbrachte.

Die Glastür zum Salon des Schiffes steht offen und ist mit einem kurzen Tau am hölzernen Aufbau festgebunden, damit sie bei Wellengang nicht schlägt. Alles ist hier befestigt, fixiert, als würde man ständig einen Sturm erwarten. Und das macht es mir möglich, dass ich uns in dieser gläsernen Fläche wie in einem großen abgedunkelten Spiegel sehe. Befestigt haben auch wir uns auf unsicherem Terrain, das freilich noch ruhig ist, wie auch das Meer ruhig ist, aber in jedem Augenblick wild werden könnte. Wir halten uns an der Reling fest, manche, wie Toni, kaschieren das Festhalten durch eine nonchalante Haltung. Mit den Ellbogen auf die Schiffsreling gestützt, kehrt er der Aussicht den Rücken zu, als wäre er ihrer überdrüssig geworden und hätte sich satt gespuckt, er hat ein Bein im Knie abgewinkelt und den Fuß auf eine Querstrebe der Reling gestellt. Franco wiederum hält sich nirgendwo fest, obwohl er sogar etwas älter ist als wir, er hat die Siebzig schon vollgemacht. Allerdings steht er mit ziemlich breiten Beinen da, hat sie im Knie ein wenig eingeknickt, das Unglück schläft nicht, und überhaupt sieht er eher aus, als würde er auf Skiern stehen und nicht auf einem Schiffsdeck. Wir alle hier sind unmerklich von einer Unsicherheit befallen, denn das Alter ist eine Zeit, wo jeder Bewegung oder Haltung ein Gedanke vorausgeht. Kann ich das noch? Und so bricht aus unseren Posen im improvisierten Spiegel der Schiffstür unweigerlich das Alter hervor. Es scheint mir jetzt so, als müsste man sich zu uns durchgraben. Die reinste Humanarchäologie.

– Und wie ist der Prošek?, frage ich Franco, um irgendwie die Stille zu zerschlagen, die nach der Begrüßung eingetreten ist.

– Sehr gute!

– Gut!, korrigiert ihn Jugana.

– Nicht möglich, meldet sich Marijan. Dioklecijan und gut. Der war immer Mist.

– Nein, sagt Franco, ich verstehe in Prosec, meine zu Hause gemacht Prosec.

Der italienische Feinspitz weiß entweder nicht, was er sagt, oder an der Sache ist etwas faul. In diesen vierzig Jahren aktiven Schluckens habe ich noch nie gehört, dass jemand gesagt hätte, Dioklecijan sei gut.

– Ich kann es nicht glauben!, sage ich.

– Komm und probier!

Zvir, der die ganze Zeit mit einem Ohr diesem Briefing zum Thema Prošek von seiner eigenen Theke gelauscht hat, übernimmt die Initiative, so wie es von einem Barba auch erwartet wird. Nachdem er uns begrüßt hat, hat er gemäß seiner Kapitänslogik hier nichts mehr zu tun, fasst aber, so groß, wie er ist, den großen Marijan als würdigen Gegner in seiner Gewichtsklasse an den Bizeps und sagt:

– Wollen wir mal probieren, Šjor?

– Was?, fragt Marijan für einen Augenblick unter dem kräftigen Druck erstarrt, als hätte ihn eine strenge Polizistenpranke gepackt und nicht der freundliche Barba des alten Schiffes.

– Den Prošek, gibt sich der Barba versöhnlich.

– Ja, was denn sonst, findet sich Marijan mit dem ausgeprägten Instinkt des erfahrenen Trinkers sofort in die Situation. Und so entfernen wir drei uns mit einem gelächelten „Entschuldigt uns!" zum Salon und zur Bordtheke, die jetzt vor Leere gähnt. Wir haben ausgiebig ausgespuckt, jetzt ist es an der Zeit, die Fluide nachzufüllen. Der Barba seinerseits ist ein paar Schritte voraus, er beugt sich kurz über die Reling der Tramuntana, um zu prüfen, ob wir Kurs halten, weil er das Steuer einem jüngeren Seemann überlassen hat. Würdevoll betritt er den Salon, als Kapitän und Barba in die Fahrtrichtung blickend, und übernimmt im Nu die Rolle des Schankwirtes, der in die entgegengesetzte Richtung zum Heck blickt, liebenswürdig, lächelnd, beflissen. Auch hier im maritimen Gastronomieobjekt ist alles gesichert und bereit für den Fall unangenehmer Eventualitäten. Auf den Thekenregalen gibt es eine kleine Bande, damit die Flaschen nicht hinausfliegen, sollte das Schiff einmal rollen, im Schanktisch befinden sich verhältnismäßig tiefe Versenkungen für die Gläser, die Barhocker sind am Boden fixiert und haben Haltegriffe, damit sich der Mensch festhalten kann, auch wenn das Meer ruhig ist und es nur beim Gast im Kopfe wogt, selbst die Zeitungen haben ihr fixiertes Gehäuse: eine Ledertasche, die an der linken Seite des halbrunden Tresens herunterhängt. Barba Zvir zieht geschickt eine Flasche mit gelbem Etikett heraus, auf dem in Großbuchstaben der Name des alten Kaisers und in etwas kleinerer Schrift Dalmacijavino Split steht. Gleichzeitig nimmt er mit der anderen Hand zwei kleine dickwandige Gläser heraus und stellt sie mit der großzügigen Geste eines guten Hausvaters vor uns hin. Dann dreht er den Verschluss vom Prošek ab, füllt die bräunliche Flüssigkeit in ein Maß und gießt sie dann um in das Gläschen vor Marijan. Ich bemerke, dass Marijan in der Hierarchie des Einschenkens als Erster kommt, weil gerade aus seinem Mund die ausgesprochenen Beleidigungen gekommen sind. Für mich, der ich niemanden beleidigt habe, lässt er sich Zeit. Das werde ich doch wohl verstehen. Zum Schluss stellt Zvir auch ein drittes Gläschen dazu und schenkt sich selbst ein noch kleineres Maß Prošek ein, als er es uns zugemessen hat. Man weiß nicht, ist es Mäßigkeit oder Geiz. Marijan hat in der Zwischenzeit einen winzigen Schluck abgetrunken und wälzt ihn im Munde wie ein Önologe, wie ein Kenner, dem man am Gesicht ansieht, dass er alle Geschmacksknospen auf der Zunge und am oberen Gaumen mobilisiert hat. Er schweigt eine gute Minute, und aus seinem Munde kommt kein Laut.

– Und? Wie ist er, Šjor?

– Spitze, verkündet Marijan, nachdem er den Prošek hinuntergeschluckt hat, und ich sehe ihn zum ersten Mal begeistert. Schon drei Stunden verarscht er alles und jeden, scheißt auf alles, was er sieht und hört, und jetzt erwische ich ihn in einem delikaten Augenblick, als er sich vor den Millilitern einer bräunlichen Flüssigkeit verneigt. Ich sehe ihn in einem Moment voll des Respektes, wie ein Hypochonder, der um seine Gesundheit bangt.

– Das glaube ich nicht, sage ich wieder und fülle den Mund mit der kupferfarbenen Flüssigkeit.

Ich bin kein Kenner und kann die Qualität von Dessertweinen schwer beurteilen, aber das hier ist auch mir klar. Von diesem Prošek ist der Mund voll, er wirkt vom ersten Moment an auf der Zunge und setzt sein Wirken in den hinteren Partien des Gaumens und der Kehle fort, ohne dass man ihn in der Speiseröhre spüren würde. Und nachdem er durch die Kehle geglitten ist, ist er für einen Augenblick verschwunden, wie bei einem feinen Zaubertrick, um dann in den Lungenspitzen als angenehme aromatische Wärme wieder zu erscheinen. So etwas habe ich noch nicht getrunken. Ich setze wieder an, der Effekt ist um eine Spur schwächer, aber erkennbar. Und dann fällt Marijan das offenkundige Urteil:

– Das ist kein Dioklecijan.

– Natürlich nicht, frohlockt auch Zvir und wälzt die göttliche Flüssigkeit im Mund. Dreißig Jahre, die Fässer in Sand gelagert, auf Susak.

Zvir hat offensichtlich seine gute Laune wiedergefunden, und wir sind zugelassen unter die Kenner. Ich habe das Gefühl, dass wir eine wichtige Prüfung abgelegt haben und dass der Weg zu einer Freundschaft offensteht. Aber trotzdem ist hier allerlei nicht klar.

– Und warum, Barba Zvir, frage ich, halten Sie den selbst gemachten Prošek in einer Flasche vom Industrie-Prošek?

– Tarnung, sagt Zvir, denn gäbe es keine Tarnung, wäre er sofort weg. Der ist bei uns immer knapp, und würden wir auch hundert Liter bunkern.

– Ich weiß, aber es ist nicht appetitlich, einen Spitzenwein in der Emballage eines schlechten zu halten …

– Geht noch ein Schlückchen, fragt Marijan, und der Barba schenkt gefällig nach. Später wird er diskret ins Buch eintragen, wie viel wir getrunken haben, so wie es in unserem Reisevertrag steht.

– Es heißt, dass es nicht gut ist, guten Prošek in einer anderen Flasche zu halten, sagt der Barba.

– Wie meinen Sie das? Die Flasche wird doch gewaschen?

– Schon, sagt der Barba, aber das ist nicht dasselbe. Du kriegst zum Beispiel eine Flasche, in der Schnaps war, nie richtig sauber.

Ich muss zugeben, dass das etwas für sich hat, aber trotzdem ist es mir nicht ganz klar. Gewöhnlich betrügen alle zu ihrem Vorteil und füllen schlechtere Getränke in Flaschen mit Etiketten von besseren um. Nur Zvir betrügt zu seinem eigenen Schaden.

– Und manchmal hat auch alles dieselbe Farbe, fährt der Kapitän wie ein echter Barkeeper fort, Nussschnaps, Honigschnaps, Johannisbrotschnaps, und dann muss ich Etiketten draufkleben, damit ich weiß, was es ist. Und jetzt sag du mir, Doktor, du bist ein kluger und gebildeter Mann, warum soll ich Flaschen waschen und die Etiketten vom Prošek abkratzen, um dann wieder Hausetiketten draufzukleben, auf denen Prošek steht?

Ich muss zugeben, dass Zvir recht hat und dass die Logik logisch ist. Mir scheint indessen, dass es hier noch eine Logik gibt, die in diesem Fall dennoch die logischste ist. So verkauft uns Barba Zvir zum hausgemachten Prošek, der sicher zweimal besser ist als der industrielle, aber auch dreimal teurer, auch diese Geschichte. Nachdem er uns in geneigte Stimmung gebracht und uns unter die Kenner aufgenommen hat, verkauft er uns eine Geschichte. So wird er den Gästen sympathischer, wenn er sie mit etwas beehrt, was selten und getarnt ist. Er schafft einen exklusiven Klub von Kennern und kann dann öfter etwas ins Schuldbuch eintragen, als wenn es diesen Klub nicht gäbe. Wie zur Bestätigung dieser Überlegung meldet sich wieder Marijan:

– Geht noch einer, fragt er unterwürfig.

Und der Barba nimmt sein Gläschen und schenkt ein.

Um ihn nicht zu enttäuschen, bestelle auch ich noch eines, entschlossen in der Absicht, dass es mindestens eine halbe Stunde halten soll.

Drei Gläschen und vierzig Minuten später werden Marijan und ich aus unserer, durch den Spitzenalkohol bewirkten, angenehmen Kontemplation herausgerissen und Stimmen von Deck lassen uns zusammenzucken. Der Barba ist nicht mehr hinterm Tresen, und unsere Kameraden an Deck stoßen laute Anfeuerungsrufe aus. Man hört etwas wie: „Links, links, links!" Ausrufe, die in der heutigen Zeit untypisch sind, aber für die augenblickliche Situation anscheinend notwendig. Die Tramuntana pflügt nämlich mit ziemlicher Geschwindigkeit auf den steinernen Wellenbrecher zu, und der am Steuer steht, hat sich offenbar ein wenig hinreißen lassen. Gleichzeitig hallen die Stimmen der Abiturienten vom Deck herüber, das Schiff erzittert, die Vibrationen wechseln, und die Schiffsschrauben beginnen sich kräftig in die Gegenrichtung zu drehen. Die Tramuntana geht volle Kraft zurück, um nicht gegen den Wellenbrecher zu prallen, der unvorhergesehen mitten im Meer zwischen dem Festland und Krk aufgetaucht zu sein scheint.

– Wo sind wir?, ruft Marijan plötzlich orientierungsbedürftig, als hätte er nicht die ganze Zeit gerade deshalb geschluckt, um sich dieser Orientierung zu entledigen. Das Vibrieren hat ihm wahrscheinlich Angst in die Knochen gejagt. Mir wiederum ist es egal. Was immer geschieht, ich werde nicht untergehen, denke ich bei mir. Oh, wie sehr sollte ich falschliegen. Untergehen ist nicht die einzige Art und Weise, wie ein Mensch auf einem Schiff um seinen Kopf kommen kann.

Dann kommt aus den Lautsprechern, die überall im Salon und an Deck montiert sind, Juganas angenehme Stimme, die uns darüber informiert, dass wir Vrbnik, der Feste über dem Meer, einen kurzen Besuch abstatten werden, was nicht im Reiseplan stehe.

– Der Seelenverkäufer ist wieder defekt, kommentiert Marijan und zügelt seinen Wunsch aufzustehen und jemanden anzubrüllen, da er sich nicht sicher ist, ob ihn die Beine tragen werden. Deshalb äußert er seine Unzufriedenheit lieber leise und im Sitzen. Ich gehe hinaus ans Heck, als ich sehe, dass wir mitten in einem delikaten Anlegemanöver sind.

– Mensch, du blinder Versager, brüllt Zvir von der Brücke den jungen Seemann an, der am Bug steht und ein Tauende in der Hand hält. Kannst du denn nicht rufen, wenn ich gegensteuern muss!

– Hab' ich doch, Barba! Hab' ich doch!, ruft der Bursche über die Schulter zur Kapitänsbrücke hinauf und stößt dann leise durch die Zähne, du taube Nuss!

Und so wird die Kollision mit der Mole aus behauenem Stein doch noch vermieden, und die Tramuntana schmiegt gefügig und mit der richtigen Geschwindigkeit ihren Rumpf an den Kai.

– Was wollen wir hier?, fragt Josip Lidija und die Klassenlehrerin, die auf der Kiste für die Rettungsringe sitzen.

– Hier wurde unser Erzbischof geboren, gibt ihm Lidija zur Antwort, als würde das unser ungeplantes Halten erklären.

Die jungen Männer haben in der Zwischenzeit die Gangway, das hölzerne Zünglein mit den Schutznetzen an den Handläufen, heruntergelassen, und die gut gelaunten Abiturienten stellen sich in einer Reihe auf. So stehen plötzlich Ana, Alma und Jugana vor mir.

– Und du willst es uns wirklich nicht sagen?, sagt Ana.

– Dann wäre es keine Überraschung, sagt Jugana. Alma zeigt ihrerseits ein beneidenswertes Niveau logischen Denkens:

– Ich weiß, sagt sie, Žlahtina!

– Was Žlahtina?

– Wir gehen zu einer Weinprobe.

– Oder zur Besichtigung des erzbischöflichen Palais, meldet sich wichtigtuerisch meine Stimme der Vernunft aus dem Hintergrund.

– Hol dich der Erzbischof, sagt Ana.

– Pass auf, was ich dir sage. Was ist das für eine Exkursion, wenn man nicht von irgendwem das Geburtshaus besichtigt?

Eine heisere Stimme hinter meinem Rücken, die zugleich mit den Worten auch Wolken von Alkoholdunst ausstößt, presst durch die Zähne:

– Der Motor muss alle zwei Stunden abkühlen!

Marijan ist es doch gelungen, sich aus dem Barhocker herauszuwursteln, und lässt jetzt seiner Schiffsbesessenheit freien Lauf.

– Hier gibt es auch Žlahtina, sagt Ana zu ihm.

Und so betreten wir wieder den festen Boden einer gepflasterten Riva, an der ein paar kleinere Boote ihren Rumpf in die Sonne halten und eine Gruppe einheimischer Kinder vom Hafendamm springt. Sofort beginnen sie auch den Bug des Schiffes zu erklettern und sich von dort ins Meer zu stürzen, aber der Käpt'n ruft von der Brücke:

– Weg da, ihr Bengel, sonst bricht sich noch einer die Rippen!

Wenig später steht Barba Zvir auf den Steinplatten der Riva, die er vor nur zehn Minuten mit seinem Familienerbe fast gerammt hätte, und wartet unter seinem zerschlissenen Strohhut ebenfalls auf etwas. Und Marijan fragt:

– Barba, worauf warten wir?

– Dass die Burschen die Flaschen bringen.

Das bedeutet, es gibt doch Žlahtina. Diese Antwort stimmt Marijan zweifellos fröhlich.

Die Hochzeit

1

Das, was in Mrazovićs Wohnung geschehen war, quälte mich volle zwei Jahre. Was wir dort gesehen hatten, war seltsam genug, um sich tief in mein Bewusstsein einzukerben und um dort wie ein dunkler unterirdischer Fluss zu wühlen. Wir lebten normal, wir spielten, gingen zur Schule, unterhielten uns, aber das ließ sich nicht wieder auslöschen. Es brach in seltsamen Augenblicken des Schweigens zutage, in unlogischen Handbewegungen, im Vermeiden von Blickkontakt. Es war etwas, das viel größer war als wir, ein Akt, für den wir nicht bereit gewesen waren. An jenem Abend, als wir in Mrazovićs Wohnung eingedrungen waren, hörten wir den Schlüssel im Schloss, wie jemand versuchte, die bereits aufgeschlossene Tür aufzuschließen. Entsetzt standen wir wie versteinert im Wohnzimmer vor dem Waffenschrank. Roman stellte blitzschnell das Gewehr wieder zurück und drückte leise die Schranktür zu, dann schlichen wir alle drei ins Arbeitszimmer. Er machte die Zimmertür nicht zu, sondern ließ sie einen Spalt weit offen, wie sie es auch davor gewesen war, damit es nicht verdächtig wirkte. Durch den Spalt konnte ich einen Teil des Wohnzimmers mit der Couch und einen Teil vom Waffenschrank sehen. Stimmen waren zu hören, aber ihr Ursprung war noch nicht in unser Blickfeld gelangt. Eine tiefe männliche Stimme, die wir sofort erkannten und vor der uns das Blut in den Adern stockte.

– Das ist Mrazović, flüsterte Radovan.

– Klar, du Blödmann, zischte Roman, wenn wir in seiner Wohnung sind.

– Still!, unterbrach ich sie flüsternd.

Aus dem Flur war inzwischen nichts mehr zu hören. Wir sahen uns an. In diesem Augenblick dachte ich, dass es aus wäre, dass er unser Flüstern gehört hätte, obwohl wir eigentlich ziemlich weit weg waren. Und diese Stille dauerte und dauerte. Von außen war Hundegebell zu hören, eine laute Unterhaltung der Nachbarn und das Quietschen eines ungeschmierten Gartentors. Aber hier drinnen herrschte eine Stille, wie sie die Toten in ihren Gräbern erleiden. So würde es sein, wenn Mrazović uns alle umbrächte.

Es gibt nichts, was die Zeit derart wirkungsvoll dehnen kann, wie die Angst. Und so warteten wir, versteinert. Die Erde war zuerst eine glühende gasförmige Masse, dann begann sie fest zu werden und abzukühlen, eine felsige Kruste bildete sich und danach riefen Verdunstungen ausgiebige, Jahrhunderte währende Regen hervor. Alles das hätte in diesen wenigen Minuten in Mrazovićs Wohnung geschehen können. Aber dann hörten wir wieder ein Geräusch, als wäre ein Kleidungsstück auf die Fliesen im Flur gefallen. Und wieder unerträgliche Stille, als würde der auf der anderen Seite auf unsere Geräusche lauern, auf unser Atmen und das Schlagen unserer Herzen.

Doch dann ließen sich unter lautem Lachen der Mann und eine Frau auf die Couch fallen. Der Mann im aufgeknöpften weißen Hemd und die Frau in einem einfarbigen, blauen Schlafrock. Ich konnte das Gesicht der Frau nicht sehen, da es von vollem offenem Haar verdeckt wurde, aber bald erblickte ich ihre weißen Brüste, die aus dem Schlafrock quollen und an denen der Mann gierig zu saugen begann. Für uns Kinder war die Szene unwirklich. Die Frau entkleidete sich völlig, und er befreite sich von seinem Hemd. Er hatte eintätowierte Zahlen auf dem Arm, das konnte man für Momente gut erkennen.

Sie machten Liebe, zuerst so, dass er auf ihr war, sodass sie von der Lehne der Couch, die zu uns gedreht war, verdeckt wurde. Aber als sie sich auf ihn setzte, sahen wir auch sie. Radovan und ich konnten uns nicht vom Fleck rühren, eine derartige Angst beherrschte uns plötzlich, geschweige denn, dass uns diese Szene erregt hätte. Mrazović war der gefährlichste Mensch in unserer Straße. Aber die beiden waren dermaßen in Trance, dass sie uns nicht bemerkten, sie waren völlig aufeinander fixiert. Das machte auch uns etwas lockerer. Radovan schaffte es sogar zu flüstern:

– Die ist gut!

Wir schluckten den Speichel herunter, während sie wild auf ihm herumritt und die Federn der alten Couch quiekten, als würden sie es auf lebendigen Mäusen machen. Es dauerte ziemlich lange, bevor ich die Frau erkannte.

– Mein Gott, entfuhr es mir, das ist deine Mutter.

– Schweig!, knurrte Roman und wieder dachte ich, dass sie uns hören würden. Es war unglaublich, aber ich hatte die bekannten Gesichtszüge der jungen Frau erkannt, die nicht oft in der Gesellschaft unserer Mütter war und relativ zurückgezogen mit ihrem Sohn in der Kellerwohnung lebte. Ich wendete meinen Blick ab, um nicht Romans Mutter sehen zu müssen, wie sie den Nachbarn ritt, aber da bemerkte ich, dass Roman seine Hand in die Hose geschoben hatte und dass sich diese Hand bewegte. Zuerst langsam, dann aber immer schneller und schneller.

Aus Mrazovićs Arbeitszimmer sahen wir den ersten Teil dieser Vorstellung, bis hin zur Pause, als sie ins Schlafzimmer hinübergingen und wir uns langsam, auf Zehenspitzen, aus der Wohnung stahlen. Damals hatten wir uns vor Angst in die Hosen gemacht, aber es hatte überhaupt nicht wie etwas ausgesehen, das unser Leben verändern würde.

2

Einige Tage nach Radovans Tod, als Roman und ich wieder angefangen hatten auf der Straße Fußball zu spielen, erschien auf dem Holzmasten, gegen den Radovan mit seinem Kopf geprallt war, ein kleiner Kranz aus Feldblumen. Das stürzte das ganze Haus in Unruhe, als wäre Radovan noch einmal umgekommen. Es war uns gerade gelungen, uns ein wenig zu beruhigen, und das Leben hatte sich normalisiert, als auf dem Masten, in seinem unteren Teil, aber sehr gut sichtbar, dieser kleine Kranz auftauchte. Wäre er am Leben, dachte ich, hätte er ihn sich auf den Kopf setzen können, so groß war ungefähr sein Durchmesser. Und wir alle gingen an ihm vorüber mit leichtem Grauen. Es sah aus, als hätte jemand hier auf der Straße einen kleinen Grabstein errichtet. Natürlich sagte niemand etwas zu seiner Mutter, die in der ersten Zeit, alle paar Tage, den kleinen Kranz austauschte. Die Farben und Blumen änderten sich je nach Jahreszeit, Witwenblumen, kleine Rosen, verschiedene Wiesenblumen. Mit der Zeit wurde der Abstand zwischen dem Wechseln des Kranzes immer länger, und so verdorrten die Blumen und warteten so verdorrt und vertrocknet darauf, von Radovans Mutter weggeworfen und durch neue ersetzt zu werden. Sie tat es gewöhnlich frühmorgens, wenn niemand auf der Straße war, im intimen Gespräch mit dem Masten, der ihr den Sohn genommen hatte. Tante Rada war die Einzige, die angefangen hatte es zu kommentieren.

– Da haben Sie aber wirklich schöne Witwenblumen genommen, sagte sie, wenn sie Radovans Mutter begegnete. Oder:

– Sumpfdotterblumen passen gut, nur schade, dass sie schnell vertrocknen.

Und Radovans Mutter war dankbar. Zwei Sohnverwitwete gaben einander Halt, als würden sie sich beim Gehen mit den Schultern aneinanderlehnen.

Das, was wir nicht kannten, war der Zweck dieses Kranzes. Roman sagte immer, dass ihm nicht klar sei, weshalb sie den Kranz hier anbringe, wenn sie doch fast jeden Tag auf den Mirogoj gehe, um dort die Blumen in der Steinvase auf dem Grab zu wechseln. Ihm schien es unnötig und beängstigend, uns so offen an den Tod zu erinnern. Es gab in unserer Straße auch Nachbarn, die sich beim Vorübergehen am Kranz diskret bekreuzigten, obwohl die Zeiten das Bekreuzigen nicht gerade begünstigten. Einmal, als er eine alte Frau sich bekreuzigen sah, sagte Mrazović zu meinem Vater:

– Romar, das ist ja wie eine Kapelle, wir sollten das entfernen!

Das traute sich niemand, aber das Leid von Radovans Mutter hatte plötzlich auch eine gewisse negative Note bekommen. Uns beschlich das Gefühl, dass sie übertrieb und dass sie mit diesem Übertreiben das ganze Haus quälte. So sammelte sich Monate hindurch eine stille Wut im Haus, eine Entrüstung, ein Kribbeln im Rückenmark, wenn wir am Kranz vorübergingen, Angst, Mitleid, Unentschlossenheit, die Unmöglichkeit, an schönen Tagen glücklich aus dem Haus zu gehen, da uns die verwelkten Blumen schon am dritten Masten auflauerten, zwanzig Meter vom Hofeingang entfernt, und der Eindruck hielt, zumindest bei mir, bis zum Kvaternik-Platz an, vielleicht auch länger. Wegen dieses Kranzes gingen wir das ganze untere Stück unserer Straße in Gesellschaft des Todes. Es sah immer mehr danach aus, als würde Radovans Mutter uns mit diesem Kranz einen Schmerz aufbürden, der nicht uns gewidmet war, einen Überschuss an Leid, das uns eigentlich nichts anging.

Schließlich wurde, gut sechs Monate nach Radovans Tod, eine geheime Sitzung des Mieterbeirats im Keller abgehalten, zu der auch Tante Rada eingeladen war. Die Sitzung war nur für Radovans Mutter geheim, während alle anderen davon wussten. Und am Ende kamen wir auch. An diesem Abend war das ganze Haus in der Waschküche versammelt, außer dieser armen Frau, die währenddessen in ihrer Wohnung ernste Musik aus dem Radio hörte. Es musste ein schwerer Beschluss gefasst werden: Dass der Kranz entfernt wird und dass jemand unserer neuesten Sohnverwitweten zuflüstert, keine Blumen mehr aufzuhängen. Dass der Kranz entfernt werden musste, darüber waren wir uns alle einig, aber es wollte sich kein Freiwilliger finden, der es Radovans Mutter sagen würde. Und dann trat nach einer Minute schweren und quälenden Schweigens schließlich Tante Rada hervor:

– Ich sage es ihr, sagte sie scharf und sah uns dabei trotzig in die Augen, aber nur vor euch allen.

Ein Flüstern ging durch die Menge wie ein Schauer, wie ein Windhauch durch Kiefernwipfel, aber niemand widersetzte sich.

Und dann ging Tante Rada sie holen. Sie kamen gemeinsam herunter, Arm in Arm. Radovans Mutter trug ein neues schwarzes Kleid und schwarze Schuhe mit hohen Absätzen, sie war geschminkt und hatte eine ordentliche Frisur. Sie hatte sich offensichtlich auf diese Sitzung vorbereitet. Wir sahen uns unbehaglich an, keiner konnte dieser Frau in die Augen sehen.

– Verzeihen Sie, wenn ich jemanden verletzt habe, sagte sie mit belegter, aber fester Stimme, mit einer Stimme, die das letzte Mal so fest gewesen war, als Radovan noch am Leben war. Radovan ist nicht mehr, setzte sie fort und ihre Stimme zitterte nur ein wenig bei „nicht mehr", aber ich habe es ihretwegen getan.

Und sie zeigte auf mich und Roman, die wir uns in die letzte Reihe gezwängt hatten.

– Haben Sie gesehen, wie jedes Auto langsamer wird, wenn es den Kranz sieht?, dabei sah sie Mrazović direkt in die Augen. Sobald ich gesehen habe, dass sie auf der Straße wieder Ball spielen, habe ich ihn aufgehängt, damit er sie schützt.

Schweres Schweigen verbreitete sich an diesem Abend in der Waschküche unseres Hauses, ein Schweigen, von dem wir uns lange nicht erholen sollten. Und der Kranz hing auch weiterhin an dem Masten und fuhr fort, auch viel jüngere Kinder der Baby-Boom-Generation zu beschützen, die auf diesem flachen Teil der Straße auch dann noch Fußball oder Grenzschützer und Grenzverletzer spielten, als wir längst erwachsen geworden waren.

3

Erst später, als der dritte Zeuge der Vorkommnisse in Mrazovićs Wohnung, so wie auch meine Mutter, bereits unter der Erde war und als Vater und ich schon heimlich mit Beate zusammenlebten, brachte ich die Kraft auf, Roman zu fragen:

– Als du uns zu Mrazović geführt hast, hast du gewusst, was passieren würde?

– Nein.

– Aber du hast gewusst, wo der Schlüssel liegt?

Schweigen.

– Du hast sie schon einmal hineingehen sehen, stimmt's?

Roman schwieg und sah mich an.

– Stimmt's?, ich sprach lauter.

– Ja, schrei nicht so!

Das, was mich schon zwei Jahre lang immer wieder gequält hatte, seit wir voller Angst die Tür von Mrazovićs Wohnung hinter uns zugemacht hatten, wurde nun klar.

– Du hast sie uns gezeigt? Du hast uns deine Mutter gezeigt?

Er sah mir trotzig in die Augen. Es sah so aus, als wollte er mich schlagen.

– Ja.

– Warum?

– Und warum hast du ihn Schweinskopf in den Mund geschoben?

– Das war nicht Schweinskopf.

– Tut nichts zur Sache. Das ist dasselbe.

– Warum hast du sie uns gezeigt?

– Ich habe sie nicht euch gezeigt, ich habe sie dir gezeigt.

– Warum mir?

– Spuck nicht!, sagte er plötzlich leiser und sanft und wischte sich das Gesicht ab.

– Ich spucke nicht.

– Immer, wenn du erregt bist, spuckst du.

Ich atmete tief ein und atmete wieder aus, um mich zu beruhigen, und er legte mir die Hand auf die Schulter. Freundschaftlich.

– Damit es dir leichter fällt. Ich wollte, dass du es siehst, sagte er, wie jemand, der sich endlich zur Wahrheit durchgerungen hat. Und dann setzte er hinzu:

– Besser tot als eine Schlampe!

Das versetzte mir den Rest. Diese freundschaftliche Umarmung, dieser feste männliche Händedruck. Diese Freundschaft war auf einmal mit einem großen Wasserzeichen besiegelt, einem Zeichen, das nur wir sehen konnten, da uns den Dritten ungeplant der Tod genommen hatte. Sein Edelmut hatte etwas Unwirkliches, wie in einem der Kinderromane, aus denen wir gerade herausgewachsen waren. Aber da fiel mir noch ein:

– Warum hast du damals an deinem Häutchen gespielt, während wir zusahen?

– Das war nicht geplant.

4

Romans Mutter hatte immer einen Pferdeschwanz getragen, zusammengebundenes und geglättetes Haar. Sie war bescheiden gekleidet, in Grau oder Uni, selten einmal trug sie etwas in anderen Farben. Ihre Mäntel waren alt und abgetragen, und bei einer Gelegenheit sah ich, dass sie einen Trenchcoat trug, den vorher Tante Rada getragen hatte.

Aber dann, ungefähr zwei Jahre nach der Sitzung des Mieterbeirats, tauchte sie in Schwarz auf. Schwarz stand ihr ausgezeichnet, und so, mit dem brünetten Haar, in dem es auch sonnenblonde Natursträhnen gab, sah sie attraktiv aus. Sie war wie eine andere Frau, als wäre sie stolz auf diese Trauerrobe.

– Was ist passiert?, fragte ich Roman.

– Mein Vater ist gestorben!

Er benahm sich völlig normal. Wir standen im Hof hinter dem Haus, und er nahm die Zigarette aus meiner Hand:

– Gib mal, ich will mir eine anstecken!

Ich wollte über seinen Vater reden, da er ihn nie erwähnt hatte.

– Mein Beileid, sagte ich, wann ist die Beerdigung?

– Die war schon, sagte er.

– Warst du dort?

– Nein. Er hat uns ohnehin vor einer Ewigkeit verlassen.

– Aber du erinnerst dich an ihn?

– Natürlich, sagte er, und ich sah seinem Gesicht an, dass er zur Fortsetzung dieses Gesprächs nicht aufgelegt war.

Seine Mutter trug einige Monate lang Schwarz, aufrecht, beinahe fröhlich. Roman war der Tod seines Vaters gleichgültig, aber ihr nicht. Sie war erleichtert. In dieser Zeit sprach sie oft mit Tante Rada, die sich wohl um alle kümmerte, die ein Unglück getroffen hatte. So, wie sie regelmäßig für uns kochte, so tröstete sie jetzt Romans Mutter, auch wenn die nicht den Eindruck machte, als müsste sie getröstet werden. Doch Tante Rada tat das hartnäckig, wenn auch immer mit gedämpfter Stimme, flüsternd und voller Vorsicht.

Damals hörte ich zum ersten Mal das Wort „Informbüroler".

Als ich Vater fragte, was das sei, sagte er:

– Wenn du möchtest, dass sie uns einsperren, so schrei es ruhig herum, hast du mich gehört. Du bist schon groß genug um zu wissen, dass man gewisse Dinge nicht herumschreien soll.

– Aber ich frage doch nur dich?

– Und ich antworte nur dir.

5

Der Sommer am Ende der zweiten Klasse Gymnasium brachte auch eine Hochzeit in unser Haus. Am ersten Samstag im Juli, als das Quecksilber des Thermometers an unseren Fenstern auf über dreißig Grad gestiegen war und alle Männer unter den Achseln nasse Flecken auf ihren Nylonhemden hatten, richteten Tante Rada und Radovans Mutter Romans Mutter her. Roman und ich sahen auf der Rückseite unseres Hauses heimlich durchs Fenster, wie seine Mutter in ein weißes Kleid mit Spitzen um den Hals gekleidet wurde. Wochenlang waren zuvor in ihrer Kellerwohnung am Vorkriegshochzeitskleid von Tante Rada Änderungen vorgenommen worden. Es war zu lang und musste unterm Knie gekürzt, dann abgesteppt und mit einer Spitzenborte versehen werden. Als sie am Tag der Hochzeit dieses Kleid anzog, an dem sie so lange gearbeitet hatten, musste sie das Schwarz ablegen. Sie sprang direkt aus dem schwarzen Trauergewand ins weiße Hochzeitskleid. Sie hob zuerst ihr schwarzes Kleid an, dann kreuzte sie mit einer geschickten Bewegung die Hände über der Brust und fasste es an seinem Saum, der jetzt auf ihren Hüften lag, und zog es über den Kopf. Ich hatte diese Bewegung schon seit Langem vergessen, aber so hatte auch meine Mutter ihre Kleider ausgezogen. Sie trug einen weißen BH und ein weißes Höschen, und als ihre nackte Haut sichtbar wurde, hielten wir beide die Luft an und starrten auf diese schöne Frau, der es mit ihrer bescheidenen Kleidung und ihrer Haltung so lange gelungen war, ihre Schönheit zu verbergen.

Aber als sie das Kleid übergezogen hatte, noch barfüßig und mit zerzaustem Haar, sagte sie nervös:

– Wo ist der Kleine? Er muss sich anziehen!

Und schon hörten wir, wie Tante Rada nach Roman rief.

Trauzeugin von Romans Mutter war Tante Rada, und Mrazović hatte meinen Vater gebeten, sein Trauzeuge zu sein. So teilte sich das ganze Haus am Tag der Hochzeit nach dem Geschlecht. Die Frauen halfen unten in der Kellerwohnung Romans Mutter, während sich die Männer bei Mrazović versammelt hatten. Radovans Mutter und unsere Untermieterin Ana brachten Kekse, und die Frau vom Vorsitzenden des Mieterbeirats deckte den Tisch im größeren Zimmer. Roman und seine Mutter nannten ihre beiden Zimmer das kleinere und das größere. Wir oben in den großen Wohnungen hatten ein Wohnzimmer, ein Arbeits- und ein Kinderzimmer, neben der Küche, das eigentlich ein ehemaliges Mädchenzimmer war, wir hatten auch ein großes Schlafzimmer und ein Bad, in das man vom Flur aus kam, aber auch vom Schlafzimmer aus, und zwei Toiletten. Die unten hatten nur dieses kleinere und größere Zimmer. Im kleineren schliefen sie, und das größere diente als Wohnzimmer. Die Küche war im Flur.

Als der Augenblick gekommen war, dass die Braut geholt werden sollte, tranken die Männer, in ihre besten Anzüge und in weiße Nylonhemden mit schmalen, roten Krawatten gekleidet, in der oberen Wohnung einen

Kognak aus Kristallgläsern auf ex und gingen hinunter. Mein Vater läutete an, zweimal lang und einmal kürzer. Die Frau des Vorsitzenden des Mieterbeirats öffnete.

– Weshalb kommt ihr?, fragte sie.

– Wir kommen die Braut holen, sagte mein Vater.

– Und woher kommt ihr?

– Aus dem ersten Stock, sagte mein Vater.

– Dann hättet ihr auch in Pantoffeln kommen können, dazu hättet ihr keine Schuhe anziehen müssen.

Wir lachten alle, und die Frau des Vorsitzenden des Mieterbeirats verschwand nach hinten und erschien alsbald mit Tante Rada, die auf dem Kopf ein buntes Kopftuch trug wie eine Marktfrau und in der Hand einen alten Staubwedel hielt.

– Ist sie das?

Wieder lachten wir.

– Dieser Dame alle Ehre, sagte mein Vater, aber wir sind gekommen, um eine Jüngere zu holen.

– Warum sagt ihr das nicht gleich?, sagte die Frau des Vorsitzenden des Mieterbeirats und verschwand wieder nach hinten.

Dieses Mal erschien sie mit Ana, die hergerichtet war, mit Dauerwelle und in einem einfachen, dunkelroten Kleid. Ich hatte sie nicht oft so hergerichtet gesehen, und sie war wirklich schön.

Vater zögerte, das hatte er nicht erwartet. Plötzlich herrschte ein unangenehmes Schweigen, doch dann hatte er den Knödel runtergeschluckt und sagte:

– Leider, aber die ist es auch nicht.

– Ihr seid wirklich anspruchsvoll!, kommentierte die Frau des Vorsitzenden des Mieterbeirats und verschwand wieder nach hinten.

Und dann erschien endlich Romans Mutter. Groß, schlank, im eng anliegenden weißen Kleid und in weißen Schuhen mit hohen Absätzen, mit hochgesteckter Frisur, die von einer Nadel mit kleinen, roten Kirschen gehalten wurde. Sie hatte sich bei Roman eingehakt, der einen geliehenen dunklen Anzug, eine Krawatte und ein tadellos weißes Hemd trug. Nur die Hose war ihm etwas zu kurz, weshalb seine alten, abgetragenen braunen Schuhe stark zur Geltung kamen.

Und so brach diese kleine Hochzeitsgesellschaft aus der Kellerwohnung in zwei geliehenen Autos und dem Dienst-Peugeot auf, um das kurze Ritual im Gemeindeamt Medveščak zu absolvieren, kehrte dann in die Wohnung im ersten Stock zurück und feierte bis zum Morgen. Roman war die ganze Zeit über mürrisch und schroff, aber es war zu sehen, dass er sich zurückhielt, um die Hochzeitsfeier seiner Mutter nicht zu verderben.

Dennoch, irgendwann nach Mitternacht wurde er vom Alkohol betrogen, und ich sah, dass er seiner Mutter ein paar scharfe Worte zuwarf. Das war in Mrazovićs Arbeitszimmer, dem Schauplatz des Verbrechens sozusagen. Seine Mutter brach in Tränen aus und lief in die Küche, wo Tante Rada gerade Kekse auf eine große Kristallplatte schichtete. Als ich mir diese Kekse holen wollte, konnte ich sehen, wie sie mit Tante Rada auf dem Balkon rauchte. Ihre Augen waren noch rot vom Weinen, und die Zigarette in ihrer Hand zitterte.

– Ich mache das wegen dem Kleinen, hörte ich sie sagen, und er sagt, ich sei eine Hure.

– Lass ihn, er wird sich beruhigen, sagte Tante Rada und streichelte ihr übers Gesicht.

Ich nahm schnell die Platte und huschte ins Wohnzimmer, damit sie mich nicht bemerkten.

Und dort spielte Mrazović mit gelockerter Krawatte und aufgekrempelten Hemdsärmeln die Harmonika, und die Absätze der weiblichen Stöckelschuhe hinterließen im Eifer des Tanzes kleine Löcher im Parkett. Die Musik aus unserem Haus drang fröhlich durch Fenster und Türen hinaus und legte sich über die verschlafene Straße, über das Dach der Planić-Villa hinauf zur Šalata, an dem Masten vorüber, wo Radovan umgekommen war, und vorbei an dem verdorrten Kranz aus Hyazinthen hinunter zum Kvaternik-Platz, über die dunklen Gärten hin bis zum Srebrnjak und zum Krankenhaus in der Zajčeva. In dieser Nacht konnten diese fröhliche Musik völlig unbekannte Leute aus weit entfernten Straßen hören.

Zweiter Teil

Der Kriegsheld und die feine Lady

1

Andere führten ihre Hunde spazieren, ich meinen schwerbehinderten Vater. Seine Beine gaben allmählich nach, und auch mit Stock ging er nur schwer. Aber bevor ihn auch das Herz endgültig im Stich ließ und als er schon aufgehört hatte, sich öfter mit Beate zu treffen, erlebten wir beide unser interessantestes Lebensabenteuer. Gerade zu der Zeit hatte ich angefangen, nachmittags, nach dem Dienst in der Ambulanz der Frauenklinik in der Petrova, Gynäkologieseminare abzuhalten, an der Uni-Klinik oben auf der Šalata. Die Frauen lagen auf dem Stuhl, gewöhnlich mit geschlossenen Augen, und ich öffnete sie unten sanft mit dem Handschuh und fuhr hinein, während sich die Studenten, immer an die fünf oder sechs, um mich drängten.

– Jetzt machen Sie gut die Augen auf! Verfolgen Sie genau, was ich mache!

Die Frau indessen hatte in der Regel die Augen fest geschlossen, als würden wir auf diese Weise verschwinden oder als wollte sie uns in einen Traum verwandeln.

– Zeljković, gucken Sie nicht in der Weltgeschichte herum, sondern sehen Sie her, was erkennen wir mit dieser Untersuchung?

Der Blödian erstarrte für gewöhnlich, als wäre er beim Militär und wir würden das Gewehr zerlegen, und antwortete wie aus der Pistole geschossen:

– Bitte sehr! Wir untersuchen den Gebärmutterhals, Herr Dozent!

– Und was sehen Sie hier?

Die Frau stellte sich augenblicklich tot, als wäre im Wald plötzlich ein Bär vor ihr aufgetaucht, und Zeljković beugte sich vor, kurzsichtig wie er war, und starrte in den vom Hysteroskop ausgeleuchteten, rosafarbenen Spalt.

– Ich sehe, ich sehe … Er hielt inne, um sich etwas auszudenken, weil er nichts sah und er dann auch nichts sehen würde, wenn sie ein totes Elefantenbaby trüge und er drinnen den Rüssel und einen Teil der Milchstoßzähne ertastete. Am Ende platzte er heraus mit etwas wie, ich sehe eine leichte Rötung an den Rändern.

– Sie sehen eine leichte Rötung an den Rändern?

Die Frau war im sechsten Monat, zwei Fingerbreit offen und mit ausgeprägtem Bauch.

Die anderen brachen in Lachen aus. Und so will er neues Leben auf die Welt bringen, da ist es kein Wunder, wenn die Kinder sofort anfangen zu weinen. Ich erinnere mich ausgezeichnet an ihn, wie sollte ich mich nicht an ihn erinnern. Zeljković.

Mein Vater erwartete mich gewöhnlich in der Küche, schon in Hut und Mantel. Manchmal traf ich ihn auch von Fotos umgeben an.

– Das ist unsere Mama, sagte er. Wenn du wüsstest, was für ein Aas das war! Einmal hat sie allen mitgeteilt, ich sei umgekommen. Ein Arbeiter war vom Silo gefallen, die dumme Kuh hatte es im Radio gehört. Und dann hat sie alle der Reihe nach angerufen, ihre Weiber von der Arbeit sind gekommen, sie haben zusammen Kaffee getrunken und geflennt. Später musste ich mich bei allen entschuldigen, dass ich noch lebe. Die Verwandtschaft ist so, wenn sie dich einmal begraben haben, verzeihen Sie dir das Weiterleben nicht so leicht. Du bist nicht eingeplant, wie ein Bastard.

Er steckte das Foto wieder ins Album, wo es noch einen bunten Haufen vermischter Fotos gab, die er im Laufe der Jahre mit seinem russischen Fotoapparat gemacht hatte.

Dienstags und donnerstags. An den Tagen ging ich zu ihm, um ihn abzuholen. Manchmal sagte er zu mir, möglicherweise beim Anschauen immer desselben Fotos:

– Es gibt keine Frauen mehr, wie deine Mutter eine war.

An den Tagen ging es ihm meistens nicht gut.

– Siehst du die Rohre der Zentralheizung, die hier oben, platzen die, wenn ich mich an ihnen aufhänge?

Die Sonne brachte all seine Bosheit zum Vorschein und Wolken und Regen all seine Wehleidigkeit. Kaum hatte ich das Haus betreten, konnte er schon losbrüllen, während ich noch im Flur war.

– Wieder zu spät!

– Entschuldige! Bis ich alles weggeräumt und mich umgezogen habe …

– Dich kümmert dein alter Vater überhaupt nicht mehr.

Im Ribnjak-Park stützte er sich auf der einen Seite auf meinen Arm, auf der anderen auf seinen Gehstock, wenn wir zu der Bank vor den Schaukeln gingen. Ich musste ihn halten, während er sich setzte.

– Langsam, sagte ich, und er knallte wie immer mit dem vollen Gewicht auf den Steiß.

– Siehst du, mein Sohn, die alten Wunden verlangen ihren Tribut.

– Ich dachte, du wärst nie verwundet worden.

Das machte ihn regelmäßig wütend.

– Verwundet! Verwundet! Und sechs Jahre in Regen und Schnee geschlafen, Erfrierungen zweiten Grades, Märsche, zwanzig Kilometer täglich, ein bisschen Wasser in der Flasche und Zwieback, Sturmangriff. Zwei in Spanien, vier bei uns, Sevilla, Estramadura, Madrid, dann Užice, Bosnien, Sandschak, Batina Skela. Sturmangriff nach so einem Marsch ist das Schlimmste, denn du hoffst, dass es dich erwischt, dass endlich alles vorbei ist, du hoffst, dass es dich erwischt …

– Na siehst du, es hat dich nicht erwischt.

Im Vorfrühling hatte ich ihm immer eine Decke auf die Knie gelegt, damit er sich nicht erkältete, aber dann war es warm geworden. Er konnte seine leichten Frühjahrsanzüge tragen. An diesem Tag sahen wir auch einen kleinen Jungen bei den Schaukeln. Er hatte eine gelbe Plastikschaufel in der Hand und rief mit weinerlicher Stimme:

– Fotte! Fotte! Fotte!

– Das war auch dein erstes Wort.

– Ich dachte, mein erstes Wort wäre Popeye gewesen?

– Das haben wir dir nur gesagt. Als du klein warst.

Es hatte etwas Beruhigendes, dass dieser Junge an der Schaukel den Namen des Organs aussprach, durch das er auf die Welt gekommen war. Zu der Zeit, muss ich gestehen, fehlte es mir an nichts. Ich meine privat. Rings um uns schnüffelten die Hunde, rannten herum, apportierten weit geworfene Holzstücke oder Plastikknochen.

Und dann sahen wir, wie eine Frau eine völlig gekrümmte Greisin untergefasst hatte und führte. Sie gingen über die Kiesfläche des Parks zu einer der Bänke hinter den Schaukeln. Von irgendwoher kamen junge Leute, vermutlich Gymnasiasten, und setzten sich auf die Rückenlehne der Bank, die Füße auf der Sitzfläche. Die Frauen blieben stehen und sahen sich um. Es gab keine freie Bank mehr. Dann wechselten sie rasch die Richtung.

– Denen da, siehst du, die auf der Lehne sitzen, würde ich beide Beine abschneiden. Nur die Füße, unten bei den Knöcheln, Narkose, steril, alles nach dem Gesetz, staatliche Amputation, am Knöchel, ratsch! Wie bei den Arabern.

– Papa, ich sitze manchmal noch immer so.

– Du bist ein Hornochse. Jetzt kommt die Scharteke hierher.

– Nein, Papa, die Frauen gehen spazieren.

– Die Scharteke wird sich hierher setzen. Pass auf, was ich sage!

Ich sah nicht mehr in die Richtung, ich überließ sie ihrer Umlaufbahn, und der Stöpsel an der Schaukel weinte noch immer. Eine sehr junge Frau stand über ihn gebeugt und sagte etwas zu ihm. Man konnte nicht hören was, aber es war streng. Der Alte war in seinem Element.

– Die Querstange der Schaukel, siehst du die, ist die jetzt hoch genug, dass ich mich daran aufhängen kann? In der letzten Zeit bin ich kleiner geworden, weißt du.

– Papa, hör auf!

– Ich werde jeden Tag kleiner.

– Ich weiß. Noch ein bisschen und ich binde dir die Schuhbänder mit der Lupe.

– Wäre ich doch bloß vom Silo gefallen, du gefühlloses Ekel.

Und dann hörten wir:

– Entschuldigen Sie, könnten Sie ein wenig …

Die junge Frau und die Greisin standen vor uns.

– Ich habe es dir gesagt, flüsterte er mir zu.

Die junge Frau indessen fixierte mich mit dem Blick.

– Tiho, ist das … ist das … bist du das?

Ich brauchte einen Augenblick, bis ich zu mir kam. Aber dann sprang ich in aller Herzlichkeit auf.

– Senka? Du? Aber gern doch. Ich werde Papa ein wenig zur Seite rücken.

– Mich brauchst du nicht zur Seite zu rücken. Ich werde schon selber zur Seite rücken.

– Dann tu es selber!

Der Alte nahm all seine Kraft zusammen, stellte sich auf die Füße, als wäre er an der spanischen Front und wollte augenblicklich losstürmen, und rückte ein paar Dezimeter weiter ans Ende der Bank.

– Mama, erinnerst du dich an Tihomir? Wir sind zusammen in eine Klasse gegangen.

Die alte Frau sah mich an, und in ihrem Gesicht war die Anstrengung zu erkennen, sich an mich zu erinnern. Aber als ich ihre Gesichtszüge und die Haut auf den Wangen sah, stellte ich fest, dass sie überhaupt nicht alt war. Sie hatte völlig graues Haar, die Haltung und den Gang einer Achtzigjährigen, aber sie konnte nicht viel älter sein als fünfundsechzig. Etwas passte hier nicht zusammen.

– Und? Wie lange haben wir uns nicht gesehen?

Senka half ihrer Mutter beim Hinsetzen. Das war eine komplizierte Prozedur, komplizierter als das Hinsetzen meines Alten Herrn.

– Tihomir, hilf dem Fräulein!, meldete sich mein Alter Herr von seinem Ende der Bank.

Ich sprang kavaliersmäßig hinzu, so als wollte ich, nun ja, etwas tun, halten, aber Senka wies mich ab.

– Nicht nötig, danke, wir können das allein am besten, nicht wahr, Mama?

Senkas Mutter, in der auf eine unnatürliche Weise Alter und Jugend miteinander in Konflikt lagen, sackte endlich neben meinem Vater auf die Bank.

– Warst du beim Treffen vor fünf Jahren?

– Nein, ich war schwanger. Und was ist mit dir?

– Nichts Besonderes. Diplom gemacht, geheiratet, dann eine kleine Wohnung bezogen, in Trnsko …

– Dasselbe Mädchen von damals, vom Studium?

– Karmen? Ja. Dann habe ich meinen Facharzt gemacht und sie auch, wir haben gearbeitet, Schichtdienst, haben uns zweimal die Woche gesehen, im Vorbeigehen, in der Küche, und dann haben wir uns scheiden lassen. Scheiß Ärzte-Ehe unter dreißig.

Mein Alter Herr hatte sich inzwischen mit Senkas Mutter bekannt gemacht.

– Mein Sohn ist ein Dreckskerl, hörte ich ihn sagen. Der hat noch nie jemandem geholfen. Wie alle Ärzte.

– Ich sehe, dass Sie auch schwer gehen, sagte Senkas Mutter und deutete mit ihrem Stock auf Vaters Stock, der friedlich auf der Bank neben ihm ruhte.

– Verwundet bei Guadalajara. Hier am Bein. Und wo tut es Ihnen weh?

Um uns herum rannten ganze Rudel von Hunden, als wäre März und nicht Mai. Ein English Setter, ein Schäferhund, zwei Irish Setter, die zu der Zeit modern waren, ein Pudel, ein Windhund, ein Dackel. So viele Farben und Formen für eine Gattung, als würde die Evolution hier vor uns ein lebendiges, mobiles Museum begründen.

– Dieser Stadt fehlt eine Abdeckerei, sagte mein Alter Herr.

– Senkalein, ist der dort nicht wie unser ehemaliger Arthur?

– Arthur war ein Dalmatiner, Mama, das dort ist ein English Setter.

– Wir mussten den Hund Arthur nennen, erklärte sie meinem Vater, nach dem König. Senka war noch klein, als wir ihn bekamen.

– Hör mal, ich muss mir Zigaretten kaufen, flüsterte Senka plötzlich. Kommst du mit. Lass die beiden erzählen.

Genau in diesem Moment bestieg der English Setter die Pudeldame. Er musste in die Knie gehen, um sie zu erreichen.

– Bist du sicher, dass wir sie allein lassen können, sagte ich, als wir uns ein wenig entfernt hatten. Was tun wir, wenn die auch anfangen.

– Kretin!, lachte sie und schlug mir auf die Schulter. Wir werden sie natürlich trennen. Stell dir vor, wir kriegen ein kleines Brüderchen.

– Einen Spaniel. Eine Gattung aus Guadalajara.

2

Nach diesem ersten Mal, es war ein Dienstag, rief Senka an und sagte:

– Hör mal, Tiho, das im Park könnten wir wiederholen. Mama hat es gefallen.

– Gut, dann sehen wir uns am Donnerstag, sagte ich.

Ich kaufte meinem Vater eine Romanbiografie von Dolores Ibárruri.

– Am Donnerstag machen wir wieder einen Spaziergang und bis dahin lies das.

– Nur wenn diese Scharteke nicht wieder kommt, lautete sein Kommentar, während er in dem Buch blätterte.

Als ich am Donnerstag vom Dienst kam, war er schon angezogen, sah sich keine Fotos an, sondern hatte das Kinn auf seinen Stock gestützt und sah aus dem Fenster.

– Die Frau geht mir auf die Nerven, ich habe überhaupt keine Lust mehr in den Park zu gehen.

– Warum hast du dich dann angezogen?, fragte ich, aber er kam, sich auf seinen Stock stützend, schon langsam hoch. Hast du gewusst, dass ich fünfzehn Jahre älter bin als sie?

– Nein.

– Na, da siehst du mal, dein Alter Herr gehört noch nicht zum Sondermüll.

– Das heißt, sie ist sechzig?

– Siebenundsechzig.

– Sie sieht aus, als wäre sie achtzig.

Und wirklich sah sie so aus, vor allem, wenn man sich ein wenig entfernte und sie von Weitem sah.

In der Zwischenzeit hatte es mein Alter Herr, so schwer gehend, bis zur Kommode im Wohnzimmer geschafft, während ich mir in der Küche ein Bier aufmachte. Durch den Türspalt sah ich, wie er die obere Schublade der Kommode aufzog, etwas herausholte und es in die Tasche steckte. Dabei kam er gefährlich ins Schwanken, sein Stock hing an der Marmorplatte der Kommode, und so sprang ich hinzu, um ihn zu halten, damit er nicht auf den Fußboden knallte. In diesem Augenblick bemerkte ich in der offenen Schublade die Medaillenschachteln. Zwei aus dem Spanischen Bürgerkrieg und drei aus dem Nationalen Befreiungskampf: eine Tapferkeitsmedaille mit der Gestalt eines Partisanen im Profil, der sich auf sein Gewehr stützt, eine Medaille für Verdienste um die Nation und ein Orden mit silbernem Stern für Verdienste um die Nation.

– Papa, warum hast du die Orden herausgenommen?

– Im Unterschied zu dir schäme ich mich dessen nicht, was ich bin.

Und als wir in den Park kamen, waren Senka und ihre Mutter schon dort. Senkas Mutter hatte eine neue Frisur, ihr helles silbrig graues Haar zeigte Ansätze einer Dauerwelle, die Strähnen vom Kamm und die Windungen der Lockenwickler hatten ähnliche Spuren hinterlassen, wie sie die Hände des Bäckers im rohen Teig zurücklassen. Über dem schwarzen Rollkragenpullover aus dünnem Garn trug sie eine Reihe großer falscher Perlen, und diese Perlmuttkugeln hatten fast die Farbe ihres Haars. Es sah so aus, als hätte sie sich plötzlich zur Gänze in ihre Kleidung, ihr Haar und ihren Schmuck verwandelt. Der Kriegsheld und die feine Lady, so könnte man das Foto nennen, das Senka gleich, als wir ankamen, mit ihrer Smena 8M schoss, mit dieser russischen Idiotenkamera, die ausgezeichnete Bilder machte und die den wichtigsten Teil meiner eigenen Geschichte bewahrt hat.

Es war das Jahr neunundsechzig, der Frühling war sehr früh gekommen, und so war es Ende April schon ziemlich heiß. In den folgenden Jahren sollte der Frühling noch früher kommen, aber das würde nichts mit Kalender und Wärme zu tun haben, sondern mit den Reden von Savka Dabčević Kučar. Und so, während wir uns trennten und nachdem sie mit ihrer russischen Smena noch ein paar Fotos von meinem Vater und ihrer Mutter gemacht hatte, wo jeder von ihnen sich auf seinen Stock stützt, sagte Senka:

– Leute, wir könnten zum Ersten Mai einen Ausflug nach Samobor machen. Dabei zwinkerte sie mir zu.

Zu Hause knurrte mein Vater:

– Wer soll es mit der alten Scharteke den ganzen Tag aushalten.

– Wenn du keine Lust hast, sag es. Ich kann sofort absagen.

Er schwieg, legte sich übel gelaunt auf die Couch im Wohnzimmer und bedeckte sein Gesicht mit der Zeitung. Dann nahm er sie für kurze Zeit herunter, faltete sie und begann zu lesen.

– Nicht einmal schlafen kann ich mehr, sagte er und sah in die Zeitung. Mein Junge, das Alter ist ein beschissener Zustand.

Zu der Zeit traf ich mich mit Aida, einer Schönen der Nacht, die im Hotel International zu arbeiten pflegte und die ich kennengelernt hatte, weil sie regelmäßig zu mir zur Untersuchung kam. Das war deshalb, weil mir nach der Scheidung von Karmen privat das sehr fehlte, wovon ich im beruflichen

Leben zu viel hatte. Aber diese beiden Dinge, das Private und das Berufliche, berührten einander fast nie, sie waren etwas völlig Getrenntes. Das war das erste Mal, dass ich mit einer meiner Patientinnen schlief, und als ich im Zimmer des Hotels International auf ihr lag und in ihr schönes, etwas verbrauchtes dreißigjähriges Gesicht mit den geschlossenen Augen sah, flüsterte ich:

– Wie gut doch eine Möse tut, wenn du nicht hineingucken musst!

Sie platzte fast vor Lachen, so unter mir liegend, und ich spürte ihre Kontraktionen. Aber es war klar, dass die nur vom Lachen kamen. Einem kehligen, gesunden, ehrlichen Lachen. Aber eben ein Lachen. Später, als ich mich fertig machte und sie im Bett irgendeinen Liebesroman las, zog ich ein paar Scheine heraus und legte sie ihr diskret auf das Nachtschränkchen. Das hatte sie nicht erwartet, aber sie sträubte sich auch nicht allzu sehr.

– He, das musst du nicht, das ist so in Ordnung, sagte sie. Ich komme ohnehin zu dir zur Untersuchung.

– Ich weiß, sagte ich, aber das Gesundheitswesen ist umsonst, und das hier nicht.

– Gut, dann zahl das nächste Mal im Voraus.

Kaum hatte sie das gesagt, merkte ich, wie mein fleischliches Periskop wieder ausfuhr, und wir machten es noch einmal.

Zu Hause traf ich Vater wach an. Er saß im Bett und las in einem meiner Bücher, *Das Geschlechtsleben im reifen Alter.*

– Wo warst du so lange?, sagte er und legte das Buch so zur Seite, dass man den Titel nicht sah. Wenn es nach dir ginge, könnte ich krepieren und hier eine Woche lang liegen, bis mich die Fliegen fressen.

– Erstens war ich nicht eine ganze Woche draußen, sondern zwei Stunden, und zweitens, Fliegen fressen keine Menschen.

– Mich schon.

Wenn du ein Haufen Scheiße bist, wollte ich sagen, tat es aber natürlich nicht.

Ich ging in mein Zimmer mit den Flugzeugmodellen aus der Nationalen Technik, wo mich meine Mutter angemeldet hatte, sobald wir hergezogen waren, zog meinen Anzug aus und hängte ihn in den Schrank, der noch immer voller Hemden war, die ich in der Grundschule und im Gymnasium getragen hatte. Seltsam ist es, wenn der Mensch nach einer gescheiterten Ehe ins Elternhaus zurückkehrt und wieder die Rolle des Kindes übernimmt. Die Nachbarn grüßen ihn, als wäre er der Kleine von vor zwanzig Jahren, und sagen: „Tiho, du rauchst, was würde deine arme Mutter sagen", aber einen Augenblick später fragen sie: „Unsere Schwiegertochter hat Probleme mit den Eierstöcken, könnte sie mal zu dir kommen?"

3

Ich werde nicht mit dieser alten Scharteke hinten sitzen, murrte mein Alter auf dem Vordersitz meines neuen Käfers, als wir durch die Stadt, die der Tag der Arbeit leer gefegt hatte, zur Solovljeva fuhren, wo sich die Wohnung von Senkas Mutter befand.

– Wenn du geplant hast, dass ich mit ihr hinten sitze, kannst du sofort wieder nach Hause fahren. Hast du verstanden?

– Heute hast du deine Medaillen nicht mitgenommen?

– Die dumme Person wusste überhaupt nicht, was das ist. Sie dachte, ich sammele alte Münzen.

Armer Papa, er, der sich als Held hatte zeigen wollen, war zum Numismatiker degradiert worden. Ich hörte die alte Lady direkt, wie sie dort im Ribnjak zu ihm sagt:

– Auch mein Seliger hat altes Geld gesammelt, aber er hat es in Alben aufbewahrt.

Das Haus von Senkas Mutter befand sich genau gegenüber dem Schulhof des Gymnasiums in der Križanićeva. Vom Fenster aus konnten sie die Kinder sehen, wie sie Fußball oder Korbball spielten und wie sie im Schatten der großen Linde, die neben dem Schulgebäude stand, heimlich rauchten. Ich war einmal in der Wohnung gewesen, als Senkas Mutter verreist war und sie mehrere von uns zu Tee mit Rum eingeladen hatte. Mir waren nur der große Konzertflügel im Wohnzimmer, die rosafarbenen Wände und die vergoldeten Bilderrahmen in Erinnerung geblieben. Was in diesen Rahmen war, wusste ich nicht mehr.

Als wir ankamen, standen sie schon vor dem Eingang. Senkas Mutter war hergerichtet wie beim letzten Mal, nur dass sie keine Perlen trug, so etwas trägt man nicht zu einem Ausflug, sondern ein schönes, sandfarbenes Sommerkostüm, eine Tasche in derselben Farbe und eine weiße Strickjacke über dem Arm. Senka stand neben ihr und hielt einen großen, olivgrünen Rucksack in der Hand. Ich stieg aus und öffnete den Kofferraum, um ihre Sachen zu verstauen, als auch mein Alter Herr ausstieg, den Beifahrersitz nach vorn klappte und der alten Lady durch die Zähne zuraunte:

– Mein Sohn fährt wie verrückt, besser wir setzen uns nach hinten.

Und er ließ der alten Lady den Vortritt, indem er ihr die Tür aufhielt, wie ein devoter englischer Lakai und nicht wie ein Spanienkämpfer und Träger der Gedenkmedaille, er half ihr sogar, auf dem Sitz hinter dem des Fahrers Platz zu nehmen. Erst danach setzte er sich neben sie.

– Sie vertragen sich immer besser, flüsterte mir Senka zu.

Ich parkte beim Hotel Lavica, und wir gingen am Bach entlang zu der Wiese unter den Ruinen der alten Burg gegenüber der städtischen Badeanstalt. Senka hatte ihre Mutter untergehakt und ich meinen Vater. Und so gingen wir in langsamer Prozession, Schritt für Schritt, wie in einem imaginären Leichenzug, und mein Alter Herr erzählte von der Geschichte der Burg, einem seltsamen Fremdenführer gleich, der selbst geführt werden musste.

– Hier stand einmal ein alter Birnbaum, an dem man die Verbrecher aufgehängt hat, informierte er uns.

An Senka hatte mich als Erstes ihr Gang angezogen. Der kam auch in solchen Situationen zum Ausdruck, wenn sie ihre Mutter führte und wenn beide auf dem ausgetretenen, gewundenen Wiesenpfad vorsichtig ihre Schritte setzten. Sie hielt sich sehr gerade, ihr Kopf war irgendwie hoch erhoben, so als würde sie aus dieser Haltung im selben Augenblick auf das Tanzpodium schnellen. Das wirkte aber keineswegs verkrampft, im Gegenteil, eher lässig. So, als ob sie die Welt, die sie durchschritt, nicht kümmerte, der Bach, die Spaziergänger, die kleinen unverputzten Häuser auf der anderen Seite des Baches. Als wir ins Gymnasium gingen, war sie nicht so. Sie ging wie ein kleines Mädchen, nach allen Seiten blickend.

Als wir die Wiese unterhalb der alten Burg erreicht hatten, breitete Senka eine große Decke aus, die früher einmal als Tagesdecke für das Ehebett gedient haben mochte, und stellte die Blechdose mit dem Essbaren, die Thermosflasche, die Weinflasche und das Wasser darauf. Die Strickjacke band sie ihrer Mutter um die Hüfte. Mir gefiel die Art, wie sie das tat, behutsam, wie bei einem Kind.

– Wie alt ist deine Kleine?

– Zwei. Sie ist bei ihrem Papa in der Schweiz. So, Mama, jetzt können wir uns hinsetzen.

Sie hielt ihre Mutter, bis sie sich mit abgewinkelten Beinen, die sie irgendwie zur Seite und unter sich zwängte, auf die Decke gesetzt hatte. Als ich meinen Alten Herrn unterfasste, um ihm zu helfen, stieß er mich weg:

– Ich bin nicht so gebrechlich, dass ich mich nicht allein auf die Decke setzen könnte.

Und so begannen die beiden jetzt in dieser sitzenden Position über uns zu sprechen, ihre Kinder. Senkas Mutter im hellen Kostüm, mein Vater, der sein Sakko über die Schulter geworfen hatte, mit dem Panamahut, damit ihm die Sonne nicht schadete, und mit einer Reihe junger Bäume hinter sich, sie sahen so aus, als hätte jemand, nur mit weniger Menschen und ohne Nacktheit, Manets *Das Frühstück im Grünen* arrangiert.

– Du bringst Kinder auf die Welt, sorgst dich um sie, machst mit ihnen die Hausaufgaben, unterstützt sie, solange sie studieren, und dann erlebst du, dass sie sich nicht um dich scheren, sagte mein Alter und mampfte Senkas paniertes Huhn mit Kartoffelsalat.

– Ganz so wird es wohl nicht sein, Herr Romar, sehen Sie doch, wie sie sich um uns kümmern.

– Er macht sich wichtig vor Ihnen, sonst bin ich ihm egal …

Als wir gegessen hatten, entsorgte Senka die Reste in einem Plastikbeutel und sagte:

– Mama, Tihomir und ich machen einen Spaziergang hinauf zur alten Burg, ihr bleibt hier.

– Nein, mein Fräulein, sagte mein Alter, wir werden auf den Japetić entwischen.

– Lass ihn …, sagte ich, und wir gingen los.

Und hier erzählte sie mir ihre Geschichte. Nach dem Gymnasium hatte sie als talentierte Tänzerin ein Stipendium an der Ballettakademie in Prag erhalten und war danach, sehr bald, in die Schweiz gegangen, nach Genf. Dort hatte sie in der Oper getanzt und sofort eine große Rolle bekommen, die der Giselle … Sie tanzte auch Tschaikowsky, aber meistens Strawinsky. Die Bajadere war ihre zweite große Rolle. Und dann verliebte sie sich in den Choreografen, heiratete und bekam ein Töchterchen. Es heißt Andrea. Ihr Mann und sie hätten einen internationalen Namen gesucht, der sowohl in Zagreb als auch in Genf und in Mailand funktioniert. Nach der Geburt hatte sie als Tänzerin aufgehört, und jetzt widmete sie sich der pädagogischen Arbeit. Genau so sagte sie, der „pädagogischen Arbeit“. Das füllte sie vollkommen aus, das und das Kind.

– Wie kommt es, dass die Kleine nicht bei dir ist?

– Ich bin wegen Mama hier, sagte sie, sie ist sehr krank. Ich wollte nicht, dass Andrea das sieht.

– Fällt es dir schwer?

Sie schwieg und schritt den Berg hinauf. Ich konnte ihre muskulösen Waden sehen, die unter dem leichten Frühlingskleidchen hervorsahen, und plötzlich war mir in dem Schweigen, das entstanden war, als hätte ich etwas schrecklich Dummes gefragt.

– Und ihr, begann sie endlich wieder, ihr hattet keine Kinder?

– Nein, sagte ich und fügte dann hinzu, zum Glück.

Sie blieb stehen, sah mich an und sagte:

– Das ist aber nicht gerade ein Glück.

– Ich meine, weil wir uns haben scheiden lassen.

Sie lachte.

– So etwas kann nur einer sagen, der keine Kinder hat, und setzte dann hinzu, das ist eines der seltenen Dinge, die man nie bereut.

– Mein Alter Herr hat es bereut. Du hast ihn gehört.

– Dein Alter Herr macht sich wichtig, eigentlich ist er darin ziemlich charmant.

– Müsstest du mit ihm zusammenleben, würdest du nicht so reden.

Wieder sah sie mich an, irgendwie mit einem überlegenen Lächeln.

– Müsste ich mit ihm zusammenleben, würde er nicht so reden. Das ist dir doch wohl klar.

Als wir auf die Wiese zurückkehrten, wo wir die Eltern allein gelassen hatten, war die Decke leer. Weder mein Alter noch ihre Mutter waren zu sehen.

– Er hat sie entführt, und jetzt werden sie heimlich heiraten, sagte ich.

Senka indessen sah sich angstvoll um und suchte sie mit dem Blick zwischen den Tischen der Gastwirtschaft bei der Badeanstalt und zwischen den Ausflüglern, die ebenfalls auf ihren Decken auf der Wiese saßen, die sich plötzlich in eine Kolonie Zagreber Beamte, Ärzte und Professoren verwandelt hatte, in der Hauptsache solcher, die ihren Dienst in den Büros und Sprechzimmern sitzend verrichteten und jetzt beschlossen hatten, sich davon, auf alten Decken mitten auf irgendeiner Wiese sitzend, zu erholen. Aber die beiden waren nirgends zu sehen.

– Das ist jetzt kein Spaß, sagte sie, du weißt nicht, wie krank Mama ist.

Wir gingen zuerst zur Badeanstalt und an den weiß gestrichenen Holzkabinen und dem Schwimmbecken, voll kreischender und mit Wasser spritzender Kinder, vorbei, die Geräusche vermischten sich und es wuselte um uns herum, und wir, die einzigen Angekleideten in dieser nackten Welt, suchten unsere weggelaufenen Eltern. Erst als sie sich überzeugt hatte, dass sie tatsächlich nicht da waren, so als hätte sie geglaubt, sie hätten sich ausgezogen und wären ins Becken gesprungen, gingen wir hinaus und schlugen die Gegenrichtung ein, zur Stadt. Wir nahmen den Trampelpfad am Bach, denselben, den wir gekommen waren, aber als wir schon den halben Weg zurückgelegt hatten, Senka voran und ich, langsamer, hinterher, sagte sie:

– Sie können nicht so weit sein, Mama kann kaum gehen.

Auch mein Vater konnte kaum gehen, und es war völlig unwahrscheinlich, dass sie diesen ganzen Weg zurückgelegt haben sollten. Dabei zweifelte ich überhaupt nicht daran, dass es Vaters Idee gewesen war und dass er Senka zeigen wollte, dass sie beide doch weglaufen konnten, selbst auf den Japetić, wenn nötig. In solchen Momenten, wenn ihn die Bosheit überkam, war er stärker, als man sich vorstellen konnte. Trotzdem setzten wir unseren Weg fort, obwohl es uns völlig unglaubhaft erschien, dass sie sich vor uns befänden, denn wir waren überzeugt, dass sie diesen Weg nicht geschafft haben konnten. Wir kamen zum Hotel Lavica und dem geparkten Auto. Auch dort waren sie nicht. Ich wandte mich über die Brücke Richtung Stadt, aber Senka rief hinter mir her:

– Wohin willst du, dort sind sie bestimmt nicht!

Ihre Stimme war heiser, wie nach dem Weinen. Sie kam mir nach, und als wir auf den Hauptplatz gelangt waren, sahen wir sie, wie sie uns langsam, untergehakt, mit kleinen Schritten und an zwei Stöcken gehend, entgegenkamen. Ich sah die Wut in Senkas Gesicht, ihre Lippen waren zusammengepresst, die Kinnmuskeln zitterten, und sie machte Anstalten, als wollte sie sich wütend auf sie stürzen, aber ich hielt sie zurück. Ich ergriff sie am Bizeps des linken Oberarms, und das war unsere erste Berührung. Sie wandte den Kopf, sah mich verwundert an, und dieser Moment der Verwunderung reichte aus, um den Wutanfall abzuwenden. Wir sahen uns voller Verstehen an und gingen ihnen beruhigter entgegen.

– Mama, wo wart ihr denn?

– Wir sind Cremeschnitten essen gegangen, sagte mein Alter stolz.

Und dann gingen wir langsam zurück, aber in anderer Formation. Der Kriegsheld und Numismatiker und die feine Lady, Arm in Arm, voran, und wir zwei hinterher, als Sicherung, falls sie schwanken und stürzen sollten. Seit Mutter gestorben war, hatte ich Vater nicht mehr mit einer Frau spazieren gehen sehen, schon mehr als elf Jahre zerteilte er beim Gehen die Luft vor sich allein und mit der Zeit immer langsamer. Das hier war rührend. Mit einem Mal begannen, als ich ihn so vor mir sah, die Erinnerungen an gemeinsame Erlebnisse zurückzukehren. Die Wintertage, wenn wir beide zum Rodeln auf die große Wiese oberhalb unserer Straße gingen, die steil zum Srebrnjak abfiel. Das Rodeln selbst war mir nicht im Gedächtnis geblieben, sondern wie er sich dafür herrichtete, mit weißen Boxershorts, grünem, gestricktem Rollkragenpullover und grünen Wollstrümpfen.

– Sieh mich an, sagte er, wie Prinz Eisenherz!

Dieses Bild von Vater in Unterhose und Kniestrümpfen, während er sich fürs Rodeln anzog und aus der Küche der Duft frisch gebackener Buchteln kam, wurde mit der Zeit zum Höhepunkt unserer Zweisamkeit, jener idyllischen Verbindung zwischen Vater und Sohn, die eine Zeit gemeinsam verbringen. Dieses Bild hatte ich mir allerdings zu häufig als eine Art Heilmittel in Erinnerung rufen müssen, wenn er ekelig war. Seine häufige Bosheit ließ diesen idyllischen Moment kristallisieren und löste ihn aus all den zweifellos schönen Bildern heraus, die wir als Vater und Sohn gemeinsam erlebt hatten. Und jetzt sehe ich ihn, wie er eine unbekannte Frau untergehakt hält und die letzten Atome seiner Jugend anspannt, um seine Stärke zu zeigen. Sein ganzes Leben hat er sich bemüht, Stärke zu zeigen, er hat einen Kult der Stärke errichtet, aber ich habe ihn am besten in Erinnerung behalten als Lächerlichen und Schwachen, in Unterhose und grünen Strümpfen. Oder als Traurigen und Schwachen, der sich weigert, sich Mutters Sterben zu stellen.

– Du bist in Gedanken, sagte Senka.

– Ich denke über die beiden nach.

– Mir ist nicht klar, wie sie so weit gehen konnten …

Mir hingegen war es klar. Ihre Zeit und unsere Zeit verliefen nicht in gleicher Weise. Oben, auf den Ruinen, wie auf schartigen, gen Himmel ragenden Zähnen, war viel mehr Zeit vergangen, als uns beiden bewusst war, und in dieser Diskrepanz wurde deutlich, dass die gemeinsam verbrachte Zeit sehr schnell verlaufen war, sogar so schnell, dass unsere Eltern langsam, schrecklich langsam, Schritt für Schritt, den ganzen Weg hatten zurücklegen können, während sich in unseren Erzählungen die komischen Momente aus dem Gymnasium abgewechselt hatten mit den Schulkameraden, die in alle Welt zerstreut waren, mit unseren Ehen, mit den schönen Orten, an denen wir gewesen waren, selbst mit den Speisen, die wir mochten. Als Erstes hatte ich ihren Gang bemerkt, aber dann auch, dass mir die mit ihr verbrachte Zeit schrecklich schnell verging.

4

Ein paar Wochen danach, als ich Papas Hose auf einen Holzbügel im Schrank hängte, fielen Fotos aus der Tasche. Auf ihnen war Papa jung und allein, es war kein einziges darunter, auf dem er den aufgenommenen Raum mit mir oder mit Mutter geteilt hätte. Er in einem Boot, das Do X hieß, wie er wichtigtuerisch auf der Una rudert oder wie er auf einem Hochsitz bei der Wildschweinjagd sitzt, das Gewehr im Anschlag, während unten, bei Fuß, der treue Rauhaardackel Treff wartet, oder bei den Partisanen, mit der Blende eingefangen, wie er aus dem Blechgeschirr isst und überrascht in die Kamera blickt. Hier ähnelt er ein wenig einem Waschbären, und bestimmt gefällt er sich selber nicht, aber es ist sein einziges Foto aus der Partisanenzeit, deshalb musste er es einreihen, und er hat auch eines dazugetan, auf dem er in Lederhose mit Hosenträgern, wie man sie später bei den Nazis, seinen Erzfeinden, sehen konnte, am Klavier sitzt, während seine Mutter in der Pose einer Opernsängerin, einen Arm auf den Klavierdeckel gestützt und die andere Hand auf die Schulter ihres Sohnes gelegt, steht. Seine Finger sind ungeschickt in Anfängerhaltung aufgestellt, und es ist sofort zu sehen, dass er nie Klavier gespielt hat. Dieses hat er vermutlich zu dem Häufchen kleinformatiger, von einem Gummiband zusammengehaltener Fotos mit gezähntem Rand getan, um außer Abenteuer und Gewalt auch den anderen, subtileren Teil seiner Persönlichkeit zu zeigen.

Einmal, der Juni neigte sich schon dem Ende zu, sagte ich zu ihm, wir würden am Sonntag auf die Plješivica gehen. Der Plan war, mit dem Auto von Samobor aus über Rudo auf den Sattel hinaufzufahren und oben, mit Blick auf die Weinberge, auf Jastrebarsko und das ganze Tal, Backhuhn zu essen.

– Natürlich, wenn dir die alte Scharteke auf die Nerven geht, kann ich absagen, stichelte ich.

Er sah mich wütend an, über die Seiten des Buches über Dolores Ibárruri hinweg.

– Du bist ein Dreckskerl, sagte er, wenn du wüsstest, was sie alles durchgemacht hat, würdest du nicht so von ihr sprechen.

Die Veränderung, die mit ihm vorgegangen war, konnte man daran erkennen, dass er nicht mehr vom Aufhängen sprach. In ihn hatte sich auch an sonnigen Tagen eine Melancholie eingeschlichen, mit der er mich ständig aufs Neue überraschte. Zum Beispiel, während wir durch die Felder bei Sveta Nedelja fuhren, sahen wir eine alte Frau, wie sie etwas auf einem Acker an der Straße pflanzte.

– Seht mal, die Alte setzt Zwiebeln und furzt, sagte er. Doch dann, einen Augenblick später, als wäre ihm etwas durch den Kopf gegangen, fügte er leise hinzu:

– Die arme alte Frau, sie muss sich ganze Tage lang so quälen.

Er war sowohl böse als auch sentimental, aber irgendwie war ich diese sentimentale Seite an ihm nicht gewöhnt. Seit Mutters Tod fehlte ihm wohl die Familie, so etwas wie Gemeinschaft. Er und ich allein, ich in meinen heikelsten Jahren, wir waren keine Familie. Er war das Haupt des Hauses, und ich war eine Last. Oft hatte er, als ich noch aufs Gymnasium ging, zu mir gesagt:

– Die blöde Kuh ist gestorben, und ich habe dich am Hals.

Jetzt, mit Senka und ihrer Mutter, begann sich etwas zu ändern. Ich wurde mit einer neuen Person konfrontiert, und genau diese neue Person löste auch in mir sentimentale Momente aus.

Aus dieser Zeit, als wir noch mit Senka und ihrer Mutter Ausflüge in die Zagreber Umgebung machten, datieren auch einige seiner letzten Heldentaten. Ich hatte zu dieser Zeit bemerkt, dass ihm aus den Taschen seiner Sommerhose aus Leinen oder dünnem hellen Wollstoff Reste von Salz rieselten.

An dem Tag kamen wir nachmittags, nach meiner Arbeit, auf den Sljeme, ließen das Auto beim Forsthaus Rauch stehen und nahmen, in der bekannten Formation, die Alten Arm in Arm voran, Senka und ich als Sicherung hinterdrein, den Trampelpfad zum Wäldchen hinunter. Wir hatten unsere alte Decke mitgenommen, etwas zu essen, eine Thermosflasche mit Kaffee, Wein und die Medikamente für Senkas Mutter. Nach einer Weile entfernte sich mein Alter Herr. Ich dachte, er gehe sein Wasser ablassen, aber er kam lange nicht zurück. Wir saßen schweigend und sahen uns an, wir sagten etwas, um die Leere zu überbrücken, die mein Vater hinterlassen hatte. Plötzlich sagte die alte Lady dann doch:

– Er bleibt lange aus, ich mache mir Sorgen.

Sie sagte das so, wie es auch meine Mutter, aus dem Fenster gelehnt, gesagt hätte.

– Bleib du hier mit Mama, ich gehe ihn suchen, sagte ich zu Senka, ein wenig wütend auf den Alten, mir bewusst, dass er wieder dabei war, etwas anzustellen. Er irrte durch den Wald, ohnehin kaum mobil, mit dem Stock, im hellen Anzug und mit Panamahut, nur um uns in Angst und Schrecken zu versetzen. Wenn ihm jemand begegnete, würde der wahrscheinlich denken, er sehe eine Erscheinung. Überhaupt passte er nicht in diesen alpinen Kontext aus Kniebundhosen und karierten Hemden. Zuerst suchte ich auf dem Weg zur alten Försterei und zum Landgut der Universität, aber schon bald schien mir, dass er, wie auch zuvor in Samobor, nicht so weit gegangen sein konnte. Deshalb kehrte ich um und begann das Gelände beiderseits des Weges zu durchkämmen. Mir kam der Gedanke, er könne zur großen Notdurft gegangen und irgendwo gestürzt sein und liege jetzt in seinen Exkrementen, denn seine Beine vertrugen kein Hinhocken mehr. Doch ich fand ihn nicht. Ich ging auf dem Weg weiter, kam zu mehreren verfallenen Gebäuden, passierte einige Krippen zur Wildfütterung und kam zu einem Pferch, in dem mehrere Rehe ästen. Von meinem Vater fehlte jede Spur. Ich rief, ich brüllte, die Rehe wurden unruhig, aus einem Haus kam sogar ein Mann. Als ich ihn fragte, ob er einen alten Mann in hellem Anzug mit Hut und Stock gesehen habe, verneinte er höflich, aber argwöhnisch. Er verfolgte mich mit dem Blick, bis ich hinter einer jungen Kiefernpflanzung aus seinem Sichtfeld verschwunden war. An diesem

Nachmittag durchkämmte ich, das kann ich ohne Übertreibung sagen, die ganze Wiese und die Umgebung des Rauch'schen Forsthauses und kehrte schließlich zu Senka und ihrer Mutter zurück. Jetzt war auch Senka besorgt, und bei mir, der ich bisher nur wütend gewesen war, begann sich die Angst zu melden. Was wäre, wenn wir ihn bis zum Dunkelwerden nicht fänden? Ich würde Senka und ihre Mutter in die Stadt hinunterbringen und ihn allein im Wald zurücklassen müssen. Freilich hatte er die vier wichtigsten Jahre seines Lebens im Wald verbracht, auch heute lebte er in gewisser Weise von diesen Jahren, der Wald ist ihm nicht fremd, dachte ich. So alt und schwer beweglich indessen, wenn von verschiedenen Seiten Gefahren auf ihn lauerten, Baumwurzeln auf dem Weg, niedrige Zweige, die in die Augen stachen, verirrte Keiler, schließlich auch seine eigene Angst, schien er mir besonders hilflos.

– Und wenn wir die Polizei rufen?, sagte Senka.

– Tut das nicht, er würde euch böse sein, sagte ihre Mutter. Wir werden noch ein wenig warten, er wird wohl kommen.

Ihr unerwarteter Optimismus richtete auch uns ein wenig auf, und so nahmen wir vorübergehend Abstand von der Polizei.

Er tauchte auf, als wir das Warten schon ganz aufgegeben hatten. So schlank, im hellen Anzug und mit Panamahut, trat er aus dem Wald und kam würdevoll den Weg heruntergeschritten, er sah vor diesem dunklen Hintergrund noch viel heller aus. In der einen Hand hielt er seinen Stock, in der anderen führte er vorsichtig an seinem Gürtel, wie an einer Leine, ein ganz kleines Rehkitz. Das Rehkitz konnte sich kaum auf den Beinen halten, und er hatte viel Geduld mit ihm. Er blieb stehen, wenn es auch stehen blieb, und zog es nur ganz sanft weiter. Und das Kitz kam ihm nach wie ein folgsamer Hund. Ich sah, wie sich der Gesichtsausdruck bei Senka und ihrer Mutter fundamental veränderte, von Verwunderung über Verblüffung bis hin zu reiner, lächelnder Zärtlichkeit. Er führte es bis zu uns, und in den Augen des Tierchens konnte man die Angst lesen. Aber Angst vor uns, nicht vor meinem Vater, der mir mit eleganter Bewegung seinen Stock zuwarf:

– Halte das!

Er fasste mit der linken Hand in die Tasche, holte ein wenig Salz heraus und gab es dem Kitz. Erst jetzt ging mir auf, dass er das schon lange geplant hatte. Er hatte sogar Senkas Mutter dazu gebracht, dass sie den Ausflug zum Rauch'schen Forsthaus vorschlug. Mehrere Male waren wir schon hier gewesen. Alles das kam mir plötzlich in den Sinn, aber die Szene, in der das Rehkitz gierig das Salz aus seinem Handteller leckte, hatte etwas

Unwirkliches. Senkas Mutter sagte an diesem Abend, als wir nach Zagreb zurückfuhren:

– Das Leben lohnt sich wegen solcher Momente.

Mein Vater schwieg stolz auf dem Sitz neben ihr. Der Held des Tages mit einem Rehkitz an der Leine. In dem Augenblick kam mir der Gedanke, dass er vielleicht, in der Dunkelheit, die alte Lady an der Hand hielt. Doch ich wusste, dass das nicht möglich war. Von ihm war all das abgefallen, was uns, in der Jugend und selbst im reifen Alter, in der Liebe erregt. All das war von ihm abgefallen wie die Kleidung, die er im Flur abgelegt hatte, als wir vom Rodeln gekommen waren: der pelzgefütterte Ledermantel, der Pullover, die Hose, der grüne Rollkragenpulli. Schon im Flur hatte sich das alles von ihm gelöst, als würde er die Sachen nicht aus eigenem Willen ablegen, sondern als würden die Kleidungsstücke einfach so herunterfallen, wie das Haar eines Tieres beim Fellwechsel. So war in diesen Jahren alles von ihm abgefallen, die sexuelle Erregung, die Verliebtheit, die starken Emotionen, das Bedürfnis nach körperlicher Berührung. Geblieben war ein einziger, noch immer unglaublich starker Antrieb: der Versuch, ein anderes Wesen benutzend, auch selbst ein anderer zu werden. Die Essenz unvollkommener irdischer Lieben.

5

Nach unserem Ausflug zum Rauch'schen Forsthaus ließ Senka nichts mehr von sich hören. Ich rief mehrere Male in der Solovljeva an und ließ das Telefon lange läuten, aber niemand meldete sich. Vermutlich hat sie ihre Mutter mitgenommen in die Schweiz, dachte ich. Papa indessen steckte es nicht so leicht weg. Wieder begleitete ich ihn nach meinen Gynäkologieseminaren in den Ribnjak. Kaum hatte er sich auf seine Bank vor den Schaukeln gesetzt, spähte er nach links und rechts, so als wäre die Tatsache, dass sie sich nicht meldeten, die Frucht eines dummen Missverständnisses und als würden sich jeden Augenblick ihre bekannten Silhouetten im Augenwinkel zeigen. Am rührendsten war es, dass er panisch bemüht war, seine Beunruhigung vor mir zu verbergen und sich so zu benehmen, als wäre alles in Ordnung. Die Hunde spielten, rannten, pinkelten, auch die Linden waren erblüht, aber Senka und ihre Mutter gab es nicht mehr. Es gab niemanden mehr, dem er von Guadalajara erzählen konnte, was sich schließlich als Höhepunkt seines Lebens herauskristallisiert hatte, diese unbestimmte Zeit, ungefähr acht Monate, bevor Francos Truppen nach Madrid einmarschiert waren. Die Abwesenheit der Frau, für die die Worte „La Pasionaria“ und „¡No pasarán!“ noch immer ihre Überzeugungskraft bewahrt hatten, erfüllte ihn mit Trauer.

– Fehlt dir Frau Ksenija?, fragte ich ihn, während er, nachdenklich, mit dem Blick die Bänke um die Schaukeln absuchte.

– Die alte Scharteke hat sicher in den Tau gefurzt, sagte er und lachte. Aber dieses Lachen verwandelte sich ganz schnell in Husten, ein langes, trockenes Greisenhusten.

An einem Dienstag, Anfang Juli, untersuchte ich mit meinen Studenten eine sehr dicke Frau. Sie litt an krankhafter Fettleibigkeit, und der gespreizt Daliegenden hing der Fettbauch zur Seite wie ein Sack. Und doch, sie war jung, verheiratet, und vermutlich gab es jemanden, der sie liebte.

– Zeljković!

– Jawohl, Herr Dozent?

– Hören Sie auf, mich anzureden, als wären Sie auf dem Kasernenhof, und machen Sie die Untersuchung.

Zeljković war Leutnant der JNA, hatte das Medizinstudium in Tuzla absolviert, und die Armee hatte ihn auch zur Weiterbildung geschickt. Ein Gynäkologe in der Armee, die zu der Zeit nur Männer rekrutierte, ein völlig verfehlter Beruf, dachte ich, während er vorsichtig mit der Hand in die dicke Frau hineinfuhr. Er betastete sie von innen und außen, vorsichtig und sanft. Vielleicht ein bisschen zu sanft. Er konzentrierte sich auf die Arbeit, und die anderen sahen ihm zu.

– Und? Sind Sie zu einem Schluss gekommen?

– Gestatten Sie mir zu sagen, sagte er, und die anderen lachten, ich fühle, dass der linke Eierstock weich ist, und entsprechend der Tatsache ziehe ich den Schluss, dass es sich bei der Frau um einen Entzündungsprozess handelt …

– Und haben Sie Abdomen und Gebärmutter abgetastet?

– Jawohl, Herr Dozent.

– Und nichts? Das ist die Diagnose?

– Jawohl.

– Zeljković, aus Ihnen wird nie ein Gynäkologe. Wieder haben Sie nicht bemerkt, dass die Dame schwanger ist.

Im Zimmer brach lautes Lachen aus, als wäre etwas explodiert. Wir lachten alle, auch die dicke Frau, der es bis dahin schrecklich peinlich gewesen war. Und durch dieses Lachen hindurch war mir, als würde jemand meinen Namen rufen. Als das Gelächter langsam verebbt war, sodass der Name deutlicher wurde, bis er am Ende das Lachen völlig besiegt hatte und aus dem Mund einer verwirrten Schwester drang, die in den Behandlungsraum mit einer gespreizt daliegenden, unglaublich dicken Frau und mit Studenten gekommen war, die, sozusagen über ihren offenen Unterleib gebeugt, sich eins grinsten.

– Dozent Romar! Telefon für Sie.

– Sehen Sie denn nicht, dass wir arbeiten?

Die Schwester sah die Studenten an, dann die dicke Frau und am Schluss machte ihr Blick auf Zeljković halt. Alle brachen wieder in Lachen aus.

– Sie sagen, es sei dringend.

Es war Senka.

– Tiho, ich brauche deine Hilfe. Mama geht es schlecht.

Mein erster Gedanke war, wie traurig mein Vater sein würde. In diesen paar Wochen war es ihm gelungen, seinen spanischen Wortschatz wieder zum Leben zu erwecken, und ich hatte für ihn auch einen Artikel aus einer Enzyklopädie kopieren müssen, wo er erwähnt wird als Teilnehmer am Spanischen Bürgerkrieg, 1936–1938, in der Internationalen Garibaldi-Brigade, die Guadalajara gehalten hatte. Er hatte zu den Ersten in Europa gehört, die beschlossen hatten, den Faschismus mit ihrem Körper aufzuhalten. Und mit einem Mal war er lächerlich geworden.

In der überfüllten Kantine im Keller des Dekanats auf der Šalata, während ich auf Senka wartete, sah ich die Schwester wieder, die mein Seminar unterbrochen hatte, um mich über den Telefonanruf zu informieren. Sie saß da mit einer Freundin, sah zu mir herüber und flüsterte ihr ohne viel Zurückhaltung etwas ins Ohr. Dann sah auch ihre Freundin zu mir herüber. Ich wusste, dass schon geraume Zeit der Tratsch umging, ich würde die Studenten bei den Seminaren vor den Patientinnen zum Lachen bringen und dass sich die Frauen unbehaglicher fühlten, als es hätte sein müssen.

Und dann erschien Senka. Sie tauchte in einem bunten Durcheinander aus Menschen in Pyjamas, weißen und blauen Kitteln, Zivilkleidung, sogar Monteuranzügen auf. Sie stellte sich auf die Zehenspitzen, reckte den Hals und versuchte über die vielen Köpfe hinweg zu sehen, wo ich steckte. Diese Bewegung kam mir unangebracht vor. Dass sie sich wie in Panik auf die Zehenspitzen stellte und dass sie mich brauchte, trübte irgendwie jenes freundschaftliche Gefühl, das ich zu Beginn unseres Wiedersehens hatte. Die Umstände hatten sich geändert, und zwischen uns hatte sich eine Gefälligkeit gedrängt. Hatte sie daran schon im Ribnjak gedacht, als sie mich so herzlich begrüßte?

– Was gibst du nicht Laut, ich habe die ganze Kantine abgesucht!

– Ich sehe gerade zu, wie mich zwei dumme Gänse ausrichten.

Ich zog einen Stuhl heran und deutete ihr, sich zu setzen.

– Was ist passiert?

– Mama hat ein Karzinom an der Leber.

– Primär?

– Nein. Es ist metastasiert. Nach der Operation gab es keine Veränderung. Dann fing sie mehr als sonst an zu ermüden, und gestern haben wir die Befunde bekommen.

Sie schlug auf dem Tisch einen Hefter auf, voll mit Blutbefunden, Aufnahmen, Entlassungsschreiben. Ich sah mir die Blutbefunde an. Es waren definitiv zu viele Leukozyten.

– Sie braucht eine Transfusion, sagte ich.

– Kennst du jemanden auf der Onkologie?

– Ja, sagte ich, kein Problem. Wir werden sie für ein paar Tage bei uns unterbringen, um ihr Blut ein wenig aufzubessern. Aber das andere … hörst du, da kann man nichts machen.

– Danke, sagte sie theatralisch und fasste ans Gelenk der rechten Hand, in der ich den Blutbefund hielt. Und wie geht es Papa?

– Ohne größere Veränderungen, sagte ich, aber er spricht nicht mehr vom Aufhängen.

So begann eine Periode, in der ich nicht mehr nur eine zufällige Begegnung im Park war, sondern jemand, auf den man sich stützen konnte. Wir brachten ihre Mutter auf der onkologischen Station in der Petrova unter, und sie bekam mehrere Transfusionen. Ich war mir nicht sicher, ob ich Papa sagen sollte, was vor sich ging, und in welchem Maße ihn ein weiteres Sterben aufregen würde. Er hatte sich gerade ein wenig an Frau Ksenija gebunden, und diese Krankheit kam, was meinen Vater betraf, in einem ziemlich ungünstigen Augenblick, als seine letzte Greisentransformation bereits voll eingesetzt hatte. Am Samstag nahm ich ihn mit auf Besuch. Natürlich hatte ich ihn vorher ein wenig vorbereitet, indem ich ihm sagte, dass Senkas Mutter eine Transfusion gebraucht habe, dass sie zwar schwer krank sei, dass sie aber, wenn wir sie „reparieren" würden, noch Jahre leben könne.

– Red keinen Scheiß, sagte er, ich weiß, dass sie stirbt.

– Wie weißt du das?

– Sie hat es mir gesagt.

Und so betrat er, ordentlich wie immer, mit seinem Panamahut, zum zweiten Mal in seinem Leben ein Krankenzimmer auf der Onkologie, um sich von einer Frau zu verabschieden. Auch jetzt war er, so wie elf Jahre zuvor, als Mutter starb, mehr auf sich selbst und darauf konzentriert, wie er sich hielt, als auf die Person, die er besuchen gekommen war.

– Auch der Tod ist etwas ganz Menschliches …, sagte er, sobald er am Bett von Frau Ksenija Platz genommen hatte, und sie lächelte milde. Senka und ich sahen uns verblüfft an.

– Wir, die wir im Leben so viel Sterben gesehen haben, wir fürchten uns nicht, nicht war?, sagte er, und dann machte er eine unbestimmte Bewegung zu uns hin, aber die verstehen das nicht.

Und jetzt, während ich ihn sah, wie er sich über das Bett von Frau Ksenija beugte, um besser zu hören, was sie sagte, war es wie die teilweise Wiederholung einer Szene. Der Bogen seines Rückens im hellen Sakko, das wiederholte sich, wie auch der allgemeine Eindruck, die Körnigkeit des Bildes, so als wäre es keine wirkliche Szene, sondern eine große Fotografie in Farbe. Ich war an diese Wiederholungen bereits gewöhnt, daran, wie ein finsterer Hauseingang aussieht, während Roman und ich zu unseren Abenteuern schleichen, wie auch an die subtilen Konstellationen, die in solchen Krankenzimmern herrschen.

6

An diesen Tag erinnere ich mich gut. Ich hatte Dienst in der Ambulanz für Schwangerschaftsabbrüche, als im Wartezimmer, völlig unerwartet, Senka erschien. Wir begrüßten uns, und ich bat sie hinein.

Es waren fast drei Wochen vergangen, seit ihre Mutter aus dem Krankenhaus entlassen worden war. Wir hatten uns in der Zwischenzeit gehört, aber sie war so beschäftigt gewesen, dass wir uns nicht hatten sehen können.

– Ich bin gekommen, um mich wenigstens bei dir zu bedanken, sagte sie und fingerte aus ihrer Tasche ein flaches Päckchen heraus.

– He, das brauchtest du nicht …

– Eine Kleinigkeit, sagte sie, mir gefällt es, und ich möchte, dass du es auch liest.

Als Arzt hatte ich bis dahin schon alles Mögliche bekommen: Whiskeys, Kognaks, Bonbonnieren, Aschenbecher, einmal sogar eine billige Armbanduhr aus Triest. Dies war das erste Buch, das mir jemand brachte, um sich zu bedanken, Malcolm Lowrys *Unter dem Vulkan.* Nach den Geschenken zu urteilen, sind Ärzte Alkoholiker, und außerdem ernähren sie sich ausschließlich von Bonbons und Schokolade, während Krankenschwestern ausschließlich Kaffeetrinkerinnen sind. Und das ändert sich schon seit Jahren nicht. Ein Krankenhausarzt mittleren Ranges ist imstande, seine gesamte weitere Verwandtschaft mit scharfen Alkoholika zu versorgen, und es bliebe auch genug für die seiner Frau, wenn sie mäßig trinken. Dass Ärzte, sagen wir, lesen, nimmt niemand an.

Als sie mir das Buch hinhielt, sah ich, dass die rechte Hand verbunden war. Die Gaze war locker und unordentlich gewickelt, so als hätte es jemand äußerst ungeschickt getan.

– Was ist mit der Hand?

– Mama hat mich gebissen.

Ich schwieg einen Moment, ich war mir nicht einmal sicher, ob ich richtig gehört hatte.

– Ist es denn so schlimm?

– Ja, sie schwieg kurz, als würde sie überlegen, ob sie es mir erklären solle oder nicht, dann sagte sie doch, ich habe sie umgebettet, um das Bett zu überziehen. Ich kann sie eigentlich nicht alleine heben. Außerdem hat sie schreckliche Schmerzen, sodass sie mich gebissen hat, als ich sie bewegte. Sie war sich dessen nicht bewusst …

– Komm, setzt dich her, ich verbinde dir das!

Sie setzte sich aufs Bett und hielt mir gehorsam ihre Hand hin. Vorsichtig wickelte ich den Verband ab, der am Ende, dort wo er mit der Haut in Kontakt gekommen war, blutig war. Ich verklebte die Wunde. Die Bisswunde war verhältnismäßig stark, die Zähne hatten an mehr als drei Stellen die Haut zu beiden Seiten der Hand durchschlagen und ziemlich tiefe Wunden hinterlassen. Ich desinfizierte sie mit Peroxyd und sah, wie die Flüssigkeit auf der Wunde einen weißen Film bildete, so als würde es gären. Senka sah mich unverwandt an. Sie zeigte nicht, ob es wehtat, sie schenkte ihrer verletzten Hand nicht einmal einen Blick.

– Du bist ein Ritter!, sagte sie plötzlich.

– Was soll das bedeuten?

– Etwas Schönes, sagte sie, du hast weder Rüstung noch Pferd, aber du bist ein Ritter.

Während ich ihr den neuen Verband anlegte, kam die Schwester herein und sagte, dass sich mehrere Frauen im Wartezimmer aufregten, weil sie so lange warten müssten. Dann sah sie den Gynäkologen, wie er eine Hand verband, warf Senka einen wütenden Blick zu und watschelte mit hochgezogenen Augenbrauen, was bei ihr ein Zeichen resignierender Verwunderung war, aus dem Behandlungsraum.

– Ich wollte dich nicht in Schwierigkeiten bringen.

– Du hast mich überhaupt nicht in Schwierigkeiten gebracht. Geh jetzt, damit dich die Weiber im Wartezimmer nicht lynchen.

Nach dem Dienst ging ich direkt in die Solovljeva. Frau Ksenija lag auf der Seite, zusammengekrümmt, die Bettdecke hatte sie zwischen die Beine geknüllt, als würde sie in einer merkwürdigen Haltung auf ihr reiten. Der dünne, hellblaue Pyjama gab eine schreckliche Magerkeit frei, die hervortretenden Gelenkkugeln, die herabhängende Haut. Solche Sachen hatte ich schon gesehen, aber die Schnelligkeit dieser Transformation, von der feinen Lady im eleganten Rollkragenpulli und mit Perlenkette bis zu dieser grauenhaft mageren Frau voll Schmerzen, ging mir nicht in den Kopf. Sie war nicht bei Bewusstsein, obwohl sie etwas murmelte.

– Sie leidet starke Schmerzen, sagte ich.

– Ich habe irgendwelche amerikanischen Tabletten bekommen, sie zeigte mir ein mit Kapseln gefülltes Fläschchen, das neben dem Bett stand, sie sind verdammt teuer.

– Sie werden nicht helfen. Sie braucht Morphium.

– Und wie soll ich das kriegen?

– Du musst dir ein Rezept von ihrem Arzt holen, und dann kommt die Schwester von der Heimhilfe.

Ich sah Senka mit der verletzten Hand und ihre Mutter, die sich auf dem Bett in Krämpfen wand. Das ganze Zimmer war von Uringeruch erfüllt, obwohl die Bettwäsche sauber wirkte.

– Hör mal, sagte ich zu ihr, das hier kann lange dauern.

– Ich weiß nicht.

– Wie willst du sie pflegen mit dieser Hand?

– Mach dir keine Sorgen, ich komme schon zurecht, aber dann lächelte sie doch säuerlich, ich muss.

– Vielleicht könnte ich es einrichten, dass man sie im Krankenhaus aufnimmt. Natürlich ginge das nicht mehr bei uns, aber zum Beispiel im Klinikzentrum Rebro, Toni ist dort …

– Mama möchte nicht im Krankenhaus sterben, sagte Senka mit fester Stimme, deshalb bin ich hier. Sonst hätten wir sie zu uns gebracht.

– Sie nimmt das alles nicht mehr bewusst wahr.

– Doch!, röchelte die alte Lady und fuhr fort etwas zu murmeln.

– Was sagt sie?

– Sie will nicht ins Krankenhaus, übersetzte Senka.

– Außerdem müsste man sie massieren, damit sie keinen Dekubitus kriegt.

Während wir im großen Wohnzimmer, dessen Fenster auf den Hof des Gymnasiums hinausgingen, Kaffee tranken, begutachtete ich die Bilder. Es waren Reproduktionen in Goldrahmen. Aber keineswegs kitschige, wie sie gern in den Wohnungen hängen, sondern Picassos *Hahn und Schneidemes-*

ser und Gauguins *Tahitianerinnen,* alles ausgeschnitten aus einem Kalender und ungeschickt in die Rahmen gespannt. So wirkten die Tahitianerinnen etwas zu groß für den Rahmen, in dem sie sich befanden, so als hätte man ein altes Bild herausgenommen und dieses, zweifellos billigere, hineingetan. Senka saß auf einer antiken Ottomane mit rotem Samtüberzug, hatte die Beine unter sich verschränkt und hielt die Tasse in der Hand. Wäre ich eine Frau, ich würde so sitzen, dachte ich, und plötzlich hatte ich sie noch lieber, ich spürte, dass wir uns verstanden. Und das, was ich in den nächsten Minuten vorschlug, war irgendwie durch dieses angenehme Gefühl der Gemeinsamkeit ausgelöst, das Gefühl, gemeinsam gegen eine Macht anzukämpfen, die unvergleichlich stärker war als wir: die Konvention.

– Du kannst es nicht allein, sagte ich unvermittelt, ich werde alles besorgen und dir helfen, so viel ich kann, nach dem Dienst. Du musst mir nur die Befunde geben, wegen des Morphiums.

Sie sah mich prüfend an. Ihr Gesicht hatte auf einmal einen harten Ausdruck angenommen, so als witterte sie Gefahr und versuchte einzuschätzen, wie sehr dieses großzügige Angebot eine Bedrohung für sie darstellen könnte.

– Als ich dir sagte, du seist ein Ritter, habe ich nicht daran gedacht …, begann sie sich zu winden, ich bin mir nicht sicher, ob ich dem zustimmen kann, sagte sie vorsichtig.

– Schau, du wirst es müssen. Entweder musst du mit ihr ins Krankenhaus oder du brauchst Hilfe.

– Es kommt die Schwester von der Heimpflege.

– Wie lange? Zwei Stunden täglich? Sei vernünftig, dies ist ein 24-Stunden-Job, glaub mir, ich weiß das.

Sie überlegte ein wenig und sah mich an.

– Gut, sagte sie, ich danke dir.

Als ich nach Hause kam, hörte ich meinen Vater, wie er aus dem Schlafzimmer rief:

– Wo hast du so lange gesteckt?

Ich ging zu ihm und fand ihn, wie er mit der Brille auf der Nase und einem offenen Buch auf der Brust döste. Das Geräusch des Aufsperrens hatte ihn aus dem Schlaf gerissen. Ich nahm ihm die Brille ab und klappte das Buch zu, so wie er auch mir, zumindest einmal, das Buch mit den Musketieren zugeklappt hatte.

– Ich habe Senka mit Frau Ksenija geholfen.

Er hob den Blick und wurde auch ein wenig wach:

– Es ist an der Zeit, dass du endlich ein Mensch wirst.

Die Insel

Ich packe mein Sandwich aus, hebe das obere Brot ab, wie eine Karte bei einer Partie Poker mit dem Reisebüro, und sehe zwei dünne Scheiben Pršut. Aus dem Lautsprecher kommt knackend Silvas heisere Stimme:

– Verehrte Abiturienten, Sie können in Ruhe Ihr Pausenbrot verzehren, und dann werden wir uns an die Besichtigung der Insel machen.

Auf dieser Insel ist auch jetzt alles nackt, nackt und kahl, wie es kahler nicht sein kann. Wir gehen mit unseren Sandwiches, die in weiße, von Gummibändchen zusammengehaltene Servietten gewickelt sind, von Bord. Und während uns Silva zählt, spähen wir scheu zum ersten, verfallenen Gebäude hinüber. Für die meisten von uns ist dies die erste Begegnung mit Goli Otok, der „kahlen Insel". Gott sei es gedankt, muss man hinzufügen, und der eigenen Klugheit.

Vor dem verfallenen Eingang bleibt Silva stehen.

– Dies war das Empfangsgebäude, sagt sie, und alle blicken sich um, mit dem Gefühl, sich an einem wichtigen Ort zu befinden, gewissermaßen im Herzen eines Symbols.

Aber auch dieses Symbol ist gründlich kahl und nackt. Es fehlen Tür- und Fensterrahmen, und das Gebäude ist quasi eine Ruine, in den Räumen sind die Bodenbeläge und Schalter entfernt und die Kabel aus den Rohren gerissen. In den Nebenräumen kann man die filigrane Arbeit von Handwerkern sehen, denen es mit Hingabe und Präzision gelungen ist, die Kacheln abzuschlagen, die Jahrzehnte hindurch diese Kerkermauern geziert haben. Ein Beweis des unvernichtbaren Volksgeistes: das Meisterwerk von Dieben, denen es gelungen ist, das eigene Gefängnis zu stehlen.

– Wie Sie sehen, sind die Gebäude verwüstet. Allerdings gibt es seit Kurzem ernsthafte Bestrebungen, Goli Otok zu restaurieren und in ein multimediales Museum zu verwandeln.

– Gibt es schon irgendwelche konkreten Projekte, fragt Jugana interessiert, eine richtige Streberin. Es fehlt nur noch, dass sie sich Notizen macht. Aber nicht etwa deshalb, weil die Insel sie wer weiß wie interessiert, sondern um uns zu zeigen, wie auch das hier wichtig ist, denn auch das hier ist ein Teil unserer wiederholten Abireise.

– Dieses Gebäude wurde Anfang der Siebziger errichtet …

Marijan unterbricht wieder:

– Denn die Rezeption musste erweitert werden …

– Stimmt nicht, dreht sich Silva fachfraulich um, die Leute vom Kroatischen Frühling saßen in anderen Zuchthäusern. Zu der Zeit war Goli schon eine Anstalt für Kriminelle.

Und während wir an Schutthaufen und leeren Tetrapaks von Schokoladenmilch im Empfangsgebäude der bekanntesten Folteranstalt in unserer kleinen Geschichte vorübergehen, kann ich mich des Eindrucks nicht erwehren, dass dieser totale Nackt- und Kahlschlag von Goli irgendwie parallel vonstattengegangen ist: So wie das Symbol entkleidet wurde, so wurden auch die Steckdosen abmontiert und die Kabel herausgerissen. Die Bewohner einer nahe gelegenen Insel, von denen einige hier auch ihr ganzes Arbeitsleben zugebracht haben, haben so gründlich mit der Vergangenheit aufgeräumt, dass sie die Kacheln und Plastiksteckdosen in ihre Ferienappartements eingebaut haben, damit sie den Italienern und Österreichern zu Diensten seien. Auch hier sehe ich, wie verschieden wir sind. Ich möchte mich nach der lehrreichen Episode mit dem frechen Kellner mit aller Macht an meine Vergangenheit erinnern, und andere nehmen Vorschlaghämmer und Bohrmaschinen, um die Vergangenheit in ihr Fremdenverkehrsangebot einzupassen und sie auf diese Weise gründlich auszulöschen.

Die Sache ist die, dass die Insel überhaupt nicht schrecklich aussieht. Das Empfangsgebäude sieht aus wie eine Grundschule in der steinigen Provinz, in Plaško oder Benkovac, der kleine Hafen wie auf einer Insel im offenen Meer, zwei Molen, zwei Wellenbrecher, und an der Riva dümpelt die ein oder andere Touristen-Brazzera. Silva indessen sagt:

– So, wir drehen uns einmal zum Meer um!

Und wir drehen uns alle zu dem kleinen Hafen um, als würden wir dort mehr sehen als den bunten Haufen, der in dem einzigen Restaurant der Insel bei seiner Pizza sitzt.

– Im April 1949 traf die erste Gruppe Internierter hier ein, fährt Silva mit autoritativer Stimme fort, die Baracken waren schon fertig, aber sonst gab es nichts. Können Sie sich das vorstellen, nichts?

Wir können es uns vorstellen. Denn auch jetzt gibt es eigentlich nichts. Die Gebäude sind auf dem besten Wege, wieder ein Haufen Steine zu werden, zu ihrer ursprünglichen Form zurückzukehren, spärliches Grün wächst aus den Dächern, und die Böden sind gepunktet vor lauter Schafskötteln. Als schickte sich die Natur an, diese schon seit Langem von den Menschen abgeschiedene Siedlung zu adoptieren.

– Einen Monat später traf auch die zweite Gruppe ein. Hier, genau an dieser Stelle kam es zu einem gewalttätigen Aufeinanderprallen, dem die

UDBA-Wächter ruhig zusahen. Hier beginnt die eigentliche Geschichte von Goli Otok …

Alle drehen wir uns um die eigene Achse, um die Geschichte zu betrachten, aber leider sehen wir nur einander.

– Die ersten Menschen auf der Insel sind genau hier umgekommen.

Silva zieht mit ihrer dünnen Sandale einen unsichtbaren Strich auf dem Beton. Um uns die Stelle zu bezeichnen, wo der Massentod begonnen hat.

– Die Lagerverwaltung heizte die Konflikte unter den Gefangenen an, immer waren sie in Gruppen eingeteilt, die einander gegenüberstanden.

Alma kaut im Schatten ihres großen Strohhutes sorgfältig ihr Pršut-Sandwich, gründlich desinteressiert an dem ganzen Tod ringsum. Hin und wieder gerate auch ich, statt einer Kappe die neueste Nummer des *Globus* über meinen Kopf gebreitet, in ihr Blickfeld, und sie zeigt, für einen Augenblick beide Augen geschlossen, ein mildes Lächeln. Und so zockeln wir, sie unter ihrem Hut, ich mit dem politischen Wochenmagazin auf dem Kopf, wie alte Freunde hinter Silva her, die den Weg zu den Werkstätten eingeschlagen hat. Alma bewegt sich wie eine noch immer schöne und begehrenswerte Frau und nicht wie eine Person an der Schwelle zum Alter. Sie hat ihre einstige Attraktivität nicht aus ihrem Bewusstsein löschen können, und die hat sich jetzt gegen sie verschworen. Silva ist unter einer einsamen Kiefer stehen geblieben, und wir umringen sie wie die Kinderchen die Kindergartentante. Da wir eine Gruppe mit Fremdenführerin sind, haben sich uns zwei slowenische Familien mit Kindern und ein älterer Herr angeschlossen, der alle anlächelt.

– Und so schützte der Mensch mit seinem Körper den Baum, fährt Silva fort.

Ein Murmeln der Entrüstung bringt unsere Stimmbänder in Wallung. Silva erzählt, wie man Setzlinge auf die völlig nackte Insel gebracht hat und wie die Menschen in der Sonne stehen und mit ihrem Körper den Setzling schützen mussten, damit er immer im Schatten war und ihn die Gluthitze nicht versengte. Der Gefangene musste so um den jungen Baum herumwandern, wie sich die Sonne am Himmel bewegte. Dutzende Menschen, die mit ihren Körpern die Schösslinge der Steineichen und Strandkiefern schützten. Marijan fragt indessen:

– Und durfte der Mensch, Fräulein Silva, zum Beispiel an den Baum pinkeln, um ihn zu begießen?

– Nein, sagt unerwartet der Herr, der sich uns angeschlossen hat.

Marijan sieht ihn verwundert an.

– Wie wissen Sie das?

– Glauben Sie mir, ich weiß es, sagt der Mann und nimmt schon nach dem zweiten Satz eine Rednerpose ein, sodass sich langsam ein Kreis um ihn bildet. Wir sehen uns zweifelnd an und wissen für einen Augenblick nicht, was wir mit ihm anfangen und ob wir ihm zuhören sollen, aber schon sind wir Silva, die zurückgeblieben ist, irgendwie untreu geworden. Selbst Marijan hat ihr den Rücken zugekehrt. Noch nicht ganz, nur die Rückseite der linken Schulter und den halben Hintern, aber die Tendenz ist sichtbar. Dieser fliegende Reiseführer, offensichtlich ein Ritter, der gegen die dunklen Mächte des Vergessens ankämpft und die Wahrheit verbreitet, ein ehemaliger Gefangener, hat unsere Aufmerksamkeit völlig in Beschlag genommen. Ein Evokator. Der evoziert, damit man sich erinnert. Offensichtlich hat er es sich zur Lebensaufgabe gemacht, die Wahrheit über die Lagerschrecken weiterzutragen. Jedes Lager hat seine Evokatoren, Menschen, die die Wahrheit weitertragen und das im Gedächtnis behalten, was man, Hand aufs Herz, so schnell wie möglich vergessen sollte. Interessant, wie verrufen, wenn es sich um Lager handelt, heute das Vergessen ist. Und so provoziert dieser Evokator, auf dass die Wahrheit nicht vergessen werde, unseren Seelenfrieden und garniert diese verspätete Abireise mit der allerschlimmsten Gewalt. Einer Gewalt, der wir zum Glück entkommen sind, als sie geschah, die uns aber jetzt, am Ende des Lebens in dieser ziemlich lebendigen Form einholt. Und gerade solche Lager-Evokatoren, mit ihrer Auf-dass-es-nicht-vergessen-werde-Mission, sind die Schöpfer eines internationalen Lager-Engineerings. Deshalb gibt es ja auch Lager, weil sie einfach nicht vergessen werden. Die Henker lernen von den Opfern. Sie lesen die Memoiren und zeichnen Lager. Es gibt hier, unter diesen Kinderchen, die auf ihren elektronischen Spielchen herumklopfen und nur mit halbem Ohr zuhören und bei denen nur jedes dritte Wort in ihrem Multitasking-Prozessor hängen bleibt, auch solche, die diese Goli-Otok-Vorlesung herausziehen werden, wenn sie erwachsen sind und wenn sich wieder einmal die traurige Notwendigkeit ergibt, ein kleines Lager dieser Art zu errichten.

Meine Lager-Kontemplation wird von Alma unterbrochen, die sich plötzlich zu meiner Rechten eingefunden hat, mich mit der Hutkrempe an der Stirn kitzelt und sich diskret bei mir einhakt.

– Gehen wir, ich kann das nicht mehr hören!

Und so bewegen wir uns unmerklich auf der betonierten Allee zwischen den verwüsteten Werkstätten hin, in denen es kein Fenster mehr gibt, keine Kacheln, keinen Schalter, nicht einmal mehr eine Tür, wo aber an den Wänden noch die vergilbten herausnehmbaren Doppelseiten aus den Magazinen *Start* und *Erotik* hängen, alle irgendwie im selben bläulichen Ton, als hätten sich die Mädchen mit verdünnter Tinte angetrunken. Der Weg, den wir gehen, ist voller Schafsköttel, aber ihre in Vlies gehüllten Erzeuger sind nirgends zu sehen. Alma hat einen Trampelpfad gefunden, der uns auf einigermaßen schattigem Weg zu einem Handballplatz und zum einstigen Kinosaal führt. Dort setzen wir uns auf einen Betonsockel, in einen kleinen Kreis Schatten, den die verkümmerte Strandkiefer wirft, die, als sie noch ein Setzling war, vermutlich von einem zukünftigen Rektor oder Schulleiter mit seinem Körper beschützt wurde.

Für einen Augenblick nimmt sie den Hut ab, wischt sich die Stirn mit dem Taschentuch und sagt:

– Glaubst du, dass diese Menschen die Bäumchen mit dem Körper geschützt haben?

Sie sieht mich mit dem Netzmuster des Hutschattens auf dem Gesicht an.

– Das kümmert mich absolut nicht.

– Man hätte erwartet, dass auf Goli Otok der Nudismus seine Wurzeln hat, dabei hat hier die Ökologie begonnen.

Der Friede dieses Gefängnisschattens wird plötzlich von lautem Lärmen gestört. Zwei Dutzend Frauen kommen den Pfad neben dem Kinosaal herunterspaziert und bilden auf dem Handballplatz einen Halbkreis um ihren Führer. Wieder so ein Evokator. Bis zu uns dringen nur Fetzen seiner Sätze. Etwa: „Das verbrecherische Tito-Regime ...“ oder „UDBA-Spitzel“ oder „den Willen brechen ...“. Die Frauen sind vielleicht etwas jünger als wir oder sogar unser Jahrgang, überwiegend in Schwarz gekleidet, mit einigen unlogischen grellen Details, wie etwa Kappen gegen die Sonne, dunkle Sonnenbrillen oder Handtaschen. Ein Bunt, das sich von der dunklen Unterlage abhebt.

– Auch das ist so eine Exkursion, sage ich.

– Merkwürdig sind die, sagt Alma und studiert die Gruppe.

In diesem Moment hören wir die energische Stimme unseres Evokators, der unsere mit slowenischen Kinderchen und ihrem chinesischen Elektronikspielzeug garnierten Schulkameraden ebenfalls hierher geführt hat. Offensichtlich hat uns die Suche nach dem inneren Frieden genau in den Brennpunkt geführt, auf Wegen, die die Geschichte nimmt.

Und so schließen Alma und ich uns, mehr nolens als volens, wieder unserer Gruppe an, begleitet von den Damen in Schwarz mit ihren Kanarien-Accessoires. Toni dreht sich ständig um und wirft einer relativ jugendlich wirkenden Frau mehrmals ein Lächeln zu, auf das hin diese nicht gleichgültig bleibt.

– Es gibt hier ganz hübsche Mädchen, sagt er.

Ihr Evokator beginnt jetzt die Geschichte von den Bäumen, die die Gefangenen mit ihren Körpern schützen, und einige Frauen können die Tränen nicht zurückhalten.

– Und schon brennt die Lunte, kommentiert Marijan.

Wieder schütze ich meinen Kopf mit dem Exemplar des *Globus* vor der Sonne und merke jetzt erst, dass ich es, als sich Alma bei mir eingehakt hat, spontan vom Kopf genommen habe.

Und so machen wir uns, voll der neuen Erkenntnisse, an den Ruinen des Verwaltungsgebäudes vorbei auf den Weg zur Tramuntana, wo das Mittagessen auf uns wartet. Mein Körper ist total abgeschlafft von der Hitze, und das bisschen Haar, das noch vorhanden ist, ist unter der politischen Wochenschrift verklebt. Im Kopf indessen hat sich mir eine interessante Erkenntnis eingenistet: Die erste ökologische Organisation in diesen Gegenden war die UDBA. Die UDBA-Leute haben gerade an diesem Ort begriffen, um wie Vieles ein Baum doch wertvoller ist als ein Mensch. Die menschliche Gattung hat ihre Geschichte damit zugebracht, die Natur zu unterwerfen, einzig hier hat der Mensch der Natur gedient, auf dass sie üppig wuchere und gedeihe, und so sind diese Baumkronen, die aus den Dächern der verwüsteten Gebäude heraussehen, und das Gestrüpp, das zwischen den Steinplatten gerade an diesem Ort wächst, das Allerlogischste. Ein Grünzeug, das seine Schösslinge durch Stein und Beton treibt, wie auf den Bildern römischer Ruinen. Deshalb wäre es nicht gut, wenn man diesen Ort kosmetisch behandelte und in ein multimediales Zentrum verwandelte. Dies ist ein ökologisches Paradies. Selbst die weggeworfenen Tampons und Milchtüten sind hier irgendwie natürlich. Von diesem Ort aus hat eine wichtige ökologische Botschaft ihre Setzlinge in unsere Geschichte entsandt: Der Baum ist wichtiger als der Mensch. Und viel größer und viel schöner.

Im Salon der Tramuntana sind bereits die Teller gedeckt, und einer der Matrosen brät Makrelen auf dem Rost. Die Klassenlehrerin ihrerseits plaudert bei einem Prošek mit einem anderen Burschen. Kaum haben wir unsere von der Lageratmosphäre müden, durstigen und hungrigen Körper auf das angenehm kühle Eichenholz der Schiffsbänke niedergelassen, beginnt der junge Mann, der Kleine, wie sie ihn nennen, der unsere Klassenlehrerin unterhalten hat, Getränke aufzutragen. Zur gleichen Zeit wird auf dem Schiff nebenan ebenfalls das Mittagessen zubereitet. Toni nimmt ein Bier und prostet mit der beschlagenen Flasche wie ein Rentner, der Werbung für ein bestimmtes Märzenbier macht, einer Dame in Schwarz auf dem Nachbarboot zu.

– Die sind bestimmt auch auf Abiturreise, werfe ich ihm zu, um ihn zu ermuntern und unsere gebesserte Beziehung irgendwie zu festigen.

– Das sind sie nicht, sagt der Kleine, der das Tablett mit den Getränken trägt, das ist die Vereinigung der Gefallenen und Vermissten. Mütter.

Bei Erwähnung der Gefallenen und Vermissten kühlt Toni im Nu ab und stellt sein Kokettieren ein. Tragödien sind nicht sexy, und von fremden toten Söhnen kriegt man Sodbrennen statt Erektionen.

Jedenfalls, als wir unser Mittagessen verzehrt und mehr als einen Prošek zum Dessert genommen haben, schaukeln wir und unsere traurigen Nachbarinnen in diesem nachmittäglichen Schatten in unsere Träume oder versinken in traumnahe Gedanken, als plötzlich ein lautes Kikeriki die Luft zerschneidet. So als befänden wir uns daheim im Zagorje, um vier Uhr morgens, und ruhten aus nach einem Feuerwehrfest. Das Kikeriki wird immer lauter, und unter unseren verwirrten Blicken kommt von irgendwo aus dem Schiffsinneren Jugana gestürzt und beginnt panisch in ihrer Tasche, die sie im Salon gelassen hat, zu wühlen. Endlich hat sie ihr Handy herausgefingert und hält es ans Ohr.

– Kontrolle!, wirft Ana ein.

– Was für eine Kontrolle, fragt Toni verwirrt.

– Mislav. Das Kikeriki habe ich ihr heruntergeladen, damit sie sofort weiß, wer es ist.

Jugana ist inzwischen aufs Deck gegangen und setzt dort ihr Gespräch fort. Wir können allerdings jedes Wort mithören.

– Ist er nicht!, sagt sie. Wenn ich's dir doch sage, dass er nicht hier ist. Bitte? Komm, Mislav, hör auf, mich zu nerven. Du nervst nicht? Und ob du nervst. Ich habe dir bereits gesagt, dass er nicht hier ist, was willst du noch?

Wir sehen ihr zu, schweigend und mit ernstem Interesse.

– Entschuldige, aber dein Sohn ist tatsächlich nicht normal, sagt Alma, als Jugana wieder in den Salon kommt. Kein Wunder, dass du eine ganze Abiturreise organisieren musst, um mit deinem Freund zusammen zu sein.

In diesen Gedanken findet mich das getragene Klagelied, das vom Deck des Nachbarschiffs herüberdringt. Die trauernden Mütter singen in absichtsloser Mehrstimmigkeit *Ribara starog kći.* Ja, des alten Fischers Töchterlein. Das habe ich irgendwo schon einmal gehört. Die Geschichte ist eine unabsehbare Kolonne von Frauen in Schwarz.

Der Schmerz des Gebärens

1

Und von nun an ging ich jeden Tag nach dem Dienst in die etwas heruntergekommene Wohnung von Senkas Mutter, um ihr eine Spritze gegen die Schmerzen zu geben. Ich übernahm die gesamte Obsorge. Wie bei einer großen Wiederholungsprüfung, da ich zu der Zeit, als meine Mutter im Sterben lag, noch zu jung gewesen war, um mich um sie zu kümmern. Mutters Krankheit war irgendwie leicht an uns vorübergegangen. Auch wenn wir sie angezogen und manchmal auch gebadet, ihr beim Gehen geholfen hatten, so hatte genau genommen doch noch immer sie sich um uns gekümmert. Von der Ausführenden bei den Küchenarbeiten wandelte sie sich zur Befehlshaberin und weisen Ratgeberin, bei vollem Verständnis für unsere Unbeholfenheiten. Als sie begriffen hatte, dass sie nicht mehr lange leben würde, versuchte sie uns zu einem selbstständigen Leben zu befähigen. Sie saß in der Küche, genau wie am ersten Tag, als wir unsere Sachen hineingetragen hatten, ordnete an, was zu backen oder zu kochen war, gab Hinweise, wie man was machte, erzählte von den Eigenschaften von Zwiebel oder Kohl, führte uns in die Geheimnisse des Dünstens und Bratens ein. Und sie liebte ihre Krankheit auf besondere Weise. Sie war überzeugt, dass uns diese Krankheit irgendwie vor noch größerem Unglück bewahrte. Wenn sie todkrank war, dachte sie, würde dieser Tod weder mich noch Vater holen, er habe sich ja durch das tägliche Saugen ihrer Knochen an Blut satt getrunken und da sei es nur fair, wenn er uns jetzt ein wenig in Ruhe ließe. Nur so kann ich mir die unglaubliche Tatsache erklären, dass sie, als man bei ihr das Karzinom diagnostizierte, plötzlich aufhörte, sich um uns Sorgen zu machen. Ans Fenster trat sie nur noch aus Gewohnheit, nicht aus Panik. Es war so, als hätte sie selbst mit ihrem zerbrechlichen Körper allen Tod der Welt auf sich gezogen, sodass er uns nichts mehr anhaben konnte. Doch vermutlich, weil mir Mutters Krankheit irgendwie entrückt gewesen war, da sie in der schlimmsten Phase im Krankenhaus in der Vinogradska lag, hatte sie sich nachträglich in Gestalt von Senkas Mutter gemeldet, und ich musste dieselbe Krankheit, jetzt als erwachsener, Verantwortung tragender Mann abarbeiten. Das war umso verwunderlicher, als mir Senkas Mutter nichts bedeutete. Ich war auch kein Spezialist, da der Tumor kein gynäkologischer war.

Wenn ich ihr in den überaus mageren Arm mit den ausgeprägten Venen, die oft platzten, das Morphium verabreichte, warteten wir eine Weile, bis das Opiat zu wirken begann, dann wuschen wir sie, zogen sie um und rieben sie mit Alkohol ab. Die ganze Zeit hielt ich meine Hände so weit wie möglich weg von ihrem Mund, während Senka mit ihrer verletzten Hand das nicht für nötig hielt. Bei diesem Geschäft lehnte sie sich manchmal zufällig mit der Hüfte oder der Schulter an mich. Oder sie kitzelte mich mit ihren Haarsträhnen im Gesicht, die sich aus dem Pferdeschwanz befreit hatten, den sie sich band, bevor wir anfingen uns um ihre Mutter zu kümmern. Das Ganze dauerte an die zwei Stunden, und danach, wenn Mama eingeschlafen war, servierte Senka das Essen, und wir aßen und redeten. Sie bestand darauf, dass ich abends, wenn ich nach Hause ging, auch für Papa Essen mitnahm. Sie hatte sogar einen dreiteiligen Henkelmann gekauft. In die erste Schale tat sie die Suppe, in die zweite die Hauptspeise und in die dritte Kuchen oder Obst zum Dessert.

– Ich bin nicht besonders geschickt in der Küche, sagte sie, wenn etwas angebrannt oder verkocht war.

Solange die Schmerzen anhielten, konnte Senkas Mutter den Harn nicht kontrollieren. Senka sagte zu ihr:

– Mama, sag mir sofort, wenn es kommt, wenn du spürst, dass es kommt, ruf mich sofort. Nicht, dass wir jeden Tag das Leintuch wechseln müssen.

– Was kann ich dafür, wenn ich es nicht spüre, sagte Frau Ksenija.

Windeln waren die einzige Lösung. An dem Nachmittag, als wir sie ihr zum ersten Mal anlegten, brach sie in Tränen aus.

– Du kannst es kaum erwarten, dass ich sterbe, sagte sie zu Senka, als würden die Windeln irgendwie ihr Ableben beschleunigen.

– Mama, ich erwarte es nicht, aber wir müssen dir das anlegen, denn du hast die Blase nicht mehr unter Kontrolle.

Sie war traurig, weil sie das Anlegen der Windeln als einen abrupten Übergang in die letzte Phase ihres Lebens begriff. Dann fasste sie, mit ruhiger Stimme, Senkas Hand, als wollte sie sie um etwas bitten.

– Ich würde gern noch ein wenig bei euch bleiben, Kinder, sagte sie.

– Das wirst du, Mama, hab keine Angst, sagte Senka sanft und streichelte ihr mit der verbundenen Hand über die Stirn.

Nach einiger Zeit, vielleicht war es am selben Abend, ich entsinne mich nicht mehr, sagte sie:

– Habt ihr kirchlich geheiratet?

– Mama, wir haben überhaupt nicht geheiratet, das ist Tihomir. Erinnerst du dich?

Sie sah mich ein wenig mit ihren glasigen, hellen Augen an, die so aussahen, als gäbe es hinter ihnen nichts, nur bläuliche Luft.

– Wie könnte ich mich nicht an Tihomir erinnern, sagte sie beleidigt. Ich würde, hätte ich die Möglichkeit, kirchlich heiraten.

Allerdings ließ die Wirkung des Morphiums immer öfter schon nach wenigen Stunden nach, und Senkas Mutter wurde mitten in der Nacht wach und litt bis zum Morgengrauen unter Schmerzen, bis sie plötzlich von selbst wieder nachließen. Der Tag brachte immer Erleichterung. Deshalb bemühte ich mich, ihr die Spritze möglichst spät zu geben, damit sie bis zum Morgen anhielt. Wir mussten sie umziehen und waschen, während sie noch Schmerzen hatte, und dann konnte sie durchaus aggressiv sein.

– Lass mich, du Schlampe!, schrie sie Senka an.

– Mama, hab ein bisschen Geduld, ich bin es. Wir müssen deinen Popo waschen und dich mit Alkohol abreiben, damit du nicht wund wirst …

– Ich weiß, wer du bist, sagte sie.

Senka bestand darauf, dass ich ihr das Morphium möglichst spät gab, damit sie nicht wach wurde, also verbrachte ich praktisch den ganzen Abend bis in die Nachtstunden bei ihr. Die Zeit verging wirklich schnell, und mein Vater meuterte nicht mehr, dass ich nie zu Hause war. Er hatte sich irgendwie daran gewöhnt, ohne mich zu leben, so wie er gelebt hatte, während ich verheiratet war. Abends, wenn ich nach Hause ging, gab mir Senka das Mittagessen für Papa mit, für den nächsten Tag, und so lebten wir alle vier im Schmerzrhythmus der Frau Ksenija.

2

Nach einer besonders schweren Nacht, die wir am Bett von Frau Ksenija durchwacht hatten und in der sie sich im Morphiumdelirium an Lieder aus der Volksschule, an Tito-Reden und an die Ziffern des Saldokontos der Kommunalbank erinnert hatte, ging ich direkt aus Senkas Wohnung zum Dienst. Ich hatte kaum Zeit zum Duschen gefunden. Als ich indessen vom Dienst wieder in die Solovljeva kam und anläutete, schloss Senka mit einer nervösen Bewegung die Tür auf, die dann einen Spalt weit aufging. Sie erwartete mich nicht, wie immer bis dahin, im Flur, sondern ich sah den Saum ihres Hausmantels, wie er in die Küche verschwand. Sie ist müde, dachte ich.

– Du, ich habe Bananen mitgebracht.

Ihrer Mutter fehlte es an Kalium, und so machte ihr Senka Bananenfrappé. Grobe Nahrung nahm sie immer schwerer zu sich. Sie gab mir keine Antwort. Sie saß in der Küche, in einer Wolke von Zigarettenrauch, vor ihr stand ein voller Aschenbecher.

– Wollen wir Mama massieren?

– Ich habe sie schon massiert.

– Allein?

– Ja, sagte sie.

Es war etwas Schroffes in ihrer Stimme. Ich ging deshalb ins Wohnzimmer, lümmelte mich auf die Couch und schlief beim in der Zeitung Blättern ein. Als ich aufwachte, schlief Senka bereits in ihrem Zimmer. Ich ging zu Frau Ksenija und gab ihr die Spritze. Aber auch sie lag jetzt irgendwie ruhig, die vergangene Nacht hatte sie wohl erschöpft. Senka benahm sich auch die folgenden Tage so. Sie war sehr kühl zu mir, wir redeten quasi nur dienstlich miteinander, und sie ging mir die ganze Zeit aus dem Weg. Wenn ich das Bedürfnis hatte, mich zu unterhalten, musste sie ausgerechnet den Müll hinunterbringen oder einen Sprung zum Laden machen, auch das Kochen hatte sie eingestellt. Sie fragte mich überhaupt nicht mehr, ob ich hungrig sei, obwohl sie wusste, dass ich direkt vom Dienst zu ihr kam. Während ich darauf wartete, Frau Ksenija die Spritze zu geben, sah ich fern.

– Was ist mit dir?, fragte ich sie schließlich.

– Ich habe meine Probleme, sagte sie, und die gehen dich nichts an.

An diesem Abend verließ ich die Wohnung ohne Gruß. Ich hatte immer stärker ein Gefühl von Gekränktsein empfunden, aber jetzt war das Fass übergelaufen. Als ich beschlossen hatte zu helfen, glaubte ich, ich würde keine besondere Dankbarkeit erwarten. Das Problem war, dass ich daran wirklich geglaubt hatte. Ich helfe einer Schulfreundin, das ist für mich Dienst, sagte ich mir. Außerdem haben auch sie mir mit Papa geholfen, wir haben ein paar schöne Monate miteinander verbracht, ich bin es ihr schuldig. Solche Gedanken waren mir durch den Kopf gegangen, aber dann spürte ich plötzlich anhand der Intensität dieses Gekränktseins, dass ich sehr wohl Dankbarkeit erwartete. Zumindest einen zivilisierten menschlichen Umgang, sagte ich mir dann. Zu Hause befielen mich allerdings Gewissensbisse. Ihre Mutter lag im Sterben, schon sehr lange hatte sie ihr Kind nicht gesehen (sie hatte mir gesagt, dass die Kleine und ihr Mann in Zagreb gewesen seien, kurz bevor wir uns im Ribnjak begegnet waren), auch für ihren Mann war es sicher nicht leicht. Bei einer Gelegenheit in dieser Periode hatte ich, während sie mit ihm telefonierte, laut etwas aus der Zeitung kommentiert, und sie hatte mir panisch bedeutet zu schweigen. Auch das ist verständlich, dachte ich.

Zwei oder drei Tage nachdem mich Senka so schroff angefaucht hatte, dass ich mich nicht in ihre Sachen einmischen solle, während ich mich gerade zum Dienst fertig machte, sagte mein Vater zu mir:

– Da ist ein Brief für dich gekommen!

Ein einfacher weißer Umschlag mit dem Stempel „Eingeschrieben", aufgegeben in Zagreb. Ich steckte ihn ein und öffnete ihn erst in der Frühstückspause, als ich ihn zufällig in der Innentasche des Sakkos ertastete. Es war nur ein Satz in großer Schreibschrift: „Falls es dich wirklich so furchtbar interessiert, weshalb ich schweige, wenn du neben mir in der Wohnung bist und weshalb ich gemein bin, sage ich es dir heute Abend."

Warum hatte sie mir einen Brief geschickt? Ich dachte den Rest des Arbeitstages fast jede Sekunde darüber nach. Während ich mir Aufnahmen ansah, während ich weite und enge Gebärmutterhälse inspizierte, während ich mit Kollegen in der Kantine lachte. Aber als ich am Abend kam, war Senka fröhlich, sie erwartete mich mit einem Essen, und überhaupt schien jene Verdrießlichkeit völlig verflogen zu sein. Wir aßen gemeinsam, wuschen ihre Mutter, sahen uns die Nachrichten an, sie erzählte mir von den Schweinereien, die die Tänzer im Theater einander antun, wir sprachen über Prager Kirchen, darüber, dass für Jan Palach an der Stelle, an der er sich verbrannt hat, Kerzen angezündet werden, über die Anforderungen, die manche Rollen stellen. Aber ich wartete darauf, dass sie mir sagte, wieso sie schwieg, wenn ich in der Wohnung war, und weshalb sie so schroff gewesen war. An diesem Abend sagte sie es mir nicht. Nur als sie mich hinausgeleitete, mit dem Henkelmann in einer fettigen Tüte, berührte sie meinen Arm und murmelte:

– Sieh mal, es fällt mir leichter zu schreiben. Ist das in Ordnung?

– In Ordnung, sagte ich.

Trotzdem, in den nächsten Tagen bekam ich keinen Brief, obwohl ich einen erwartete. Voller Hoffnung sah ich in den Briefkasten, obwohl ich auch weiterhin jeden Nachmittag in Senkas Wohnung war und ihrer Mutter Morphiumspritzen gab. Ihre schlechte Laune hatte sich nicht wiederholt, aber ich wartete noch immer auf eine Erklärung. Mir kam sogar der Gedanke, sie könne mir, ziemlich boshaft, den ersten Brief geschickt haben, um mich nun auf den zweiten warten zu lassen, der nicht kommen würde. So neugierig ich auch war, wollte ich sie doch nicht mehr fragen, damit sich ihr hysterischer Anfall nicht wiederholte. Die Tage füllten mich aus, und ich hatte schon langsam angefangen, jenen geschriebenen Satz zu vergessen, als sie mich mit einem festlichen Abendessen erwartete, das nicht in der Küche serviert wurde wie bisher, sondern im Esszimmer, auf einem seidenen Tischtuch. Wir zogen Frau Ksenija um, cremten sie ein, richteten sie her und setzten uns dann zu Tisch. Sie schenkte uns Kirschlikör ein, als Aperitif, und wir stießen an.

– Hat deine Kleine heute Geburtstag?

Sie sah mich überrascht an.

– Ich wäre dir dankbar, würdest du sie jetzt nicht erwähnen.

Danach tranken wir in Stille aus.

– Der ist gut, sagte ich, ist das ein selbst gemachter?

– Sieh mal, sagte sie mit ernster Stimme, bisher war ich seit meinem sechzehnten Lebensjahr immer mit jemandem zusammen. Es ist so gekommen, ich hatte es nicht geplant, aber da waren die Jungs aus der Schule, in Genf ging ich ein Jahr mit meinem Mann, bevor wir geheiratet haben. Hörst du mir zu?

– Ja.

– Dort habe ich geheiratet und das Kind bekommen. Und so habe ich jetzt einen Mann, wir hören uns jeden Tag, ich spreche auch mit der Kleinen, sie kann schon gut sprechen, mit ihr spreche ich immer Kroatisch, aber auch Ludwig versteht es ein wenig. Ja, wir haben da oben ein schönes Leben … Aber dann habe ich begriffen, dass ich dich gern habe.

Schweigen.

– Verstehst du, was das bedeutet?

– Ich verstehe.

– Ich bin mir nicht sicher. Ich weiß nicht, ob du mich verstehst.

– Ich verstehe.

– Natürlich bist du nicht schuld, du bist ein Ritter.

Sie redete viel und lange, und ich schwieg entweder oder ich sagte, dass ich verstünde. Wären Wörter Granaten, hätte es ausgesehen, als schösse ein Zerstörer mit einer Kanone auf ein Fischerboot.

– Und was machen wir jetzt?, sagte sie am Ende.

– Ich weiß nicht.

Sie stand auf, machte die zwei Schritte zu mir, völlig natürlich, ohne Koketterie, nicht verführerisch, sondern freundschaftlich, hockte sich hin und legte ihren Kopf in meinen Schoß. Ich umarmte sie fest, presste sie an meine Brust und begann ihr Haar zu küssen. Alle Ausreden, von denen ich in den letzten Wochen gelebt hatte, waren mir im selben Augenblick entfallen: der Altruismus ebenso wie die ärztliche Ethik und Vaters Wohlergehen. Lange blieben wir in dieser seltsamen Stellung. Ich wollte für sie mit einem Mal auch der Mantel sein, der sie wärmt, und der Schild, der sie schützt, ich wollte mich völlig um sie herumwickeln und sie wie eine Muschel umhüllen. Das Bild, das ich mit diesem Augenblick verbinde, ist ein Damm, der bricht, und Millionen Kubikmeter Wasser, die auf einmal zu Tal stürzen.

3

Ich werde eine Zeit lang nicht kommen, sagte ich mit einem Kloß im Hals und legte mehrere Geldscheine auf das Nachtkästchen des Hotels, eine außergewöhnlich reiche Entlohnung dieses Mal. Drei rote Scheine zu je hunderttausend und vier blaue zu je fünfzigtausend. Fast das halbe Gehalt eines Uni-Dozenten. Aida richtete sich im Bett auf, ich hatte sie beim Nachdenken unterbrochen. Sie sah mich überrascht an, zählte das Geld und sagte:

– Du machst Schluss mit mir?

– Nein, um Gottes willen, ich sage nur, dass ich eine Zeit lang nicht kommen werde.

– Ja, du machst Schluss, sagte sie lächelnd, es braucht dir nicht unangenehm zu sein.

Im Schlussmachen war ich nie gut gewesen. Für alles brauchte man Übung, aber zu oft waren es die Frauen, die mich verlassen hatten, als dass ich bei dieser Sache hätte Routine bekommen können.

– Du hast jemanden gefunden?

Sie sah mich mit einem Lächeln an.

– Du bist anständig und betrügst nicht, sagte sie wieder, zumindest nicht am Anfang.

– Sie sagt, ich sei ein Ritter.

Sie betrachtete mich wie ein seltenes Tier in einem Käfig oder Terrarium.

Wer hätte je gedacht, dass auch darin etwas Trauriges liegen kann. Ich wartete für gewöhnlich in der Hotelbar auf sie, abends, nachdem ich mir ein Zimmer genommen hatte. Vom erhöhten Barhocker aus konnte ich die Rezeption einsehen. Es kamen Leute mit Trenchcoats überm Arm herein, und ich wartete darauf, dass in der Tür aus Glas und Aluminium Aidas gelöstes Haar und die gepolsterten Schultern des weißen Sommerblazers erschienen. Stilisierung vor allem, Businesslook für Businessleute. Wenn man mich jetzt fragte:

– Was hat dich um Himmels willen an ihr so erregt?

So hätte ich geantwortet:

– Dass sie nicht aussieht wie eine Hure. Es aber ist.

Ich hatte keine Geliebte, mit der ich hätte Schluss machen können, also machte ich mit einer Hure Schluss. Ich brauchte das wohl in diesem Augenblick, weil es die Liebe zu Senka ernsthafter machte. Mit einer einzigen Handbewegung, wenn sie mir das Haar aus der Stirn strich, während ich ihre Mutter wusch, eliminierte Senka all das, was ich in der letzten Zeit als falsch an meinem Leben angesehen hatte. Und die Liebe floss über, als würde jenes Wehr brechen und die Millionen Kubikmeter Wasser alles ertränken, worin ich bis dahin gelebt hatte: unsere steile Straße, die modernistische Schule auf der Šalata, die Planić-Villa vor unserem Fenster, den Holzmasten, gegen den Radovan mit dem Kopf geprallt war, den dunklen Hausdurchgang, mein Zimmer mit den von der Decke hängenden Flugzeugmodellen, selbst Mrazovićs Wohnung. Alles das verlor sich in dieser majestätischen Flut und fand bald darauf zur Ruhe wie eine geheimnisvolle Unterwasserwelt.

Doch völlig im Missverhältnis zu diesem Ausbruch der Emotionen schliefen Senka und ich das erste Mal, als kröchen wir schon tausend Jahre gemeinsam ins Bett. Sie zog die Ottomane im Wohnzimmer aus, nahm ein großes Laken heraus, breitete es aus und sagte:

– Nimm das andere Ende!

Dann steckte sie sorgfältig den Rand des gestärkten, weißen Lakens zwischen den mit Stoff überzogenen Teil des Bettes und den Holzrahmen und glättete es ein paar Mal mit der Hand, damit es gespannt war. Dann nahm sie zwei Kissen heraus und warf sie aufs Bett.

– Bezieh die Kissen, sagte sie und reichte mir zwei duftende Überzüge mit kleinen weißen gestickten Blüten an den Rändern. Als ich ungeschickt auf den sackförmigen Federgebilden herumdrückte, damit sie durch die enge Öffnung in die Überzüge passten, sah sie mir lächelnd zu.

– Gib her, ich mache das, sagte sie nach einer Weile.

Ich half ihr auch, die Steppdecke in den Überzug hineinzuzwängen, das Parallelogramm der Öffnung war ziemlich schmal und die Steppdecke sträubte sich wie ein Hund gegen den Käfig des Abdeckers. Und als wir alles erledigt hatten und am Bettrand standen, noch immer angezogen, sagte sie:

– Ich gehe Mama Gute Nacht sagen!

Wir gingen gemeinsam ins Zimmer und sahen, dass Mama ruhig schlief wie ein Kind. In ihren Adern war noch genügend Morphium, um ihr einen gewissen Schlaf zu sichern. Sie sah Mama an, zog die Decke symbolisch ein paar Zentimeter über ihre Schulter und sagte:

– Gute Nacht, Mamilein!

Die Bisswunde an der Hand war völlig verheilt.

Als wir ins Wohnzimmer zurückkehrten und anfingen uns auszuziehen, warf ich meine Sachen auf den Sessel, aber sie nahm jedes Stück und legte es zusammen. Hose, Hemd und Unterhemd. Sie roch an den Socken und trug sie ins Bad. Als sie zurückkam, war ich völlig nackt und stand neben dem Klavier. Ein weißer Mensch und das dunkel lackierte Holz, die Tasten wie Zähne, ein verzerrtes Spiegelbild meines Körpers im schwarzen Lack. Sie zog sich ruhig aus und verschwand unter der Steppdecke. Erst jetzt schlüpfte auch ich darunter, als wäre es mir unangenehm gewesen, mich allein ins Bett zu legen. Dann aber, alles, was bis dahin geschehen war, die zufälligen Berührungen, das Peitschen der Haare übers Gesicht, der Hauch, der aus ihrem Mund kam, wenn sie sprach, alles verband sich plötzlich zu einem schönen Ballett, zu einem Tanz. Zu einer Geschichte des Tanzes. Aber zu einer umgekehrten Geschichte, die mit Walzer und Dreierschritt beginnt und sich dann langsam in ein Menuett verwandelte, um in späteren Phasen die Verhexung wilder Tänze anzunehmen. Ich konnte allerdings nicht sofort mit Senka zusammen sein, es galt irgendwie zu ihr vorzudringen, im Wege standen andere Frauen. Zum Beispiel Schweinskopf. Ich hatte nie im Leben gesehen, dass ihre Hände nicht von Tüten okkupiert gewesen wären. Selbst wenn sie urinierte, kaum vom Gestrüpp verdeckt, das am Straßenrand wuchs, denn zu der Zeit hatte unsere Straße keinen Gehsteig, ließ sie die Tüten nicht aus den Händen, sie sanken nur auf dem Boden zusammen. Sie benötigte ich für die Anfangserektion. Dann kam Marina aus der Grundschule und der Rand des weißen Höschens, der aus dem schwarzen Gymnastiktrikot hervorgelugt hatte, während sie Übungen auf der Ledermatte vollführte. Für einen Augenblick erschien auch Karmen, noch aus der Zeit, als wir gemeinsam die Knochen der menschlichen Hand auswendig lernten, in meinem kleinen Mansardenzimmer.

Diese gelegentlichen Frauen zogen mich zu Senka wie die Schlepper ein großes schwerfälliges Schiff. Sie begann mich erst zu erregen, als mir der Gedanke kam, sie bedankte sich auf diese Weise dafür, dass ich mich um ihre Mutter kümmerte. Aber auch dann nicht, als ich schon zu ihr durchgedrungen war und wir in dieser Beziehung auch eine gewisse mentale Gemeinschaft gebildet hatten, konnte ich völlig mit ihr zusammen sein. Ein kleiner Teil von ihr entzog sich mir stets deshalb, weil ich gründlich unfähig war, die Gegenwart zu erleben. So war es auch mit Karmen gewesen und mit allen Mädchen vor ihr. Erregte mich etwa eine Frau, fantasierte ich den ganzen Tag von einem Treffen mit ihr, in Vorlesungen und Seminaren kriegte ich einen Steifen, selbst bei Obduktionen in Gegenwart aufgeschnittener Menschen. Aber wenn wir uns abends in meinem Zimmer trafen und im Bett endeten, wenn ich praktisch in ihr war, nicht nur mit dem Geschlechtsorgan, sondern fast als Ganzer, konnte ich nicht an sie denken.

In jenem Augenblick, wenn sich Gedanke und Konzentration mit der Gegenwart trafen, mit ihren geschlossenen Augen, mit ihren Brüsten, die bei den langsamen Bewegungen zitterten und um die eigene Achse zu kreisen schienen wie Planeten, wenn ich ihrem Körper begegnete, der zur Gänze in der Gegenwart war, flüchtete der Geist zu einem Moment in der Vergangenheit. Die Gegenwart entzog sich mir ebenso wie der Orgasmus. Wenn ich mich dem Höhepunkt näherte, kam mir die Szene vom Anfang der Beziehung in den Kopf, von vor zehn Minuten oder vom Vorspiel oder sogar die von vor einigen Stunden, wo sie im Restaurant vom Tisch mit dem karierten Tischtuch aufsteht und ihr Kleid mit ähnlichem Karomuster richtet, um auf die Toilette zu gehen. Das Liebemachen ist ein Akt, durch den künftige Menschen geschaffen werden, aber als solcher ist er ganz auf die Vergangenheit gerichtet.

4

Das Liebemachen mit Senka auf der alten Ottomane aus rotem Musselin war ein ständiger Versuch, die Gegenwart zu fassen, aber sie entzog sich mir immer wieder. Es ist seltsam, wenn ich daran denke, dass die schönsten Momente meines Lebens ausgerechnet Erinnerungen sind. Außerhalb des Bettes fand ich mich in der Gegenwart ausgezeichnet zurecht, sie hatte sich unerwartet in seltsame Flitterwochen verwandelt. Vom Dienst kam ich direkt in Senkas Wohnung, aß zu Mittag, dann zogen wir ihre Mutter um und rieben sie mit Alkohol ab, damit sie keinen Dekubitus bekam, und sie überließ sich dem wie ein Kind.

– Hier hast du mich noch nicht, pflegte sie zu Senka zu sagen und zeigte auf eine Stelle am Bein oder Arm. Und hier, und hier.

Nur mit den Windeln gab es immer Probleme.

– Mama, wir müssen dir Windeln anlegen, sagte Senka mit strenger Stimme.

– Ich will keine Windeln, wie soll ich denn zur Arbeit?

– Du musst nicht zur Arbeit, Mama, du bist in Rente.

Dann dachte sie ein wenig nach und sagte:

– Ja, ja, ich erinnere mich.

Das Morphium wirkte irgendwie auch auf die Senilität. Bis vor wenigen Monaten noch war sie völlig klar gewesen, bei Weitem klarer als mein Alter Herr. Was war jetzt mit ihrem Gehirn geschehen? Senka versprach ihr alles Mögliche.

– So, Mami, jetzt legen wir dieses Windelchen an und dann gehen wir in den Maksimir.

Das mit dem Spazierengehen im Park zündete ziemlich oft, auch wenn wir nie dort hingingen. Dann konnte sie sagen:

– Jetzt reicht es mit dem Maksimir.

Oder:

– Hör auf, mit mir zu reden, als wäre ich ein kleines Kind.

Manchmal wiederum rief sie nach Senka mit unerwartet kräftiger Stimme. Und wenn wir an ihrer Schlafzimmertür erschienen, fragte sie:

– Senkalein, weißt du, wann ich sterben werde?

Immer wenn sie das fragte, brach Senka in Tränen aus. Sie sah, wie sie litt, sie sah den Zerfall des lebenden Organismus ihrer Mutter fast jede Minute am Tag, aber die Tränen kamen nur, wenn das Wort „Tod" fiel. Als wäre erst das Wort so abstrakt, dass es uns von dem Schrecken des konkreten Bildes befreite, von einem Schrecken, der mehr Ekel als Mitgefühl erweckte. Ein Mensch, der mit dem Ekel kämpft, kann schwerlich Trauer verspüren. Für Trauer muss man sich entfernen, eine Distanz aufbauen und eine weitere Sicht haben, und das Wort „sterben" bot eine solche Sicht. Kerzen, Kränze, der Geruch des Kiefernholzes in der Aufbahrungshalle, die Trauernden in Schwarz. Und allein das Wort „Tod" war schon wie eine Befreiung aus der Hölle, die wir allmählich zu unseren Flitterwochen gemacht hatten.

Die Sache war die, dass das Umziehen von Senkas Mutter für uns zu einer Art Vorspiel wurde, nach dem wir uns lieben würden. Jeden Abend waren wir bei dieser Tätigkeit mehr eingespielt. Sie zog ihrer Mutter vorsichtig das Nachthemd aus, als wäre ihre Haut aus dünnem Glas, und in dieser Vorsicht hockte das Bedürfnis mir zu gefallen, mich sehen zu lassen, wie rücksichtsvoll sie war. Mir, der ich zuerst neben ihnen stand, zwinkerte sie von Zeit zu Zeit zu. Ihr Haar fiel ihr über die Augen, während sie so gebückt und mit beschäftigten Händen ihren Blick hob und mich aus dieser Dulderpose heraus ansah. Manchmal stieß sie mich mit der Hüfte an, als tanzten wir einen wilden Tanz, während sie im Nachttopf das trug, was jeden Tag von ihrer Mutter zurückblieb. Gewöhnliche menschlich-irdische Überreste, die, wenn Frau Ksenija einmal gestorben wäre, nur etwas umfangreicher sein würden. Das Problem war nie das Abnehmen der alten, sondern das Anlegen der neuen Windel, nachdem ihre Mutter die entlastende Freiheit der Nacktheit gefühlt hatte. Es war eigentlich wie bei einem Kind. Dann stand ich vorsichtig über Frau Ksenija gebeugt und fasste sie an beiden Armen, an den dünnen und ganz dürren Greisinnenarmen, und jedes Mal war ich aufs Neue davon fasziniert, wie ich sie nur mit Daumen und Zeigefinger, aus denen ich einen Ring geformt hatte, halten konnte. Ein Reif, in den ihr ganzes Handgelenk hineinpasste, ein Reif, der im Fernsehen übrigens auch in einem anderen Kontext erschien: Daumen und Zeigefinger, verbunden zum Gruß an das gute Essen in der Vegeta-Werbung. Und während ich Frau Ksenija hielt und ihr ins Ohr sagte, dass alles schnell vorbei sein würde, wickelte Senka langsam ihren Schritt in weißes Leinen wie in antike Unterwäsche.

Erst wenn das vorüber war und Senkas Mutter sich resigniert auf die Seite drehte, kam Senka und küsste mich auf den Mund. Nie mit der Zunge, sondern langsam und sanft, so sanft, dass ich manchmal dachte, mir sei nur ein warmer Windhauch über die Lippen geglitten. Ich küsste sie auf die Augen, wenn sie von der dünnen Hautmembrane überzogen waren. Dieser Kuss war für gewöhnlich die Einleitung in die zweite Phase. Die Verabreichung der Spritze. Ich setzte mich ans Bett, Senka blieb an ihrem Platz am Kopfende (das Bett hatten wir in die Mitte des Zimmers geschoben, um leichter um die Mutter herum arbeiten zu können) und sah zu, wie ich die Ampulle brach, wie ich auf den Tropfen wartete, bis er auf der Nadelspitze erschien, und wie ich schließlich nach einer günstigen Stelle auf den knochigen und völlig zerstochenen Armen suchte. Erst wenn auch das geschafft war, rollte sich ihre Mutter zur Fötusstellung zusammen, in der sie für gewöhnlich auf den Tod wartete, und Senka und ich deckten sie zu wie ein Kind, blieben noch ein wenig über sie gebeugt stehen und gingen dann in unser Schlafzimmer, wo die bereits ausgezogene und gemachte Ottomane auf uns wartete. Das Bild der nackten Frau Ksenija floss manchmal über in das Bild der nackten Senka, wie sie nachdenklich auf dem Bett liegt und auf mich wartet. Einmal sagte sie:

– Weißt du, manchmal habe ich das Gefühl, als hätte ich sie zur Welt gebracht.

Mit diesem Satz war Frau Ksenija zu unserem Kind geworden. Unsere Flitterwochen hatten sich plötzlich in jenen schweren, aber schönen Zeitraum verwandelt, wenn sich das junge Paar an sein erstes Kind gewöhnt. Wir liebten uns zärtlich, streichelten uns lange und flüsterten, aber eine Penetration war nur möglich, wenn ich mir vorstellte, dass mir Senka auf diese Weise für die Pflege ihrer Mutter bezahlte. Erst dann erschien jene erregende Reihe von Frauen, die versprach, mich in einem unbeschreiblich schönen Moment auch zu Senka zu bringen. Aber dieser Moment war seltsam, denn mir schien, dass ich genau jetzt in sie eindrang, und nicht fünf oder zehn Minuten davor. Zwar störte Frau Ksenija manchmal mit ihrer

Erscheinung als nacktes Buchenwaldskelett, aber sie blieb nie lange. Auch in meinen Gedanken war sie diskret.

Eines Nachts weckte uns ihr Weinen. Senka machte die Lampe an, die wir bis an die Ottomane herangezogen hatten, und fragte mich, sich schlaftrunken die Augen reibend:

– Hast du ihr die Spritze gegeben?

– Ja.

– Warum weint sie dann?

– Sie ist nass, sagte ich.

– Willst du oder soll ich?

Und wir lachten.

5

Eines Nachts, als es sehr heiß war, träumte ich, dass es Senka nicht gäbe. Dass sie nicht einmal geboren wäre. Die Verzweiflung, die ich in diesen wenigen Sekunden des Traumes empfand, zeugte davon, in welchem Ausmaß ich mich an sie gebunden hatte. Ich wachte auf und hörte ihr gleichmäßiges Atmen, aber das Grauen aus dem Traum war noch groß. Die Trauer um ihre Abwesenheit war fast so groß wie damals, als ich als Kind weinte, weil der vierte Musketier nicht geboren war. Ich fühlte, wie die Trauer von jetzt und die von damals irgendwie zu einer einzigen verschmolzen, zu einer starken, nachhaltigen Trauer. Ich legte meine Hand neben ihre, nur so nah, dass ich sie mit dem kleinen Finger sanft berühren konnte, ohne dass sie wach wurde. Und während ich sie so mit dem kleinen Stück Haut spürte, dachte ich über meine Trauer von damals nach, als ich klein war, und über diese jetzt, wo ich fast dreißig war und viel mehr Grund zur Trauer hatte. Seltsam war es, dass ich das Fehlen eines eingebildeten Freundes, der nie geboren worden war, intensiver empfunden hatte als das Fehlen desjenigen, der geboren worden und verunglückt war, als wir noch Kinder waren. Radovans Leben war irgendwie im Bereich dieser kindlichen Vorstellungen geblieben, nie hatten wir ihm intensiv nachgetrauert, denn die frühe Pubertät ist keine Zeit fürs Trauern. Selbst wenn wir Jahre später seiner Mutter auf der Treppe begegneten oder auf der Straße vor dem Haus, konnte das seinen Tod für mich nicht wirklicher machen als den Tod des erfundenen Freundes. Und jetzt wurde auch Senka plötzlich ein Teil dieser traurigen Geschichte von den Ungeborenen. Als hätte man von Kindheit an gewusst, dass ich Gynäkologe werden würde und zweimal die Woche, von vierzehn bis zwanzig Uhr, in der Klinik für Schwangerschaftsabbrüche in der Petrova, Schichtdienst machen würde.

Wir standen von Zeit zu Zeit mitten in der Nacht auf und schlichen in Mutters Zimmer, um zu sehen, ob es ihr gut ging, wir wachten über sie wie über einen kranken Säugling. Ihre infolge des Morphiums zunehmende Senilität nahm jetzt besorgniserregende Ausmaße an, und so vergingen unsere Nächte, außer mit Liebemachen und Mutterwickeln, auch mit einer Art Spionieren. Wenn wir ihrer Mutter abends, nachdem wir sie gewaschen, hergerichtet und ihre Windeln gewechselt hatten, eine gute Nacht wünschten, lehnte Senka die Tür nur an, sie ließ zwischen ihrer Mama und uns einen dünnen Spalt, durch den wir besser hören konnten, was vor sich ging. Sie saß nachts nicht mehr im Bett, sie wurde ruhiger, als hätte sie sich endlich mit dem Tod abgefunden und würde uns von Zeit zu Zeit in den Windeln ihre irdischen Spuren hinterlassen als eine Art Vorleistung, die sich in bestimmter Zeit in eine größere Spur verwandeln würde, die wir nicht in die Toilette werfen, sondern oben auf dem Mirogoj begraben würden. Das war in letzter Zeit ihre Obsession. Sie begann zu schreien, und wenn Senka, in Panik geraten, zu ihr stürzte, fragte Mutter besorgt:

– Senkalein, hast du das Grab bezahlt?

Seit sie sich als Kandidatin für den Mirogoj fühlte, hatte sie panische Angst davor, dass ihr Grab, mitsamt ihrem verstorbenen Gatten, von den Friedhofsbehörden eingeebnet werden könnte, dass man sie aus ihrem Grab delogieren und von ihrem Seligen, der viele Fehler gehabt, aber den sie doch eine Zeit lang geliebt hatte, trennen könnte. Es kam auch schon mal vor, dass wir sie in der Früh auf dem Boden, neben dem Bett, in einer seltsamen Pose vorfanden. Wenn wir sie hochhoben, fragte Senka:

– Wohin wolltest du, Mama?

– Ich komme zu spät zur Arbeit, sagte sie.

Eines Abends wachte ich mitten in der Nacht auf, um nach Mama zu sehen und fand Senka, wie sie leise ins Telefon sprach. Sie hielt den Hörer wie ein geliebtes Geschöpf und redete leise hinein. Mich verletzte das schrecklich, aber ich sagte mir, dass sie noch immer verheiratet sei, dass es der Vater ihres Kindes sei. Aber die Art und Weise, wie sie den Hörer hielt, wie sie sprach, ihre Körperhaltung, all das verriet, dass in ihr noch immer Liebe war, auch für ihren Mann. Unsere Blicke begegneten sich für einen Augenblick, worauf sie sich umwandte und etwas leiser weitersprach. Mir wurde etwas bewusst, worüber ich bis dahin nicht nachgedacht hatte: Unsere Flitterwochen waren zeitlich strikt beschränkt auf ein einziges Datum, Mamas Tod.

6

Zwei oder drei Tage nach jenem nächtlichen Gespräch, mehr waren nicht vergangen, erwartete sie mich, als ich von der Arbeit heimkam, ausnehmend fröhlich. Es war ein Freitag, und auf den heißen Sommer war ein sonniger Frühherbst gefolgt, der beinahe auf Schritt und Tritt zu spüren war. Auf dem Wohnzimmertisch stand eine Schale mit Weintrauben, im Laub der Bäume, die im Hof des Gymnasiums standen, waren gelbliche Töne zu sehen, auch der Winkel der einfallenden Sonnenstrahlen hatte sich verändert.

– Morgen wird die Nachbarin auf Mama aufpassen, und wir machen einen Ausflug nach Mokrice. Willst du, dass wir Papa mitnehmen?

– Auf keinen Fall.

Und wir küssten uns. Mir wollte allerdings jenes Telefongespräch überhaupt nicht aus dem Kopf gehen und wie sie mir den Rücken zugedreht hatte, während sie mit ihrem Mann sprach. Ich bemühte mich nur, an die nahe Zukunft zu denken. Morgen würden wir nach Schloss Mokrice fahren, spazieren gehen, reiten, danach im Kalin Rehbraten essen und überhaupt einen schönen Tag verbringen, als wären wir in den Flitterwochen. Ich lebte damals in einer seltsamen Gegenwart. Die Vergangenheit war in einem großen Stausee untergegangen, die Optik, mit der ich sie sah, war ziemlich getrübt, und eine Zukunft gab es eigentlich nicht. Nur im Bett konnte ich die Gegenwart auf keine Weise erreichen. Ich kam noch immer auf der Senka von gestern oder auf die von ein paar Minuten zuvor, die meinen Wecker stellt, bevor sie den Hintern reckt, damit sie ihn über den ausgezogenen Wohnzimmerdiwan hinweg auf das Fensterbrett stellen kann. Die Szene war ähnlich wie in unserer Wohnung, wenn Mutter ihren Hintern hinausstreckte und aus dem Fenster sah, denn in unserer modernistischen Wohnung war das Fensterbrett ziemlich niedrig. Ihre aufreizende Pose wurde von der modernen Architektur evoziert, und so traf Vater sie an. Dann lehnte er sich von hinten an sie, und so sahen beide aus dem Fenster, überzeugt davon, dass ich nichts sähe.

In Mokrice gab es keine Pferde zum Reiten für uns, wir hätten Klubmitglieder sein müssen, also gingen wir spazieren. Uns tat es gut, den Ort zu wechseln, aber ich fühlte dabei auch, dass wir uns irgendwie verloren. Als würden sich unsere Worte und Blicke in diesem großen Park, an dem der Herbst schon nagte, öfter verfehlen und verlieren. Als wäre die Wohnung in der Solovljeva die Gussform unserer Liebe und irgendwie auch ihr richtiges Maß gewesen. Jetzt in dieser grenzenlosen Freiheit, von der wir so viel erwartet hatten, war alles verwässert. Unsere Beziehung war nicht gebaut für freie Räume.

In einem Augenblick, als wir uns ziemlich weit vom Schloss entfernt hatten und von ihm nur die märchenhaften Turmspitzen sehen konnten, fasste sie mich unter und lehnte ihren Kopf an meine Schulter. Als hätte sie die ganze Zeit gerade darauf gewartet, was jetzt geschehen würde, und dafür einen schönen Hintergrund gesucht.

– Ich liebe dich sehr, weißt du, sagte sie, ich weiß nicht, wen ich so geliebt habe, aber ich werde wieder nach Genf zurückkehren müssen.

Ich schwieg und der Boden unter den Füßen wurde weich, irgendwie instabil.

– Ich habe das Gefühl, dass ich, wenn ich gehe, mich auflösen und zu existieren aufhören werde. Ich möchte nicht dich dafür verantwortlich machen, wenn das alles nicht gelingt, wenn meine Ehe scheitert und wenn mein Kind unglücklich wird.

Ich schwieg noch immer.

– Ich muss meinem Mann eine Chance geben, denn von meiner Seite war das alles nicht fair. Ich finde es schrecklich, dass ich ihn und auch dich unglücklich gemacht habe. Denn er spürt natürlich, dass etwas vor sich geht.

– Mich hast du nicht unglücklich gemacht, log ich.

– Weißt du, was ich gern hätte? Ich hätte gern, dass wir uns nach dem hier weiterhin schreiben, wenigstens ein Mal jährlich, damit ich sehe, wie es dir in deinem Leben ergeht. Ich könnte es nicht ertragen, nichts von dir zu wissen.

– Für dich ist es leichter zu schreiben, sagte ich.

– Ja. Und das hast du auch schon gesehen. Ich bin mir bewusst, dass ich jemandem wie dir nie wieder begegnen werde, mir ist schrecklich zumute, wenn ich mir vorstelle, dass ich dich verliere. Aber ich muss … Sieh diese Blume, sie pflückte ein Unkraut, siehst du, wie wollüstig sie ist?

Von dem Tag an wurde über unsere Liebe viel gesprochen, sie wurde definiert, sie wurde gehätschelt und gehegt mit einer Reihe kleiner Rituale, aber eines wurde nie infrage gestellt: Dass sie, wenn alles vorbei wäre, wieder nach Genf zurückmusste. Damit hatten wir auch das Datum der Trennung festgelegt.

Der Schmerz, den ich seitdem in der Brust spürte, wann immer ich an Senkas Abreise dachte, war in gewisser Weise eine Überraschung. Ich war Beziehungen mit einem bestimmten Verfallsdatum gewöhnt. Jahrelang hatte ich die Sommer mit Roman auf Rab verbracht, in Mrazovićs Wohnung in der Srednja Ulica. Wir hatten Hotelterrassen besucht, die vom Imperial und Grand, gekleidet in weiße Anzüge mit Krawatte, und mit Deutschen und Österreicherinnen getanzt.

Manchmal hatte ich mich auch ein wenig in diese Mädchen verliebt. Oft auch sie in mich. Das Schönste aber waren für mich die Trennungen. Wenn ich mich ein wenig emotional an ein Mädchen gebunden und mit ihr eine Woche oder zwei verbracht hatte und sie dann wegging. Dann konnte ich in Ruhe um sie trauern, ohne dass mein Ego verletzt gewesen wäre, denn uns hatten eine höhere Gewalt und unsere eigenen Leben getrennt, niemand hatte niemanden verlassen, sondern wir hatten uns einvernehmlich getrennt, schon im Vorhinein, noch bevor wir angefangen hatten. Und wenn das Mädchen gegangen war, war die Trauer, die sich wegen ihres Weggehens meldete, wie eine Würze für diese schönen, warmen Abende, an denen ich mit anderen Mädchen tanzte und redete und dabei an jene dachte, die gegangen war. Aber die, die gegangen war, war für immer gegangen. Da konnte nichts mehr kaputtgehen, alles war definiert und sicher, und erobert blieb erobert. So hatte ich, glaube ich, ein ziemlich schiefes Bild von der Liebe bekommen.

Es ist eigentlich sonderbar, wie ich mit so viel Erfahrung mit verschiedenen Frauen derart unerfahren bleiben konnte. Vielleicht deshalb, weil das überhaupt keine Beziehungen waren, sondern ein Schauspiel mit zuvor einstudierten Texten und Gesten, eine seltsame Einförmigkeit, in der die verschiedenen Frauengesichter einander abwechselten. Jetzt spürte ich aber doch, dass die Trennung von Senka nichts Angenehmes haben würde. Mehr noch, sie würde ein Schmerz sein, den ich bisher nicht gekostet hatte, und ich war bereits dreißig, ein mir völlig unbekannter Schmerz, wie der Schmerz, den ich tagtäglich mit ansah, ohne dabei etwas über ihn zu wissen: der Schmerz des Gebärens.

7

Ein paar Tage später sah ich wieder Senka, wie sie am Telefon mit jemandem sprach. Sie lächelte, in ihren Augen konnte ich einen Glanz sehen, als hätte sie Fieber, so glänzten sie, und mit den Lippen formte sie vorsichtig Wörter auf Kroatisch. Manchmal wechselte sie ins Französische, dann sprach sie fest und bestimmt, als würde sie etwas verbieten oder anordnen, aber wenn sie ins Kroatische zurückkehrte, waren ihre Worte wieder weich und zärtlich. Im nächsten Moment schmolz ihr Gesicht vor Zärtlichkeit, als hätte es seine Züge verloren, sich aufgelöst und erneut zusammengesetzt.

– Mein Herz, Mama kommt bald, weine nicht. Bitte, weine nicht …

Da sah ich, dass ich nicht mit einem Gegner kämpfte, einem Schweizer Ballettlehrer, sondern mit einer gefährlichen kleinen Gegnerin, mit deren Liebe ich nicht konkurrieren konnte. Die traurigen Flitterwochen, in denen sich unser gemeinsames Leben fest an ein anderes Leben gebunden hatte, das gerade zu Ende ging, näherten sich damit ebenfalls ihrem Ende. In diesen Tagen ging es Frau Ksenija schlechter. Sie wachte so gut wie überhaupt nicht mehr auf aus dem unruhigen Schlaf, und auch ihre Schmerzen schienen nachgelassen zu haben. Schon an diesem Tag oder am folgenden, ich erinnere mich nicht mehr, saßen Senka und ich am Tisch und sahen uns, Angesicht zu Angesicht, still an. Dann sagte ich:

– Ich werde Jungwirth rufen, er ist Onkologe.

– Ich kann es nicht glauben, sagte sie, und ihre Unterlippe zitterte. Zum Schmerz über den nahen Tod der Mutter war nun auch noch der Schmerz über unsere bevorstehende Trennung gekommen, es schien, als könnte kein Mensch einen solchen doppelten Schmerz ertragen.

Am nächsten Tag, zu Mittag, betraten Jungwirth und ich die gesäuberte und duftgeschwängerte Wohnung. Unter dem aufdringlichen Geruch des Sprays, dem Duft von Alpenveilchen, wie auf der Dose stand, konnte ich die herberen Gerüche von Urin und Verfall ausmachen, aber ich war mir sicher, dass eine Nase, die nicht gründlich kontaminiert war, solche Dinge nicht bemerkte. Eigentlich war es unglaublich, wie viel Wert Senka darauf legte, dass ihre Mutter einen guten Eindruck machte. Sie hatte ihr einen neuen Pyjama mit Veilchenblüten angezogen, mit den gleichen, die in der Luft dufteten. Jungwirth wollte wie gewöhnlich nichts trinken, er redete sich auf seine Gastritis heraus, er wollte Frau Ksenija so schnell wie möglich untersuchen. Sie war allerdings überhaupt nicht ansprechbar. Jungwirth warf einen Blick auf die weiße Lederhaut, öffnete ihr den Pyjama über der Brust und hörte ihren Atem ab, er hörte auch ihr Herz ab und schnaubte durch die Nase.

– Wie lange ist sie schon so?

– Mehrere Tage.

– Und sie kommt überhaupt nicht zu Bewusstsein?

– Sie wacht auf, aber nur sehr kurz. Für ein oder zwei Stunden.

Wir sahen das schnelle, flache Atmen des schrecklich mageren Torsos, auf dem sich die Brustwarzen in winzige Flecken verwandelt hatten und die Brüste bereits völlig verschwunden waren, als wären sie ins Rückgrat hineingewachsen.

– Ich höre, sie hat reichlich Wasser, sagte er.

– Wir können es mit einer Infusion von Diuretika versuchen.

Er sah mich verwundert an.

– Hör mal, sagte er leise, es ist vorbei.

– Wie lange kann sie noch leben?

– Ein paar Tage noch, schloss er. Im besten Fall.

Und so kamen unsere letzten Tage. Die Tage, in denen Senka die Kostüme von Frau Ksenija aus dem Schrank nahm, sie auf unserem Bett im Wohnzimmer auflegte und mich fragte, welches ihr meiner Meinung nach am besten stehen würde. Es sah so aus, als würde sie sie für ein Abiturtreffen vorbereiten und nicht für die Aufbahrungshalle. In der Nacht machten wir dennoch Liebe. Mich zogen die Schlepper der anderen Frauen, ich begegnete einer Senka aus der jüngeren Vergangenheit, über die wir nach der Liebe auch sprachen. Senka sagte, sie habe nie zuvor das gefühlt, was sie nun fühle, und sei mir dafür dankbar.

– Ich denke, dass der Mensch nicht vollkommen ist, wenn er so etwas nicht erlebt, sagte sie. Und auch du müsstest dankbar sein, nicht mir, ich möchte nicht, dass du mich falsch verstehst, sondern dem Zufall, dass wir uns begegnet sind. Wenn dir einmal schwer ums Herz ist, dann erinnere dich nur daran, dass dich jemand schrecklich liebt … Ich habe es dir nicht gesagt, als wir in Mokrice waren und als wir dort auf der Mauer saßen und den Pferden zusahen, du erinnerst dich, du hast mich nicht berührt, aber ich war erregt. Mir war so, als würde ich jungfräulich empfangen.

Zu Hause sagte ich Papa, dass Frau Ksenija in der letzten Phase sei.

– Wie lange noch?, fragte er.

– Ein paar Tage noch. Höchstens.

– Bring mich morgen hin, damit wir uns verabschieden!

Ich beschloss, in den nächsten Tagen überhaupt nicht zum Dienst zu gehen, da es jeden Augenblick so weit sein konnte. Senka war beschäftigt mit dem Aufräumen der Schränke, dem Wegwerfen unnötiger Dinge und mit Packen. Wir hatten mit ihrer Mutter fast keine Arbeit mehr, sie war schon auf der anderen Seite. Sie kam für kurze Zeit zu Bewusstsein, für eine Stunde, aber auch dann war sie nicht wirklich ansprechbar. Sie sprach schwer und mit sehr heiserer Stimme. Dann gaben wir ihr Saft zu trinken und rieben ihre gesprungenen Lippen mit Vaseline ein. Als sie wieder einmal wach wurde, nahm ich die Jacke und die Autoschlüssel:

– Ich gehe Papa holen!

– Muss das denn sein?, fragte Senka taktisierend.

– Er besteht darauf …

Ein Zyniker, der den wichtigsten Teil seines Lebens in der ersten Hälfte des 20. Jahrhunderts verlebt hatte, kam, um sich von der Frau zu verabschieden, die ihm ein letztes Mal die Möglichkeit geboten hatte, sich als jemand anderer darzustellen. Vermutlich empfand er ihr gegenüber wirklich so etwas wie Dankbarkeit. Er wollte unbedingt, dass auch wir das sahen. Zu Hause, bevor wir losfuhren, probierte er verschiedene Sakkos an. Das weiße aus Leinen, das graue aus dünnem Wollstoff.

– Papa, sie sieht nichts mehr, sagte ich. Beeil dich, sie ist nur für kurze Zeit bei sich.

Und so betrat er mit einem Strauß roter Rosen, im hellen leichten Wollanzug, den dieser warme Herbst erlaubte, das Schlafzimmer von Frau Ksenija. Wir hatten ihr die Windeln gewechselt, in der Luft spürte man das Spray, der Tag war sonnig, und von der Stadt her waren fast keine Geräusche zu hören. So war der Tag, als mein Vater kam, um Abschied zu nehmen. Frau Ksenija indessen war irgendwo zwischen dieser und jener Welt, sie hatte sich am äußersten Ende des Bettes zusammengerollt, als würde sie sich vor ihm fürchten. Als wäre er der Tod, der mit einem Blumenstrauß gekommen war, um sie zu täuschen. Er setzte sich ans Bett, wo ihm Senka einen Stuhl hingeschoben hatte, und ergriff ihre schrecklich magere Hand, an der nur noch Knochen und Sehnen geblieben waren.

– Haben Sie keine Angst, sagte er zu Frau Ksenija, nach dem Tod ist ohnehin nichts mehr. Es gibt weder Himmel noch Hölle. Dies ist die Hölle.

Mir schien, als würde er, so wie ich auch, alte Rechnungen begleichen und jetzt das sagen, was er Mutter hatte sagen wollen, aber nicht dazu gekommen war. Frau Ksenija sah nur in seine Richtung, ihre Hand entspannt in seiner Hand, und an ihrem Gesichtsausdruck konnte man nicht ablesen, ob sie ihn verstand oder nicht.

– Die Menschen trösten sich gewöhnlich mit dem Gedanken, dass sie nach dem Tod irgendwo weiterleben werden. Mich nicht, mich erschreckt die Vorstellung, denn wenn wir es recht nehmen, gibt es keinen einzigen Menschen, der, sofern er eine gewisse Zeit gelebt hat, den Himmel verdient hätte, den gibt es nicht, sage ich Ihnen, Frau Ksenija, keine einzige Seele, aber warum sage ich das Ihnen, Sie wissen es selbst, Sie sind lange genug auf der Welt …

– Papa, Frau Ksenija ist müde.

– Zum Beispiel mein Sohn hier, er ist ein Dreckskerl, der nichts versteht, er denkt, dass das menschliche Geschlecht hier auf Erden einen Sinn hat, dass der Mensch im Grunde gut ist. Ein Mann, dreißig Jahre alt, Arzt, aber naiv wie ein kleines Kind. Es gibt, sage ich Ihnen, keinen einzigen

Menschen, der den Himmel verdient hätte. Deshalb gibt es auch keinen Himmel, die Hölle aber ist das hier auf Erden. Deshalb haben Sie keine Angst …

– Papa!

Und jetzt kam seine Neigung zum Tragen, die Wirkung seiner spanischen Wörter zu erproben. Er ließ Frau Ksenijas Hand los, erhob sich langsam, stützte sich mit der Rechten auf den Stock und winkte leicht mit der Linken, die näher an seinem Herzen war:

– Adieu, flüsterte er den leeren Augen zu, den sich wölbenden Schädelknochen, dem verklebten schütteren Haar, seiner letzten Liebe. ¡Viva la muerte!

Er wandte sich zu uns, um die Wirkung dieser Worte zu überprüfen, und hinkte stolz aus dem Zimmer.

– Du musst mich nicht fahren, sagte er im Flur, zurück nehme ich ein Taxi.

Als ich ihn sah, wie er ins Taxi stieg und wegfuhr, wusste ich, dass auch unsere Beziehung vorbei war. Sein Rücken in dem taubengrauen Sakko verkündete mir, dass die Zeit, die ich von Gott bekommen hatte, abgelaufen war, auch wenn ich hartnäckig nicht an ihn glaubte.

8

Der Tod von Frau Ksenija war der Moment, in dem wir endlich Trauer empfinden konnten. Senka trauerte um ihre Mutter, und ich trauerte um Senka, die mich bald verlassen würde. In der Wohnung war alles gründlich geputzt, das Bett abgezogen, die Schränke gesäubert und mit Naphtalin getränkt, im Grunde war von der Wohnung, in der wir uns so geliebt hatten, nicht einmal der Geruch geblieben. Sie hatte alle unnötigen Kleinigkeiten und allen Zierrat weggeworfen, da sie die Wohnung zu vermieten gedachte. Säcke über Säcke voll Abfall hatte sie zusammen mit einer Nachbarin in einen Müllcontainer am Markt in der Branimirova geworfen. Ich wiederum hatte ihr bei den Formalitäten um die Beisetzung geholfen. Ich bestellte mit ihr die Zeremonie, oben in der Radićeva, wir wählten den Sarg aus, die Innenausstattung, weißen oder violetten Stoff, ein Holzkreuz, wir verabredeten die Musik. Wenn ihr als der Haupttrauernden der Vertreter des Beerdigungsinstituts eine Lösung vorschlug, sagte Senka nur abwesend:

– Gut!

Daran sah ich, dass sie nicht mehr hier war und dass sie das alles nur so schnell wie möglich hinter sich bringen wollte. Ich holte für sie vom Gemeindeamt Medveščak den entsprechenden Auszug aus dem Melderegister, prüfte die Grabstätte auf dem Mirogoj und vereinbarte das Ausheben der Gruft. Am Abend desselben Tages gingen wir nachsehen, ob sie das richtige Grab ausgehoben hatten. Die letzte Nacht verbrachten wir mehr oder weniger schweigend, nur mit einer Decke zugedeckt, auf der Ottomane, die wir nicht ausgezogen hatten. Aus einem kurzen zuckenden Schlaf weckte mich der kräftige Duft von Kaffee, die letzte Sache, die ich in dieser Wohnung, in der ich, das wurde mir jetzt klar, die schönsten Monate meines Lebens verbracht hatte, wahrnehmen würde. Ihre Koffer standen schon seit dem Vorabend gepackt da. Als wir den Kaffee getrunken hatten, duschte sie nur, zog frische Wäsche an, tat die Schmutzwäsche in eine Plastiktüte und sagte:

– Wirf das unterwegs weg! Nicht in unsere Tonne.

Sie hatte zwei Koffer, die kaum Platz fanden im kleinen Kofferraum meines Käfers. Mit frisch gewaschenem Haar, im dunklen Kostüm, wirkte sie unerreichbar, als wäre all das, all diese Liebe nicht geschehen. Ich brachte sie zum Flughafen, sie gab ihre Sachen auf, und uns blieb ein wenig Zeit für noch einen Kaffee.

– Du musst zum Zahnarzt, vergiss es nicht, sagte sie, als wir im Café im ersten Stock des Flughafengebäudes saßen und den Maschinen beim Starten zusahen. Pass bitte auf Papa auf, sag ihm, dass ich schreiben werde, ich muss mich nur erst wieder ein wenig zurechtfinden. Schreib auch du mir, nur nicht in der ersten Zeit, warte, dass ich zuerst einen Brief schicke, da werde ich dir die Adresse mitteilen, an die du schreiben sollst. Hock nicht ständig zu Hause, geh aus, triff dich mit Leuten. Außerdem, such dir eine gute Frau …

Sie begann zu schluchzen, und ich legte meine Hand an ihre Wange, sie schmiegte sich in diese Hand, als wäre sie mit ihrem Gesicht verwachsen und als könnte sie sie ohne schwere Verwundung nicht lösen.

– Ich hätte so gern, dass wir in ein paar Jahren einen Kaffee als glückliche Menschen miteinander trinken.

– Das werden wir!, sagte ich. Es wird alles in Ordnung sein, glaub mir.

Noch während ich das sagte, war mir klar, dass nichts in Ordnung sein würde, dass uns das, was geschehen war, sehr wohl zerrissen hatte und schwere Narben hinterlassen würde. Ich tröstete sie und wusste dabei nicht, wie ich den nächsten Tag überstehen würde. Der Damm in mir, der gebrochen war, als sie mich zum ersten Mal umarmte, drohte ein weiteres Mal zu brechen. Ich hielt mich kaum aufrecht, und mir war, als könnte ich es nur noch diese fünfzehn Minuten, solange sie noch hier war.

Als wir vor der Zollkontrolle standen, von wo aus sie allein weitergehen musste, umarmte sie mich krampfhaft und weinte mir in den Hemdkragen. Ich spürte, wie mir die Tränen den Hals hinunterliefen. In der Kehle hatte ich eine Bleikugel in der Größe eines Kinderkopfes. Einen Augenblick später löste sie sich, lächelte noch einmal und trat mit scheinbar festem Schritt auf den Mann in der grauen Uniform zu, der die Pässe kontrollierte. Und dann, als sie fast schon bei ihm war, drehte sie sich um und sah mich, wie ich versteinert dastand und ihr nachblickte. Sie kam rasch zurück, küsste mich noch einmal und sagte:

– Das letzte Bild ist nicht gut.

Sie fasste mich an der Schulter und drehte mich um. Ich war steif und gehorsam wie ein Roboter.

– Wenn wir uns trennen, geht jeder auf seine Seite. Sieh mir nicht nach.

Und so ging ich langsam aus dem Flughafengebäude, ohne mich noch einmal umzublicken.

9

In der Literatur der angewandten Psychologie steht, dass das, was wir Liebesleid nennen, starken Einfluss auf die Wahrnehmung hat. Menschen, die an dauerndem Verlust einer geliebten Person leiden, beginnen nach einer gewissen Zeit diese Person zum Beispiel in der Stadt zu sehen, sie sehen sie für einige Augenblicke aus dem Fenster der Straßenbahn, wie sie zu Fuß einen Park durchquert, oder haben sie im Blick, kurz bevor sie in ein Haustor einbiegt. Manchmal sehen sie die Person aus der Ferne, doch beim Näherkommen verwandelt sich ihr Gesicht plötzlich in eine fremde Physiognomie, die noch Stunden danach im Bewusstsein schmerzlich nachklingt. Nachdem Senka gegangen war, versuchte ich irgendwie zu überleben, indem ich an meinen Fall wissenschaftlich heranging. Ich besorgte mir psychologische Literatur, las Fromms *Kunst des Liebens,* Prüfungsliteratur aus Psychiatrie. Nichts half. Mehrere Male tappte ich tatsächlich in diese Wahrnehmungsfalle. Ein Mal, auf dem erhöhten Teil des Dolac, am Denkmal für Petrica Kerempuh. Unten im Gedränge sah ich blondes Haar, geformt zur Frisur einer französischen Tänzerin, wie es sich zwischen anderen, unbekannten Köpfen hindurchdrängte. Das zweite Mal war es, als ich mich zufällig am oberen Absatz der Treppe umdrehte, über die man ins

Krankenhaus kommt: Sie ging die Kamaufova zur Vlaška hinunter, und ich sah nur ihren Rücken. Zu der Zeit entdeckte ich für mich wieder Andrićs Erzählung *Jelena, die Frau, die es nicht gibt.* Ich verschlang jeden Satz, schwelgte in einem schönen Schmerz, den die Worte hervorriefen, schön deshalb, weil das kein Schmerz war, den Senka hervorgerufen hatte, sodass ich mich ein wenig von meinen Leiden erholen konnte, die einen anderen Ursprung hatten, ich suchte meine eigene Jelena in den Sonnenstrahlen, die sich an den Fenstergriffen brachen und so den Effekt schufen, als würde sich dünnes, blondes Haar um sie winden, ich suchte sie auch in den geheimnisvollen Geräuschen, die in meinem Zimmer zu hören waren, wenn ich nachts Dienst hatte, ich suchte sie in seltsamen Zeichen. Einmal fand ich auf dem Teppich in meinem Zimmer ein Eichenblatt. Ein ganz normales, trockenes Eichenblatt. Es sah so aus, als hätte es jemand mitgebracht und auf meinen Teppich gelegt, und nicht, als hätte ich es zufällig am Schuhabsatz mit hereingetragen, verklebt mit einem weichen Stückchen Dreck, das in der Wohnung getrocknet war und so seine unerwartete Last losgelassen hatte. Über dieses Blatt musste ich tagelang nachdenken. Es erschien mir wie das Vorzeichen eines Briefes, der bald eintreffen würde.

In den ersten paar Tagen nach ihrer Abreise erwartete ich keinen Brief. Sie hatte mir mehrere Male gesagt, dass ich ihr eine bestimmte Zeit geben sollte, damit sie sich zurechtfinden könnte, dass sie mir nicht sofort schreiben würde. Als ich sie fragte, wie viel Zeit das wäre, sagte sie immer, dass sie es nicht wisse, dass es aber ziemlich viel sein könnte.

– Eine Woche?, fragte ich mit einem Krampf im Magen.

– Einen Monat, antwortete sie mit einem leichten Lächeln.

Und immer wenn wir über den Brief sprachen, war es, als würden wir feilschen.

– Ich werde dir darin gepresste Blüten vom Jacarandabaum schicken, der an unserem Haus wächst.

So hatte sie gesagt, und in diesem Satz hatte mich am meisten das Syntagma „unser Haus“ verletzt, das schrecklich deutlich besagte, dass sie nicht mehr mein war, dass es dieses eine schreckliche „wir“ gab, das es schon gegeben hatte, bevor wir zwei uns im Park begegnet waren. Die Worte „unser Haus“ schienen auch später, als sie gegangen war, weite Räume der Qual eröffnet zu haben; dieses Haus, das ich nie auf einem Bild gesehen, das ich mir aber unzählige Male vorgestellt hatte, zeigte sich mir mit seinen schrecklichen Zimmerfluchten, mit seinem unangemessenen Reichtum, seinen Perserteppichen und Chesterfield-Ledersesseln, mit dem offenen Kamin, dessen Verkleidung aus weißem Ferrara-Marmor jeden Tag poliert wurde. Jedenfalls tauchte aus diesen zwei Wörtern eine ganze Welt auf, die mich gerade deshalb verletzte, weil sie mir so fremd war und weil Senka in ihr anders aussah als in den abgewohnten Zimmern der Wohnung ihrer Mutter. Das Haus selbst war für gewöhnlich aus rotem Backstein, mit strahlend weißen Fenstern und mit Efeu, der sie diskret verdeckte. Ein Panoramafoto von Genf, lange Zeit später, sollte mir eröffnen, wie falsch ich lag, wenn ich mir eine Backsteinfassade mit Efeu vorstellte, so als handelte es sich um einen Vorort von London.

Das Resultat des intensiven Leidens waren auch einige Zwangshandlungen, etwa das Bedürfnis, in jedem Gespräch wie zufällig Genf und meine Freundin zu erwähnen, die in Genf lebt und sich mit den Möwen plagt, die vom See kommen und ihren Abfall vom Balkon fressen. Nein, das hat nichts Romantisches, das sind Quälgeister, fliegende Ratten, so wie bei uns die Tauben, aber auch der See selbst ist oft grau und dreckig.

Nach einem Monat, gegen Ende Oktober, kam es schon vor, dass ich mehrere Minuten am Tag nicht an Senka dachte. Plötzlich rückte etwas aus der Außenwelt, ein Auto oder ein Baum, in mein Bewusstsein und nahm mich derart gefangen, dass ich Senka vergaß. Wenn ich mich wieder an sie erinnerte, versuchte ich zu zählen. Da, schon sieben Minuten habe ich nicht an sie gedacht, oder, hoppla, sie ist mir schon seit dreizehn Minuten nicht in den Sinn gekommen. Dann verspürte ich Stolz, als hätte ich einen gefährlichen Feind besiegt. Aber genau genommen war jeder Tag mein Feind. Einmal dachte ich, also, nun ist schon mehr als ein Monat vergangen, es wäre an der Zeit, dass du aufhörst, an sie zu denken. Aber dann fiel mir ein, dass sie gesagt hatte, mir nach einem Monat einen Brief zu schicken. Das warf mich in einen neuen Kreis des Leidens. Nun begann ich, statt in Parks und verdächtigen Vororten vergeblich nach meiner Phantom-Senka zu suchen, auf den Brief zu warten. Es war wie damals auch, als sie mir den einen Brief geschickt hatte, der eigentlich eine Liebeserklärung war, und ich danach tagelang weitere erwartete. So verwandelte sich das Warten auf den Brief in ein Ritual, ähnlich Mutters Warten, dass Vater vom Außendienst zurückkehrte. Unser Haus hatte keinen Briefkasten. Die Post wurde in einem großen Hohlraum in einem Pfosten des Hofzauns abgelegt. Zur Straße hin war in den Pfosten nur eine flache Öffnung für Briefe hineingeschnitten, wie bei einem richtigen Briefkasten, zum Hof hin war alles offen. Es gab kein Türchen. So konnten wir vom Wohnzimmerfenster aus sehen, ob es Post gab. Deshalb hing nun auch ich, wie einst Mutter, in den Morgenstunden am Fenster, um zu sehen, ob nicht zufällig Senkas Brief angekommen wäre. In diesen Tagen leitete ich öfter als sonst nachmittags die Ambulanz für Schwangerschaftsabbrüche, damit ich bis Mittag zu Hause bleiben konnte, um auf den Brief zu warten. Manchmal tauschte ich gegen eine andere Schicht, nur damit ich am Morgen, gegen halb neun, wie zufällig das Wohnzimmerfenster öffnen und den sonnigen Morgen und den roten kanadischen Ahorn im Hof der Planić-Villa gegenüber betrachten konnte. Der Briefträger kam zwischen halb neun und neun. Ich konnte ihn schon unten bei der Kurve sehen, wie er in das rötliche Wohnhaus ging, das genau wie unseres acht Wohnungen hatte. Dort lebten, in der Kellerwohnung, zwei Schwestern, Rentnerinnen, bei denen er jeden Morgen Kaffee trank. Das dauerte gut fünfzehn Minuten, und in dieser Zeit wuchs meine Ungeduld. Ich stellte mir vor, wie irgendwo in der großen Tasche, ganz unten am Boden, ein Brief lag, und über der Marke, die einen Clown in bunter Kleidung zeigte, fett gestempelt stand: GENÈVE. Das VE am Schluss war vielleicht nicht so gut zu sehen, die Tinte war genau da verbraucht gewesen, aber klar war, an wen der Brief adressiert war. Und wenn ich mir eine Zeit lang den Brief bildlich vorgestellt und an ihn gedacht hatte, als gäbe es für mich keinerlei Zweifel an seiner Existenz, so wartete ich nun, dass sich der Briefträger so bald wie möglich aus den Fängen jener alten Jungfern mit ihrer Partisanenvergangenheit herauswursteln und in einer schönen Zickzacklinie, von Haus zu Haus, von Briefkasten zu Briefkasten, als würde er segeln und nicht auf festem Asphalt gehen, auch bis zu unserem Pfosten kommen würde, wo er, zusammen mit sonstigen unwichtigen Dingen, Rechnungen und höflichen Schreiben, auch das einwerfen würde, worauf ich so lange wartete. Ich war mir sicher, dass mich Senkas Worte heilen würden.

Der Briefträger kam, winkte mir am Fenster zu und leerte in unseren Pfosten die ganze Menge an Post. In der ersten Zeit hastete ich hinunter zum Briefkasten und suchte in dem Haufen fremder Namen und Adressen meinen Namen und die bekannte Handschrift. Die Enttäuschung war immer schrecklich. Diese ständigen Enttäuschungen bewirkten allerdings nicht, dass ich am nächsten Tag nicht mit der gleichen Intensität auf den Brief gehofft hätte und mir in einem Augenblick fast schon sicher gewesen wäre, dass der Briefträger ihn in seiner Tasche trug.

Eines Morgens, es war schon Mitte November, traf mich der einarmige Mieterbeiratsvorsitzende an, wie ich nur in Unterhose und Unterhemd im gemeinsamen Briefkasten grub. Er kam gerade aus der Stadt zurück und sagte:

– Tiho, ist es denn nicht ein wenig zu kalt, so in der Unterhose herumzulaufen?

Das war ein Schock für mich, da mir plötzlich bewusst wurde, dass auch andere sahen, was mit mir los war. Von nun an zog ich mich ordentlich an für das Holen des Briefes. Ich zog Schuhe an, rasierte mich, richtete mich her, legte einen Mantel an, sah nach, ob es einen Brief gab, war enttäuscht und ging ins Haus zurück. Etwas später, man konnte bereits den Schnee in der Luft spüren, wenn ich nachmittags arbeitete, kombinierte ich das Briefholen mit dem Gang zum Einkaufen. Ich zog mich an, wartete den Briefträger ab und sah dann wie beiläufig nach, ob es Post gab, setzte dann aber meinen Weg fort zur Voćarska hinunter, wo ein neuer Supermarkt aufgemacht hatte.

Vater bereitete mir, solange ich Senkas Fehlen noch so intensiv spürte, keine wirklichen Probleme. Einmal sagte er nur:

– Was flennst du so dieser Fut hinterher!

Ich sah ihm in die Augen, als wollte ich ihn schlagen, und das reichte. Seither benahm er sich durchaus anständig und war bemüht, es mir leichter zu machen, indem er so tat, als würde er nichts verstehen.

Auch meine Träume hatten sich verändert. Während ich anfangs noch träumte, wie sie zufällig meine Hand berührte (auch in den Träumen war sie behutsam) oder sich an mich lehnte und ich am ganzen Körper zitterte, so verließ sie mich jetzt auch ständig in den Träumen. Wann immer sie mir im Traum erschien, und das war der einzige Ort, wo ich sie noch sehen konnte, nach einem Spaziergang, nach dem Pilze Sammeln oder Schwimmen, erklärte sie mir immer ganz genau, weshalb sie mich verlassen müsse. Die Gründe waren manchmal seltsam, wie sie in Träumen eben seltsam sind, aber verlassen musste sie mich immer. Dann empfand ich die Trauer in derselben Intensität wie am Anfang, als wäre sie erst vor zwei oder drei Minuten gegangen und ich marschierte noch durch das Flughafengebäude auf die Glastür zu. Nach einiger Zeit, so Mitte des Winters, fiel mir auf, dass der Umstand, dass ich mich nach dem Träumen schlechter fühlte, eigentlich ein Zeichen dafür war, dass es mir an anderen Tagen besser ging und dass jener Teil des Tages, wo ich nicht an Senka dachte, schrittweise länger wurde. Um Neujahr 1970 herum war es schon möglich, dass ich für ein oder zwei Stunden gar nicht an Senka dachte, dass sie mir überhaupt nicht in den Sinn kam. In den Träumen wiederum fand eine seltsame Veränderung statt. Senka erschien manchmal, um mir zu erklären, weshalb wir nicht zusammen sein könnten, aber sie hatte eine ganz andere Gestalt, sie sah ganz verändert aus. Nach solchen Träumen begriff ich mit Schrecken, dass ich langsam vergaß, wie sie aussah. Ich hatte mehrere Fotos von ihr, die ich mir aber nicht oft ansah. Das Bewusstsein schrittweise zu vergessen, wie sie aussah, war für mich zugleich eine gute und eine schlechte Nachricht. Gut deshalb, weil ich offenbar auf dem Weg der endgültigen Genesung war, schlecht deshalb, weil ich sie noch immer in Erinnerung behalten wollte, da mir bewusst war, dass sie meine größte Liebe gewesen war und dass der Mensch seine größte Liebe niemals bis zu dem Ausmaß vergessen darf, dass er nicht mehr weiß, wie sie aussieht. Dennoch heilte mein Bewusstsein langsam unter dem Vergessen ihrer Gesichtszüge.

Am Ende dieses schrecklichen Winters, Anfang März, war mir klar, dass ich nicht mehr wusste, wie sie aussah. Das ging einher mit den ersten Weidenkätzchen und Forsythien. Trotzdem war die Tatsache, dass es mir innerhalb weniger Monate gelungen war, die Züge ihres lieben Gesichts zu vergessen, auch eine Ursache des Leidens. Ich nahm die alte Schuhschachtel, in der ich die Fotos aufbewahrte, und fand das, was ich von Senka hatte: Fotos unserer Klasse und zwei Bilder, die sie mir unlängst gegeben hatte. Eines aus Prag, das andere aus Genf, mit dem See im Hintergrund. Es bedurfte nur eines flüchtigen Blickes, damit sich mein Körper wieder an alles erinnerte und mich mit Übelkeit und Schwindel warnte. Dann begann ich mir unsere Fotos aus der Grundschule anzusehen, Roman, Radovan und ich im Garten, mit Holzschwertern, Roman und ich spielen Fußball vor dem Haus, wir, unsere ganze Klasse aus der Grundschule irgendwo auf einem Schulausflug, vielleicht sogar auf dem Sljeme, ich, nackt bis zum Gürtel, in den ersten Tagen der Pubertät, als ich länger wurde, ich sehe wichtigtuerisch in die Linse, und es scheint, als hätte mir nicht einmal eine Atombombe etwas anhaben können. Noch lange danach sah ich mir diese Fotos an, denn sie waren heilsam. Alle diese Fotos waren vor Senka gemacht, und bei ihrem Anblick hatte ich das Gefühl, als würde ich mich auch körperlich wieder sammeln, als würde das, was in seine Bestandteile, in Zellen und Atome zerfallen war, nun wieder Form gewinnen. Es waren fast sechs Monate vergangen, und weder war ein Brief gekommen noch sah ich andauernd ihre Phantomgestalt in der Stadt. Jetzt konnte ich mich bereits mit dem Gedanken abfinden, sie nie wiederzusehen.

Ein Handel mit dem Teufel

1

Goli Otok verließen wir um vier Uhr nachmittags, nachdem wir uns satt gegessen und ausgeruht, unsere Eindrücke gesammelt hatten und manche auf den harten Bänken des Salons, der von allen Seiten offen war, damit uns die leichte Brise kühlte, die aus Richtung Lopar kam, auch ein bisschen weggedöst waren. Alle Fenster und alle Türen standen offen, und diese große Offenheit, gerade an diesem Ort, war fast verwunderlich. Das Klagelied unserer schwarzen Nachbarinnen war verklungen. Auch sie hatten sich der wohligen nachmittäglichen Siesta hingegeben, aber genau um vier null null brummten mit leichtem Stottern die Motoren unseres alten Schiffes los. Wir fuhren zurück, vorbei an Grgur, wo jahrelang das Frauengefängnis gewesen war, dann um Lopar herum, ganz bis Supetarska Draga, wo wir aber nicht anlegten, sondern nur eine Runde um die Felseninselchen drehten und dann die Südwestküste hinunter weiterfuhren bis zur Stadt Rab. Wir brauchten dafür mehr als vier Stunden, sodass wir in den Hafen selbst erst zu jener Vorabendzeit einliefen, wenn plötzlich alle in die Sicherheit der steinernen Wellenbrecher zurückkehren und die hohe See der Nacht überlassen. Rings um uns dröhnten die Sportboote, die Saison war noch nicht zu Ende, Barken mit der Aufschrift Taxi kläfften, mit schnurrendem Motor glitten Segelboote unterschiedlicher Größe langsam vorüber. Hinter der Punta der Halbinsel Frkanj tat sich plötzlich die ganze vorabendliche Lebendigkeit auf, eine septemberliche Abenddämmerung färbte den Himmel hinter den Glockentürmen rosa. Alle auf dem Schiff verstummten beim Anblick dieses feierlichen Augenblicks, beim Anblick der festgefügten, steinernen Stadt mit den vier Glockentürmen und dem instabilen Wald aus Aluminiummasten in der Marina auf der anderen Seite der Bucht. Vermutlich hatte Barba Zvir gerade diesen Augenblick zum Einlaufen gewählt, um uns seine Stadt im besten Licht zu zeigen: in jenem, das in Kürze verlöschen würde, wenn die Sonne hinter Frkanj ins Meer fiel. Wir machten am Ufer gleich vor dem Hauptplatz mit dem Rathaus fest. Silva versammelte uns im Salon wie die Angehörigen eines gealterten Kindergartens, mit Worten, die in ihrer Bedeutung wohlgesittet und nachsichtig, in der Intonation allerdings ernst und streng waren, und teilte uns mit, dass es jetzt acht Uhr sei, dass wir nach Plan reisten, dass wir soeben in den Hafen der Stadt Rab eingelaufen seien, über die sie uns etwas sagen werde, wenn wir von Bord gingen, dass das Abendessen um neun sei, sodass wir uns jetzt ein wenig ausruhen und uns für den Landgang umziehen könnten. Vorgesehen sei ein Abendessen in dem malerischen Restaurant Santa Maria, das seinen Namen nach Kolumbus' Flaggschiff führe und sich in einem schönen Palazzo in der Altstadt befinde. Sie erinnerte uns auch daran, dass wir das Abendessen selbst zu bezahlen hätten, denn an Bord hätten wir ja für Halbpension bezahlt, Frühstück und Mittagessen, das Abendessen würden wir aber jeden Tag in einer anderen Stadt und in den besten Restaurants einnehmen, die die Reiseagentur für uns ausgesucht habe.

Jugana und Alma waren schon von Bord gegangen und waren mit Silva in eine Diskussion verwickelt. Nach einiger Zeit kehrte Silva in den Salon zurück und sagte:

– Liebe Schulkameraden, heute Abend haben wir für euch eine Überraschung. Die werden wir vor dem Abendessen bekannt geben, bis dahin müsst ihr euch gedulden.

Im Raum entstand sofort ein Raunen, die Klassenkameraden, gemeinsam mit der Klassenlehrerin, versuchten offenbar laut zu erraten, was für eine Überraschung das sein könnte. Jugana streifte mich indessen im Vorübergehen mit der Schulter.

– Tiho, du gehst mit uns, sagte sie im Befehlston und führte mich zur Gangway.

Und so standen Alma, Jugana und ich friedlich auf der Riva von Rab, während Silva über ihr Handy offenbar etwas auszumachen versuchte, was sich anscheinend nicht so leicht ausmachen ließ. Endlich klappte sie ihr rosafarbenes Nokia zu und sagte:

– Er sagt, er kommt in fünf Minuten.

– Worum handelt es sich?, fragte ich Jugana.

– Wirst du sehen. Würde ich es dir jetzt sagen, wäre es keine Überraschung.

Für einen Moment dachte ich … Ich will nicht sagen, dass ich es nicht tat, aber ich schloss die Möglichkeit auch genauso schnell als nicht real wieder aus.

Und so standen wir dort auf der Riva, sahen die volle Terrasse der Bar Antonio, wunderten uns, was der junge Mann an der improvisierten Theke mit den Flaschen machte, während er Cocktails mixte, und warteten, dass weitere fünf Minuten unseres Lebens verstreichen würden. Wir warteten auf Gott weiß was, auf diese famose Überraschung, und dann kam das Taxi. Ein alter, weißer Opel. Jugana und Alma setzten sich nach hinten, und Jugana sagte zu mir:

– Tiho, du sitzt vorne.

Sie dachte vermutlich, ich als Mann. Wir sind ja doch alte Schule. Das machte mich allerdings besorgt, denn ich hatte mein Portemonnaie nicht mitgenommen, ich hatte nur so an Deck gestanden, nur in Hemd und kurzen karierten Bermudas, die mir Sara gekauft hatte, weil sie dieses Jahr modern waren, aber auch, weil sie billig gewesen waren. Mein Portemonnaie mit allen Dokumenten war in der Kabine geblieben, und die unangenehme Situation, wenn es ans Bezahlen ging, war direkt vorauszusehen. Jugana sagte zum Fahrer:

– Zum Kloster in Kampor!

Und der Opel setzte sich in Bewegung.

Was wollen wir im Kloster, dachte ich, sicher wieder irgendwelcher Käse oder Prošek wie in Vrbnik. Hatte sie etwa den Frater bestellt, damit er unser Schiff segne? Obwohl das, mit Rücksicht auf dessen Zustand, auch keine schlechte Idee gewesen wäre.

Vom Hafen bis zum Kloster waren es mehr als zwanzig Minuten, denn auch die übrigen Touristen, von denen es noch ziemlich viele gab, bildeten eine Kolonne Richtung Stadt, und so kamen wir in dem Gewühl der Automobile, Scooter und schweren Motorräder kaum voran. Als wir endlich auf der Straße nach Kampor waren, ließ der Verkehr nach, und als das Taxi auf dem Platz direkt vor dem Eingang des Klosters hielt, stand die Sonne nicht mehr im Westen. Nur ihr Reflex schimmerte noch am Himmel in einem Spektrum von Dunkelorange bis Hellrosa. Und in diesem Vorabendlicht, das die Farben wechselte und am Ende alles auf wenige Nuancen von Violett reduzierte, bemerkte ich eine Frau, die geduldig neben einem größeren Koffer wartete. Alma und Jugana stürzten als Erste aus dem Auto und liefen auf sie zu. Sie umarmten sie, eine nach der anderen, und küssten sie herzlich. Erst jetzt stieg auch ich aus. Die Frau trug eine lange, weiße Hose, einen grünen Blazer hatte sie über eine Schulter geworfen. Die andere Schulter war bloß und sah noch entblößter aus, weil die erste bedeckt war. Die Sonnenbrille war irgendwo oben auf dem Kopf ins rote Haar gesteckt und wäre fast auf die Steinplatten gescheppert, als Jugana sie umarmte. Alma indessen hatte, ohne darauf zu warten, dass ich das als Mann tun würde, ihren Koffer gepackt und trug ihn zum Taxi. Wir waren also unsere Überraschung abholen gekommen, diese Frau. Diese Frau?

Eine Frau, gegen deren Erkennen sich etwas in mir sträubte und die ganz anders aussah als jene, die ich vor ein paar Monaten vor dem Palainovka gesehen hatte.

– Das hast du nicht erwartet, sagte Senka, als ich ihr die Hand reichte.

– Nein, gestand ich, und wir gaben uns sehr offiziell die Hand, auf dem Platz zwischen Friedhof und Kloster.

– Was tust du hier? Bist du Nonne geworden?, fragte ich. Etwas Sinnvolleres fiel mir nicht ein.

Sie lächelte.

– Nein, Tiho, ich habe die Wohnung in Zagreb verkauft und hier ein Häuschen erstanden, sie zeigte mit der Hand auf eines der Häuser nahe dem Kloster, aber hier lässt sich leichter parken.

Dann umarmte Jugana sie, und so umarmt gingen sie schwätzend zum Taxi, ich stiefelte hinterher als ein ziemlich überflüssiges Mitglied dieses Empfangskomitees.

Nachdem uns das Taxi auf der Riva vor der Tramuntana ausgeladen hatte und wir an Deck geklettert waren, wurde als Erste die Klassenlehrerin herbeigeführt.

– Und wissen Sie, wer das hier ist?, fragte Alma fröhlich.

– Das hier?, murmelte Frau Sruk und blinzelte in der bläulichen Dämmerung zu der rothaarigen Frau mit der Brille im Haar. So würde sie heißen, würde jemand Altmodischer sie jetzt in Öl malen: *Frau mit Brille.* Oder: *Frau mit grüner Jacke.* Die Klassenlehrerin indessen blinzelte noch immer in erschreckendem Nichterkennen, das plötzlich eine unangenehme Stille erzeugte. Sie, die sich an unsere Namen im Bruchteil einer Sekunde erinnert hatte, bei der sich, sobald sie den Hafen von Opatija betreten hatte, der Altersstar von der Erinnerung gelöst hatte, blinzelte jetzt nur zu der neuen Mitreisenden hinüber, deren Koffer Franco schon beflissen an Bord gebracht hatte, wofür er bei der Rückkehr sogar ein Trinkgeld in Form von Juganas Kuss auf die Wange bekommen hatte; jetzt stand auch er in diesem Kreis zum Schweigen Gebrachter um die Klassenlehrerin herum. Doch dann ging Jugana, der Ärztin und Wissenschaftlerin, endlich auf, worin das Problem bestand.

– Leute! Die Klassenlehrerin sieht nichts.

Die durch die Dämmerung behinderten Greisinnenaugen hatten den Dienst aufgekündigt. Nicht ihr Hirn war getrübt, sondern die Linse im Auge. Sie zogen die Frau mit der grünen Jacke in den Salon und machten das Licht an. Und erst jetzt zeigten sich in den Augen der Klassenlehrerin die vertrauten Züge des Gesichts.

– Senkalein!, sagte sie und küsste sie so, fünfzehn Zentimeter kleiner, zärtlich auf die Wange, und es fehlte nicht viel und wir zum Schweigen Gebrachten hätten applaudiert. Noch eine Seele war erkannt und dem Dunkel des Vergessens entrissen. Frau Sruk, die fast hundertjährige Gedächtnismaschine, machte am Ende des Lebens uns Übrige immer lebendiger. Ich sah Senka an und begriff erst jetzt, wie sehr sie sich von der Person unterschied, die ich im Frühjahr gesehen hatte. Die Frau in der Oberstadt, eine Art Proto-Senka, die, hätte es Franco nicht gegeben, die Initiatorin dieser Exkursion hätte sein können, war gut zehn Jahre jünger gewesen. Mich hatte die Ähnlichkeit geblendet, sodass ich den Jahren keine Aufmerksamkeit geschenkt hatte. Damals, vor fünfunddreißig Jahren, als ich sie tatsächlich das letzte Mal gesehen hatte, hatte sie ganz anders ausgesehen. Verständlicherweise. Ihr Köpfchen mit dem blonden Haar, das immer eine Nuance von dunklem Honig und hellem Getreide hatte, die spitze Nase in dem Gesicht, die noch immer etwas kindlich geblieben war, und die Frisur einer französischen Tänzerin, die sie jahrelang leicht variiert getragen hatte, mal länger, mal kürzer, gerade geschnitten oder gestuft, schon danach, wie es gerade in Mode war, aber immer typisch für sie. Deshalb konnte ich mich jetzt überhaupt nicht mit der Henna-Färbung anfreunden, weil sie für mich das ganze Leben lang blond geblieben war.

Senkas Original saß jetzt im Salon, sie empfing die Prozession jener, die sie umarmten und küssten, aber ich hielt mich beiseite, immer in Sicherheit hinter einem Rücken, wie mein Enkel in unbekannter Gesellschaft. Wir hatten uns gute dreißig Jahre nicht gesehen, das durchschnittliche Lebensalter eines kroatischen Dichters, und ich wusste nach so langer Zeit nicht, wie ich mich verhalten sollte, wie sie umarmen. Und so standen wir, sie im Kreis um eine weitere wiedergefundene Seele und ich in meiner sicheren Distanz, und warteten in Wirklichkeit auf etwas. Auch Barba Zvir, sah ich, war auf Deck hinausgekrochen und wartete unter seinem zerrissenen Strohhut und wunderte sich über so viel Herzlichkeit. Er wartete natürlich, um ihr die Hand zu geben und sich vorzustellen.

Sie kam erst zu mir, als sich das Gedränge um ihre Person aufgelöst hatte. Mein Wunsch wäre eine Begrüßung ohne Zeugen gewesen, und auch sie schien irgendwie auf so etwas zu warten, das Handgeben vor dem Kloster schien eine Art Tarnung gewesen zu sein, derer wir uns beide bewusst waren. Sie kam zu mir, ich streckte ihr erneut die Hand entgegen, und sie umarmte mich. Sie hielt mich fest umarmt, und mir war sofort klar, dass ich sie auch heute noch lieben könnte, obwohl die damaligen Argumente längst ihren Glanz verloren hatten. Es war schrecklich erkennen zu müssen, wie diese Zuneigung mein ganzes seitheriges Leben zu annullieren und zu reduzieren schien, nicht auf ein Leben, das ich mir gewünscht hätte, sondern auf eines, das ich hätte leben können. Fast als notwendiges Übel. Hätte ich damals wählen können, hätte ich mein Leben mit Senka verbracht.

Und es war geradezu unglaublich, wie jetzt das Alter dieses Gefühl der Hingezogenheit noch verstärkte. Sie umarmte mich so fest, dass es mir wehtat, und küsste mich auf die Wange wie ein Kind, das sie verloren und nach langer Zeit wiedergefunden hatte. Wieder empfand ich es: Nicht nur eine Spur von Emotion, wie vor dem Palainovka, sondern ALLES DAS. Es verging teilweise, sobald sie mich losließ. Daran sah ich die Kraft der Berührung. Nun waren die Emotionen in den alten Topf zurückgekehrt, aus dem sie nur für einen winzigen Augenblick übergebrodelt waren. Es fehlte nur noch Adil aus unserer Straße und seine heisere Stimme mit der Roma-Intonation:

– Alte Töpf auf neu gestellt, dass darin die Suppe hält!

Sie sah mir in die Augen und sagte:

– Nimm es, als wäre ich jetzt in Tränen ausgebrochen. Als würde ich jetzt flennen.

– So nehme ich es denn, sagte ich in Nachahmung ihres pathetischen Tones.

2

Im Restaurant mit dem Namen des Kolumbus-Schiffes nahmen wir im geräumigen Atrium zwei Tische in Beschlag, da der lange Tisch schon besetzt war. Wir zögerten einige Augenblicke, als uns der Ober die beiden Tische mit der Aufschrift RESERVIERT zeigte. Jetzt galt es sich aufzuteilen.

– Ganz gleich, wer wo sitzt, sagte Jugana, diese Tische sind für uns.

Und sie setzte sich als Erste, dann folgten auch wir, schwatzend, ihrem Beispiel. Am Ende, als wir uns alle gesetzt hatten, konnte man wieder sehen, dass wir uns entsprechend der alten Popularitätslinie geteilt hatten, die schon im Gymnasium gegolten hatte und bereits in Opatija im Hafen sichtbar gewesen war. Jugana, Alma, Toni, Ana, Marijan, Senka und ich an einem Tisch, und Lidija, Vera, Josip, die Klassenlehrerin, Silva und dann noch Franco am anderen. Als sie sah, wie wir uns verteilt hatten, schickte Jugana Franco an Tisch 1, als ihr verlängertes Ich und als jemanden, der für Unterhaltung sorgen würde. Unglaublich, wie sie sich bemühte, dass alles gut lief. Und so, in der Kulisse des Schiffes, das die Neue Welt entdeckt hatte, beschlossen wir, die wir noch der Alten Welt angehörten, biologische Antiquitäten, Menschen mit Patina und Odeur, in einem alten Palazzo, dessen Inneres wie das Interieur eines Segelschiffes eingerichtet war und das seine Reize nur noch für den Tourismus bewahrt hatte, zu Abend zu essen.

Als wir Platz genommen, die Servietten ausgebreitet, Kabinenschlüssel und Handys neben uns auf den Tisch gelegt hatten, ging Jugana mit Silva und dem Kellner in die Küche, um das Abendessen zu besprechen. Ausgemacht war, dass wir nicht in den Speisekarten herumsuchen, sondern alle das Gleiche essen würden, nämlich was man uns empfehlen würde und was am besten und frischesten sei. Das war die offizielle Erklärung. Inoffiziell galt natürlich, dass wir alle etwas bestellen würden, was nicht zu teuer wäre, da wir nicht alle aus gleichen Vermögensverhältnissen kamen und es so am gerechtesten wäre. Dieses Modell würde auch für die folgenden Abendessen gelten, damit sich nicht jemand benachteiligt fühlte. Kreiert hatte es natürlich Jugana.

– Habt ihr gesehen, dass unser Barba, kaum hatten wir angelegt, irgendwohin verschwunden ist?, sagte Toni.

– Der Mensch verschwindet andauernd irgendwohin, meldete sich Alma. Ich habe ihn einmal auf dem Schiff gesucht und konnte ihn einfach nicht finden. Aber wohin kann man denn verschwinden auf einem so kleinen Schiff?

– Vielleicht gibt es irgendwelche geheimen Verliese.

Toni war offensichtlich gut drauf.

– Ich weiß nichts von Verliesen, aber sein Prošek ist Eins A, sagte Marijan.

– Ein seltsamer Mensch, liebenswürdig, herzlich, und doch, es ist etwas an ihm …

Ana hatte diesem kurzen Konzil über unseren Barba mit überlegenem Lächeln zugehört, als jemand, der mehr über ihn wusste.

– Leute, ich kann mit einem Tratsch über ihn dienen, sagte sie schließlich. Wisst ihr, weshalb sie ihn Zvir nennen? Deshalb, weil er sich wie ein Panther auf jede Frau gestürzt hat, der er ansichtig wurde.

– Er?, sagte Alma angewidert. Mit dem Wanst?

– Aber doch nicht jetzt, als er jünger war. Er kann gut ausgesehen haben, manche Männer verformen sich nach dem Fünfziger derart, dass man sie nicht wiedererkennt.

– Ich etwa auch?, fragte Toni witzelnd.

– Du nicht, mein Lieber, sagte Ana. Dein Problem liegt woanders.

– Also was ist nun mit ihm, red nicht so drum herum, sagte Alma. Barba Zvir schien sie tatsächlich aus irgendeinem Grunde zu interessieren.

Ana beugte sich zur Tischmitte vor, damit nicht unbedingt jeder hörte, was sie sagen würde, und mit ihr zusammen beugten auch wir die Köpfe zu dem Geheimnis vor, das in Bälde ein gemeinsames sein würde.

– Er hat Angst vor dem Meer!

– Red keinen Scheiß, spuckte Toni aus.

– Unmöglich, sagte ich, er fährt sein ganzes Leben zur See.

– Ich wusste, dass etwas nicht stimmt mit dem Schiff, sagte Marijan, aber jetzt auch noch mit dem Kapitän.

– Wenn ich es euch doch sage, sobald er irgendwo anlegt, sprintet er sofort zur Verwaltung der Marina und holt den Seewetterbericht, er hat Angst vor einem Sturm. Er hat Satellitennavigation und Internet an Bord, und trotzdem fragt er ständig die Alten, was für Wetter kommt und ob vielleicht doch ein nicht angekündigtes Unwetter losbrechen könnte.

– Das kann ich nicht glauben, sagte Toni.

– Die Jungs, die auf dem Schiff arbeiten, weißt du, wie die ihn nennen?

– Nein.

– Fudrin.

Alma und Senka sahen sich an und zuckten mit den Achseln.

– Was ist das?, fragte Marijan.

– Hast du das noch nie gehört?, sagte Ana, ein Präservativ. So heißt bei ihnen an der Küste der Präser.

– Und so nennen sie den Barba?

– Aber ja doch, das hat mir der Kleine erklärt, der süße Schwarzhaarige, der die Fender raushängt, wenn wir anlegen.

– Jetzt stellst du schon den Halbwüchsigen nach?, meldete sich Senka.

Die ganze Zeit, während wir dasaßen, hatte sie mich nicht einmal angesehen.

– Meinetwegen tue ich das, dabei könnte er mein Enkel sein. Aber er sagt mir, so im Vertrauen, dass sie ihn deshalb Fudrin nennen, weil er so schreckliche Angst vor dem Sturm hat. Ständig sieht er zu den Wolken hinauf, und sobald es sich etwas eintrübt und er kein Handysignal hat, ist er schon am Radioempfänger, ich sage euch, er lebt in panischer Angst.

– Aber wieso Fudrin?, fragte Toni.

– Na wegen der Vorsicht, der Prävention … Was weiß ich, ich weiß nur, dass sie ihn damit aufziehen, wenn er sie nicht hört.

– Und wenn er sie hören kann, nennen sie ihn Zvir?

– Sie nennen ihn Barba, wohl aus Respekt, aber sie machen sich lustig über ihn. Ich habe es gesehen, sie machen den Finger feucht und prüfen den Wind hinter seinem Rücken.

– Ich habe ihn mir überhaupt nicht richtig angesehen, als wir uns vorgestellt haben, sagte Senka. Jetzt werde ich ihn mir genauer ansehen.

– Mein Gott, mit wem fahren wir denn da?, ergänzte Alma.

– Du kannst nie vorsichtig genug sein, wenn du auf so einer Schaluppe anheuerst, kommentierte Marijan.

In dem Moment kehrte Jugana zurück.

– So, wir haben alles besprochen, sagte Jugana, Tintenfische vom Grill mit Mangold, und für jeden einen halben Liter Roten. Wir haben patagonische genommen, denn Silva sagt, dass die aus der Adria und die patagonischen ein und dasselbe sind, nur dass die einen hundertfünfzig Kuna kosten und die anderen siebzig. Das ist der einzige Unterschied.

Auch der Wein kam, jeder kriegte seinen Halbliterkrug, und die Stimmung an unserem Tisch besserte sich zusehends, während die am anderen Tisch, die Unpopulären, ernste Gespräche mit der Klassenlehrerin führten. Jugana sah mitunter zu Franco hinüber, um zu sehen, wie er sich ohne ihre Unterstützung unter den Unbekannten zurechtfand. Er kam ganz gut zurecht.

Dann schnitt ich das Thema des Koffers der Klassenlehrerin an. Jetzt sprachen wir noch leiser, als Ana es bei Fudrin getan hatte.

– Ich durfte ihn tragen und weiß, dass er zum Verrecken schwer ist.

– Wen zum Teufel schleppt sie da mit sich herum?, fragte Marijan.

– Passt auf, die Sruk hört alles, ihr erinnert euch, wie sie Toni in Opatija angefaucht hat …, sagte Ana.

– Die Sachen, die sie für die Reise braucht, haben auch in ihrer Reisetasche Platz, erklärte ich, die Tasche ist nicht so klein. Und wir haben doch wohl jeder nur eine Tasche, mein Blick wanderte über die Freunde am Tisch hin, oder irre ich mich?

Jugana hob schamhaft zwei Finger.

– Ich habe zwei.

– Gut, aber wirklich, sagte Marijan, ich habe den Koffer auch getragen, so wie Tiho, und ich kann euch sagen, dass er wirklich verdammt schwer ist.

– Ihr seid echt gemein, meldete sich Jugana mit leiser Stimme zur Verteidigung der Klassenlehrerin.

– Genau, sagte ich, aber du weißt so gut wie ich, dass alte Leute nicht schwitzen, die brauchen sich nicht oft umzuziehen.

– Das stimmt, räumte Jugana ein.

– Sowieso … und das interessiert mich als Einziges, ich bin nicht boshaft, ich mache mich nicht über eine alte Frau lustig, aber ich frage mich, was in dem Koffer ist, denn Kleidung ist es nicht.

In dem Moment kamen unsere Tintenfische, und wir unterbrachen die Konversation über den Koffer der Klassenlehrerin und das kleine Mysterium, das so plötzlich und unerwartet aufgetaucht war, auf der Terrasse eines Schiffes, das nie und nirgends hin ausgelaufen war. Wir machten uns einvernehmlich über die Tintenfische vom Grill und den Mangold her, weil unsere Rentnermägen die Makrelen von Goli Otok schon vergessen hatten. Barba Zvir hatte sich nicht gerade durch üppige Portionen ausgezeichnet.

Im nächsten Moment läutete am Nachbartisch ein Handy, und es läutete lange. Endlich meldete sich Josip, er schob automatisch seinen Stuhl zurück und begann nervös zwischen den Tischen umherzuspazieren und auf das zu hören, was ihm der kleine Lautsprecher in der Hand zu sagen hatte. Um dann noch nervöser zu antworten:

– Ja, Mama, ich habe die Suppe gegessen, hörst du mich, ja, und er wiederholte noch lauter, ich habe die Suppe gegessen. Ich weiß, dass ich das muss, Mama, aber jetzt ist nicht der Augenblick, jetzt sind wir in einem Restaurant, ich melde mich später bei dir.

Aber seine Mutter am anderen Ende war offenbar hartnäckig.

– Nein, Mama, es ist nicht kalt. Ich brauche die Strümpfe nicht …

Ich bemerkte, dass wir, als Josip zu sprechen begonnen hatte, alle irgendwie spontan in Schweigen verfallen waren, selbst die wenigen Kommentare über die Tintenfische und die endlich großen Portionen waren verstummt und alle Ohren diskret auf dieses Telefonat gerichtet.

– Nein, Mama, ich werde mich nicht erkälten, hab keine Angst, und dann umfing er uns alle mit seinem Blick, als hätten wir uns in spionierende Spitzbuben verwandelt, ich kann jetzt nicht reden, Mama, wir hören uns. Ciao!

Er verstaute das Handy in der Tasche und setzte sich wieder zwischen die Unpopulären.

Aber dann machte jemand von unserem Tisch die Bemerkung, dass die anderen dort, die Unpopulären, sozial bedeutend erfolgreicher gewesen seien als wir, die wir im Gymnasium als die Klugen und Populären gegolten hatten. Ich meine, es wäre Marijan gewesen. Die Beantwortung dieser Frage zog sich natürlich in die Länge, sodass wir jeder noch einen zweiten Halbliterkrug Roten zu trinken hatten, was eine verstärkte Menge Tabletten für den Blutdruck bedeutete, wenn wir in die Kabinen zurückkehrten.

– Das ist nicht wahr, entgegnete ihm Alma, wir haben hier drei Habilitierte, davon ist einer in der Akademie, und du warst schließlich auch so eine Art Direktor bei der damaligen Industriebau.

– Ach was, Habilitierte und Akademiker, gab Marijan zurück, ich gebe einen Scheiß auf die Akademiker, entschuldige, Toni, nichts Persönliches, aber ich war so ein kleiner Arsch von Direktor. Sieh dir lieber an, wen du auf der anderen Seite sitzen hast. Vera, die Chefin des Deviseninspektorats für Kroatien und spätere Vizepräsidentin der Kammer für den gesamten Jugo-Raum, und Lidija? Erinnerst du dich an Lidija aus jenen Zeiten? Die rechte Hand von Milka Planinc, jugoslawische Handelsattachée bei den Vereinten Nationen. Soll ich weiter aufzählen?

– Nein, danke.

– Lediglich Josip verdirbt den Durchschnitt, setzte Marijan hinzu.

Alma gestand ihre Niederlage ein. Die betrunkene Unterhaltung ging aber in dieser Richtung weiter. Es wurde erzählt, wer der coolste Typ in der Klasse war, der Obermacker, wie wir das damals nannten, und kamen zu dem Schluss, dass es Roman war und dass alle Jungen danach strebten, so zu sein wie er.

– Mensch, der war ein Bastard, aber wir haben ihn deswegen überhaupt nicht gehänselt, das sagt doch alles, stellte Marijan fest, aber mein Blick war finster genug, dass er nicht weitersprach.

– Kommt, jetzt reden wir mal nicht über die Toten, sagte Jugana.

Die Atmosphäre war gut, und der Wein und die Erinnerungen hätten ausgereicht, um bis zum Morgen auf diesem gestrandeten Admiralsschiff auszuharren, aber die Tische um uns leerten sich zusehends, und plötzlich waren wir die letzten Gäste, und da war auch schon der Kellner mit der Rechnung. Jung, beflissen, mit hörbar slawonischem Akzent. Ein wendiger Saisonaler. Wir zahlten jeder das Seine, aber da wir alle das Gleiche gehabt hatten, legte jeder von uns den gleichen Betrag auf den Tisch. Der Kellner zählte zusammen und ließ uns im Tausch gegen das Geld den zerknitterten Rechnungsbeleg auf dem Tisch zurück. Die Rechnung nahm natürlich Jugana an sich. Und als die vom anderen Tisch auch bezahlt hatten, zogen wir gemeinsam durch die schmalen Gassen zurück zur Tramuntana. Wir hatten uns gut unterhalten, uns satt gegessen und alles war gut, bis Vera an Jugana die Frage richtete, wie viel wir pro Person bezahlt hätten.

– Einhunderfünfundsiebzig pro Kopf, lautete Juganas Antwort. Nicht übertrieben, wenn man berücksichtigt, dass wir auch jeder einen Liter Wein hatten.

Vera verfiel in plötzliches Schweigen, sie presste die Lippen zusammen und sah Silva, die nur mit den Achseln zuckte, streng an.

– Wir hatten alle das Gleiche, oder?, sagte Vera.

– Hatten wir, antwortete Silva.

– Erklären Sie uns dann, warum wir zweihundert Kuna pro Person bezahlt haben und die anderen nur hundertfünfundsiebzig?

– Das weiß ich nicht.

– Das wissen Sie nicht. Sehen Sie, und ich denke, dass es Ihre Aufgabe wäre, das zu wissen.

Aber jetzt wurde auch Silva starrköpfig.

– Gnädige Frau, ich bin doch nicht schuld, wenn die Kellner betrügen.

Jugana warf sich dazwischen, nach ihrer Gewohnheit, um wieder Frieden zu stiften.

– Silva und ich werden zurückgehen und reklamieren. Und ab morgen wird Silva alles Geld von uns einsammeln und die Rechnungen kontrollieren.

So waren wir gezwungen zu warten, bis Jugana und Silva das delikate Geschäft erledigt hatten, aber Marijan war glücklich. Die Chefin des Deviseninspektorats und Handelsattachée bei den Vereinten Nationen wird von einem rotzbubigen, slawonischen Saisonarbeiter betrogen, offensichtlich einem Blutsbruder jenes Kellners im embryonalen Sträflingsanzug, der beim Eintreten meines Alters mitgewirkt hatte. Warum hatte er sich gerade den Tisch ausgesucht? Etwa aus demselben flüchtigen Grund, weshalb sie auch im Gymnasium die Unpopulären gewesen waren?

3

Das unglückliche Zahlungsmissverständnis aus dem Santa Maria wurde zu beiderseitiger Zufriedenheit gelöst, und das Vergnügen fand seine Fortsetzung an der Bar der Tramuntana. Einer der jungen Burschen, Denis, der sonst die Fender hinaushängte und manchmal auch am Ruder stand, arbeitete jetzt hinterm Tresen, er öffnete die eingekühlten Flaschen Stella, füllte die Gläser mit Vrbniker Žlahtina und schenkte zwischendurch auch vom Eigengewächs Prošek mit dem falschen Etikett ein. Aus den Lautsprechern dröhnten Arsen Dedić und Mišo Kovač, wir wiegten uns im Hafen beim Anblick der romanischen Glockentürme und angestrahlten Palazzi, und unser Rentnerleben bekam bei all diesen Hilfsmitteln auch einen Sinn. Hauptsächlich wurde über die Vergangenheit gesprochen, wie wir damals die Spickzettel versteckten, welche Lehrer die strengsten waren, an die wir uns natürlich am besten erinnern konnten, und Frau Sruk, die nur sämigen Fruchtsaft trank, wartete mit Tratsch aus dem Lehrerzimmer auf. Aber dabei war nichts Hämisches, das waren schon längst Tratsch-Antiquitäten, von dem Typ, welche Lehrer zu der Zeit heimlich ein Liebespaar waren, was das ganze Lehrerzimmer wusste, und die Hälfte der Schüler. Nach einer Zeit erschien auch Barba Zvir, dieses Mal ohne Hut und in einer dünnen Strickweste, die den unteren Teil des Bauches zu bedecken vermochte. Er hatte eine Gitarre bei sich. Außer dass er noch alle Zähne hatte und dass er sich vor dem Meer fürchtete, war das die dritte, mit diesem pittoresken Menschen verbundene Überraschung. Nach einiger Zeit fasste Senka an der Theke zwei Stella aus, und obwohl sie mich den ganzen Abend ignoriert hatte, flüsterte sie mir zu, dass wir an den Bug hinausgehen sollten, wo niemand war, nur aufgerollte Taue und die bewussten Reifen. Wir setzten uns auf die Reifen, ließen die Beine über den Planken baumeln und stießen mit den Flaschen an.

– Du warst nicht auf der Beerdigung, sagte sie.

– Ich konnte nicht.

– Du wolltest nicht.

– Wir waren Skilaufen in Frankreich, ich hätte es nicht rechtzeitig geschafft, selbst wenn ich am selben Abend gefahren wäre.

– Macht nichts. Ich habe dir vergeben.

– Und ich dir.

Wir lachten und stießen noch einmal an. Wir sahen den gestirnten Himmel über uns und hörten von der anderen Seite der Bucht her das Klirren der Fallen an den Masten. Dann bemerkte ich, dass sie mich intensiv ansah.

– Ich habe mich damals verliebt, sagte sie, aber ich war schon verheiratet, mit Kind, es war nicht einfach. Und alles das danach. Du hast es mir nicht geglaubt.

– Was?

– Dass ich dich liebe, ohne Rücksicht auf alles. Du hattest Angst, es zu glauben.

– Angst?

– Weißt du, wieso ich es weiß? Deshalb, weil du es mir noch im Gymnasium gesagt hast, als ich dir gefallen habe.

– Was habe ich zu dir gesagt?

– Dass ich dir gefalle, weil ich Ähnlichkeit habe mit einem Mädchen aus der Grundschule, aber dass du das seltsam findest, weil dir die überhaupt nicht gefallen hat.

– Und was jetzt?

– Du hast Angst vor dem Unbekannten, alles, was neu ist, schreckt dich, deshalb habe ich dir gefallen. Es war die Angst, Tiho, wegen der Angst habe ich dir gefallen.

Wir sitzen am Bug, wir fast Siebzigjährigen, und unsere Beine baumeln über den Planken. Zwei Mal zwei Greisenbeine: Ihre mit etwas ausgeprägteren Venen, aber mit schöner, reiner Haut, meine mit braunen Flecken, infolge Insuffizienz der venösen Oberflächenzirkulation.

Die Musik aus den Lautsprechern verstummte unter leisem Knacken, und aus dem Salon war die Gitarre zu hören. Barba Zvir griff in die Saiten und sang:

Wären wir uns früher begegnet,
Wär alles anders gekommen,
Denn wir wollten Frühlingsliebe,
Doch dann fiel schon der Schnee,
Doch dann fiel schon der Schnee.

Er hatte einen angenehmen Bass, der durch die offene Tür des Salons zu uns vorne am Bug drang.

– Voll in die Scheiße gegriffen, sagte Senka, hat das Schiff voller alter Weiber und muss gerade das singen.

Ich liebte dich heiß und voll Leidenschaft,
Und glaubte mein Glück gefunden,
Schwer fällt es zu sagen zu spät:
Bitter ist ein Lächeln unter Tränen,
Schmerzlich und bitter ein Lächeln unter Tränen.

Und so lauschten wir, konzentriert, jeder in seinen Gedanken. Und dann sagte ich wie beiläufig:

– Es wäre nicht schlecht, wenn Gott einem eine zweite Chance gäbe.

– Glaubst du?

Ihre Miene verfinsterte sich, eine Art Krampf erfasste das Gesicht, das noch immer schön war, ein säuerliches Lächeln verzog ihre Lippen, und sie sagte:

– Ein zweites Leben, das käme nicht von Gott. Das käme vom Teufel.

– Warum vom Teufel?

– Glaub mir, Tiho, ich weiß es, aber dann ging sie zu etwas anderem über. Du sagst, der Koffer der Sruk sei schwer. Was schleppt sie in ihm herum?

– Ich weiß es nicht. Juga sagt, die Alte habe ihn auch überhaupt nicht aufgemacht. Sie habe zwei Kleider und eine Weste in den Schrank gehängt, und die habe sie aus der Tasche genommen. Mein Enkel behauptet, dass sich eine zerstückelte Leiche darin befindet, er sieht diese forensischen Serien, obwohl er es nicht dürfte.

– Du hast einen Enkel, du Schuft, und hast es mir nicht gesagt. Wie alt ist er?

– Fünf. Und du?

– Zwei. Das Mädchen geht in die dritte Klasse, der Junge ist schon im Gymnasium.

Und so plauderten wir über diese fünfunddreißig Jahre, die wir uns nicht gesehen hatten. Sie wusste von mir ja doch einiges, zum Beispiel, dass ich geheiratet hatte und eine Tochter habe, aber ich wusste von ihr gar nichts. Doch noch war es Zeit, wir waren ja erst am Anfang der Abiturreise, ich würde es schon noch erfahren.

Dritter Teil

Auch eine Krücke ist ein Phallussymbol

1

Eine Bettlerin mit deformierten Füßen schlurfte an uns, die wir warteten, vorüber und lehnte sich an die Mauer des Hotels Dubrovnik. Sie stellte die rechte Krücke ab, um die Hand ausstrecken zu können. Die Sonne war noch nicht untergegangen, aber hier zwischen den Gebäuden war sie nicht mehr zu sehen. Wir hatten Ende April, kurz vor halb sechs. Sonntag. Die Stadt wirkte verlassen für diese Jahreszeit. Irgendwoher von oben, aus einer Wohnung über uns, kam der Lärm einer Fußballübertragung. Wir vor den Schaufenstern, die wir warteten, waren die einzige größere Gruppe auf dem Platz. Ich hatte mich schon ziemlich erholt nach Senkas Weggang, es tat nicht mehr so weh, aber jetzt stellte sich dieses Gefühl der Leere ein. Und auch das Bild des leeren Platzes passte irgendwie zu dieser Leere, die ich ständig verspürte. Ich hatte Višnja angerufen und ihr vorgeschlagen, etwas trinken zu gehen. Wir kannten uns mehr als zehn Jahre, seit dem ersten Jahr an der Uni. Und zwischen uns war nie etwas passiert. Wenn man mich oder sie fragte, wieso wir nichts miteinander hätten, aber ständig zusammen seien, bei den Vorlesungen und Seminaren und auch in der Unimensa, mit ihr war ich mehr zusammen als mit meiner Freundin, hieß die Antwort exakt so: „Es ist nichts passiert." Mit der Zeit hatten die Leute aufgehört, Fragen zu stellen. Diesen Satz hatte ich schon seit Jahren nicht mehr gesagt. In all den Jahren, in denen Karmen und ich eine kleine Wohnung gemietet und später auch eine Wohnung in Trnsko gekauft hatten, in all den Jahren, in denen meine Frau schwanger geworden war und das Kind spontan verloren hatte, in all den Jahren, in denen wir ein Auto angeschafft hatten, abwechselnd Bruch und Blinddarm hatten operieren lassen, etliche Kliniken gewechselt, uns zerstritten und am Ende getrennt hatten, in all den Jahren war es nicht notwendig gewesen, diesen Satz zu sagen. Das Mädchen neben mir, das offenbar auf ihren Liebsten wartete, trug Schuhe mit hohen dünnen Absätzen und ein aus der Mode gekommenes dunkelblaues Kostüm und hielt eine kleine schwarze Tasche unter dem Arm. Ihr Gesicht war das Gesicht einer Ordensschwester, die Zivilkleidung angelegt hat, der aber die schwarze Nonnentracht noch nicht aus den Augen geschwunden ist. Sie stand schon lange da. Ich hatte sie gesehen, als ich kam, und ich wartete bereits zehn Minuten. Višnja verspätete sich wie gewöhnlich. Sie verspätete sich nicht viel, nie mehr als fünfzehn Minuten, aber das regelmäßig. Und zwar seit mehr als zehn Jahren. Hätte man ausrechnen wollen, wie oft wir uns in dieser Zeit getroffen hatten und wie viel sie sich insgesamt verspätet hatte, wäre genug herausgekommen für ein solides Kinderleben. Und wäre dieses Kind dann gestorben, etwa an Diphtherie, hätte man sagen können, es habe sein Leben gelebt. So viel war sie zu spät gekommen. Aber nie lange genug, dass ich mich umgedreht hätte und weggegangen wäre.

Zu der Zeit, als wir uns kennenlernten und als viele glaubten, wir würden miteinander gehen, hatten wir darüber gesprochen, warum das nicht möglich sei. Sie hatte gemeint:

– Alles ist in Ordnung, wenn du da bist. Aber es funktioniert nicht, wenn du nicht da bist. Ich kann von dir nicht fantasieren.

– Vielleicht, weil ich ständig da bin?

– Vielleicht. Ich kann nicht von dir fantasieren, ich träume nicht von dir, du löst dich auf. Aber ich werde dich trotzdem heiraten.

Das hatte sie vor zehn Jahren gesagt.

– In Ordnung, wenn du in dieser Ehe nicht erwartest, dass wir zusammen schlafen.

So hatte ich es ihr mit gleicher Münze heimgezahlt, aber das war natürlich auch die Wahrheit. In diesem Sinne zog sie mich nicht an.

Das Mädchen, das neben mir wartete, wurde nervös. Der, auf den sie wartete, kam gefährlich zu spät. Vielleicht war es eine ihrer ersten Verabredungen, wenn jedes sich Verspäten auch das Ende bedeuten kann. Sie war sehr jung, keine achtzehn, aber gekleidet wie eine ältere Frau. Die Sonnenbrille hatte sie sich ins Haar gesteckt. Die war noch gerechtfertigt, denn einige schräge Strahlen fielen auf die Dächer der Häuser an der Nordseite des Platzes. Ich sah von Zeit zu Zeit zu ihr hinüber, bemühte mich aber, es nicht aufdringlich aussehen zu lassen. Immer wenn sie mich hätte sehen können, senkte ich den Blick. Nervös ging sie vor mir auf und ab und spazierte mir so manchmal von selbst ins Sichtfeld. Hätte ich jetzt mit ihr reden müssen, hätte ich nichts zu sagen gewusst. Plötzlich blieb sie stehen und begann sich umzublicken. Als wäre sie aus einem Traum erwacht und sähe plötzlich, wo sie sich befand. Sie sah uns alle an, erst jetzt stellte sie eine Art Kontakt mit dem Ort her, an dem sie stand. Und dann ging sie, völlig unerwartet, auf das Hotel zu, wo die Bettlerin mit den deformierten Füßen stand. Sie legte ihr ein paar Münzen in die Hand und kehrte langsam zurück. Sie versucht, das Glück zu bestechen, war mein Gedanke.

Ich fing den Blick eines langhaarigen Burschen mit runden Brillengläsern auf. Auch er hatte das Mädchen in dem blauen Kostüm beobachtet, wie es der Bettlerin Geld gab. Aus irgendeinem Grund war ich mir sicher, dass wir beide das Gleiche dachten. Er schien als Einziger, in bestimmter Weise, an denen interessiert, mit denen er zusammen wartete. Die anderen taten so, als wären sie nicht am Leben. Sie würden erst zu Bewusstsein gelangen, wenn sie lange genug gewartet hätten. Ich war in diesem Sinne schon lange zu Bewusstsein gekommen, genau genommen, wenn ich ein wenig nachdachte, seit ich auf Višnja wartete. Zu unseren Rendezvous war ich nie zu spät gekommen, aber es konnte passieren, dass ich überhaupt nicht kam oder dass ich stockbetrunken erschien. Dann sagte sie nach ein paar Tagen erzürnt:

– Auf dich kann man sich überhaupt nicht verlassen.

– Warum solltest du dich überhaupt auf mich verlassen, sagte ich zu ihr. Ich wollte keine Krücke sein, obwohl Psychiater vermutlich sagen würden, auch eine Krücke ist ein Phallussymbol.

Und so sah ich, während ich wartete, alle diese Menschen, jünger als ich, wie sie auf ihre Freunde und Freundinnen, auf ihre Liebsten warteten. Ärgerlich sah ich zuerst auf die große Uhr auf dem Platz, dann auf meine Armbanduhr. Die Zeit stimmte nicht überein. Meine Armbanduhr ging vor. Ich stellte sie nach der großen, um nicht zwei Enttäuschungen zu erleben. Zu Beginn des Abends war mir Višnjas Kommen gleichgültig gewesen, sie war nur eine Person, die die Leere hätte ausfüllen können. Aber jetzt passte es mir plötzlich nicht mehr, dass sie zu spät kam. Nicht etwa, weil es mich erzürnt oder beleidigt hätte, auch nicht, weil mir langweilig gewesen wäre, sondern wegen etwas anderem. Und dieses andere begann mich zu interessieren. Das war etwas Unterbewusstes. Ich war ihr gegenüber indifferent, aber wenn sie sich allzu viel verspätete, hatte ich das Gefühl, als hätte sie mich verlassen. Das, was nicht eingetreten ist, tritt an seltsamen Orten wieder zutage. So war sie, als wir auf der Absolventenreise gemeinsam in Prag waren, eifersüchtig gewesen, dass ich auf der Straße mit einer Prostituierten sprach, obwohl sie zu der Zeit einen Freund hatte. Die Dinge liefen seltsam ab zwischen uns.

– Das nächste Mal, wenn du mit mir spazieren gehst und eine Hure anhältst, kriegst du eine geknallt. Hast du verstanden?

– Nein.

– Besser, du verstehst es.

Mein Blick schweifte über die Wartenden, ich sah die Kioske auf dem Platz und die großen Fenster des Cafés Dubrovnik. Plötzlich geriet mir die Frau mit den deformierten Füßen wieder in den Blick, und ich erinnerte mich an die Art und Weise, wie das Mädchen, das noch immer neben mir auf und ab ging, ihre milde Gabe gespendet hatte. Stand sie gerade deshalb an der Ecke, damit alle, die hier warten, sie sahen? Verliebte sind weichherziger, sie sind von Güte durchdrungen, so wie die Menschen in der Kirche von Güte durchdrungen werden, sodass sich die Bettler direkt vor dem Eingang aufstellen, denn die Güte bei den Menschen könnte verpuffen, wenn sie sich zu weit von der Kirchentür entfernen. Mir wurde klar, dass sie uns auf gewisse Weise dazu verhalf, tolerant gegenüber den Fehlern derer zu werden, auf die wir warteten. Auch wenn sie stand, sah man, dass ihre Füße gekrümmt waren, die Krücke neben ihr und die ausgestreckte Hand verstärkten diesen Eindruck. Oder war der Grund ein ganz anderer? Hier war es interessant, hier wartete in jedem Augenblick zwischen acht und zehn Uhr am Abend mindestens ein Dutzend Leute. Die Frau mit den deformierten Füßen hatte ihre Unterhaltung. Sie stellte sich vor, wie die Partner derer, die warteten, beschaffen sein mochten und wie sehr die einen den anderen entsprechen mochten. Möglich war auch, dass sie versuchte herauszufinden, ob es unter den Mädchen, die warteten, auch welche gab, die hinkten.

Langsam wandte ich den Blick, ich sah hinauf zur Jurišićeva, woher Višnja kommen sollte, und als ich mich überzeugt hatte, dass sie nicht kam, dass da nur sonntägliche, städtische Öde herrschte, setzte ich mich langsam in Bewegung. Schritt für Schritt schaukelte ich auf die Bettlerin zu. Als hätte sie sofort begriffen, dass ich zu ihr unterwegs war, maß sie mich nur kurz mit dem Blick und widmete sich schon etwas anderem auf dem Platz. Sie glaubte, dass ich an der Angel hing und dass es nur eine Frage der Zeit war, wann sie mich aufs Trockene zog und mich ausnahm. Sie wusste, dass ich schon lange wartete und dass ich wahrscheinlich dem Schicksal meinen Obolus entrichten kam. Ich ging langsam auf sie zu, wie ein Revolverheld, und verfolgte ihre Mimik. Als ich nahe war, ohne bereits bei ihr zu sein, zuckte sie. Sie zuckte viel früher, als es der Mensch erwartet hätte. Denn noch immer konnte ich an ihr vorbei- und die Gajeva hinuntergehen, ohne ihr etwas in die gierige Hand zu legen. Ich war jetzt unmittelbar bei ihr, und sie sagte schon:

– Gott segne Sie!

Aber statt ihr eine Münze zu geben, fragte ich sie:

– Warum kommt hier keine Straßenbahn?

Ihre Augen weiteten sich, und sie wusste nicht, ob sie mir antworten oder mich verfluchen und anspucken sollte. Und in diesem ihrem Zweifel fummelte ich von irgendwoher ein Fünfdinarstück heraus und legte es ihr in die Hand. Und hoffte dabei, dass die Straßenbahnen bald wieder fahren und dass Višnja endlich kam. Višnja, die immer fair gewesen war gegenüber jedem, und besonders gegenüber mir, die einen festen Moralkodex hatte und bei der die Korrektheit an erster Stelle stand. Uns interessierten sogar ähnliche Dinge, Malerei und Architektur, Modernismus in Malerei und Architektur, mit ihr wäre es interessant gewesen durch die europäischen Städte zu reisen, sie war Ärztin wie ich, arbeitete in der Vinogradska, sie verstand die Nervosität nach dem Dienst, die Depression wegen widerlicher Kollegen, die Enttäuschung darüber, dass so viel Arbeit investiert werden musste, damit Leben Leben blieb. Jene Enttäuschung, die man fühlte, wenn man einer Frau den entzündeten Eierstock herausnahm und sie vor einer sicheren Sepsis bewahrte, wenn man sie direkt vom Ufer des Styx zurückholte, und sie, kaum aus der Narkose erwacht, noch mit trockenem Mund, vor den nächsten Angehörigen flüsternd über die Schwestern oder über die Frau im Nebenbett herzog. Višnja hätte das verstanden. Višnja hatte Geschmack in Kleiderfragen, sie war diskret, sie verstand es, einem mutig ins Gesicht zu sagen, was sie dachte. Und hier meldete sich, während ich langsam von der Bettlerin zurückmarschierte, der häretische Gedanke, dass es sich mit Višnja, die momentan frei war, weil sie sich ebenfalls hatte scheiden lassen, ganz schön zusammenleben ließe. Aber dann sah ich, wie an der Tafel mit dem Stadtplan, dort vor der Apotheke, eine blonde Frau mit der Frisur einer französischen Tänzerin vorüberging. Eine von Senkas Phantomdoppelgängerinnen. Lange hatte es sie nicht gegeben, volle vier Monate, und gerade jetzt musste sie sich zeigen. Einen Moment nur hatte ich sie gesehen, dann war sie vom Stadtplan und von mehreren Frauen mit Haarknoten und zum Schluss von den Säulen des Gebäudes verdeckt worden, in dem sich die Apotheke befand. Eine einzige Sekunde Senka hatte ausgereicht, um zehn Jahre Umgang mit Višnja mit allen ihren Vorzügen auszulöschen. Und in diesem Moment ging ich wirklich.

2

Im Frühjahr 1970 war ich mir sicher, dass Phantomfrauen durchaus Ähnlichkeit mit richtigen Frauen haben. Kaum ist man erkaltet, heizen sie einen wieder auf, ganz unerwartet. Etwas später, Mitte Juli, verordnete ich mir einen Urlaub, einen traurigen und einsamen Urlaub, denn Papa gab es nicht mehr. Es war, als hätte er meine Trauer um Senka benutzt und sich so schnell wie möglich davongemacht. Die Trauer hatte mich zu einem verwundbaren und irgendwie besseren Menschen gemacht, und der Alte hatte sich einfach angehängt und war ebenfalls gegangen, um sich von mir doppelt stark betrauern zu lassen. Er war ein wichtiger Zeuge unserer Beziehung gewesen, in gewisser Weise auch der Motor, und jetzt fehlte er mir schrecklich. Ich hätte nie gedacht, dass er mir so sehr fehlen würde. Der einzige Trost war, dass wir uns bei seiner Beerdigung, unter dem Klang der Trompete, so schön versöhnt hatten.

Gerade probierte ich im NAMA am Kvaternik-Platz, in der Herrenabteilung, ein leichtes Leinensakko an, besah mich im großen Wandspiegel und fragte die Verkäuferin:

– Knittert es stark?

– Das muss es, mein Herr, das ist Leinen, sagte sie und setzte hinzu, das trägt man so.

– Zerknittert?

– Leger …

Als ich genau in diesem Moment im Spiegel hinter mir, in der Kinderabteilung, die blonde Frau mit der Frisur einer französischen Tänzerin bemerkte. Ich konnte sie gut sehen, sie hatte das Oberteil eines Kinderpyjamas herausgezogen und hielt es einem kleinen blonden Mädchen an die Brust. Das Mädchen zappelte, weil es das Anpassen offensichtlich langweilte. Ich schälte mich rasch aus dem Sakko, ein Ärmel blieb umgestülpt, und reichte es der Verkäuferin, die mit dem Kleiderbügel neben mir stand.

– Ein andermal, sagte ich und ging Richtung Kinderabteilung. Sie waren natürlich nicht mehr da. Aber es wunderte mich, dass sie mir dieses Mal mit dem Kind erschienen war. Das war bisher nie geschehen. Ich wusste nicht, obwohl ich Bilder gesehen hatte, wie ihre Tochter aussah. Ich ging in die Kinderabteilung, die jetzt leer war, es gab weder Verkäuferinnen noch Käufer. Die Abteilung für Kinderkleider befand sich gleich neben der Spielzeugabteilung, also ging ich weiter. Auch dort sah ich niemanden. Ich sah auf die bunten Wasserspritzpistolen, die aufblasbaren Gummiboote und die Luftmatratzen mit den durchsichtigen Fensterchen, durch die man ins Wasser sehen kann. Die Wahrnehmungsfalle hatte mich Junggesellen an einen wirklich ungewöhnlichen Ort gelockt. Und dann hörte ich hinter einem großen Regal, mit dem die Spielzeugabteilung abgetrennt war, Französisch. Zwei Stimmen, eine Frauenstimme und eine Kinderstimme.

Ich erblickte sie in dem Augenblick, als das Mädchen einen großen, grünen Schwimmreifen mit Krokodilskopf ausprobierte. Senka stand neben ihr und half ihr, ihn überzustreifen. Jetzt konnte es keinen Zweifel mehr geben, das war tatsächlich sie, hier gab es keine breiten Rücken,

Haarknoten und große Säulen, um sie zu verdecken, vor ihr war nichts, was ihr Vorhandensein hätte infrage stellen können. Dieses Vorhandensein verstärkte sich in dem Augenblick, als sie lächelte. Ich stand vor ihr. Ich erwartete, dass wir einander in die Arme fallen würden, aber das taten wir nicht. Ich hielt mich zurück und suchte mit meinen Blicken ihren Mann. Er war nicht zu sehen. Sie wiederum sah verwirrt aus. Ich stotterte:

– Seit wann bist du hier?

– Schon seit zwei Monaten.

Ein Schock. Mir wurde klar, dass das auf dem Platz vor der Apotheke wohl auch sie gewesen war.

– Warum hast du dich nicht gemeldet?

– Ich bin etwas durcheinander. Danke, dass du Mamas Grab in Ordnung hältst.

– Und wann fährst du zurück?, stieß ich hervor.

– Ich bin für immer zurückgekehrt. Jetzt bleibe ich hier.

– Und dein Mann?

Sie schwieg und sagte zu dem Mädchen, sie solle sich im Spiegel ansehen.

– Weißt du, Tihomir, ich konnte nicht mehr. Wir haben die Sache in den Sand gesetzt, ich konnte mit meinem Mann nicht mehr.

– Und hier in Zagreb bist du allein?

– Mit ihr, sie deutete mit dem Kopf auf die Kleine.

– Mein Gott, warum hast du dich nicht gemeldet?

– Ich weiß nicht …

Sie schwieg einige Augenblicke und überlegte, ob sie es mir sagen solle oder nicht, aber dann sagte sie es doch:

– Ich wusste nicht, ob du mich noch willst.

– Blödsinn!

– Schau, ich musste über alles nachdenken. Ich brauchte Zeit, wenn du verstehst, was ich meine.

– Warum hast du nicht geschrieben?

– Habe ich ja.

– Wie? Ich habe nichts bekommen …

– Ich habe es nicht abgeschickt. Ich habe dir jeden Tag geschrieben, aber ich habe es nicht abgeschickt.

Ich hätte gedacht, dass ich sie umarmen und lange so halten würde, dass ich sie an mich pressen würde, so wie ich sie an mich gepresst hatte, als wir uns das erste Mal berührt hatten. Aber ich blieb ruhig vor ihr stehen. Auch sie stand ruhig da, und die Kleine sah sich stolz im Spiegel an.

– Du kannst zu uns zum Pfannkuchenessen kommen, sagte sie.

3

Nach dem Tod meines Vaters trug ich gerne seine grüne Jacke aus Antilopenleder. Es war, als würde mich mein verstorbener Vater durch dieses sanfte Leder, das noch immer nach ihm roch, umarmen. Ich hatte mich angezogen und wollte nach dem Schichtdienst die Abteilung verlassen, als ich im Jackeninneren, auf der linken Seite, ein Täschchen entdeckte, von dem ich bis dahin nicht gewusst hatte, dass es existiert. Darin war ein Zettel mit einer Notiz:

Brechbohnen
Radenska
Schneckentod
Geschenk für Tihomir
Glühbirnen, zwei, 40 Watt
Zeitung

Eine Einkaufsliste. Das Geschenk, das hier erwähnt wurde, hatte ich nie bekommen. Papa war gestorben, bevor er irgendetwas hatte kaufen können, aber er hatte an mich gedacht. Auf dem Zettel war kein Datum, aber er war vor einem Jahr gestorben, unmittelbar vor meinem Geburtstag. Diese Worte aus dem Notizbuch, die so einfach ihren Platz zwischen Schneckentod und Glühbirnen gefunden hatten, waren jetzt selber zu einem Geschenk geworden.

Eine Erinnerungsnotiz, dass er an mich gedacht hatte.

Darüber musste ich nachdenken, als mich die Schwester rief:

– Dozent Romar, Telefon für Sie.

Es war Alma, und sie rief mich aus meiner Wohnung an.

– Komm bitte nach Hause!

– Was ist los? Was ist passiert?

– Nichts Schlimmes, aber komm nach Hause.

Aus dem Kreißsaal hastete ich die Treppen hinunter zur Petrova und ging fast im Laufschritt nach Hause. Zum Glück hatte ich es nicht weit. Aber es war alles in Ordnung. Andrea war bei ihrem Vater in der Schweiz, und Senka und ich hatten beschlossen, meinen Geburtstag allein zu feiern, den zweiten seit wir zusammenlebten. Es war ein Freitag, Anfang April, sonnig.

Die Steigung in unserer Straße hechelte ich hinauf wie ein Hund und war zehn Minuten später zu Hause. Senka saß am Tisch im Esszimmer, vor sich ein Küchentuch halb eingeschlagen, auf ihm aufgereiht die Löffel aus dem Festtagsbesteck meiner Mutter. Als Erstes sah ich die Löffel. Sie nahm einen und hielt ihn sich mit dem bauchigen Teil ans Gesicht. Dann sah ich auch das Gesicht. Über dem Jochbogen hatte sie eine Platzwunde, auf der sich frischer Schorf gebildet hatte, ihre Nase war gründlich abgeschürft, und unter dem Auge prangte ein violetter Bluterguss. Auf den presste sie den Löffel. Ich erstarrte. Das Gesicht, das ich liebte, hatte sich in etwas Unbegreifliches verwandelt. Alma kam mit einer Džezva voll heißen Kaffees.

– Ihr hattet kein Eis, da habe ich ihr die Löffel gegeben, sagte sie, während sie die Tassen auf den Tisch stellte, so als wäre sie in ihrem eigenen Haus. Sie waren durchaus guter Laune, und ich konnte Senkas Verletzung überhaupt nicht mit dieser guten Stimmung in Einklang bringen.

– Wir werden Kaffee trinken und dann einkaufen gehen, sagte Senka, und das wirkte locker, nur dass ihre Stimme irgendwie belegt klang.

– Einen Scheiß werden wir. Du musst ins Krankenhaus.

Sie sah mich überrascht an.

– Du sollst nicht fluchen, du kriegst eine Angina!

Wenn sie mich in gute Laune versetzen wollte, imitierte sie meine Mutter. Das tat sie deshalb, weil meine Mutter gestorben war, bevor wir beide einander begegnet waren. Wäre sie noch am Leben, hätte sie sie vermutlich nie zitiert.

– Mir tut nichts weh.

Sie stand auf und umarmte mich. Wir hatten nicht die Angewohnheit, uns zu umarmen, wenn ich nach Hause kam, wir gaben uns nur einen flüchtigen Kuss. Jetzt umarmte sie mich fest und ließ mich nicht mehr los.

– Ich bin an der Haltestelle gestürzt.

Sie trug hohe Absätze und eine Glockenhose, die ihr ein wenig zu lang war. Vermutlich war sie mit dem Absatz auf den Hosensaum getreten, und da ihre Hände die Taschen trugen, war sie aufs Gesicht geknallt.

Sie sah mich noch immer mit dem Löffel unter dem Auge an, als wollte sie es sich ausgraben, und lächelte. Aber es war ein seltsames Lächeln. Nur mit dem Mund, nicht mit den Augen. In den Augen war etwas anderes.

– Wir müssen ins Krankenhaus. Lass mal sehen!

Ich näherte mich ihrem Jochbein, aber sie wich zurück.

– Kater, du bist kein Gesichtsdoktor. Wenn es mir da unten wehtäte, würde ich es dir gerne zeigen.

– Du kannst reden und den Löffel draufhalten, sagte Alma, die den Kaffee eingeschenkt hatte. Ich habe es ihr mit Alkohol ausgewaschen und gesagt, sie solle die Löffel draufhalten und du würdest entscheiden, was zu tun ist, wenn du kommst.

Auf der Arbeitsplatte in der Küche standen verschmutzte Plastiktüten.

– Das ist alles, was ich von den Sachen zusammensammeln konnte.

– Langsam. Wo bist du gestürzt!

– Bei der Straßenbahnhaltestelle in der Draškovićeva. Ich bin vom Dolac gekommen, habe noch ein paar Sachen in dem Haushaltswarengeschäft gekauft und bin in die Vierzehn eingestiegen. Als ich in der Draškovićeva umsteigen wollte, bin ich irgendwo hängen geblieben. Dann habe ich eine Dame gebeten, aus der Apotheke Alma anzurufen, und sie ist mich holen gekommen.

Wir schlürften rasch unseren Kaffee, und Alma sagte:

– Ich gehe, ihr Täubchen. Und passt auf euch auf!

Kaum hatte sie die Tür hinter sich zugezogen, warf sich Senka auf mich und begann mir rhythmisch Küsse auf den Mund zu drücken. Wie ein großer sympathischer Specht. Sie setzte sich auf meinen Schoß und umklammerte mich mit den Beinen.

– Wirst du mich auch jetzt lieben, wo ich verunstaltet bin?

– Nur, wenn du auf den Onkel Doktor hörst.

Ich hielt sie an den Hüften, und so aus der Nähe schienen mir die Verletzungen nicht so schwer zu sein. Wie schnell wir uns doch an ein Übel gewöhnen, dachte ich.

In meinem Behandlungszimmer, im Krankenhaus, wusch ich ihr die Wunden mit Peroxyd aus und setzte ihr zwei Klammern auf das Jochbein. Sie biss fest auf ihre Unterlippe und wartete, dass es wehtun würde. Mir kam der Gedanke, dass jeder Mund den Schmerz auf seine Weise wegbeißt. Wie mag es wohl gewesen sein, als sie niederkam, oben in der Schweiz? Hatte sie so auf die Unterlippe gebissen, bevor sie losschrie? Während draußen ihr Mann wartete, dessen Gesicht ich mir einfach nicht vorstellen konnte, obwohl sie mir sein Bild gezeigt hatte.

– Schreien die immer so?

– Wer?

– Na die, die niederkommen.

Ich hatte überhaupt nicht bemerkt, dass jemand schrie. Und dann kam Professor Ruszkowski, den ich gebeten hatte, sie zu untersuchen. Er nahm ihren Kopf vorsichtig in seine Hände und begann ihn nach links und rechts zu bewegen.

– Tut das weh?

– Nein.

– Und das?

Jetzt bewegte er ihren Kopf hinauf und hinunter.

– Nein. Sie sah aus wie eine Puppe, die mit dem Kopf Ja zeigt, aber Nein sagt. Das werde ich mir merken, dachte ich. Ein solches Bild vergisst man nicht.

– Gut, der Hals hat nichts abgekriegt.

Der Professor streckte den Zeigefinger aus und hielt ihn ihr vor die Augen.

– Folgen Sie meinem Finger mit dem Blick!

Senka folgte dem Zeigefinger des Arztes mit den Augen, mit so unnatürlich verkrampftem Kopf, wie ihn Blinde halten. Und das dauerte ziemlich lange.

– Ist Ihnen übel!

– Nein.

– Ist Ihnen schwindelig im Kopf?

– Nein.

So viele Neins hatte ich von Senka schon lange nicht mehr gehört.

– Es kommt alles in Ordnung. Vielleicht eine kleine Gehirnerschütterung. Wenn ihr übel wird, sollte sie ruhen. Soweit ist alles in Ordnung.

Er sah sich die Verletzung am Jochbein an.

– Die Klammern hast du gut gesetzt.

– Vielleicht sollte man ein EEG machen?

– Ich denke, das ist nicht nötig.

Eigentlich war ich doch der Meinung, dass es nötig sei, aber ich sagte nichts. Wieder zu Hause, führte ich sie direkt ins Schlafzimmer und begann sie aufzuknöpfen.

– He, das kann ich alleine.

– Du musst dich hinlegen.

– Mach kein Drama daraus. Ich fühle mich gut.

Während sie sich auszog, ließ ich die Rollos hinunter. Sie verklemmten sich, und ich musste das Fenster aufmachen, um sie von draußen herunterzuziehen.

– Wann wirst du das endlich reparieren?

– Morgen.

So endeten gewöhnlich unsere Gespräche über Reparaturen. Ich war der Meinung, es genüge, wenn ich Menschen reparierte.

Der Schichtdienst hatte mich erschöpft, und ich schlief im Sessel ein. Es war vielleicht eine halbe Stunde oder Stunde vergangen, als mich ein lauter Ruf weckte.

– Tihomiiiir!

Ich lief zu ihr, und sie lächelte.

– Alles Liebe zum Geburtstag!

Unter der Decke zog sie etwas Flaches von der Größe einer Schallplatte hervor, eingewickelt in rotes Geschenkpapier.

– Was ist das?

– Mach auf!

Ich wickelte es vorsichtig aus, um die Sorgfalt zu würdigen, mit der sie es eingewickelt hatte.

– Cliff Richard, sagte sie. Da ist auch dieses Lied von der Eurovision drauf.

Ich küsste sie vorsichtig, um keinen Schmerz zu provozieren, und sie schmiegte sich fest an mich. Sie hatte ein breites Pflaster auf dem Jochbein und ein schmaleres über der Nase. Mir entging nicht, dass die Pflaster aussahen wie Vater und Sohn. Plötzlich warf sie die Decke von sich und sprang aus dem Bett.

– Wir gehen einkaufen!

– Bist du sicher, dass du das kannst?

– Ich kann. Mir fehlt nichts.

Unten, vor dem Haus, warf ich Mutters alten Einkaufswagen mit dem Schottenmuster in den Kofferraum meines Käfers, und so fuhren wir gut gelaunt los, alles Notwendige für das morgige Grillfest zu besorgen. Im Souterrain des NAMA am Kvatrić, wo sich diese große Selbstbedienungsabteilung befindet, sang Tereza aus den Lautsprechern *Muzika i ti*. Leise genug, um die Gedanken jener nicht zu behindern, die beim Einkaufen waren, aber laut genug, dass man es hörte. Senka nahm einen Einkaufswagen und strebte, *Muzika i ti* summend, fröhlich auf das Regal mit den Teigwaren zu. Mit den zwei Pflastern und einer riesigen Sonnenbrille, die ihr halbes Gesicht verdeckte, tänzelte sie im Rhythmus der Musik. Sie, die in Genf die Giselle getanzt hatte, sie, die als erste Rolle die Bajadere im *Nussknacker* bekommen hatte, zuckte jetzt zum Schlager der Saison. Die Leute, an denen wir vorüberkamen, sahen uns neugierig nach.

– Zu Pljeskavica passt Bohnensalat mit jungen Zwiebeln, sagte sie.

– Gut.

– Und danach Obstsalat. Ich werde eine Dose Ananas kaufen.

– Gut.

Mir kam es so vor, als würde sie alles in den Wagen werfen, was sie fand. Ein Kilo Bohnen, Obstkonserven, Eva-Sardinen, zwei Podravka-Pilzsuppen. Sie ging vor mir, den Hintern ein wenig herausgestreckt, auf den Wagen gestützt. Ich blieb am Kühlregal stehen, um nach eingelegten Heringen zu suchen. Ich wusste, dass sie protestieren würde, weil sie es nicht gerne sah, wenn ich den sauer eingelegten, rohen Fisch mit Zwiebeln aß, aber ich hatte vor, das Henkeltöpfchen ganz diskret in den Wagen gleiten zu lassen.

– Stell dir nur mal vor, wie sich die armen Frauen ekeln müssen, während sie gebären, hatte sie zu mir gesagt.

– Glaub mir, daran denken die nicht.

Und nun hatte ich sie aus dem Blick verloren. Ich irrte zwischen den Regalen mit dem Eimerchen eingelegter Heringe in den Händen umher und suchte sie vergebens. Ich passierte den Bereich mit den Teigwaren, ging zurück zum Kühlregal, warf einen Blick in die Abteilung für Fleisch- und Wurstwaren, irrte zwischen den Mehlen umher, starrte auf die Regale, als hätte sie sich zwischen Klara weiß Typ 405 und Klara griffig Typ 550 verloren. Als wäre sie Jerry und ich Tom, und sie würde mir ständig entwischen. So hatte ich mit Andrea gespielt, ich war Tom und sie Jerry, der sich vor mir in allen unseren Zimmern versteckte. Wenn ich in ihre Nähe kam, sie hatte sich unter den kleinen Tisch im Wohnzimmer gekauert, rief sie aus:

– Du hast mich nicht gesehen!

Und ich musste meine Suche fortsetzen, als würde ich sie erfolglos suchen. Jetzt suchte ich ihre Mutter. Sie war auch nicht zwischen den Waschpulvern.

Bei den Kuchen stieß ich auf Radovans Mutter. Immer wenn ich ihr begegne, benehme ich mich, als wollte ich mich für etwas entschuldigen. Ihr Unglück löst Unbehagen aus.

– Ich suche Senka, sagte ich zu ihr.

– Senkalein ist an der Kasse und wartet auf dich.

Schon? Wann hat sie denn das alles erledigt? Ich spurtete zu den Kassen und sah schon von Weitem, dass sie an der Reihe war. Bei ihr angekommen, legte ich wie nebenbei die Heringe in den Wagen.

– Wo bleibst du denn? Ich bin schon dran.

– Ich habe mit der Nachbarin geredet.

Etwas mit der Zeit war nicht so, wie es sein sollte. Unsere Einkäufe dauerten gewöhnlich länger, weil sie die Dinge, die sie zu kaufen beabsichtigte, sorgfältig aussuchte. Manchmal stellte sie sie aufs Regal zurück, um sie anschließend erneut in die Hand zu nehmen.

Als wir dann auf der Rolltreppe standen, war es, als wollte sie mir etwas sagen, ich sah ihr in die Augen, aber es war, als wäre sie nicht mehr da. Im nächsten Augenblick brach sie zusammen. Ich konnte sie kaum auffangen, damit sie nicht mit dem Kopf gegen das scharfe Metall schlug. Die Sachen, die wir eingekauft hatten, flogen herum und rollten über die gerippten, metallenen Trittflächen, und als wir oben ankamen und ich Senka auf den Boden legte, kamen sie uns nach und türmten sich unweit von ihrem Kopf. Sie sahen aus wie ein Haufen Müll. So als hätte sich das, was wir gekauft hatten, sofort in Abfall verwandelt und auch nie einen Gebrauchswert gehabt.

– Rufen Sie einen Krankenwagen!, schrie ich, während die Leute das einsammelten, was Senka auf die Schnelle in den Wagen geworfen hatte, und in die leeren Plastiktüten zurücktaten.

Der Kollege im Rettungswagen glaubte, die Verletzungen wären von diesem Sturz, und wunderte sich, dass ihr schon jemand Pflaster aufgeklebt hatte. So viel Effizienz war verwirrend. Auf Rebro legten sie sie auf einen Wagen und brachten sie auf die Neurologie, während ich vom Portier aus Toni anrief. Zum Glück hatte er Dienst, und wir trafen uns auf der Station.

– Mach dir keine Sorgen, ich werde Dozenten Galogaža fragen. Er ist das ältere Semester auf der Neurologie.

– Ich bin schuld, ich hätte sie röntgen lassen sollen. Ich habe gewusst, dass wir sie röntgen müssen.

Er blieb stehen, fasste mich an der Schulter und sah mich an.

– Mach dir keine Sorgen. Jetzt werden wir sie röntgen. Vielleicht ist nichts.

– Von wegen.

Ich war ein Arzt, der nicht gerade an Heilbarkeit glaubte, und das kam in solchen Situationen zum Ausdruck. Toni versuchte mir zu sagen, dass ich mich korrigieren müsse und dass die Medizin an sich ein Wunder sei. Wir setzen Christi Arbeit fort. Das sagte er immer mit leicht belegter Stimme.

Ich wollte ihr schon nach ins Behandlungszimmer, aber Toni hielt mich zurück, und wir setzten uns auf die Holzbank vor der Tür, an der auf einem Plastikschild mit weißen Buchstaben Ambulanz 1 stand und darunter mit Filzstift auf einem aus einem Terminkalender herausgerissenen Blatt: „Eintritt nur nach Aufforderung!" Ich stellte die Tüten mit dem NAMA-Logo neben die abgewetzten Holzbeine, und wir warteten auf den Dozenten Galogaža, der sie untersuchen würde.

– Und warum habt ihr sie in der Petrova nicht geröntgt?, fragte Toni nach kurzem Schweigen.

– Weil Ruszkowski das nicht für notwendig erachtet hat. Ich wollte ihm nicht widersprechen.

Und so warteten wir in der Stille. Aber dann sagte er wieder:

– Sie sind schon lange drinnen, ich gehe nachsehen.

Ich stand auch auf und wollte ihm nach, aber er schickte mich zurück.

– Vielleicht ist es besser, wenn du nicht hineingehst.

Gehorsam setzte ich mich wieder auf die Bank und sah den langen Flur hinunter, der in einer Tür aus Milchglas endete. Nach einer Weile stand ich auf, ging ein bisschen im Flur auf und ab, sah aus dem Fenster, setzte mich, stand wieder auf, erinnerte mich an meinen Vater, wie er sagte, dieses Krankenhaus hat Pavelić gebaut, und setzte mich schließlich wieder. Ich wusste nicht, wie viel Zeit vergangen war. Es konnte viel sein, vielleicht aber auch unglaublich wenig.

Als Toni endlich herauskam, zeigte er eine ernste Miene, die sich rasch in ein Lächeln verwandelte.

– Sie haben sie auf die Intensivstation gebracht.

Gleich hinter ihm erschien auch Dozent Galogaža, ein kleiner älterer Mann mit wirrem, grauem Haar. Ein wenig erinnerte er an Einstein, und das, ich weiß nicht warum, beruhigte mich. Wir schüttelten uns herzlich die Hand.

– Wir haben ein EEG gemacht und sie geröntgt, aber sie ist noch immer nicht bei Bewusstsein. Gehen Sie nur hinein, Sie können dort warten.

Ihre Intensivstation war verglichen mit unserer viel besser in Schuss. Alles wirkte heller und sauberer. Senka lag ruhig da, die linke Wange auf dem Kissen, die Pflaster hatte man ihr abgenommen.

– Waren Sie dabei, als sie gestürzt ist?, fragte der Dozent.

– Nein, eine Freundin hat sie nach Hause gebracht.

– Wir hoffen, dass sie bald aufwacht, sagte er.

Allerdings wusste ich, dass man das bei Hirnverletzungen nie weiß.

– Der Kollege wird hierbleiben, sagte Dozent Galogaža zur Oberschwester und sie lächelte.

– Kopf hoch, Alter, sagte Toni, und dann gingen sie. Ich setzte mich auf einen Holzstuhl unweit von Senkas Bett, und eine ältere Frau, deren Arme an die Metallstreben des Bettes gebunden waren, wiederholte ununterbrochen einen einzigen Satz.

– Štefek, gib mir den Teller!

Von Zeit zu Zeit versuchte sie sich aufzurichten, aber die Lederriemen zogen sie immer wieder zurück. Ihre Augen standen weit offen und waren von heller, wasserblauer Farbe, als hätte jemand in einen Behälter mit hundert Liter klarem Wasser ein Tröpfchen Tinte fallen lassen. Man hätte ihr fast ins Hirn hineinsehen können, was sicher interessant gewesen wäre.

– Štefek, gib mir den Teller!

– Štefek, gib mir den Teller!

– Štefek, gib mir den Teller!

Die Frau mit den wässrigen Augen wirkte bald einschläfernd wie ein Nieselregen. Ich musste wohl auf dem Stuhl eingenickt sein, unter mir die Tüten mit den Lebensmitteln. Mitten in der Nacht rüttelte mich Dozent Galogaža an der Schulter.

– Gehen Sie nach Hause, wir werden Sie anrufen, wenn sie aufwacht.

Ich kam langsam zu mir. Der hellgrüne, von Algen bedeckte See von Črnomerec wich wieder dem weißen Raum mit den Betten und den regungslosen Menschen darin. Die Frau mit den wässrigen Augen sagte nicht mehr zu Štefek, er solle ihr den Teller reichen.

– Sie können sich auch in meinem Zimmer ausruhen.

– Nein, danke. Ich gehe nach Hause, sagte ich.

Allerdings hatte ich das Gefühl, dass ich sie, würde ich sie jetzt zurücklassen, morgen nicht mehr vorfände. Oder als eine völlig andere vorfände. Dass dies ein Tod war, den man nicht sah, ein unsichtbarer Tod. Und so lange hatte es gebraucht, bis wir endlich zusammen waren. Das waren die zwei schönsten Jahre meines Lebens gewesen. Ich nahm die Einkaufstüten und ging nach Hause. Beim Verlassen des Krankenhauses sah ich aus wie einer, der vom Einkaufen kommt.

4

Ich wachte gegen sieben auf, angezogen. Ich hatte es nur geschafft, die Schuhe und die Jacke meines Vaters auszuziehen. Im Wohnzimmer fand ich allerdings alles wieder so vor, wie wir es gestern Abend zurückgelassen hatten. Das Geschirrtuch mit den Löffeln auf dem Tisch und die schmutzigen Kaffeetassen. In der Spüle türmte sich das Geschirr, und auf dem Herd stand die Džezva voller Kaffeesatz. Auf der Anrichte warteten die Einkaufstüten, die ich gestern Abend dort abgestellt hatte. Sie sahen aus wie Luftballons, denen die Luft ausgegangen war. Ich begann, die Sachen herauszunehmen, und was ich sah, gefiel mir gar nicht. Zwei Dosen dänische Miesmuscheln. Senka mag keine Miesmuscheln, sie hat nie welche gekauft. Fünf Packungen Lindenblütentee, den wir nicht trinken, Backpulver von einem Hersteller, von dem ich noch nie gehört hatte, und Hefe. Sie hatte aber noch nie Hefeteig gemacht. Drei mittelgroße Griotto-Bonbonnieren. Was sollen wir damit? Thunfischkonserven. Sonst sagt sie immer, Fisch in

Konserven sei todbringend. Ich war mir nicht sicher, dass die Person, die das gekauft hatte, wirklich Senka war. Und doch hatte sie blindlings und ohne jede Ordnung den Einkaufswagen vollgepackt. Nun bekam ich es doch mit der Angst zu tun. Ich ging in den Flur, nahm das Telefon mit ins Wohnzimmer, setzte mich an das Tischchen und rief im Krankenhaus an. Zuerst hatte ich jemanden an der Leitung, der nicht wusste, dass man sie gestern Abend aufgenommen hatte, dann sagte mir jemand, nachdem ich eine ganze Zeit gewartet hatte, dass Dozent Galogaža auf Morgenvisite sei, aber als ich nachsetzte, meldete sich eine Schwester von der Intensivstation. Sie sagte, dass sie am Morgen ein zweites EEG und eine Aufnahme vom Kopf gemacht hätten und dass es keine Blutung gebe, dass sie aber noch nicht aufgewacht sei. Sie wüssten nicht, ob sie schlafe, weil sie im Schock sei, oder ob es sich um ernsthaftere Verletzungen handele, das könne sie mir als Arzt so ganz im Vertrauen sagen. Ich blieb sitzen und starrte auf das Telefon. Und neben dem Telefon lag Senkas Sonnenbrille. Ich konnte mich nicht erinnern, wann ich sie dort hingelegt hatte, aber es war definitiv jene Sonnenbrille, die sie im NAMA getragen hatte. So sieht also Senilität aus, dachte ich. Jetzt kann ich nur warten. Ich werde im Dienst anrufen und sagen, dass ich nicht kommen kann, weil meine Frau schwer verunglückt ist. Dann dachte ich ein wenig nach. Ich wusste nicht, ob ich Frau oder Freundin sagen sollte. Alle wussten, dass wir nicht verheiratet waren. Aber „meine Freundin ist schwer verunglückt“ klang nicht gerade überzeugend. Vielleicht sollte man sagen: „unverehelichte Lebensgefährtin“, wie in der *Schwarzen Chronik.*

Unordnung herrschte auch im Schlafzimmer. Senkas Strümpfe lagen auf dem Boden wie abgeworfene Häute junger Boas, ihr Höschen fand sich unterm Bett, und dort waren auch die Stöckelschuhe, in denen sie umgefallen war. Als sie noch aktiv tanzte, hatte sie niemals Stöckelschuhe getragen, aber jetzt, wo sie das Tanzen aufgegeben hatte, spazierte sie plötzlich ständig auf hohen Absätzen herum. Als wollte sie etwas kompensieren. Ich sammelte die Strümpfe auf und wunderte mich, wie leicht sie waren. Schon lange, lange hatte ich keine leeren Frauenstrümpfe in der Hand gehalten. Wenn man einer Frau auf den Untersuchungstisch hilft, wenn man ihre Beine auf die Auflagen legt, fühlt, wie sich der Strumpf an die Haut schmiegt, spürt man Spannung oder Weichheit, entspannte Muskeln, die über dem Metall der walzenförmigen Auflagen zerfließen, Oberschenkel, die auf dem Synthetikgespinst liegend, an die Flussniederungen großer Ströme gemahnen, verzweigten Venendeltas gleich, wo die ersten Zivilisationen ihren Anfang nahmen. Aber so, wenn der Strumpf herunterhängt und man sich nicht sicher ist, ob man wirklich etwas in der Hand hält oder ob es lediglich Luft ist, ein bräunlicher Nylonschleier, wird das zu einer neuen Erfahrung. Zum ersten Mal war ich in Berührung mit ihren intimen Sachen gekommen, ohne dass Senka in ihnen war. Mir schien es, als würde sie sich mit großen Schritten entfernen.

Dieses Gefühl des Entfernens begleitete mich auch die folgenden Tage. Ich ging am Morgen ins Krankenhaus, vor dem Dienst, und während ich auf dem Weg zum Hauptgebäude war, wo sich die Neurologie befand, hoffte ich, dass sie gerade jetzt aufgewacht, dass die Gefahr vorüber sei und die Genesung folge. Vielleicht eine lange und anstrengende, aber eine Genesung. Indessen fand ich sie stets auf der Intensivstation vor, völlig ruhig, mit einem Schlauch im Mund, und der diensthabende Arzt sagte, es gebe keine Veränderung. Ich ging auch abends zu ihr, nach dem Dienst, aber abends hatte ich irgendwie nie Hoffnung. So, als wäre die Hoffnung für den Tag schon am Morgen aufgebraucht und als müsste man für neue Hoffnung auch einen neuen Morgen abwarten.

5

In jenen Tagen fürchtete ich das Telefon, denn ich weiß, dass der Tod am häufigsten durch den Hörer kommt. Wann immer im Flur unser schwarzer Bakelit-Apparat läutete, stieg das Grauen in mir auf. Zuerst meldete es sich in der Lunge, so wie in der Kindheit die Wut: Ich konnte bis ganz oben einatmen. Aber es war, als atmete ich vergeblich. Danach kam das Zittern. So läutete eines Morgens, als ich mich rasierte, wieder das Telefon. Ich hastete in den Flur und packte den Hörer. Es war Toni:

– Gibt es etwas Neues?, brachte ich irgendwie heraus.

– Nichts. Sie ist noch nicht aufgewacht, aber … wir sollten uns treffen.

– Ich komme jetzt hinauf!

Er schwieg kurz, unser Gespräch stockte.

– Vielleicht ist es besser, wir treffen uns außerhalb des Krankenhauses.

Ich war wie versteinert.

– Weshalb?

– Ich muss dir etwas sagen. Komm ins Jordanovac-Eck.

Und legte auf.

Ich wischte den Schaum vom Hörer und ließ mich in den Sessel im Wohnzimmer fallen. Toni hatten sie also zum Boten erwählt. Im Übrigen war es nur logisch, dass die schlimmsten Nachrichten der beste Freund überbringt, denn er ist Bote und Tröster in einer Person. Auf die Schnelle zog ich etwas an und ging hinunter zur Petrova und Richtung Jordanovac-Eck. Das war eine Gaststätte an der Kreuzung Jordanovac – Petrova, praktisch auf dem Weg nach Rebro, wo wir uns auch sonst oft trafen. Sie hatten ein exzellentes Gabelfrühstück und guten Landwein.

Ich brauchte weniger als fünf Minuten, fast lief ich die Strecke. Toni saß schon im Gastgarten.

– He, es ist nichts Schlimmes, sagte er, als er mein verschwitztes Panikgesicht sah.

Er konnte mich nicht beruhigen.

– Was ist?

– Ich weiß nicht. Gestern Abend habe ich ihre Hand genommen und gespürt, dass sie reagiert. Sie hat sie gedrückt, weißt du, und wie sie sie gedrückt hat, aber Galogaža sagt, dass es auch Reflexzuckungen sein könnten.

Ich war erleichtert. Das war immerhin die beste Nachricht, seit sie zusammengebrochen war.

– Ich habe dich wegen etwas Anderem angerufen, sagte er. Etwas Seltsames geht vor mit Senka.

– Etwas Seltsames?

– Gestern Morgen, vor der Visite, als ich auf die Neurologie kam, standen Leute um sie herum.

– Studenten?

– Es waren keine Studenten. Ältere, und sie trugen keine Kittel.

– Und ihr Zustand ist derselbe?

– Ja. Es gibt keine Veränderung, außer der, von der ich dir erzählt habe. Danach habe ich Galogaža gefragt, worum es sich handele, aber er hat mir nichts gesagt.

Dann sah er mich an, er sah mir ernst in die Augen.

– Bist du sicher, dass sie gestürzt ist?

– Ja, sagte ich zuerst, und dann, ich weiß es nicht, genau genommen. Ich habe sie zu Hause vorgefunden, aber ich sehe keinen Grund, daran zu zweifeln … Hör zu, mir ist nur wichtig, dass sie wach wird.

– Ich hoffe, dass alles in Ordnung kommt, sagte er. Ich muss gehen, ich komme vom Dienst, ich wollte nur, dass du es weißt.

Er leerte sein Getränk, ich war gar nicht dazu gekommen, etwas zu bestellen, da der Kellner mehr an seinem *Večernji list* interessiert war als an neuen Gästen.

6

Sechs Tage nach dem Sturz auf der Rolltreppe, läutete frühmorgens wieder das Telefon.

– Herr Doktor, Sie können kommen, sagte eine weibliche Stimme. Sie ist aufgewacht.

Die Dinge sahen nun besser aus, aber auch das währte nur kurze Zeit. Das, was ich so inbrünstig herbeigesehnt hatte, war plötzlich eingetreten. Aber jetzt ließ gerade die Tatsache, dass die Dinge sich zum Besseren wendeten, irgendwie zu, dass ich jetzt auch an Schlimmeres denken konnte. Das, woran ich mich nicht getraut hatte zu denken, meldete sich nun plötzlich intensiver als vorher, als die Gefahr noch realer war. Mir war klar, dass der Umstand, dass sie aufgewacht war, nicht bedeuten musste, dass die Gefahr vorüber war. Mehr noch, es konnte bösartige Verstellung sein. Es würde den Anschein haben, als würde alles besser, sie würde nach Hause kommen, wir würden einen Ausflug nach Samobor machen, dort würden wir Cremeschnitten bestellen und nach einem halben Bissen würde sie zusammenbrechen. Oder aber es wäre alles gut, und dann würde, wenn sie den Grießbrei für Andrea kochte, ihre Hand unkontrolliert zu zittern beginnen und sie würde in meiner Küche zu Boden stürzen. Es würde ein epileptischer Anfall sein, der einen Tumor ankündigte, den sie nicht gefunden hatten, weil er sich im Temporallappen oder im Hypothalamus versteckte. Als würde er Verstecken spielen, und lange, lange Zeit gäbe es keine Spur von ihm, doch plötzlich würde er aufspringen und rufen: „Eins, zwei, drei, ich bin frei!"

Oder …

Ich musste im Dienst melden, dass ich erst nach zwölf käme, da ich zu Senka gehen würde. Ich zog mich auf die Schnelle um und ertappte mich dabei, wie ich mein schmutziges Unterhemd und meine Unterhose ordentlich in den Wäschekorb legte. Eine weitere Bestätigung für Senkas Abwesenheit, denn das tat ich sonst sie. Dann sah ich auf der Kommode im Flur, als ich den Hörer auflegte, ihr Foto. Es war vom letzten Herbst, aufgenommen in dem Dorf, in dem mein Vater geboren worden war. Alles sieht nett aus, Senka und ihr Lächeln, ein kindliches Gesicht, das mindestens um zehn Jahre jünger aussieht, als sie selbst ist, und hinter ihr ein sonniger Tag in einem Dorf, das im Krieg zerstört und niedergebrannt worden war und dessen Bewohner umgebracht worden waren. Das sieht man auf dem Foto allerdings nicht, das weiß man nur. Das Morden hat allem, was mit diesem Ort zu tun hat, einen unauslöschlichen Stempel aufgedrückt, selbst auf Fotos, die dreißig Jahre später gemacht wurden. Und dann ertappte ich mich dabei, wie ich das Foto betrachtete, als wäre Senka schon tot. Durch meine Gedanken gingen Bilder, wie das Begräbnis aussehen und wie ich Andrea beibringen würde, dass ihre Mama nicht mehr lebt, wie ich zu ihr sagen würde: „Mama ist jetzt oben im Himmel", und wie sie mich fragen würde: „Und warum haben wir sie dann in der Erde begraben?"

Solche Gedanken waren mir auch durch den Kopf gegangen, noch bevor man sie ins Krankenhaus gebracht hatte. Als wir noch durch die Stadt spazierten, ich damit beschäftigt war, Bekannte zu grüßen, sie mit dem Betrachten von Schaufenstern und Andrea mit dem Anfassen von Dingen, die „pfui!" waren. Und auf diese Weise Schritt zu halten suchend mit meiner Familie, die irgendwie entstanden war aus einer falschen Familie mit einem falschen Kinde, als wir noch unten in der Solovljeva wohnten, hatte ich mir manchmal voller Grauen ausgemalt, wie es wäre, wenn uns Andrea plötzlich wegsterben würde.

Senka würde so traurig sein, dass auch die Luft, die sie ausatmete, so schwarz wäre wie Kohlenstaub. Freunde und Bekannte würden in unserer Wohnung umhergehen, als würden sie sich entschuldigen, so wie sich auch mein Gang und meine Bewegungen verändert hatten, wenn ich Radovans Mutter begegnet war. Wir beide würden einander in der Wohnung aus dem Weg gehen und gewöhnliche Sätze sagen wie „du musst die Rollläden reparieren" oder „das Rindsgulasch muss etwas länger kochen". Ich würde mir vielleicht vorstellen, während ich auf der Kloschüssel sitze und auf das Rascheln des Zeitungspapiers horche, dass Andrea noch am Leben ist und dass sie, niedriger als der Türgriff, noch während meiner Sitzung in die Toilette kommt und mich fragt:

– Haben Dinosaurier Porree gegessen?

– Haben sie, mein Schatz, würde ich ihr antworten und die Zeitung zusammenfalten.

– Sind sie deshalb ausgestorben?

Und dann würde ich mir vorstellen, wie Senka bei Peko in der Ilica stehen bleibt, um sich Schuhe anzusehen, und wie Andrea weit vorausläuft und einen großen Hund streichelt, der ihr das Gesicht abschleckt. Ich würde loslaufen, genauso wie die Hundebesitzerin, und beide würden wir laut rufen:

– Pfui!

Und ich wäre unglaublich glücklich. Glücklich, am nächsten Morgen aufwachen zu dürfen, und beide wären da.

Jetzt aber war weder die eine noch die andere da. Ich nahm die Schlüssel, zog Vaters Jacke an, und erst als ich vor dem Haus stand, fiel mir ein, dass mein Auto noch immer hinter dem NAMA am Kvatrić stand. Ich ging also zu Fuß hinunter und war erst gegen zehn im Rebro.

7

Auf der Intensivstation bemerkte ich, dass mich die Schwestern von der Tagschicht so seltsam ansahen.

– Ja, bitte?, sagte eine Kleine und hielt eine Bettpfanne mit Urin gefüllt in der Hand.

– Meine Frau ist hier. Ich wurde angerufen, dass sie aufgewacht ist.

Ich ging an ihr vorbei und strebte dem Bett zu, in dem Senka gelegen hatte.

Aber das Bett war leer. Die Decke war verknäult, der Schlauch für die Infusion war um den Ständer gewickelt, auf dem eine Flasche mit ein wenig Flüssigkeit hing, und auf dem Kissen war noch der Abdruck ihres Kopfes zu sehen. Ich drehte mich um, wahrscheinlich in Panik, worauf die Schwester mit dem Urin sagte:

– Die Patientin wurde zum EEG gebracht.

– Ich brauche den Dozenten Galogaža.

– Der Herr Dozent ist bei einer Besprechung und übergibt die Schicht.

In diesem Moment kam die andere Schwester herangewatschelt, sie war älter und sagte:

– Mein Herr, jetzt ist keine Besuchszeit, Sie dürfen nicht hier sein.

– Ich bin ein Kollege von Dozent Galogaža und muss mit ihm sprechen.

Das stimmte sie ein wenig milder.

– Warten Sie draußen auf dem Flur.

So wurde ich wieder auf jene Holzbank hinauskomplimentiert, auf der ich vor sechs Tagen gewartet hatte. Hier, vor der Intensivstation, war niemand, aber zehn Meter weiter, unten im Flur, vor der Ambulanz, gab es einen schrecklichen Auflauf. Eine Frau in einem Rollstuhl, sie wartete ebenfalls im Flur auf ihre Untersuchung. Ihr Arm hing an der Seite herunter, und an den Altersflecken und dem schlaffen Muskelgewebe konnte ich ablesen, dass es nicht Senka war. Man würde sie wohl nicht so allein lassen? Aber als Mediziner wusste ich am besten, dass vieles möglich war. Plötzlich bemerkte ich den Dozenten Galogaža, wie er aus der Ambulanz mit der

Aufschrift „Eintritt nur nach Aufforderung!" herauskam und hinter der Glastür am anderen Ende des Flurs verschwand, über der Neurologie I stand. Ich hastete ihm nach, zwängte mich im Flur durch leichte Gehirnschläge, verfrühte Multiple und Gehirnerschütterungen, betrat die Station und sah, wie einen Augenblick später ein Zipfel vom Kittel des Dozenten hinter einer geöffneten Tür verschwand. Ich wollte hinstürzen, aber die Oberschwester hielt mich zurück.

– Ich muss mit dem Herrn Dozenten sprechen.

– So können Sie nicht auf die Station. Was denken Sie sich?

Ich war imstande, ihr eine reinzuwürgen. Sie brauchte mir nur einen Moment lang in die Augen zu sehen, um einen Rückzieher zu machen und Pazifistin zu werden.

– Ich bin ein Kollege des Herrn Dozenten. Aus der Petrova.

Das entwaffnete sie.

– Warten Sie, ich rufe ihn.

Sie ging in das Zimmer, in dem der Kittel des Dozenten verschwunden war, hielt sich eine Zeit lang dort auf, und kam mit einem seltsamen Lächeln im Gesicht wieder zurück.

– Der Herr Dozent ist beschäftigt.

Ich hatte das Gefühl, dass ihr irgendetwas unangenehm war. Als ich mich zum Gehen wandte, steckte sie mir eine Zeitung zu, den *Večernji.* Wieder sah ich die Menschen im Flur, den verwahrlosten Hof, das Linoleum auf dem Boden, die schmutzigen Wände, die bis zur Hälfte mit grünlicher Ölfarbe gestrichen waren, die Lüftungsrohre unter der Decke. Wäre Vater noch am Leben, und würde ich ihn zur Untersuchung herbringen, würde er sagen:

– Würde ich mich hier oben aufhängen, könnten mir die Leute ins Hosenbein hineinsehen.

Mittlerweile war es schon halb zwölf, als die breiten Türen des Lastenaufzugs aufgingen und zwei Schwestern ein Bett auf Rädern herausschoben. Zuerst dachte ich, es wäre nicht Senka, weil ihr Haar vollkommen dunkel, schmutzig und verklebt war. Ich erkannte sie an ihrer Narbe auf dem Jochbogen und an der aufgeschürften Nase. Ich lief ein paar Schritte, die Zeitung fiel auf dem Boden auseinander, und die Schlagzeile „Genosse Bakarić besucht die Ziegelei in Glina" endete ungeplant unter den Füßen einer hinkenden Frau.

Ich trat an das Bett, das ziemlich schnell unterwegs war, und nahm Senkas Hand. Sie erwiderte den Händedruck, aber nur sehr schwach. Wie der Druck von etwas dickerer Luft. Sie lächelte.

– Geht es dir gut?

– Ja, flüsterte sie.

Es sah so aus, als könnte das Glück, mich zu sehen, nicht heraus, sondern steckte in diesem schwachen Lächeln fest.

Und dann wurde sie durch die Glastür geschoben. Ich blieb draußen, um den Herrn Dozenten nicht zu verpassen. Was ich gesehen hatte, machte mir für einen Augenblick Mut, dann aber auch Sorge. Von ihr selbst war über ihren Zustand offensichtlich nicht viel zu erfahren. Deshalb ging ich zurück zur Station und wartete noch eine Weile. Ziemlich lange sogar. Als ich sah, dass es keinen Sinn machte, meldete ich mich bei der Schwester, um ihr die Zeitung zurückzugeben.

– Haben Sie mit dem Herrn Dozenten gesprochen?

– Nein. Wo ist er?

– Er ist nach Hause gegangen.

Für einen Moment war ich verwirrt.

– Wie? Ich habe doch draußen gewartet?

– Ich weiß nicht, wahrscheinlich hat er es vergessen.

Es klang nicht überzeugend. Die ganze Zeit, schon seit jenem ersten Lächeln, war mir, als stimmte etwas nicht.

8

Ein Präser voll Urin flog durch die Luft und zerplatzte an der Hausmauer. Vor dem Hintergrund des Himmels im Sonnenuntergang sah der Ballon im Augenwinkel aus wie ein vorbeifliegender Vogel. Bald kam noch einer geflogen und schlug auf dem Asphalt auf, sein Inhalt spritzte uns an die Beine. Ich zog Senka zu mir, und wir liefen die Straße hinunter, während die Urinbomben um uns herum einschlugen. Senka lachte, und ich musste sie mitzerren, um uns ohne direkten Treffer herauszuretten. So wie sie ist, wäre sie noch geblieben, und ihr Atem roch nach Alkohol. Als ich ihr zwei Tage zuvor eröffnet hatte, dass ich nach Hamburg zu einem Ultraschallkongress im Institut für Geburtshilfe fahren würde, hatte sie gemeint:

– Ich fahre mit!

Als wir nach dem gemeinsamen Abendessen mit der Crème de la Crème der europäischen Gynäkologie mehrere Flaschen Rheinriesling geleert hatten, hatte sie dort, vor allen Leuten, an meinem Ohrläppchen zu knabbern begonnen.

– Bring mich hin, ich will die Huren sehen! Bring mich hin, ich will die Huren sehen!

So waren wir in der Straße mit den Schaufenstern auf St. Pauli gelandet. Was wir nicht wussten, war, dass in dieser Straße weibliche Flaneure nicht gelitten sind und dass die Prostituierten sehr unangenehm werden können, wenn eine Geschlechtsgenossin sie sich ansehen kommt. Von Frauen wird Solidarität erwartet, und wer sich dem Kodex widersetzt, wird mit Urinbomben bestraft. Und so hatte auch ich, Fachmann für jenes Organ, mit dem sie ihr Geld verdienen, einen kräftigen Schluck Pipi auf meine neuen Schuhe abgekriegt.

Aber warum war mir das jetzt wieder eingefallen? Das war eines der wenigen romantischen Souvenirs von unseren Reisen. Auf der Intensivstation, Abteilung Neurologie I, sah der Sonntagmorgen folgendermaßen aus: in acht Betten, vier auf jeder Seite, lagen regungslose Körper, in denen Schläuche und Elektroden steckten. Durch diese Schläuche flossen Medikamente und Luft, und heraus floss das, womit die Prostituierten in Hamburg vor einem Jahr nach uns geworfen hatten. All das kam nun zusammen, vermengte sich und verschmolz miteinander. Auch Senka hatte jetzt einen Katheter, gestern noch hatte sie keinen gehabt, ich sah es an dem kleinen Plastikwurm, der sich von ihrem Bett herunterschlängelte, um in einer Art eiförmigen Plastikente zu enden. Ich näherte mich und strich mit der Hand ihr Haar zurecht.

– Wie geht es dir?

– Besser. Aber ich bin wieder gestürzt.

– Wann?

– Heute Morgen. Ich habe mich besser gefühlt und wollte aufstehen.

– Allein? Warum hast du nicht die Schwester gerufen?

– Ich dachte, ich könnte das allein, aber dann bin hier im Flur gestürzt.

– Mein Gott!

– Ich habe mich nicht verletzt. Die Schwestern haben mich im Rollstuhl bis ans Bett gebracht und mir den Katheter angelegt.

Ich machte Anstalten ihre Decke anzuheben, aber sie fasste mich am Arm.

– Nicht. Sie haben mir eine Matte druntergelegt, als wäre ich eine alte Oma.

– Die Sachen, die du gekauft hast, habe ich in den Kühlschrank getan. Aber erst am Morgen.

– Lass nur, das ist jetzt nicht wichtig.

– Warum hast du Muscheln gekauft?

– Ich habe ein neues Salatrezept.

– Was wollen wir mit drei Schachteln Pralinen?

– Die eignen sich gut als Geschenk und waren nicht teuer.

Dann sah sie mich argwöhnisch an.

– Testest du mich etwa?

– Nein.

– Doch, du testest mich, um zu sehen, woran ich mich erinnern kann.

– Ich teste dich nicht. Mich interessiert nur, warum du das gekauft hast.

Sie erzählte mir, sie sei gegen vier Uhr morgens aufgewacht und habe nicht wieder einschlafen können. Mal hatte sie die Augen geschlossen, mal geöffnet. Und jedes Mal, wenn sie sie öffnete, hatte die Decke eine andere Farbe. Das war schön, denn es erinnerte sie an Monets Kathedralen. Mich verwunderte allerdings, dass sie überhaupt nicht nach ihrer Tochter fragte.

– Andrea geht es gut. Ich habe gestern mit ihr telefoniert, sie spielt mit Ludwigs Neffen.

– Hast du es ihr gesagt?

– Nein. Wir erklären es ihr, wenn sie kommt.

Sie überlegte einen Moment.

– Gott sei Dank, dass sie mich nicht so sieht.

Ich beugte mich vor und küsste sie.

– In zwei Wochen geht es dir wieder gut.

Ich fragte mich, ob sie glaubte, was ich gesagt hatte.

Die Schwester tippte mir auf die Schulter.

– Doktor Romar, der Herr Professor würde gern mit Ihnen sprechen.

Ich sandte Senka ein Luftküsschen, und sie zwinkerte mir zu.

– Wir sehen uns morgen.

Ich begab mich zum Sprechzimmer des Professors. Auf einmal wollte es mir verletzend erscheinen, wenn ich ihr so rasch den Rücken zukehrte, und so drehte ich mich um und setzte meinen Hinausweg in einer ausgesprochen dummen Haltung fort, irgendwie zur Seite gebeugt, nur um sie nicht mit meinem Rücken zu konfrontieren.

Der Chef der Neurologie empfing mich in seiner Ordination, die mehr Ähnlichkeit mit dem Kabinett eines hohen Staatsbeamten hatte als mit dem Arbeitsplatz eines Arztes. Ein massiver Schreibtisch, eine Stilkommode, eine Sitzgarnitur. Wir setzten uns in die Ledersessel und eine Schwester brachte uns Kaffee.

– Ich bin Ihretwegen gekommen, sagte er zu mir. Glatzköpfig, lebhaft, ernst. So wird Toni in zwanzig Jahren sein.

– Danke.

– Es ist nicht tragisch, es könnte aber ernst sein, sagte er.

So beginnt es immer. Schlechte Nachrichten sehen nie sofort schlecht aus, sondern sie gehen langsam auf, wie Hefeteig. So ist der Verlauf der schlimmsten Krankheiten.

– Sie ist jetzt bei Bewusstsein, und das ist gut. Am schlimmsten ist allerdings die Verletzung am Kleinhirn, ein Hämatom, das unablässig anschwillt, weshalb wir sie künstlich in Schlaf versetzen.

Ich wusste, was er als Nächstes sagen würde.

– Wir müssen dem Gehirn Zeit geben, sich zu erholen.

Ich kannte auch den Satz, der jetzt folgte.

– Wir hoffen das Beste.

Dann begann aber in meinem Gehirn, einem verstopften Äderchen gleich, das sich mit Blut füllt, eine Frage zu wachsen. Woher kommt die Verletzung am Hinterkopf, wenn sie aufs Gesicht gefallen ist?

– Sie ist aufs Gesicht gefallen, sagte ich. Der Professor blätterte in Senkas Befunden und hörte mich nicht.

– Sie ist mit der Stirn auf dem Asphalt aufgeschlagen, der Jochbogen ist geplatzt. Wie kann sie da ein Hämatom am Hinterkopf haben?

Er hob den Kopf.

– Ich weiß nicht wie, Herr Kollege. Sie hat es aber.

– Das ist mir nicht klar.

– Waren Sie anwesend?

– Nein. Ihre Freundin hat sie gebracht.

Er sah mich argwöhnisch über den Brillenrand hinweg an.

– Sie waren nicht anwesend?

– Nein.

– Woher wissen Sie es dann?

– Ich weiß das, was sie mir gesagt hat.

Er lächelte.

– Sehen Sie, darauf will ich nicht eingehen. Mich interessiert nur der medizinische Aspekt. Wir werden sie auf der Intensivstation behalten, bis sich ihr Zustand stabilisiert hat. Sie wissen, dass das dauern kann.

– Ich weiß, sagte ich, bedankte mich und ging hinaus.

Ich warf noch einen Blick in die Intensivstation, aber Senka schlief, also ging ich vom Rebro in die Stadt hinunter.

Es war Sonntag, und die Maksimirska mit ihren geschlossenen Geschäften und ohne Passanten sah aus wie die Straße eines verlassenen Provinzstädtchens. In den Schaufenstern warteten leere Schuhe auf ihre Füße, doch diese Füße schienen nicht kommen zu wollen, in den Modesalons, die immer zahlreicher wurden, wartete die Damen- und Herrenkleidung darauf, dass lebendige Körper anstelle der Plastikarme und -beine in sie hineinschlüpfen würden, selbst die Höschen im Warenhaus warteten auf etwas. Die Leere, die ich empfand, als ich Senkas Socken einpackte, war nun überall zu spüren. Ich trug sie mit mir und verstreute sie in den Straßen. Vor dem Kaufhaus Varteks am Platz der Republik standen bereits in die Jahre gekommene Prostituierte und junge Soldaten. Erstere hatten nicht einmal so viel Geist, die Leute mit Urin zu bewerfen. Sie standen in Grüppchen zu zweit oder zu dritt und unterhielten sich. Ab und zu entfleuchte ein einsames, infolge des Alkohols zu laut gesprochenes Wort, das danach selbstständig durch die Lüfte schwebte. „Geldtasche" oder „Polizei" oder sogar „Tschewap". Ich sah auf die prallen Hintern, die geschnürten Riesenbusen, die aus den leichten Frühlingsblusen herausdrängten, und kriegte wieder einen hoch. Ich war traurig und besorgt, am Boden zerstört und unausgeschlafen, aber die Erregung wuchs, während ich durch die Passage ging, wo ich zum ersten Mal mit der Frau zusammengekommen war, die mich an Schweinskopf erinnert hatte. Eine von denen trat zu mir:

– Hallo, der Herr, ich mache alles, von vorn und von hinten …

– Danke, unterbrach ich sie.

Um sie herum wuselten Betrunkene, die in der Regel genauso alt waren wie sie, und diese sehr jungen Burschen in Grün. Hübsche, schlanke Figuren, die von der Uniform getarnt wurden. Es hätte umgekehrt sein sollen, diese alten Weiber müssten die Soldaten dafür zahlen. Gestik und Verlegenheit dieser jungen Burschen zeugten davon, wie oft uns gerade das erniedrigt, was uns geschaffen hat. Das Alter war hier in gewisser Weise mehr wert als die Jugend, die Widerlichkeit teurer als die Schönheit. Hatte Senka das sehen wollen, als sie mich überredete, mit ihr Huren anschauen zu gehen? Oder hatte sie gehofft, auf St. Pauli die Antwort auf die Frage zu finden, warum mich Prostituierte anziehen?

Sie sagte:

– Ich kann Seeleute oder Gefangene verstehen, denen die Frauen fehlen. Dich verstehe ich nicht.

Ich konnte ihr einfach nicht klar machen, dass Prostituierte für mich ein Objekt der Erregung sind und kein Ersatz. Und dass mich an ihnen immer das Abstoßende angezogen hat und nicht die Schönheit oder die wohlgeformten Körper, die man in den Koberfenstern der „Straße der Puppen" finden konnte. Etwas, was nach Prostituierter aussah, hatte mich bereits vor Schweinskopf erregt, die mit ihrem großen Hintern nur in etwas bereits Vorgeformtes eingetreten war.

– Vermutlich, weil sie … verfügbar sind, gab ich ihr zur Antwort, überlegte ein wenig und sagte, ja, definitiv deshalb, weil sie verfügbar sind.

– Verfügbar?, sah sie mich an. Weißt du, was ich denke? Du hast dir selbst in den Kopf gesetzt, dass du nichts Besseres verdienst.

– Vielleicht. Ich weiß es nicht. Weißt du genau, warum dich etwas erregt?

– Allzu leicht gibst du dich mit dem zufrieden, was du haben kannst, das denke ich, anstatt dich um das zu bemühen, was du haben möchtest. Tiho, das ist Feigheit.

9

Ich kam erst nach fünf wieder ins Krankenhaus zur offiziellen Besuchszeit. Sie saß auf dem Bett und las einen Roman.

– Was ist ein Speculum?

– Eine Art von chirurgischem Instrument. Warum?

Der Roman, den sie gerade las, handelte von Ärzten, und die junge Schwester reichte dem Arzt, in den sie verliebt war, ein Speculum.

– Du darfst nicht lesen, und leg dich bitte hin!

– Ja, Papa.

Ruhig nahm ich die zerfledderte Broschüre vom Kiosk, die schon einmal feucht geworden und dann wieder getrocknet war, und legte sie aufs Bett. Ich war froh, dass es ihr gut ging.

– Woher hast du denn das?

– Das hat die Gans dagelassen, die die Ente wechselt.

– Die Ente.

Sie lachte. Diesmal war es ein herzliches und aufgeschlossenes Lachen, nicht einfach eine Andeutung, so wie am Morgen.

– Das gefällt mir. Haben Sie vielleicht die Gans mit der Ente gesehen?

– Leise, sie kann uns hören!

– Ja, Papa.

Wenn sie so redete, erinnerte sie an junge Frauen aus französischen Filmen. Einmal hatte sie mich gefragt, ob es mir gefallen würde, wenn sie sich die Haare wie Jean Seberg schneiden ließe, und ich sagte ihr, dass sie mir gerade so am besten gefalle, mit ungeschnittenem Haar. In diesem Augenblick kam die Schwester ins Zimmer. Ich reichte ihr den Roman.

– Gehört das Ihnen?

– Ich suche ihn gerade.

Sie nahm das zerknitterte bunte Heftchen, ging kurz hinaus und kam mit einem Stuhl zurück.

– Hier, Herr Doktor, ruhen Sie sich aus.

Senkas Blick begleitete sie aus dem Zimmer, als wäre sie die Schwester aus dem Roman und ich der Arzt, der die Frauen untersucht.

– Wer wird denn da ein wenig schmeicheln?

– Du darfst dich nicht aufregen, du musst ruhig liegen!

– Ja, Papa.

Ich saß da und sah sie an, wie sie wie eine Statue im Bett lag und die Augen fest geschlossen hielt, so wie es Andrea machte, wenn sie so tat, als würde sie schlafen. Ihre Nase war gerunzelt und die Lippen zitterten. Dann fragte ich sie:

– Woher hast du die Verletzung hinten?

Sie öffnete ihre Augen, der Spaß war vorbei, und ich sah etwas in ihnen, vor dem ich für einen Augenblick erschrak.

– Mein Kollege hat mir gesagt, dass du eine Verletzung am Hinterkopf hast.

– Ich kann mich nicht erinnern.

– Wieso kannst du dich nicht erinnern?

– Einfach so. Das haben mich heute schon der Arzt gefragt und der andere Herr.

– Welcher andere Herr?

– Der, der kein Arzt ist.

– Woher weißt du, dass er keiner ist?

– Er trug keinen Mantel. Er hat den Arzt zu allem befragt und ihn gebeten, ihm alles über mich zu sagen.

Die Dinge nahmen einen seltsamen Verlauf.

– Und was hast du gesagt?

– Dass ich so gefallen bin, dass ich vorne aufgeschlagen bin, dass ich aber vielleicht auch hinten gegen etwas geprallt bin, dass ich mich aber nicht erinnern kann.

– Wie konntest du hinten gegen etwas prallen, wenn du aufs Gesicht gefallen bist?

Sie sah mich argwöhnisch an und versuchte einzuschätzen, welche Richtung diese Unterhaltung nehmen würde.

– Du testest mich wieder?

– Ich teste dich nicht, ich frage.

– Du bist so seltsam in letzter Zeit.

Ich drang nicht weiter in sie, zog meinen Stuhl näher heran und nahm ihre Hand. Sie war kalt und irgendwie teigig, sie wirkte überhaupt nicht wie die Hand einer geliebten Person. Sie erwiderte meinen Druck nicht, sie hielt sie bloß ruhig in meiner.

– Erinnerst du dich, wie sie uns mit Urin beschossen haben?, fragte ich.

– Ich könnte dir jetzt die ganze Ente über den Kopf gießen.

Ich beugte mich näher zu ihr.

– Du weißt, dass mich das nicht stören würde.

– Du widerliches Schwein! Und hör auf, mir nachzuspionieren!

Ich ging erst, als das Abendessen serviert wurde. Ich ging hinaus, und das Abendessen kam herein. Auf dem Wagen, den die Schwester schob, die mir den Stuhl gebracht hatte, waren nur drei Gedecke. Nur drei Frauen konnten allein essen. Ich verspürte eine gewisse Genugtuung, dass Senka darunter war. Eine ganz kleine Genugtuung, die den ganzen Weg bis nach Hause anhielt. Unabhängig von dem, was der Arzt erzählen mochte, auch unabhängig von den schlimmen Vorahnungen, unter denen ich ständig litt, sah Senka wirklich gut aus. Mir war nicht klar, weshalb die Kollegen ihre Verletzung so aufbauschten. Leeres Geschwätz, dachte ich. Mein Vater hätte gesagt: Der von der Schlange Gebissene fürchtet auch die Eidechse. Ich musste aber gestehen, dass ich seit Radovans Tod, also seit fünfzehn Jahren, bei solchen Verletzungen auch vor Eidechsen Angst hatte. Vielleicht sogar vor Ameisen. Übertrieben, völlig klar. Wann immer Andrea in diesen letzten zwei Jahren krank geworden war, hatte Senka mich beruhigen müssen.

– Du bist doch Arzt, du weißt, wie Kinderkrankheiten aussehen.

Nun schien es mir aber, dass die Dinge wieder einen besseren Verlauf nahmen. Auch wenn sie einen schlechteren hätten nehmen können, fügte das Teufelchen im Kopf hinzu.

10

Am Montag kam ich zu spät zum Dienst.

– Entschuldigen Sie, sagte ich zu Professor Ruszkowski, der damals mein Chef war, ich wurde bei Senka aufgehalten.

Er wiederum sagte mir, dass das nichts mache in einer solchen Situation, ich solle mir freinehmen, wann immer es nötig sei, und ich würde es schon nachholen, man würde mich zum Dienst einteilen, wenn ich nicht zu ihr ins Krankenhaus könne. Aber, sagte er, vor zehn Minuten habe Inspektor Kukuljac von der Polizeiwache in der Vlaška angerufen, er lasse mir ausrichten, ich möge am Nachmittag zu einem Informationsgespräch in sein Büro kommen. Es sei nichts Schlimmes, erklärte der Kollege, nur ein paar Worte in Verbindung mit meiner Gattin. Nach Möglichkeit mit Protokoll, Genosse Doktor.

In der Polizeistation in der Vlaška roch es nach Porreegemüse. Im Erdgeschoss befindet sich eine Kantine, in der Vater und ich oft gegessen haben. Nach Mutters Tod hatte uns ein Freund meines Vaters, der Polizeiinspektor war, Essensmarken besorgt, sodass wir hier günstig essen konnten. Das Essen war Hausmannskost und ganz ordentlich, also kam ich über Mittag oft her. In der Zeit dieser Mittagessen hatte ich mich irgendwie mit dem Polizei-Ambiente angefreundet, und für einen Moment gab mir dieser Geruch das Gefühl, dass man hier keine Angst zu haben brauchte. Aber nur für einen Moment, auch wenn es bis zur obersten Etage anhielt, bis zum Zimmer von Inspektor Kukuljac. Der Inspektor war ziemlich jung, dermaßen jung, dass es mich im ersten Moment schockierte. Entschuldigend bat er mich, draußen ein wenig zu warten, weil sie gerade einen Fall bearbeiteten. Ich nahm auf der Holzbank Platz, die jener im Rebro glich, und hoffte, dass wir das Missverständnis rasch ausräumen würden. Ich saß da und wartete, und Inspektor Kukuljac schien mit seiner Bearbeitung nie fertig zu werden. Leute gingen an mir vorüber, gingen durch die umliegenden Türen ein und aus, trugen Akten herum, Kaffee auf kleinen Tabletts oder Zeitungen. Ich bemerkte, wie manche von ihnen mich heimlich musterten, während sie vorübergingen, und andere wiederum völlig gleichgültig blieben. Jene, die mich musterten, taten dies sehr diskret. Sie kamen aus dem Zimmer, warfen einen raschen Blick auf mich, wobei sich sogar unsere Augen kurz trafen, ich sah ihnen immer in die Augen, direkt und offen, sogar fragend, worauf sie ihren Weg fortsetzten. Es kam auch vor, dass mich jemand grüßte, was aber seltener der Fall war, als dass ich nur kurz angesehen wurde. Irgendwann kam dann auch der Inspektor heraus und sagte:

– Verzeihen Sie, dass Sie noch immer warten, aber es hat sich in die Länge gezogen.

Danach sah ich eine Stunde lang nichts mehr von ihm. Da ich eine schwere Nacht hinter mir hatte, ich hatte kaum zwei Stunden am Stück schlafen können, da mir ständig die Frage im Kopf herumgegangen war, wer Senka niedergeschlagen haben könnte und weshalb sie es mir nicht sagen wollte, nickte ich für kurze Zeit ein. Vielleicht hatte ich auch länger auf der Bank geschlafen, erst ein leichtes Rütteln weckte mich.

– Verzeihen Sie, dass Sie warten mussten!

In einem Hemd mit hochgekrempelten Ärmeln, gelockerter Krawatte und offenem Kragenknopf führte mich Inspektor Kukuljac in sein Büro. Der Rauch war so dicht, dass wir mit unseren Händen die Luft durchschneiden mussten, um zum Tisch zu kommen, der sich in dem Zigarettennebel abzeichnete.

– Bitte, Herr Doktor, setzen Sie sich. Ich weiß, dass Sie zu tun haben, wir machen es ganz kurz. Einen Kaffee?

– Könnte nicht schaden …

Ich war mit meinem Satz noch nicht fertig, als er schon wieder nach draußen verschwand, um ein paar Minuten später wieder zurückzukommen.

– So, kommt sofort, sagen Sie, Sie hatten Schichtdienst, man sieht es Ihnen an.

– Nein. Ich konnte nur nicht schlafen.

– Sorgen, hm?, dann hielt er kurz inne, um sich eine neue Zigarette anzuzünden, und blies den Rauch aus, der für einen Augenblick sein ganzes Gesicht einnebelte.

– Wenn ich vom Nachtdienst nach Hause komme, bin ich zu nichts mehr zu gebrauchen. Den ganzen Tag tauge ich zu nichts, meine Frau sagt zu mir, reparier den Wasserhahn, häng die Vorhänge auf, ich werfe mich vom Sessel auf die Couch und zurück. Schlafen kann ich jedenfalls nicht. Sagen Sie, machen Sie sich Sorgen um ihre Gattin?

Er machte eine kurze Pause, sah mich mit zusammengekniffenen Augen durch den Rauch hindurch an und fuhr fort:

– Natürlich machen Sie sich Sorgen, warum frage ich überhaupt. Wenn ich Sorgen habe, falle ich in den Schlaf, das passiert einfach so, ich kenne das … Und die anderen sagen dann: Er schläft, er ist eiskalt wie ein Spritzer. Die haben keine Ahnung.

Dann blätterte er ein wenig in den Papieren, während die Zigarette in seinem Mundwinkel hing. Sein jung aussehendes Gesicht passte nicht zu seiner Mimik und seinen Gesten, etwas befand sich da in gefährlicher Unstimmigkeit. Die von älteren Kollegen übernommene Attitüde passte noch nicht zu dem jungen Gesicht, aber ich sah, dass es schon ganz gut ging, bald würde es passen.

– Sagen Sie, als Sie nach Hause kamen, fanden Sie ihre Gattin vor, die niedergeschlagen worden war?

– Nicht niedergeschlagen, sondern mit Verletzungen im Gesicht. Eine Freundin hatte sie nach Haus gebracht, sie sagte, sie sei bei der Haltestelle in der Draškovića gestürzt.

– Und was ist dann passiert?

– Ich habe sie im Krankenhaus untersucht, das heißt, ich bat einen älteren Kollegen, es zu tun.

– Einen Kollegen …

Er beugte sich gedankenvoll über die Papiere.

– Ist der Kollege Neurologe?

– Ja. Er hat sich auf Neurologie spezialisiert, arbeitet aber nicht als Neurologe.

– Ich verstehe.

Dann sah er mich kurz an und kehrte sofort wieder zu den Papieren zurück.

– Weshalb war Ihnen daran gelegen, dass der Kollege sie untersucht und nicht ein unbekannter Arzt?

– Mir war an gar nichts gelegen, ich brachte sie dorthin, wo sie am schnellsten untersucht werden würde.

– Zigarette?

– Danke, ich habe meine eigenen.

–Hatten Sie Zweifel, als Sie damals nach Hause kamen.

– Nein.

Er kehrte zu den Papieren zurück.

– Der Arzt, der sie am Morgen aufgenommen hat, hat die Polizei verständigt. Also, er behauptet …

Dann hörte er auf, in dem Dossier zu blättern, das, wie ich erst jetzt erkennen konnte, ziemlich umfangreich war.

– Hier, ich habe es gefunden, er ist der Meinung, dass die Situation offensichtlich war, dass ihrer Gattin physische Gewalt zugefügt wurde, das Jochbein ist geplatzt, die Nase gebrochen, aber erst als man sie nicht aufwecken konnte, habe er es für notwendig erachtet, die Polizei zu rufen. Wollte er jemanden schützen?

– So weit ich weiß, nein.

– Wissen Sie, weshalb Ihre Frau den Überfall nicht gemeldet hat?

– Nein. Auch jetzt behauptet sie, von niemandem überfallen worden zu sein.

– Der Arzt sagt, sie sei niedergeschlagen worden. Wissen Sie, wer ihr hätte schaden können?

– Nein. Niemand hat sie bedroht, noch hätte jemand einen Grund dazu gehabt.

– Sie hat im Ausland gelebt?

Woher weiß er das alles, dachte ich. In diesen sechs Tagen ist erst alles so richtig ins Rollen gekommen.

– Ja, sie hat in der Schweiz gelebt. Dort lebt auch ihr Exmann.

Er machte wieder eine Pause, kritzelte etwas in sein offenes Notizbuch, das neben dem Dossier lag, und schnippte die Asche von der Zigarette.

– Und dieser Exmann, ist er einer von hier oder ein Schweizer?

– Ein Schweizer. Sie haben eine gemeinsame Tochter, die jetzt bei ihm ist.

– Wie alt ist die Kleine?

– Drei. Sie lebt sonst mit uns, aber alle drei Monate verbringt sie zwei Wochen beim Vater.

– Und er, ist er gewalttätig?

– Soweit ich weiß, nein. Genau genommen kenne ich ihn nicht.

– Hat er ihr nach der Scheidung gedroht?

– Ich denke, nicht. Sie haben sich auf zivilisierte Weise getrennt.

Er sah mich wieder über seine Zigarette hinweg an, mit zusammengekniffenen Augen, mit dem Blick eines alten Mannes.

– Zivilisiert, ha?

– Ich meine, es gab keine Probleme, zumindest soweit ich weiß.

Er legte den Bleistift zur Seite, nahm die Zigarette in die Hand, blies ein Flöckchen Asche vom Papier und blickte mir in die Augen.

– Wissen Sie, Herr Doktor, was unser Problem ist? Dass wir uns immer unterschätzen, dass wir immer denken, alle anderen wären besser als wir, fleißiger, genauer, ja, auch zivilisierter. Wir leben aber in einem so schönen Land, es könnte ein Paradies sein. Wir haben Berge wie die Schweiz, ein Meer wie Italien, Seen wie Österreich und Menschen, Menschen, die besser sind, als die alle zusammen. Ich weiß nicht, ob Sie mir da zustimmen.

Dann sah er mich wieder an, als würde er aus der Tiefe der Geschichte dieses schönen Landes herausschauen, mit noch besseren Menschen.

– Ich stimme Ihnen völlig zu …

– Ach, Herr Doktor, machen Sie mir doch nichts vor. Sie denken nicht so, so wie die anderen auch, ich weiß das. Das sieht man doch. Aber mich kümmert das nicht, ich bin weiterhin Idealist, ich sehe nur die guten Seiten. Sagen Sie, waren Sie jemals mit extremem Nationalismus konfrontiert?

Obwohl ich auf alles vorbereitet war, mit dieser Frage hatte er mich erwischt. Ich dachte ein wenig nach, sah ihn an, wie er wieder in seinen Papieren las und die Asche wegblies, ich wollte ihn zur Hölle schicken, aber meine Mama riet mir aus dem Jenseits:

– Nicht fluchen, davon kriegt man Angina!

Sie hatte recht, die Zellen sind kalt und feucht, da zieht man sich im Nu eine Angina zu.

Also sagte ich:

– Nein.

– Sie haben lange nachgedacht, Herr Doktor, sehr lange. Aber gut, ich glaube Ihnen. Mir ist nur eines nicht klar?

– Was ist Ihnen nicht klar?

– Mir ist nicht klar … wie Sie sich so sicher sein können. Der extreme Nationalismus ist vorsichtig, er verbirgt sich, maskiert sich, sie leben unter uns, ohne dass wir sie jahrelang erkennen würden, und Sie sind sich da so sicher. Bis jetzt haben Sie aufrichtiger geantwortet. Sie haben gesagt „soweit ich weiß, nein" und „ich denke nicht", und jetzt sind Sie sich plötzlich sicher.

– Darin bin ich mir sicher. Es ist noch niemand mit irgendwelchen Vorschlägen an mich herangetreten, mir hat nicht einmal jemand von seinen extremen Standpunkten erzählt, und wissen Sie weshalb?

– Weshalb?

– Deshalb, weil ich aus einer Partisanenfamilie komme, deshalb, weil mein Vater Spanienkämpfer war, deshalb, weil die Bekannten meines Vaters noch immer in wichtigen Positionen in diesem Lande sitzen, deshalb hat mir niemand etwas von Nationalismus erzählt.

Er lächelte mit seinem rauchumwölkten Gesicht, jung aussehend, aber mit greisenhaften Grimassen.

– Langsam, langsam, Herr Doktor, ich unterstelle Ihnen gar nichts. Nur, ich muss fragen. Die Frau wurde niedergeschlagen, sie will nicht sagen, von wem, und wir müssen das untersuchen. Und was die Partisanenfamilien betrifft, da haben wir einige Fälle von extremem Nationalismus gerade in Partisanenfamilien. Hören Sie, Herr Doktor, für heute sind wir fertig. Ich möchte Ihre Zeit nicht länger in Anspruch nehmen, sollte Ihnen noch etwas einfallen oder mir etwas entgangen sein, sagen Sie uns ruhig Bescheid. Nun wissen Sie ja, wo wir sind.

Wir gaben einander die Hand. Sein Handschlag war herzlich und seine Hand angenehm, ich weiß nicht, wie meine Hand für ihn war, aber ich brenne nicht vor Verlangen, es zu erfahren. So hatte sich auch die Staatssicherheit zwischen uns gedrängt.

Alles in allem hatte ich drei Stunden wegen des Verhörs verloren, es war schon sieben und die Besuchszeit war vorüber. Dennoch machte ich mich ins Rebro auf, in der Hoffnung, dass es Senka gut ging, dass sie nicht mehr in diese seltsamen Zustände zwischen Schlaf und Wachsein fiel und dass die Verletzung am Thalamus bald wieder saniert wäre. Als ich auf die Neurologie I kam und auf die Intensivstation wollte, fing mich eine Schwester ab.

– Bitte nicht, sagte sie. Ich kriege Probleme.

Mir war das nicht klar. Vor zwei Tagen hatte ich die ganze Nacht da verbringen können, und nun durfte ich nicht einmal für ein paar Minuten vor dem Abendessen hinein.

– Ich bleibe nicht lange, nur ein paar Minuten, ich möchte sie nur sehen.

– Ihr geht es gut, sie bleibt noch einige Zeit auf der Intensivstation, aber vielleicht ist es besser, Sie kommen morgen wieder.

Der erste Streit

1

Täglich nehme ich morgens drei Medikamente zu mir. Amicor H, 10 mg, mit diuretischer Wirkung zur Senkung des Blutdrucks, eine viertel Tablette Atenolol, 5 mg, gegen Arrhythmie und ein Andol 100 zur Blutverdünnung. Um morgens die Medikamente einnehmen zu können, muss ich sie aus den Packungen nehmen, und jeden vierten Tag muss ich ein Atenolol halbieren und dann die Hälften wieder halbieren. Dieses Tranchieren der Tabletten erinnert mich immer an das, worüber ich sonst nicht nachdenke – dass diese Tabletten für mich „lebenslang" bedeuten. Auch wenn ich relativ spät begonnen habe, sie zu nehmen, beunruhigt mich der Gedanke, dass ich sie bis zu meinem Tode nehmen werde, ernsthaft. Seit ich alt geworden bin, kommt auf diese Weise der Gedanke an den Tod zu mir, irgendwie auf Umwegen, über diese kleinen, bunten Pillen. Das, was mich heilt und jeden Morgen am Leben erhält, ist genau genommen ein seltsames pharmazeutisches Memento mori. Wenn man dem auch das Apaurin hinzuzählt, das ich zeitweilig nehme, wenn die Arrhythmie besonders ausgeprägt ist, wird meine Pharmakophobie gewissermaßen abgerundet. Und deshalb sind Feiertage für mich die Tage, an denen ich beschließe, die Medikamente nicht einzunehmen, da ich mich ausgezeichnet fühle, wenn es in mir und um mich herum gut ist, wenn der Blutdruck stimmt, wenn es genug Sonne gibt, dass ich die Gefahr vernachlässigen und das Risiko eingehen kann. Das sind die Tage, an denen ich nicht an den Tod denke. Zweimal die Woche muss ich allerdings Kalium nehmen. Dienstags und donnerstags, das habe ich mir irgendwie selbst ausgerechnet und diese Tage gewählt, und da habe ich mich gerade heute Morgen auf der Tramuntana erinnert, dass das genau die Tage sind, an denen ich Vater in den Ribnjak gebracht habe, und dass wir gerade da Senka und ihre Mutter getroffen haben. Alles, was ich sehe oder woran ich denke, führt plötzlich wieder zu Senka.

2

Die Neuauflage unserer Abireise hatte Jugana mit höchstem Ernst in Angriff genommen. Zusammen mit Silva hatte sie sich bemüht, einen Plan zu machen und uns die Attraktionen in diesem Teil der Adria zu zeigen, von Goli Otok bis Zrće. Wir aßen zu Abend in Lun, in einer sympathischen Konoba, Pager Käse, Pršut und Lammfleisch unter der Glocke. Und es war wirklich verwunderlich, welch gute Nahrung diese steinige Landschaft um uns herum aus sich herausgepresst. Dieses Mal gab es keine Probleme mit dem Zahlen. Die gemeinsame Rechnung teilten wir durch zwölf, und jeder gab seinen Teil Silva, die das Geld einsammelte und bezahlte. So würden wir von nun an jedes Abendessen bezahlen. Absolute Gleichheit, Fraternité und Égalité einer Generation, die mit der Idee der Gleichheit aufgezogen wurde und die von der Erkenntnis, dass sich die Gesellschaft aus Schichten, Ständen und Klüngeln zusammensetzt, ernstlich überrascht wurde. Es war schon Nacht, als wir in Novalija einliefen und im Hafen festmachten. Auf der Riva, genau an der Stelle, wo wir festgemacht hatten, stand ein alter Minibus mit abgeschnittenem Dach, orange gestrichen. Aus dem Lautsprecher kam neben dem obligaten Krächzen die ernste Stimme Silvas:

– Sehr geehrte Abiturienten, wir haben in Novalija angelegt und brechen in einer halben Stunde auf zur nächtlichen Besichtigung des Strandes Zrće. Sie können sich frisch machen und umziehen, wir treffen uns genau um zehn Uhr im Bus vor dem Schiff.

Und so bestiegen wir um zehn den fröhlichen Minibus, hergerichtet, gewaschen, duftgewässert. Es war etwas zugleich Rührendes und Komisches darin, dass wir, die wir bereits zur menschlichen Archäologie zählten, uns ansehen gingen, wie jene aussahen, die erst im Kommen waren, die Zukunft. Und es war uns, als würden wir in einer Zeitmaschine ohne Dach Platz nehmen, mit einem kahlköpfigen Chauffeur, der große, feuchte Schweißflecken unter den Achseln hatte. Als verantwortlicher Arzt hätte ich ihm am liebsten gesagt:

– Ziehen Sie sich um, Sie werden einen Zug kriegen.

Sobald wir losgefahren waren, packte Silva das Mikrofon.

– Vielleicht wundern Sie sich, aber das muss man gesehen haben. Unterwegs werde ich alles erklären.

Zuerst sagte sie ein paar Worte über Pag, die unwirtliche Felseninsel, die Salinen, den Käse und das Lammfleisch, das wir zu Mittag gegessen hatten, sowie darüber, dass Pag im Vaterländischen Krieg die einzige Verbindung mit Dalmatien war, weil die Magistrale abgeschnitten war.

– Weshalb erzählt sie uns das?, fragte Toni, der sich irgendwie wieder auf dem Sitz neben mir eingefunden hatte. Wir, die wir entsprechend unserer Dienstpflicht als Ärzte, ungeachtet jeder Spezialisierung, genug von der Front gerochen hatten, wir wissen alles über diese Wege und über die Wichtigkeit von Pag. Silva wiederum, die 1991 drei Jahre alt war, erzählt uns das wie Geschichte, wie ferne Geschichte, und vergisst dabei, dass gerade wir diese Geschichte sind.

– Wir werden eine Runde auf Gajac drehen, und dann geht es hinunter nach Zrće.

Wir fuhren in die Appartementsiedlung, in der Tanja und ich einmal einen Sommer verbracht hatten, Sara war dreizehn, und der Krieg war noch im Gange. Damals war sie begeistert gewesen über diese seltsamen Fahrzeuge ohne Dach, und wir fuhren damit nach Novalija, damit wir zum Abendessen gemeinsam eine Bouteille Wein trinken konnten. Ich habe nie getrunken, wenn ich fuhr, vor allem nicht, wenn das Kind mit war.

– Bonbons, das ist Ecstasy, erzählte Silva, nur damit Sie wissen, wenn Sie etwas Unverständliches hören sollten.

– Und was ist Ecstasy?, fragte Lidija völlig ernst. Sie, die nie geheiratet hatte, die weder Kinder noch Enkelkinder hatte und deren Neugierde grenzenlos war.

– Eine Art synthetische Droge auf Basis von Phenylethylaminen.

– Danke, sagte sie laut, um uns, die wir kicherten, zu übertönen.

– Weißes und Gelbes, das kennen Sie wohl, sagte sie fachmännisch, aber da gibt es noch mehr. Dope ist dasselbe wie Gelbes, Pilze sind Magic Mushrooms, also Halluzinogene, Skunk ist künstlich gezogenes Marihuana mit verstärktem THC-Anteil, und ein Trip ist klassisches LSD.

Wir, die wir vom medizinischen Fach waren, fanden uns irgendwie noch zurecht in diesem Angebot, während die Übrigen ziemlich überrumpelt waren.

– Ich empfehle Ihnen, nichts zu nehmen!

Und alle lachten herzlich. Außer Marijan.

– Gut, ja, sind Sie noch normal, was glauben Sie denn, dass wir hier irgendwelche Narkomanen sind, meldete sich der, der sich heute seit dem Morgen schon dreimal betrunken und dreimal ausgenüchtert hatte. Er wird von jeder Mahlzeit und jedem Baden zwischen den Mahlzeiten nüchtern. Aber dann beginnt er wieder von vorne, wie Sisyphus. So begreift er es auch, existenzialistisch.

– Ein Scheißleben, in dem der Mensch schwer betrunken, aber leicht nüchtern wird. Das ist sein Wälzen des Steins.

– Und für das, was mit dem Strand Zrće geschehen ist, setzte Silva fort, ist gerade diese Siedlung wichtig, die wir jetzt durchfahren. Die Vorgeschichte von Zrće liegt gerade hier … In Gajac.

Ich hätte nie gedacht, dass mich jemand einmal zur Besichtigung von Betonappartements einladen würde, als wäre es eine illyrische Zitadelle oder römische Therme.

– Die Siedlung existierte schon Jahre, bevor der Strand Zrće in der Welt populär wurde. Hier verbrachten hauptsächlich Zagreber und überwiegend junge Leute den Sommer. Da, nun fahren wir durch den ältesten Teil … Zur Linken haben wir eines der ersten Lokale, die in Gajac eröffnet wurden. Und alle drehten den Kopf ernsthaft nach links, um das berühmte Relikt in Augenschein zu nehmen.

Endlich verließ der Minibus das Appartmentlabyrinth, das unverhofft Denkmalstatus bekommen hatte, und wir fuhren durch ein Kiefernwäldchen hinunter.

– So, nun nähern wir uns Zrće, nur noch wenige Minuten. Es herrscht nicht das übliche Treiben, da wir schon September haben, aber ich denke, dass wir noch etwas von der Atmosphäre dieses Ortes spüren werden.

Die Musik hatten wir schon von der Straße aus gehört, aber jetzt wurde sie um ein Vielfaches lauter. Der Strand war beleuchtet und immer noch voller junger Leute. Silva hob einen Stock, auf dem ein rundes Plastik-Smiley befestigt war, offenbar ihr individuelles Fremdenführerrequisit. Und so marschierten wir hinter ihr her, obwohl keine Gefahr bestand, dass jemand verloren ging. Sie führte uns an eine große, mit Schilf bedeckte Holztheke, über der Exotic Papaya Bar geschrieben stand. Senka setzte sich neben mich und Alma neben sie. Um uns herum tanzten kleine Gruppen von jungen Leuten in Badekleidung. Etwas weiter weg sahen wir, wie in einem Pool unter einer Rutsche geplanscht wurde. Und so saßen wir da, überrascht von allem ringsum und von den betrunkenen, tanzenden Mädchen und den Pos, die jenen dünnen Faden der Tangas schon zur Gänze verschluckt hatten, den nassen Körpern, die im Rhythmus der Musik Roboterkörpern ähnelten. Marijan drehte sich um und sagte:

– Sie haben recht, das muss man gesehen haben.

Der junge Barkeeper musterte uns verstohlen, als könnte er es nicht glauben und als wäre es ihm normaler vorgekommen, wenn Zrće vom ganzen Zagreber Zoo, mit allen Pinguinen, Löwen und tansanischen Ferkeln, überrollt worden wäre als von einer Gruppe von Rentnern, den ewigen Feinden alles Jungen und Fröhlichen. Etwas weiter weg von der Theke, schon nahe am Meer, sahen wir einen betrunkenen jungen Mann auf der

Seite liegen, der ein wenig seinen Kopf hob, sich erbrach und das Ergebnis sofort im feinen Kiesel vor sich verscharrte. Wie ein Köter.

– Das sind also die heutigen Jungen, kommentierte Lidija entsetzt, sie sind unsere Zukunft.

– Mach dir keine Sorgen, sagte Toni gelassen, auch wir sind ihre.

Und so begann das Gespräch über das Alter. Freilich nur schwer, da die Musik dröhnte und wir genötigt waren zu schreien.

Ich sagte, mein Alter sei an einem einzigen Tag gekommen, und das genau an jenem Tag, als mir diese Reise eingefallen war.

– Komm, red keinen Scheiß, Tiho, sagte Ana, das klingt zwar gut, hat aber nichts mit dem Hirn zu tun. Du warst etwas …

– Wie?

– Sei mir nicht böse, etwas pathetisch. Das Altern ist ein Prozess, du alterst langsam, Tag für Tag. Zuerst siehst du, dass deine Haut schlaff wird nach einer Diät, dass an bestimmten Stellen kleine Fältchen auftreten. Aber wenn das passiert, lässt es sich noch immer beseitigen, mit Puder und Make-up, mit Anticellulitiscremes …

– Ja, es ist ein Prozess, sagte ich, das Altern selbst, nicht aber auch das Bewusstsein dessen. Das kommt plötzlich.

– Ich fühle mich noch immer, als wäre ich vierzig, sagte Toni, genau genommen vergesse ich es, solange ich mich nicht sehe. Auf einem Foto oder im Schaufenster. Aber nicht, wenn ich mich morgens rasiere und in den Spiegel sehe. Das soll einer begreifen. Ich bereite mich im Voraus unbewusst auf mein Gesicht im Spiegel vor, aber wenn ich es zufällig sehe … eine Katastrophe. Da stimme ich Tihomir zu.

– Wir Frauen altern offenbar anders, sagte Jugana. Uns macht es schon Sorgen, wenn ihr noch gar nicht daran denkt. Frau Lehrerin, was meinen Sie?

– Entschuldige, mein Kind, ich war in Gedanken.

– Wir reden über das Altern. Ist es plötzlich gekommen oder langsam, allmählich?

Die Lehrerin überlegte, aber ich war mir nicht sicher, ob sie sich der Frage bewusst war.

– Weißt du, es ist so, wenn ich auf den Markt gehe oder über den Zrinjevac spaziere, kann ich selbst nicht glauben, wie schnell es gekommen ist. Aber dann wiederum, wenn ich mich zu erinnern beginne, gibt es Vieles, sodass ich es nicht weiß. Ich weiß nur, wenn du alt bist, richtig alt wie ich und nicht wie ihr, dann sehen dich die Leute nicht mehr. Das ist das Zeichen, dass du langsam abtrittst, dass du reif bist für den Mirogoj.

– Ach was, Leute, noch tritt da niemand ab, ihr habt wirklich das passende Thema für hier gefunden, sagte Ana. Jungs, ihr schaut euch die Puppen an und wir die Muskelpakete.

– Ich möchte einen Fruchtsaft, sagte Lidija zu dem jungen Mann an der Bar, der ein enges T-Shirt über seinem durchtrainierten Torso trug und der auf jedem Arm, die ganzen Unterarme hinunter, etwas in glagolitischer Schrift eintätowiert hatte. Vermutlich Vor- und Nachname. Ich versuchte mich an die Buchstaben zu erinnern, die wir in der ersten Klasse Gymnasium in Kroatisch gelernt hatten und die mir lange in Erinnerung geblieben waren, weil wir später aus Jux Spickzettel in dieser Schrift verfassten. Ich versuchte zu enträtseln, ob das auf dem rechten Arm sein Vorname und auf dem linken sein Nachname war, oder umgekehrt. Ich flüsterte es Toni zu, der links von mir saß, und er meinte:

– Zu unserer Zeit trugen die Kellner ein Täfelchen mit ihrem Namen, wenn es unbedingt sein musste.

Und während der Barkeeper von einem zum anderen aus unserer Gruppe ging und die Bestellungen aufnahm, fragte Lidija Silva betont laut:

– Wie haben Sie gesagt, was Bonbons sind?

Der tätowierte Jüngling sah sie verblüfft an und wandte sich dann an Silva als eine Amtsperson und Dolmetscherin zwischen Alt und Jung.

– Was möchte die Dame, Bonbons?

– Aber nein, das ist nur so dahergesagt, Silva lief rot an. Offensichtlich gefiel ihr der durchtrainierte, glagolitisch beschriftete Barkeeper und fühlte sich jetzt so, als hätte sie ein gut gehütetes Generationengeheimnis an gefährliche Feinde verraten.

– Ich nehme Sex on the Beach, sagte Ana.

Und so machten alle langsam ihre Bestellung, hauptsächlich Cocktails, was hier eben so getrunken wurde.

– Und warst du oft auf Diät?, fragte Lidija Ana.

– Das ganze Leben.

– Ach komm, du übertreibst, sagte Jugana.

– Einmal wäre es mir fast gelungen. Nach der ersten Scheidung. Ich musste nicht kochen, die Kleine aß im Hort. Ante und ich aßen schwere Sachen, Eintopf mit ausgelassenem Fett und gebratenes Fleisch, auch alles mit Schweinefett, da seine Mutter so gekocht hatte. So habe auch ich es mir angewöhnt, also fiel es mir schwer auf gesunde leichte Kost, Olivenöl, Huhn und Fisch, umzusteigen. Aber in der ersten Zeit, nachdem er ausgezogen war, konnte ich ohnehin nicht essen, und das habe ich ausgenutzt. Alles in allem habe ich zwanzig Kilo abgenommen.

– Bravo, sagte Lidija.

– Dir stehen die Kilos gut, sagte Jugana.

– Ich habe super ausgesehen, fuhr Ana fort, niemals besser. Und ich hätte mich so gehalten, wäre da nicht etwas gewesen …

Hier hielt sie für einen Augenblick inne.

– Was?, fragte sie Senka.

– Nachbars Bello.

Wir waren alle still, als tickte sie nicht mehr ganz richtig. Unsere Lehrerin glaubte, sie hätte nicht richtig gehört, und fragte:

– Was hat sie gesagt?

– Nachbars Bello, erklärte Jugana liebenswürdig.

– Du sagst, du hättest wegen dem Hund des Nachbarn nicht abgenommen?, wiederholte auch Senka die Frage, weil sie glaubte, nicht recht gehört zu haben.

– Das ist alles nur Verarsche, erklärte Jugana.

– Warte, wie …?

– Ganz einfach. Die Nachbarn hatten einen kleinen Hund, einen Pudel, der oft in unseren Garten ausbüxte. Und mein Mann hatte da ein kleines Becken für Fische gebaut, ziemlich tief. Eine Katze war darin bereits ertrunken. Es war nicht klar, wie und ob sie wirklich ertrunken war … oder ob sie jemand bereits tot hineingeworfen hatte. Aber wir fanden auch ständig ertrunkene Igel. Und deshalb habe ich den Pudel gejagt, damit er nicht ertrinkt, da ich keinen Streit mit den Nachbarn wollte. Aber der Köter lief immer vor mir weg, also nahm ich ein Stückchen Speck, um ihn anzulocken. Sonst waren im Kühlschrank immer Speck und Grieben, aber davon hatte ich nichts genommen. Aber nun, wegen des Nachbarn, eines Advokaten, und meiner Scheidung, lockte ich den Hund mit dem Speck, und so begann sein Duft mir so in die Nase zu steigen. Du hast keine Ahnung wie. Ich brachte den Pudel zur Nachbarin zurück und fraß dann den Speck mit Zwiebeln in mich hinein, dass es mir wieder hochkam.

– Wir kriegen auch so einen hoch, wie du jetzt bist, kommentierte Marijan.

– Ich weiß, sagte Ana, aber mir kommt der Magen hoch, wenn ich mich so sehe.

Zrće füllte sich langsam. Jene, die kamen, waren zum Ausgehen angezogen und mischten sich unter die Nassen und schon reichlich Betrunkenen, die schon seit dem Nachmittag da waren, von der After Beach Party. Um uns herum bebte das nasse und nackte Fleisch, kreisten runde Pos, und durch dieses Kreisen war es, als würden sie noch runder, und um die eigene

Achse kreisten auch die runden Brüste und auch die betrunkenen Köpfe, und das Haar flog wild umher. Marijan, uns immer einen Cocktail voraus, und wir hatten schon zwei getrunken, sagte plötzlich, Josip ansehend:

– Verdammt, so viele Mösen, hier würde nur Josips Schwanz trocken bleiben!

Wieder herrschte Stille, wie auch sonst nach seinen Einwürfen. Keiner von uns machte einen Kommentar, auch Josip nicht. Der schüchterne Josip, der nie geheiratet hatte, hatte sein ganzes Leben mit seiner Mutter zusammengelebt und als Lehrer in einer Grundschule gearbeitet. Klein gewachsen, pathetisch bärtig, in schmutzigen, aus der Mode geratenen Espadrilles.

– Marijan, achte auf deine Ausdrucksweise, sagte am Ende des ziemlich langen Schweigens die Lehrerin, die sich zu einem Kommentar aufgefordert fühlte. Für dich gibt es keinen Cocktail mehr.

– Bravo!, sagte Jugana.

– Erinnerst du dich, was ich deiner Gattin versprochen habe?

Und Marijan beruhigte sich irgendwie.

– Lassen Sie, Frau Lehrerin, Marijan ist in Ordnung, er tut es immer bewusst, wenn er übertreibt, sagte Toni, aber immer *a posteriori.*

– Jetzt begreife ich, warum er dir auf die Nerven geht, flüsterte mir Senka zu und kommentierte Tonis Besessenheit nach Fremdwörtern.

Wie der Abend voranschritt, holten wir Marijan hinsichtlich der Cocktails ein, und er benahm sich merkwürdigerweise artig. Senka und Alma sprachen zuerst über mich hinweg miteinander, dann ließ ich Alma sich neben sie setzen und überließ mich der Wirkung meiner Bloody Mary, die ich genommen hatte, um, wenn ich schon soff, auch etwas Kalium aus den Tomaten zu mir zu nehmen. Aus diuretischen Gründen.

Plötzlich übertönte das Klingeln eines Handys sogar den ziemlich lauten House, und Josip ging ran. Wir waren wieder alle still und tauschten höhnische Blicke aus.

– Ich habe meine Suppe gegessen, Mama, meldete er sich ohne Begrüßung. Den Teufel hatte er, er hatte mit uns Käse, Pršut und Lammfleisch gegessen. Was für eine Suppe.

– Ja. Es ist nicht kalt, nur am Abend …

Dann bemerkte er das Schweigen an der Bar und uns, die wir uns auf sein Gespräch mit seiner Mutter konzentrierten, also stieg er von einem der hohen Barhocker mit Lehne, auf welchen alle saßen, sogar die Lehrerin, herunter. Ich persönlich hatte ihr dabei geholfen hinaufzuklettern. Er entfernte sich von uns mit dem Handy am Ohr, im intimen Gespräch mit seinem Elternteil und mischte sich unter die halb nackten jungen Körper.

– Ich habe kein Mitleid mit ihm, meldete sich plötzlich Marijan, als Josip sich in der Menge verloren hatte. Er wirkte nüchtern. Wusstet ihr, dass er vor Gericht gestanden hat wegen Vergewaltigung?

Wieder herrschte am Tisch unangenehmes Schweigen.

– Bist du verrückt, was redest du da?, rief Jugana.

– Er hat eine Schülerin vergewaltigt. Erinnert ihr euch nicht, es stand in der Zeitung.

– Schrecklich, kommentierte Ana, das kann ich nicht glauben.

– Besser für dich, du glaubst es.

– Da war etwas, auch ich erinnere mich, sagte Toni.

– Leute, seitdem sind mehr als dreißig Jahre vergangen, müssen wir jetzt darüber reden?, versuchte Jugana abzuwiegeln.

– Ich sage nur, dass er kein guter Mensch ist, sagte Marijan, wenn er vergewaltigen kann. Und dann eine Schülerin.

Wir hatten nicht bemerkt, dass Josip wieder zurück war. Er war ein dünner, niedriger Schatten zwischen den Schatten der Holzpfeiler, der Strohmatten, der hohen Barhocker und den Körpern, die sich bewegten. Er stand direkt neben uns, setzte sich aber nicht auf seinen Hocker.

– Vergewaltigung ist Vergewaltigung, und wenn hundert Jahre vergangen sind, sagte Ana.

Doch da meldete sich mit müder Stimme auch die Lehrerin zu Wort:

– Meine Kinder, das war doch überhaupt keine Vergewaltigung.

– Was war es dann?, fragte Ana. Juga, warum hast du es mir nicht gesagt, wenn du es wusstest?

– Ich wusste es nicht.

– Ein Verhältnis mit einer Abhängigen, erklärte die Lehrerin.

Und erst jetzt wurden wir gewahr, dass Josip unser Gespräch mithörte.

3

Marijan hatte mit seinem unbedachten Satz einen bösen Geist losgelassen, wie einen übel stinkenden Furz. Und der schwebte nun um uns, die wir die ganze weitere Fahrt über schwiegen, herum, obwohl uns der scharfe Abendwind im Cabrio-Minibus peitschte, ein Wind, an den wir uns wegen der Schmerzen in der Stirnhöhle und den empfindlichen Greisenohren erinnern würden, der aber, wie stark auch immer, den Gestank um uns nicht vertreiben konnte. Josip saß alleine und starrte ins Leere. Und uns hatte er in Luft verwandelt, in Nullen, in nichts. Und ich hatte tatsächlich das Gefühl, das wir durchsichtig waren. Durch meinen Torso, meine Lunge, Bronchien und Rippen, konnte er sehen, wie die Kiefern, die Macchia und die dicht gedrängten Häuser vorüberzogen, durch Jugana hindurch konnte er einen Motorroller sehen, auf dem drei Mädchen ohne Helm fuhren, deren Haar flatterte, durch Marijan hindurch konnte er die Lichter von Novalija sehen, fast die ganze Stadt. Die Frage war aber, ob er überhaupt etwas davon sah. Es war klar, dass das, was vor mehr als dreißig Jahren geschehen war, für ihn noch immer schmerzhaft war und dass es sein Leben vermutlich auf drastische Weise verändert hatte. An der Tramuntana erwartete uns der Kleine an der Bar, der Meister der Taue und Reifen, und wir sanken, noch immer schweigend, jeder in seine Gedanken vertieft, mit dem Steiß auf die harten Holzbänke im Salon nieder. Josip indessen blieb bei uns, auch wenn er wieder allein saß. Ich hoffte, dass er in seine Koje gehen, dass es irgendwie leichter werden, dass sich der Gestank des Lebens verziehen würde. Aber das tat er nicht. Nach einiger Zeit setzte sich die Lehrerin zu ihm, legte ihm ihre Hand auf die Schulter und sagte, klein wie sie war, leise etwas zu ihm. Josip starrte auch weiterhin auf einen Punkt, als würden ihn die Worte der Lehrerin nicht betreffen. Ana wiederum versuchte die Situation zu entschärfen und bestellte eine Runde Žlahtina. Auch für Josip. Sie brachte es ihm an den Tisch, er aber lehnte still ab und schob das Glas von sich weg. Dann sagte er etwas zur Lehrerin, erhob sich und ging an die Bar. Ich sah, wie der Seilmeister ihm Southern Comfort ohne Eis in ein breites, niedriges Glas einschenkte.

– Zum Wohl, sagte Ana laut, und alle erhoben wir die Gläser. Alle außer Josip.

– Wo hast du die Schuhe gekauft?, fragte Vera Jugana. Die sind cool.

– Hast du die auch in deinen Ordnern?, meldete sich Ana wieder laut.

– In was für Ordnern?, fragte Alma.

– Juga fotografiert Schuhe und speichert die Fotos auf dem Computer.

– Erzähl mir doch nicht so etwas, sagte Alma. Ihr wollt hier jemanden verarschen?

– Wenn ich es dir doch sage, blieb Ana hartnäckig.

– Juga, du machst wirklich Fotos von Schuhen?

– Ja.

– Wer sagt hier, dass unsere Generation von der Informatik nicht eingeholt wurde, meldete sich Toni.

– Um Himmels willen, warum?

– Um nicht zweimal dieselben zu kaufen, sagte Jugana. Das ist mir passiert. Ich sehe, sagen wir mal, schöne Sommerschuhe, sie gefallen mir, im

Preis günstig, niedriger Absatz, weiches Leder, genau wie ich sie trage. Und ich kaufe sie. Später finde ich im Schrank genau solche vom letzten Jahr. Deshalb speichere ich die Fotos auf dem Computer und auf dem Handy. Falls ich zufällig auf günstige stoße, kann ich nachsehen, ob ich sie vielleicht schon gekauft habe.

– Himmel noch eins, sagte Marijan, wir Rentner sind eine doppelt beschissene Partie. Zum einen sind die Pensionen niedrig, zum anderen ist die Senilität teuer.

Und die Atmosphäre begann irgendwie aufzutauen. Nach der zweiten Runde Žlahtina waren wir schon in besserer Stimmung, und Josip, der in der Zwischenzeit zur Lehrerin zurückgekehrt war, wurde immer durchsichtiger. Die Lehrerin stand auf und ließ ihn alleine sitzen und Southern Comfort tanken, sie sprach, langsam gehend und sich an den Bänken festhaltend, nur kurz mit Jugana, bevor sie sich zu uns setzte. Das Resultat war, dass sich jetzt Jugana zu Josip setzte und versuchte, den Schaden wiedergutzumachen, bevor er komplett abgesackt sein würde. Sie sagte ihm etwas ins Ohr, aber er wirkte, als würde er nicht zuhören. Er winkte nur dem Barkeeper, dass er ihm einen neuen Southern Comfort bringen solle. Und so kam, während sich die beiden einbahnig unterhielten, Barba Zvir in den Salon, ziemlich rot in dem Teil seines Gesichts, den man trotz dichtem Bart und trüben Augen zu sehen bekam. Er hatte offenbar in der Stadt ziemlich getankt. Tagsüber, wenn er die Tramuntana steuerte, trank er reichlich, aber das wirkte bei ihm nicht. Er war immer in Bewegung und passte wohl auch auf, nicht zu übertreiben. Jetzt hatte es ihn erwischt.

– Wie wird das Wetter, Barba, meldete sich der Kleine von der Bar fröhlich und frotzelnd.

– Ja wie, sie sagen, gut … ich weiß nicht, die sagen immer, dass es gut wird. Sie reden einen Scheißdreck, als wäre ich so ein verdammter Ausländer.

– Es wird schon gut sein, sagte der Barkeeper, was nehmen Sie?

– Gib mir einen Spritzer.

Aber dann, nach kürzerem Schweigen, vielleicht mehr für sich, sagte er so in seinen Bart hinein, zwischen die Barthaare, in den Wald, aus dem jeder Laut verändert und gemurmelt herauskam:

– Ich habe noch einen Kredit laufen, für die Umbauten des Schiffs, fünfzigtausend Euro, keine kleine Sache.

Und so hatte sich auch der Barba mit seiner Meteorophobie zu uns gesellt.

Jetzt ging Josip aufs Deck hinaus und war für geraume Zeit weg. Als er zurückkam, sagte Marijan, der das nicht gesehen hatte, leise:

– Wer weiß, vielleicht ist er pinkeln gegangen oder ruft seine Mama an!

– Still, er kann dich hören!, sagte Senka.

Da war es allerdings schon zu spät. Josip hatte es gehört.

Er stand auf, klein wie er war, sich selbst aber größer fühlend durch den Alkohol, und stellte sich mitten im Salon hin, genau vor Marijan.

– Was ist, du Alkoholikerarsch?

Im Salon herrschte Stille wie in einer Westernstadt vor dem Duell. Barba Zvir war zu betrunken, um als Hausherr und Eigner zu intervenieren. Marijan versuchte schon aufzustehen, und wäre es ihm gelungen, wäre er doppelt so groß wie Josip gewesen, aber Jugana lief hinzu und deutete ihm mit strenger Geste, er solle sitzen bleiben. Dann stellte sie sich neben ihn und hatte die Hand auf seiner Schulter, falls er versuchen sollte wieder aufzustehen.

– Ein Arschloch bist du, fuhr Josip fort, den ganzen Abend lang höre ich, wie du Scheiße redest. Aber du weißt überhaupt nichts, du dicker Haufen Dreck …

– Nicht, Josip, beschwor ihn die Lehrerin, nicht, das hat keinen Sinn.

– Wie denn nicht, Frau Lehrerin, es hat Sinn, dass wir das einmal klären.

Und dann wieder zu Marijan:

– Nichts weißt du. Wie kannst du nur so einen Scheiß reden über andere, ohne zu wissen, was gewesen ist. Dein ganzes Leben warst du Lagerdirektor, du hast ein Haus in der Voćarska gebaut. Von deinem Gehalt? Einen Scheiß von deinem Gehalt. Dein ganzes Leben bist du ein Gauner und Alkoholiker gewesen, aber du redest einen Scheiß über andere. Mir täte es um die Spucke leid für dich.

Marijan sah ihn an mit einer Mischung aus Hass und angewidertem Bedauern. Wie ein bereits zerquetschtes Insekt.

– Aber das, was ich sagen werde, ist nicht für dich, du Stück Scheiße, das ist nicht für dich. Sondern für sie.

Dann kreiste er mit seinem Blick über uns Stillgewordene.

– Das war keine Vergewaltigung, damit ihr es wisst. Ich wurde auch nicht verurteilt.

– Du musst nicht weiter, sagte die Lehrerin mit müder Stimme, das geht sie nichts an.

– Er soll es sagen, Frau Lehrerin, sagte Ana, wenn er das Bedürfnis hat.

Alles, was keine direkte Beleidigung Marijans war, bedeutete eine Lockerung der Spannung und die Verhinderung einer Schlägerei. Und war deshalb willkommen.

– Ihr habt von dem Betreuungsprogramm für Menschen mit mentalen Problemen gehört?

Wir verharrten alle weiterhin in Schweigen, und so stand plötzlich eine rhetorische Frage im Raum.

– Unterbringung von leicht Zurückgebliebenen in Familien. Mama arbeitete als Defektologin und nahm ein Mädchen auf, Milena. Wir haben sie zu uns genommen. Mama wollte es, ich nicht. Wir haben uns sogar gestritten, als sie sie aufgenommen hat. Aber Milena war gut, sie hat viel mitgearbeitet im Haushalt. Sie war von irgendwoher aus dem Zagorje. Mehr in ihrer Erziehung vernachlässigt als zurückgeblieben, ihre Eltern waren Alkoholiker und so. Die Sozialarbeiterin aus Zlatar hatte festgestellt, als sie noch klein war, dass sie leichter die Schule würde absolvieren können, wenn sie gewisse „Papiere" bekommen und die Schule nach einem speziellen Programm besuchen würde. Man hatte sie weder richtig untersucht noch getestet. Sie war sechsundzwanzig, ich war dreißig. Sie war keine Schülerin. Ist das klar? Mama hat sogar bei Gericht angesucht, dass sie die Arbeitstauglichkeit wieder zurückbekommt. Ein einfaches Mädchen, hübsch. Und dann haben wir uns ineinander verliebt. Sie wurde schwanger, und wir wollten heiraten. Wir haben darauf gewartet, dass sie ihre Arbeitstauglichkeit zurückbekommt, ohne die man nicht heiraten kann. Und so wuchs ihr Bauch. Zum ersten Mal hatte sie ein Heim und eine Familie. Könnt ihr das verstehen? Und ich habe mich auf das Kind gefreut.

– Und hat ihr das Gericht die Arbeitstauglichkeit wieder zuerkannt?, fragte Jugana voll Mitgefühl. Nun hörten auch wir anderen aufmerksamer zu.

– Ja, sagte Josip, aber zu spät. Die vom Sozialamt haben gesehen, dass ihr Bauch wächst. Sie haben ihre Betreuerin aus dem Heim kontaktiert und gesagt, sie müsse zur Abtreibung. Man müsse ihr das Kind herausnehmen. Es gibt ein Gesetz, nachdem Retardierte nicht gebären dürfen.

Unter uns breitete sich Stille aus. Eine bedrückende Stille.

– Die Betreuerin war überhaupt nicht dafür, dass man sie zur Abtreibung brachte, weil sie wusste, dass sie nicht zurückgeblieben war. Aber die Kommission aus dem Sozialamt ordnete an, sie aus der Familie herauszuholen, und sie wurde mit der Polizei abgeholt. Marijan, was glaubst du, wie das ausgesehen hat?

Ich sah zu Marijan hinüber, der Hass aus seinen Augen war verschwunden, stattdessen war da nur eine Dumpfheit.

– Wir kämpften bei Gericht darum, dass man ihr das Kind nicht herausholt. Daran erinnerst du dich, aus der Zeitung, du Idiot. Dein verdunstetes Gehirn erinnert sich nur noch daran, was welchen Geschmack beim Saufen hat.

– Entschuldige!, sagte Marijan plötzlich. Ich habe es wirklich nicht gewusst.

Die Lehrerin musste weinen, und Jugana sprang zu ihr, um sie zu umarmen. Sie reichte ihr ein Taschentuch.

– Weißt du, wie es ist, wenn dir der Staat gewaltsam dein Kind herausreißt, weil deine Frau nicht die Arbeitstauglichkeit besitzt? Weißt du, wie es ist, wenn du im Gerichtssaal sitzt und die Leute verurteilen dich, weil du jemanden liebst und weil du ein Kind möchtest? Weißt du, wie der Mensch sich da fühlt? Du hast keine Ahnung, weil du ein schurkischer Mensch bist. Sie drohten mir, sie würden Anklage gegen mich erheben wegen Geschlechtsverkehrs mit einer hilflosen Person, ich käme ins Gefängnis, und ich habe ihnen gesagt, dass ich ins Gefängnis gehe, aber dass sie nur nicht das Kind herausholen sollen, denn es hat Vater und Mutter. Aber sie sagten, dass so das Gesetz sei und dass sie es herausholen müssen. Also holten sie es heraus, und sie brachten sie in ein Heim in der Vojvodina.

Auch Juganas Augen waren nun voller Tränen, und uns umgab plötzlich eine Stille, die sich ebenso wenig vertreiben ließ wie jener Gestank vor zwei Stunden.

– Zwei Monate später kam die Arbeitstauglichkeitsbescheinigung. Die hatte ein anderes Gericht ausgestellt

In der Stille, die eingetreten war, erinnerte ich mich an eine solche Kürettage, die einzige in meinem Leben. Das Mädchen kam in Begleitung von Sozialarbeiterinnen und ihrer Betreuerin aus dem Heim. Sie brachten sie unter einem falschen Vorwand zu mir, da sie sich auf das Kind freute. Sie war ziemlich retardiert. Sie dachte, sie gehe zu einer Untersuchung. Wir betäubten sie, und dann nahm ich es ihr heraus. Das war das Schwerste überhaupt. Sie schrie, als ich sie kürettierte, obwohl ich dachte, sie würde nichts spüren. Ich erinnere mich, wie sie später kaum gehen konnte zwischen den beiden Frauen, die sie zum Krankenwagen brachten. Ich hatte mich bisher nicht einmal mehr daran erinnert.

Aber dann krähte laut ein Handy.

– Wieder Kontrolle, kommentierte jemand.

Jugana meldete sich und ging aufs Deck hinaus, damit wir nicht hörten, was sie redete. Sie kam schnell wieder zurück. Mit einem Gesichtsausdruck, als wäre jemand gestorben.

– Was ist?, rief Ana. Juga, sag, was ist los?

– Mislav ist hier, presste sie heraus und sackte auf einer der Bänke nahe der Bar zusammen.

– Wo hier?

– Schon auf Pag. Im Bus nach Novalija.

– Dann müssen wir Franco verstecken, sagte Ana, wir müssen uns organisieren.

Das Problem bestand darin, dass es keine freien Kabinen mehr gab. Einige von uns waren allein, beispielsweise ich, in der kleinsten Kabine, ohne Fenster und am Bug. Aber sogar bei mir gab es zwei Betten. Wir mussten uns umorganisieren und einen Plan erstellen, wer bei wem schlafen würde. Jugana schlief sonst in Francos Kabine im Oberdeck, ihr offizielles Bett bei der Lehrerin war aber leer. Damit die alte Frau etwas Kommodität hatte, sagte sie.

– Wenn er jetzt kommt, heißt das, er denkt daran zu übernachten, sagte Ana.

– Was soll's, er wird bei mir schlafen, und Franco müssen wir irgendwo unterbringen.

– Vielleicht bei uns, warf plötzlich Senka ein, die ihre Koje mit Alma teilte, im Unterdeck. Alma kann bei der Lehrerin bleiben, und ich finde mir schon ein Plätzchen.

– Wie willst du dir ein Plätzchen finden, es gibt keinen Platz, sagte Jugana. Ich möchte dir keine Umstände machen wegen meines …

– Ich gehe zu Tihomir.

Jugana sah sie vielsagend an und Ana sagte:

– Oho!

Und dann begann die Aktion.

Franco packte schnell seine Sachen und ging ins Unterdeck, und Jugana beseitigte die Spuren. Eine Herrensocke, die am Boden des Schranks geblieben war, ein Fläschchen Blutdruckmedizin und ein *Corriere della Sera*, der zwischen das Bett und die Holzverkleidung gerutscht war. Den Duft seines Duftwassers neutralisierte sie, indem sie überall ihr Parfüm in der

Kabine versprühte. Franco zog inzwischen mit seinen Sachen im Arm bei Alma und Senka ein, während die beiden, nur mit dem Nötigsten versehen, für eine Nacht, an ihre neuen Bestimmungsorte gingen. Senka legte auf meinem Bett Nachthemd, Handtuch und Necessaire ab.

Nach der kurzen Aufregung fanden wir uns alle wieder im Salon ein. Der Barba, der bereits den dritten Spritzer schlürfte, seit er gekommen war, hatte von alledem, was um ihn herum geschah, nichts mitgekriegt.

– Haben wir alles erledigt?, fragte Ana.

– Haben wir, presste Jugana in einer Mischung aus Wut und Scham heraus.

Wir widmeten uns unseren Gläsern und den vorherigen Aktivitäten, als Ana plötzlich aufsprang.

– Wir haben nicht alles erledigt, sagte sie, nahm eine Flasche Jana von der Bar, goss das Wasser ins Meer und lief hinunter ins Unterdeck zu Franco.

Wir im Salon sahen uns nur an.

– Unten, sagte sie, als sie zurückkam, funktioniert die Toilette nicht, das passiert immer zum falschen Zeitpunkt.

– Die Prostata, oder?, fragte ich Jugana mitfühlend.

– Die Blase, antwortete sie, chronisch entzündet.

Und so empfingen wir mit einem Lächeln im Gesicht Mislav, den das Rollgeräusch des Koffers, den er zog, angekündigt hatte.

– Woher kommst du, mein Liebling?, sagte Jugana mit säuerlichem Lächeln auf den Lippen und küsste ihren Sohn auf die Wange.

– Darf ich denn nicht meine Mama sehen, sagte er und küsste sie. Er war fröhlich, entspannt und sah überhaupt nicht aus wie einer, der zum Kontrollieren gekommen war.

– Komm, bring deinen Koffer gleich in die Kabine, sagte Ana, es ist spät, morgen müssen wir früh raus.

– Lass nur, lass ihn noch etwas auslüften, sagte Jugana.

– So was, und ich dachte, ich würde eine fröhlichere Atmosphäre vorfinden.

– Es ist halb eins, Mislav, sagte Jugana.

– Einen werden wir doch wohl noch trinken, sagte Mislav und entnahm einer Plastiktüte einen Laib Käse, Pager, den habe ich unterwegs gekauft.

Der junge Barkeeper war schon in die Küche gesprungen und kam mit einem runden Schneidbrett und einem großen Messer zurück.

– Lassen Sie, Barba, ich mache das, sagte der Barkeeper und nahm den Käse. Er begann die Rinde abzuschälen.

Bald spießten wir mit Zahnstochern bewaffnet den vorzüglichen Pager Käse auf. Mir war bewusst, dass ich heute Nacht die Rechnung dafür zu zahlen haben würde, weil mich das Sodbrennen mordet, wenn ich spät esse, und dabei war es heute Abend wichtig, dass ich gut beisammen war.

– Also wirklich, Mislav, fragte Jugana wieder, wie kommt es, dass du plötzlich hier bist?

– Ich will nach Vir zu Davor und dann gemeinsam mit ihm nach Zadar. Wir haben dort etwas zu erledigen. Und da habe ich mir gesagt, da will ich doch gleich mal meine Mama besuchen. Warum?

– Nur so, ich frage bloß.

Jetzt stand Marijan auf, setzte sich neben Jugana und umarmte sie.

– Hat dir die Mama gefehlt?

– Die richtige Frage ist, ob ich ihr gefehlt habe?

Sie sah ihn an. Den Vereinsamten, Ergrauten, Buckligen, mit dem Käse im Mund.

– Hast du, mein Junge, sagte sie und streichelte ihm über die Wange.

– Wir passen hier gut auf sie auf, sagte Marijan.

– Das bezweifle ich nicht.

In dem Augenblick bemerkte auch der Barba, der bereits etwas nüchtern geworden war, mit seinem angetrunkenen Blick den Fremdkörper auf der Tramuntana. Er schwankte zu Mislav hinüber.

– Mein Sohn, sagte Jugana, während Mislav ihm die Hand reichte. Dann schüttelten sie die Hände.

– Barba Fudrin, sagte sie zu Mislav, und wir erstarrten.

Der Barba indessen kniff ein wenig die Augen zusammen, als hätte er nicht recht gehört, als wäre bei ihm etwas durcheinandergeraten, das Schiff, die Gruppe und die Stadt. Das betrunkene Bewusstsein verzeichnete, dass etwas nicht in Ordnung war, wusste aber nicht was. Der Barkeeper fing derart an zu lachen, dass er sich hinter die Bar hocken musste, um vom Barba nicht gesehen zu werden. Das klang für den Barba vermutlich wie ein Dämonengelächter, bei dem man nicht weiß, woher es kommt.

Inzwischen hatte auch der Barba beim Käse zugelangt und Mislav beim Žlahtina. Und sie begannen zu reden, während Ana Jugana am Ärmel zupfte und ihr etwas zuflüsterte. Wohl etwas über die Verwirrung im Zusammenhang mit den Spitznamen.

– Ich verstehe, ich verstehe, sagte Jugana und nickte mit dem Kopf.

Mislav leerte flott zwei Gläser Žlahtina, ihn hatte wohl ein schrecklicher Durst überkommen, und Jugana und Ana, ich sah es, konnten endlich aufatmen. Der zusammenhangslos daherredende Barba unterhielt Mislav mit Geschichten aus Brasilien und erklärte, dass die Mösen von Schwarzen viel rosafarbener und größer seien als bei unseren Frauen. Lidija und Vera wünschten eine gute Nacht und gingen in ihre Kabine, und nach kurzer Zeit, ohne Gruß, schwankend, ging auch Josip. Ein schwerer Tag, so schien es, ging dem Ende entgegen. Plötzlich hob der Barba den Blick und sagte:

– Und wo ist der Meister des Proseccos?

Juganas Gesicht gefror. So hatte er Franco genannt. Er war allerdings derart betrunken, dass er sich nicht mehr an seinen Namen erinnerte. Diese Gefahr hatten sie beide vergessen. Der Barba hatte an der Verschwörung und am Versteckspiel nicht teilgenommen, also stellte er eine ernstliche Bedrohung dar.

– Gehen wir schlafen, Mislav, beschwor ihn Jugana, aber er wollte nichts davon hören. Er sagte zum Barba:

– Morgen fahren Sie doch nach Vir, kann ich auch mitfahren?

– Kein Problem, sagte der Barba. Überhaupt kein Problem.

– Und können sie mich dort von Bord lassen? Ein Kollege holt mich mit dem Auto ab.

– Kein Problem, sagte der Barba und sah Jugana dabei an, als würde er ihr einen großen Gefallen erweisen.

Allen fielen schon die Augen zu, aber es ging nicht, Jugana mit Mislav und dem Barba im Salon allein zu lassen, da der Barba sich jeden Augenblick an Francos Namen erinnern konnte.

Als es Jugana endlich gelang, Mislav in die Kabine zu schleppen, war es schon halb drei und wir gingen alle mit Erleichterung auseinander.

5

Am ersten Tag beim Kreuzen erfuhren wir fast alles über ihre Liebesgeschichte. Einen Teil erzählte scherzend Jugana selbst, aber den größeren Teil überbrachte uns Ana. Sie waren einander 1981 auf einem Internistenkongress in Padua begegnet. Franco, der zu jener Zeit Familie und zwei Kinder in der Pubertät hatte, gefiel die groß gewachsene, gebildete Kollegin, die sich ihm gegenüber sofort aufgeschlossen und freundschaftlich verhielt. Er begann ihr den Hof zu machen, mehr noch, er verwandelte das Hofmachen in eine schöne Neckerei, und sie benahm sich so, als ginge es um eine andere Frau. Als wäre nicht sie selbst das Ziel des Hofmachens, und so erteilte sie ihm Ratschläge, wie man einer Frau wie ihr den Hof machen sollte.

– Zuallererst kleide dich bescheidener, damit man nicht all diese Abzeichen an dir sieht wie an einem Weihnachtsbäumchen, und dann hüte dich vor Romantik, Restaurants und Gitarren und führe mich stattdessen in dein Laboratorium.

Und Franco nahm das Spiel an.

– Es wäre schön, wenn ich irgendwann wüsste, dass du unter diesen Hosen Strumpfhalter trägst, sagte er zu ihr.

Und so wurden sie Freunde. Sie sahen sich viel öfter auf Kongressen, als es üblich war, erfanden Ausreden, um sich zu sehen. Weder Padua noch Zagreb lagen am Ende der Welt, sie genossen ihre Begegnungen, aber in Sachen Liebe passierte nichts. Jugana hielt die Ehe in Ehren, treu und aufrichtig, wie sie immer war. Sie hatte Franco davon überzeugt, dass es so zu sein hatte und auf keinen Fall anders, und dann hatte das, nach einer gewissen Zeit, auch Franco akzeptiert. Zu dieser Zeit begannen sie auch privat, mit den Familien, zusammenzukommen. Jugana lud Franco und seine Familie in das Wochenendhaus in Dramlje ein, und seitdem, seit Beginn der Achtziger, sahen sie sich jedes Jahr am Meer. Francos Frau und Juganas Mann passten freilich überhaupt nicht zueinander und verstanden sich auch nicht, aber es bestand eine Basis für das Beisammensein. Dem glatzköpfigen und lockeren Wissenschaftler vom Ruđer-Institut, in den sich auch die eigene Frau nur deshalb verliebt hatte, weil er so klug war, gefiel die Gesellschaft der gepflegten Italienerin, die noch immer attraktiv war und die die Aufmerksamkeit der Männer auf sich zog, egal wohin sie kam. Und während sich Jugana und Franco auf der Terrasse über vernünftige Medikamente und eine neue Generation von Chemotherapeutika unterhielten, führte Juganas Mann seine neue Freundin auf ein Eis ins Hotel Therapia. Mislav aber, der gegen Mitternacht von der Vela Riva zurückkehrte, wo er sich mit seinen Freunden traf, fand oft seine Mama und Franco vor, wie sie in der Dunkelheit auf der Terrasse redeten. Wann sich genau die Liebe einstellte, darüber erzählte jeder seine eigene Geschichte. Jugana begann sich über alle ihre fachlichen, aber auch privaten Pläne mit Franco zu beraten, sie rief ihn sogar an, um seinen Rat zu hören, ob sie einen Kredit für einen kleinen Eigenbesitz am Meer aufnehmen sollte oder nicht, und das zeigte ihr, dass er ihr plötzlich näherstand als ihr Mann. Dass sie an ihn dachte, auch wenn es nicht nötig war, dass sie manchmal ganz dumme Situationen mit ihm träumte, dass sie in einem Gespräch völlig unnötig seinen Namen erwähnte. Aber dass sie ihn tatsächlich liebte, begriff sie erst, als sie in einer ihrer im *Journal of Gynecology & Obstetrics* erschienenen Arbeiten Francos Bücher genau dreihundert Prozent mehr zitiert hatte als die aller anderen

Wissenschaftler zusammen. Franco hatte sich in Jugana verliebt, als ihm klar wurde, dass er sie eigentlich vom ersten Tag an liebte und dass sie beide als Paar funktionieren würden wie Pierre und Marie Curie. Sie würden zwar nicht das Radium entdecken oder sonst etwas derart Großes, aber ihr Leben würde erfüllt sein. Wenn Franco über die Liebe nachdachte, über die wahre Liebe, hatte er die illustrierte Geschichte aus der Jugendzeitschrift vor Augen, die seine Mutter für ihn abonniert hatte, und das war die Geschichte von Pierre und Marie Curie. Das Wort Liebe weckte in ihm genau diese Bilder: wie sie einander kennengelernt hatten, wie sie gemeinsam angestrengt arbeiteten, wie sie zu dem Höhepunkt kamen und das Radium entdeckten, wie das Radium zerfiel und wie Pierre am Ende unter einem Pferdegespann ums Leben kam. Als junger Mann hatte er, nach einem derart erfüllten Leben, selbst unter einem Pferdegespann verunglücken wollen.

Dass sie einander liebten, begriffen sie Ende der Achtziger. Franco trennte sich sofort von seiner Frau, aber Jugana sagte zu ihm, dass das übereilt sei, dass man das so nicht mache, dass er Kinder habe.

– Aber die Kinder sind schon erwachsen, sagte er.

– Das macht nichts, das macht man trotzdem nicht so, lautete ihre Antwort.

Sie sagte ihm, dass auch sie ihn liebe, dass sie fühle, wie er in ihr wie ein Hodgkin-Lymphom wachse, dass es im Leben außer Emotionen aber auch Pflicht und Verantwortung gebe und dass sie ihre Ehe nicht zerstören wolle, obwohl sie, in Wahrheit, ihren Mann schon eine Reihe von Jahren nicht mehr liebte. Aber sie waren Freunde, sie hatten sich ein ganzes Leben lang verstanden, und es schien ihr, als würde sie damit ihre gesamte Vergangenheit zerstören, auch diesen kleineren Teil, den sie teilweise auch mit Franco verlebt hatte. Jugana konnte er nicht ins Wanken bringen, also wartete Franco noch gut zehn Jahre, bis Juganas Mann gestorben war. Aber da trat ein neues Problem auf: der Sohn.

6

Fünfunddreißig Jahre lang hatten wir uns nicht gesehen, nun schliefen wir plötzlich in derselben Kabine, die enger war als eine durchschnittliche Grabstätte auf dem Mirogoj. Senka schob Nachthemd und Necessaire leger zur Seite und setzte sich aufs Bett. Sie war etwas betrunken, aber nicht zu stark, wie auch ich nicht. Irgendwie waren wir aus Angst vor Mislav beide nüchtern geworden. Ein schwaches Licht kam von der Deckenleuchte, deshalb machte Senka auch das Leselämpchen über dem Bett an.

– Stell dir vor, sagte sie, wie viele Mütter leiden darunter, dass ihre Kinder sie nicht oft genug besuchen, zumindest nicht so oft, wie sie es gern hätten, Jugana hingegen …

Sie hielt ein wenig inne und kramte in ihrem Necessaire.

– Verstehst du, was ich sagen will, es ist nicht gut, wenn sie zu wenig ist, aber es ist auch nicht gut, wenn es zu viel von ihr gibt.

– Von was, fragte ich.

– Na, von der Liebe vermutlich.

Dann hielt sie kurz inne, um nachzudenken, und schloss:

– Ja, von der Liebe.

– Das ist keine Liebe, sagte ich, das ist krankhafte Eifersucht.

– Aber es gibt keine Eifersucht ohne Liebe.

– Gibt es, sagte ich, das ist Selbstsucht. Möchtest du oben schlafen?

Sie stand auf und nahm das obere Bett in Augenschein.

– Wie denn, wenn es kein Bettzeug gibt?

– Kein Problem, wir legen meines rauf.

Sie sah mich an wie ein Kind, das alles kompliziert macht.

– Wir können doch zusammenrücken, Tiho, so schmal ist das Bett nicht. Wir haben auch schon auf schmaleren geschlafen.

Das hatten wir in der Tat. Dann nahm sie endlich Zahnpasta und Zahnbürste aus ihrem Necessaire.

– Ich gehe mir die Zähne putzen. Nicht einschlafen, bevor ich zurück bin.

Als sie wieder da war, nahm sie ihr Nachthemd und machte die Deckenleuchte aus. Wir kamen kaum aneinander vorbei in dem engen Raum. Und dann sagte sie, als sie sich auszuziehen begann:

– Augen zu!

Mir, der ich mein ganzes Leben lang Frauen von innen gesehen hatte, und auch sie manchmal, der ich sie in allen möglichen Situationen gesehen hatte, mir sagte sie, ich solle die Augen zumachen. Sie wollte nicht, dass ich sie jetzt nackt sah, auch wenn ich sie jeden Tag im Bikini sah, so wie das ganze Schiff auch. Aber ich erinnerte mich noch an den Nachmittag, als wir nach Novalija fuhren, wie sie die schmale Treppe hinauf aufs Oberdeck der Tramuntana stieg. Ein weißer Pareo um die immer noch schlanke Hüfte geschlungen, eine große Sonnenbrille, die das halbe Gesicht verdeckten, ein winziger Bikini an einer älteren Frau. Überzeugt, dass sie noch immer ausgezeichnet aussah, das ganze Leben an Schönheit gewöhnt, so stieg sie hinauf zum Sonnen. Toni, Marijan und ich standen an die Reling gelehnt und sahen ihr nach, eine angenehme Brise wehte und hob ihren Pareo.

– Burschen, die hätte man vernaschen sollen, als wir noch jung waren, sagte Marijan, aber heute wäre sie auch nicht zu verachten.

– Tiho war so frei, sagte Toni, und Marijan schaute verwundert.

– Du redest Scheiß, sagte er, und dann zu mir, stimmt das, Tiho?

– Mensch, sie hat mit ihm zusammengelebt, sagte Toni und ließ mein Rating beim Klassencoolen nach oben schnellen. Nach dem Abitur waren wir in alle Winde zerstreut worden, hatten den Kontakt verloren, das war die Zeit, als wir heirateten, unsere Wohnungen einrichteten, Kinder großzogen, das aus dem Gymnasium ließen wir weit hinter uns zurück. Der weibliche Teil der Klasse wusste allerdings alles: wer mit wem in Kontakt stand, wer nach Australien oder nach Deutschland gegangen war, und wer ein Kind bekommen hatte. An Marijan war das entsprechend der Natur der Dinge und der Geschlechter irgendwie vorübergegangen.

Senka stieg hinauf aufs Oberdeck noch immer als Klassenschönheit, frisch und selbstsicher, und kam eine Stunde später als Karikatur herunter. Auch das hatte ich gesehen. Die Sonne hatte ihr zugesetzt, die Schminke war zerronnen, Schweiß war geflossen, und der hatte sich mit dem Sonnenöl zu einer fettigen Emaille vereint und drang durch den weißen Pareo wie ein Urinfleck. Auch sie hatte das Alter in weniger als einer Stunde eingeholt, so viel, wie wir für den halben Weg von Lun nach Novalija brauchten. Das wollte sie mich nicht sehen lassen.

Und ich schloss wirklich meine Augen und hörte einige Bewegungen, ich hörte das Rascheln der Kleidung, die sie auszog, und die Stille, als es zur Unterwäsche kam. Aber dann, als sie wohl gesehen hatte, dass ich die Augen geschlossen hielt, sagte sie:

– Du bist ja verrückt, Tiho, ich mach doch nur Spaß.

Ich mache keinen Spaß, wollte ich sagen, tat es aber nicht.

– Komm, rück an die Wand, sagte sie, und ich ließ sie ins Bett. Ich hatte nur Boxershorts und ein T-Shirt an, obwohl die Nächte an Bord kühl sein können. Wir würden uns wohl wärmen.

– Wie geht es Andrea?, fragte ich. Wie alt ist sie?

– Zweiundvierzig, sagte sie. Ist das zu glauben?

Dann, nach kurzem Überlegen, als wöge sie ab, ob sie es mir sagen sollte oder nicht:

– Sie lebt in der Schweiz, wir sehen uns nicht.

– Warum?

– Als sie in die Pubertät kam, die ernsthafte Pubertät, haben wir uns nicht mehr verstanden, und in der dritten Klasse Gymnasium hat sie ihren Vater gefragt, ob sie bei ihm leben könne. Und so hat sie dort geheiratet und ein Kind bekommen. Sie hat ein Designstudio, sie entwirft Buchcover, Kalender, grafisches Design hauptsächlich.

– Und kommt sie?

– Einmal im Jahr. Wenn sie ans Meer fahren und durch Zagreb kommen, melden sie sich, dass wir auf einen Kaffee gehen.

Dann schwiegen wir ein wenig.

– Hat das etwas mit uns zu tun?

– Nein, Tiho, Kinder sind egoistisch. Zumindest gegenüber den Eltern. Gegenüber ihren Kindern sind sie es nicht. Das hast du wohl schon bemerkt.

– Ja, das habe ich.

Und ich hatte in der Tat erfahren, wie Sara sich uns gegenüber benahm und wie sie über Denis wachte.

– Schau, ich bin mit ihr allein geblieben, sie war ständig trotzig, in der Schule schlechte Noten, unentschuldigtes Fehlen, Tadel. Sie lief ständig weg, und ich suchte sie in der Stadt. So eine Pubertät war das. Hast du Platz?

– Ja.

– Aber … Tiho, weißt du, dass ich Jugana zu dieser Reise überredet habe?

– Nein.

– Doch.

– Ich dachte, dass Juga das wegen Franco …

– Eben nicht. Wir haben nach langer Zeit einmal telefoniert, ich brauchte etwas von ihr, und dann hat sie mir gesagt, dass du sie angerufen und etwas von einer Abireise erwähnt hättest, dass wir nun alle in Pension seien, dass wir das machen könnten und dass es nett wäre.

Das waren ganz neue Tatsachen Zuerst war ich wirklich überzeugt gewesen, dass der Initiator dieser Reise ich war, dann war ich der Meinung gewesen, es sei doch Jugana gewesen, wegen Franco, und jetzt stellte sich heraus, dass es Senka gewesen war.

– Sie hat dir gesagt, dass ich angerufen habe. Und was weiter?

– Nichts, sie hat es nur erwähnt. Später habe ich sie angerufen, mehrere Male, und gesagt, dass das eine ausgezeichnete Idee sei, dass die Leute das immer öfter machen und so. Ich bin ihr richtig auf den Pelz gerückt. Juga man lebt keine hundert Jahre, wir machen das, habe ich gesagt, Juga interessiert es dich denn nicht, deine Klassenkameraden wiederzusehen, und so weiter.

Ich war für einen Augenblick geschockt.

– Weshalb?

– Deshalb, weil du und ich noch etwas zu klären haben, und ich dachte, dass es so am besten wäre, auf dem Schiff. Während wir länger zusammen sind.

Ich sah sie ungläubig an, ich musste mich ganz zu ihr umdrehen in dem schmalen Raum.

– Frag mich nicht, warum ich das dachte, ich hätte anrufen können, dass wir uns auf einen Kaffee treffen, aber so war es doch leichter für mich. Wenn diese Idee schon aufgekommen war.

– Es sind fünfunddreißig Jahre vergangen, ich weiß wirklich nicht, was noch …

– Vierundvierzig, Tiho, es sind vierundvierzig Jahre vergangen, seit dem Anfang.

– Gut, vierzig, spielt ja keine Rolle. An dem Tag, als mir der Gedanke zu dieser Reise kam, wir könnten verreisen, saß ich im Palainovka und dachte, ich hätte dich gesehen, wie du aus der Schule kamst.

– Wann war das?

– Das warst nicht du, aber mir hatte es so geschienen. Und ich bin der Frau sogar nachgegangen.

– Nachgegangen?

– Ja. Aber dann wurde mir klar, dass ich nicht wusste, was ich dir sagen sollte. Mir wurde auch klar, dass ich mich an viele Dinge nicht mehr erinnern konnte.

– Schau, ich habe wirklich zwei wichtige Gründe, dass wir miteinander reden sollten. Es fällt mir nicht leicht, das ist dir wohl klar. Eigentlich denke ich schon seit Jahren, dass ich es dir sagen muss, aber ich sage mir immer, dass es noch Zeit hat. Aber das stimmt nicht, Tiho, es hat keine Zeit mehr.

Sie wurde erregt, ihre Hände begannen zu zittern, ich hatte Angst, sie könnte in Tränen ausbrechen und dann plötzlich zu einer alten Frau werden. Ihre Gesichtszüge würden verkrampfen, und sie würde die Tränen mit alten verschrumpelten Händen abwischen. Ich wollte dieses Bild nicht sehen.

– Gut, du wirst es mir sagen, und ich umarmte sie, um sie zu beruhigen.

Der Spitzel

1

Ins Krankenhaus kam ich um fünf am Nachmittag, genau auf die Minute. Die Rollläden der Intensivstation waren heruntergelassen, und durch ihren gerippten Raster kamen Lichtstrahlen ins Zimmer, die ein Zebramuster auf den Boden und über die Betten warfen. Aber dieses Licht war bleich, wie ein Morgengrauen, das auf den Tag verzichtet und gleich in den Abend übergeht, um dann als grau bewölkte Abenddämmerung bis in die Nacht zu dauern. Das hatte ich schon mehrmals erlebt, in der Wohnung des Vorsitzenden des Mieterbeirats, dem ein Arm fehlte. Seine Rollläden waren ständig heruntergelassen, auch an bewölkten Tagen, was ein muffiges Halbdunkel schuf, in dem er uns aus einer Bratpfanne, die er auf eine Zeitung gestellt hatte, mitten auf dem kleinen Tisch im Wohnzimmer Strudel aufschnitt. Roman und ich sahen ihm zu, wie er mit einer Hand geschickt die Stücke zurechtschnitt, ohne die Bratpfanne zu halten, sie mit der flachen Seite des Messers aufnahm und auf die Teller legte. Im Haus wurde erzählt, er schlage seine Frau. Mir war nie klar gewesen, wie er das schaffte, wenn er nur eine Hand hatte. Man muss die Frau doch mit einer Hand festhalten, wenn man sie mit der anderen schlägt, sonst läuft sie weg. Als Kind konnte ich mir dieses Bild nicht vorstellen. Ich dachte, dass alles das nur dann möglich wäre, wenn seine Frau ruhig dastand, während er sie schlug, wenn sie ihm nur in die Augen sah und zuließ, dass er ihr Ohrfeigen versetzte, mal mit der offenen Hand, mal mit dem Handrücken, wenn sie sich, nach einem Fausthieb in den Bauch, nur ein wenig beugte, um den Schlag abzufedern, aber stehen blieb und nicht aufhörte, ihm in die Augen zu sehen, während er den Blick abwandte. Das dachte ich. Wie ich auch dachte, dass er sie deshalb schlug, weil er es nicht ertragen konnte, nur einen Arm zu haben.

Senka indessen sah gut aus. Auf dem Nachtkästchen lag eine offene und bis zur Hälfte leer gegessene Pralinenschachtel. In den Buchsen aus vergoldetem Stanniol, dort wo keine Pralinen mehr drin waren, lagen zusammengeknüllt ihre roten Papierverpackungen. In jeder leeren Buchse ein rotes Kügelchen. Wie Embryos neuer Pralinen und nicht wie die Reste schon gegessener.

– Du bist gestern nicht gekommen!

– Ich war bei der Polizei.

– Lüg doch nicht. Du hättest danach kommen können.

– Sie haben mich nicht gelassen.

Sie sah mich fast wütend an.

– Dich haben sie nicht ins Krankenhaus gelassen?

Ich setzte mich neben sie aufs Bett, und sie rückte wütend weg, damit wir uns nicht berührten.

– Gestern war ich zwei Stunden beim Verhör, sie führen eine Untersuchung durch wegen deiner Verletzungen. Was haben sie dich alles gefragt?

– Das habe ich dir doch gesagt. Das war nur an diesem einen Tag. Sie haben mich gefragt, wie ich gestürzt bin, ob mich jemand gestoßen hat, wo das war und um wie viel Uhr.

– Und?

– Einfach so, ganz informell, wo ich gelebt habe und mit wem? Ob du gewalttätig bist? Wann ich nach Jugoslawien zurückgekehrt bin? Von allem ein bisschen.

– Haben sie denn einen Grund, dich das zu fragen?

– Wie meinst du das?

– Hast du mir alles gesagt, wie es gewesen ist?

– Sei nicht komisch, ich habe es dir doch gesagt. Spionierst du mir etwa wieder nach?

– Ich spioniere nicht, ich will nur wissen, was vor sich geht. Ich schlafe nicht, seit du im Krankenhaus bist, sie sagen, du hättest eine Verletzung am Hinterkopf, und ich weiß nicht warum, und die Polizei verhört mich. Als wäre es nicht genug, dass du gestürzt bist, sondern das alles auch noch.

Das schien sie etwas zu erweichen, sie schob ihren Körper unter der Steppdecke näher zu mir heran, lehnte sich mit vollem Gewicht an meine Hüfte und versuchte mit der Hand meinen Mund in ein Lächeln zu ziehen.

– Hilf mir ins Badezimmer!

Sie stand vorsichtig auf, ihr war noch immer schwindlig, sie nahm ihr Necessaire und das Handtuch vom Gitter am Kopfende des Bettes und hakte sich bei mir unter. Von Zeit zu Zeit mussten wir stehen bleiben, damit sie sich ausruhen konnte.

– Ich habe keine Ahnung, warum mir noch immer so schwindlig ist.

– Ich weiß nicht, ob es klug ist, dass du jetzt duschen gehst?

– Tiho, ich kann nicht mehr, ich rieche schon. Die Schwester hat mich mit so einem stinkenden Schwamm gewaschen, noch als ich auf der Intensivstation lag.

– Ist dir übel?

– Das war es heute Morgen, als ich auf die Toilette ging, eine Frau hat mir geholfen, aber jetzt ist es vorüber. Mir ist nur schwindlig.

Im Baderaum für Frauen gab es drei Duschkabinen, die weder Tür noch Vorhang hatten. Lediglich Trennwände, die mit weißen Fliesen, die schon grau geworden waren, beklebt waren, von vorne war alles offen. In der ersten Kabine drehte ich am Wasserhahn, aber es floss kein Wasser. Also gingen wir in die zweite. Das Duschbecken schien sauber zu sein, aber der ganze Ort roch ein wenig nach Urin. Nach Desinfektionsmittel und nach Urin. In der Wanne stand ein Stuhl mit einer Metallkonstruktion, einer hölzernen Sitzauflage und einer Rückenlehne, ähnlich den Stühlen, wie wir sie in der Schule hatten und wie ihn mir die Schwester am ersten Abend gebracht hatte, damit ich mich setzen konnte. Die Pressspanplatte war aufgequollen von der ständigen Feuchtigkeit und zerfiel in Schichten. An der Wand gab es einen Metallhaken. Die Anzeichen der Immobilität waren auf Schritt und Tritt zu sehen. Ich ließ das Wasser laufen und machte mir die Schuhe nass. Die Dusche spritzte in alle Richtungen, weil die Löcher am Duschkopf vom Kalk verstopft waren. Ein Teil des Wassers landete auch auf meinem Gesicht, ich wartete, bis es warm genug war, um Senka hineinzugeleiten, die versuchte, sich vor der Kabine auszuziehen. Plötzlich kam sie gefährlich ins Schwanken, ich glaubte, sie würde stürzen, und sprang hinzu, um sie zu halten.

– Setz dich auf den Stuhl!

– Nein, ich bin kein altes Weib.

Ich half ihr beim Ausziehen und geleitete sie in die Kabine. Ich stand an der Seite, am Rand der eingemauerten Duschkabine, mit gespreizten Beinen, damit meine Schuhe nicht völlig durchtränkt würden, und stützte Senka. Ich hatte sie nie zuvor gewaschen. Wir hatten uns viele Male in der Wanne und unter der Dusche gestreichelt, aber gewaschen hatte ich sie noch nie. Sie reichte mir die Seife, die sie in der Hand hielt, und ich begann sie sanft einzuseifen. Jeden Moment konnte jemand ins Bad hereinplatzen, aber das kümmerte mich nicht. Zuerst seifte ich sie unten ein, solange noch niemand da war, sie stand ruhig, dann ihren Bauch und ihren Rücken. Ihre Haut war kühl und rutschig, aber nicht unangenehm zu berühren. Sie schwieg und ließ mich sie einseifen, so wie es ein kleines Kind zulassen würde. Ich spürte, wie ich sie mit jeder Bewegung mehr liebte, wenn ich ihren Arm hob, um sie unter der Achsel einzuseifen, und sie den Arm in der Luft hielt, wie eine große Holzpuppe, wenn ich ihre Brust anhob, sie darunter einseifte und sie wieder sanft hinunterließ, und wenn mir die Tropfen des Wasserschaums auf die Hose fielen.

Die Wut, die ich im Zimmer verspürt hatte, war während des Duschens verflogen und hatte der Zärtlichkeit Platz gemacht.

Als sie sich wieder hinlegte, schob sie mir ihren Unterarm unter die Nase und sagte:

– Dufte ich jetzt?

– Wer hat die Bonbonniere gebracht?

– Alma, wer sonst?

– Wann war sie da?

– Gestern. Wir haben gemeinsam auf dich gewartet, dann musste sie die Kleine aus dem Kindergarten abholen.

– Hast du Andrea angerufen?

In dem Moment fing sie an zu weinen. Sie hielt für einen Moment inne, es sah aus, als würde sich das Wasser in ihren Augen sammeln, und dann begann es zu fließen. Etwas strömte gefährlich über, und der Damm gab nach.

Ich umarmte sie und ließ sie in meine Brust weinen. Ihr ganzer Körper verkrampfte sich, aber sie gab keinen stärkeren Laut von sich. Während ich sie so hielt, konnte ich sehen, wie die ältere Frau im Bett gegenüber eine Birne aß. Mit einem kleinen Messer schnitt sie kleine Stücke herunter, die sie dann im Mund mümmelte. Offensichtlich hatte sie keine Zähne.

– Was war denn?, fragte ich, als sie sich ein wenig beruhigt hatte.

– Ich habe heute Morgen angerufen, ich habe gefragt, ob ich in die Schweiz telefonieren könne, und sie haben gesagt, dass ich das kann. Sie haben mich in das Behandlungszimmer des Professors gebracht, und dann habe ich angerufen.

– Und was ist passiert?

– Ich habe Ludwig gesagt, dass er sie mir geben soll …

Wieder begann es zu fließen, und ein paar Tränen rannen hinunter, Wasser spritzte aus der Nase, und sie begann am ganzen Leib zu zittern. Ich musste sie mit dem nassen Handtuch abwischen.

– Sie hat sich gemeldet, aber sie sagte nur: „Mama, ich kann jetzt nicht, wir spielen gerade Peter Pan.“ Und hat aufgelegt.

– So ist sie auch bei mir. Wann auch immer ich von unterwegs anrufe, legt sie den Hörer auf. Das ist so eine Phase.

– Ich wünschte mir, dass sie hier wäre.

– In einer Woche wird sie hier sein, und du wirst schon zu Hause sein. Was würde sie jetzt machen, wenn du im Krankenhaus bist?

Sie beruhigte sich ein wenig, und mir schien es jetzt ein guter Zeitpunkt zu sein zu gehen. Ich sah sie noch einmal an, mit diesem Schorf auf den Wunden und dem Bluterguss, der vom Violetten ins Gelbe spielte, und sandte ihr von der Tür aus ein Luftküsschen zu. Und sie zwinkerte mir zu, zuerst mit dem einen, dann auch mit dem anderen tränenvollen Auge.

Die ganze Zeit, während der ich vom Rebro über den Mirogoj nach Hause ging, hatte ich Senkas verletztes Gesicht vor Augen, wie es mir zuzwinkerte. Und mir wurde klar, dass Schläge, die wir vor Ewigkeiten losgeschickt haben, völlig unerwartet zurückkehren können. Als ich Karmen heiratete, war es deshalb, weil wir im Bett guten Sex hatten. Ich kann nicht sagen, dass ich sie geliebt hätte. Eigentlich habe ich ihren großen Hintern geliebt, als wir oben unter dem Dach Anatomie lernten. Auf die Anatomie bereitete ich mich sechs Monate vor, und wir gingen seit dem ersten Jahr miteinander. Und als sie dann verkündete, sie würde mich wegen eines viel älteren Mannes verlassen, wir waren schon zwei Jahre verheiratet, packte mich eine irrationale Wut gerade deshalb, weil ich sie nicht liebte, aber sie mich verließ. Deshalb, weil er mehr Doktor war als ich. Er war zwanzig Jahre älter als wir, Professor, Chefarzt, er trug seine goldenen Abzeichen mit der Schlange auf ganz natürliche Weise, und er ließ keine Gelegenheit aus, zu zeigen, wie sehr er Doktor war. Ich begriff, dass sie mich verließ, weil er so viel mehr Doktor war als ich und weil sie mich liebte, aber gleichzeitig wusste, dass ich sie nie lieben würde. Auf dem Kvaternik-Platz, an der Straßenbahnhaltestelle, verprügelte ich sie. Genau genommen gab ich ihr ein paar Ohrfeigen, weil sie mich verlassen wollte, wobei es eigentlich logisch gewesen wäre, dass ich sie verlasse. Es schien, als würde ich diese schiefe Logik ohrfeigen, die Welt, die sich schief gestellt hatte. Ich schlug nicht fest zu, aber es tat mir schon nach der ersten Ohrfeige leid. Und was das Komischste dabei war, ich hasste die Leute, die ihr nicht helfen wollten, die nur zur Seite gingen und so taten, als würden sie nichts sehen. Und je mehr ich sie hasste, desto mehr prügelte ich auf sie ein. Sie kauerte sich zusammen und versuchte, ihr Gesicht mit den Händen zu schützen. So habe ich sie in Erinnerung behalten, an dieser Haltestelle, zusammengekauert. Das war vor fünf Jahren. Und jetzt war Senka mit einem zeitweilig entstellten Gesicht nach Hause gekommen. Als hätte einer meiner Schläge, die ich gegen Karmen gerichtet hatte, fünf Jahre gewartet, wäre gewachsen und stärker geworden, um dann in einem Gesicht zu landen, wo es mich unvergleichlich mehr schmerzen würde.

2

Am Abend rief ich Alma an und bat sie, auf einen Kaffee vorbeizukommen. Zuerst wollte sie nicht, sie redete sich auf Tatjana heraus, dass sie sich überhaupt nicht sähen, dass die Kleine ihre Mama vermisse und dass ihnen diese gemeinsame Zeit am Abend die wichtigste sei und dass sie auch Milan tagsüber nicht sehe.

– Dann komm doch mit Milan und Tatjana.

Sie überlegte einen Moment und fügte dann mit leiserer Stimme hinzu:

– Ich komme vorbei. Aber nur für fünf Minuten, du brauchst keinen Kaffee zu kochen, ich hatte schon einen.

Als sie dann zehn Minuten später da war, sie wohnten am Srebrnjak, und zwischen unseren zwei Straßen gab es zu der Zeit eine Abkürzung, einen improvisierten Weg aus Erde und Brettern, tat sie sehr ernst.

– Ich wollte nicht mit den beiden kommen, weil wir dann nicht reden können.

– Gut, sagte ich und trat von der Tür zurück, um sie durchzulassen. Sie ging ins Wohnzimmer, setzte sich aufs Sofa, legte eine Zigarettenschachtel auf den Tisch und ein flaches Ronson-Feuerzeug, das ihr Senka zum Geburtstag geschenkt hatte.

– Magst du vielleicht einen Saft?

– Ich möchte nichts, setz dich nur hin.

Ich schenkte mir einen Kognak ein und setzte mich auf den Hocker ihr gegenüber.

– Schon einige Zeit habe ich das Bedürfnis, es dir zu sagen …

Ich hörte ihr zu, ich war ganz Ohr.

– Senka macht eine schwierige Phase durch, und du … hilfst ihr nicht.

– Wie, ich helfe ihr nicht?

– Zum Beispiel gestern, da bist du überhaupt nicht ins Krankenhaus gekommen.

Ich sah sie an und versuchte zu orten, woher der Wind wehte.

– Hast du auch mit der Polizei gesprochen?

Das war wie ein Schock für sie.

– Mit welcher Polizei?

– Sie untersuchen Senkas Verletzungen. Sie glauben, jemand hätte sie verprügelt.

– Um Gottes willen!

– Vielleicht werden sie dich auch vorladen. Du bist auch Zeugin.

– Ich werde sagen, was ich gesehen habe, ich habe nichts zu verbergen.

Ich sah ihr in die Augen und wartete, dass ein Nerv zuckte oder dass sie meinem Blick auswich. Weder das eine noch das andere geschah.

– Vielleicht ist das bloß eine Routineuntersuchung, alle mit solchen Verletzungen müssen da durch.

– Das ist keine Routine. Wir im Krankenhaus zeigen so etwas nie ohne Grund an.

– Aber wenn jemand in Lebensgefahr wäre, würdet ihr es anzeigen.

– Ich weiß nicht, dann vielleicht.

– Das sage ich ja. Jemand hat Angst bekommen und eine Anzeige gemacht, und jetzt nimmt die Untersuchung ihren Lauf. Die müssen ja auch ihre Arbeit tun.

Sie stand auf, ging in die Küche und holte einen Aschenbecher, und als sie zurück war, legte sie mir mitfühlend die Hand auf die Schulter. Ein freundschaftlicher Druck, einige Sekunden, weder zu lang noch zu kurz, von mittlerer Stärke. Dann setzte sie sich wieder und zündete sich eine Zigarette an. Sie nahm einen Zug und ließ den Rauch langsam durch die Nase hinaus.

– Vergiss es, sie werden sehen, dass bei den Ermittlungen nichts herauskommt und stellen sie ein. Aber ich wollte über etwas anderes mit dir reden.

– Worüber?

– Über deine Beziehung zu Senka und Andrea.

– Was stimmt nicht mit meiner Beziehung?

– Senka hat das Gefühl, dass du Andrea nur erträgst, weil du mit ihr zusammen bist. Sie möchte, dass du sie wirklich gern hast.

– Verdammt, ich liebe die Kleine, als wäre sie mein Kind. Ich rufe sie jetzt öfter an als sie, ich habe ihrer Mutter den Hintern gewaschen, was will sie noch?

– Ich weiß nicht, Tiho, du weißt am besten, was du empfindest, ich sage dir nur, wie Senka das empfindet, und deshalb ist sie nicht zufrieden.

– Und das hat sie dir gesagt?

– Wir haben geredet. An dem Tag, als ihr die Kleine ins Flugzeug gesetzt habt und als es abhob, hat es ihr fast das Herz gebrochen, aber du hast nur gesagt: „Gut, jetzt werden wir meinen Geburtstag alleine feiern."

– Das hat doch überhaupt nichts damit zu tun. Wäre Andrea mein Kind, würde sich die Frage überhaupt nicht stellen, aber sie ist es nicht, und da sind wir wohl ein wenig überempfindlich. Leeres Gerede …

– Gerade du dürftest niemandem vorwerfen, leeres Gerede von sich zu geben. Wir kennen uns, Tiho … Aber du hast es gesagt.

– Vielleicht habe ich es ja, und was nun? Was sagt man nicht alles an einem Tag, würden wir uns das alles merken, bliebe im Hirn kein Platz mehr für irgendetwas anderes.

– Siehst du, du hast es gesagt. Ich will dir nur das sagen, wir Frauen sind manchmal einfach empfindlich, im Übrigen bist du doch ständig in Gesellschaft von Frauen.

– Wie meinst du, in Gesellschaft?

– Du untersuchst sie, und so.

– Ich schaue ihnen in die Muschi und nicht in die Seele.

– Es wäre sicherlich nicht schlecht, wenn du zu Hause auch mal ein wenig in die Seele schauen würdest.

Dann waren wir beide einen Moment still. Alma rauchte, und ich nippte am Kognak.

– Willst du doch einen Kaffee?

– Na gut.

Mit ihrem Einlenken half sie uns ein wenig, das Schweigen zu überbrücken, das wegen der unangenehmen Worte aufgekommen war. Ich ging in die Küche, setzte Wasser auf, nahm die Minas-Dose vom Regal und stellte mich an den Herd. Alma rief aus dem Wohnzimmer:

– Weißt du, wo Senka diese Sonnenbrille gekauft hat?

– In Triest. Wir waren vor drei Wochen da, als wir für Andrea Schuhe gekauft haben.

Während ich den Kaffee servierte, in denselben Tassen, in denen sie ihn uns serviert hatte und die jetzt abgewaschen in der Spüle standen, blätterte Alma in einer Zeitschrift.

– Siehst du diese Schlaghosen? Die sind heute modern, aber sie sind nicht praktisch. Die Hosenbeine schleifen am Boden.

– Kann ich dich um etwas bitten?

Sie hob ihren Blick von der Zeitschrift.

– Kauf ihr keine Griotte-Pralinen. Zumindest jetzt, wo sie unter diesen Schwindelanfällen leidet. Sie enthalten doch etwas Alkohol.

– Ich habe ihr keine gekauft.

– Wer war es dann?

– Das weiß ich nicht. Sie waren schon dort, als ich kam. Und die Hälfte hatte sie schon aufgegessen.

Sie kippte den Kaffee rasch hinunter, so wie man Kaffee nicht trinkt, drückte mit einer energischen Bewegung die Zigarette im Aschenbecher aus, nahm Zigaretten und Feuerzeug und stand auf.

– Ich muss schnell nach Hause, sonst schläft die Kleine auf der Couch ein. Milan kann ihr nicht einmal den Pyjama anziehen, so als wäre sie nicht sein Kind. So seid ihr alle. Gut dann, Küsschen.

Sie küsste mich auf die Wange und ging zur Tür.

– Du brauchst mich nicht zu begleiten, ich zieh sie einfach zu.

3

Zu Silvester 1957 bekam meine Mutter einen Terminkalender geschenkt. In hellgrünes Leder gebunden und mit dem großen Firmenaufdruck „Industrogradnja" – einem Buchtitel ähnlich, den man ganz oben auf dem Einband platziert hatte – sah er aus wie ein ernst zu nehmendes Buch. Mehrere Monate lang vor ihrem Tod, am Fenster sitzend, führte sie Aufzeichnungen. Ich wusste, dass sie bald sterben würde und dass sie etwas Wichtiges hineinschrieb, eine prämortale Weisheit, für die man reif zu sein hatte, um sie zu begreifen und die das Gewicht eines Letzten Willens hatte. Deshalb verstaute ich, nachdem sie uns verlassen hatte, den Kalender in der mittleren Schublade meines Schreibtisches, mit der Absicht, darin zu lesen, wenn ich ein wenig erwachsener wäre. Ich war damals fünfzehn und hatte nur ein trübes Bild von dem, was sein würde, wenn ich erwachsen wäre. Eines war mir aber doch klar: Ich war noch nicht reif genug für Mutters Letzten Willen. Und so wartete dieses hellgrüne Büchlein fünfzehn Jahre ganz hinten in der Schreibtischschublade. Neben ihm wechselten sich meine Kroatisch- und Mathematikhefte ab, auch meine Logik- und Philosophiebücher, dann die Skripten aus Anatomie, Psychiatrie und Gynäkologie, und bis vor Kurzem lag noch die Doktorarbeit oben drauf, mit dem Thema: *Eierstockzysten bei Mädchen in der Pubertät.*

Sie starb am 20. Oktober 1958. Beim Blättern im Kalender indessen bemerkte ich, dass ihre Notizen viel ausführlicher waren, als die Kalendermacher vorgesehen hatten. Sie hatten eine Seite pro Tag und Datum vorgesehen, aber meine Mutter benötigte in der Regel viel mehr. Überhaupt war er für Geschäftsnotizen eingerichtet und nicht für ein prämortales Tagebuch. So kam es, dass Mutter zum Beispiel den ganzen Januar dafür brauchte, um jenen Freitag zu beschreiben, als ich sie nackt mit Tante Rada im Bad gesehen hatte. Für gewöhnlich erledigten sie Mutters Toilette, bevor ich aus der Schule kam, aber die Nachbarin kam alleine nicht mehr mit ihr zurecht, also zog sich das Bad in die Länge. Deshalb hatte sie mich gerufen, ihr zu helfen. Mutter stand eingeseift in unserer Badewanne und stützte sich mit einer Hand an den Fliesen ab, während sie die andere um Tante Radas Schulter gelegt hatte. Ich sollte mit dem Duschkopf die Seife von ihrem Körper spülen. Ich sah nicht zu ihr hin, sondern hinunter auf die Fliesen. Ich konnte die Begegnung mit dem behaarten Klümpchen unterhalb des Bauches nicht ertragen, an dem Schaum und winzige Wassertropfen haften geblieben waren.

– Pass auf, wohin du spritzt!, rief sie. Schau doch ein wenig!

Ich war entsetzt, dass die Krankheit stärker war als die Scham, und Tante Rada wischte sich plötzlich Wasser aus dem Gesicht. Jetzt, nach so vielen Jahren, kann ich nicht abschätzen, was ich an Bildern im Nachhinein hinzugefügt und was ich wirklich ins Blickfeld bekommen habe, da ich mich, soweit ich mich erinnern kann, überhaupt nicht traute, auf ihre deformierte nackte Figur zu sehen. Das war am 16. Januar. Mutter schreibt aber überhaupt nicht darüber. Sie schreibt über die große Veränderung, die kommt, darüber, dass ich im nächsten Schuljahr ins Gymnasium komme, aber dass sie wahrscheinlich nicht da sein wird, um mich zu beraten. Dort werde ich vielleicht auch ein Mädchen kennenlernen, mich vielleicht auch verlieben. „Merke dir aber, mein Junge, die Lieben aus dem Gymnasium sind meist nicht von Dauer, sie verbrauchen sich rasch. Denk daran, wenn es dir schwer wird." Sie schrieb mir über Liebe, und ich erinnere mich an sie als Nackte und wie es von ihrer Muschi tropft. Ich erinnere mich an sie auf unsicheren Beinen, die irgendwie unsymmetrisch und monströs dick geworden sind, voller Wasser. An diesem Ödem ist sie am Ende auch erstickt. „Aber merke dir eines", schreibt sie weiter, „auch wenn du dich verliebst, darfst du nicht aufhören an die Schule zu denken. Solltest du Probleme mit der Mathematik haben, für Nachhilfe hast du Herrn Jurković in der Vončinina, für Kroatisch ist Herrn Jukić, Palmotićeva 23, bei der Jüdischen Gemeinde, der Beste, für Geografie Herrn Madirazza, Torbareva 6, nahe der Schule." Und im größeren Teil des Tagebuchs gab es solche Informationen: „Zwiebeln für Gulasch schneidest du in Ringe, für Mehlschwitze in kleine Würfel, wenn du Fleisch schneidest, dann vorsichtig, immer mit dem Messer weg von dir. Vorsicht mit dem Gas. Den Boiler muss man alle zwei Jahre reinigen, sonst verstopft er und ihr könntet ersticken. Dann bildet sich Kohlenmonoxid, erinnerst du dich, das habt ihr in der Schule gelernt, so ist der Schriftsteller Zola erstickt. Wenn es ein Erdbeben gibt, kriech unter unseren Eichentisch, und solltest du dich irgendwo anders befinden, stell dich unter einen Türstock. Sollte Vater zu dir sagen, er werde sich aufhängen, glaub mir, er meint es nicht ernst."

Ich musste einunddreißig Jahre alt werden, um zu begreifen, dass auch die besten Wünsche ihr Ablaufdatum haben. Mutters Tagebuch hätte mir vielleicht, hätte ich es rechtzeitig gelesen, in der schweren Zeit des Erwachsenwerdens, während des Gymnasiums und der ersten Jahre an der Uni, helfen können, aber jetzt war es auf traurige Weise unbrauchbar und zeigte nur eines: dass es Dinge gibt, die wir rechtzeitig erledigen müssen. Senka pflegte zu sagen:

– Du schiebst immer alles auf, das ist die Angst vor der Konfrontation.

Und nun war ich auf einmal damit konfrontiert, dass ich zugelassen hatte, dass so viel von Mutters Liebe mit den Jahren unnötig geworden war. Trotzdem nahm ich den Kalender und legte ihn auf mein Nachtschränkchen. Wenn ich ihn damals schon nicht gelesen habe, werde ich es jetzt tun. Außerdem bemerkte ich eine interessante Nichtübereinstimmung: Mutters Notizen gingen auch nach dem 20. Oktober 1958 weiter, als würde sie mir aus dem Jenseits schreiben, zum Beispiel: „Den Porree musst du zuerst blanchieren, dann kochst du ihn wie Gemüse."

Im Krankenhaus fand ich wieder ein leeres Bett vor.

– Die Dame ist im Hof, sagte mir Senkas Nachbarin, ein leichter Gehirnschlag, mit der sie sich ziemlich angefreundet hatte. Ich ging also hinunter in den Hof und bemerkte auf dem Platz vor dem Hauptgebäude eine Gruppe Frauen in bunten Schlafröcken. Sie standen im Kreis um einen Aschenbecher auf einem Eisengestell herum, der wie ein in Beton gestochenes Florett aussah. Auch Senka rauchte.

– Was ist das?, zeigte ich auf die Zigarette.

– Ich bin ein bisschen hinausgegangen, oben ist es so langweilig.

– Und da musst du rauchen?

– Nein, Papa.

Sie küsste mich irgendwo zwischen Ohr und Wange.

– Der Doktor, der mir das Rauchen verbietet, erklärte sie den Frauen und drückte die Kippe im Aschenbecher aus. Sie tat es auf ähnliche Weise wie Alma. Vielleicht ein wenig zu energisch, so als würde sie mit etwas abrechnen oder als wollte sie, nachdem sie ein widerlich brennendes Insekt, ein giftiges Glühwürmchen etwa, zerdrückt hatte, etwas Schicksalsträchtiges sagen. Senka rauchte nicht oft, sie war nicht abhängig, sie kaufte sich keine Zigaretten, aber auf Grillfesten oder beim Abendessen nahm sie ab und zu eine an, wenn sie ihr angeboten wurde. Ich, der ich vierzig am Tag rauchte, konnte diese Halbherzigkeit überhaupt nicht verstehen.

– Selbst die Gewohnheit klappt bei mir nicht, erklärte sie.

Sie hängte sich bei mir ein, und wir spazierten Richtung Jordanovac, dorthin, wo ein Loch im Drahtzaun war, das die gemacht hatten, die vom Alkoholismus geheilt werden sollten, um sich zu versorgen.

– Ich habe gefragt, wann sie mich entlassen.

– Was sagen sie?

– Sie wissen es noch nicht. Kureta war da und hat mit mir gesprochen, aber Galogoža benimmt sich merkwürdig.

– Wie merkwürdig?

– Er spricht nur dienstlich, und wenn er zur Visite kommt, sieht er mich überhaupt nicht an.

– Haben sie gesagt, dass du in Ordnung bist?

– Sie dachten, dass es mir sehr schlecht geht, aber offenbar tut es das doch nicht. Sprichst du denn überhaupt nicht mit ihnen?

– Nein.

– Das finde ich merkwürdig, Tihomir. Du könntest zumindest fragen, was mit mir ist.

– Ich frage schon, was mit dir ist, mach dir keine Sorgen. Sag mal, ist noch was von den Griotte übrig geblieben?

– Nein.

– Dem, der sie gebracht hat, muss man sagen, dass er keine mehr bringen soll. Immerhin ist da Alkohol drin.

Sie blieb stehen und sah mich argwöhnisch an.

– Du fängst schon wieder an. Ich habe dir gesagt, dass Alma sie gebracht hat.

– Hat sie nicht.

– Bitte?

– Alma hat sie nicht gebracht, ich habe sie gestern gefragt. Sie sagt, dass die Bonbonniere schon da war, als sie kam, und dass du schon die Hälfte aufgegessen hattest.

– Dann eben nicht Alma, sagte sie beleidigt.

– Ich habe dich höflich gefragt, wer sie gebracht hat, und du sagst Alma. Aber Alma war es nicht.

– Dann war es nicht Alma. Dann war es jemand anders.

– Wer?

– Ich erkenne dich überhaupt nicht wieder. Was weiß ich, wer sie gebracht hat, es ist mir völlig egal, wer es war. Es waren auch Leute aus der Arbeit da, ich weiß nicht, wer sie mitgebracht hat. Ich dachte, es wäre Alma gewesen, also habe ich zu dir gesagt, dass sie es war.

– Gut, sagte ich in versöhnlichem Ton, du musst dich nicht gleich aufregen.

– Wie denn, wenn du mich ständig testest. Seitdem das passiert ist, bist du ständig dabei mich zu testen, dabei weißt du, wie schlecht es mir gegangen ist, dass ich mich an die Hälfte nicht erinnere, dass ich fast gestorben wäre …

Sie begann zu weinen, und ich musste sie umarmen und sie wieder in meine Brust weinen lassen. Dieses Mal indessen verspürte ich keine Zärtlichkeit wie gestern.

– Wir sollten zurückkehren, du bist verschwitzt, du holst dir einen Zug.

– Ja, Papa.

Und so kehrten wir schweigend zum Hauptgebäude und zu Senkas vorübergehendem Daheim zurück. Ich dachte intensiv darüber nach, ob es richtig gewesen war, sie nach den Pralinen zu fragen, oder nicht. Ob ich sie unnötig verletzt hatte und wie ich mich freikaufen könnte. Zugleich bemerkte ich, dass mich ihre Antworten beruhigten. Eine ganze Nacht und einen ganzen Tag, fast vierundzwanzig Stunden lang, hatte mich die Frage der Griotte gequält, und jetzt, nachdem mir Senka die einfachste aller möglichen Antwort angeboten hatte, war ich plötzlich beruhigt. So sehr wollte ich ihr glauben.

4

Vor dem Krankenhaus wartete Roman im neuen Citroën auf mich. Er war gerade aus Crikvenica zurückgekehrt, wo er den Bau eines von ihm geplanten Wochenendhauses überwacht hatte. Natürlich ist Wochenendhaus ein Wort, das diesem modernistischen Villenbau mit sechs Zimmern, der am Hang der Halbinsel Kačjak lag und mit seinem hinausragenden Gebäudeteil so aussah, als würde er über dem Meer schweben, überhaupt nicht gerecht wurde. Er hatte ihn für die Familie eines Transportunternehmers geplant, die momentan als eine Art neuer Staatsfeind durch alle Zeitungen gezerrt wurden. So weit ich sehen konnte, war Roman überhaupt nicht bedroht. Er sah zufrieden aus, fuhr seinen neuen DS, und überhaupt ging es ihm ausgezeichnet mit diesen neuen Kapitalisten und alten Revolutionären, für die er Häuser zeichnete.

– Morgen muss ich zurück, sagte er, wir gießen die tragende Decke und die Stützpfeiler, und da muss ich anwesend sein.

– Hör mal, ich würde dich nicht stören, aber das mit der Polizei ist mir nicht angenehm.

– Gut, dass du angerufen hast.

– Senka ist anscheinend von jemandem verprügelt worden, will aber nicht sagen, von wem. Ich war zu einem Gespräch in der Vlaška, ein unangenehmer Typ, Kukuljac.

– Warum redest du nicht einfach offen mit ihr?

– Ich sag es ja! Sie streitet alles ab. Sie will überhaupt nicht darüber reden.

– Und?

– Und sie benimmt sich merkwürdig.

– Tiho, so benimmt sie sich, seit wir sie kennen.

– Ja, aber nicht so.

– Kein Problem, ich habe schon mit Mrazović telefoniert, er hat noch Leute, die er fragen kann. Er lässt dich grüßen.

– Grüß ihn auch. Wie geht es ihm?

– Ach, du weißt wie, im Heim. Sie haben ihm das linke Bein amputiert, und er sitzt nur im Rollstuhl. Ich sage ihm, dass er trainieren muss, er ist noch nicht so alt, er soll mit Krücken gehen, aber er will nicht.

– Ich würde ihn gerne einmal sehen.

– In Ordnung. Hör mal, lass mich nur das in Crikvenica abschließen, dann habe ich etwas Luft. Wie geht es dir bei der Arbeit?

– Seit das mit Senka passiert ist, sehen mich alle so merkwürdig an. Die Telefone laufen heiß, sie haben sich umgehört, die lieben Kollegen, und jetzt spielen sie stille Post. Alles höflich, guten Tag, Herr Kollege, wie geht es, Herr Kollege, aber hinter dem Rücken schicken sie einen zum Teufel. Du bist zumindest dein eigener Herr.

– Das ist noch viel schlimmer. Was auch passiert, ich bin immer schuld. An allem bin ich schuld. Wenn kein Geld da ist, heißt es, ich schlage gewöhnliche Aufträge aus, weil ich fixe Ideen hätte, anstatt dass wir typisierte Wochenendhäuser bauen. Ich denke mir ständig was Neues aus, ich stelle den Investoren Bedingungen, ich gehe ihnen auf die Nerven, du weißt, wie die Leute sind … Im Lagvić fühle ich mich immer ausgezeichnet, dort könnten wir hin.

Vom Rebro bis zum Restaurant brauchten wir weniger als zehn Minuten, das Auto glitt nur so durch die Kurven. Vor allem als wir die Steigung Richtung Šestine nahmen. Er parkte das Auto auf dem Parkplatz vor dem Restaurant, und wir blieben noch ein paar Augenblicke im Auto sitzen und sahen hinunter auf die Stadt. Die Hänge von Šestine wurden von der untergehenden Sonne in ein sehr gelbes Licht getaucht, während die Stadt darunter in einem bläulichen Dunst lag.

– Wie geht es Indira?, fragte ich.

– Gut, sie weiß nicht, dass ich hier bin. Morgen wird sie vermutlich zu Senka gehen, sag erst mal nichts.

– Bist du verrückt, natürlich nicht.

Später saßen wir draußen auf der Terrasse an der Brüstung, um die Lichter der Stadt in der Abenddämmerung sehen zu können, Roman bestellte Ćevapčići, und ich nahm Rehbraten. Als er sah, was ich aß, fragte er:

– Und dein Alter Herr? Wie lange ist es her, dass er …

– Über zwei Jahre.

– Ich kann mich überhaupt nicht daran gewöhnen, ständig denke ich, dass ich ihn sehen werde, wenn ich hier heraufkomme.

– Und was hast du mit Mrazovićs Wohnung vor?

– Er hat das Wohnrecht, mehr weiß ich nicht. Ich habe jetzt keine Lust, da etwas anzukurbeln. Wie geht es Alma?

– Gut. Sie hat Senka abgeholt, nachdem sie gestürzt war. Und Toni hat im Krankenhaus geholfen.

– Toni ist ein Arsch, aber du hörst ja nie auf mich.

– Ich höre auf dich.

– Ja, du hörst, und trotzdem bist du weiterhin mit diesem Idioten zusammen.

– Was soll ich denn machen, wir sind Kollegen, wir sind gemeinsam zur Schule gegangen, wir arbeiten zusammen. Im Übrigen ist er mir nicht unsympathisch.

– Wenn du wüsstest, was der hinter deinem Rücken erzählt, dann täte es dir leid um die Spucke für ihn. Siehst du nicht, dass er neidisch ist auf dich?

– Worauf sollte er neidisch sein? Mit dreißig war er schon außerordentlicher Professor, er leitet die Abteilung, hat eine hübsche Frau …

– Wenn du es begreifst, wird es zu spät sein.

5

Das Telefon klingelte um sieben Uhr morgens. Inspektor Kukuljac teilte mir sehr höflich mit, dass ich noch einmal zu einem informativen Gespräch kommen müsse. Es sei nichts Schlimmes, aber es seien einige neue Details aufgetaucht. Ich sagte im Dienst Bescheid, dass ich mich verspäten würde, und ging langsamen Schrittes, als handelte es sich um einen Sonntagsspaziergang, zur Polizei. Diese Verhöre hatten auch ihre gute Seite, mein Kollege würde die Hälfte meiner Ambulanzfälle abarbeiten, während ich meinen bürgerlichen Pflichten nachkommen und den Ordnungshütern bei der Aufklärung von Unaufgeklärtem helfen würde.

Vor dem Büro saß noch eine Person auf der Bank. Ein älterer Herr in einem hellen Sommeranzug und mit Fliege las Zeitung. Er war mir von irgendwoher bekannt, doch konnte ich mich im ersten Moment nicht erinnern, woher. Ich nickte ihm zu, er nickte zurück, und ich setzte mich. Und wir saßen eine Weile so da, bis seine Erscheinung langsam aus meiner Erinnerung hochkam. Als ich noch mit Vater in die Gradska Kavana frequentierte, waren wir ihm öfter begegnet. Das war, als ich noch ins Gymnasium ging, seit damals waren mehr als zehn Jahre vergangen. Er hatte sich inzwischen nicht viel verändert. Jedes Mal, wenn wir ihn sahen, hatte mir Vater zugeflüstert:

– Siehst du den da, ein Spitzel.

Seit damals hatte er für mich das Gesicht eines Polizeidenunzianten. Ich habe Vater nie gefragt, woher er wusste, dass der Herr für die UDBA arbeitete, ich nahm es ohne nachzudenken hin. So wie man den eigenen Namen hinnimmt. Jahrelang war er für mich der typische Vertreter einer Gattung, die es zu verachten galt. Sie nannten ihn Magister. Vaters Freunde, nachdem sie uns begrüßt und am Tisch Platz genommen hatten, kommentierten für gewöhnlich:

– Der Magister ist wieder da!

– Allzeit der Heimat zur Wehr, sagte Vater.

Das war eine Art Losung und die Antwort darauf, und es bedeutete: nur vorsichtiges Gespräch. Und ohne Namen zu nennen.

Mich ekelte stark vor dem Typen, der gerade das Fernsehprogramm studierte. Mich ekelten seine Hände, seine langsamen, würdevollen Bewegungen, der goldene Siegelring mit dem Wappen der Stadt Zagreb. Selbst sein Geruch, das billige Pino Silvestre, das er nach dem Rasieren auftrug, die leichte Rötung der irritierten Haut an seinem Hals. Wie wird man zu so einem? Er lächelte mich über die Zeitung hinweg an, sicherlich hatte er bemerkt, dass ich ihn beobachtete. Das war allerdings das widerliche Lächeln eines Komplizen. Ein Lächeln, das man unter Seinesgleichen wechselt, unter Tieren derselben Gattung. Möglicherweise auch mit jüngeren Kollegen. Ich war entsetzt. Und er dachte vermutlich das Gleiche über mich. Ich sitze da mit ihm und warte, vermutlich bin ich auch ein Denunziant, der darauf wartet, Kukuljac seine Geschichte zu erzählen. Von dem Augenblick, in dem ich mir die Frage gestellt hatte, wie man zu so einem wird, bis zu dem Moment, in dem mir klar wurde, wie, war nicht einmal eine Minute vergangen. So effizient ist die Wirkung des polizeilichen Wartezimmers, das dieses Mal nach frisch gebrühtem Kaffee roch. Die Leute, die an uns vorübergingen, hielten mich vermutlich ebenso für einen Spitzel, im Vorbeigehen streiften sie uns mit einem verächtlichen Blick. Oder es wollte mir nur so scheinen, bei diesen Sachen kann man sich nie sicher sein. Jedenfalls warteten wir, ich rutschte hin und her, und er wechselte vom Fernsehprogramm zum Sport. Auf einmal war ihm mein Herumgezappele doch wohl zu viel geworden, jedenfalls nahm er den Sportteil heraus und reichte mir wortlos die Zeitung. Als wollte er sagen:

– Hier, nimm, Kleiner, das hilft!

Und dann rief mich Kukuljac hinein.

Im Büro war noch ein Polizist, er war älter und trug ein Hemd mit hochgekrempelten Ärmeln.

– Žužul, sagte er und reichte mir die Hand, ich kannte deinen Vater. Dein Vater war ein Mordskerl.

– Setzen Sie sich, sagte Kukuljac, nachdem wir uns die Hand gegeben hatten. Geht es ihrer Gattin besser?

– Ja, sie steht schon ein wenig auf.

– Die Sache verhält sich so. Der Kollege hat wieder mit ihr gesprochen, das war … – dann drehte er sich zu dem älteren Polizisten um – gestern?

– Vorgestern, sagte der, da ging es ihr noch nicht gut.

– Und da ist es zu einer kleinen Unklarheit gekommen.

– Was für eine Unklarheit?

– Also, vorgestern hat sie gesagt, sie sei nicht in der Draškovićeva, sondern in der Medulićeva gestürzt, als sie vom Britanski Trg, vom Markt, kam.

– Mir hat sie das nicht gesagt.

– Hat sie Ihnen sonst irgendwas von dem Vorfall erzählt?

– Nein. Sie hat immer gesagt, sie sei in der Draškovićeva gestürzt, deshalb wundert mich das jetzt.

– Sie wohnen oberhalb vom Kvaternik. Sie lebt bei Ihnen?

– Ja.

– Wenn Sie oberhalb vom Kvaternik-Platz wohnen, warum ist sie dann auf den Markt am Britanac gegangen?

– Ich weiß es nicht.

– Das liegt weder auf ihrem Weg zur Arbeit noch auf dem Heimweg.

– Sehen Sie, ich weiß es wirklich nicht.

– Denn das macht die Sache etwas kompliziert, sagte Kukuljac, dann hat auch ihre Freundin, die, die sie heimgebracht hat, nicht die Wahrheit gesagt.

– Offensichtlich nicht, sagte ich, ich werde mit ihr reden.

– Schön von Ihnen, sagte der ältere Polizist. Sie können ihr ruhig ausrichten, dass wir wissen, dass sie nicht die Wahrheit gesagt hat.

– Wissen Sie vielleicht, was sie in der Medulićeva gemacht hat?, sagte Kukuljac.

– Ich weiß es nicht.

Kukuljac schüttelte den Kopf.

– Das wissen Sie auch nicht. Sie sind uns nicht gerade eine Hilfe.

Auf der Treppe traf ich Toni. Er tat verwundert. Hatten sie das Verhör absichtlich so angesetzt, damit wir uns begegneten? Wenn die Leute auf der Polizei jemandem von sich sehen, eine Person, die sie gut kennen und der sie vertrauen, beginnen sie zu glauben, dass es eine normale Sache ist, auf die Polizei zu gehen, dass das alle machen, dass das, um es so auszudrücken, der allgemeine Trend ist. Eine Mode. Du arbeitest ein bisschen, kuschelst ein wenig mit deiner Frau, isst Piroggen zum Frühstück, gehst auf die Polizei, isst zu Mittag, plauderst mit Freunden, und abends, vor dem Schlafengehen, gehst du wieder auf die Polizei. So vermindert sich die Abscheu gegenüber den Magistern, die für das Polizeigeschäft der größte Feind ist.

– Hallo, sagte er, du bist fertig?

– Entschuldige wegen all dem hier, sagte ich, ich wollte dich nicht hineinziehen.

– Jetzt ist es geschehen. Übrigens habe ich tatsächlich nichts damit zu tun, ich habe sie nur auf die Station gebracht. Ich habe sie weder behandelt noch die Verletzungen angezeigt.

– Wer hat sie angezeigt?

– Galogaža. Er rief mich nach unserem Gespräch an und sagte, dass es offensichtlich sei und er es tun müsse.

An der Tür erschien Kukuljac und rief ihn hinein.

– Soll ich auf dich warten, damit wir auf ein Bier gehen?, fragte ich.

– Nein, ich muss gleich wieder hinauf, ich habe eine Operation. Danke.

6

Am Nachmittag brachte ich Senka etwas zum Lesen, den Sarajevoer *Svijet* und den Zagreber *VUS*, da sie mir am Telefon gesagt hatte, der Arzt habe ihr erlaubt zu lesen. Ich legte die Zeitschriften auf das Nachtschränkchen und setzte mich ans Bett. Vermutlich hatte so auch der ältere Inspektor dagesessen, als er mit ihr sprach.

– Stimmt es, dass du nicht in der Draškovićeva, sondern in der Medulićeva gestürzt bist?

Sie sah mich argwöhnisch an, mit diesem „Was-erzählst-du-da“-Blick, dann überlegte sie kurz, setzte sich mir gegenüber und begann mit ihrem bloßen Fuß gegen mein Bein zu stoßen. Sie nahm meine Hand in ihre, bedeckte sie sanft mit beiden Händen wie ein lebendiges Sandwich und sagte:

– Entschuldige, aber so war es für mich einfacher.

– Wie einfacher?

– Einfach so, ich brauchte nichts zu erklären. Und dann hatte ich keine Lust, irgendetwas zu erklären, du hast doch gesehen, wie ich beieinander war.

– Aber weshalb hättest du irgendetwas erklären müssen, sag doch einfach, wie es war.

– Ja, aber dann hättest du mich ausgefragt, so wie du mich jetzt ausfragst. Du weißt, wie du bist.

Ich wusste nicht, wie ich war.

– Ich hatte keine Lust, darüber zu diskutieren, fügte sie hinzu.

– Und deshalb hast du mich und die Polizei angelogen?

– Das ist keine Lüge, das ist bloß … ein anderer Ort. Was spielt das für eine Rolle, wo ich gestürzt bin, der Asphalt ist überall gleich hart.

– Was hast du dort gemacht?

– Ich habe in der Ilica nach Stoff gesucht, um deine Sessel zu überziehen, und dann habe ich unterwegs auf dem Britanac Gemüse gekauft. Und dann ist mir eingefallen, dass ich mir ansehen könnte, wo du auf die Welt gekommen bist. Ich bin mir wieder dieses Haus ansehen gegangen neben dem italienischen Konsulat.

– Einfach so, aus heiterem Himmel?

– Aus heiterem Himmel. Begreifst du, warum es mir dumm vorkam, dir irgendetwas davon zu sagen. Ich habe Sachen für deinen Geburtstag besorgt und wollte sehen, wo du auf die Welt gekommen bist.

– Und was hast du gesehen?

– Ein schönes, aber trauriges Haus.

– Traurig?

– Ich stand davor und stellte mir vor, dass wir in diesem Haus leben, dass wir ganz andere Menschen sind, dass wir dort leben und morgens vom Balkon in der Küche auf die alten Höfe hinunterschauen und dass uns die Italiener die Katzen wegessen.

– Woher weißt du, dass der Balkon in der Küche auf den Hof hinausgeht?

Sie sah mich von der Seite an, leicht wütend, aber sie wusste, dass sie dieses Gespräch nicht abbrechen konnte.

– Weil in diesen alten Wohnungen der Balkon in der Küche immer zum Hof hinausgeht. So ist es auch bei mir. Hast du das vergessen? Und außerdem, du hast mir doch erzählt, dass die Italiener deiner Großmutter die Katzen weggegessen haben. Das hast du mir doch erzählt, oder? Und dann bin ich vor dem Haus gestürzt. Mir hat der Polizist aufgeholfen, der vor dem Konsulat postiert ist.

Ich überlegte einen Augenblick.

– Das ist nicht wahr!

– Wieso nicht?

– Dir hat kein Polizist aufgeholfen, denn dann wüssten sie, dass du gestürzt bist, und sie bräuchten nicht zu untersuchen, wer dich verprügelt hat.

Sie sah mich wütend an und kehrte mir den Rücken zu. Sie wollte kein Wort mehr sagen.

7

Am nächsten Tag, am Nachmittag, als ich gerade mit dem Dienst in der Ambulanz fertig war, läutete das Telefon. Der Anruf kam wieder von der Polizei. Es war der Diensthabende, der mir sagte, dass ich noch einmal zu einem informativen Gespräch vorbeikommen müsse. Ich fragte ihn wann, und er sagte, wenn möglich sofort. Welche Eile, dachte ich und ging hinaus auf die Petrova.

Kukuljac war nicht gut aufgelegt.

– Sie haben schon einmal eine Frau verprügelt?

Ich war für einen Moment verwirrt, nur einen Moment, aber ich hatte keinen Grund zu lügen.

– Ja.

– Das haben Sie nicht erwähnt.

– Sie haben mich nicht gefragt.

– Ach ja, wir haben Sie nicht gefragt? Und die ganze Zeit unterhalten wir uns darüber, wer Ihre Frau verprügelt haben könnte.

– Das ist nur ein Mal vorgekommen. Und es war nicht schlimm.

Ich wollte fragen: „Wer hat Ihnen das gesagt?“ Aber es war nicht nötig. Mich packte die Wut. Warum hatte er ihnen das erzählt? Hatten sie ihm mit etwas gedroht? Es hatte keinen Grund gegeben, er war zu einem Informationsgespräch dort gewesen in der Eigenschaft eines Zeugen. Offensichtlich hatten sie auch über andere Sachen gesprochen. Eines musste man ihm aber lassen: Er hatte nicht gelogen.

– Sehen Sie, Herr Doktor, ich verstehe Sie, wenn Sie die Nerven verloren haben, auch mir passiert es hundert Mal, dass ich meine Hand hebe, wir verstehen uns, aber ich habe nie zugeschlagen. Ich habe es nicht getan, weil ich mich kontrollieren kann. Aber Sie? Stressiger Job, Operationen, da muss sich einer unter Kontrolle haben bei der Arbeit, aber dann platzt es an einer anderen Stelle. Stimmt es, dass Sie einen Rechtsstreit führen um eine Wohnung in der Medulićeva?

Mein Gott, das hatte ich schon vergessen. Ich war noch klein, als dieser Rechtsstreit begann. Als Großmutter starb, strengten mein Vater und sein Bruder einen Prozess vor Gericht an um das Wohnrecht, weil der vormalige Besitzer, ein gewisser Sirovatka, die Wohnung mit all unseren Sachen hatte versiegeln lassen, in der Hoffnung, so wieder an die Wohnung zu kommen, die verstaatlicht worden war. Damals hatten Vater und Onkel ihn verklagt, mehr aus Prinzip und Klassenbewusstsein als aus Habsucht. Der Typ hatte aber seine Verbindungen, er bestach die Leute, es half auch nichts, dass mein Vater Spanienkämpfer gewesen war, das Geld wurde immer wichtiger und die Kriegsverdienste wurden immer lächerlicher.

– Ja, sagte ich, ich führe einen Prozess. Schon lange.

– Wissen Sie, was ich glaube?

Vermutlich hätte ich sagen sollen, nein, ich weiß es nicht.

– Sie waren in der Medulićeva, sich die Wohnung ansehen. Sie konnten es aber nur von außen tun, weil sie gerichtlich versiegelt ist. Oder Sie sind vielleicht sogar hineingegangen, Sie haben ja noch den Schlüssel.

Woher weiß er, dass wir noch den Schlüssel haben, wenn nicht einmal ich mehr weiß, wo er ist.

– Und dann hat sie gesehen, was für eine schöne und große Wohnung das ist. Und hat angefangen zu nörgeln. Ich weiß, so nörgelt meine auch immer. Du bist ja unfähig. Eine solche Wohnung hergeben, das macht kein normaler Mensch, wechsle den Anwalt, du hast doch noch Verbindungen von deinem Vater her, ruf jemanden an, es wird dir schon kein Stein aus der Krone fallen. Sie haben zu ihr gesagt, ich bin nicht so einer, ich werde die Entscheidung des Gerichts respektieren, denn das hier ist mein Land und mein Vater hat dafür gekämpft. Sie hat zu Ihnen gesagt, dann mach es des Kindes wegen, wenn du es nicht für uns kannst, sie ist Ihnen auf die Nerven gegangen, Sie sind ein anständiger Mann, das weiß ich, ich habe Sie beobachtet, seit wir einander Gesellschaft leisten.

– Ich habe sie nicht verprügelt.

– Gut, aber ist es wahr, dass Sie sich die Kleine, mit der Sie zusammenleben …

– Andrea?

– Dass Sie sich manchmal vorstellen, sie wäre tot?

Mein Gott, dachte ich. Aus welchen Abgründen kam das nun?

– Wer hat Ihnen das gesagt?

– Es ist nicht wichtig, Herr Doktor, wer das gesagt hat, sondern ist es wahr?

– Das spielt überhaupt keine Rolle, das hat mit diesem Fall absolut nichts zu tun.

– Sind Sie sicher?

– Sicher.

– Wieder kommt er mit „sicher". Haben Sie sich zufällig über die Kleine geärgert, und Ihre Gattin hat sie verteidigt, und dann kam es zu dem Zwischenfall? Ich gebe meinen Mädchen auch mal eine Ohrfeige, das ist nichts Schlimmes, aber die Hand ist schwer, da kann im Kopf alles Mögliche zu Bruch gehen.

Mir schien es, als hätte er beim letzen Mal von seinen Söhnen gesprochen, nicht von Mädchen, aber vielleicht hatte ich es mir falsch gemerkt.

– Es war nicht so.

– Letzen Endes sollte das alles nicht mehr unsere Sache sein. Ihre Gattin hat sich erholt, im Krankenhaus sagen sie mir, es bestehe offensichtlich keine Gefahr mehr, und so reduziert sich alles auf einen häuslichen Streit, und da mischen wir uns nicht ein.

– Sehen Sie, es ist auch in meinem Interesse, dass Sie herauskriegen, wer sie niedergeschlagen hat.

– Sie sind wirklich hartnäckig, Herr Doktor. Denn würden Sie zum Beispiel, ich sage nur, angenommen, zugeben, dass Sie Ihre Gattin geschlagen haben, vielleicht nur ein Mal, Schichtdienst, eine Patientin ist gestorben, die Nerven …

– Ich habe es nicht getan.

– Lassen Sie mich zu Ende reden, also, würden Sie sich so verhalten, wäre alles leichter. Niemand würde davon erfahren, ich versichere es Ihnen.

– Und wenn ich es nicht zugebe? Weil ich es auch nicht getan habe.

– Tja, dann weiß ich nicht, lieber Doktor, Sie sind mir sympathisch, wir haben uns schon ein wenig kennengelernt, und es wäre nicht gut, wenn unsere Beziehung Schaden nähme.

Dann nahm er aus der Unordnung auf dem Tisch ein Schriftstück auf Durchschlagpapier heraus, wohl vom Gericht, und begann darin zu lesen.

– Ihre Gattin hat einen Schweizer Pass?

– Ich weiß nicht.

– Seltsam, Herr Doktor, dass Sie das nicht wissen.

– Als sie bei mir eingezogen ist, habe ich keinen Pass von ihr verlangt.

– Die kleine Andrea ist Schweizer Staatsbürgerin. Das wussten Sie?

– Natürlich.

– Gut, dass Sie wenigstens etwas wissen. Ja, und Ihre Gattin hat einen Schweizer Pass und ist Staatsbürgerin eines fremden Landes.

– Sie ist in Zagreb geboren.

– Ja, aber sie hat die Staatsbürgerschaft beantragt und sie bekommen. Und Sie wissen, wie schwer es ist, die Schweizer Staatsbürgerschaft zu bekommen. Wissen Sie wenigstens das?

– Das weiß ich.

– Da sehen Sie, ich frage mich, wie sie sie bekommen hat.

– Ich weiß nicht, wie sie sie bekommen hat. Darüber haben wir nicht gesprochen.

– Sie hat es Ihnen verschwiegen?

– Sie hat nichts verschwiegen, ich habe sie nicht danach gefragt.

– Seien Sie mir nicht böse, Herr Doktor, aber das finde ich äußerst merkwürdig. Sie essen und schlafen jeden Tag mit dieser Frau, Sie sprechen doch wohl über irgendetwas?

– Ja, aber nicht darüber. Darüber haben wir nie gesprochen. Wirklich nicht. Mir war nie in den Sinn gekommen, dass sie Schweizer Staatsbürgerin sein könnte.

– Na gut, Herr Doktor, dann reden Sie offen mit ihrer Frau. Fragen Sie sie all das, was ich Ihnen gesagt habe, dann wird sie Ihnen wohl sagen, wer sie verprügelt hat.

– Ich soll meiner eigenen Frau nachspionieren?

– Ich habe nicht gesagt, dass Sie ihr nachspionieren sollen. Sie sollen nur die Wahrheit herausfinden. Die interessiert Sie doch auch, nicht wahr?

– Natürlich.

– Außerdem, fügte er hinzu, wenn man alles zusammen nimmt und eines zum anderen fügt, haben Sie vielleicht Grund gehabt, sie anständig zu verprügeln.

Hier nickte er mir zu, und wir gaben einander die Hand.

Von zu Hause aus rief ich sofort Roman an und fragte ihn, ob er mit Mrazović eine Intervention bei der Polizei vereinbart habe, weil alles plötzlich ernst geworden sei. Und er versprach mir, einen privaten Kontakt mit einem der Chefs herzustellen. Das sei das Höchste, was er mir versprechen könne.

8

Als Gynäkologe habe ich genug Erfahrung, um bestätigen zu können, dass Totgeburten für gewöhnlich donnerstags auf die Welt kommen. Ich weiß nicht warum, aber der Donnerstag ist aus irgendeinem Grund der Tag für tote Babys. So war es im Heiliggeist, und so ist es auch hier in der Petrova. Das heißt keinesfalls, dass tote Kinder nicht auch an anderen Tagen geboren werden, dienstags oder freitags, aber der Donnerstag zeigt in dieser Hinsicht die höchste Frequenz. Drei von fünf Neugeborenen beginnen und beenden ihr kurzes Dasein auf dieser Welt am Donnerstag. So war es auch an diesem Tag. Eine sympathische untersetzte Frau, die schon zwei gesunde Mädchen hatte, brachte ihr drittes Kind, einen Sohn, tot zur Welt. Und während ich sie nähte, ließen die physischen Schmerzen allmählich nach, und es kamen die anderen, die anhaltender und hinterhältiger waren. Sie starrte nur auf einen Punkt, sie konnte nicht einmal weinen, ihre Augen waren tiefblau, wunderschön blau, die schönsten Augen, die ich je auf einem unglücklichen, gedrungenen Körper gesehen hatte. Sie verlangte es zu sehen, und die Hebamme, die es wie ein längliches Paket schon in ein Leintuch gewickelt hatte, musste es wieder auswickeln. Totgeburten werden sonst nicht gewaschen, doch dieses Mal wurde es im Waschbecken, in kaltem Wasser, gewaschen. Wir richteten das tote Ding her, damit seine Mutter es zum ersten und letzten Mal sehen konnte. Als die Schwester dann den winzigen, ausgewickelten Körper der Mutter vor das Gesicht hielt, presste die Frau durch die Zähne:

– Marsch in die Erde, du verfluchter Bastard.

Und dann begann sie zu wehklagen.

Das war das einzige Mal, dass ich sah, wie eine Mutter ihr Kind verfluchte, das sie gerade geboren hatte. Ich war noch dabei, mich davon zu erholen, als Senka anrief.

– Heute komme ich nach Hause, zwitscherte sie ins Telefon.

– Gut, ich komme dich nach dem Dienst abholen.

Es herrschte kurze Stille.

– Komm sofort, sagte sie, bitte.

Also wusch ich mir ordentlich die Hände, um nicht den Tod mit mir durch die Stadt zu tragen, und fuhr hinauf nach Rebro. Ich versuchte irgendwie meine gute Laune auszugraben, aber sie wollte nicht zutage kommen. Hierauf hatte ich lange gewartet, dass es ihr endlich besser ging und sie nach Hause entlassen würde, aber nun überkam mich Verzagtheit. Als ich ins Zimmer kam, zwang ich mich dazu, meine Mundwinkel zu einem Lächeln zu verziehen. Senka sah fröhlich aus, doch als sie mein Gesicht sah, verflog auch ihre Fröhlichkeit wieder. Sie saß auf dem Bett und trug das helle Kostüm mit der Glockenhose, aber mit flachen Schuhen. Ich sagte ihr, sie solle einen Augenblick warten, weil ich den Entlassungsschein holen müsse, und während Kollege Galogaža ihn mit zwei Fingern in die Maschine tippte, konnte ich durch die offene Tür seines Behandlungszimmers Senka auf dem Bett sehen. Sie saß ein wenig gebeugt und nachdenklich da, sie starrte auf einen Punkt, als hätte auch sie gerade ein totes Kind geboren. Und da fiel mir, als ich sie so sah in ihren flachen Mokassins, etwas ein, was mir bisher noch nicht eingefallen war, es aber hätte sollen: Diese Frau ist eine ehemalige Ballerina, die Koordination ihrer Bewegungen ist hundert Mal besser als bei anderen Menschen, unzählige Male ist sie durch die Luft geflogen. Hatte sie einfach so stürzen können wegen eines zu weiten Hosenbeins? Sie saß gebeugt da, und neben ihr lagen zwei Plastiktüten mit Wäsche. Auf einer stand NAMA.

Als ich vor dem Haus hielt, betrat sie die Wohnung wie ein Polizeihund, als wollte sie alles sehen und beschnüffeln.

– Ich bin nicht zum Aufräumen gekommen, sagte ich.

– Macht nichts, Hauptsache, ich bin zu Hause.

Sobald sie das Kostüm ausgezogen und ihren leichten Hausmantel aus Wildseide übergestreift hatte, den ich ihr, als ich bei einem Kongress in Bologna war, gekauft hatte, begann sie mit dem Aufräumen.

– Haben sie dir nicht gesagt, du sollst dich ausruhen?

– Nichts haben sie mir gesagt, warf sie mir im Vorübergehen zu.

Das Erste, was sie tat, war, dass sie das Bettzeug von unserem Bett nahm, es zusammenwickelte und in den Korb für die Schmutzwäsche warf.

– Es war noch nicht schmutzig, sagte ich.

– Falls du mit jemandem zusammen warst, möchte ich es nicht sehen.

– Du bist nicht normal, stieß ich hervor. Ich war entsetzt, wie rasch sich bei ihr eine Idee zur Tat wandelte. Ich bin vor Sorge um dich fast umgekommen, und du beschuldigst mich.

Sie lächelte.

– Ich mache Spaß.

Sie fuhr indessen fort mit dem Auseinandernehmen unseres Bettes. Sie nahm auch die Handtücher herunter, die sie unter die Bettlaken gelegt hatte, und schließlich auch die Steppdecke, die die Matratzen bedeckte. Sie brachte sie auf den Balkon. Ich sah ihr zu, wie einem Fremdkörper, der in die Wohnung gekommen war, um sie jetzt detailliert, Stück für Stück, zu demolieren. Wie ein Wurm im Holz oder eine Motte im Mantel. Ich stand an den Türrahmen gelehnt und sah ihr zu, wie sie arbeitete.

– Ist das auch Spaß, dass du der Polizei erzählst, ich würde mir Andrea tot vorstellen?

Sie hielt inne, legte ab, was sie gerade in der Hand hielt, und trat zu mir. Sie streichelte meine Wange. Mir schien, als machte sie es aus der Ferne.

– Entschuldige. Das haben sie aus mir herausgeholt.

– Wie herausgeholt?

– Dieser Mensch holt immer aus mir heraus, was ich nicht will, er lullt mich ein. Wir haben über Kinder geredet, und da dürfte mir entwischt sein, dass du dir einmal vorgestellt hast, Andrea wäre gestorben. Das hast du mir gesagt.

– Ja. Aber du weißt, dass ich ihr nichts Böses wünsche.

Sie küsste mich.

– Ich weiß. Du musst dich nicht rechtfertigen. Aber du hast es gesagt.

– Ja. Aber nicht für die Polizei. Und in einem völlig anderen Zusammenhang. Ich habe dir gesagt, dass ich sie mir tot vorstelle, dass mir das spontan kommt und dass ich dann schrecklich glücklich bin, weil alles in Ordnung ist, weil sie lebendig herumhüpft und weil wir Tom und Jerry spielen. Das habe ich dir gesagt.

– Warum hast du jetzt das Bedürfnis, dich zu rechtfertigen, wenn es ohnehin nicht wichtig ist.

– Und wie wichtig das ist. Kukuljac denkt, ich hätte die Kleine geschlagen und du hättest sie verteidigen wollen und ich hätte dich dann verprügelt.

– Blödsinn, sagte sie ehrlich verwundert und fügte dann hinzu, obwohl du mit Andrea etwas zärtlicher umgehen könntest.

– Was soll das heißen?

– Einfach so, sagte sie und überlegte kurz, dass du ihr keine Süßigkeiten mehr verbietest.

– Du weißt, dass wir ihr die Süßigkeiten wegen der Zähne verbieten. Wir haben abgemacht, falls du dich erinnerst, dass wir auf die Zähne achten werden.

– Gut, ich sage ja nur. Jetzt, wenn sie kommt, wird sie empfindlich sein. Ludwigs Leute werden ihr alles Mögliche über mich erzählt haben.

Wir saßen im Wohnzimmer, einander gegenüber, sie auf der Couch, ich im Sessel, und sahen uns an. Sie sagte:

– Und was jetzt?

Und dann fing sie an zu lachen. Ich musste auch lachen, aber weniger laut.

In den nächsten Tagen versuchten wir uns wieder aneinander zu gewöhnen, so als wären zehn Jahre vergangen und nicht zehn Tage. Es war unglaublich, wie weit wir uns in der kurzen Zeit voneinander entfernt hatten, selbst die Verletzungen in ihrem Gesicht hatten nicht verheilen können. Wie ist das alles zerbrechlich, dachte ich. Als sie eingezogen war, war die Gewöhnung an das Zusammenleben leicht gewesen, en passant, viele Dinge hatten sich einfach von selbst ergeben. Als Erstes hatten wir Andreas Zimmer in Ordnung gebracht. Wir warfen meine Sachen weg, im Schrank hingen noch Hemden, die ich in der achten Klasse Hauptschule oder im Gymnasium getragen hatte. Plötzlich hatte sie mein kariertes Bergsteigerhemd aus grünem Flanell in der Hand gehalten.

– Mein Gott, ich erinnere mich an dieses Hemd. Ich erinnere mich genau, du warst so süß darin. Es war neu, zumindest habe ich geglaubt, es sei neu, und du standst so steif darin.

– Ich stand so steif, weil es mir zu eng war.

– Probier mal, ob es dir passt?

– Nein, ich sage es dir doch, auch damals war es mir zu eng.

– Probier!

Sie hatte versucht mir das Hemd auszuziehen, das ich anhatte, und mir das grüne anzuziehen. Irgendwie kriegte ich es drüber, aber zuknöpfen ging überhaupt nicht. Wir lachten, ich versuchte es auszuziehen, und sie versuchte es mir wieder anzuziehen, und so waren wir auf das Bett gefallen, in dem ich als kleiner Junge, dann als Teenager und am Schluss auch als reifer Mann geschlafen hatte. Wir wälzten uns unter Lachen, als Andrea kam:

– Mama, wenn ich hier schlafen soll, muss ich dann mit den Flugzeugen spielen?

Sie sah besorgt zu den Modellflugzeugen hinauf, die von der Decke hingen. Sie sah überhaupt nicht zu uns herüber, wie wir uns auf dem Bett wälzten.

– Musst du nicht, Herzchen!

Sie stand auf und umarmte die Kleine, während ich auf dem Bett strampelte und das zu enge Hemd abzustreifen versuchte. Und jetzt war uns plötzlich alles zu eng geworden: das Schlafzimmer, das Bad, selbst das große Wohnzimmer. Auf einmal hatte diese Vierzimmerwohnung angefangen an einer seltsamen Enge zu leiden, so als würden die Wände zusammenrücken und wollten uns zerquetschen, weil wir über sie hinausgewachsen waren. Wir waren über ein Leben hinausgewachsen, jetzt brauchten wir ein anderes, ein geräumigeres. Die Schläge in Senkas Gesicht waren die scharfe Grenze gewesen. Wäre das nicht passiert, wäre alles langsamer gekommen, wir wären mit dieser Enge verwachsen und uns ihrer lange nicht bewusst geworden.

9

Von unserer Generation der Gynäkologiedozenten des Absolventenjahrgangs 1969/70 hatte sich Toni bereits einen Namen gemacht. Unlängst hatte ihn auf einem Kongress für Ultraschall und Obstetrik die Arbeit *Obstetrische Medizin im Dienste des Guten* berühmt gemacht, einer der ersten bio-ethischen Texte jener Zeit, was wir erst viel später begreifen sollten. Als er an diesem Nachmittag, während wir den Dienst übergaben, in der Abteilung erschien, wurde er sofort mit breitem Lächeln von den Dozenten Ljubičić und Pernar empfangen. Ihre Liebenswürdigkeit gegenüber Toni zielte natürlich darauf ab, mich wütend zu machen. Es war, als hätten sie mir in mein Kabuff, das ich Ambulanz nannte, aus dem OP zugerufen: „Doktor Romar, hier, ihr erfolgreicher Freund ist gekommen." Das schienen ihr Lächeln und ihre Gesten zu besagen. Im Auto, als wir durch die Vlaška Richtung Moše Pijade fuhren, fragte er mich:

– Wie geht es dir?

Und fünf Minuten später, als wir zum Lagvić nach Šestine abgebogen waren:

– Und Senka, geht es ihr gut?

Ich sagte, dass es uns beiden gut gehe, und fragte ihn, wie es ihm gehe. Er sagte, dass es auch ihm gut gehe.

– Gut, sagte ich.

Das war unsere ganze Unterhaltung zwischen Petrova und Šestine, diese gut zehn Kilometer. In seinem Renault nahm ich den süßlichen Duft von Zimt wahr, und vor der Heckscheibe stand die kleine Figur eines Tigers, der mit dem Kopf wackelte, als wir über die geflickten Schlaglöcher hoppelten. Als hätte der Tiger einen epileptischen Anfall gekriegt.

– Diesen Tiger hattest du aber früher nicht?

– Wie, der steht da schon zwei Jahre. Der Kleine wollte, dass wir ihn kaufen.

Unter Gesprächen dieser Art kamen wir auf dem Parkplatz an.

Wir setzten uns in ein Separee in Form eines großen Fasses. Ein sehr dicker Kellner, der sich nur schwer bewegte und laut atmete, begrüßte Toni:

– Guten Tag, Herr Doktor.

Für mich hatte er nur ein „Hallo!".

Etwas später, als er bis an unseren Tisch gewatschelt kam, bestellten wir Stierhoden, Pommes und Pleskavica. Das Essen kam sehr rasch, obwohl sich der Kellner nur langsam bewegte. Das war ein seltsames Paradox dieses Restaurants, etwas wie Hase und Schildkröte. Allerdings lag darin, dass wir relativ bald zu essen begannen, etwas Heilsames, denn auf das Essen wartend, hatten wir die ganze Zeit geschwiegen. Ich hatte hinuntergesehen auf die Stadt unter uns und Toni auf die Šestiner Spinnrocken an der Wand hinter meiner rechten Schulter.

Nach dem Mittagessen, in kleinen Schlucken meinen Graševina trinkend und Toni dabei zusehend, wie er vor Unbehagen mit den Krümeln auf dem Tischtuch spielte, sagte ich zu ihm:

– Warum hast du das getan?

– Was?

– Das, was du gesagt hast. Von Karmen.

– Er wusste es schon.

– Wusste er nicht. Hätte er es gewusst, hätte er mich schon früher gefragt, er hat mich aber erst nach dem Gespräch mit dir gefragt.

Er dachte nach, er versuchte offensichtlich in seinem Kopf etwas zu rekonstruieren.

– Weißt du, was er gesagt hat?, seine Miene hellte sich auf, denn er hatte sich erinnert. Dass du deine Ex geschlagen hast, dass er das weiß.

– Und du hast ihm dann erzählt, wie es passiert ist.

– Er hat mich sogar direkt gefragt, ob du aggressiv seist und ob es möglich sei, dass du Senka verprügelt hast. Ich habe ihm gesagt, dass es das nicht ist.

– Und was hat er noch gefragt?

– In welchem Zustand sie gekommen ist, wer sie behandelt hat und von wem ich erfahren habe, dass es sich um Faustschläge handelte. Ich habe ihm alles gesagt, was ich wusste.

– Hat er etwas über Karmen gefragt?

– Ja, beiläufig. Wann ihr euch getrennt habt, wie du die Trennung verkraftet hast und so. Die üblichen Fragen. Entschuldige, wenn ich dich reingeritten habe. Aber du musst zugeben, dass du es verdienst …

– Wie bitte?

– Tiho, du musst mich nicht anschwindeln, wenn du schon vorhast, es bei der Polizei zu tun.

– Wovon redest du?

– Du weißt es genau.

– Ich weiß es nicht.

Die Dinge nahmen einen ungewöhnlichen Verlauf.

– Tiho, ich weiß alles, du bist mein Freund, aber es gibt Grenzen. Du weißt auch selber, dass es Grenzen gibt.

– Und was weißt du?

– Sie hat mir alles gesagt.

– Was alles?

– Wie du sie wegen jeder Kleinigkeit malträtierst, dass du sie mit deiner Eifersucht quälst und sie ständig ausfragst, dass du dich nicht kontrollieren kannst und dass du fantasierst, dass ihre Kleine stirbt.

– Und das alles hat sie dir gesagt?

– Auch dass du kein schlechter Mensch bist, aber dass sie immer mehr Angst vor dir hat. Du belügst alle um dich herum, auch sie hast du gezwungen zu lügen, und mich verdächtigen sie nun, dass ich es verheimlicht hätte. Und du weißt, wie unangenehm mir das ist.

Ich lachte. Aber wie ein Toter. Mein Unterkiefer kam nicht mit dem oberen zusammen, irgendwie hatte ich mich im unteren Teil des Kopfes in zwei Hälften geteilt, und so geteilt blieb ich eine Weile. So muss es ausgesehen haben, und eine Biene hätte mir in den Mund fliegen, ein paar Runden drehen, mir auf die Zunge scheißen und wieder hinausfliegen können, und mein Mund hätte noch immer offen gestanden.

– Denk ein bisschen darüber nach, bevor du andere beschuldigst, sagte er im Aufstehen und legte währenddessen ein paar Geldscheine unter den Aschenbecher auf dem Tisch. Fahren wir?

– Fahr du, stotterte ich, ich nehme ein Taxi.

10

Am Anfang, nach jenem Kuss am Tisch in Senkas Wohnung, hatten wir versucht unsere Leben immer mehr zu vermischen. In der Zeit, in der wir nicht zusammen waren, versuchten wir uns aufeinander zuzuleben. Wir schufen zwei parallele Geschichten, die irgendwo in der Zukunft unabweisbar aufeinander zuliefen. Ihre Geschichte und meine Geschichte. Während sie Giselle tanzte, legte ich in Zagreb meine Facharztprüfung ab. Während sie mit Andrea schwanger war, trennte ich mich von Karmen. Während sie mit ihrem Kind und ihrem Mann nach Zagreb kam, um ihre Mutter zu besuchen, machte ich mein Facharztjahr in Grenoble. Die Daten aus der Vergangenheit wurden für uns kostbar, weil wir sie mit dem anderen teilen konnten. Allerdings wurden es immer weniger. Immer öfter kamen Sätze wie „das hast du schon erzählt", oder: „Das kenne ich, aber sag es trotzdem." Und in diesem Sammeln von Daten aus der Vergangenheit, die keine gemeinsame war, war, um sie irgendwie zu einer gemeinsamen zu machen, ein Besuch in meinem Geburtshaus wichtig. Sie wäre dort, wenn ihr auch nur das Geringste noch an mir lag, nicht alleine hingegangen. Ich hatte ihr oft von Omas Wohnung erzählt, einmal waren wir sogar ins Treppenhaus gegangen, um den Geruch von Feuchtigkeit und Schimmel einzuatmen, der uns meine Erinnerungen an das gemeinsame Leben mit meiner Großmutter und der Familie meines Onkels in dieser Wohnung zurückbringen sollte. Mir wäre nicht in den Sinn gekommen, die Wohnung zu betreten, aber damals hätte ich auch den Schlüssel nicht gefunden. Wir begnügten uns mit dem Treppenhaus und dem Blick auf den Innenhof, von wo aus man über baufällige Schuppen und die Krone der alten Linde hinweg den gepflegten Rasen des italienischen Konsulats sehen konnte. Dass sie allein dort hingegangen war, sah für mich so aus, als hätte sie auf einmal das Bedürfnis gehabt, sich von meiner Vergangenheit zu verabschieden. Denn das hatte ich schon bemerkt, oft ist es schwerer sich von jemandes Vergangenheit zu verabschieden, als von der Person aus der Gegenwart, die man zu lieben aufgehört hat. Auch wenn die Liebe aufhört, wehrt sich die Vergangenheit noch und macht Probleme. War sie deshalb dort hingegangen? Damit wir uns voneinander verabschiedeten? War denn der ganze Kalender der Tage und Jahre, die wir nicht gemeinsam verbracht, aber irgendwie zu verbinden versucht hatten, plötzlich zu einer Last geworden?

Als ich mich gegen vier am Nachmittag in der schrecklichen Hitze nach Hause geschleppt hatte und dunkle Schweißringe mein Hemd unter den Achseln wie Verbrennungen zierten, war die Wohnung völlig sauber, so sauber, dass man hätte sagen können, sie sei renoviert. Auch im Wohnzimmer roch es nach Bohnerwachs. Aber es war der Geruch einer Wohnung, aus der gerade jemand ausgezogen war. Unmittelbar bevor meine Mutter starb, hatte man mich für ein paar Tage zu meinem Onkel nach Trnsko geschickt. Nach dem Begräbnis und dem Leichenschmaus, als ich zurückkam, roch alles nach Parkettpolitur, und seither ist das für mich der Geruch von Leere und Weggang. Eine halb volle Flasche dieser Politur stand hinter der Klomuschel. Ein durchsichtiges Glas mit milchiger Flüssigkeit und einem bunten Etikett mit der Aufschrift „Vier Asse" und mit dem Bild aller vier Asse am unteren Rand aufgefächert, als hätte sie in einer Pokerpartie gerade jemand auf den Tisch geworfen.

Senka hatte ein Kopftuch um, das nicht unter dem Kinn zusammengebunden war, so wie bei den Bauersfrauen, die auf dem Markt Käse und Rahm verkauften, sondern im Nacken, wie man das auf Schwarz-Weiß-Fotos von Schauspielerinnen aus den Vierzigerjahren sehen konnte, und wusch die Fenster in der Küche.

– Jugana hat angerufen, rief sie mir zu, sobald sie gehört hatte, dass ich die Wohnung betreten hatte, sie will zur Untersuchung kommen. Sie ruft am Abend wieder an.

– Sag ihr, dass sie am Donnerstag zu mir kommen soll, wenn ich Dienst habe, rief ich zurück, während ich mich im Bad auszog, um zu duschen. Tut ihr was weh, oder kommt sie zur Kontrolle?, rief ich aus dem Schlafzimmer, während ich eine kurze Hose und ein T-Shirt anzog.

– Kontrolle, rief sie aus der Küche.

Und so riefen wir einander die Worte zu – das praktische Bedürfnis dieses Gesprächs half uns dabei, für Momente die Distanz zu umschiffen, die wir selbst geschaffen hatten.

Von Angesicht zu Angesicht sprachen wir erst miteinander, als ich in der Küche war und mir vom Gulasch und den Spaghetti schöpfte.

– Was hast du Toni erzählt?

– Nichts, sagte sie, während sie den Fensterflügel polierte, was hätte ich ihm sagen sollen?

– Du hast ihm nicht gesagt, dass ich dich verprügelt habe und du Angst vor mir hast?

Sie hielt inne, drehte sich um, überrascht. Sie wirkte aufrichtig.

– Der Idiot, er hat alles falsch verstanden.

– Und du hast ihm sicher nicht gesagt, dass ich dich vermöbelt habe?

– Herrgott, du denkst doch wohl nicht, dass ich ihm so etwas erzählen würde. Ich habe ihm gesagt, dass du anstrengend bist, dass du mich ausfragst, ich habe mich beklagt.

Dann drehte sie sich um, um die Arbeit am Fenster abzuschließen.

– Mein Gott, so was, sagte sie. Nie würde ich ihm so etwas sagen, auch wenn es wahr wäre. Das ist dir doch wohl klar.

Danach schwiegen wir geraume Zeit, dann zog sie die Gummihandschuhe aus, setzte sich neben mich und sah mir beim Essen zu.

– Möchtest du Salat?

– Nein.

– Du solltest mehr Salat essen. Du isst überhaupt kein Obst und Gemüse. Dir werden die Zähne ausfallen.

– Hast du angerufen und gefragt, wann die Kleine kommt?

– Am Sonntag, mit der Abendmaschine.

– Freust du dich?

– Ich, ja. Und du?

– Was heißt das jetzt?

– Nichts. Ich frage dich bloß, ob du dich auch freust.

– Du hast keine Ahnung, wie sehr sie mir gefehlt hat.

Sie betrachtete mich eine Weile, während ich kaute, dann warf sie ihr nacktes Bein über meines.

– Und ich, habe ich dir gefehlt?

– Ein wenig, sagte ich.

– Wie wenig?

– So wenig.

Mit Daumen und Zeigefinger zeigte ich einen Abstand von wenigen Millimetern.

– Du Ferkel, du dreckiges, zischte sie, zog ihr Bein zurück und stand vom Tisch auf. Du hast keine Ahnung, wie widerlich du bist.

Ich lachte ein schweres, bitteres Lachen.

11

In der letzten Woche, die wir allein verbrachten, besserte sich nichts zwischen uns. Im Gegenteil, je schlimmer die Situation zwischen uns wurde, desto öfter dachte ich an Andrea, in der Hoffnung, dass ihr Kommen endlich etwas verbessern würde. Für Augenblicke dachte ich sogar darüber nach, wenn ich mir die Schuhe band oder auf der Toilette saß. Vielleicht hatte Senka ja wirklich recht, wenn sie sagte, dass ich ihre Tochter ausschließlich durch meine Beziehung zu ihr sah, aber wenn es so war, falls ich dachte, dass uns dieses Kind wieder irgendwie zusammenbringen konnte, hieß das dann, dass ich ihr damit etwas Schlechtes antat? War ich wirklich ein so schlechter Mensch, wenn ich ein Kind benutzte, um meine Beziehung zu seiner Mutter in Ordnung zu bringen? Darüber dachte ich nach, während wir uns darauf vorbereiteten, sie zu empfangen, und plötzlich hatte ich das Gefühl, dass ich jemanden noch Schlechteren als mich brauchte, und sagte:

– Roman hat wieder eine Geliebte.

Sie machte die Schneenockerl zu Ende und übergoss die flockigen, weißen Knödel mit Dottersauce.

– Was finden sie an ihm?, hörte ich sie sagen.

– Na ja, er sieht gut aus.

– Nur das?

– Ich war mit ihm zum Abendessen, bevor du fortgegangen bist.

– Und was erzählt er?

– Er sagt, dass Toni neidisch ist auf mich, und dass es mir, wenn ich wüsste, was er über mich sagt, leidtäte um die Spucke für ihn.

– Roman kann Toni nicht leiden, weil er besser ist als er.

– Wie besser?

– Bemerkst du das nicht? Mich fasziniert immer wieder, wie du das nicht siehst.

– Wenn du jemanden von klein auf kennst, kannst du nicht objektiv urteilen.

– Siehst du, deshalb kann ich es. So war er schon in der Schule.

– Wie?

– Egoistisch. Mir tun Indira und der Kleine leid.

– Sie brauchen dir nicht leidzutun, er kümmert sich um seine Familie.

Unversehens machte sie einen Schritt auf mich zu, an den Händen waren noch Spuren der gelben Sauce, sie kam nicht einmal dazu, sie abzuwischen. Sie hob ihr Gesicht dicht vor meine Augen, heftig, unlogisch, wütend.

– Erzähl das jemand anderem, dass er sich kümmert!

Und drehte mir wieder den Rücken zu.

Am Nachmittag fuhren wir auf den Sljeme und hielten an einem Aussichtspunkt, von dem aus sich der Blick bis hin nach Sisak und Karlovac erstreckte. Wir brauchten die Weite, um einander bis zu Andreas Rückkehr irgendwie zu ertragen. Die Stadt lag unter uns in einem gräulichen Nebelschleier, ein frischer Wind wehte vom Gipfel, und am Himmel gab es kein einziges Wölkchen.

– Zum Glück ist es schön. Sie wird einen angenehmen Flug haben.

– Tiho, ich habe auch Angst, glaubst du, ich habe keine Angst, ich bin ihre Mutter, aber ich belaste damit nicht meine Umgebung.

– Und ich belaste sie?

– In diesem Augenblick, ja.

Nichts, was ich in der letzten Zeit tat, fiel gut aus. Wenn ich zum Beispiel sagte:

– Wie schön es ist, spürst du den Duft?

Würde sie antworten:

– Wie egoistisch du bist, du denkst nur an dich, und unser Kind ist jetzt in der Luft.

Würde ich sagen:

– Ich kann es kaum erwarten, dass sie kommt.

Würde sie zur Antwort geben:

– Du brauchst nicht so tun, als läge dir etwas daran.

Ich hatte das Gefühl, als säßen wir in der Gondel einer Seilbahn, die sich losgerissen hat und fällt, ohne dass wir uns dessen bewusst wären. Wir unterhalten uns, ziehen uns an, essen, tauschen sogar Zärtlichkeiten aus, aber die Gondel fällt und nichts, aber auch gar nichts, kann sie aufhalten. Da wurde mir bewusst, dass etwas definitiv schiefgelaufen war. Oben auf dem Sljeme, während wir darauf warteten, dass Andreas Flugzeug abheben sollte und zu uns flog.

12

Andreas Rückkehr verband uns dennoch auf eine seltsame Weise: Sie ermöglichte uns eine Getrenntheit, die scheinbar einen Grund hatte. Senka konnte sich, da sie noch immer krankgeschrieben war, mit der Kleinen beschäftigen, während ich im Dienst war. Sie ging mit ihr morgens auf den Markt, spielte mit ihr im Garten hinter dem Haus und malte mit ihr die Zeichnungen in den Malbüchern an. Ich übernahm sie dann am Nachmittag, wenn ich keinen Dienst hatte. Dann gingen wir zu Fuß in den Maksimir, in den Zoo. Wir bemühten uns, ihren Tag maximal zu füllen, ohne dabei selbst allzu viel Zeit miteinander zu verbringen. Andrea interessierten momentan die Pinguine. Wenn wir die Maulwürfe und die Präriehunde passiert hatten und sich vor uns das große Becken aus grauem Beton zeigte, der ein wenig an Eis erinnerte, lief Andrea hin und starrte auf die kleinen reglosen Gestalten im Frack und überschüttete mich mit Fragen:

– Tut es den Pinguinen weh, dass sie keine Hände haben?

– Wie essen sie?

– Haben sie Angst vor dem Wolf?

Gern besichtigte sie auch das Terrarium mit der Würgeschlange. Aber nicht, weil sie Schlangen interessierten, sondern wegen der Hasen. Einmal, als wir vom Käfig mit dem grimmigen Bären zu den Seelöwen hinübergingen, blieb sie am gläsernen Terrarium mit der großen Schlange stehen.

– Oh, die süßen Häschen!, sagte sie.

Im Terrarium war ein dicker Ast diagonal angebracht, schon ziemlich grau geworden infolge der Sonne, und auf ihr lag eingerollt die Boa. Schlange und Ast waren irgendwie von gleicher Farbe, die Mimikry hatte wohl das Ihre getan, und unter dem Ast, auf dem Boden des Terrariums, saßen die Hasen, von denen sich die Boa ernährte. Die Hasen lebten mit ihr zusammen, und mir schien es immer, als wären sie starr vor Angst. Sie saßen da, starrten nur auf einen Punkt und zitterten, und die Boa schlief. Auf der Tafel stand: „Europäische Boa constrictor." Andrea lief hin und begann an das Glas zu klopfen, um die Hasen aus dieser hypnotischen Angst zu erwecken. Aber sie saßen auch weiterhin starr da und zitterten. Ihre Gestalten waren wie versteinert, nur die Haut und das Fell zitterten. Später, als wir uns ein wenig entfernt hatten, fragte ich:

– Hast du die Schlange gesehen?

– Welche Schlange?, fragte sie. Mehr wollte ich ihr nicht erklären.

Im Zagreber Zoo konnte man in jenen Jahren drei Spektakel sehen: einen Elefanten, der mit seinem Rüssel die hineingeworfenen Münzen aufsaugte und sie dem Wärter im Tausch gegen große Zuckerrübenstücke gab, Seelöwen, die aus dem Becken sprangen, wenn Kinder sie mit kleinen Fischen fütterten, und die Boa, die von Zeit zu Zeit vor dem neugierigen Publikum einen lebendigen Hasen verschlang. Und kaum hatte sie einen gefressen, warf die Zooverwaltung einen neuen ins Terrarium, sodass es immer vier an der Zahl waren. Außer den Pinguinen widmeten wir seitdem die meiste Zeit den Hasen. Andrea sagte:

– Komm, gehen wir das Glas mit den Häschen anschauen!

Und so ermöglichten uns das Glas mit den Häschen, die Pinguine und manchmal auch das Lama aus den Anden nicht mit ihrer Mutter zusammen sein zu müssen, deren Zunge, wie es Andrea erklärte, so scharf war, weil sie Paprika gegessen hatte.

13

Am Donnerstag der Woche, in der Andrea zurückgekehrt war, gab es keine Totgeburten, aber Jugana kam zur Untersuchung. Ich hatte Dienst, und als sie in der Praxis erschien, hielt sie Mislav an der Hand, der ein ziemlich großes Feuerwehrauto trug. Sie war die einzige Frau, die zu gynäkologischen Untersuchungen mit ihrem Sohn kam.

– Tut mir leid, aber ich konnte ihn nirgendwo lassen.

Ich hatte mich schon an Jugana und ihren Mann gewöhnt, einen Wissenschaftler, Chemiker, der am Ruđer-Bošković-Institut arbeitete und nie zu Hause war. Also brachten wir Mislav in das Zimmer der Oberschwester, damit er dort Feuer löschen und mit seinem Auto zwischen den Kaffeetässchen umherflitzen konnte, von denen einige umgedreht waren, da viele

Schwestern an der Zukunft interessiert waren. Die Gynäkologie ist jene Disziplin der Medizin, die sich am meisten der Zukunft widmet, somit wird in einer solchen Atmosphäre auch am meisten an die Zukunft gedacht, und Kaffee wird oft gekocht, das liegt in der Natur der Sache, damit man wach bleibt. Die Schwestern nahmen Mislav auf als ein süßes, lebendiges Spielzeug, fast wie ein Haustier, und ich führte seine Mutter ins Behandlungszimmer. Ich kann sagen, dass Jugana zu untersuchen, etwas Unterhaltsames hatte. Als Erstes kam sie immer in Strumpfhosen zur Untersuchung, obwohl ich ihr nicht nur einmal gesagt hatte:

– Mein Gott, so kauf dir doch wenigstens Strumpfhalter!

– Ich bin nicht der Typ dafür, war ihre Antwort. Als wäre hier die Rede von etwas Sexuellem gewesen. Sie war eine Ärztin, die zu ihrem Kollegen, dem Gynäkologen, in Strumpfhosen zur Kontrolluntersuchung kam. Selbst im Sommer. Manchmal dachte ich, sie täte das, um mir ihre unglaublich praktische Veranlagung zu zeigen: Sie zog nur ein Strumpfbein aus und wenn sie die Beine breit machte, so hing auf dem einen, immer dem linken, stets diese Strumpfhose wie eine seltsame Fahne. Ein Fahnenmast des Praktischen, der sagte: „Kollege, ich möchte Ihnen keine Zeit rauben mit überflüssigen Bewegungen." Ansonsten redeten wir, während sie auf dem Tisch lag und der Luftstrom vom offenen Fenster her das dünne Gewebe wie Spinnweben wiegte, über die Kameraden aus der Schule. Ich bückte mich ein wenig, um hineinzusehen, öffnete sie sogar ein wenig, worauf sie zum Beispiel etwas sagte wie:

– Hast du gehört, dass Lidija Direktorin in der Jugobanka geworden ist?

Oder:

– Tonis Frau ist wieder schwanger.

Ihre Schamlippen waren seltsam gebaut, etwas ausgeprägter ausgestülpt und anfällig für Infektionen. Dass sie auch im Sommer Strumpfhosen trug, machte die Sache nicht besser.

– Hast du Ausfluss?

– Nein.

Ich drang tiefer ein, sie zuckte etwas zusammen, als hätte es wehgetan, sagte aber nichts, sie ertrug es tapfer, eine Ärztin und Mutter, an Herausforderungen gewohnt. Einen Augenblick später indessen sagte ich:

– Weißt du, dass ich mich von Toni getrennt habe?

Sie schwieg ein wenig, irgendwie versuchte sie diese Information, die ihr vermutlich unglaubhaft erschien, zu verdauen.

– Wie getrennt?, fragte sie schließlich. Ihr wart doch nicht verheiratet, dass ihr euch hättet trennen können.

– Er hat mich wütend gemacht.
– Warum, um Gottes willen?
– Er hat mich bei der Polizei verzinkt.
– Ist das möglich?
– Leider ja.

Sie schwieg wieder. Sie hob sogar Kopf und Oberkörper, um mich, der ich unten über ihre Reproduktionsorgane gebeugt war, anzusehen. Auch ich hob den Kopf, und unsere Blicke trafen sich. Sie war erschrocken, aber sie sagte ziemlich ruhig:

– Übertreibst du da nicht etwas, Tiho?
– Überhaupt nicht.

Wieder schwiegen wir. Sie vermutlich deshalb, um zu begreifen zu versuchen, und ich, um zu sehen, ob es überhaupt einen Sinn machte fortzufahren. Sie hatte sich seit jeher bemüht, die Gemeinschaft aufrechtzuerhalten, sie war das Bindeglied zwischen verschiedenen Freundeskreisen, schon im Gymnasium hatte sie versucht, Zerstrittene wieder zu versöhnen und jene in die Gemeinschaft zu integrieren, die einfach nicht hineinpassten. Sie sammelte Menschen wie kleine verlassene Tiere, und so etwas war für sie sicher nicht angenehm. Umso mehr, als wir alle drei zusammen studiert hatten und sie uns beiden geholfen hatte, als wir uns auf das Examen vorbereiteten. Manchmal dachte ich, dass sie mir als Arzt nur deshalb vertraute, weil vieles über die Gynäkologie gerade sie, die sich später in Innerer Medizin spezialisiert hatte, mir beigebracht hatte.

– Eure Beziehung war immer seltsam, sagte sie schließlich.
– Wie, seltsam?

Das war meine erste Wortmeldung.

– Immer eifert ihr irgendwie um die Wette, und dabei seid ihr Freunde.
– Ich hatte nicht den Eindruck, dass wir wetteifern.
– Du vielleicht nicht so, aber er schon. Ich denke, dass er etwas eifersüchtig ist.

Das war unglaublich. Er war vor mir fertig geworden, hatte sich vor mir spezialisiert, war Chef einer Station und außerordentlicher Professor geworden zu einem Zeitpunkt, als ich noch immer Dozent war. Wie konnte er da eifersüchtig auf mich sein?

– Das kann ich nicht glauben, sagte ich.
– Du siehst es nicht, aber ich sehe es. Dass du es aber ja nicht wagst zu erwähnen, dass ich dir das gesagt habe. Sonst bring ich dich um.
– Ich schwöre. Ich schweige wie ein Fisch, versprach ich. Tut das weh?
– Nein.

– Und das?

– Nein, sagte sie. Weißt du, dass die meisten Mädchen aus der Klasse zur Untersuchung zu dir kommen?

– Na ja, es kommen viele …

– Tiho, fast alle. Nur Lidija und Vera gehen zeitweilig zu Toni.

– Ich habe bisher nicht darüber nachgedacht.

– Nein? Jetzt sage ich es dir.

– Und deswegen ist er eifersüchtig?

– Wir waren bei ihnen vor ein paar Tagen, im Wochenendhaus, und dann kam das Gespräch auch darauf, wie seltsam es ist, dass fast alle Mädchen zu den Gynäkologen aus der Klasse gehen. Das ist allein für sich schon eine seltsame Situation, und dann noch das hier: eine Klasse, überwiegend Mädchen, und zwei Gynäkologen.

Ich überlegte und musste tatsächlich zugeben, dass die meisten Mädchen aus der Klasse zur Untersuchung zu mir kamen.

– Siehst du, das drückt ihn. Wäre es zumindest halbe-halbe, das wäre normal, aber nicht so, alle Mädchen gehen zu dir und zu ihm nur zwei Streberinnen.

– Aber ich verstehe nicht, er ist der Bekanntere, mein Gott, er ist schon außerordentlicher Professor, und ich bin nur Dozent. Etwas ist mir da nicht …

Sie sah mich wieder an, so vom Stuhl hoch, mit einem Strumpfbein, das hinunterhing, und dem eleganten, bis zur Brust hochgehobenen Seidenkleid.

– Was ist dir da nicht? Bist du mit uns in die Schule gegangen, oder bist du es nicht?

– Ich war ja nicht gerade immer geistig anwesend.

– Weißt du, dass wir alle in ihn verliebt waren? Hast du das gewusst? Vor dem Abitur haben wir auch ein gemeinsames Tagebuch gemacht, wie und wann welche in Toni verliebt war. Er sah wirklich gut aus, bevor er die Glatze bekommen hat. Vielleicht habe ich es noch immer irgendwo zu Hause.

– Es ist nur gerecht, dass er eine Glatze bekommen hat, Gott gibt auch anderen die Chance zur Paarung.

– Und was denkst du jetzt, warum sie zu dir kommen?

Tatsächlich, wenn man die Dinge so betrachtete, bekam alles zusammen irgendwie eine Logik. Offensichtlich war es unangenehm, zur Unterleibsuntersuchung zu dem zu gehen, in den man einmal verliebt gewesen war. Selbst wenn es vor fünfzehn Jahren gewesen war. Unangenehm, dass ihnen der, den zu sehen sie in der Klasse kaum erwarten konnten und für den sie sich herausgeputzt hatten, um sich eines Blickes von ihm würdig zu erweisen, unten in die Muschi schaut, mit Instrumenten hineinfährt und sagt:

– Holla, der linke Eileiter ist etwas entzündet!

Die Liebe muss man so lange wie möglich in schöner Erinnerung behalten, auch außerhalb des Gynäkologenstuhls. Es macht keinen Sinn, dass der Typ aus dem Freundschaftsbuch und Held der duftenden Briefe auf rosa Briefpapier einem in die Muschi schaut. Und deshalb hatte ich die Funktion des Klassengynäkologen übernommen, weil nicht eine von ihnen in mich verliebt gewesen war. Auch nicht Senka. Aber war es möglich, dass sich mein charmant-glatzköpfiger Freund und Kollege dessen nicht bewusst war? Glaubte er wirklich, dass jene Ansammlung von Klassenkameradinnen zu mir kam, die Beine breit zu machen, weil sie mich mehr als Fachmann schätzten? Ich begann laut zu lachen vor Juganas offener Vagina. So laut, dass sie mich, ein wenig gekränkt, fragte:

– Tiho, was ist mit dir?

Frauen mögen es nicht, wenn man ihnen in die Muschi lacht. Und Toni? Der Arme. Der Arzt in ihm hatte über den Mann gesiegt, der Streber über den Liebhaber.

Mit dieser Erkenntnis im Kopf wandte ich mich von den vorgestülpten Schamlippen der Klassenkameradin ab, während aus dem Nebenzimmer das Heulen ihres Sohnes zu hören war, der einen Großbrand löschte. Als wir hinausgingen, fragte ich ihn:

– Mislav, wo brennt es?

– In Međimurje, sagte er.

Vir

1

Am Mittwoch, bereits seit dem Morgen, bieten uns die Wolken den Himmel häppchenweise, wie für Zuckerkranke die Tagesration. Mehrere Male ein wenig, damit unsere Augen nicht ermüden von dem mächtigen Blau. Drückende Schwüle hängt in der Luft, die morgendliche Frische ist ausgeblieben. Die Tramuntana hat den Anker in aller Früh gelichtet, vor dem Frühstück, da ein langer Törn vor uns liegt. Eine Strecke, die uns fast den ganzen Tag kosten wird. Wir werden vermutlich nahe Pag ankern, um zu baden, günstiges Wetter vorausgesetzt.

Zusammen mit den Wolken bildet Zvirs übliche Nervosität, vermischt mit dem Kater der letzten Nacht, die Geräuschkulisse für die Fahrt durchs graue Meer, unter grauem Himmel.

– Verflucht noch mal, kommt es laut von der Kapitänsbrücke, und diese Flüche erobern das gesamte Schiff.

Doch dann, als Denis zur Marenda, dem kräftigen zweiten Frühstück, Sardellen brät, zeigt sich für einen kurzen Moment wieder die Sonne zwischen den Wolken mit einem prächtigen Gelb vor dieser grauen Unterlage. Und wie seltsam das alles zusammenpasst. Denis brät in der Küche Sardellen, Marijan steckt sich Watte in den offenen Zahn, da ihm die Plombe herausgefallen ist, Josip testet mit Gaumen und Zunge sein Gebiss, ob es auch hält. Einige haben, darunter auch ich, bereits die Schächtelchen mit den Medikamenten vorbereitet, um sie nicht auf leeren Magen einzunehmen, nur Senka nuckelt, wie ich sehe, seit der Früh an einem Bier, wie jemand, der sich hierher verirrt hat, der sich zufällig in diesem Zoo eingefunden hat, in dem die Sonne nur dann scheint, wenn es ans Fressen geht. Ich zweifle überhaupt nicht daran, dass sich auch zum Mittagessen ein paar glänzende gelbe Strahlen zeigen werden.

Ich habe noch nicht alle Fischchen verputzt, als ich sehe, wie Ana mit einer Jana-Plastikflasche, die mit gelber Flüssigkeit fast bis obenhin voll ist, vorsichtig an Deck erscheint. Sie sieht nach links und rechts, stellt fest, dass sich Mislav am Heck befindet, und leert die Flasche unauffällig ins Meer. Dann wäscht sie sich im rechten Bad lange die Hände, ich sehe sie durch die geöffnete Tür und muss lächeln. Sie sagt:

– Entschuldige Tiho, ich muss Pipi.

Und schließt die Tür.

– Spionierst du herum?, fragt Jugana, die plötzlich hinter meinem Rücken herangeschlichen ist. Sie sieht schlecht aus, sie ist unausgeschlafen und besorgt.

Ana kommt indessen rasch wieder aus der Toilette und sagt:

– Es sieht so aus, als wäre etwas kaputt. Das Wasser fließt nicht ab.

Die Kunde vom Defekt tragen wir als Dreierdelegation auf die Kapitänsbrücke hinauf zu Zvir.

– Verdammte Scheiße!, ruft Zvir. Er übergibt das Ruder an den Kleinen, nimmt etwas Werkzeug und klettert hinunter.

Der Barba und Denis werkeln fast eine Stunde an der Toilette herum, sie schrauben ab, nehmen auseinander, schauen, schließlich erscheint Zvir zerzaust und schmutzig und ruft Silva zu sich. Sie sprechen kurz miteinander. Dann geht Silva zu Jugana, worauf auch diese beiden miteinander sprechen. Ich sehe, Jugana ist nun etwas verärgert. Die Sache ist offenbar unangenehm. Dann ertönt aus den Lautsprechern, anstatt der Folkloregruppe Riva, Silvas Stimme:

– Sehr geehrte Abiturienten, die Toilette im rechten Bad ist außer Betrieb. Die Pumpe ist defekt. Wir werden uns bis Zadar mit einer Toilette begnügen müssen. Auf Vir gibt es keine Werkstatt, um sie zu reparieren. Dusche und Waschbecken funktionieren, aber das WC kann nicht benutzt werden.

Und so sitzen wir jetzt mit nur einer Toilette da, deren Zwillingsschwester eines italienischen Herstellers vorzeitig verschieden ist, während die im Unterdeck schon lange nicht mehr funktioniert. So reisen wir weiter. Es ist bewölkt, auch das Meer ist unruhiger, und die Tramuntana schaukelt stärker. Barba Zvir tritt immer wieder von der Kapitänsbrücke aufs Oberdeck hinaus und sieht zum Himmel hinauf. Von irgendwoher hat sich eine Wolkenmasse aufgestaut, die weder ein Satellit bemerkt noch ein Barba in den Häfen vorhergesagt hat, in denen wir geankert haben und wo Zvir seine meteorologischen Ratgeber hat. Die Stimmung auf der Tramuntana ist sonst gut, außer dass, als das Frühstück kommt, Jugana ihren Sohn ablenkt, wobei ihr Marijan hilft, während Ana mit den Frühstücksfischchen ins Unterdeck huscht, um den armen Franco zu füttern. Was der Ärmste wohl macht, so allein da unten in der engen Kabine? Er hat die schönste Kabine gemietet, an Deck, mit Fenster, und dann schleicht sich frech ein fünfzigjähriger Schreihals hinein. Es ist unglaublich, wie gut sich Mislav, mehr als zwanzig Jahre jünger, nun einfügt. Er dient sogar als eine Art Pufferzone zwischen Josip und uns. Josip ist etwas entspannter, ausgenüchtert, und alles ist leichter. Er hat uns sein Leid vor die Füße gekotzt, und jetzt reden er und Mislav über etwas. Vielleicht auch über ihre Tragödien. Jugana kann, wie ich sehe, ihre Nervosität kaum verbergen, sie fürchtet sich, ins Unterdeck hinabzugehen, denn Mislav könnte es jederzeit einfallen, seiner Mutter nachzugehen. Senka liegt wie gewohnt auf ihrem Badetuch auf dem Oberdeck, Lidija, die sich vor der Sonne fürchtet, weil sie nicht gesund ist, sitzt auch jetzt, obwohl es bewölkt ist, mit einem Strohhut im Salon. Vera leistet ihr zeitweilig Gesellschaft. Am Tisch am Heck sitzen mehrere von uns und trinken ständig etwas. Mislav hat sich ausgezogen und eine Badehose übergestreift, hat das Badetuch über den weißen Rücken geworfen und debattiert mit Josip. Dann ruft ihn Jugana:

– Mislav, komm her, damit ich dich eincreme!

– Mama, es ist bewölkt.

– Es heißt, dass auch das gefährlich ist. Sieh doch, wie weiß du bist.

Und er kommt, gehorsam. Sie nimmt das Badetuch ab und cremt ihm den Rücken mit Schutzfaktor 60 ein, Johnson's Sun Care Baby, „die unglaubliche Leichtigkeit des Sonnenbadens".

Wir sind ziemlich lange friedlich unterwegs und haben uns langsam von der Küste Pags aufs offene Meer hinausbewegt, als Ana voller Panik vom Unterdeck zurückkommt.

Sie kommt zu mir und Jugana und sagt:

– Er muss dringend groß.

Wieder gehen wir als Delegation zu Barba in dessen Bau. Dieses Mal, zu meiner Verwunderung, flucht er nicht. Er sagt nur:

– Ich habe keine Tüten an Bord.

Zvir durchlebt hundert Qualen, genau wie wir, denn auf der ganzen Tramuntana gibt es nicht einen Nachttopf. Nicht einmal einen Blumentopf, der dafür herhalten könnte. Er hat zwei Plastikeimer, aber die braucht er, die würde er nicht gern … Er weiß, dass man Eimer auswaschen kann … aber er würde sich immer daran erinnern, was drinnen gewesen ist. Und die Eimer dienen ja für die Küche. Sonst hat er nur Stieltöpfe aus der Küche. Da wird er doch wohl nicht reinscheißen?

– Es geht auch anders, sage ich. Kommt, ich werde Mislav ablenken, und ihr bringt Franco her.

– Ich weiß nicht, sagt Jugana unsicher. Sie hat Angst, sie fällt völlig in sich zusammen. Ganz so wie Senka gestern, vom Oberdeck zurückkehrend, plötzlich alt geworden war, so ist nun auch Juganas Sicherheit, das Bedürfnis, sich um uns alle zu kümmern, plötzlich eingebrochen. Das ganze Leben hat sie um die eigene Würde gekämpft, alles war der Würde und Anständigkeit untergeordnet, ihre Kleidung, die Schuhe mit dem flachen

Absatz, alles teuer und doch bescheiden. Ihren Körper hat sie diskret in die zweite Reihe gestellt, um der Würde den Vortritt zu lassen. Und jetzt, in dieser lächerlichen Szene, verpufft diese ganze Würde wegen des Sohnes, den sie über alles in der Welt liebt. Und so, gebrochen, aller Illusionen beraubt, willigt sie in den logischsten, aber riskantesten Plan ein. Ich rechne damit, dass Mislav gekommen ist und Franco nicht vorgefunden hat. Und dass er ihn jetzt auch nicht erwartet. Und einer, den man nicht erwartet, kann sich irgendwo im Augenwinkel, an der Peripherie der Netzhaut, vorbeischummeln. Und so setze ich mich jetzt neben Josip und Mislav ans Heck, nehme eine Zigarette heraus und stecke sie mir an. Ich biete den beiden auch eine an, aber sie schütteln den Kopf.

– Ich habe vor drei Jahren aufgehört, sagt Mislav.

– Bravo, sage ich, da lebst du länger.

Er sieht mich kurz an, kneift unter dem diffusen Licht des bewölkten Himmels die Augen zusammen und versucht herauszufinden, ob ich ihn verarsche oder ob ich wirklich besorgt bin, und sagt:

– Wie das, Sie sind Arzt und rauchen noch?

– Ein Arzt mit Angina Pectoris, ergänze ich ihn, würde ich aufhören, würde mich genau das umbringen. Nein, mir ist nur eines nicht klar …

– Was?, fragt Mislav, wohl in Erwartung der nächsten Stichelei.

– Hat dir deine Mutter überhaupt erlaubt, mit dem Rauchen anzufangen?

– Sie war nicht da, sagt er, ich war zum Aufbaustudium in Deutschland. Dort habe ich damit angefangen.

Ich setze mich um, auf den Stuhl neben ihm, und spreche nun zu seinem Profil und in sein Ohr, das bereits einige Alterscharakteristika angenommen hat und aus dem ein Büschel grauer Härchen wuchert. Mislav wiederum dreht sich instinktiv mit dem Gesicht in meine Richtung und mit dem Rücken zum Salon und dem Teil des Decks, den Franco passieren muss, wenn sie ihn aus dem Unterdeck heraufbringen. Und tatsächlich sehe ich zuerst Francos Rücken, dahinter Ana und Alma wie zwei Bodyguards um eine zu schützende Person, der ein Attentat versprochen wurde. Dann verschwindet dieser Rücken in einem der Badezimmer, im linken. Ich frage Mislav, wo er wohnt. Er wohnt, sagt er, in seiner Wohnung, geht aber zum Essen zu Mutti. Zum Glück ist es nicht weit, er kommt gleich von der Arbeit und geht abends wieder. Zu Hause schläft er nur. Es ist schwer dieselben Zimmer zu ertragen, sagt er, wenn man mit jemandem zwanzig Jahre zusammenlebt und sich dann Zimmer und Wohnung plötzlich leeren. Manchmal, sagt er, träumt er, dass seine Frau in der Küche ist, während er im Wohnzimmer fernsieht, das passiert, wenn er sehr müde ist, da vergisst man wohl, stell dir vor, und da ruft er beinahe nach ihr, dass sie ihm einen Saft bringt, aber dann, in letzter Sekunde, noch bevor er gerufen hat, erinnert er sich. Er erinnert sich immer und wacht dann auf. Etwas von solchen Leeren kenne ich auch.

– Wenn man in die Jahre kommt – ich komme mir selbst vor wie die blöden Greise, die einander scheinbar weise Ratschläge geben –, darf sich der Mensch kein langes Trauern mehr erlauben. Denn das Leben wird immer kürzer, man muss sich rasch erholen, um noch ein wenig zu leben. Wenn es dir widerfährt, wenn du jung bist, kannst du es dir noch leisten, lange zu trauern, in Jahren zu denken. Später nicht mehr.

– Und Sie können das? Würde jetzt, sagen wir, Ihre Frau sterben, würden Sie sich dann rasch wieder erholen?

– Nein.

– Na also.

Von Anfang an finde ich Mislav komisch, seine Trauer finde ich komisch, obwohl die Trauer um eine geliebte Person eine edle Sache ist. Und je mehr Trauer, desto stärker war wohl die Liebe. Das wäre eine Art normale, emotionale Mathematik. Ist sie aber nicht. Mislav hat die Trauer in Identität verwandelt. Das geschieht für gewöhnlich, wenn man jung ist und jemand stirbt, der einem nahesteht. Es ruft die Aufmerksamkeit der Umgebung hervor, das macht aus einem einen Helden, und der Mensch beginnt sich mit dem Schwarz zu identifizieren, mit den Kränzen und der Blasmusik, und er verwandelt die Trauer in eine soziale Waffe. Er sieht sich selbst als Fachmann für den Tod, weil die anderen sich ihm gegenüber so verhalten. Auch mir ist es passiert, klar. Freundinnen, Kameradinnen aus der Klasse, wenn denen jemand starb und wenn sie beim Begräbnis neben dem Sarg standen, umarmten und küssten sie immer mich am meisten, wenn ich mein Beileid auszudrücken kam, auch wenn wir uns sonst nicht nahestanden. Und zwar deshalb, weil sie mich in dem Augenblick als Bruder empfanden, als einen, der dasselbe durchgemacht hat, nur um einiges jünger. Auch ich verhalte mich das ganze Leben lang wie Mislav, nur habe ich die Strategien etwas verwischt. Allerdings, wenn das Leiden zur Identität wird, wird es zum Zerrbild.

– Aber ich habe die alten Frauen in unserer Straße gesehen. Sie leben mit einem Mann fünfzig Jahre lang zusammen, er ist ihr erster Mann, denn damals war es so Brauch, sie haben die Kinder in die Welt gesetzt, haben auch Enkelkinder, vielleicht auch Urenkel, und dann stirbt er. Es ist unglaublich, dass zuerst er stirbt. Und sie, gebrochen. Die Leute reden, dass auch sie es nicht mehr lange macht, das kann man nicht verwinden, fünfzig Jahre, die goldene Hochzeit war letzten Juni. Und tatsächlich, die Alte geht die ersten sechs Monate nicht aus dem Haus, oder nur selten in den Garten, in Schwarz, es ist als würde sie das Gehen erst lernen, verstehst du, man muss sie stützen. Sie erholt sich allerdings, und schon im nächsten Frühling legt sie das Schwarz ab, und man sieht sie in Sommerkleidung, wie sie alleine vom Markt kommt und mit den Nachbarinnen tratscht. Heiter schöpft sie das Leben in solchem Maße, dass es der Umgebung schon ein wenig geschmacklos vorkommt. Es wäre natürlicher, wenn sie ihrem Manne nachgefolgt wäre, wenn sie gleich oben auf dem Mirogoj ihr Leben ausgehaucht hätte.

– Das bedeutet nicht, dass sie sich völlig erholt hat, sagt Mislav, aber wenn Sie denken, dass sich meine Frau schneller erholt hätte, wenn ich gestorben wäre, dann stimmt das vermutlich.

Das gesagt habend, schlürft er den Rest seines Stella Artois aus dem Glas und steht abrupt auf, ich habe nicht einmal die Gelegenheit ihn zurückzuhalten, weil ich wohl zu sehr darüber nachzudenken habe, was er gesagt hat. Er geht geradewegs zum Heck, dorthin, wo jetzt Franco vermutlich mit dem Gefühl der Erleichterung auf der einzigen benutzbaren Schiffsklomuschel sitzt und auf das emporschwappende Meer horcht. Er hat geschissen und sich abgewischt, er hat schon zweimal das Wasser gezogen und sitzt nun nur so da und genießt. Einfach so. Denn lange Zeit hat er es nicht können.

Allerdings kommt auch gleich die Strafe für diesen unschuldigen Genuss, für das Verschwenden von Gottes Zeit. Mislav bleibt vor der geschlossenen Toilette stehen und greift nach der Klinke. Er versucht hineinzugehen. Zwei Mal hat er sie hinuntergedrückt, als könne er nicht glauben, dass sie besetzt ist, und steht jetzt trippelnd vor der Tür und wartet. Er weiß, dass die zweite Toilette nicht funktioniert, er hat es gehört. Dass es eine dritte gibt, die ebenfalls nicht funktioniert, weiß er allerdings nicht. Er steht vor der Tür, und es ist offensichtlich, dass er pinkeln muss. Er steigt von einem Bein aufs andere, er dreht sich ein wenig zum Meer um und sieht hinaus auf die Inseln, doch dann wieder zurück zur Tür und beäugt sie feindlich. Ein Unbekannter hat sich zwischen ihn und seine Wünsche geschoben und quält ihn jetzt, obwohl er es nicht weiß, mit seiner eigenen vergrößerten Prostata, die auf die Blase drückt.

Jugana, die das Manöver ihres Sohnes bemerkt hat, flüsterte nun Ana etwas zu, und unter den Frauen im Salon breitet sich stilles Entsetzen aus. Die Situation ist unangenehm, das könnte man sogar aus einem Flugzeug sehen, und vielleicht auch ausweglos. Schachmatt. Denn Mislav, der muss, wird nicht davon Abstand nehmen, es besteht auch nicht die theoretische Chance, dass ich ihn mit irgendetwas da wegbringe. Wie soll ich ihn überreden, in eine Plastikflasche zu pinkeln, wie Franco im Unterdeck ein paar Stunden zuvor? Das vermöchte nicht einmal das Konzil der Götter.

Inzwischen hat sich auf der anderen Seite der Tramuntana ein Konzil ehemaliger Klassenschönheiten formiert: Jugana, Alma, Senka, Ana. Und ich, als Unterstützung. Sie debattieren darüber, wie sie ihn weglocken können. Ihnen fällt nichts ein, und sie können nichts beschließen, denn es gibt keinen Ausweg.

– Komm, jetzt gesteh ihm schön alles, sagt Alma zu Jugana. Das ist ja krank, Juga.

– Du weißt nicht, was du redest, sagt Ana.

– Was wird er denn machen? Er wird etwas schmollen, und das ist alles. Auch für dich würde es leichter.

– Du kennst ihn nicht, sagt Jugana. Das ist keine Lösung.

– Und wenn du ihm sagst, er soll in dem anderen Klo pinkeln, ins Waschbecken, wenn er denn schon so dringend muss, schlägt Senka vor.

– Ich weiß nicht, sagt Jugana unsicher.

Von der anderen Seite hören wir, wie Mislav gegen die Tür schlägt. Zuerst hat er höflich geklopft, aber jetzt schlägt er.

– He, ruft er, wer ist da drinnen?

Jugana ringt die Hände und ist am Rande der Tränen.

– Mach dir keine Sorgen, tröstet Ana sie, Franco hat ihn erkannt und wird nicht herauskommen, und er wird am Ende ins Meer pinkeln müssen.

– Dann ist es besser ins Waschbecken, sagt Senka.

Jetzt hören wir wieder Mislav, wie er ruft.

– Los, kommen Sie heraus, bitte, auch andere müssen mal!

Und klopft an die Tür wie die Gestapo. Schnell! Schnell!

Das ruft er nicht, aber es ist, als würde ich ihn rufen hören. Schnell, und den Ausweis!

Jugana geht endlich zu ihrem Sohn. Sie geht aufrecht und entschlossen, geradewegs in den Kampf. Wir hören, wie sie sagt:

– Komm, du kannst in die andere Toilette. Da gibt es ein Waschbecken.

– Ich bin kein Ferkel, Mama. So dringend muss ich nicht, entgegnet er ihr.

– Es ist vorbei, flüstert Jugana, als sie zurückkommt.

Dann sage ich zu ihnen:

– Kommt Mädels, wir lösen das Problem.

Ich verlasse das in Panik geratene Konzil vor der nicht funktionierenden Toilette und kletterte auf die Kapitänsbrücke. Barba Zvir kaut Johannisbrotfrüchte und hat sein ganzes Gewicht an das Steuerrad gelehnt und ruht so seine müden Beine von sich selber aus, den unteren vom oberen Teil des Körpers. Ich flüstere ihm ein paar Worte zu, und er gibt nur zurück:

– Verstehe, verstehe!

Dann ruft er:

– Kleineeeeeer! Komm her!

Er erteilt rasch seine Instruktionen, in wenigen Worten, und ich gehe zufrieden hinunter zu den hilflosen, siebzigjährigen Mädels.

– Gleich!, sage ich, sehe Senka an und fühle mich wie ein Rad schlagender Pfau.

– Was?

– Ihr werdet sehen.

Wenige Sekunden später heult die Schiffssirene los. Laut und schmerzend, als würde ein Schweizer Messer im Trommelfell stecken. Sie heult, sie dringt in alle Räume, in den Salon, in die Kabinen, dreht sich an Deck, so wie Mislav, der nicht weiß, was ihn mehr quält, die kleine Notdurft oder jetzt diese Sirene.

– Mein Gott!, sagt Jugana. Du bist verrückt, jetzt wird auch Franco aus der Toilette laufen.

Die Mädels sehen mich an wie einen gefährlichen Irren.

– Wird er nicht, sage ich, er ist intelligent.

Zum Teufel auch, weiß ich, ob er intelligent ist oder ob er herausgelaufen kommt. Ich springe hin und nehme von dem Jungen eine Rettungsweste, ziehe sie über zwecks der Glaubwürdigkeit, und nehme eine zweite und haste zu Mislav.

– Mislav, es sieht aus, als wären wir aufgelaufen, Wasser dringt ins Schiff. Zieh die Weste über.

Mislav ist bleich. Für einen Augenblick hat er Prostata und Blase und das Pinkeln vergessen und zieht jetzt die Weste über, um seinen Kopf zu retten.

– Wir müssen alle ans Heck, sage ich zu ihm und ziehe ihn zum hinteren Teil des Schiffs, der Barba hat das gesagt.

Und so gesellen wir zwei uns zu den anderen, die über die Badeanzüge und -hosen ebenfalls Rettungswesten gestreift haben.

– Was ist passiert?, fragt Vera mit einem Frosch im Hals.

– Wasser dringt ein, aber kein Grund zur Panik. Wir haben Zeit. Jetzt werden die Rettungsboote heruntergelassen, damit wir einsteigen können.

– Man hat nichts gehört, sagt Josip argwöhnisch.

– Das hat man bei der Titanic auch nicht, antworte ich.

– Diese verdammte Musik, kommentiert Vera, wegen der hört man nichts.

– Ich wusste, dass das hier ein Sarg ist, kommentiert Marijan über die Reling gebeugt und spuckt ins Meer. Und was machen wir jetzt in diesen kleinen Rettungsbooten, wo wir so weit weg sind von der Küste.

Das sind wir in der Tat. Die Tramuntana hält direkten Kurs Südwest, aber ziemlich weit vor der Westküste Pags.

– Wo ist Mama?, dreht sich Mislav besorgt um.

– Da bin ich, mein Schatz, meldet sich Jugana hinter seinem Rücken und beruhigt ihn im Nu.

Unterdessen hat Ana bei Franco angeklopft und ihm gesagt, dass die Luft rein ist, und ihn in diesem Durcheinander zu seiner Kabine geführt. Und kommt jetzt zu uns, die wir uns alle besorgt am Heck versammelt haben.

– Es ist vorbei, sagt sie.

Dann klettert Silva, die ebenfalls eine Schwimmweste trägt, zur Kapitänskabine hoch, und bald hört man ihre bekannte Stimme aus den Lautsprechern:

– Sehr geehrte Abiturienten, soeben wurde die Rettungsübung beendet. Sie haben sich ausgezeichnet verhalten, Sie haben sich rasch und ohne Panik bereit gemacht …

– Uns hätte das Herz versagen können, ruft Lidija, Sie sind doch nicht normal. Ich habe gedacht, ich würde sterben.

Aber die Stimme aus dem Lautsprecher bringt uns gute Nachrichten, und der Aufruhr ist niedergeschlagen:

– Sehr geehrte Abiturienten, wegen der gut absolvierten Übung lädt uns Barba Zvir in fünfzehn Minuten zu Käse und Pršut ein.

Jetzt applaudieren wir alle zufrieden, angeführt von Ana und Jugana.

Und Mislav hastet, ohne die Weste abzunehmen, in die frei gewordene Toilette und schließt sich ein. Wir hören das Prasseln bis ans Heck.

– Er wird mir doch wohl nicht die Weste anpinkeln, kommentiert der Barba, der zu uns heruntergekommen ist.

Und so setzen wir die Reise in Ruhe fort. Ich nehme die Gratulationen der Klassenschönheiten für die gut durchgeführte Aktion entgegen. Lediglich Senka sagt:

– Woher wusstest du, dass er nicht herausstürzt?

– Ich wusste es nicht.

Sie überlegt ein wenig, während sie mit einer dicken Scheibe Pršut kämpft:

– Du hast dich verändert. Früher warst du nicht so risikobereit, wenn du weißt, was ich meine, früher hast du nie etwas riskiert.

– Ich weiß nicht, vielleicht wollte ich ja auch, dass er rausrennt, flüstere ich ihr zu.

Das gefällt ihr.

Bei langsamer Fahrt legen wir uns aufs Deck, obwohl keine Sonne scheint. Nach diesem Alarm gibt es keinen Stress mehr. Ich gehe ein paar Mal ins Unterdeck hinunter, wo es unerträglich heiß ist. Die unteren Kabinen besitzen keine Fenster, und die Klimaanlage ist unglaublich schwach. Ich halte mich nur wenige Minuten in der Kabine auf, zu einem kurzen Gespräch mit Franco, und kehre jedes Mal schweißnass zurück, als würde ich der Hölle entstiegen. Auch er ist völlig durchnässt. Er hat einen Eimer Meerwasser bei sich, darin tränkt er ein Handtuch und legt es sich auf Kopf und Brust. Ich sage zu Jugana, dass es unten unerträglich ist, sie aber erwidert:

– Er soll sich noch ein wenig gedulden. Wir sind bald auf Vir. Wenn wir auf Besichtigung gehen, kann er sich frisch machen.

Als wir indessen angelegt haben und Silva uns für den Abendspaziergang an Deck versammelt hat, bleibt Mislav im Salon sitzen. Jugana will ihn mitnehmen, aber er sagt zu ihr:

– Ich habe keine Lust, Mama, geht ihr. Ich bleibe mit dem Barba hier. Und vielleicht meldet sich ja auch Davor, dann ist es besser, wenn ich im Hafen bleibe, damit er mich leichter finden kann. Geht ihr ruhig.

Und so betreten wir den Boden unserer nächsten Destination, Mislav hingegen bleibt an Bord. Ana schafft es gerade noch einmal hinunter zu Franco, um ihm mitzuteilen, dass er noch nicht hinaus kann. Jugana, die ihren Sohn auf dem Deck und ihren Freund in Haft zurückgelassen hat, ist wieder kurz vor dem Zusammenbruch. Sie wird von Depression und Kleinmut gepackt wegen dieser neuerlichen Komplikation, dabei hat sie sich noch nicht einmal von der ersten erholt.

2

Bevor wir losziehen, suche auch ich unsere einzige Toilette auf, die noch vor wenigen Stunden Schauplatz eines Action-Dramas gewesen ist. Ohne dringendes Bedürfnis, nur so, um sicherzugehen, da ich mich auf meine Prostata nicht verlassen kann. Seitdem das angefangen hat, vor zwei, drei Jahren, habe ich mir das Präventivpinkeln angewöhnt. Wenn du irgendwo hingehst, sagt das Gehirn, pinkle, vielleicht gibt es dort keine Toilette. Wann immer du auf eine Toilette stößt, pinkle, wenn auch mit Gewalt, denn ein bisschen was geht immer. Vorsicht mit Getränken, vor allem mit Bier und Kaffee. Und so stehe ich nun präventiv über der Muschel und presse die paar Tröpfchen und den schwachen, intermittierenden Strahl hinaus, wobei ich gut aufpassen muss, mich nicht selbst zu betröpfeln. Außerdem bleibt immer, wenn ich uriniere, irgendwo in einem Behältnis da unten, dessen lateinische Bezeichnung ich noch immer kenne, etwas übrig. Ein paar gute Tropfen, die an einem strategischen Punkt leicht durch die dünne Sommerhose dringen können. Deshalb schüttele ich nicht mehr ab, obwohl ich mein ganzes Leben abgeschüttelt habe, sondern wische ab. So wische ich mich jetzt mit Paloma-Papier ab, so sanft wie feinste, duftende Seide. Und ziehe das Wasser. Die Muschel füllt sich zuerst, als wäre sie verstopft, dann bildet sich ein Wirbel und diese getränkten Papierchen drehen sich ziemlich lange im Kreis, bevor das Loch am Boden sie einsaugt. Vir. Der Wirbel. Da bin ich ja am richtigen Ort, um das zu beobachten. Wer fügt diese Koinzidenzen? Das Gehirn? Gott? Das Weltall, das auch einmal so eingesaugt werden wird? Ich denke darüber nach, während ich den Schlitz zuknöpfe, ich wasche mir die Hände und gehe hinaus aufs Deck. Und dort rufen sie schon:

– Beeil dich, Tiho, du pinkelst schon eine ganze halbe Stunde!

Die Theorie über Vir stimmt natürlich nicht.

– Man nimmt an, erzählt Silva, als wir uns an Land versammelt haben, dass der Name der Insel aus „ueru“, beziehungsweise „veru“ entstanden ist, was Weide bedeutet. Der Name ist natürlich uralt und, vermutlich, altmediterranischen oder sogar keltischen Ursprungs. Über die Insel herrschten nach den kroatisch-ungarischen Königen die Venezianer, die auf dem Kozjak eine Festung errichteten, die heute Kaštelina heißt. Und jetzt machen wir uns an ihre Besichtigung.

Gehorsam folgen wir Silva und ihrem erhobenen, gelben Smiley, das mich unter diesem wolkigen Himmel und in der schrecklichen Abendschwüle an eine kleine, liebe Sonne erinnert.

Nach rund hundert Metern bleiben wir wieder stehen.

– Im 18. Jahrhundert veränderte sich das Aussehen der Insel dramatisch. Sie eignete sich als Weideland, also musste die Viehhaltung irgendwie ausgeweitet werden. Das ist das Jahrhundert, in dem massenhaft Wälder brandgerodet wurden, um Platz für Weideland zu schaffen, worauf dann Schafe und Ziegen den Rest der Wälder fraßen. Die Einwohner erachteten die Wälder nicht als besonders wertvoll, man musste von etwas leben. Und das waren Milch, Käse, Fleisch und Wolle.

Die große ökologische Idee, die auf Goli Otok umgesetzt wurde, nämlich dass der Baum wertvoller sei als der Mensch, fand auf Vir keine Befürworter: Hier war das Schaf wertvoller als der Baum. Dichte Wälder blieben nur noch im Osten der Insel erhalten.

– Das ganze 19. Jahrhundert und einen großen Teil des 20., fährt Silva fort, wanderte die Bevölkerung von der Insel ab. Die Männer fuhren zur See, also blieben auf der Insel vor allem Frauen mit Kindern und ältere Menschen zurück. Später gingen auch die Kinder weg, zum Schulbesuch nach Zadar, Split oder Zagreb. Dieser Trend wurde 1976 gestoppt, als die Brücke über den Privlački Gaz eröffnet und Vir so mit dem Festland verbunden wurde. In dem Moment begann für die Insel eine Zeit intensiverer Besiedelung und einer noch intensiveren Bautätigkeit. Der Tourismus wurde zum wichtigsten Wirtschaftszweig, und um die touristischen Bedürfnisse zu stillen, begann die übermäßige und planlose Bebauung der Insel. In den Neunzigern, nach der Verkündung der Unabhängigkeit, wurde dieser planlose Ausbau fortgesetzt, und Vir wurde die Insel mit den meisten illegal errichteten Häusern an der gesamten Adria. Zumindest konnte man es so in der Zeitung lesen. Lassen Sie uns hier kurz stehen bleiben. Sehen Sie sich dieses Haus an!

Wir stehen vor einem typisch kroatischen Appartementhaus mit drei Etagen und je drei Balkonen auf jeder Etage. Die riesige Anhäufung von Beton ist grau wie der Himmel über uns. Die Wände sind verputzt, aber es gibt keine Fassade. Nur eine riesige Aufschrift, wie ein Schlachtenbummlertransparent, über alle drei Balkone im ersten Stock gebreitet: Appartements.

– Solche Häuser sind eine Tragödie für die gesamte Küste, sagt Silva weiter, und hier gibt es wirklich zu viele davon.

– Und warum sind sie eine Tragödie, Fräulein Silva?, fragt Lidija.

– Unsere Küste ist zerstört. Man sollte das als eine Art Umweltverschmutzung behandeln.

– Das Haus von jemandem sehen Sie als Umweltverschmutzung an? Es stimmt schon, dass es nicht schön ist, auch das in Zagreb, in dem ich wohne, ist nicht schön, aber es ist das Haus von jemandem. Das habe ich gemeint.

– Erstens, sagt Silva, das hier ist Kitsch. Typisch kroatischer, küstenländischer Kitsch. Sehen Sie die Betonbalustraden. Balustraden sind kennzeichnend für Hotels an der Côte d'Azur und in Italien, sie sind Teil einer ganz anderen Architektur, sie passen nach Monte Carlo, aber nicht hierher, nicht zu einem solchen Haus. Das ist ein Detail, das massenhaft bei Appartementhäusern eingesetzt wird. Glauben Sie wirklich, dass jemand, der auch nur ein bisschen Geschmack hat, hier seinen Sommer verbringen will?

– Das, was Sie reden, Fräulein, das ist reines Elitedenken.

– Verzeihen Sie, meine Dame, mit dem nötigen Respekt, das ist kein Elitedenken, sondern gesunder Menschenverstand. Und ökonomische Logik, wenn Sie so wollen, denn wir verlieren immer mehr Gäste wegen der Architektur. Tourismus ist in erster Linie eine Sache des Ambientes und der Architektur, und dann erst des Angebots. Warum gehen die Leute nach Paris und Barcelona? Weil diese Städte schön sind. Die Logik ist einfach.

– Und warum ist das Ihrer Meinung nach Kitsch?, Lidija bleibt hartnäckig. Sie muss irgendwo am Meer ein ähnliches Haus besitzen.

– Weil dieses Haus vorgibt, etwas zu sein, was es nicht ist. Weil es so aufgedonnert ist. Sehen Sie, mit den Balustraden möchte es die Villen von Monaco oder Genua nachahmen, andererseits wird die Funktionalität auf eine ganz eigene Weise behandelt. Sehen Sie sich die Außentreppe zu allen drei Stockwerken an. Auch sie hat Balustraden, aber das ist hier jetzt nicht wichtig, sondern dass wir im traditionellen dalmatinischen Hausbau solche Außentreppen nicht haben. Außerdem ist es viel zu groß. Ein Haus von der Quadratur dürfte, um fürs Auge angenehm zu sein, nicht so hoch sein, sehen Sie, es verdeckt alles hinter sich. Es müsste niedriger sein und gegliederter. Aber das würde auch ein größeres Grundstück bedeuten. Aus diesem schreit heraus, dass es ein Billigbau ist, aber es tut so, als wäre es eine mediterrane Villa.

Ich hatte indes nicht bemerkt, dass uns schon geraume Zeit ein Mann in weißem T-Shirt voller Motorölflecken zuhörte, der wohl in der hoffnungsfrohen Meinung herausgeeilt war, dass Gott ihm eine größere Gruppe Touristen geschickt habe, um diese septemberliche Nachsaison etwas aufzufetten. Er blieb stehen und hörte Silva zu.

– Man hätte gleich Anfang der Neunziger strengere Gesetze über die Bauweise und die Größe von Häusern erlassen sollen. Den Unterschied können Sie gut erkennen, wenn sie die Magistrale von Rijeka nach Dubrovnik hinunterfahren. Die Küste ist voll solcher Scheußlichkeiten, erst wenn sie in die Gegend von Dubrovnik kommen, bessert sich die Situation. Die Häuser sind aus Stein, mit traditionellen Dachziegeln, nicht zu groß, man kann sehen, dass es eine Ordnung gibt.

– Wie würden Sie Kitsch definieren?, fragt Toni, nicht etwa weil es ihn interessierte, sondern um Lidija zu verarschen.

– Als Lüge.

– Ich trete dir in den Arsch, Kleine, verpiss dich! Marsch, weg von meinem Haus!

– Mein Herr, wir sind hier auf öffentlichem Grund, auf der Straße.

– Marsch, weg von hier, ich trete euch in eure fetten Ärsche, verschwindet alle zusammen!

Wir treten den Rückzug an, wir zwölf, vor einem einzigen Mann, der mit den Armen wild gestikuliert und schreit:

– Hergekommen zum Klugscheißen, du rotznäsige Schlampe, ich tret dir in den Arsch, tret ich dir!

Da ist der Spaß vorbei, also zieht sich auch Silva zurück, denn der Mann mittleren Alters, um die vierzig, ist groß und stark, nicht einmal Marijan könnte sich ihm entgegenstellen. Deshalb ziehen wir uns zurück, um nicht einen Skandal zu verursachen.

Auch der Vorfall mit dem Hausbesitzer kann uns nicht daran hindern, die Besonderheiten und Variationen zum Thema Balustraden, Freitreppen, riesige Betonbögen und aneinander gepferchte Häuser, ohne Grün, da die Höfe in Parkplätze verwandelt wurden, zu sehen. Jetzt, am Ende der Saison, sammelt sich auf den großen asphaltierten und verfliesten Flächen das trockene Laub der Feigen- und Olivenbäume, das lange durch die Luft fliegen musste, um hier zu landen. Auf den Balkonen wiederum, hinter den Balustraden, verstecken sich der obligate Draht zum Trocknen der Badesachen und zwei Stühle. Die Balkone sind so schmal, dass nur zwei Plastikstühle Platz finden.

– Allein über die Farbe der Fassaden könnte man eine Doktorarbeit schreiben, beendet Silva ihr Exposé über den Kitsch, und wir streben jetzt zum Abendessen.

Im Restaurant Vir werden wir herzlich empfangen, wie verspätete Gäste und letzte Schwalben dieser Saison, die alt geworden ist, so wie wir. Jugana und Silva gehen zum Briefing mit dem Chef de Salle, um das Menü zusammenzustellen. Etwas nicht zu Teures, aber Frisches. Dieses Mal sind es Makrelen vom Grill und Mangold. Und zur Vorspeise schwarzer Risotto. Wir sitzen alle an einem langen Tisch, alle zwölf, aber wir haben uns wieder gruppiert. Lidija, Vera, Josip und die Klassenlehrerin sitzen jetzt an einem Tischende, wir Übrigen am anderen. Josip hat sich entspannt, aber redet nur mit ihnen. Marijan sieht er nicht an, als wäre er Luft, große, dicke, laute und nicht gerade frische Luft. Eher etwas wie eine stinkende Wolke aus dem Gedärm. Doch ungeachtet dessen bemühen wir uns guter Dinge zu sein. So weit es diese Situation eben zulässt. Jugana funktioniert noch, aber man sieht, dass sie am Ende ihrer Kräfte ist. Und dann bringt uns der Kellner die Schnäpse, damit wir uns selber einschenken: Feigen-, Johannisbrot- und Kräuterschnaps. Nach

Wahl und so viel wir wollen. Für den Preis eines Gläschens können wir drei oder vier trinken. Ob sich das für sie auszahlt, überlege ich für einen Augenblick, aber ich weiß, dass es sich auszahlt, denn sonst wäre es nicht so. Das eine zieht das andere nach sich, denkt der Wirt, man trinkt sofort drei starke Aperitife, man ist bereits angesäuselt, bevor es noch ans Bestellen geht. Und dann bestellt man und sagt, soll doch alles zum Teufel gehen, man lebt ja keine hundert Jahre. Und dann bestellt man auch das, was man sonst nicht bestellen würde, Drachenkopf im Sud, Bernsteinmakrele und all die teuersten Speisen. Sogar Bouteillenweine. Und dazu bleibt einem alles in guter Erinnerung. Und das alles zum Preis von zwei Gläschen Johannisbrotschnaps, den er en gros besorgt, im Kanister, vom Vetter, und den er erst nach der Saison bezahlt. Und wie soll da ein alter Mensch das Leben genießen, wenn er sieht, dass alles Betrug ist, selbst dieser selige Moment, in dem wir alle die Gläschen erheben, scheinbar entzückt, und gleichzeitig sagen:

– Hoch sollt ihr leben, Prost!

Auch das ist Betrug, denn gleich nach dem Trinkspruch und dem rührenden Moment der Gemeinsamkeit fragt Lidija Jugana laut:

– Jugana, wer hat den Plan für diese Reise gemacht?

– Ich, sagt Jugana.

– Dann erkläre uns allen bitte einmal, weshalb wir uns, du verzeihst, diese Scheiße ansehen.

– Was für Scheiße?, fragt Jugana mit rauer Stimme.

– Na, alles das, was wir bisher gesehen haben. Goli Otok, dann diesen Strand, wo sie Drogen nehmen und vor den Leuten kopulieren, sinnlose Appartementsiedlungen und jetzt das hier.

– Du hast wieder nichts verstanden, sagt Jugana, genervt und kurz vor dem Platzen. Sie muss schrecklich wütend sein, um so zu werden.

– Ich habe gut verstanden. Du musst nicht denken, dass ich nicht verstanden hätte. Anstatt dass wir uns Kaštelina ansehen und die Kirche des Heiligen Jure, mittelalterliche Denkmäler, sehen wir uns Appartementhäuser und illegal gebaute Villen an. Und anstatt uns in die alte, mittelalterliche Stadt Nin zu führen, bringst du uns hierher.

– Schau, ich wollte keinen klassischen Reiseplan, verstehst du, Gradina oder Nin haben wir alle schon gesehen, hundert Mal, wir sind alt genug. Ich habe mit Silva gesprochen, wie wir es etwas ungewöhnlicher machen könnten, damit es einen Pfiff kriegt, verstehst du.

– Was mich betrifft, bringt Toni sich als Gentleman ein, ist der Pfiff gut. Wir müssen nicht immer Denkmäler besichtigen.

– Oder das Haus des Kardinals, fügt Marijan hinzu.

– Was hast du, Marijan, gegen den Kardinal?, fragt Lidija beleidigt. Wenn ich richtig verstanden habe, so hat der Mensch in diesem Land noch immer das Recht auf seinen Glauben.

Ein Ausdruck des Angewidertseins zeigt sich auf Juganas Gesicht.

– Auf den Glauben, ja, aber nicht aufs Einschmeicheln.

– Was hast du gesagt?

– Nichts.

– Als ihr mich zu dieser Reise eingeladen habt, habe ich nicht gedacht, dass ihr mich hier beleidigen werdet.

– Erinnere dich nur, wann du angefangen hast zu glauben, nur daran erinnere dich.

– Das ist meine persönliche Sache, wendet sie sich an Silva. Das heißt, Fräulein Silva, Jugana hat die Texte für ihre Führung geschrieben?

– Alte Parteischule, flüstert mir Toni zu. Er weiß es.

– Frau Jugana hat für mich nichts geschrieben, sie hat nur einen Plan erstellt und vorgeschlagen, was wir uns ansehen könnten, den Rest habe ich gemacht.

– Hervorragend.

– Danke.

– Das habe ich ironisch gemeint, Fräulein.

– Ich weiß, sagt Silva beleidigt.

– Kinder, nicht streiten, meldet sich die Klassenlehrerin vom Ende des Tisches, und erst jetzt kann ich mich davon überzeugen, was sie über alte Menschen und die Unsichtbarkeit gesagt hat. Erst jetzt habe ich sie bemerkt, dabei ist der Tag schon zu Ende.

– Entschuldigen Sie, Frau Sruk, aber ich muss mich wehren.

– Na gut, sagt die Klassenlehrerin resigniert, dann wehr dich.

Ich lächele und Lidija durchbohrt mich mit ihrem Blick.

– Glaubst du, ich sehe nicht, was ihr macht, Jugana? Alles nur negativ, uns wird nur das Schlechte gezeigt, Konzentrationslager, Sittenlosigkeit, Gesetzesübertretung, Kitsch, dabei gibt es auf dieser Insel, die du uns als Kitsch zeigen willst, so schöne Buchten, so schöne Orte, unser Meer ist wunderschön, ich habe auch in Hamburg und London und in Barcelona gelebt, nichts reicht an unser Meer heran. Und ihr zeigt uns nur die Schandflecken. Ihr seid schlimmer als unsere Zeitungen.

– Das sind keine Schandflecken, Lidija, das ist die Wahrheit. So ist der Stand der Dinge. Auch Goli Otok ist Geschichte, du weißt das genau, so wie diese kleinen Kirchen. Ich wollte, dass alles so einen Pfiff bekommt, dass es geistreich wird, bei dir hat es offensichtlich nicht funktioniert, und verzeih mir, falls ich dich beleidigt habe.

Jugana hat für kurze Zeit ihre alte Überlegenheit zurückerlangt.

– Und ich will gar nicht davon reden, wie sehr uns dein Sohn und dieser … dein Liebhaber nerven.

Jugana ist zusammengefahren, ich glaube schon, sie wird ihr ins Gesicht springen wie ein wütender Panther.

– Mein Liebhaber und mein Sohn gehen dich nichts an. Ist das klar? Hast du gehört?

– Nicht streiten, Kinder, wiederholt die Klassenlehrerin, resigniert auf einen Punkt starrend, als hätte sie diesen Satz dort abgespeichert.

– Natürlich gehen sie mich etwas an, wenn ich ihretwegen den Alarm hören und die Rettungsweste anlegen muss. Und über die angespannte Atmosphäre brauchen wir gar nicht zu sprechen.

– Was für ein armes, moralisches Würstchen du bist, knurrt Jugana, aber du warst schon immer so. Von Jugend an.

– Lass das, Juga, sie hat Krebs, flüstert ihr Alma zu. Ich höre es, weil ich gleich neben ihr sitze.

Auf der Tramuntana hat sich herumgesprochen, dass Lidija Krebs hat. Deshalb geht sie auch nicht in die Sonne. Die Nachricht hat im Flüsterton die Runde gemacht, von Person zu Person, ist aber irgendwie nicht bis zu Jugana gelangt, die ein anderes ernsthaftes Problem hat.

– Das ist ihr vierter, sagt Jugana laut. Dass es auch Lidija hören kann.

– Was?, fragt Marijan.

– Krebs.

Jetzt beißt sich Lidija vor Wut auf die Lippe.

– Nicht so, versucht Toni abzuwiegeln.

– Wie denn nicht, wenn es so ist. Oder der fünfte. Wenigstens soweit ich weiß.

– Sie wechselt ihren Krebs so wie ich meine Männer, sagt Ana.

– Also hat sie schon drei beerdigt, setzt Senka hinzu.

– Krebswitwe, gibt Marijan noch eines drauf.

Sie war eine Zeit lang zu Jugana zur Untersuchung gegangen, auch in der Absicht, über sie an weitere Kontakte zu kommen, das wussten wir alle. Später kam sie auch zu mir und zu Toni, mit derselben Überweisungsdiagnose. Karzinom von irgendwas.

– So hat sie ihren Vorteil gesucht, sage ich zu Toni.

– Ich hatte keinen Spanienkämpfer zum Papa, knurrt sie von der anderen Seite des Tisches.

Sogar ihren Mundgeruch deuteten manche als Krebsgestank. Jetzt erinnere auch ich mich an Lidija und ihren Gebärmutterkrebs. Die Welt war für sie weicher, wie eine Gummizelle für Irre. Sie bewegte sich in ihrem ausgepolsterten Käfig, wohin sie auch kam. Ihr Mundgeruch und ihre Krankheit gingen ihr voraus, sie waren eine komische und ekelhafte Vorhut ihrer Schönheit, nach der man sich zu jener Zeit auf der Straße recht gern umdrehte. Jugana hat seit dem Gymnasium eine besondere Beziehung zu ihr. Gegenüber allen ist sie tolerant, außer gegenüber Lidija. Lidija ist der Riss in ihrer Welt der Toleranz, sie ist für sie eine Betrügerin. Ich bemerke, wie Jugana interessanter für mich wird, sobald sie diese sterile Welt der Korrektheit verlässt und ein wenig Boshaftigkeit zeigt. In diesen Jahren streben wir alle ernsthaft nach Authentizität, und so wird jener Teil der Persönlichkeit, der sich der Kontrolle entzieht, überzeugend. Lidija ist ein interessantes Beispiel dafür, und wir debattieren jetzt leise über die Diagnose. Zur Zeit des Streits mit Toni war Lidija eine von denen, die vergleichsweise oft zu mir kamen. Heute noch weiß ich bis ins Detail, wie ihre Muschi aussieht: von außen, halb von außen, und bei Gott auch von innen. Meine Diagnose war die Variante einer histrionischen Persönlichkeitsstörung und gehörte nicht in den Bereich der Gynäkologie, sondern der Psychiatrie.

– Mit ihren Krankheiten zog sie die Aufmerksamkeit auf sich, sage ich leiser, damit sie mich nicht hört. Aber das ist auch nicht mehr nötig, denn die vom anderen Teil des Tisches haben jegliche Kommunikation mit uns eingestellt.

– Vielleicht, sagt Jugana, aber es war mehr als das. Sie benutzte die Krankheit, um sich aus heiklen Situationen zu befreien, ich weiß nicht, ob euch das damals schon bewusst war. Wenn bei Gericht oder später, im Ministerium, ihr Chef flog und auch ihr die Ablösung drohte, und sie kam ständig gleich nach dem Chef, streute sie die Geschichte, sie hätte Krebs, und begann zu den Untersuchungen zu mir und zu dir zu kommen. Sie streute sie im Vertrauen, man dürfe ja nichts wissen, die Diagnose, die man bei ihr gerade erstellt habe, sei geheim und auch, dass sie zur Bestrahlung gehe. Dann ließen sie sie. Lasst die Frau, sagten sie, sie ist krank, sie macht es ohnehin nicht mehr lange, wir sind doch keine Unmenschen, wir sind eine humane Gesellschaft. So wurde sie auch Gerichtspräsidentin, als ewige Zweite.

Alle drei haben wir Lidija behandelt, und Toni und ich wissen auch, wie ihre Muschi aussieht. Wie sehr habe ich mich schon von der Medizin entfernt, wenn ich so nachdenke.

Aber da kommt das Essen und rettet uns vor weiterer Kommunikation. Wir essen in drückender Stille, und die Hitze des gesamten Tages hat sich auf uns gelegt und beginnt uns zu würgen. Man hört nicht einmal das Schlagen des Bestecks ans Porzellan. Wir essen schnell auf und machen uns auf den Rückweg, da sich Jugana die ganze Zeit Sorgen macht, was auf der Tramuntana vor sich geht und ob der Freund Mislav abholen gekommen ist.

– Er ist einsam, sagt Ana, während wir gehen.

– Aber er hat nicht im Voraus gefragt, ob er kommen kann, er ist einfach gekommen. Vor vollendete Tatsachen hat er mich gestellt. Das hat er als Kleiner schon gern getan. Er hat mir die Kreuzfahrt verdorben. Ich hatte mich richtig gefreut.

– Kitsch ist Übertreibung, erklärt Silva, die Kunsthistorikerin, Toni das vom fachfraulichen Standpunkt aus. Er heuchelt Interesse, in Wahrheit macht er ihr ein wenig den Hof. Genauer, er schmeichelt sich bei der Jugend ein. Es sieht so aus, als würde er ihr am liebsten all diese Jugend aussaugen wie hohle Knöchelchen und sie dann runzelig und ausgelutscht zurücklassen.

– Auch das, was mir widerfährt, ist Kitsch, sagt Jugana, eine unglaubliche Übertreibung.

– Sei glücklich, sagt Senka, du hast wenigstens dein Kind bei dir.

– Und was ist mit Andrea?

– Sie kommt nicht, wir hören uns nur zu Weihnachten und zu Ostern. So ist das.

– Man weiß nicht, was schlimmer ist, sagt Ana.

Und wir versuchen Schritt zu halten mit Jugana, die, ausgreifend, uns vorausmarschiert.

3

Auf der Tramuntana ist der Barba irgendwohin verschwunden, und Mislav sitzt im Salon und unterhält sich mit Denis, der ihm ein Abendessen bereitet. Er brät Fische. Vor ihm steht der Schnaps, die Makrelen duften, und es sieht so aus, als hätte er nicht vor weiterzuziehen.

– Ist Davor denn nicht gekommen?

– Nein, sagt Mislav, er konnte nicht warten, er musste zu einer Sitzung nach Zadar. Dort wird er auf mich warten, dann fahren wir gemeinsam nach Šibenik.

– Aber wie, murmelt Jugana, du musst etwas bezahlen. Du kannst nicht so, du isst hier und schläfst.

– Mach dir keine Sorgen, ich habe alles mit dem Barba geklärt. Er ist ein großartiger Mensch. Ich werde zwei Tage und das Abendessen bezahlen. Das ist okay. Ich hätte nur eine Nacht hier schlafen sollen, und nun sind es zwei. Das ist doch nicht so schrecklich, Mama?

– Nein, antwortet Jugana und wischt sich mit der Hand müde den Schweiß von der Stirn.

Wir haben wieder im Salon Platz genommen, verursachen Aufregung und Lärm. Lidija und Vera sind in die Kabine gegangen, wohl um sich umzuziehen, Josip hat sich an die Seite gesetzt, und Senka und mich zieht es an die Bar. In diesem Augenblick ist auch der Barba zurück, griesgrämig.

– Wie wird das Wetter, Barba?, fragt Denis.

– Nicht gut, nein, kommt aus seinem Bart, gelispelt, unverständlich, als wären auch seine Wörter struppig. Das Barometer ist etwas gestiegen, und es könnte ein Unwetter aufziehen.

– Ich glaube nicht, sagt Denis, während er uns die kleinen Stellas öffnet, auf dem Satellit habe ich nichts gesehen.

Doch der Barba ist vorsichtig, als würde ihn das Unwetter vom Rücken her anspringen und als müsste er mit seinem Schiff untergehen.

– Ist das Schiff versichert?, fragt Toni.

– Na ja, aber …, er hält inne, aber wir wissen alle, dass dieses aber nur einen geringen Schaden meint, damit die Versicherungsrate nicht so hoch ist wie bei dem Bankkredit.

– Das Meer lässt nicht mit sich spaßen. Das ist eine verflixte Sache, und dabei gibt es so viel davon auf der Welt.

Eine schwere Schwüle, wie sie für den September eher untypisch ist, hat sich auf uns und die Tramuntana gelegt. Wir sitzen am Tisch am Heck und trinken, die Tür zum Salon steht offen und ist festgebunden, wie immer, und auch die Tür zum Bug und zur Treppe, die ins Oberdeck führt, steht offen. Wir entspannen uns ein wenig nach dem Streit im Restaurant, nur Jugana ist noch angespannt.

Und dann, durch den leeren Salon, kommt Franco auf uns zugeschritten. Uns gefrieren die Gesichtszüge, ich habe sogar aufgehört zu kauen. Jugana ist ebenfalls zu Eis erstarrt, wir sitzen alle da wie im Schloss von Dornröschen, nachdem sie sich gestochen hat. Die Szene hat etwas Unwirkliches. Franco kommt bleich und verschwitzt auf uns zu, wie niedergeworfen von einer schweren Krankheit. Mislav sieht ihn an, als hätte er eine außerirdische Erscheinung. Dann ein wenig seine Mama, dann wieder Franco. Er hat sich entspannt, er hat wirklich geglaubt, dass er nicht an Bord ist, und nun sieht er ihn wie den Geist von Hamlets Vater, eine schwere und unverdauliche Wahrheit. Und so kommt Franco, und Jugana ist aufgetaut, ist ein wenig zu sich gekommen, steht auf und sagt:

– Schön, Franco, dass du wach bist, Mislav ist hier.

Franco indessen geht an ihr vorüber, als existiere sie nicht. Fast schiebt er sie zur Seite, als sie sich ihm in den Weg stellt. Mislav wiederum hat sich gefangen, er macht ein gehässiges Gesicht und dreht sich zu Jugana um:

– Mama, was macht der hier? Mama, was ist das?

Franco ist in der Zwischenzeit an den Tisch gekommen, so verschwitzt, die Wut dringt aus seinen Poren. Er ist vor Mislav stehen geblieben, der ebenfalls aufgestanden ist. Auch dieses Mal gibt es keine Jugana, um ihn zu hindern.

– Mit ihm werde ich mich nicht an einen Tisch setzen, Mama. Ich gehe draußen etwas trinken.

Platsch!

Die Ohrfeige hallt in der Stille wider.

Mislavs Kopf ist ein wenig zur Seite geflogen von dieser Ohrfeige. Jetzt hat sich auch der Barba erhoben, und Denis ist aus der Küche gekommen.

Es kommt indessen nicht zu einer Schlägerei. Franco schenkt Mislav, nachdem er ihn geohrfeigt hat, keinerlei Beachtung mehr. Und der steht verdutzt da, mit der Hand auf dem Gesicht, das brennt. Franco setzt sich ruhig hin und sagt:

– Barba Zvir, möchte ich ein Essen.

– Ich möchte etwas essen!, bessert ihn Ana aus.

Mislav steht noch immer da. Er sieht seine Mutter an, sie mit der Hand auf dem Mund, er mit der Hand auf der Wange, dann sieht er auch uns an, die wir wie versteinert dastehen, und begreift, dass wir ihn alle angelogen haben. Und Jugana sieht ihn jetzt an, alt und gebeugt, doppelt so alt wie Franco, der auch nicht gut aussieht. Und dann beginnen Mislavs Lippen zu zittern, sie zittern eine ganze Weile. Und als der Barba und Denis sehen, dass es keine Prügelei gibt, setzen auch sie sich ruhig an den Tisch. Und Mislav bricht in Tränen aus. Zuerst weint er mit dem Rücken, denn die Zuckungen übertragen sich von den Lippen auf den ganzen Rücken, auf die Schulterblätter, er beginnt zu greinen wie ein kleines Kind. Mir wird übel, als ich den ergrauten Mann sehe, wie er heult, wie ihm die Tränen in den Mund rinnen und er, immer kleiner, immer gebeugter, sie ausspuckt, und wie Franco isst, als Einziger von uns. Er bewegt sich als Einziger.

Jugana stürzt hinzu, nimmt Mislav in die Arme. Sie küsst ihn auf sein graues Haar.

– Nicht weinen, mein Herz, sagt sie, bevor auch sie zu weinen beginnt.

4

– Jeder Abend wird schlimmer, sage ich zu Senka, als wir uns in meine Kabine verflüchtigt haben, die offensichtlich nicht mehr nur meine sein wird, denn Mislav schläft jetzt bei Mama, und Franco schmachtet in seinem Gefängnis, in dem er vielleicht sogar bis zum Ende der Kreuzfahrt bleiben wird, weil er sich mit Jugana zerstritten hat. Sie hat versucht, kaum dass sie ihren Sohn beruhigt und zu Bett gebracht hat, auch Franco zu trösten, aber der will überhaupt nicht mit ihr reden. Ruhig isst er zu Ende und setzt sich allein an den Bug, wo zwei Abende zuvor Senka und ich gesessen haben.

– Juga, lass ihn sich ein bisschen abkühlen, sagt Ana. Es sieht allerdings nicht so aus, als würde sich Franco so bald abkühlen.

Ich ziehe mich aus und den kurzen Sommerpyjama an, völlig frei, vor ihr, damit sie sieht, mit wem sie es zu tun hat, falls es bis zum Ende dieser Abireise überhaupt zu etwas kommen sollte. Sie benimmt sich, als wäre das für sie normal und als hätten wir das ganze Leben gemeinsam verbracht, ohne diese Pause von fünfunddreißig Jahren. Sie dreht sich allerdings doch um, als sie sich selbst umzieht. Ziemlich freizügig zeigt sie mir ihren markanten, runden Po, aber das Übrige will sie mich nicht sehen lassen. Ihr Nachthemd ist sogar ziemlich geschlossen, vor allem für die Verhältnisse, in denen wir uns befinden. In der Kabine herrscht noch immer drückende Schwüle, und so schalte ich den Ventilator ein, der ein Lüftchen erzeugt, das dem allerschwächsten Maestral gleicht, ein kaum bemerkbares Strömen der Luft.

– Ich gehe hinauf und stelle mich an zum Duschen, sagt sie und klemmt ihr Necessaire unter den Arm. Und danach gehst du.

– Wenn ich in der Zwischenzeit nicht einschlafe.

– He, das wirst du schön bleiben lassen, Schwein, dreckiges. Wir müssen reden. Und außerdem, wir haben heute nicht gebadet.

Ich warte lange. Das Problem ist nicht das Bad, sondern klarerweise das WC. Ich spaziere zweimal hinauf an Deck, um zu sehen, ob die Schlange kürzer geworden ist, und sehe, dass sie sich nur sehr langsam bewegt. Vor der Tür hat sich eine Schlange aus siebzigjährigen Abiturienten in Pyjamas gebildet, mit Necessaires in den Händen. Marijan hat freilich kein Necessaire, sondern nur eine Zahnbürste, auf die er die weiße Paste mit den zwei roten Streifen gedrückt hat und die er beim Warten waagerecht halten muss, damit sie ihm nicht hinuntergleitet. Hinter ihm steht Josip in einem langen, gestreiften Winterpyjama, der ziemlich verschlissen ist. Ich weiß nicht, wer als Erster angefangen hat, im Pyjama zum Duschen zu gehen, vielleicht ist es auch spontan passiert, du rennst rauf, dass dich niemand sieht, im Dunkel und in später Nacht. Aber jetzt, mit dem Toilettenschaden, hat sich alles verkompliziert. Und diese späte Pyjamasituation hat die gute Laune nach der Ohrfeige wieder zurückgebracht. Ich meinerseits, umhüllt vom Dunkel auf der anderen Seite des Decks, ziehe zwei Gummireifen heran, stelle mich drauf und pinkele ruhig über die Reling ins Meer vor Vir. Gerade bin ich am Abschütteln, das muss ich mehrmals und gründlich, damit es nicht tropft, als aus der Dunkelheit Marijan auftaucht.

– Halt mal die Bürste, sagt er, und ich steige von den Reifen und nehme sie vorsichtig, als nähme ich ein Fläschchen Nitroglyzerin entgegen, und er klettert hinauf, öffnet den Schlitz am Pyjama und beginnt aufs Meer hinaus zu urinieren. Er hat einen dicken, gesunden Strahl, mit dem er weit zielen kann.

Und genau in diesem Moment taucht aus dem rechten Bad der kleine, graue Kopf unserer Klassenlehrerin auf.

Und was sieht die Klassenlehrerin? Zwei alte Typen in Pyjamas, von denen einer auf den Gummifendern steht und ins Meer pinkelt und der andere eine Bürste mit Zahnpasta in der Hand hält, als wollte er sie im nächsten Moment unter den gelben Strahl halten, um anschließend seine Brücken und teuren Implantate mit Keramiküberzug zu putzen.

– Marijan, ich denke, das ist unanständig, kommentiert Frau Sruk ohne viel Entrüstung. Sie hat schon alles Mögliche im Leben gesehen.

– Entschuldigen Sie, Frau Lehrerin, ich tue es nicht wieder, sagt Marijan, aber er kann nicht aufhören. Wenn es einmal läuft, muss man es bis zum Ende laufen lassen. Die Klassenlehrerin indessen hält sich irgendwie an der Reling fest und schlurft zu ihrer Kabine, und Marijan sagt:

– Und so, Tiho, ist das schon mein ganzes Leben lang. Was immer ich anstelle, sie kriegen mich sofort. Du erinnerst dich, schon in der Schule. Ihr konntet immer alles Mögliche anstellen, den Unterricht schwänzen und Kleinigkeiten klauen im Umkleideraum der Turnhalle und von Spickzetteln abschreiben. Mich kriegten sie immer gleich und sagten: „Der Rädelsführer." Erinnerst du dich an dieses Wort, „Rädelsführer"?

– Ja!, muss ich Marijan diese pechbehaftete Seite seiner Existenz zugestehen, ich frage ihn lediglich nicht, wieso sie ihn nicht gekriegt haben, als er geklautes Material aus dem Magazin verscherbelt oder es auf die Baustelle seines Hauses in der Voćarska gebracht hat.

Nach dem Abenteuer mit dem Pinkeln werfe ich einen Blick auf die Schlange vor dem WC, Senka ist mit Pinkeln noch nicht dran gewesen. Ich kehre in die Kabine zurück und sinke, während ich auf Senka warte, langsam in den Schlaf. Ich weiß nicht, wie lange es dauert, mir kommt es wie ein paar Sekunden vor, kaum dass ich die Augen zugemacht habe, als sie mich schon weckt.

– Geh jetzt rauf, es ist frei.

Und so gehe ich, ganz offiziell, mit meinem Necessaire zum Duschen. Um der alten Liebe im Bett nichts vorzustinken.

Als ich zurückkehre, erwartet sie mich auf die Ellbogen gestützt im Bett, das kleine Lüftchen weht aus dem Ventilator, ein diskretes Leselicht brennt hinter ihr, und sie wirkt vollständig wach.

– Ich würde dich gerne etwas fragen.

– Frag!, strecke ich mich neben ihr aus, gebadet und duftend. Und man weiß nicht, was schöner duftet, die Milch für trockene Altershaut, die mir Sara gekauft hat, oder mein Drakkar, das ich von Tanja zum Geburtstag bekommen habe. Mir scheint, dass ich mit diesen Düften irgendwie auch Frau und Tochter mit mir trage, sodass wir auf der schmalen Koje jetzt zu viert sind.

– All diese Jahre hast du Mamas Grab gepflegt?

– Das ist ein zu gewaltiges Wort, sage ich, ich habe es nicht gepflegt, sondern ich habe eine Kerze angezündet. Es liegt auf dem Weg, wenn ich von den Arkaden zu den Meinen gehe.

– Und du hast Blumen aufs Grab gelegt?

– Ja. Zu Allerheiligen.

– Da siehst du, so bin ich mit dir irgendwie in Verbindung geblieben. Ich bin nicht oft zu Mama gegangen, du konntest im Übrigen sehen, dass es keine Blumen gab, aber jedes Mal, wenn ich kam, habe ich etwas vorgefunden. Entweder einen verwelkten Strauß oder eine leere Grableuchte. Und das hat mir geholfen, ich hatte das Gefühl, dass jemand auf mich aufpasst. Und ich hatte Gewissensbisse. Aber jetzt interessiert mich: warum?

– Was warum?

– Warum hast du das getan?

– Ich weiß nicht. Aus Gewohnheit vielleicht. Was willst du plötzlich mit diesen Blumen?

– Tiho, das war nicht aus Gewohnheit. Du hast dabei doch wohl etwas empfunden?

– Natürlich, in der ersten Zeit. Immer wenn ich am Grab deiner Mutter war, habe ich mich auch an Papa erinnert und wie wir zusammen Ausflüge gemacht haben. Es ist mir lieb, wenn ich mich an die beiden erinnere. Denn an Papas Grab denke ich an etwas anderes, da denke ich an meine Mutter und ihn. Dort kann ich nicht an das denken, was später geschehen ist. Ich habe das Gefühl, als wäre das ungehörig. So hat sich alles irgendwie vermischt. Aber es lag auch auf dem Weg.

Wieder runzelte sie die Stirn, über ihr Gesicht flog ein Schatten.

– Und das bedeutet dir viel?

– Was?

– Das, was wir gehabt haben, Tiho, wie was?

– Senka, es sind fünfunddreißig Jahre vergangen …

– Ja, sagt sie, und du pflegst die ganze Zeit das Grab meiner Mutter.

– Schau, natürlich bedeutet es mir etwas. Das ist ein Teil meines Lebens.

– Versteh mich nicht falsch, aber ist dir nicht in den Sinn gekommen, dass es mich vielleicht verletzen könnte, dass sich mir etwas im Magen zusammenkrampft, wenn ich das sehe?

– Jetzt hast *du* gesagt, dass es dir lieb war.

– Und es war mir auch lieb. Und es hat mir auch den Magen zusammengekrampft, wenn du es wissen willst.

– Gut, sage ich, entschuldige, dass ich das Grab deiner Mutter gepflegt habe.

– Du musst nicht zynisch sein. Ich habe das Gespräch nicht deshalb angefangen, damit wir uns streiten.

Dann schwieg sie und holte tief Luft, als schickte sie sich an, etwas Wichtiges zu sagen.

– Eigentlich wollte ich dich etwas Einfaches fragen. Eine einfache Frage.

– Dann frag!

– Hast du das getan, um mich *absichtlich* zu verletzen?

– Du bist verrückt!

– Nein, Tiho, ich muss es wissen.

– Natürlich nicht.

– Denn hättest du es absichtlich getan, wäre es deine Art gewesen. Ich denke, das ist dir klar.

– Ich weiß nicht, was meine Art gewesen wäre, aber das hier ist absurd. Lass uns schlafen!

Und schon streckte ich die Hand aus, um das Lämpchen über dem Bett zu löschen.

– Warte! Das heißt, es war dir lieb, dass wir zusammen waren?

– Das war es, Senka, das habe ich dir schon gesagt.

– Und du hasst mich nicht?

– Nein.

Sie sieht mich aufmerksam an. Sehr aufmerksam, sie fährt mit dem Blick über mein Gesicht, als wollte sie es sich einprägen oder auf ihm etwas lesen, was selbst mir verborgen ist. Und dann geschieht das, wovor ich mich schon gestern gefürchtet habe. Sie fängt an zu weinen. Zuerst werden ihre Lippen schmal, sie werden dünn wie eine rote Linie, dann kräuselt sich die Nase, die Wangen heben sich und ihr sonst so schönes Gesicht verwandelt sich in etwas, worüber wir uns wundern.

– He, sage ich, es ist alles in Ordnung. Wir sind hier, wir leben noch.

Jetzt verkrampft sie sich schon vor Weinen. Sie weint dem Leben nach, das vergangen ist, denke ich, und etwas schnürt mir die Kehle zu. Vielleicht sollte man jetzt auch diesem Leben eine Friedhofskerze anzünden?

Der Zwerg aus dem Stadtcafé

1

Meine Mutter weilte am 1. Juli 1959 genau acht Monate und elf Tage im Reich der Toten, und in ihrem Terminkalender stand unter diesem Datum: „Junge, würden wir nicht sterben, könnte man niemanden von uns ernst nehmen. Dein alter Onkel Milan war ein Lügenbold und Clown, aber seit er tot ist, denkt das niemand mehr von ihm. Deine Großmutter Jozefina war eine konservative Kleinbürgerin, aber seit sie tot ist, denke auch ich das nicht mehr von ihr, und glaub mir, niemand hat sie mehr gehasst als ich. Unser Nachbar Boro, in der Medulićeva, ich weiß nicht, ob du dich überhaupt an ihn erinnerst, war ein Trinker, aber als er starb, sagten wir alle, er habe vor dem Tod vom Alkohol gelassen. Alles das schreibe ich dir, damit du siehst, dass auch der Tod seine guten Seiten hat. Einigen von uns hilft er, wenigstens einmal im Leben etwas Ernstes zu werden."

– Und was sagt Mama?, fragte Senka, die neben mir lag und mir angriffslustig ins Gesicht sah, während ich las. Seit ich mich vor dem Einschlafen regelmäßig mit Mutters Tagebuch vereinte, bemerkte ich bei Senka eine gewisse Eifersucht, als hätte sich plötzlich jemand Drittes in unser Bett gedrängt. Die seltsame Auferstehung der längst verstorbenen Schwiegermutter, die sie nie kennengelernt hatte, war für Senka kaum zu ertragen. Für ihre Freundinnen, deren Schwiegermütter noch lebten, war es leichter: Sie konnten sie offen hassen. Und was das Beste war, die Umgebung verstand sie, und zu einem guten Teil verstanden sie auch ihre Männer. Aber was sollte man mit einer Schwiegermutter machen, die plötzlich auferstanden war, sich ins Ehebett drängte und jeden Abend störte? Besonders fatal war, dass sie die Tote keineswegs als Gefahr sah und sie sogar öfter zitierte, um mich freundlich zu stimmen, und dass sie ihr dieses Vertrauen durch ihr unverhofftes Wiedererscheinen lohnte. Für mich wiederum machte Senkas Eifersucht Mutter immer realer, und ihre Worte, in der kleinen zittrigen Handschrift einer Schmerzen Leidenden geschrieben, einer Handschrift, die immer schwerer lesbar wurde, begannen langsam auch eine klangliche Komponente zu gewinnen. Einzelne Wörter wie „Lügenbold und Clown" oder „in der Medulićeva" oder „Tod" hallten mir genauso im Bewusstsein nach, wie sie sie ausgesprochen hatte. Nach einiger Zeit kam es mir so vor, als ob es in diesem Tagebuch kein einziges Wort gäbe, das sie nicht schon früher so gesagt und das ich, was besonders seltsam war, nicht als Klang behalten hätte. So lösten die Buchstaben die Laute aus, und die Laute die Mundstellung, die Mimik und das ganze Gesicht.

– Und was sagt Mama?, wiederholte sie, für den Fall, dass ich es nicht gehört hätte.

– Sie sagt, dass die Toten für uns Lebende gefährlich sind, weil wir ihnen allzu viel nachsehen.

– Du lügst, sagte sie, das sagt sie nicht.

Sie schob das Kissen weg und drehte sich auf die andere Seite, um ihre Verachtung zu zeigen.

– Sie sagt, ich solle mich vor den Frauen hüten, sagte ich versöhnlich.

– Das würde ich dir auch sagen, wärst du mein Sohn. Schlaf jetzt! Morgen müssen wir früh raus.

Am Nachmittag hatte Indira angerufen und Senka geklagt, es gebe niemanden, der sie nach Crikvenica bringen könne, dass sie aber mit dem Kleinen gern hinunterfahren würde zu Roman. Sie hatte noch gemeint, normale Architekten würden das Haus nur entwerfen und das Bauen dann den Bosniern und Albanern überlassen, während Roman jedes Detail beaufsichtige.

– Würden sie ihm die Aufsicht wenigstens bezahlen, waren ihre Worte gewesen, aber nein, alles das für den Ruhm, scheiß auf den Ruhm. Aber das Kind fragt nach ihm.

Und so hatten wir uns verabredet, das Wochenende in Crikvenica zu verbringen, im Hotel Therapia.

Am Morgen enterten wir den Käfer. Indira und ich vorne und Senka hinten mit Andrea und Nenad. Wir starteten früh, und ich hoffte, es in vier Stunden zu schaffen, ohne allzu schnell zu fahren, indessen mussten wir alle halbe Stunde stehen bleiben, damit Andrea sich übergeben konnte. Zuerst blieben wir beim Motel in Donja Dobra stehen, wo sie das Abendessen von sich gab. Ich hielt vor dem Motel oberhalb des Flusses, und wir setzen uns auf die Terrasse, während Senka Andrea im WC säuberte.

– Hast du ihr denn nichts gegen Reisekrankheit gegeben?, fragte ich, als sie zurückkamen.

– Ich will sie nicht wegen jeder Kleinigkeit mit Medikamenten vollstopfen, fuhr sie mich an. Du würdest nur zu gern ein Problem lösen, machst dir aber keine Gedanken, wie.

– Medikamente sind dazu da, dass die Menschen sie einnehmen.

– Ich habe gelesen, dass sie den Gleichgewichtssinn negativ beeinflussen.

Ich zeigte ein überhebliches Lächeln:

– In welchem Blatt hast du das bitte gelesen? In der *Arena?*

– Du bist richtig widerlich!

Hier fing ich mit dem Blick auf, wie Indira, Nenad und Andrea uns bestürzt ansahen, während wir uns gegenseitig zu übertrumpfen suchten. Dann blieben wir in Severin stehen, in Skrad, an der Straßenbucht bei der Abzweigung nach Lukovdol – Andrea, die Ärmste, erbrach sich, und ich dozierte „hier wurde unser großer Dichter Ivan Goran Kovačić geboren, in diese Ferienschule wirst du in drei Jahren gehen" –, vor Delnice, in Delnice und hinter Delnice, in Gornje Jelenje und natürlich nach den Serpentinen, als wir von Jelenje hinunterfuhren. Als wären wir auf Besichtigungstour im Gorski Kotor.

Als wir gegen zwölf die Zimmer belegt und unsere Sachen abgestellt hatten, lief Andrea, der es besser ging, kaum dass sie sich aus dem Auto herausgewurstelt hatte, in Indiras Zimmer, um mit Nenad zu spielen. Senka wiederum begann aus ihrem riesigen Koffer unsere Sachen herauszunehmen und in den Schrank zu legen. Das tat sie weder routiniert noch rasch, wie man erwartet hätte, sondern ausgesprochen sorgfältig und irgendwie theatralisch, als spielte sie die fürsorgliche Ehefrau. Der Anblick dessen, wie unsere Sachen im Koffer vermischt waren, flößte allerdings Hoffnung ein. Unsere Kleidung hatte sie so gepackt, dass sie möglichst wenig Platz einnahm, rational, so wie sie es in einem Reisehandbuch gelesen hatte, das sie aus der Schweiz mitgebracht hatte. Und das vermittelte ihr das Gefühl, eine Frau von Welt zu sein. Ihr Seidenrock lag zusammengelegt in einer Baumwollhülle auf meinen Jeans und meine Strickjacke, für den Fall, dass es kühl werden sollte, auf ihrer Regenjacke aus grünlicher Ballonseide. Einer meiner Mokassins lag neben ihrem Necessaire, während einer ihrer Stöckelschuhe eine weiche Bleibe zwischen meinen Hemden gefunden hatte. In diesem Koffer waren wir ein Paar, das sich liebt. Jetzt nahm sie das alles heraus und legte es in den Schrank: Ihres auf die eine, Meines auf die andere Seite.

Wir aßen auf der Terrasse zu Mittag, unter Palmen. Der Kellner war älter als das Hotel, und so hatten wir zwischen den Gängen genügend Zeit zum Gespräch. Roman, Indira, Senka, ich und unsere Kinder.

– Los, wer hat seine Suppe früher aufgegessen, ohne dass eine Nudel zurückbleibt?, sagte Indira zu den Kindern. Roman war irgendwie abwesend. Senka schnitt auf dem Teller das Kalbskotelett für Andrea klein, und ich sah ihr dabei zu. Auf einmal kam sie mir älter vor, zum ersten Mal fielen mir an ihr die Jahre auf. Immer seltener wechselte sie in ihre fröhliche Stimmung, wenn sie das kleine Mädchen spielte.

Nach dem Essen besichtigten wir die Baustelle. Sie war imposant: aus der felsigen Höhe oberhalb der Halbinsel Kačjak ragte, wie ein großer Balkon, eine Betonplatte heraus, darauf das Wohnzimmer der Spediteursvilla, während die übrigen Räume und Nebengelasse nach hinten hinaus lagen, als eine Art Gegengewicht. Dieses teilweise hängende Haus war Romans drittes derartiges Projekt, und hier hatte er sich besonders viel Mühe gegeben. Als wir uns ein wenig abgesetzt hatten, flüsterte er mir zu:

– Hör mal, Alter, ich brauche deine Hilfe!

Ich wusste, was das bedeutete.

– Bring sie zu mir, wenn ich Dienst habe, und wir putzen sie aus.

– Hör zu, an der liegt mir etwas.

– Wann war ich einmal nicht vorsichtig? Sag, wann?

– Wenn sie dich fragt, ob sie schwanger bleiben kann, sag ihr, dass sie es kann.

– Das sage ich immer, aber ich spreche auch über die Risiken.

– Das habe ich gemeint, wälzte er die Worte im Munde, aber dass du ihr nicht zu viel davon erzählst. Und was ist dein Problem?

– Der Inspektor aus der Vlaška denkt, ich hätte sie geschlagen. Vor allem, nachdem Toni behauptet hat, ich hätte Karmen verprügelt.

– Ich habe es dir gesagt.

– Er behauptet, es sei ihm zufällig herausgerutscht, er habe es nicht gewollt, es sei so passiert.

– Einen Scheiß, zufällig, sagte Roman.

Den Samstag verbrachten wir am Strand auf Kačjak, und Roman kam von Zeit zu Zeit von der Baustelle und spielte mit den Kindern. Indira sprach viel mit Senka, wenn er nicht da war, und sie schienen ein ernstes Gespräch zu führen. Unversehens brach Indira in Weinen aus, beruhigte sich aber rasch wieder, damit der Kleine nichts bemerkte. Als ich aus dem Wasser kam, fing ich einen Teil des Gesprächs und Senkas Satz auf:

– Warum verlässt du ihn nicht?

Auf der Rückfahrt erbrach Andrea weniger als auf der Hinfahrt. Wir hatten Indira und Nenad in Crikvenica gelassen und schwiegen die ganze Fahrt.

Erst vor Zagreb fragte ich sie:

– Auf dem Kačjak hast du Indira gesagt, dass Roman etwas mit einer hat?

– Sie weiß es schon.

– Aber du hast es gesagt.

– Ja.

– Weshalb?

– Deshalb. Damit ihr klar wird, dass wir alle es wissen. Damit sie sich endlich von ihm trennt, und nicht, dass sie nur davon spricht.

2

Im Dienst war zum Glück nicht viel zu tun, und irgendwann gegen elf, als sich alles beruhigt hatte, kam Roman mit dem Mädchen. Sie war sehr jung, verängstigt, und ich roch Schweiß, vermischt mit Parfüm. Schon oft hatte ich diesen Schweißgeruch vor einer Kürettage wahrgenommen, so riecht die Angst. Er dringt durch die Haut und überlagert alle anderen Gerüche. Sie trug Jeans mit weitem Schlag, die Hosenbeine mit kleinen Blumen verziert, und Stiefel mit hohem Blockabsatz, obwohl es heiß war. Zuerst führte ich sie ins Behandlungszimmer zur Untersuchung, und Roman kam uns nach. Ich hatte gedacht, er würde draußen bleiben, aber er betrat den Raum.

– Vielleicht möchte das Fräulein ..., fing ich an, aber sie unterbrach mich:

– Er soll bleiben!

Sie zog sich aus, blieb nur in Höschen und Hemd und legte sich auf den Stuhl. Die Arme hielt sie starr am Körper. Ich kannte solche Starre, am liebsten würde sie sich in nichts auflösen. Oder sie hoffte, wir würden uns auflösen. Ich schob ihr das Hemdchen hoch und betastete ihren Bauch, dann fuhr ich hinunter und begriff, dass sie im Höschen geblieben war.

– Wir werden das Höschen ausziehen müssen, sagte ich vorsichtig.

Sie errötete, fasste das Höschen am Saum und zog es bis zur Höhe der Knie hinunter, dann kehrte sie in ihre ursprüngliche Stellung zurück. Ich nahm das Höschen vorsichtig, um nicht ihre Haut zu berühren, und zog es ganz hinunter. Bisher in meiner Karriere hatte ich Frauen nicht das Höschen ausziehen müssen, die hier war ausnehmend jung. Mir kam der Gedanke, sie könnte vielleicht nicht einmal achtzehn sein. Das Höschen blieb an einem Bein hängen, so wie Juganas Strumpfhose.

– Sie sind volljährig, nicht war?

In ihrer Panik sah sie zu Roman, und er sagte:

– Ja ... in ein paar Monaten.

Ich drehte mich um und sagte zu ihr, sie solle sich anziehen und draußen warten. Roman stand da mit besorgtem Gesichtsausdruck.

– Du bringst mich in eine sehr unangenehme Situation, sagte ich.

– Hör mal, Alter, wenn sie volljährig wäre, bräuchten wir keine Beziehungen. Du wirst doch wohl keine Probleme machen.

Ich stand da und überlegte. Ich wollte dem Freund helfen, aus der unangenehmen Situation herauszukommen. Und ich brauchte auch seine Beziehungen zur Staatssicherheit. Ich redete mir indessen ein, dass ich es aus Freundschaft tat.

– Wenn du es nicht tust, weiß ich nicht, was ich machen soll.

Roman wirkte verzweifelt.

– Mir ist an Indira gelegen, verstehst du, und der Kleine ist auch noch da. Alter, das steht alles auf dem Spiel, wenn sie das Kind kriegt.

– Du weißt, dass gegen mich ermittelt wird.

– Niemand wird es erfahren.

– Schon, aber was, wenn es Komplikationen gibt?

– Hör zu, ich weiß nicht, was ich dir sagen soll. Du weißt selbst, ob du es kannst. Aber wenn wir es nicht machen, bin ich fertig. Ich war noch nie in einer solchen Situation.

– Gut, dann bete zu Gott, dass alles in Ordnung geht.

Ich zuckte mit den Achseln. Meine Karriere stand in diesem Augenblick auf dem Spiel, aber Freundschaft ist Freundschaft, wie damals, als wir in Mrazovićs Wohnung eingedrungen waren.

– Gut, also bring sie her, und ich rufe die Schwester. Sie wird ein Formular ausfüllen, soll sie schreiben: geboren … sagen wir … dreiundfünfzig. Das war das Jahr, in dem wir uns kennengelernt hatten. Unsere Freundschaft war schon volljährig und konnte im Rahmen der Legalität kürettiert werden.

Er ging hinaus und kehrte rasch mit entsetztem Gesichtsausdruck zurück.

– Sie ist weg!

– Wie weg?

– Genau so. Sie ist weg, verdammt, jetzt stecke ich total in der Scheiße!

Ich ging hinaus, das Wartezimmer war leer. Wir sahen den Flur hinunter, kehrten zurück und gingen zur anderen Seite, aber das Mädchen war nirgends zu sehen.

– Wie heißt sie?, fragte ich. Es war nicht ganz klar, weshalb ich das fragte, aber mir schien, als könnte der Name helfen.

– Mia, sagte Roman.

Und so suchten wir Mia gut zwanzig Minuten auf der Station. Ich fragte die Schwestern:

– Haben sie ein Mädchen gesehen, so groß, brünett, langes Haar, in Jeans …

Wer weiß, was die Schwestern dachten. Wir beide, atemlos, suchten ein Mädchen, als wäre uns ein Schwein zum Schlachten entlaufen. Und dann sagte Roman:

– Vielleicht ist sie draußen?

– Was sollte sie draußen?

– Ich weiß nicht, verdammt, das ist verrückt. Du hast keine Ahnung, wie verrückt.

– Wer mit Kindern schläft …

– Du fehlst mir gerade noch, knurrte er.

Und so gingen wir vor das Krankenhaus hinaus. Ein schöner Sommerabend, durch die offenen Fenster drang das Weinen der Babys, nur wenige Autolichter leuchteten auf in der Kastanienallee vor dem Krankenhaus. Der Garten wirkte dunkel und verlassen. Wir gingen zuerst nach links, wo sich eine größere Wiese erstreckte. Hier standen auch mehrere Bänke, auf denen tagsüber die Patientinnen saßen und mit ihren Männern plauderten.

Jetzt waren diese Bänke leer. Ich suchte nach Spuren ihrer Anwesenheit, aber es gab keine: keine Bewegung, kein Rascheln, keine Zigarettenglut in der Nacht. Nichts. Mia war tatsächlich verschwunden, als wäre das, was auf dem Gynäkologenstuhl begonnen hatte, plötzlich zu einem Ende gekommen und hätte sich in Forsythienzellen, in Zementmoleküle unter unseren Füßen, in Elektronen in dem Draht verwandelt, mit dem der Park eingefriedet war, damit keiner das Gras niedertrat. Sogar in Photone. So sehr war sie an diesem Abend im Hof des Krankenhauses nicht da.

– Sollen wir uns aufteilen?, sagte Roman.

Ich ging nach rechts, um das Gebäude herum, wo die Krankenwagen ankamen. Leise rief ich:

– Mia! Mia! Mia!

Niemand reagierte. Die Häuser in der Voćarska, oberhalb des Krankenhauses, leuchteten friedlich. Der Garten des Krankenhauses war an diesem Abend ideal dafür, sich auf einen Spaziergang mit jemandem zu begeben, den man liebte, sich an die Mauer zu lehnen, die noch die Sonnenwärme zurückstrahlte, und lange, lange Küsse zu tauschen. Unter der Bedingung, nicht zu wissen, woher der leichte Geruch nach Verbranntem kam, der sich mit dem Duft der Linde, der Kastanienblüten und Rosen aus den umliegenden Gärten mischte.

Als ich diesen Teil des Hofs bis zum Ende überprüft hatte, ging ich zurück. Es war klar, dass Mia weggegangen war, und ich weiß nicht, warum wir dachten, sie sei noch im Hof. Vielleicht um sich auf die Begegnung mit der Kürette einzustimmen. Roman fand ich auf der Treppe sitzend.

– Nichts, du bringst sie morgen, sagte ich. Er sah mich nur verzweifelt an.

Und so kehrten wir auf die Station zurück.

Dort, auf der Bank vor dem Behandlungszimmer, saß Mia.

– Wo warst du denn?, rief Roman.

– Ich habe eine Toilette gesucht.

Sie sah uns, derart verschwitzt und außer sich, nur verwundert an. Er setzte sich zu ihr auf die Bank, und ich sagte:

– Geben Sie mir etwas Zeit, um mich frisch zu machen, dann werde ich Sie rufen.

So wurde der Freundschaftsdienst an diesem Abend doch noch erwiesen.

3

Während ich die minderjährige Geliebte meines Freundes ausputzte, sagte ich mir, ich tue es aus Freundschaft. Es gab natürlich ein paar Komplikationen, ich musste sie gut ausputzen. Und ich gab mir die größte Mühe. Ich war sanft und vorsichtig, als reinigte ich eine lebendige Uhr mit gläsernen Rädchen. Die ganze Zeit versuchte ich mir einzureden, dass ich es ebenso getan hätte, wenn sich in unsere Freundschaft nicht eine Gefälligkeit gemischt hätte. Allerdings bestand für mich jetzt nicht mehr die Möglichkeit, dies herauszufinden. Die Gefälligkeit wirkte irgendwie verunreinigend auf das, was ich ohnehin getan hätte, und deshalb war für mich dieser Abortus jetzt tatsächlich Sünde gegen mein Gewissen. Obwohl ich das Mädchen natürlich auch ausgeputzt hätte, wenn sie nicht Romans minderjährige Geliebte gewesen wäre, vermutlich gerade deshalb, weil sie minderjährig war, aber während ich arbeitete, kriegte ich die bevorstehende Begegnung mit dem Inspektor der Staatssicherheit einfach nicht aus dem Kopf. Während sie die Narkose bekam, musste ich daran denken, was Senka widerfahren war, als man sie aufgenommen hatte, mir fiel ein, dass ich verdächtigt wurde für etwas, was ich nie, aber auch wirklich nie tun würde. Und als ich anfing, darüber nachzudenken, wer es getan haben könnte, fing ich an zu zittern, so wie auch die Kleine vor der Narkose gezittert hatte. Wir zitterten beide, ich oben, sie unten, und brachten die Arbeit kaum zu einem Ende.

Die Revanche erfolgte im Okrugljak. Inspektor Crevar hatte einen auffällig spitzen Kopf, aber er aß irgendwie lauter runde Sachen: Fleischklößchen mit zwei Löffelchen Püree und als Dessert zwei Kügelchen Vanilleeis. Ich sann über diese Koinzidenzen nach, so als wäre alles, was mir widerfährt, was ich sage, sehe oder berühre, mit unsichtbaren Fäden verbunden, wie bei einem großen Spinnennetz. Aber dann hörte ich:

– Tiho! Tiho!, Roman rüttelte mich an der Schulter, du bist mit deinen Gedanken wieder ganz woanders. Der Genosse hat dich etwas gefragt.

– Sie haben eine Wohnung in der Medulićeva?

– Hatten wir.

– Ich habe andere Informationen, sagte er, und zog einen kleinen Block mit Notizen hervor.

– Der Rechtsstreit wird de facto noch geführt, aber da hat sich seit Jahren nichts mehr getan.

– Ihre Gattin behauptet, sie sei an dem Tag, als sie niedergeschlagen wurde, etwas aus dieser Wohnung holen gegangen.

Ich überlegte ein wenig, die Sache war ziemlich unglaubwürdig. Nach Großmutters Tod war ich nie in der Wohnung gewesen, und Senka und ich waren nur bis ins Treppenhaus gegangen.

– Sie haben also einen Schlüssel?

– Irgendwo habe ich einen, aber ich benutze ihn nie.

– Ist es möglich, dass sie allein gegangen ist?

– Theoretisch ja, aber ich weiß nicht, was sie dort hätte tun sollen.

Obwohl mir ein paar Ideen durch den Kopf gingen, was sie dort hätte tun können, aber das sagte ich ihm nicht.

– Also, sie behauptet, sie sei dort gewesen und dort auch gestürzt. Und habe dann aus der Wohnung auch die Freundin angerufen, die sie dann abholen gekommen sei.

– Sie konnte aus der Wohnung nicht anrufen, denn das Telefon ist abgestellt.

– Es ist nicht abgestellt, sagte Crevar, es wird bezahlt von Stjepan Romar.

O Gott, dachte ich. All die Jahre bezahlt der Onkel den Telefonanschluss. Vermutlich wegen dem Prozess. Während ich das Gymnasium besuche, bezahlt der Onkel den Anschluss, während ich auf der Fakultät inskribiere, Anatomie absolviere, Karmen kennenlerne, bezahlt der Onkel noch immer den Anschluss, wir fahren auf Absolventenreise nach Sizilien, der Onkel bezahlt, während ich mit Karmen an der Hand durch die Straßen von Messina lustwandele, langt irgendwo in der Heimat auf dem Konto bei der Post die Summe für das Telefon ein, während ich in Jalta, auf der Krim, Bernstein kaufe, füllt der Onkel in Zagreb Zahlscheine aus, während ich mit Karmen die kleine Wohnung in Trnsko beziehe, bezahlt der Onkel, er bezahlt auch, als ich mich scheiden lasse und erneut bei Papa einziehe, genau die Hälfte meines Lebens bezahlt jemand ein Telefon, das wegen eines uralten Gerichtsprozesses überhaupt nicht benutzt wird.

– Sehen Sie, sagte Crevar, sie bleibt bei der Behauptung, vor dem Haus in der Medulićeva gestürzt und nicht verprügelt worden zu sein. Der Sicherheitsdienst des Konsulats indessen erinnert sich dieses Vorfalls nicht …

– Ich weiß.

– Sie hat die Polizei angelogen. Sie wissen, was das bedeutet?

– Ich weiß, zuckte ich mit den Achseln.

– Wir denken, dass nicht alles gelogen ist. Dass sie vielleicht wirklich in der Wohnung gewesen und dass dort etwas passiert ist.

– Möglicherweise, sagte ich.

Roman machte inzwischen einer Frau schöne Augen, die am Nachbartisch saß und ihm das Gesicht zukehrte, während wir von ihrem Mann nur den Rücken sahen.

– Ist es möglich, dass Sie wütend geworden sind, weil sie in der Wohnung war?

– Möglich wäre es. Aber ich bin nicht wütend geworden.

– Und Sie haben sie nicht deshalb geschlagen, weil sie Ihnen Vorwürfe gemacht hat?

– Nein.

– Sehen Sie, Romar, Mrazović ist mein Freund, und wenn er mich um etwas bittet, dann ist das für mich heilig. Ich möchte Ihnen wirklich helfen.

– Ich habe sie nicht geschlagen.

– Kann ich Sie bitten, darüber noch ein wenig nachzudenken?

Er sah mir voller Sympathie in die Augen, wie jemand, der mir einen ernst gemeinten, klugen Rat gibt und erwartet, dass ich ihn verstehe. Dann stand er langsam auf und ging zur Toilette.

– Versuch bei ihm keine Tricks, sagte Roman.

– Ich sage ihm die Wahrheit. Außerdem habe ich den Kontakt gesucht, damit er mir hilft, und nicht, dass er mich zu etwas drängt, was ich nicht will.

– Er kann selbst am besten beurteilen, wie er dir helfen kann.

– Aber das ist nicht die Wahrheit.

– Ich denke, du kannst ihm vertrauen.

Der spitzköpfige Inspektor war rasch wieder zurück, er trocknete seine Hände mit einem kleinen Taschentuch, das er anschließend ordentlich zusammenlegte und in die Tasche seines Sakkos steckte.

– Sehen Sie, wenn Sie wünschen, dass diese Sache schmerzlos gelöst wird, verfahren Sie so, wie Ihnen Kukuljac geraten hat.

– Genosse Crevar, als ich Roman um Vermittlung bat, dachte ich, dass dieses Gespräch auf den Nachweis meiner Unschuld abzielen würde. Und dass dabei der wahre Schuldige entdeckt werden würde.

– Ihre Gattin schützt den Verursacher vor der Polizei. Für Kukuljac ist es da am logischsten, dass Sie das sind. Um so mehr, als auch dieser frühere Fall von Gewalttätigkeit existiert.

– Und ich sage Ihnen, dass in diesem Fall nicht ich es war und dass man das gefälligst etwas ernsthafter untersuchen soll.

Ich muss lauter geworden sein, denn Roman hielt es für nötig zu intervenieren.

– Tiho, hör zu, was dir der Genosse sagt!

Aber Crevar war geduldig.

– Hat sie Sie schon früher einmal belogen?

– So weit ich weiß, nicht. Aber wenn sie mich gut belogen hat, dann ist es wahrscheinlich logisch, dass ich es nicht weiß.

Er lächelte.

– Hören Sie, das hier sage ich Ihnen inoffiziell.

– Gut.

– Ich dachte, ich würde es Ihnen nicht sagen müssen.

– Ich werde schweigen, seien Sie unbesorgt.

– Hat Ihre Gattin Ihnen gegenüber irgendwann einmal den Klub „Ante Starčević" erwähnt?

– Nein.

– Das ist ein kroatischer Klub, in dem sich Emigranten treffen.

– Wir haben nie darüber gesprochen.

– Hat sie Ihnen gesagt, dass man ihr dort geholfen hat bei der Erlangung der Aufenthaltsgenehmigung und der Staatsbürgerschaft?

– Die Staatsbürgerschaft hat sie vermutlich bekommen, als sie geheiratet hat.

– Das wäre nicht automatisch gegangen, Romar, da gibt es ein vorgeschriebenes Verfahren. Aber sie hat sie vor der Heirat bekommen.

Ich musste ernstlich nachdenken. Vor meinen Augen tat sich ein Leben Senkas auf, von dem ich keine Ahnung gehabt und das mich freilich auch nicht interessiert hatte, aber es wäre normal gewesen, dass sie mir von alledem etwas erzählt hätte.

– Wir, Romar, wissen, dass sie nicht gefährlich ist und dass sie das nur getan hat, um in der Schweiz bleiben zu können. Aber im Klub hat sie erzählt, man verfolge sie in Jugoslawien, weil sie sich national exponiert habe.

– Ich dachte, das Theater hätte ihr zur Aufenthaltsgenehmigung verholfen.

– Nein, Romar. Und deshalb würde ich an Ihrer Stelle auf keiner weiteren Nachforschung bestehen, sondern die Akte so bald wie möglich schließen.

– Und andere Möglichkeiten gibt es nicht?

– Gibt es, aber die sind alle ungünstiger für Sie. Ich will offen mit Ihnen sprechen, Kukuljac weiß von unserem Treffen hier nicht. Wir sind ein anderer Dienst, das wissen Sie wohl.

– Er hat mich gefragt, ob ich mit extremem Nationalismus Kontakt gehabt hätte.

– Er stochert herum, Romar, er provoziert, aber er weiß nichts. Er weiß, dass Ihre Gattin in der Schweiz gelebt und dort die Staatsbürgerschaft bekommen hat, mehr nicht. Deshalb ist diese Variante, dass er Sie verdächtigt, für Ihre Gattin gut.

– Wieso gut?

– Ganz einfach, Sie haben die Gelegenheit, den Fall so schmerzlos wie möglich zu beenden, mit einer Anzeige wegen Übertretung, und vielleicht nicht einmal das. Wenn er aber mit der Nachforschung fortfährt, wird er irgendwo auch dieses Emigrantenproblem ausgraben, und dann werden auch wir als Sicherheitsdienst reagieren müssen. Obwohl wir es sonst nicht täten, verstehen Sie?

Das verblüffte mich, ich sah ihn mit offenem Mund an.

– Sehen Sie, so etwas passiert, wenn wir ständig hinaus wollen, aber man uns dort nicht haben will.

So gingen wir auseinander. Mit meinem „Ich-werde-darüber-nachdenken“ und seinem Versprechen, sie nicht vorzuladen, obwohl sie es sofort tun könnten. Wenn nötig.

Als ich nach Hause zurückkehrte, schlief Senka und schnarchte leise. Bisher hatte sie nicht geschnarcht, und vermutlich war das jetzt die Folge des Schlags, bei dem auch ihr Nasenknorpel gelitten hatte. Ich schaltete die Nachttischlampe an, und sie wurde nicht wach. Dieses unschöne Geräusch machte deutlich, dass sich etwas ernstlich verändert hatte. Ich las einige Tageseinträge aus Mutters Kalender, einige von den Tagen, die sie nicht mehr erlebt hatte. „Wenn dich die Schuhe drücken, nimm ein Pflaster, warte nicht, bis du Gangräne kriegst wie dein verstorbener Onkel. Wenn eine Konserve aufgeblasen ist, wirf sie weg, da bekommst du Botulismus, tödlich. Wenn du ein wenig erwachsener und mit einem Mädchen zusammen bist, sei aufmerksam und zärtlich, die Liebe ist nicht der Spanische Bürgerkrieg.“ Nicht der spanische, Mama, antwortete ich ihr leise. Aber doch ein Krieg.

Mutter meldete sich mit Dummheiten aus dem Jenseits, die geliebte Frau schnarchte, als wäre sie rasch gealtert, und die Geheimpolizei verlangte von mir, etwas zuzugeben, was ich nicht getan hatte.

Am nächsten Morgen, als ich ihr das Gespräch mit Crevar erzählte, sagte sie, dass alles stimme, dass sie sich in der Schweiz in einen Klub eingetragen habe, dass sie erzählt habe, wie man sie hier verfolgt habe und dass ihr Vater ein politischer Gefangener gewesen sei, stritt aber hartnäckig ab, von jemandem verprügelt worden zu sein. Sie habe mir nichts davon gesagt, weil sie gedacht habe, es würde mich nicht interessieren.

Als ich an dem Abend nach dem Nachmittagsdienst nach Hause ging, hörte ich aus den geöffneten Fenstern die Wiederholung der Rede von Jakov Blažević im Gebäude des ZK Kroatiens. Als ich durch die Petrova kam, drangen aus den Wohnungen, wo die Fenster offen standen, unzusammenhängende Teile der Rede, ebenso als ich an den Prostituierten am Varteks vorüberkam: „der Nationalismus kostet Kroatien den Kopf“ oder „wir werden nicht auf unsere Kinder schießen“. Die Symbolik dieses Zufalls kam mir billig vor, und doch, sie existierte und schrieb sich als billige, aber teuflische Koinzidenz ins Bewusstsein ein. Wie ist das alles plötzlich so hässlich geworden, dachte ich, diese baufälligen Fassaden und die Räume in den verstaatlichten Wohnungen und die Autowerkstatt an der Ecke Petrova und Babonićeva. Jemand befand sich in der Grube unter einem Auto, ich sah nur einen struppigen Kopf im Schatten, und aus dem Radio im Auto sprach Genosse Blažević. Es war, als versuchte ich mit raschen Schritten vor ihm zu flüchten, doch er erwartete mich bereits am nächsten Fenster. Ich schloss die Tür auf und erwartete auch zu Hause nichts Schönes, aber im Flur nahm ich einen mir bekannten Duft wahr. Eines von Senkas Parfüms. Vielleicht Patschuli. Die ganze Wohnung duftete, als wäre sie mit dem Fläschchen herumgegangen und hätte das Parfüm versprüht. Ich zog die Schuhe aus und stellte sie ordentlich ins Schränkchen, hängte das Sakko, das ich über der Schulter getragen hatte, auf einen Bügel, schlüpfte in die Pantoffeln und betrat das Wohnzimmer. Weder Senka noch Andrea waren da. Ich sah mich um, ich suchte nach Spuren von Anwesenheit: eine Mulde im Bezug des Tabourets, die Position der Stühle am Esstisch, sogar die Vorhänge. Waren sie zugezogen oder nicht? Senka zog sie für gewöhnlich auf, damit wir, wenn wir am Tisch saßen, die Bäume im Garten der Planić'schen Bergvilla gegenüber sehen konnten. Die Vorhänge waren aber zugezogen. Warum? In der Küche war alles weggeräumt und sauber.

– Senka, rief ich, aber es hallte irgendwie leer.

Ich sah ins Schlafzimmer und ins Bad, auch dort waren sie nicht. Ich dachte, dass etwas passiert sein müsse, dass sie wieder in Ohnmacht gefallen und der Krankenwagen gekommen sei. Oder dass Andrea etwas zugestoßen sei. Ich wollte schon nach dem Telefon greifen, als ich ein leises Geräusch aus dem Arbeitszimmer vernahm, dessen Tür geschlossen war. Ich öffnete sie furchtsam, vorsichtig.

Senka saß nackt im Sessel vor Großvaters Schreibtisch und hielt ein Glas mit einem Getränk in der Hand. Die Dramatik der Szene war ganz ihr Stil.

– Dich verlangt es, Knabe?, sagte sie.

Ich schwieg, das hier kam so unerwartet, ich wusste nicht, was ich davon halten sollte. Und außerdem war ich besorgt, wo Andrea war.

– Zuerst musst du bezahlen, dann wird es dir gewärt!

Wortlos trat ich zu ihr, holte meine Geldbörse heraus und legte ihr zehn Dinar in Münzen in die offene Hand.

– Nur so wenig?

Ich suchte noch ein paar Münzen zusammen und gab ihr auch einen Roten, einen Hundertdinarschein.

– So ist es schon besser, sagte sie und ließ den Schein nachlässig zu Boden fallen.

Ich schleuderte die Pantoffeln weg, fummelte die Strümpfe von den Füßen und ließ die aufgeknöpfte Hose zu Boden gleiten. Sie kam hoch und streckte den Po heraus, wobei sie sich am Schreibtisch festhielt. Ich wollte ihr nach, aber dieser Geldschein hatte sich mir an die schweißige Sohle geklebt und wollte einfach nicht abfallen. Wie im Herbst, wenn mit Hundedreck verschmiertes Laub am Schuh klebt oder wenn sich ein großes Eichenblatt, verklebt mit einem Stückchen Dreck, in einen Gedanken an einen Brief verwandelt. Ich drang in sie ein, noch immer den Schein an der Sohle spürend.

– Das macht dich geil, flüsterte sie, es macht dich geil, wenn du bezahlst.

– Ja, ja, ja, winselte ich, und binnen dreißig Sekunden war es vorbei.

Das war für uns der erste Sex nach dem Krankenhaus, und ich muss gestehen, sie hatte sich etwas einfallen lassen. Während ich fertig wurde, stellte ich sie mir vor, wie sie wenige Augenblicke zuvor im Sessel saß und das Kristallglas mit dem Kognak in der Hand hielt.

Als ich mich dann bückte und den Geldschein von der verschwitzten Sohle löste, riss sie ihn mir aus der Hand und steckte ihn in ihre Handtasche.

– Heh! So haben wir nicht gewettet, sagte ich.

– Alles muss seine Richtigkeit haben, gab sie zur Antwort.

Danach, im Bett, machten wir Liebe und streichelten uns lange und zärtlich. Andrea hatte sie zu Alma gebracht, und die Kleine würde dort bei Almas Tochter schlafen. Es war ein Glück, dass sie sich so gut vertrugen.

– Tanja ist meine beste Freundin, auch wenn sie so riecht wie eine Maus, hatte Andrea einmal gemeint.

– Wie riechen Mäuse?

– Nach Bonbons.

Wir rieben uns mit den Körpern, Gesicht an Gesicht, mit den Wangen, den Nasen, ich hatte das Gefühl, dass wir mit der Berührung das sagen konnten, was wir sonst nicht sagen konnten, weil es uns nicht über die Lippen kam. Ich hatte das Gefühl, als wäre jeder Teil des Körpers, der Senkas Körper nicht berührte, sinnlos. Ich versuchte auch diese sinnlosen Teile unter ihr zu vergraben, indem ich mich unter sie kuschelte wie unter eine Decke. Aber auch jetzt, wo ich sie auf einmal so schrecklich liebte, wo ich sie überall spürte, war mir eine ganz bestimmte Bewegung von ihr lieber, eine von gestern oder die vom Anfang, als wir mit meinem verstorbenen Vater und ihrer Mutter nach Samobor gefahren waren. Und ich liebte es auch, wie sie sich vor nicht ganz einer Minute an mich gelehnt und versucht hatte, mir ins Kinn zu beißen, und dann gemurmelt hatte:

– Pfui, du bist nicht rasiert.

Dann wich sie vollständig zurück, berührte mich überhaupt nicht, stützte sich auf die Ellbogen und beließ mich in dieser Qual mehrere Minuten, so lang wie die ganze Menschheitsgeschichte. Ich legte meinen Kopf auf ihren linken Arm wie auf ein Kissen und sah sie an. In dieser Position konnte ich auf meine Armbanduhr am Handgelenk sehen. Die ersten zwanzig Sekunden war es, als würde ganz langsam das Altertum vorüberziehen, die Pharaonenreiche im Tal des Nils, die Pyramiden und Babylon, die zwei Flüsse, die sich nie zu vereinigen schienen und zwischen denen sich angeblich das Paradies befunden hat. Die zweiten zehn Sekunden war es Rom: das Reich der Etrusker, die Stadt am Tiber, der Mord an Cäsar, dann die Gladiatoren, unabsehbare Kolonnen von Sklaven und Ketten, die über den Stein scheppern. Der Schweiß der Hautpartie, auf der sie nicht mehr war, begann zu verdunsten und schenkte Kühle, es kamen das Mittelalter und die großen Pestepidemien. Die letzten zehn Sekunden, bevor sie mir wieder den Kopf an die Schulter und die Brust an den Bauch schmiegte, krächzten die Raben auf dem leichenübersäten Schlachtfeld von Gallipoli. Noch immer war meine Welt heil.

– Liebst du mich?, fragte sie.

– Schon seit dem Altertum.

– Nein, Tiho, ich frage dich ernsthaft.

– Natürlich liebe ich dich.

– Und du wirst nicht zulassen, dass mir irgendetwas zustößt?

– Ich schwöre es.

Sie liebte diese Art monumentaler Ernsthaftigkeit, sie lebte davon.

– Dann bitte ich dich, dass du morgen zur Polizei gehst und sagst, dass du mich geschlagen hast.

Stille entstand. Der ganze Schweiß auf mir verdunstete im Nu, und ich spürte, wie sich auf meinem Körper eine eisige Kruste bildete. Wäre ich flacher, dachte ich, könnte Andrea auf mir schlittern.

5

Nachdem ich über meine Beziehungen die Möglichkeit bekommen hatte, auch offiziell zuzugeben, was die Polizei von mir verlangte, sah der Rest der Woche folgendermaßen aus: Am Dienstagmorgen, während wir uns zum Dienst und die Kleine für den Kindergarten fertig machten, flüsterte sie mir zu:

– Sag, dass du mich ein Mal geschlagen hast, weil ich es verdient hatte.

Am Mittwoch dann, als wir im Bett lagen, küsste sie meine Finger und murmelte.

– Ich war ein Ekel, und da hast du mich geohrfeigt, und dann bin ich mit dem Kopf gegen die Tür gestoßen.

Der Freitag brachte ein wenig Erfrischung nach der langen Hitzeperiode und folgenden Satz:

– Du kannst sagen, du hättest mich geschlagen, während wir uns liebten.

Am Samstag übersprang sie das auf mich Einreden, dafür konzentrierte sie sich auf meinen Lieblingskuchen: Biskuittorte mit Orangencreme, dampfgegart.

– Diese Torte macht viel Arbeit, sagte sie mit pathetischer Stimme.

Der Sonntag bescherte uns einen schönen Ausflug nach Samobor, Forellen in der Šoić-Hütte und Cremeschnitten auf dem Marktplatz.

Andrea hüpfte vor uns her, und wir spazierten durch das Zentrum dieser schönen Stadt, mit der uns die Erinnerungen an meinen Vater und ihre Mutter in ihrer letzten Lebensphase verbanden. Mein Alter Herr pflegte zu sagen:

– Im 18. Jahrhundert hat man auf diesem Platz die Gauner aufgeknüpft.

Und ihre Mutter sagte:

– Unsere Senka hat hier laufen gelernt.

Und wir hatten uns hier verliebt.

Jetzt, als Andrea herumrannte und relativ weit voraus war, sagte ich mit feierlicher Stimme:

– Gut, am Montag gehen wir zu Kukuljac.

Für einen Augenblick sah sie mich an, als erforschte sie im Innern noch einmal meine Charakterqualitäten, dann umarmte sie mich fröhlich und küsste mich blitzschnell auf den Mund. Als hätte ich zumindest versprochen, bei Darwil in Triest eine goldene Uhr für sie zu kaufen.

– Aber, ich blieb mit ernster Miene stehen, ich habe dir nur einmal eine geschmiert.

– Natürlich. Und dann bin ich gegen die Tür gestoßen. Du hast die Tür nicht gesehen, denn hättest du sie gesehen, hättest du mich mit Sicherheit nicht geschlagen. Ich gebe zu, dass ich dir stark auf die Nerven gegangen bin.

– Es gibt noch eine Bedingung.

– Welche?

Aber jetzt waren mir die Worte in der Kehle stecken geblieben und meine Stimme hatte sich verändert, und wahrscheinlich auch mein Gesichtsausdruck, denn sie sah mich besorgt an.

– Dass du mir sagst, was wirklich passiert ist.

Für einen Moment blieb sie stehen, doch dann begann sie sich wieder einzuschmeicheln.

– Gut, ich werde es dir erzählen, sagte sie, aber nicht jetzt.

– Wann?

Sie überlegte ein wenig, vermutlich versuchte sie sich den Ort vorzustellen, wo sie es mir sagen würde, und platzte dann heraus:

– Ich sage es dir auf dem Sljeme, und setzte hinzu, wenn die Kleine nicht dabei ist.

Als ließe sich in größerer Meereshöhe, wo die Luft dünner ist und von wo aus man vieles sieht, die Wahrheit leichter sagen. Diese Bergluft macht den Menschen irgendwie benommen, es dreht sich ihm ein wenig im Kopf, und alles was wir unten getan haben, am Fuße des Berges, ist auf einmal fern und unwichtig. Unter diesen Umständen hat die Wahrheit anscheinend größere Chancen, zutage zu kommen. Übrigens hat Gott auch zu Moses auf dem Berg Sinai gesprochen.

6

Am Montagmorgen hielt ich im Heiliggeisthospital auf einem internationalen Kongress über Gynäkologie und Opstetrik ein Referat mit dem Titel *Eierstockkrebs bei Frauen in der Menopause.* Der Vortrag kam gut an, und die Kollegen gratulierten mir, nur Toni nicht. Er nickte nur mit dem Kopf. Für diese Gelegenheit hatte ich zum ersten Mal meinen dunkelgrauen Anzug angezogen, den mir vor ein paar Monaten Senka ausgesucht hatte. Sobald ich meine Ausführungen beendet hatte, packte ich diskret zusammen, und meine Figur verlor sich langsam aus dem Saal, der wegen der Dias mit Abbildungen deformierter Föten verdunkelt war.

In die Vlaška kam ich vor Senka, ich klopfte, und Kukuljac bat mich liebenswürdig, einen Augenblick zu warten. Senka erschien nach gut fünfzehn Minuten, fröhlich, in einem hellen Kleid mit diskreten rosafarbenen Blüten, das ich bisher noch nie gesehen hatte, und sie trug einen geflochtenen Einkaufskorb in der Hand, aus dem ein Strauß Margeriten herausschaute.

– Hoho, ist das ein neues Kleid?

– Nein, du hast es doch schon gesehen.

– Nein.

– Ich habe es gefunden, als wir der Kleinen Schuhe gekauft haben.

Und so warteten wir auf der Bank vor dem Büro. Wieder beäugten uns die Leute, die aus einem Zimmer ins andere gingen, mit Interesse. Sie im hellen, geblümten Sommerkleid, ich im Festanzug, so saßen wir vor dem Polizeibüro. Dann erschien Kukuljac. Auch er war frisch rasiert, gepflegt, lediglich am Hemd in der Achselgegend hatte er feuchte Flecken. Er gab zuerst Senka die Hand, dann mir.

– Bitte, nur herein, sagte er und ließ uns vorgehen, in ein Büro, das aufgeräumt war, in dem überhaupt kein Rauch stand und in dem alle Dinge irgendwie an ihrem Platz waren.

– Es freut mich, dass wir endlich zusammengekommen sind, sagte er und schob Senka den Stuhl nach, als wäre er der Ober eines guten Restaurants und kein Inspektor.

– Sie haben ein schönes Büro, sagte Senka.

Er fing meinen Blick auf, als ich mich mit Verwunderung umsah.

– Ich habe aufgehört zu rauchen, sagte er, mein Sohn hat Asthma.

Und so machten wir uns an die Arbeit. Bald kam auch die Dame aus der Kantine mit Säften: Fructal Ajdovščina, mit zweifachem C.

– Hier steht alles drin, sagte er und reichte uns Kopien des Polizeiprotokolls.

Der Text war auf dünnem Durchschlagpapier geschrieben, und hier und da schienen Buchstaben von der Rückseite durch, was das Lesen erschwerte. Das Protokoll lag in fünf Kopien vor und sprach davon, dass Senka mich überredet habe, gemeinsam in die Wohnung in der Medulićeva zu gehen. Sie habe begonnen auf mich einzureden, in der Art, dass ich meine Beziehungen spielen lassen solle, um den Streit um die Wohnung so rasch wie möglich zu lösen, worauf ich unkontrolliert in Wut geraten sei. Als Grund des Streits wurden im Protokoll „ungelöste Eigentumsverhältnisse" angeführt. Und so hätte ich wegen dieser ungelösten Eigentumsverhältnisse in einem Familienstreit meine mir nicht angetraute Ehefrau zuerst mit der linken flachen Hand auf das Jochbein geschlagen, was ein Platzen des Gewebes über dem linken Auge zur Folge hatte, und dann noch mit der rechten Hand, mit der Faust, direkt auf die Nase, worauf ihr Kopf zurückgeprallt und gegen die halb offene Tür geschlagen sei, neben der wir gestanden hätten. Ich studierte das alles schweigend, während Senka und Kukuljac mich ansahen.

– Hier steht zwei Mal.

– Was zwei Mal?

– Dass ich sie zwei Mal geschlagen habe. Ich hatte mit meiner Frau abgesprochen, dass es nur ein Mal sein würde.

– Leider können wir da nichts tun, entschuldigte sich Kukuljac, wir sind durch die Verletzungen und den Bericht eingeschränkt …, er begann in den Papieren vor sich zu blättern. Und hier steht definitiv, dass es zwei Schläge waren, und als Folge des zweiten ein dritter, der die Verletzung am Hinterkopf bewirkt haben muss. Außerdem …

Hier platzte unvermittelt in seine Ausführungen Senka hinein, die das Foto auf seinem Tisch betrachtet hatte.

– Was für einen süßen Sohn Sie haben. Wie alt ist er?, sagte sie in beträchtlicher Panik. Kukuljac indessen sah sie nur streng an, wie ein Kind, das weiß, dass es schuldig ist, und das wir nur mit dem Blick tadeln, ohne Worte.

– Außerdem hat Ihre Gattin das so ausgesagt.

Ich sah sie an, aber sie zuckte nur mit den Achseln, wie ein Kind, das bei einer Lüge ertappt wurde und jetzt bestrebt ist, so sympathisch wie möglich zu wirken.

– Ich denke, wir halten uns damit nicht an die Abmachung, sagte ich.

– Sehen Sie, ich würde Ihnen ja entgegenkommen, wenn es Sinn hätte. Wir müssten aber alles ändern, dazu haben wir keine Zeit. Es spielt wirklich keine Rolle, ob Sie es ein Mal oder zwei Mal getan haben.

– Für mich schon.

– Mach es nicht kompliziert, sagte Senka. Im Übrigen bin ich geschlagen worden, und ich meutere nicht.

Ich sah abwechselnd Senka und Kukuljac an. Mit einem Mal schämte ich mich fast, dass ich allen solche Schwierigkeiten machte, der verprügelten Senka und dem gutmütigen Kukuljac. Und ich sagte:

– Dann wollen wir unterschreiben!

Senka sah mich voller Dankbarkeit an, die Liebe kam ihr direkt aus den Augen, und sie liebkoste meinen Varteks-Anzug, mein Kamensko-Hemd, meine Giulia-Krawatte, meine NAMA-Strümpfe, meine Schuhe, kurz, alles, was an der Oberfläche war.

Kukuljac reichte uns je einen Kugelschreiber, und wir unterschrieben jeder ein Exemplar, dann sagte er, wir sollten die Exemplare austauschen und wieder unterschreiben, und wir unterschrieben wieder.

Senka stand auf, um mich zu küssen. Es sah aus, als hätten wir gerade die Heiratsurkunde vor dem Standesbeamten unterzeichnet und uns Treue gelobt: „Im Guten und im Bösen, in Gesundheit und in Krankheit, mit der Linken und der Rechten. Und manchmal auch mit dem Ellbogen."

– Ich danke, sagte Kukuljac und geleitete uns hinaus.

7

Noch am selben Abend, als sie die Kleine zu Alma brachte, machte ich mich daran, die Schubladen von Großvaters Schreibtisch zu durchsuchen. Soweit ich mich erinnerte, hatte ich dort vor gut zehn Jahren den Schlüssel zur Wohnung in der Medulićeva das letzte Mal gesehen. Ich musste die Pornoheftchen herausnehmen, und der Geruch des alten Papiers brachte für einen Augenblick die Erinnerung an unser Leben mit Beate zurück. Man sah, dass diese Pornoheftchen alt waren, das zeigten die altmodischen Frisuren der Frauen, und selbst die Posen, die sie mit ihren Partnern einnahmen. Ulrike, Kitty, Amalia, Natascha … es war, als würde ich in einem Album mit Familienfotos blättern. Der Schlüssel befand sich in einer Pappschachtel für englische Glasschneider, die meinem Großvater mütterlicherseits gehört hatten, dem Vorkriegsmiteigentümer der Glasfabrik Spectrum. In der roten Schachtel mit der Aufschrift „Shaws Six Wheel Glass Cutter" bewahrte mein Vater die Duplikate der Schlüssel auf. Das Metall des Schlüssels für das Wertheim'sche Zylinderschloss hatte schon graue Patina angenommen, und an ihm hing an einem dünnen Metallring ein Stück Pappe, auf dem in der Handschrift meines Vaters stand: MEDULIĆEVA.

Am nächsten Tag ging ich nach dem Dienst in die Medulićeva. Ich blieb vor dem Haus stehen, versuchte mir Senka vorzustellen, wie sie hier stand, mit wem sie war und was sie dachte. Vor der Haustür, von der sich die bräunliche Farbe löste, blieb ich stehen, den Blick auf die drei, mit abgewetzten Steinplatten verkleideten Betonstufen geheftet. Die altertümliche Wohnungstür mit ihrem eisernen Jugendstilgitter an beiden Flügeln und dem trübgelben Glas gab relativ rasch nach, das Schloss war ausgeleiert. Als ich eintrat, erwartete ich, mehr Staub vorzufinden. Es gab da freilich den Geruch von Schimmel, den Geruch alter, mit Naphtalin getränkter Mäntel, den Geruch verlassener Bücher. Die Möbel standen noch immer dort, wo ich sie in Erinnerung hatte. Im Wohnzimmer stand eine Biedermeierkommode, auf der in längst vergangener Zeit die Figurine eines Davids aus Alpakasilber paradiert hatte, einen Fuß hoch, mit einem Regenschirm. Damals, ich war noch nicht zehn, war das für mich etwas ganz Normales, dass da ein nackter David mit Regenschirm stand. An den Enden des Schirmgestells aus Silberlegierung waren Häkchen angebracht, an denen, an gläsernen Henkelchen, Schnapsgläschen hingen. Neben dem David stand gewöhnlich eine mit einem Tellerchen abgedeckte Glaskaraffe mit abgestandenem Wasser. Das war das Wasser, das ich meine ganze Kindheit hindurch getrunken habe, bis wir wegzogen. Eine laue, durchsichtige Flüssigkeit mit Staubgeschmack und Luftbläschen. Ich durfte kein kaltes Wasser aus dem Hahn trinken, damit ich keine Angina bekam. Ich sah den kleinen, runden Tisch aus Nussbaum, an dem ich immer meine Hausaufgaben gemacht habe, unser Schlafzimmer mit dem verglasten Bücherschrank, das Sofa mit der braunen Samtdecke im Erker, mit zwei Bronzelöwen an der Vorderseite der Armlehnen. An das Blumengestell konnte ich mich allerdings nicht erinnern. War es schon immer hier gewesen, oder hatte es jemand nach unserem Umzug hergebracht? In der Küche war ebenfalls alles so, wie ich es in Erinnerung behalten hatte: der gemauerte Holzherd, mit weißen Keramikfliesen verkleidet, das Spülbecken aus Blech gegenüber, der ausgedorrte Eichentisch, der schon wackelte, als ich noch ein Kind war. Der große AEG-Kühlschrank, den wir aus Onkels Wohnung in Trnsko irgendwann Anfang der Fünfzigerjahre zu Oma transportiert hatten. Mich durchfuhr ein bekanntes Geräusch: Der Kühlschrank lief. Ich konnte hören, wie sein Motor ansprang. Von innen war er sauber, augenscheinlich war er vor Kurzem gewaschen worden, und drinnen fand ich eine ungeöffnete Flasche Graševina aus Kutjevo und eine Dose dänische

Miesmuscheln. Das einzige Zeichen von Leben in einer Wohnung, von der ich gedacht hatte, sie stünde schon seit zwanzig Jahren leer. Ich setzte meinen Weg fort durch den Flur, vorbei am Badezimmer mit dem Holzboiler, zum Mädchenzimmer, das der Schwester meiner Großmutter gehört hatte. Dort hatte ein Klavier gestanden, und man hatte mir nicht oft erlaubt, es zu betreten. Dieses Zimmerchen indessen war völlig leer. Es gab keinerlei Staub, und das Fenster war angelehnt. Das war vielleicht ein noch größerer Schock für mich als das, was ich im Kühlschrank vorgefunden hatte.

8

Am Samstag, frühmorgens, brachen wir auf zum Sljeme. Ich stellte das Auto beim Eisenbahnerheim ab, und dann begannen wir mit dem Aufstieg. Vom Gipfel stiegen wir wieder ab Richtung Puntijarka, wo wir zu Mittag aßen, danach nahmen wir den Weg nach Hunjka. Dort verbrachten wir ein paar angenehme Stunden.

– Wann wirst du es mir sagen?

– Dräng mich nicht!

Wir genossen die Schönheit der Landschaft im Norden des Sljeme. Beim Geruch des Kiefernholzes und in der scharfen, ein wenig kühlen Waldluft drang ich in sie, es mir so rasch wie möglich zu sagen, wie ein Mann im Sexualspiel, und sie schob es hinaus, wie eine Frau, die dieses Spiel so lange wie möglich genießen will. Es war einer der kälteren Tage in diesem Sommer, aber es war heiter und klar, und man konnte bis zu den Alpen sehen. Plötzlich hüpfte sie mir auf den Rücken und sagte:

– Trag mich!

Ich fasste mit beiden Händen ihre Schenkel, die mich fest in der Hüfte umklammerten, und trug sie über die kleine, von Tannen gesäumte Wiese. Sie hatte sich in eine angenehme Last verwandelt, in eine Umarmung, die ich in der Wirbelsäule spürte, und plötzlich hatte ich begriffen: Sie schob es hinaus, weil sie mir dieses Mal wirklich die Wahrheit sagen wollte. Sie war bestrebt, jeden Augenblick zu verlängern, denn das, was sie mir zu sagen hatte, war ein Punkt, von dem aus es kein Weiter mehr gab. Wir kehrten Händchen haltend zum Auto zurück. Als wir bergab fuhren, sagte sie, ich solle in der nächsten Aussichtsbucht stehen bleiben. Schon senkte sich der Abend herab, die Stadt unter uns flimmerte, und eine kühle Brise erzeugte eine Gänsehaut.

– Mach den Motor aus!

Ich machte den Motor aus. Sie öffnete ihre Tür, damit es angenehmer war, und ich öffnete meine. So als würden wir jeder in diesem Moment einen Ausweg brauchen, durch den wir wegschlüpfen konnten.

– Ich habe einen Mann kennengelernt, sagte sie.

Dieser erste Schlag war der Knock-out. Ich hatte nicht erwartet, dass sie so direkt losmarschieren würde, so als hätte sie die dünnere Luft wirklich erleuchtet.

– Kenne ich ihn?

– Nein. Er arbeitet bei uns in der Schule als Hausmeister.

– Und seit wann geht das?

– Ein paar Monate.

– Ihr habt euch in der Medulićeva getroffen?

– Nur zwei Mal.

– Und sonst?

– Draußen.

– Und ist dir an ihm gelegen, wenn du ihn so sehr schützt.

– An dir ist mir mehr gelegen.

– Ach ja? Anstatt allen schön zu sagen, wer dich verprügelt hat, schützt du diesen Menschen.

– Er hat Familie und eine kranke Tochter. Außerdem …, sie hielt einen Augenblick inne, weiß ich, dass du mir vergeben wirst.

Mir war wirklich zum Weinen, denn ich wusste, dass ich es nicht tun, dass ich ihr nicht vergeben würde, dass ich in Moleküle und Atome zerfallen würde. Das Schrecklichste für mich war, dass ich sie beide verlieren würde und dass es sein würde, als wären sie gestorben.

– Gut, aber warum das alles?, röchelte ich. Habe ich etwas Böses gemacht?

– Vielleicht ist es nicht gut, dass du so rücksichtsvoll warst.

– Und deshalb betrügst du mich?

– Ich weiß nicht, warum ich dich betrüge. Dieser Mensch ist hart wie ein Fels.

– Ein Hausmeister.

– Unterschätze ihn nicht, denn er ist viel härter als du.

– Wann habt ihr euch getroffen?

Bis zu dem Augenblick, wo ich sie verprügelt im Wohnzimmer aufgefunden hatte, mit den Löffeln auf dem Gesicht, hatte ich nicht bemerkt, dass sie nicht da war oder dass sie sich seltsam benahm. Mir hatte alles in bester Ordnung geschienen.

– Bei der Arbeit. Während der Arbeitszeit.

Ich schwieg und versuchte mir ihre Tage vorzustellen. Morgens waren wir aufgestanden, fröhlich, sie hatte Kaffee gekocht, ich hatte mich rasiert. Dann hatten wir, abwechselnd, Andrea geweckt, und sie hatte sie angezogen, während ich Eier gebraten oder Rahm unter den Frischkäse gerührt hatte. Draußen hatte die Sonne geschienen, es hatte Regen gegeben und wieder Sonne, die Blätter waren gefallen, und dann auch der Schnee. Wir waren zur Arbeit gegangen …

– Und während du Dienst hattest, fügte sie hinzu.

– Und wie ist er so, dieser dein Hausmeister?

– Hart. Und manchmal ekelhaft wie ein Schwein.

– Wieso habe ich keinen Verdacht geschöpft?

– Ich war vorsichtig. Und wäre nicht der Unfall passiert, hättest du es nie erfahren.

– Und er hat dich verprügelt?

– Ich habe dir gesagt, nein. Es war ein Unfall.

– Wie?

– Er hat mich mit der Tür geschlagen.

– Mit der Tür.

– Ganz einfach. Wir hatten uns gestritten, er wollte die Tür zuknallen und hat mich getroffen.

– Auf Jochbein und Nase? Eine ebene Fläche kann dich nicht so treffen.

– Das war keine ebene Fläche, sondern … der Türgriff.

Ich versuchte mir die Szene vorzustellen.

– Der Türgriff? Wie kann dich bitte ein Türgriff im Gesicht treffen.

– Ich bin gekniet.

Diese Szene war fast surreal.

– Mein Gott!

– Er war wütend auf mich, und ich bin gekniet, und dann hat er mich mit der Tür getroffen.

– Und du bist mit dem Kopf gegen die Wand geschlagen.

– Daran erinnere ich mich nicht. Ich erinnere mich nur, dass er mich stark mit der Tür getroffen hat.

– Und wo war das?

Ich setzte das Gespräch fort, aber mir ging das Bild nicht aus dem Kopf, wie Senka vor einem unbekannten Mann kniet, und der schlägt sie mit der Tür k. o.

– In der Medulićeva. Wir brauchten eine Wohnung, um uns zu treffen. Ich hatte ein paar Sachen aus dem Laden gebracht, aber wir hatten Streit, und dann hat er mich geschlagen. Er war sehr wütend und lief aus der Wohnung, und ich bin ihm nach.

– So voller Blut?

Sie schwieg. Auch ich schwieg. Die Stadt unter uns flimmerte noch immer, in den Baumkronen meldeten sich Vögel, vielleicht Eichelhäher. In jedem Fall klang es durchdringend. Wir schwiegen lange, den Blick in die Ferne gerichtet.

– Und was jetzt?, sagte ich schließlich.

– Solltest du mich zurückhaben wollen, solltest du das im Sinn haben, erinnere dich, dass ich dich mehr liebe als ihn.

– Und trotzdem betrügst du mich?

– Es ist passiert, dann dachte sie ein wenig nach und sagte, er versteht mich besser als du.

– Du bist eine verlogene Schlampe!

Sie reagierte nicht gleich auf die Beleidigung, so als brauchte sie ein wenig, um die Worte mit der Zunge zu prüfen, so als würde sie sie mit dem Bauch aufnehmen und nicht mit Ohren und Gehirn.

– Eigentlich weiß ich nicht, warum ich dich so sehr liebe, denn eine normale Frau kann sich nicht in dich verlieben.

– Und dich hältst du für normal?

Etwas wie Hass trat in ihre Augen, ihre Pupillen zogen sich zusammen.

– Vor ihm bin ich gekniet. Ich bin gekniet, dass er mich zurücknimmt, wenn du die Wahrheit willst. Aber dich würde ich nicht einmal anspucken. Du spielst den Guten, und die Leute nutzen dich aus, weil du ihnen kein Nein ins Gesicht hinein sagen kannst. Dir ist ganz egal, was mit Andrea wird, aber du tust so, als würdest du sie lieben. So bist du. Noch sieht sie das nicht, aber bald wird sie es tun, bald wird sie sehen, dass sie dir nichts bedeutet, und dann wird sie enttäuscht sein, so wie auch ich enttäuscht bin.

Ich kochte vor Wut.

– Du lässt es zu, dass Roman dich ausnutzt, denkst du, ich sehe das nicht, weil du ihm nicht Nein sagen kannst? Was bist du nur für ein Mensch? Du stellst dir vor, dass mein Kind gestorben ist, und dann führst du es in den Maksimir.

Fast hätte ich sie geschlagen, in diesem engen Raum. Ich brauchte einige Zeit, um zu begreifen, dass sie gerade das wollte.

Während sie das sagte, waren ihre Tränen geflossen, und ich hatte das Gefühl, dass das Problem gar nicht der Hausmeister war, sondern etwas viel Größeres als Untreue.

9

An diesem Morgen musste ich mich vor Trauer übergeben. Alles, was ich gestern gegessen hatte, verwandelte sich, statt in mich, in ein bräunliches Etwas. Auf dem weißen Porzellan der Muschel sah ich einen Klumpen halb verdauter Nahrung, die ein Teil von mir hätte werden sollen, es aber nicht geworden war. Das ist unsere Zukunft, dachte ich angewidert, bevor alles vom Wasser mitgerissen wurde. Es war Sonntag, Andrea hatte wieder bei Alma übernachtet, denn wir beide waren nach dem Sljeme nicht imstande gewesen, sie zu holen. Senka hatte einen Weinkrampf bekommen, und ich hatte sie verhört. Ich hatte das Bedürfnis, noch mehr, immer verletzendere Details aus ihr herauszuholen. Solange er nur ein Verdacht gewesen war oder ein Phantom, war ihr Hausmeister noch erträglich gewesen. Aber später, als er ein Gesicht bekommen hatte, Eigenschaften, eine Frau, die er seit Jahren zu verlassen versuchte, und ein krankes Kind, wegen dem er es nicht konnte, hatte er sich in etwas Unerträgliches verwandelt. Und die Fragen kamen wie von selbst. Woran leidet seine Kleine? Warum will er seine Frau verlassen? Was gefällt ihr an ihm? Was hat er, was ich nicht habe? Einmal fragte ich sie, was sie empfunden habe, als sie ihn das erste Mal sah.

– Abscheu, sagte sie, vielleicht auch Mitleid?

– Und du hast dich mit einem Menschen eingelassen, für den du Abscheu empfindest?

– Siehst du, das ist seltsam, sagte sie. Ich habe ihn nicht bei der Arbeit kennengelernt, in der Schule, sondern eines Sonntagabends im Stadtcafé.

Ich sei damals auf Reisen gewesen, sagte sie, wie ich in der letzten Zeit immer auf Reisen bin und wer weiß was auf diesen Kongressen mache. Wie damals in Hamburg, als ich sie zu den Prostituierten geführt und sie beinahe einen Topf Pisse über den Kopf gekriegt hätte. Sie habe sich damals einsam gefühlt und sich mit Alma verabredet, irgendwo etwas trinken zu gehen. Eine Stunde vor dem Ausgehen habe Alma sie angerufen und erklärt, dass sie sich nicht wohlfühle und dass sie nirgends hinkönne. Sie solle ruhig allein ausgehen, um sich ein wenig abzulenken. Andrea sei ja bei ihnen und die Kinder spielten schön. Sonntagabend, eine öde Stadt, lediglich aus dem Stadtcafé sei Musik zu hören gewesen. Das habe sie angezogen, sonst wäre sie nie allein hineingegangen, das sei mir doch wohl klar.

Sie wusste nicht, dass sich dort sonntagabends die Leute vom „Klub der einsamen Herzen" treffen, die über Anzeigen Partner suchen. Sie trat ein, wurde nett begrüßt, und als sie ihren Trenchcoat an der Garderobe abgegeben hatte, trat ein Mann zu ihr.

– War das er?

– Nein, sagte sie, aber dann überlegte sie ein wenig, eigentlich ja. In gewisser Weise …

Dieser Mensch war ein Zwerg, und er trug ein gestreiftes Jackett, das ihn größer machen sollte. Er war ein richtiger Zwerg, wie die im Zirkus.

Und dieser Zwerg, der erheblich älter war als sie, sagte zu ihr:

– Mein Kind, du suchst sicherlich auch einen, der adrett und reich ist.

Er stand da, sagte sie, neben ihr, und sein großer Kopf reichte ihr nur bis einige Zentimeter unter die Brust.

– Natürlich, sagte sie zu ihm, obwohl es ihr unangenehm war, dass sie sich überhaupt mit einem Zwerg unterhielt.

– Eben, und der bin ich.

– Ich habe Sie mir größer vorgestellt, sagte sie.

– Mein Fräulein, ich wachse im Laufe des Abends.

– Was Sie nicht sagen!

– Wirklich, sagte er, Märchen gibt es noch. Seien Sie so liebenswürdig und nehmen Sie einen Drink mit mir, ich habe dort oben einen reservierten Tisch.

Sie sah sich um. Sie sah keinen einzigen freien Tisch. Und auch wenn es einen gäbe, müsste sie allein sitzen, sie kannte ja niemanden. Gleichzeitig widerstrebte etwas in ihr, mit einem Zwerg zusammenzusitzen.

– Ich kann nicht, ich erwarte eine Freundin, sagte sie zu ihm.

Sie sah auf die Uhr.

– Nehmen Sie einen Drink mit mir, solange Sie warten. Sehen Sie, wir haben schon eine Minute verloren …, er sah ebenfalls auf die Uhr, eine Minute und dreißig Sekunden …

– Warum sollte ich im Übrigen etwas mit Ihnen trinken?

– Um zu zeigen, dass Sie gut und klug sind, außer dass Sie schön sind.

– Ich verstehe nicht. Warum bin ich klug, wenn ich mit Ihnen etwas trinke?

– Darum, weil ich im Laufe des Abends wachse.

Sie musste zugeben, dass der Zwerg Charme hatte. Und deshalb setzte sie sich doch an seinen Tisch. Er hatte ein ganzes Séparée reserviert, und hier wartete bereits eine Flasche Wein. Er schenkte ihr ein, hatte aber überhaupt nicht gefragt, ob sie etwas wolle.

– Und wie lange warten Sie schon auf diesen Schönen und Reichen?

– Seit meinem neunten Lebensjahr.

Sie hatte ihm die Wahrheit gesagt. Das weiß sogar ich. Ich weiß auch das Datum, den 14. August 1953. Es war ihr zehnter Geburtstag. Damals hatte man ihr zum ersten Mal etwas geschenkt, was kein Holzspielzeug oder eine Süßigkeit war: ein rotes Kleidchen mit weißen Pünktchen. Sie sah aus wie ein Fliegenpilz. Eine Freundin ihrer Mutter sagte, jetzt könne sie reich heiraten. Sie sagte nicht „einen Prinzen heiraten", sie sagte „reich heiraten". Das bedeutete, dass die eine Art Märchen gestorben war und ihren Platz eine andere eingenommen hatte, die in unseren Leben unvergleichlich länger anhält.

– Sie haben Geduld, mein Fräulein, fuhr der Zwerg fort.

– Das ist meine Tugend.

– Wie ich sehe, nicht die einzige.

Der Zwerg hatte wirklich Charme, und das ganze Spiel sagte ihr zu. Sie saßen da und plauderten gut eine halbe Stunde, als er sagte:

– Entschuldigen Sie mich für einen Augenblick, die Natur ruft.

Dann stand er auf, küsste ihr die Hand und ging Richtung Toilette. Lange kam er nicht zurück, und sie hatte schon die Befürchtung, sie könnte einem Betrüger aufgesessen sein, der sie zurückgelassen habe, damit sie den Wein zahle. Es war ihr schrecklich unangenehm, denn sie hatte nicht so viel Geld bei sich. In einem Augenblick öffnete sie diskret ihr Täschchen, fand das Portemonnaie, sah nach, wie viel drin war, als sich jemand neben sie setzte. Es war ein Mann mit markantem Äußeren in ihren Jahren, vielleicht ein wenig älter, mit schmalem Gesicht und schwarzem Haar, das nach hinten gekämmt war. Dieser junge Mann war bedeutend größer als sie, das sah man auch, wenn er saß. Wie im Schock sah sie zu ihm auf.

– Habe ich Ihnen nicht gesagt, dass ich im Laufe des Abends wachse.

Sie brachte kein Wort heraus, sie suchte nur mit dem Blick den Zwerg zwischen den Kaffeehaustischen. Er war nirgendwo zu sehen.

– Freilich habe ich Ihnen nicht gesagt, dass ich so rasch wachse, das war vielleicht nicht nett von mir, aber Sie können nicht sagen, dass ich Sie nicht gewarnt hätte.

Der Mensch an ihrem Tisch war ein ausnehmend schöner Mann. Gut, aber nicht aufdringlich gekleidet, in einem Sportsakko aus Jeansstoff und heller Hose, und eine Strähne längeres, dunkles Haar fiel ihm vorlaut in die Stirn. Sie bestand auf dem Wort „vorlaut" und wiederholte es in Gedanken mehrere Male. Sie war allerdings wütend.

– Ich erlaube nicht, dass Sie mit mir solche Scherze treiben, sagte sie und machte Anstalten zu gehen. Er nahm sie indessen an der Hand und zog sie sanft, aber sicher wieder auf ihren Stuhl hinunter.

– Wenn wir Sie verletzt haben, vergeben Sie uns bitte. Wir machen solche Scherze, aber Sie sind kein Backfisch mehr, dass Sie auf solche Gags hereinfallen. Ich bitte Sie noch einmal, uns zu verzeihen, mir und Jakov. Er macht das manchmal für Geld, aber für mich hat er es aus Freundschaft getan. Sie werden es nicht glauben, aber Frauen, die sich darauf einlassen, mit einem Zwerg etwas zu trinken, sind …

– … verzweifelt, unterbrach sie ihn.

– … gut. Das wollte ich sagen, gute Menschen …

So hatte sie angeblich ihren Liebhaber kennengelernt. Etwas später tat sich in der Schule die Stelle eines Hausmeisters auf, und sie sagte ihm, er solle sich auf die Anzeige hin melden. Von da an hätten sie sich, sagte sie, täglich gesehen.

10

Eine Woche später sagte sie:

– Weißt du, ich würde gerne nach Hause zurückkehren.

– Du hast Untermieter, sagte ich.

– Denen habe ich gekündigt.

– Wann?

– Letzten Monat.

– Du hast es geplant?

– Ja.

– Das bedeutet, wir trennen uns?

– Bitte nicht so, Tiho, du siehst, dass wir ein Problem haben. Ich würde dich nicht gerne verlieren, aber es ist besser, wenn ich ausziehe.

An diesem Samstag packten wir am Morgen die Sachen auf den Dachgepäckträger des Käfers und stopften den ganzen Rücksitz voll. Neben ihrem großen Koffer und Andreas Tasche gab es viele Plastiktüten, sie nahm auch die Steppdecken mit, die sie beim Einzug mitgebracht hatte. Ihr Weggehen hatte etwas Definitives. Während der Zeit stand Andrea da und sah schweigend, mit zusammengepressten Lippen dem allen zu.

– Ich werde nicht mehr mein Zimmer haben?

– Nein, mein Herz, aber du bekommst ein anderes.

– Ich will kein anderes, ich will dieses!, sagte sie, brach aber nicht in Tränen aus. Sie nahm es mit Standhaftigkeit.

Ich musste die Sachen in mehreren Touren fahren, und als ich die letzte Fuhre abgeliefert hatte und sie und Andrea in der leeren abgewohnten Küche saßen, mit Blick auf den hässlichen Innenhof, drückte mich etwas im Magen.

– Ich würde dich nicht gerne verlieren, wiederholte sie wieder, aber ich hatte keinen Sinn für ihre dramatischen Ausfälle.

– Adieu, sagte ich, wenn ihr etwas brauchen solltet, ruf an.

Andrea sah mich hasserfüllt an. Sie dachte, ich hätte sie vertrieben. Das fragte sie Senka, während ich hinausging.

– Nein, mein Herz, sagte sie gerade so laut, dass ich es hören konnte, ich bin nicht gut zu ihm gewesen.

Und dann schlug ich die Tür hinter mir zu.

Das Geheimnis des alten Koffers

1

Mislav ist aus der Kabine ausgezogen, er hat bereits am Morgen seinen Rollkoffer gepackt und sich an Deck begeben.

– Warum hast du denn jetzt schon gepackt, bis Zadar haben wir noch den ganzen Tag?, fragt ihn Ana.

– Einfach so, antwortet Mislav und sitzt auf seinem Koffer an Deck wie ein Auswanderer aus den Dreißigern, mit Ziel Amerika. Den Blick aufs Meer gerichtet, aber mit den Gedanken bei seinen Lieben, die er zurücklässt, ohne zu wissen, wann im Leben er sie wiedersehen wird. Er wird alles Mögliche sehen, Stahlfabriken in Pittsburgh, arme Vorstadtviertel, Zimmer ohne Bad, die wöchentlich zu bezahlen sind, schwarze, weiße und gelbe Huren, zerquetschte Arme unter den Stahlpressen und Verbrennungen dritten Grades, aber die Insel, von der er weggegangen ist, wird er vierzig Jahre lang nicht mehr sehen. Und wenn er zurückkehrt, wird sie zugebaut sein, voll mit dreistöckigen, rosafarbenen Häusern mit Balustraden und Freitreppen, deren Besitzer keine Inselbewohner sein werden und deren zeitweilige Bewohner tschechisch und ungarisch sprechen.

So muss für Mislav der Auszug aus Mutters Kabine sein: wie eine Reise nach Pennsylvania.

– Also wirklich, Mislav, bring die Sachen zurück in die Kabine! Was führst du denn auf?, tadelt ihn Ana.

– Ich möchte nicht länger stören.

– Komm, sagt sie etwas sanfter, in Erprobung unterschiedlicher Taktiken, deine Mama weint.

– Soll sie weinen, das geht vorüber.

Ana sieht ihn wütend und verächtlich an.

– Mislav, hör mal, deine Mama weint, geh jetzt zu ihr und entschuldige dich!

Aber Mislav ignoriert sie. Er sieht aufs offene Meer hinaus, dass hier in der Adria kein wirklich offenes Meer ist, aber der Morgendunst, der einen schönen Tag verspricht, bremst den Blick in die Ferne und gibt der Adria so einen Anflug von Atlantik.

– Mislav, komm, geh jetzt zu deiner Mutter, lass dich nicht bitten!, mahnt ihn Ana.

– Nein, sagt er frech, ohne sie dabei anzusehen, sondern nur nach vorn, auf sein Amerika, wo er ein Haus bauen, ein Auto kaufen, am Wochenende Ausflüge machen und freitags auf die Bowlingbahn gehen wird, wo sich die Arbeitsbedingungen bessern werden, wenngleich er trotzdem dem Mediterranen nachtrauern wird, wie es einmal war, bis sein Leben allmählich verdorrt und versiegt.

Nach kürzerem Innehalten sagt Ana:

– Ach, kriech doch deiner Mutter in die Möse, du verwöhnter Rotzbengel!

– Kriech du doch in die Möse, sagt Mislav ganz ruhig und sieht aufs Meer hinaus.

– Idiot!, kommentiert Ana und dreht sich um. Und als sie gerade zwei kleine Schritte Richtung Heck gemacht hat, um ihn nicht mehr sehen zu müssen, setzt Mislav, wie für sich, nach:

– Schlampe!

– Wie bitte? Was hast du gesagt?, dreht sich Ana drohend um.

– Was du gehört hast!

Und wiederholt genussvoll:

– Schlampe!

Nun ist es insofern nicht gut, als Ana zu ihm nicht sagen kann „die Schlampe ist deine Mutter!" – was sie sonst getan hätte. Jugana ist ihre beste Freundin, und außerdem haben sie sich auch zu ihrem Besten in die Haare gekriegt und jene Möse zitiert, von der nur Franco und ich wissen, wie sie aussieht. Der Barba und ich beobachten die ganze Szene von erhöhter Position aus, vom Oberdeck, wie von einem Theaterbalkon. Es fehlt nur, dass wir sie anfeuern: „Hau ihm eine runter! Hau ihm eine runter!"

– Du bist nicht nur ein verwöhnter Rotzbengel, trumpft Ana auf und dreht sich ganz zu ihm um, die Hand zum Schlag bereit, du bist auch ein Abschaum. Ein menschlicher Abschaum bist du.

Und Mislav, noch immer ruhig, sagt:

– Das hat mir Mama erzählt.

– Was?

– Dass du eine Schlampe bist.

– Das ist nicht wahr!

– Oho, das ist wahr, natürlich ist es wahr.

– Deine Mama und ich sind Freundinnen, aber du hast keinen Freund, du hast nicht einmal einen Bekannten, weil du viel zu selbstsüchtig bist. Und deine arme Frau hast du vor der Zeit ins Grab gebracht.

Aber Mislav, noch immer auf dem Koffer sitzend, lässt sich nicht beirren.

– Mama sagt, dass du immer jeden rangelassen hast. Sobald dir einer schöne Augen gemacht hat, hast du ihn sofort rangelassen. Das ganze Leben ist sie mit dir zusammen, weil du ihr leidtust, verstehst du. Es war ihr peinlich, sich mit dir auf der Flaniermeile zu zeigen, weil dann die anderen dachten, sie wäre auch eine Hure …

Ana steht jetzt wütend über ihn gebeugt, ich sehe sie von hinten und ein wenig von oben, und ihre Schultern beben. So wie gestern bei Mislav. Er hat sie zum Weinen gebracht, um sich wenigstens bei einem für seine gestrigen Tränen zu rächen, die das ganze Schiff mit angesehen hat.

– Meine Mama sorgt sich ihr ganzes Leben um dich, so wie sie sich auch um mich sorgt. Und was deine Männer angeht, denk mal ein wenig nach, weshalb sie weggegangen sind, denk mal nach …

Er macht eine Kunstpause, um seinen Worten Nachdruck zu verleihen:

– Weil du überall herumgevögelt hast!

Platsch!

Ana hat ausgeholt, und die Ohrfeige hat seinen Kopf wieder nach links verrückt. Allerdings hat sie ihn dieses Mal nicht überrascht. Er kommt nicht einmal von seinem Flüchtlings-Samsonite hoch, er ruft nur weiter hinter ihrem wütenden Rücken her.

– Du hast überall herumgevögelt! Du hast überall herumgevögelt, du Haufen Fleisch!

– Ich gehe ihm die Zähne einschlagen, murmelt der Barba in seinen Bart, aber ich beruhige ihn.

– Lassen Sie, er geht bald von Bord.

– Ich setze ihn auf einem Riff aus, den Hundsfott, dann soll er auf den Delfinen nach Hause reiten, Himmelkruzitürken noch eins.

Und hier trennen wir uns. Er kehrt auf die Kommandobrücke zurück, damit statt Mislav nicht das ganze Schiff auf einem Riff endet, und ich steige hinab aufs Heck, wo Ana, verweint, schon am Tisch sitzt.

2

– Hast du diesen Abschaum gesehen, Tiho?, fragt sie mich unter Tränen, während Denis ihr zur Beruhigung ein Gläschen Johannisbrotschnaps bringt.

– Vergiss es, sage ich zu ihr. Man muss ihn ignorieren.

Toni, der sich erst jetzt aus der Koje gerappelt hat, setzt sich zu uns, noch immer schlaftrunken.

– He, was ist passiert?, fragt er, sobald er Anas rote und geschwollene Augen sieht.

– Mislav, sagt sie, als wäre sofort alles klar, als würde der Name alles sagen.

– Er hat sie beleidigt, erkläre ich.

Und dann sehen wir schweigend zu, wie sie den Johannisbrotschnaps hinunterkippt.

Die anderen sitzen im Salon und frühstücken in aller Stille. Nur Jugana fehlt, weil sie in ihrer Kabine weint und weil sie Kraft sammelt für die Begegnung mit Lidija. Die aber streicht sich triumphierend Butter aufs Brot und plaudert fröhlich mit Vera und Josip. Die gestrige Szene hat ihr ja doch die meiste Freude bereitet. Da ist auch die Klassenlehrerin, die abwesend wirkt, aber zumindest sichtbar ist.

Bald bringt Denis noch ein zweites Gläschen Johannisbrotschnaps für Ana, und Toni sagt:

– Komm, iss etwas!

– Ich kann nicht, mein Magen krampft sich zusammen.

Dann trinkt sie den Schnaps in einem Zug aus und schüttelt sich. Irgendetwas in ihr muss bestraft werden.

– Vergiss den Idioten, sage ich und tätschle ihr die Schulter, er redet Scheiße, seit er hier ist.

– Nein, sagt Ana.

– Was nein?

– Er hat recht.

– Jetzt übertreib mal nicht!

– Doch, sagt sie, immer noch mit Tränen in den Augen, er hat recht. Soll ich dir erzählen, wie ich Ante, meinen ersten Mann, kennengelernt habe?

– Schau, was immer du mir erzählst, geht in Ordnung, aber er hat es gesagt, um dich zu verletzen.

– Mit der Wahrheit, sagt sie. Ich bin alt genug, ich sehe es. Auch wie sich Juga mir gegenüber verhält und wie ich gelebt habe und alles das. Ich hätte bestimmt nicht geheult, wenn das nicht wahr wäre. Kann dich etwas verletzen, was nicht wahr ist?

Ich überlege. Ich weiß es nicht.

– Das kann es nicht, und das ist es. Dich verletzt nur, was wahr ist. So auch bei mir. Ich war jung, als ich geheiratet habe, im zweiten Studienjahr, erinnerst du dich, ihr wart alle vor der Peterskirche, dann sind wir zu sechst mit den Eltern zum Abendessen gegangen.

– Ich erinnere mich, sage ich, um sie zu beruhigen, aber ich kann mich nicht wirklich erinnern. Vielleicht ein Bild oder zwei.

– Ich habe auf der Messe gearbeitet, als Hostesse. Da hat man damals am besten verdient, im Frühjahr und im Herbst, du malochst zwölf Stunden, aber in einer Woche kriegst du ein ganzes Monatsgehalt, und dann ab Richtung Triest. Ich habe am Stand von Ferimport gearbeitet, Maschinen, Werkzeuge, Eisenwaren. Ich wusste alles über Maschinen und Werkzeuge, ich konnte Tag und Nacht darüber reden. Da kamen dann die Kerle, Geschäftsleute, für gewöhnlich hatten sie schon einen sitzen. Und der ein oder andere gab mir hier und da einen Klaps auf den Po, aber ich genierte mich nicht sonderlich, oder ich schlug ihm auf die Hand, wenn er nicht so wichtig war, aber wenn er wichtig war, habe ich zurückgelächelt. Und bin ihm anschließend aus dem Weg gegangen, das ist die beste Taktik für eine Hostesse, lächeln und weg. Denis! Geht noch einer?, hält sie ihm ihr leeres Gläschen hin.

– Lass das, dir wird schlecht, sagt Toni, iss wenigstens etwas.

– Ich frühstücke nie, sagt sie, und damit mir schlecht wird, braucht es viel mehr als drei Schnäpse. Hast du, Tiho, gewusst, wie wir uns kennengelernt haben und weshalb ich geheiratet habe?

– Das hast du mich schon gefragt. Nein.

– Ja, auf der Messe. Frühjahr vierundsechzig. Da sehe ich am Nachbarstand einen Ingenieur, wie er um eine große Maschine herumhinkt, die von mehreren Arbeitern zusammengebaut wird. Eine Produktionsanlage, vielleicht für die Nahrungsmittelindustrie, aber ich wusste nicht, was es war. Er knickte beim Gehen in der Hüfte ab, so sehr hinkte er. Eines seiner Beine war steif. Und plötzlich tat er mir leid. Aber unter seinen Leuten, unter diesen Arbeitern, war er sehr wichtig, sie sagten: „Wie dies, Herr Ingenieur, wie das, Herr Ingenieur?“ Er hatte dieses schöne Gesicht, ihr erinnert euch, kindlich und ein wenig grau an den Koteletten. Das passte irgendwie nicht zusammen, ein Baby mit grauem Ansatz. Das war echt noch trauriger als das Hinken. Und wie gesagt, er hinkte tatsächlich, in den Schlenker seines Kopfes, wenn er ging, passte die halbe Halle mit den Ständen …

– Ich kann mich nicht erinnern, dass er hinkte?

– Tat er auch nicht. Genau genommen war er dabei, sich von einem Unfall zu erholen, er hatte sich die Hüfte gebrochen. Aber das wusste ich nicht. Wenn man einen Autounfall hat und Rekonvaleszent ist, geht man nicht zur Arbeit, sondern bleibt zu Hause. Und außerdem, wenn du nach einem Bruch das Bein wieder trainierst, hast du für gewöhnlich eine Krücke oder einen Stock. Er hatte nichts, vermutlich habe ich daraus geschlossen, dass er hinkt und dass er das von einer Kinderlähmung her hat. Ich weiß nicht, wo ich das mit der Lähmung ausgegraben hatte. Aber ich war mir sicher. Und während ich ihn beobachtete, stellte ich mir sein Liebesleben vor. Ich war frei, ich lebte, wie ich wollte. Die Eltern in Glina, Großmutters Wohnung in Zagreb. Wenn ich mit jemandem zusammen sein wollte, war ich es auch. Im Übrigen weißt du das selbst, wendet sie sich an Toni, und er nickt verstehend mit dem Kopf, als handle es sich um eine Diagnose, die er bereits vor Ewigkeiten gestellt hat.

Ich fragte mich, ob eine Frau ihn überhaupt so hinkend haben wollte und welche Erfahrungen er in Sachen Liebe überhaupt gesammelt haben konnte. An diesem Abend hatte ich eine Verabredung mit einem Italiener aus Turin, der ein Geschäftspartner von Ferimport war. Er hatte ein Zimmer im Palace, und ich wusste, dass wir am Abend Sex haben würden, dass er mir am Morgen ein Parfüm oder Wimperntusche schenken würde, jedenfalls eines von den kleinen Liebesgaben, die einem so viel bedeuten. Und weißt du, was ich dachte, ich kann mich genau erinnern, ich dachte, wie leicht es für uns gehen würde, wie von selbst, aber für den Mann, der gerade um diese große Maschine herumhinkte, um dieses Wunderding, das er selbst entworfen hatte, das hatte ich von einer Kollegin gehört, für den war das vielleicht unerreichbar fern. Und so habe ich mich mit dem Italiener getroffen. Für mich war es aus Trotz, so als würde ich einer anderen Sphäre mit anderen Gepflogenheiten angehören, dem Westen. Ich ging mit dem Italiener aus, aber ich dachte an den hinkenden Mann, der eine Produktionsanlage zusammenbaut. Diese beiden Männer waren für mich Jahrhunderte voneinander entfernt. Und ich fand es auch schön, für jemanden unerreichbar zu sein.

Denis erscheint und will das Gläschen nehmen, aber Ana hält ihn am Arm:

– Wo steckst du denn? Hast du nicht gesehen, dass ich noch einen bestellt habe?

Toni ist aufgestanden und gibt Denis hinter ihrem Rücken ein Zeichen mit dem Finger, dass er ihr keinen Schnaps mehr bringen soll.

– Toni, ich habe dich gesehen, sagt sie, ohne sich umgedreht zu haben. Bring mir noch einen, kein Problem.

– Gut, gnädige Frau, murmelt Denis gesenkten Blickes, irgendwie zwischen zwei Fronten.

– Nach dem Sex, im Zimmer mit dem Italiener, passierte mir Folgendes. Als ich ins Bad ging, sagte er, er müsse kurz meinen Chef anrufen. Und als ich das Wasser laufen ließ, sah ich, dass ich die Schminksachen vergessen hatte, und ging zurück ins Zimmer, während er noch telefonierte, aber hinter mir rauschte die Dusche. Er bemerkte mich nicht, ich hörte nur Wörter mit einem komischen Akzent, er redete wie Franco: „Du kaufst ein Parfüm und fickst, so lange du willst!" Für mich war das damals echt ein Gefühl der Freiheit, Rebellion, verstehst du, Sabotage am Schicksal. Für ihn war es ein billiges Parfüm für eine Hostesse, eine Studentin, in einem armen Land. Ich raffte meine Sachen zusammen, er sah mich überrascht an, und ohne zu duschen, fast im Unterrock, lief ich aus dem Zimmer. Bis zum Ausgang hatte ich mich schon vollständig angezogen, und an einem Baum im Park vor der Akademie kotzte ich.

– Am nächsten Morgen bei der Arbeit, fährt sie fort, als ich den hinkenden Mann sah, kam er mir weniger armselig vor. Und als ich mich an Byron erinnerte, war er für mich noch interessanter. Nach der Messe ging er auf eine lange Reise, sie stellten diese Maschine irgendwo in Afrika auf, in Eritrea, denke ich. Und als er zurückkam, lud er mich zum Abendessen ein. Ich sah, dass er weniger hinkte, aber ich wollte ihn nicht danach fragen. Ich fragte ihn nur, was das für eine Maschine sei, und er erklärte mir stolz, dass es eine Anlage zum Hühnerschlachten sei. Er erklärte sie mir bis in alle Einzelheiten, dass sie an den Füßen aufgehängt werden, kopfüber, dass sie dann aufs Band kommen, wo ihnen die Kreissäge den Kopf abschneidet, dass das Blut in besonderen Behältern gesammelt und automatisch mit Salz gemischt wird, und dass die Hühner dann, ohne Kopf, in die Rupfkammer kommen, wo ihnen mit Heißdampf die Federn entfernt werden. Stell dir vor, das erzählt er mir vor dem Abendessen. Von da an trafen wir uns öfter, er war um einiges älter, aber nicht verheiratet. Und jeden Tag konnte ich sehen, wie er weniger hinkte, ohne dass ich ihn gefragt hätte, was passiert war und weshalb er hinkte. Nach sechs Monaten schließlich, wir gingen schon richtig miteinander, erzählte er mir von dem Unfall. Ich erlebte das als Enttäuschung. Ich hatte mich in einen Menschen verliebt, der hinkt, aus Mitleid, ihm gegenüber, aber auch mir selbst gegenüber, und nach einer Zeit hört er einfach zu hinken auf.

Jetzt bringt Denis den dritten Johannisbrotschnaps.

– Kann ich probieren?, frage ich.

– Bitte.

Ich trinke zwei Drittel des Gläschens ab. Sie sieht mich an und lächelt. Zum ersten Mal, seit sie geweint hat.

– Du bist echt lieb!

Sie streicht mir mit der Hand übers Gesicht.

3

Auf dem Deck der Tramuntana dauert das Drama mit Mislav noch an, weil er sich von seinem Immigrantenkoffer auch dann nicht fortbewegt, als die Sonne gefährlich herunterzubrennen beginnt. Er hat sich nur ein nasses Taschentuch auf den Schädel gelegt und sein Hemd ausgezogen. Unterdessen erholen sich Ana und Jugana am Tisch am Heck von den Tränen. Jede von den eigenen. Ana macht mit den Schnäpsen weiter, Jugana kritisiert Anas Autodestruktivität und versucht sie zur Vernunft zu bringen. Senka und ich liegen währenddessen auf dem Oberdeck, gut eingecremt mit Sonnenöl. Sie will noch ein wenig Farbe bekommen, bevor die Herbstregen einsetzen. Wir liegen nebeneinander, sie auf dem Rücken, ich auf dem Bauch, und der Barba auf der Brücke wacht über uns wie ein bärtiger Gott, der uns vor allem Unbill beschützt. Selbst vor der berüchtigten ultravioletten Gefahr.

– Hast du deine Frau je mit Huren betrogen?, fragt sie plötzlich.

– Hin und wieder, sage ich, nicht oft.

– Und mich würdest du auch betrügen?

– Nein.

– Doch. Du weißt, dass du mich betrügen würdest, das ist stärker als du. Aber weißt du, worin der Unterschied läge? Mir könntest du alles gestehen.

– Wirklich alles? Woher weißt du, dass du es ertragen würdest?

– Einfach so, ich kenne dich, entschuldige, aber du bist ein Feigling. Du bist wahrscheinlich immer zur selben Hure gegangen, zweimal im Monat, jahrelang, und es hat dich gestört, wenn sie die Farbe der Vorhänge gewechselt hat. Stimmt's?

– Nein.

– Na, gut, nein. Aber dass du es weißt, wären wir zusammen gewesen, hättest du mir alles erzählt.

– Ganz genau sogar, sage ich zu ihr, in Chiffren.

– Sei unbesorgt, du würdest es mir erzählen. Ich würde schon dafür sorgen … du weißt es selbst.

Sie sieht mich an und sagt nach kurzem Schweigen:

– Mach schon!

– Was?

– Erzähl!

– Na ja, mit der Zeit hatte sich herumgesprochen, dass ich eine gute Adresse bin, an die sich ein Mädchen mit Problemen wenden kann, ohne diese zusätzliche Befragung durch den Sozialdienst, ob sie das Kind vielleicht doch behalten will, und ohne Publizität. Abends, während der Bereitschaft, über Vermittlung.

– Das hast du gemacht?

– Ja.

– Was hättest du mir zum Beispiel zu erzählen? Wir sitzen auf dem Balkon in deiner Wohnung, trinken Kaffee und sehen auf die Stadt hinunter, so wie damals. Du bist gerade vom Dienst gekommen, ausgeruht und gut gelaunt, und ich weiß, dass du die Sache einer jüngeren Kraft überlassen hast, im Krankenhaus hast du gesagt, du gehst schlafen, hast dich dann aber davongestohlen, für ein oder zwei Stunden. Wo bist du gewesen?

– Welches Jahr?

– Anfang der Achtziger, sagen wir dreiundachtzig. Man spürt schon die Krise, es gibt keinen Kaffee und keine Waschmittel mehr …

– Ich gehe durch die Gajeva, alles voller Huren. Es sind jüngere und hübschere darunter. Die Zigeunerinnen sind die jüngsten, sie haben gute Körper, aber es mangelt etwas an der Reinlichkeit …

– Der Herr Doktor achtet auf Hygiene.

– Natürlich achte ich auf Hygiene, ich habe Angst deinetwegen.

– Du bist echt goldig.

– Und ich sehe eine Zigeunerin. Große Brüste, man sieht, dass sie etwas dicker ist, aber geschnürt, ihren runden Arsch hat sie herausgestreckt in einem engen Rock. Sie trägt Stöckelschuhe und Nahtstrümpfe, die jedoch zerrissen.

– Und das macht dich an?

– Ja, sie kommt auf mich zu und fragt mich, ob ich es im Zimmer oder draußen machen möchte. Ich sage, ich will es nicht im Zimmer machen, sondern draußen, auf die Schnelle. Und sie führt mich hinters Hotel Esplanade, direkt zu den Baracken vom Roten Kreuz, die hinter dem Sozialamt in der Mihanovićeva stehen, noch heute sind sie da. Auf der Rückseite gibt es einen kleinen Park. Wir kommen an drei Arbeitern vorüber, die vor dem Hintereingang des Gebäudes sitzen und Bier trinken. Offensichtlich wird etwas umgebaut, und für heute sind sie fertig. Die Zigeunerin geht als Erste vorbei, und sie pfeifen ihr nach, mir schenken sie überhaupt keine Beachtung. Denn was bin ich, ein Kunde. Einer von zehn heute, einer von dreihundert nur in diesem Monat und einer von über dreitausend im Jahr. So ist das Tempo hier, die Produktion läuft auf vollen Touren, auch wenn der Sozialismus seinem Ende entgegengeht. Und dann biegen wir um die Ecke in den Park. Die Arbeiter sehen uns nicht, aber sie sind da, gleich um die Ecke, wenn sie sich vorbeugen, können sie uns sehen. Ich höre, wie sie laut lachen. In dem kleinen Park steht ein kleiner Baum, Flieder, denke ich, und denke, dass er blüht, weil alles duftet. Der Flieder hat einen gegabelten Stamm. Sie zieht sich unten aus, ich sehe, sie trägt ein Mieder, sie zieht es aus, sie zieht den Rock aus, nur oben hat sie noch ein Leibchen an.

– Willst du die Titten sehen?

– Ja.

Eine nach der anderen nimmt sie die großen Titten aus dem Leibchen und sagt:

– Hier!

Ich sehe ihren nackten Hintern, sie hält sich an den Ästen des Flieders fest und streckt mir den Hintern entgegen. In dieser Stellung hängen die großen Titten herab, und ich sehe auch den Bauch. Er ist groß, gespannt, mit Streifen. Sie ist schwanger, im sechsten oder siebten Monat. Und sofort wird meiner wieder schlaff. Ich habe keine Lust mehr. Ich bin aus dem Kreißsaal geflüchtet, um eine von hinten zu nehmen, und gerate an eine Schwangere. Und was jetzt? Sie, nackt und vorgebeugt, steht da und wartet. Es ist für sie nicht gerade angenehm in dieser Stellung.

– Willst du nun ficken oder nicht?, fragt sie nervös. Da sage ich zu ihr:

– Kann ein anderer statt mir?

Sie dreht sich um. Sie ist noch immer vorgebeugt und sieht mich an, dann sieht sie sich um. Außer uns ist in dem Park keiner. Die Arbeiter sehen wir nicht.

– Wer?, fragt sie.

– Mein Alter Ego, sage ich.

Sie sieht sich um, sie versteht nicht.

– Die Arbeiter, die dir nachgepfiffen haben, sage ich. Einer, vielleicht alle drei.

– Gut, sagt sie, noch immer vorgebeugt. Meinetwegen auch der Alte, aber du gibst mir mehr Geld.

Ich gebe ihr noch fünfhundert Dinar, einen Tesla. Und sage:

– Warte!

Ich gehe um die Ecke, die Arbeiter, die vorhin gelacht haben, glotzen mich jetzt an, verwundert. Ich bin Kunde, ich war durchsichtig, jetzt bin ich es nicht mehr. Ich bleibe vor ihnen stehen. Ich trage einen leichten Frühlingsanzug, Krawatte, Mokassins aus Triest mit einer kleinen, englischen Flagge, die an der Ferse hervorschaut.

– Burschen, will jemand ficken? Es ist schon bezahlt.

Dem Jüngsten glänzen die Augen, er sieht mich an, als könnte er es nicht glauben. Er ist noch ein Junge, offenbar ein Maurerlehrling. Ihm würde es zupasskommen, er würde noch etwas lernen. Der andere, auch jünger, fragt:

– Ist das die, die hier vorbeigegangen ist?

Der älteste Arbeiter, der Meister, schweigt nur und sieht mir in die Augen.

– Die ist gut, sagt der Jüngste.

– Warum willst du nicht?, fragt der Mittlere.

– Ich werde ein bisschen zusehen, sage ich. Nur ein bisschen.

Da fragt der Meister, ziemlich ruhig, aber unfreundlich:

– Was glaubst du denn, dass wir Schweine sind?

– Nein, sage ich mit dem größten Respekt, den ich aufbringen kann, ich denke nicht, dass ihr Schweine seid.

Der Meister steht auf. Er ist groß, größer als ich, kräftige Arme, großer Bauch.

– Er denkt, dass wir Schweine sind, sagt er zu den Burschen.

– Wir könnten sie flachlegen, wenn er schon bezahlt hat, meldet sich der Kleine.

– Du halt den Mund, Kleiner, sagt der Meister. Dieser Mann hier hat dir gerade ins Gesicht gesagt, dass du ein Schwein bist.

– Das hat er nicht gesagt, ich hätte es gehört, sagt der Kleine.

Dann hören wir auch die Zigeunerin rufen. Offenbar ist sie noch nackt und streckt an der Astgabel den Hintern raus.

– Wollt ihr ficken oder nicht?

Der Meister kommt inzwischen näher. In der Hand hält er die Bierflasche.

– Der Herr Direktor denkt, dass wir Schweine sind.

– Ich bin kein Direktor, sage ich bescheiden.

Mit der freien Hand packt er mich am Kragen des Sakkos.

– Weil wir schmutzig auf dem Boden sitzen, denkt er, wir sind Schweine. Willst du, dass ich dir diese Flasche in den Arsch ramme? Damit sie dir später das Etikett aus dem Dickdarm holen?

– Nein, mein Herr, sage ich, und etwas zieht sich unten bei mir zusammen.

– Wollt ihr ficken oder nicht? Sonst ziehe ich mich an, ruft die Zigeunerin wütend.

– Ich ramm ihm die Flasche in den Arsch, sagt der Meister.

– Lass ihn, sagt der Mittlere, es lohnt sich nicht, seinetwegen auf die Polizei zu müssen.

Doch der Meister hört nicht auf ihn. Er hat mich ganz an sein Gesicht herangezogen. Er bleckt die Zähne, ich nehme den Geruch von Bier und Salami wahr.

– Die Flasche in den Arsch, sagt er.

In diesem Augenblick erscheint die Zigeunerin. Angezogen. Verblüfft sieht sie mich, den Meister und die Burschen an.

– Lass ihn, sagt sie zum Meister und steckt mir mit dem Ausdruck größter Verachtung die fünfhundert Dinar in die Sakkotasche. Ich brauche dein Geld nicht, du Idiot.

Das süße Lachen der Erniedrigten und Beleidigten. Alle lachen, die Zigeunerin, der Mittlere und der Lehrling. Dann lässt mich auch der Meister los.

Und dabei habe ich nur eine gute Tat tun wollen.

Senka sieht mich argwöhnisch an unter dieser Sonne auf dem Oberdeck.

– Das hast du getan, auch während wir zusammen waren.

In diesem Blick liegt Wut, als könnte sie mit den Augen fletschen.

– Nein, sage ich.

– Ich weiß, du hast das während des Bereitschaftsdienstes getan. Nur waren da keine Arbeiter, diese ganze Komödie hat es nicht gegeben. Du hast sie gefickt, schwanger wie sie war, und bist zurück in den Kreißsaal zum Kaiserschnitt. Das hast du getan.

– Nein.

– Mein Gott, wieso habe ich das nicht früher gesehen.

– Ich hatte eine ständige Hure, als wir uns kennenlernten, das ist wahr. Ich weiß nicht, ob ich es dir gesagt habe?

– Hast du nicht. Wirklich seltsam.

– Als es mit uns angefangen hat, habe ich zu ihr gesagt, dass ich nicht mehr kommen werde. Wir haben uns im International getroffen.

Ich verschweige natürlich, dass ich niemanden zum Verlassen hatte, außer der Hure.

– Wie naiv ich bloß war.

Sie wird nervös, eine Art Schüttelfrost packt sie, und sie beginnt bei dieser Hitze zu zittern.

– Willst du, dass wir hinuntergehen?

– Mit dir will ich nirgendwohin.

Sie ist aufgestanden und beginnt ihre Sachen zusammenzusuchen. Sonnenöl, das Buch, Nabokovs *Fahles Feuer*, die Haarspange, die Gesichtscreme, die kleine, halb geleerte und schon warme Flasche Jana, das Handtuch. Und marschiert die Stufen hinunter.

4

Unten hat sich Mislav endlich vom Bug fortbewegt, weil die Sonne zu stark geworden ist. Er hat seinen Koffer in den Salon geschleppt und ihn neben der Bar abgestellt, er selbst sitzt jetzt auf der Bank neben der offenen Glastür. Am Tisch auf Deck sitzen seine Mutter und Ana. Sie schweigen nach den Tränen, und Toni bringt ihnen echte Limonade, die Denis an der Bar gemacht hat. Es herrscht Stille, nur das Eis klirrt in den Gläsern. Ich gehe hinunter und setze mich neben Ana, da es oben zu heiß geworden ist und uns hier unten doch das große grüne Zeltdach schützt.

– Hast du Senka gesehen?, frage ich.

– Sie hat gesagt, sie will sich frisch machen, sagt sie, habt ihr euch etwa gestritten?

– Nichts Ernstes, beruhige ich sie.

– Es wäre nicht verwunderlich. Von Anfang an streiten wir hier, sagt sie.

Mislav hat das Tüchlein abgenommen, er hat das nasse Haar glatt nach hinten gekämmt und sieht irgendwie jünger aus. Oder hat ihn die Boshaftigkeit verjüngt? Jugana wird, im Gegensatz zu ihm, immer älter. Gebeugt, mit roten Augen, kratzt sie mit dem Fingernagel ein verkrustetes Stückchen Fett von der lackierten Holzfläche. Sie putzt, auch wenn sie sich dessen nicht bewusst ist.

– Mislav, was hast du da zu Ana gesagt? Komm, jetzt entschuldige dich schön!

– Hamster, sagt Mislav, erinnerst du dich, wie Papa und ich im Spaß gesagt haben, du sammelst wie ein Hamster? Oder hast du das auch vergessen? Wenn du eine Freundin mit nach Hause gebracht hast, hat Papa nur „unser Hamster“ gesagt. Das bedeutete, du hast ein neues Haustier angeschleppt.

– Hör auf, Mislav, ich habe gesagt, dass du dich entschuldigen sollst.

– Ana ist dein ältestes Haustier. Was habe ich falsch gemacht? Große Hamster-Mama, Übermutter, verdammt noch mal.

– Jetzt hör endlich auf, du hast so schon allen die Abireise verdorben, sagt Ana.

– Das ist keine Abireise, Ana, erinnere dich, die habt ihr schon längst absolviert, das hier ist eine Orgie von Senilen, hier verhält er kurz und fügt dann hinzu, mich eingeschlossen.

Stille. An das Geländer hinter uns gelehnt stehen Toni und Franco. Franco, der mit Jugana kein einziges Wort mehr gewechselt hat, hat in Toni seine Rettung und einen Gesprächspartner gefunden. Als ich ihn ansehe, denke ich, gleich holt er wieder aus. Doch er hält sich zurück.

– Du bist ständig am Manipulieren, wendet sich Mislav nun an seine Mama in einem intimen Ton, als gäbe es uns nicht. Als wären wir, das Publikum, im Dunkeln.

– Sich aufopfernd, immer für die anderen da, pass auf, dass du den nicht verletzt, pass auf, dass du diesem nicht auf die Zehen trittst, und sie, gnädig, erntet die Früchte ihrer Güte. Was für eine Güte, für den Arsch, dein ganzes Leben schmierst du den Leuten um dich herum Honig ums Maul, bist hilfreich, organisierst, sorgst für Gerechtigkeit. Wieso wird es dir nicht langweilig, mein Gott? Weißt du, was mich am meisten gequält hat, als ich klein war?

– Was?, fragt Jugana müde, aber ironisch, da sie offenbar denkt, dass ihn nichts hätte quälen können.

– Alle diese Cousins und Cousinen, die bei uns gewohnt haben. Unsere Wohnung war wie ein Bahnhof. Sie hat sogar in mein Zimmer noch ein Bett hineingestellt, für diese Kinder, damit sie während des Studiums bei uns wohnen konnten, später haben sie sie nicht einmal mehr gegrüßt. Sie sind auf der Straße vor uns geflüchtet, wenn sie mit der Uni fertig waren und Arbeit gefunden hatten, damit sie dir keine Dankbarkeit zeigen mussten. Auch du hast es gesehen, aber du hättest es nie zugegeben, eher wärst du verreckt, als dass du es zugegeben hättest. „Er hat uns nicht gesehen“ oder „er hat es eilig“, so hast du geredet, und das Schwein hat bei uns vier Jahre lang gelebt und gefressen.

– Mein Gott, in was hast du dich verwandelt, sagt Jugana, habe ich das aus dir gemacht?

– Gemacht? Was? Du machst aus mir einen Affen, seit ich auf der Welt bin. Wisst ihr, was sie gemacht hat? Ich bekam die Sachen von diesen älteren Cousins, aus denen sie herausgewachsen waren, darin bin ich zur Schule gegangen. Aber wir hatten das Geld. Sie hätte mir eine Hose kaufen können.

– Das waren noch immer gute Sachen. Sie waren nicht abgetragen.

– Klar waren sie nicht abgetragen, kam er wieder mit erhobener Stimme, aber sie waren nicht modern, blöde Kuh! Sie haben mich in der Schule ausgelacht. Hast du nicht gesehen, wie sie mich in der Schule ausgelacht haben? Die Frau Doktor wollte nicht, dass ich ein Angeber werde, deshalb hat sie mir keine neuen Sachen gekauft, sie wollte nicht, dass ich mich vor den anderen Kindern aufspiele, weil ich etwas habe und sie nicht, und deshalb hat sie mich angezogen wie den letzten Bauerntölpel. Wenn mit Schlag modern ist, trage ich enge Hosen, wenn eng modern ist, trage ich Schlaghosen, alle tragen Tennisschuhe und ich welche, die spitz sind. Und das ist nicht etwas, was mich jetzt stört, damit wir uns verstehen, ich habe kein Trauma wegen der unmodischen Hosen, aber ich will, dass du weißt, was du getan hast. Ich will, dass du es weißt, blöde Kuh!

Er schreit und spuckt um sich, während er redet. Gott sei Dank sitze ich nicht neben ihm, denke ich, dann würde ich Scheibenwischer für die Augen brauchen. Vera und Lidija, die nach dem Frühstück in die Kabine gegangen sind, um sich umzuziehen, betreten den Salon und setzen sich an den ersten Tisch, im Gespräch, distanziert. So als hätten sie das Gebrüll nicht gehört, aber Lidija genießt es offensichtlich.

– Du spielst allen immer etwas vor, und die Nachbarn lachen über dich. Ein altes Weib, zu der der Liebhaber des Nachts kommt, damit ihn niemand sieht. Und der zwei Häuser weiter parkt. Glaubst du, ich weiß nicht, wie dich die Weiber auf der Straße ausrichten, im Alter wird sie noch zur Hure. Der Ihre ist ja noch flott unterwegs, sagen sie, aber was findet er an ihr, an dieser Bohnenstange? Mama, sie nennen dich Bohnenstange, und du bist freundlich zu allen, du liest ihnen ihre Diagnosen auf Latein vor …

– Bist du fertig?, sagt Jugana.

In diesem Moment reitet die Tramuntana auf eine größere Woge auf, die von einem vorbeifahrenden Schiff stammt, denn das Wetter ist ansonsten gut, es geht kein Wind, und die Sonne brennt herunter. Das ganze Schiff hüpft, die Gläser auf dem Tisch zittern, manche fallen um, und jetzt spüren wir, dass der Barba Gas gibt. Wir hören den Motor und haben spürbar beschleunigt, damit wir so schnell wie möglich ankommen. Und dann ist statt der leisen dalmatinischen Folklore aus den Lautsprechern wieder Silvas Stimme zu vernehmen:

– Liebe Abiturienten, der Plan hat sich geändert. Unser Kapitän lässt ausrichten, dass wir auf das Schwimmen unterwegs verzichten und stattdessen Zadar direkt anlaufen.

Und alle wissen, damit wir Mislav so bald wie möglich von Bord kriegen. Wie mag er sich fühlen, wenn er so viele Leute anwidert?

Auch Jugana hat die Durchsage gehört und weiß, wem sie gilt. Sie ist rot angelaufen, das Nägelkratzen auf dem lackierten Holz und überhaupt, die Aktivität der Hände, hat sich intensiviert. Sie sieht Mislav an, als würde sie ihn zum ersten Mal sehen, wie manche Frauen, wenn sie niederkommen und das blutige und hässliche Wesen sehen, das sie aus sich herausgepresst haben, ein Stück Scheiße mit Ärmchen und Beinchen. Dieser Blick dauert einen Augenblick, eine Sekunde oder zwei, in denen sich die ganze Enttäuschung der Welt vereint. Ein oder zwei Momente, in denen wie eine elektrische Welle der Gedanke durch den Kopf strömt: „Ist er ein zukünftiger Verbrecher, ein Mädchenwürger, Frauenschlitzer, die reine Hässlichkeit der Seele?“ Und dann wäscht die Schwester den kleinen Schreihals, wickelt ihn und legt ihn der Mutter an die Brust:

– Da ist der kleine Gagarin, sagt sie zum Beispiel, oder, ganz der Paul, Paul Newman, er hat genauso blaue Augen.

Und die Mutter, nun beruhigt, schmiegt ihn an sich, und eine überirdische, in der Biologie verankerte Liebe bricht plötzlich aus ihren Augen. Juganas Blick der Wut, des Entsetzens, des Ekels und der Fragen währt allerdings länger als diese zwei Sekunden. Und wir sind alle Augenzeugen, wie sich Mislav für sie jetzt in etwas verwandelt, was er bis dahin nie gewesen ist.

– Gerade habe ich bedauert, dass du nicht gestorben bist, hallt es in der Stille wider. Hast du gehört? Es tut mir leid, dass du nicht krepiert bist, damals auf der Infektionsstation, an der Meningokokkensepsis!

Müde steht sie vom Tisch auf, in den Händen ihre Schaumstoffmatte, und geht langsam zum Bug, von wo aus sie ihn nicht sehen kann. Das ist der Höhepunkt. Eine besorgte Mutter hat soeben ernsthaft bedauert, keine Sohnverwitwete zu sein. Und ich muss daran denken, wie im Krieg die Söhne fallen und man ihnen den Rest seines Lebens nachtrauert, während sie in Friedenszeiten vor den mütterlichen Augen oft nur dahinschmelzen wie Bitterschokolade in der Augustsonne.

Wir fahren weiter, ohne sonderliche Gespräche untereinander, die Tramuntana schüttelt sich, droht zu kentern, reitet mit Vollgas auf den Wellen, nur dass sich das Schweigen, das nach Juganas Worten zurückgeblieben ist, irgendwie ein wenig verflüchtigt hat. Und es wird sich ganz verflüchtigen, wenn wir Mislav auf der Riva in Zadar ausgeschifft haben. Vor der jahrhundertealten Mauer, die zu brechen nicht einmal den Venezianern gelungen ist und an der noch immer das Bild von Ante Gotovina hängt. Wir haben uns mit unserer Sonnencreme mit Kinderfaktor, mit unseren Büchern und Wasserfläschchen an Deck verteilt. Ich sehe Senka, wie sie ihr Handtuch auf jenem Fleckchen Schatten ausgebreitet hat, den die Kabine der Tramuntana in dem schmalen Durchgang wirft. Ich will sie nicht stören.

Allerdings ist auch zu sehen, dass sich jetzt, wo wir fast alle auf die ein oder andere Weise untereinander zerstritten sind, selbst Senka und ich, wenngleich nur wenig und aller Wahrscheinlichkeit nach nur kurz, eine seltsame Gemeinschaft gebildet hat. Jetzt, wo wir schweigen und nicht streiten, sehe ich, was das Schiff aus uns gemacht hat. Plötzlich finden wir uns alle gemeinsam mitten in einer Bewegung, die wir nicht gewohnt sind, etwa dieses Festhalten an der Reling, auch wenn das Meer noch ruhig scheint und der Jugo erst allmählich stärker wird, reitet die Tramuntana schon auf den Wellen auf. Das ist eine Bewegung, die alle an Deck, die sie nicht gewohnt sind, auf fast gleiche Weise vollführen, denn das Schiff verlangt sie von ihnen. So wie im Übrigen auch ein Haus Ähnliches verlangt. Senka zum Beispiel hat die Bewegungen meiner Mutter wiederholt, obwohl sie sie nie kennengelernt hatte. Sie stützte sich auf die gleiche Weise auf die Fensterbank. Die war sehr niedrig, und damit man sich abstützen konnte, musste man die Knie etwas beugen, das Gesäß hinausstrecken, es gab keine andere Möglichkeit, als sich so mit den Ellbogen auf das Fensterbrett zu stützen, um auf die Straße hinauszusehen. Das Haus war das Modell, dem sie sich anpassten. Das, was der Architekt entworfen und der Modernismus der Dreißiger erfunden hatte, Flachdächer, Würfelformen und große Glaswände, erwies sich als Gussform für unsere Bewegungen und unser Leben. Wie oft hat sie mich mit diesem herausgestreckten Hintern scharfgemacht. Und wie oft habe ich mich von hinten an sie gelehnt. Nicht mehr. Nur gelehnt. Etwa auch wegen meiner Mutter? Faszinierend ist, wie das Leben vom Zeichenbrett auch in seinen schwer vorhersehbaren Varianten in ein Bauwerk übergeht und wie dann dieses Bauwerk uns unmerklich zu lenken beginnt. Es bestimmt die Schritte, drei durch den Vorraum bis zur Küche, zehn bis zu den Schlafzimmern, zum einen und zum anderen, geradeaus durch den langen Flur, sieben bis zur Fensterbank im Wohnzimmer. So auch das Schiff. Die Kiste mit den Rettungswesten verlockt einen zum Sichdraufsetzen. Da sie aber niedriger ist als die normale Sitzhöhe, sitzt man in einer charakteristischen Pose mit gebeugten Knien. Jetzt wechseln wir uns der Reihe nach in dieser Pose ab, als würden wir einer in den anderen übergehen. Und wenn wir jemanden sitzen sehen, dort wo wir bis vor Kurzem selbst gesessen sind, verspüren wir diese intuitive Gemeinschaft. So schafft auch das Schiff, nicht nur der Teil des durchlebten Lebens, diese stille Gemeinschaft, der wir nach jenem schrecklichen Satz Juganas unerwartet ausgesetzt sind. So als würde sich etwas mit etwas anderem wieder ausgleichen und ins Gleichgewicht kommen. Und so sehr wir auch geredet, uns gestritten und beleidigt haben, etwas hat uns in dieser Stille einander nähergebracht.

Zadar zeigt sich zuerst als Glockenturm, der aus einem grauen Massiv aufragt, in dem weder Häuser noch Palazzi auszumachen sind, und gewinnt erst später die erkennbaren Formen jener Stadt, von der wir Rettung erhoffen. Wir legen an der Riva an, nahe dem Arsenal, und während Denis und der Barba manövrieren, damit wir ordnungsgemäß festmachen können, sind manche schon bereit für den Landgang. Sie haben leichte Röcke oder kurze Hosen über die Badekleidung gestreift, denn es ist noch heiß, sie haben sich mit Hüten, Kappen und Sonnenbrillen bewaffnet. Und so bereit, haben sie sich um den Tisch am Heck eingefunden. Mislav ist schon nicht mehr da. Er hat sich mit seinem Koffer wie die Pest davongeschlichen, sich von niemandem verabschiedet und bei Silva auch nicht für die zwei Übernachtungen und das Essen, das er auf dem Schiff verzehrt hat, bezahlt. Das wird wohl seine Mama übernehmen müssen. Aus dem Lautsprecher meldet sich wieder Silva:

– Verehrte Abiturienten, wir haben in Zadar angelegt und werden in Kürze zur Stadtbesichtigung aufbrechen. Das antike Zadar, die Kirche des Heiligen Donat, die Meeresorgel und die Hauptstraße, die Kalelarga.

Wir sehen einander an, Jugana hat das Programm offenbar angepasst, und nun machen wir uns an die Besichtigung der historischen Denkmäler, endlich wird man zur Würdigung der wahren Werte dieses Landes schreiten. Lidija lächelt natürlich, denn das ist ihr großer Sieg. Und während wir uns an Heck versammeln, kommt auch Jugana mit der Lehrerin. Sie hat gebadet, ist geschminkt, hergerichtet, und hat auch der Lehrerin geholfen, sich festlich zu kleiden. Mit keinem Wort erwähnt sie Mislav.

– Wir werden uns die Stadt ansehen, alles, was man hier sehen muss, und danach gehen wir zum Abendessen. Wir haben ab acht Uhr reserviert, also nehmt bitte alles mit, was ihr für einen längeren Aufenthalt in der Stadt braucht. Vielleicht auch eine leichte Strickjacke, falls es am Abend kühl wird. Und nach dem Abendessen haben wir an Bord eine kleine Überraschung und eine Party vorbereitet.

Während sie spricht, sieht Lidija sie prüfend an. Ihre große Figur in dem dunkelgrünen Kleid, das silberne Haar, das sie gekämmt und hergerichtet hat, die gepflegten Nägel, die schönen Mokassins, mit flachem, aber sehr weiblichem Absatz. Und nachdem Jugana gesagt hat, was sie zu sagen hat, tritt eine kurze Stille ein, und in diese Stille hinein meldet sich Lidija zu Wort.

– Weißt du, Juga, flötet sie süßlich, wenn ich deinen Sohn sehe, bin ich froh, dass ich nie geheiratet habe.

Wir sehen uns alle an, entsetzt. Für Lidija ist Mislav der Sieg ihrer Lebensart, eines Lebens, das sie sich nicht selbst ausgesucht hat, sondern das ihr zugefallen ist, mit dem sie allerdings gut zurechtgekommen ist. Das ist der Sieg all dessen, was sie bei sich als Fehlschlag angesehen hat, verglichen mit Juganas Leistungen: Studieren, um Menschen zu helfen, sich in einen Menschen zu verlieben, der ebenfalls so sehr den Menschen helfen will, dass er die Menschen in seiner Nähe, Jugana und Mislav, nicht sieht, ein

Kind auf die Welt bringen, das ganze Leben arbeiten, um anderen zu helfen, selbst die Freunde so wählen, um dann am Ende einen solchen Fehlschlag zu erleben. Einen grandiosen Fehlschlag allerdings.

5

Der Augenblick von Lidijas Triumph hat eine Mischung aus Ekel und Mitleid hervorgerufen, einen emotionalen Cocktail, mit dem wir im Leben bereits Bekanntschaft gemacht haben, der aber solcher Natur ist, dass er jedes Mal, wenn er kommt, einen noch widerlicheren Beigeschmack hat. Neue Nuancen. Und als Silva mit ihrem Smiley am Heck erscheint, zeichnet sich auf der Tramuntana bereits eine kleine Rebellion ab.

– Gehen wir, meine Damen und Herren, sagt sie und setzt den Fuß aufs Fallreep, das uns mit dem Festland verbindet, als ich meinen Hut auf den Tisch lege:

– Geht ruhig, ich habe das alles schon gesehen. Ich werde hier warten.

Ana sieht mich einen Augenblick lang an, ihre Augen blitzen, und auch sie sagt:

– Ich bleib auch hier, mit Tiho. Ich habe es auch schon gesehen.

Dann nimmt auch Toni die Kappe von seinem kahlen Kopf:

– Geht ihr, ein paar von uns werden hierbleiben.

– So gehört es sich, kommentiert Marijan. Ich habe es auch schon gesehen.

Unter denen, die sich zum Gehen vorbereitet haben und schon warten, herrscht für einen Moment Konsternation. Jugana indessen lächelt von einem Ohr zum anderen. Die Rebellen haben sich plötzlich auf ihre Seite geschlagen, völlig unerwartet, als unverhofftes Geschenk.

– Und was machen wir mit dem Abendessen?, fragt sie, mehr ordnungshalber als ernst gemeint.

– Wir werden hier essen, macht euch keine Sorgen um uns, sagt Ana.

Und so sind wir an diesem Abend in Zadar gefährlicher und gründlicher gespalten als in den ersten drei Tagen. Zwischen uns ist eine große Kluft aufgebrochen, und der Abstand zum anderen Tisch oder zum anderen Ende des Tisches genügt dem Seelenfrieden nicht mehr. In die Stadt gehen am Ende nur Lidija, Vera, Josip, die Lehrerin, Silva und Jugana. Sie fühlt sich als Organisatorin natürlich verpflichtet an der Stadtbesichtigung und dem Abendessen teilzunehmen, obwohl sie, das ist zu sehen, lieber bei uns bliebe.

– Jetzt lassen wir sie mit dieser Schlange allein, sagt Alma. Vielleicht sollten wir doch mitgehen?

– Nein, meldet sich Senka, sie soll wissen, dass wir auf ihrer Seite sind.

Und so marschiert der kleine Rentnertrupp, gebremst nur durch die Lehrerin, Silva und ihrem gelben Smiley nach. Als schritten sie in eine lächelnde, sonnige Zukunft. Eigentlich gehen sie aber, Schritt für Schritt, in die Vergangenheit: antikes Zadar und St. Donatkirche, Patrizierpalais und venezianische Gotik. Diese Smileys verwendet Silva sichtlich ausgiebig, sie verschickt sie per SMS, klebt sie ans Ende ihrer E-Mails, ein neues Zeichen der Glücksbefindlichkeit. Sie gehört zu jener Generation, die in der Schule, in der ersten Klasse, vor allen Noten, Smileys bekommen hat, so, wie sie auch mein Denis bekommt. Andrea hingegen, die ja bedeutend älter ist als meine Tochter, hat noch eine Biene bekommen. Damals herrschten der Kult des Fleisses und der Arbeit und das kameradschaftliche Lied, das die Arbeit feiert, jetzt herrscht der Glücks- und Genusskult. So würden alle sagen. Die Sache verhält sich indessen umgekehrt. Damals wurde mehr über die Arbeit geredet und gesungen, aber definitiv weniger gearbeitet. Heute hingegen, wo man so sehr den Genuss feiert und vom Glück spricht, arbeitet man unvergleichlich mehr als früher. Die kleine Biene und das Smiley, zwei kleine, seltsam konträre Symbole, Kristallisationspunkte unserer kurzen Menschheitsgeschichte.

Und jetzt, wo sich die anderen, die weniger Populären, entfernt haben und ich auch schon den Schimmer einer Idee habe, weshalb sie schon damals weniger populär waren, verspüren wir Erleichterung. Auch Mislav ist nicht mehr da, um Spannung zu erzeugen, und so ist es jetzt ruhig auf der Tramuntana. Kaum haben wir angelegt, ist auch der Barba irgendwohin verschwunden, vermutlich auf der Suche nach seinen meteorologischen Helfershelfern, und Denis hat versprochen, zum Abendessen für uns Tintenfische in die Pfanne zu werfen. Wir beginnen mit dem Johannisbrotschnaps, den Ana am Morgen, auf nüchternen Magen, gekippt und dem sie zeitweilig auch im Laufe des Tages zugesprochen hat. Eigentlich könnte sie uns drei Männer, aus Trotz, unter den Tisch trinken.

– Zum Wohl!, sage ich und erhebe mein Glas, und alle erwidern:

– Zum Wohl!

Glücklich und einstimmig.

– Oho, Ana hat einen guten Zug, sage ich, sie säuft seit dem Morgen, und man merkt ihr nichts an.

– Ich denke, sagt Marijan, es geht bei ihr mit den Tränen raus.

– Du bist echt ein Affe, sagt Alma, sie ist vor Weinen fast zusammengebrochen, und du machst Witze.

Bis neun Uhr am Abend sind wir schon ziemlich illuminiert, und der Johannisbrotschnaps aus Novalija ist alle.

– Die aus der Stadt bleiben aber lange weg, sagt Alma.

– Alma, es ist erst neun, die Tage sind schon bedeutend kürzer, sagt Senka, die kommen sicher nicht vor elf. Bis sie sich alles angesehen haben, bis sie zu Abend gegessen haben.

– Was denn, dann haben wir die Party erst um elf?, sagt Ana.

– Welche Party?, frage ich.

– Hast du nicht gehört, dass Juga etwas von einer Party gesagt hat? Wenn sie aus der Stadt zurückkommen.

– Ja, sagt Marijan, wieder eine Überraschung.

– Leute, ich habe von Überraschungen genug für die ganze Reise, sagt Toni. Ich möchte nicht mehr mit ansehen müssen, wie jemand hier vor allen die Hosen runterlässt. Das ist geschmacklos, verdammt noch mal.

– Habt ihr gesehen, wie Juga die Lehrerin hergerichtet hat? Vielleicht hat sie Geburtstag oder so?, sagt Senka.

– Nein. Sie ist im Mai geboren, Stier. Erinnert ihr euch, wie wir immer gesagt haben, sie ist stur wie ein Stier?, sagt Ana.

– Leute, ich bin von ihr etwas enttäuscht. Ich dachte, sie würde etwas energischer sein, sagt Toni.

– Du bist echt verrückt, sagt Senka, die Frau ist neunzig Jahre alt. Was erwartest du von ihr? Dass sie uns den Hintern versohlt?

– Das würde mir gefallen …, gibt Marijan seinen Senf hinzu.

– Marianchen, warum musst du eigentlich immer so tun, als wärst du das größte Schwein?, fragt Ana.

– Das macht er spontan, konstatiere ich.

– Hört ihr das? Marianchen hat sie gesagt, sagt Senka. Das ist doch schon was.

– Wenn es das nur wäre, erwidert Ana, aber sieh dich selbst an. Du schläfst schon zwei Nächte mit Tihomir, und wir haben das überhaupt nicht kommentiert.

– Entschuldige, sagt Senka, ich habe nur Spaß gemacht. Und außerdem ist zwischen uns nichts gewesen. Stimmt's, Tiho?

– So ist es, muss ich gesenkten Hauptes zugeben.

– Mir gefällt dieses Marianchen, so haben wir ihn genannt, erinnert ihr euch.

– Marianchen, und hundertfünfzig Kilo, setze ich hinzu.

– Hundertneunzehn, korrigiert mich Marijan.

– Dieses Kleid trägt sie heute zum ersten Mal, sagt Alma über die Lehrerin, sonst trägt sie jeden Abend ein und dasselbe.

– Wo hat sie es herausgezogen?, frage ich.

– Wie, wo?

– Aus der Tasche oder aus dem Koffer?

– Wie soll ich das wissen? Ich war nicht dabei, Juga hat sie angezogen.

– Man sieht doch wohl, ob der Koffer offen ist?

– Was hast du bloß immer mit diesem Koffer?, fragt Senka.

– Ich glaube nicht. Der Koffer ist immer zu, die Sachen zum Anziehen nimmt sie aus der Tasche.

– Siehst du, sage ich zu Senka.

– Ich sage euch, mit diesem Koffer stimmt etwas nicht. Wieso hat sie ihn mit, wenn sie nicht ihre Kleidung darin aufbewahrt?, unterstützt mich Marijan.

– Mein Enkel hat gesagt, da ist ein Toter drin, dann setze ich hinzu, damit der Effekt stärker wird, zerstückelt.

– Vielleicht trägt sie ihren Verstorbenen mit sich herum, mumifiziert, entwickelt Marijan seine eigene Theorie.

– Ihr seid echt eklig, sagt Ana. Lasst die Frau in Ruhe.

– Auch ich denke, dass mit diesem Koffer etwas nicht stimmt, erklärt Toni. Das habe ich mir schon in Opatija gedacht, als Tiho und Marijan ihn schleppten. Was will sie mit einem so großen Koffer für eine so kurze Reise? Eine alte Frau?

– Es gibt nur einen Weg …, sage ich.

– Lass dir bloß keinen Unsinn einfallen, sagt Senka, als wäre sie meine Mutter und nicht meine ehemalige Geliebte.

– Wir sehen uns nur ein wenig um, setzt Marijan hinzu. Alma, du hast den Schlüssel!

– Du wirst doch wohl nicht bei der Lehrerin in den Sachen herumwühlen, sagt Ana, bist du verrückt?

Marijan umarmt Ana, die böser tut, als sie es ist.

– Komm, für dein Marianchen.

Ana überlegt. Auch sie wird offensichtlich von der Neugier geplagt, jetzt braucht man nur noch dem Gewissen eine Brücke zu bauen. Dafür kommt Tonis Feststellung gerade recht:

– Wenn das die Überraschung ist, was spricht dagegen, dass wir sie etwas früher sehen?

Wir schweigen einen Moment. Es wäre so einfach.

– Ich mache da nicht mit, sagt Ana, das ist euch doch wohl klar?

– Dann geh du von Bord und pass auf der Riva auf, falls sie kommen, sage ich zu ihr. Wir werden nur gucken.

Das habe ich mir selbst schon einmal gesagt, aber solche Wiederholungen zeitigen auch vergleichbare Dinge. Verschiedene Varianten von Unschuldsverlust zum Beispiel.

Und so geht Ana die Gangway hinunter zur Riva, und Marijan, Alma und ich gehen diskret zur Kabine der Lehrerin. Vor der Tür bleibt Alma stehen.

– Was wartest du, drängelt Marijan, mach auf! Wir haben nicht den ganzen Tag.

Auch dieser Satz ist mir bekannt. Sie sperrt zögernd auf und sieht dabei ängstlich auf die Riva hinunter. Aber als wir in dem engen und stickigen Raum sind und Alma das schwache Deckenlicht angemacht hat, sehen wir den Koffer neben dem Bett. Er nimmt einen Gutteil des freien Raumes der Kabine ein.

– Wir können ihn nicht hier aufmachen, flüstert Marijan, komm, wir tragen ihn hinaus.

– Nein, flüstert Alma, sie wird wissen, dass ich ihn aufgemacht habe.

– Wir sind in einer Minute fertig, sagt Marijan, Tiho, halte das andere Ende.

Wir nehmen den Koffer wie eine Leiche und heben ihn, Alma macht einen Schritt zurück, auf den Gang hinaus.

– Wir müssen ihn hochkant nehmen, dirigiert Marijan, so geht er nicht durch die Tür.

Irgendwie bringen wir ihn hinaus und tragen ihn langsam zum Tisch am Heck. Eigentlich ist es mehr ein Schleppen als ein Tragen.

– Wäre ihr Verstorbener da drinnen, lamentiert Marijan, wäre er nicht so schwer. Der wäre wohl getrocknet?

Endlich sind wir mit dem Koffer am Ziel und legen ihn auf den Tisch. Er nimmt fast die ganze Tischplatte ein.

– So, sagt Marijan, mach ihn auf!

– Mach du, sage ich, als würde das alles etwas mildern.

– Noch könnt ihr ihn zurückbringen, sagt Senka. Aber man kann sehen, dass auch sie jetzt neugierig ist.

Ich stehe Marijan gegenüber, und Senka, Toni und Alma stehen neben mir. Marijan untersucht die Schlösser.

– Mach schon, er ist nicht verschlossen, beeil dich, sagt Alma zu ihm.

Wir hören, wie zuerst ein Schloss klickt, und dann, nach kurzer Zeit, auch das zweite. Langsam hebt er den Deckel einen Spalt breit an. Nichts ist zu sehen. Nur Finsternis da drinnen. Marijan beugt den Kopf zum Spalt hinunter und tut so, als würde er hineinschauen.

– Pass auf!, sagt Senka.

Und alle fahren zusammen.

– Idiot!, sagt Alma.

Und dann ist er endlich offen. Alles ist schön zusammengelegt, präzise, offensichtlich hat man darauf geachtet, dass alles hineinpasst. Nur, Kleidungsstücke gibt es keine. Eine Schuhschachtel ist da, Fabrik Kraš, das Etikett aus den Fünfzigern. Drei dicke Bücher, Fotoalben, ein kleines Bündel aus rotem Musselin, darin eingewickelt Kaffeetassen aus blauem Kobalt, mit Goldrand. In jeder Tasse ein Papierballen, rundherum Stoff, damit sie nicht zu Bruch gehen, die Porzellanfigur eines Hundes, eines Setters oder langhaarigen Jagdhundes, eine altertümliche Nussmühle, eine Okarina aus Keramik, in Zeitungspapier gewickelt. Die Zeitung ist relativ neu, *Jutarnji List* von vor zwei Wochen. Eine Schachtel aus rotem Kamelleder mit marokkanischem Muster, darin Schmuck. Perlen aus grauem Perlmutt, Silberbroschen, Kameen und Korallen. Eine vergoldete Jakobsmuschel aus Metall, die man öffnen kann: drinnen altertümliches Manikürezubehör. Ein aufgerolltes Porträt der Lehrerin in Bleistift, mit der Unterschrift M. S. 1958. Dann Bücher: Bolesław Prus, *Pharao;* Vladan Desnica, *Zimsko ljetovanje*, „Winterliche Sommerfrische"; Tin Ujević, *Auto na korzu,* „Ein Auto auf dem Corso", mit der Widmung: „Der lieben Hermina, hochachtungsvoll, Belgrad 1951." Eine Mappe mit Ausschnitten aus der Zeitschrift *Vikend,* Rezepte für Kräutertees. Natürlich ist da auch ein Album, in helles Leder gebunden, mit Schulfotos. Das sind Gruppenfotos aller Klassen, die sie unterrichtet hat. Das erste ist von uns, 4c, 1961. Auf dieser Seite ist auch ein kleiner Artikel aus *Novi List* eingelegt, nur ein paar Zeilen, fotokopiert und zusammengelegt. Marijan faltet ihn vorsichtig auseinander, als wäre er ein Papyrus aus einer Pyramide. Das Datum ist der 13. September 2010. Von vor drei Tagen. Das Foto zeigt eine Gruppe von Menschen im Hafen von Opatija, wie sie neben ihren Koffern stehen und auf etwas warten.

– Jessas, das sind wir, sagt Ana, ich wusste gar nicht, dass es in der Zeitung stand.

„Am Samstag hat sich eine Klasse Zagreber Abiturienten, Absolventen des Schuljahrs 1960/61, zu einer erneuten Abireise im Hafen von Opatija eingefunden. Zu den einstigen Abiturienten hat sich auch ihre Klassenlehrerin, Frau Hermina Sruk (90), gesellt, für die das die erste Klasse war. Die Abiturienten werden sich auf der Tramuntana einschiffen und mit guter

Laune und im Schwelgen in schulischen Erinnerungen zwischen den Kvarner Inseln hindurch nach Zadar und zurück fahren. Wir wünschen ihnen alles Gute und ruhige See."

– Das ist vermutlich die Überraschung, sagt Toni, ich habe es auch nicht gewusst. Hast du?

– Nein, sage ich.

Ich betrachte unser Foto aus der Schule. Aufgenommen vermutlich im September 1961. Wir sind in der Klasse aufgestellt, die größten in den hinteren Reihen stehen auf Stühlen, aber das ist nicht zu sehen, dann kommen die kleineren, die stehen, und schließlich in der ersten Reihe die, die sitzen. In der Mitte sitzt natürlich unsere Klassenlehrerin. Die meisten von uns tragen Schulkittel, und wir lachen gekünstelt in den Apparat. Ich merke, dass ich manche Schulkameraden auf dem Foto gar nicht wiedererkenne, und ich entsinne mich auch nicht mehr der Namen.

Und dann sagt Alma mit einem Kloß im Hals:

– Ana, was machst du denn hier?

– Ich sehe mir an, wie idiotisch wir aussehen, antwortet Ana.

– Passt du denn nicht auf?, sagt Marijan besorgt.

– In diesen paar Minuten wird schon nichts passieren, sagt Ana, und genau in dem Moment steigt Jugana, die Lehrerin unter den Arm gefasst, an Bord der Tramuntana, und beide kommen fröhlich näher. Im nächsten Augenblick bleibt die Klassenlehrerin stehen und starrt auf ihre auf dem Tisch ausgebreiteten Sachen wie auf eine unanständige Nackte, sie starrt auf ihren offenen Koffer, die Reste ihres Porzellans, das aufgerollte Porträt und die Bücher. Kurzum, ihr ganzes Leben. Die arme alte Frau sieht sechs betrunkene, alte Adoleszente, wie sie über ihren Erinnerungen sabbern.

– Mein Gott, Kinder, was habt ihr da getan?, bringt sie gerade noch heraus, mit heiserer Stimme, den Tränen nahe.

Jugana steht fassungslos neben ihr, und der Schock ist auch auf den Gesichtern der anderen zu sehen.

– Kinder, was habt ihr da getan, wiederholt Frau Sruk, und das ist alles. Man kann nichts mehr reparieren. Eine schwere Enttäuschung hat die Älteste von uns getroffen.

– Ihr macht euch über meine Armut lustig, sagt sie durch die Tränen hindurch in dieser Stille.

Und Marijan beginnt rasch die Sachen in den Koffer zurückzulegen.

– Lass mich das machen, springt Jugana dazwischen, du wirst noch etwas kaputt machen.

Und jetzt macht sie sich mit der größten Vorsicht ans Werk, man könnte auch sagen, mit Liebe, und beginnt die zerbrechliche Wanderausstellung wieder zurückzulegen.

Die Lehrerin umfängt uns noch einmal mit ihrem tränennassen Blick und dreht sich um, und Lidija fasst sie unterm Arm, und so gehen sie langsam zu ihrer Kabine.

7

Wir sitzen um den Tisch, in völliger Stille, wie nach einem Ustascha-Massaker: Toni, Alma, Senka, Marijan, Ana und ich. Jugana sieht uns mit feuchten Augen an. Die anderen haben sich in ihre Kabinen eingeschlossen und versuchen neben dem Abendessen auch das geschmacklose Dessert zu verdauen. Genau jetzt hätte die Party stattfinden sollen, die Verabschiedung von der Klassenlehrerin, da sie am nächsten Morgen endgültig und definitiv von Bord geht. Sie geht ins Altersheim in Zadar, sie hat das Zimmer schon vor einem Jahr reserviert, und alles hat gut zusammengepasst. Sie hätte auch Anfang des Sommers gehen können, erklärt uns Jugana in aller Kürze, aber sie hat diese Abireise abgewartet, um wenigstens einen Teil des Weges mit uns zurücklegen zu können. Nach dem Abendessen ist Jugana mit ihr das Zimmer besichtigen gegangen, ein Zweibettzimmer, da sie nicht das Geld für ein Einbettzimmer hat. Ihre Pension reicht dafür nicht, aber sie hat eine kleine Abfindung für die Wohnung bekommen. Sie hatte das Wohnrecht, eine Vierzimmerwohnung in der Praška, in der sie praktisch ihr ganzes Leben verbracht hat. Aber dann sind in den Neunzigern von irgendwo Erben aufgetaucht und haben einen Rechtsstreit angestrengt, der fast zwanzig Jahre gedauert hat. Sie hat den Prozess verloren, und es drohte ihr die Delogierung, deshalb hat sie für das Heim gespart. Es sollte irgendwo am Meer sein. Sie, eine geborene Zagreberin, wollte bis zu ihrem Tod das Meer sehen. Jugana hat ihr dabei geholfen, den Heimplatz hier in Zadar zu finden. Sie hat niemanden mehr, ihr Mann ist vor dreißig Jahren gestorben, die Freundinnen sind ebenfalls schon verblichen, und Kinder hat sie keine gehabt. Und so ist sie, mit einem Koffer, auf die Abireise nach Zadar gegangen. Hier, in Borik, hat sie mit ihrem Mann jahrelang den Sommer verbracht. In Arbanasi hat sie ihre einzige lebende Nichte, die sie von Zeit zu Zeit besuchen wird. So ist das. Sie wird mit noch einer Greisin in einem engen Zimmerchen leben, bis sie stirbt. Jetzt liegt sie in ihrer Kabine und denkt über Menschen nach, die sie erzogen hat. Die zu erziehen ihr aber nicht gelungen ist.

Vierter Teil

Auf ernst

1

Nach Senkas Auszug lernte ich die Vestibüls zahlreicher Zagreber Hotels kennen: Jadran, Palace, Dubrovnik, Central. Die Mädchen saßen in den Eingangshallen und sahen für gewöhnlich aus wie Geschäftsfrauen, nur etwas aufreizender gekleidet. Oder sie kamen auf Anruf des Empfangschefs. Im International suchte ich als Erstes nach Aida. Ich wartete zwei Abende, an der alten Stelle, bei einem elend schlechten Cappuccino, aber sie erschien nicht. Dann überwand ich die Scham und fragte Beli, Empfangschef und Legende unter den Zagreber Zuhältern jener Zeit.

– Sie arbeitet nicht mehr, sagte er voll professioneller Würde, sie hat geheiratet.

Na dann alles Gute, dachte ich und begann andere Hotels aufzusuchen. Ich schlief mit einer Frau aus dem Palace, aber das war eine teure und schlechte Erfahrung. Im Hotel Jadran, in der Vlaška, hatten die Straßenschwalben vom Platz der Republik und von der Tkalčićeva ihr Domizil, aber das war für einen einigermaßen anständigen Mann, dem zudem der Liebesschmerz zusetzte, ein inakzeptabler Ort. Das Esplanade war für mich bis dahin ein unbekanntes Terrain, eine Terra incognita, wo sich die Schatten ausnehmend hübscher Frauen bewegten, die aber leider erheblich über meiner Gehaltsklasse rangierten. Dort sah ich zum ersten Mal eine Frau in der Hotelbar, die gleich mit zwei Ausländern am Tisch saß. Sie sah ganz normal aus, und es entging mir nicht, dass sie ausgezeichnet Englisch sprach. Es war genau genommen schwer zu sagen, ob sie eine Dame war, die hier ordinierte, oder ein normaler Gast. Vermutlich verweilte mein Blick längere Zeit auf ihr, und so erwiderte sie ihn. Aber eher uninteressiert, so wie man eine Person im Vorübergehen ansieht, die schon in der nächsten Sekunde reine Vergangenheit sein wird. An diesem Abend trank ich mein Getränk aus und ging nach Hause, um in aller Ruhe um Senka trauern zu können. An solchen Orten, wo die Luft schwanger war von dem, was Senka zutiefst verletzt hätte, dachte ich nicht an sie. Das waren Räume, in die sich der Gedanke an meine einstige Liebe nicht verirrte, und so war es mitunter, dass ich mich in den Vestibüls der Hotels geradezu vom Liebesleid erholte, so wie ich nach einer Pause von ein, zwei Stunden geradezu wieder zu dürsten begann nach diesem Leiden, weil mir schien, dass ich infolge einer hinterfotzigen Ungerechtigkeit um das gebracht wurde, durch das ich durchmusste. Zwei oder drei Tage später ging ich allerdings wieder ins Esplanade. Nicht etwa, weil mich das Mädchen mit dem normalen Aussehen sexuell angezogen hätte, sondern aus Neugierde. War es möglich, dass ein so normales Mädchen an einem solchen Ort arbeitete? Sie war nicht groß, sie hatte etliche Kilos zu viel und glattes, dunkles Haar, das irgendwie einen Stich ins Rötliche aufwies. Auch ihre Kleidung war normal, eine lange schwarze Tunika, Jeans und Schuhe mit flachem Absatz. Außerdem trug sie eine unproportional große Tasche mit sich herum.

Dieses Mal saß sie allein auf dem hohen Barhocker, vor sich ein Glas mit gezuckertem Rand und eine Schachtel Marlboro und zu ihren Füßen die schwarze Tasche von der Größe eines eingerollten Labradors. Was will sie damit, dachte ich, und in diesem Augenblick bemerkte sie, dass ich sie ansah. Sie deutete mir mit der Hand, ich solle mich neben sie setzen. Kaum hatte ich den hohen Hocker erklommen, beugte sich der Barmensch schon zu mir herüber.

– Für mich einen Napoleon, sagte ich, für die Dame noch mal dasselbe.

– Ich habe noch, sagte sie.

In diesem Moment kam mir der Gedanke, wie sehr gerade ein Kognak mit dem Namen des zwergwüchsigen Heerführers, der die Welt verändert hatte, zu mir passte.

– Sind Sie im Hotel abgestiegen?, fragte ich, nur um etwas zu sagen.

Sie zeigte ein Lächeln, bei dem ich nicht wusste, ob es spöttisch oder gutmütig gemeint war.

– Was ist, sagte sie unvermittelt, willst du ihn eintunken?

Ihre Offenheit schockierte mich. Vor allem an diesem Ort, aber bereits im nächsten Augenblick zeigte sie einen deutlichen Effekt hinter dem Schlitz der grünen Samthose, die mir Senka in Graz gekauft hatte.

– Okay, sagte ich.

– Gut, Katerchen. Wenn du das Getränk gezahlt hast, nimmst du ein Zimmer und wartest oben auf mich.

Ich zahlte das Getränk und mietete ein Zimmer, das ein Fünftel meines Monatssalärs kostete und nach Süden blickte. Durch das Fenster sah ich das Gebäude des Hauptbahnhofs aus ungewöhnlich schräger Perspektive, die Bahngleise und die Dächer der Wohnbaracken in der Paromlinska. Alles erleuchtet von starken Eisenbahnscheinwerfern. Von unserem größten Luxushotel bis zur äußersten Not in der Paromlinska waren es nicht einmal zweihundert Meter Luftlinie. Ich nahm mir noch einen kleinen Napoleon aus der Zimmerbar, goss ihn in ein Gläschen, neben dem in mehreren Sprachen WILLKOMMEN stand, und sah zu, wie von Westen langsam, begleitet von einem Pfiff, ein Zug in den Bahnhof einfuhr. Ich trank den Napoleon, aber das Mädchen aus der Hotelhalle kam noch immer nicht. Ich nahm einen weiteren kleinen Kognak, dieses Mal einen Courvoisier, und nippte daran, während ich den Zügen zusah. Das Warten zog sich, und mit einem Mal begann ich überhaupt an ihrem Kommen zu zweifeln. Was konnte schiefgegangen sein? Eine Razzia? Bessere Kundschaft? Alles Mögliche ging mir durch den Kopf. Und die Minuten verstrichen. Fast dachte ich, sie komme definitiv nicht. Dann kam mir der Gedanke, sie sei überhaupt keine Dame zum Mieten, sondern eine normale Frau, die ich mit meiner Aufdringlichkeit beleidigt hatte und die sich auf diese Weise an mir rächte. Eine mutige Geschäftsfrau, die genug hat von den aufdringlichen Kerlen in den Hotels, die glauben, sie wäre eine Prostituierte. Für solche gibt es vermutlich das Protokoll „nimm dir ein Zimmer und warte". Und erst jetzt, interessanterweise, am Boden der Erniedrigung in dem teuren Zimmer, in dem ich bis zum Morgen alleine schlafen würde, um dann mit hängenden Ohren nach Hause zu fahren und mich für den Dienst umzuziehen, meldete sich von irgendwo der Gedanke an Senka. Neben Senka drängte sich natürlich auch Andrea ins Bild, als würde sie mit ihrem piepsigen Stimmchen sagen: „Tiho, ich bin auch da." Und gerade Andrea, so klein, aber luzide, war es, die zu mir sagte: „Idiot, du hast ihr nicht die Zimmernummer gesagt." Ich hätte das Zimmer nehmen und an die Bar zurückgehen müssen, um ihr die Nummer zu sagen. Und schon griff ich nach meinem Sakko, um hinunterzustürzen, vielleicht war sie noch nicht weggegangen, als mir plötzlich klar wurde, dass ich es gar nicht mehr wollte. Senka und Andrea waren viel zu präsent, die drei Kognaks hatten mitgeholfen, das seltsame Wehr zu öffnen und den Gedanken an ein glückliches Leben mit ihnen hervorströmen zu lassen.

Sie kam in dem Augenblick, als ich bereits ein völlig anderer war als der, der sie unten an der Bar gemietet hatte.

– Du hast dich doch wohl nicht betrunken, sagte sie, als sie die beiden Kognakfläschchen auf dem Tisch bemerkte.

– Nein, sagte ich. Ich wusste nicht, sollte ich sie dabehalten oder ihr sagen, sie solle gehen.

– Katerchen, du hast dich noch nicht ausgezogen?

Sie sah mich verwundert an, als würden in einem Wölkchen über meinem Kopf in herzförmigen, rosafarbenen Rahmen Senka und Andrea schweben.

– Warte im Bett, ich muss ins Bad.

Sie ging, schleppte auch ihre große Tasche mit und schloss die Tür. Wieso wusste sie die Nummer, fragte ich mich. Als ich mich ausgezogen und nackt ins Bett gelegt hatte, als das angenehme, zärtliche Laken meine Haut umspielte, spürte ich, wie ich erneut immer mehr Körper wurde und Senka und Andrea allmählich verblassten, bis sie am Ende mit letzter Kraft „papa" winkten und entschwanden. Jetzt meldete sich die Erektion, aber eine Erektion, die nicht vorbereitet war auf die Überraschung, die nun folgte.

Auch sie war eine andere geworden. Aus dem Bad kam eine Verwandelte, wie ein flatternder Schmetterling, dessen zuckender Flug in der Luft das abstrakte Bild einer großen Blüte beschreibt. In der engen, hellblauen Uniform einer Krankenschwester, mit einem Käppchen auf dem Kopf, in Netzstrümpfen und weißen Stöckelschuhen, lächelte meine Nymphe, als wären wir im Dienst und schickten uns an zu einem leichten Eingriff. Sie begann um das Bett herumzutänzeln, als habe sie einen richtigen Kranken zu versorgen.

– Katerchen, möchtest du das Fötzchen lecken?, sagte sie, und ihr Blick begegnete meinem überraschten Blick, mit einer Form des Mundes und einem Zustand des Gesichtes, die den Schock nicht verhehlen konnten. Sie hielt inne.

– Wolltest du das nicht?, sagte sie abrupt ernst geworden.

So lernte ich die „Schwester" kennen, die erste Krankenschwester unter den Prostituierten, die Legende der Zagreber Hotelszene der Siebziger, als der Widerhall der sexuellen Revolution sich verschämt auch bei uns hören ließ. Die Sache war die, dass Schwester Hure auch in Wirklichkeit Krankenschwester war. Vormittags im Rebro, auf der Kardiologie, knetete sie mit den Händen die verschrumpelten Schwänze der Kranken und schob ihnen den Katheter ein, aber dreimal die Woche arbeitete sie abends im Esplanade, wo sie für erheblich mehr Mäuse das spielte, was sie sonst tagsüber wirklich tat. Hier beschäftigte sie sich ebenfalls mit männlichen Geschlechtsorganen, aber die waren in der Mehrzahl der Fälle jünger und aufgerichtet. Sie brauchte sie nur ein wenig mit der Hand oder dem Mund zu bearbeiten, um ihnen ein Präservativ überziehen zu können. Als sie erst einmal den Ekel vor dem Körper überwunden hatte, und das war sehr früh geschehen, noch in der Schwesternschule in der Vinogradska, ging alles leicht und normal. So sparte sie für eine kleine Wohnung. Es lag eine gute Portion Ironie darin, hatte aber auch sein Praktisches. Die Uniform voll mit männlichem Samen wusch sie in der Krankenhauswäscherei, und eigentlich wechselte sie für die zwei so unterschiedlichen Tätigkeiten die Uniform überhaupt nicht. Sie war die Erste. Fast anderthalb Jahrzehnte später, in den Neunzigern, als alles zusammenbrach, besserten viele Krankenschwestern und Hebammen ihre finanzielle Lage mithilfe eines Gewerbes auf, das zwar nur unwesentlich älter war als die Medizin, dafür aber um ein Vielfaches einträglicher. Es habe, erzählte sie, auch äußerst heikle Situationen gegeben. Einem Klienten, mit dem sie am Abend im Esplanade gewesen sei, sei sie einen Tag später auf der Kardiologie wieder begegnet, auf der Intensivstation mit einem starken Infarkt. Er habe sie nicht wiedererkannt, obwohl sie dieselbe Uniform und dieselbe Frisur trug. So sei ihr klar geworden, dass ihre Kunden völlig andere Menschen sind als die Patienten im Krankenhaus. Selbst wenn sie ein und dieselbe Person sind. Und zwar nicht, weil sie irgendwelche anderen, besseren Menschen waren, sondern deshalb, weil sie durch die Krankheit andere geworden waren. Im Esplanade habe sie den Hochmut derer gespürt, die Geld haben, und dieser Hochmut sei auch bei den Anständigsten zum Ausdruck gekommen. Aber wenn sie ins Krankenhaus kamen, verwandelten sie sich in zitternde, arme Würstchen. Manchmal können auch Patienten unangenehm sein, aber hinter diesem unangenehmen Benehmen sehe immer die Angst hervor. Sie wollen nicht nur ihre Geilheit befriedigen, sondern etwas viel Grundlegenderes: Sie werden gequält von Lebensgier.

Es dauerte eine Weile, bis die „Schwester" begriffen hatte, dass mich ihre Uniform überhaupt nicht erregte, was ihr nicht ganz verständlich war und was ihr noch unverständlicher wurde, als ich ihr sagte, dass ich Arzt sei. Ich ging zweimal monatlich zu ihr, um mich zu heilen, gewöhnlich nachdem ich zu Senka in die Wohnung hinaufgegangen war, um ihr Geld zu leihen. Das Ersparte, das von Vaters Kriegsrente übrig geblieben war, ging gefährlich zur Neige. Später kam sie zu mir nach Hause, damit ich mir kein Zimmer nehmen musste. Die „Schwester" arbeitete schwarz. Und so wie ich mir, während ich mit Senka schlief, andere Frauen vorgestellt hatte, unter anderem auch Huren, die mich wie ein Schleppdampfer zu meiner Geliebten zogen, stellte ich mir jetzt mit der Hure, sozusagen mit einer Kollegin, Senka vor. Wenn ich mit ihr Liebe machte, war ich zärtlich, wie ich es mit Senka schon lange nicht mehr gewesen war, und nach einigen Monaten regelmäßigen Zusammenkommens, nachdem sie mir den Tarif ermäßigt hatte, kamen auch einige unerwünschte Effekte in jenem Teil ihrer gespaltenen Seele zum Tragen, der der wirklichen Krankenschwester gehörte. In jenem Teil der Seele, der seit den frühesten Mittelschultagen in der Vinogradska von der Heirat mit einem Doktor träumte.

– Ich denke, du brauchst eine Frau, sagte sie bei einer Gelegenheit, nachdem wir Liebe gemacht hatten, stand aus dem Bett auf und ging, nackt wie sie war, während es noch von ihr tropfte, in die Küche und wusch das aufgestapelte, schmutzige Geschirr ab. Ich betrachtete ihren nackten Hintern, während sie das tat.

– Doktoren heiraten Schwestern und keine Huren, sagte ich zu ihr im Scherz, als sie ins Bett zurückkehrte.

– Verschwinde, knurrte sie. Versuch nur noch einmal, von mir die Möse zu kriegen.

Aber wenn ich sie anrief, kam sie stets.

Die Tage konnten ihr manchmal gefährlich zusetzen. Einmal kam sie und brachte fünf Liter Wein in einem Demijohn mit, und wir füllten uns in der Nacht so ab, dass wir es am Morgen kaum zum Dienst schafften. Zuerst brachte ich sie nach Rebro und fuhr dann selbst hinunter in die Petrova. Später erzählte sie mir, sie sei an dem Morgen noch so betrunken gewesen, dass sie bei einem relativ jungen Infarkt das schlaffe Glied genommen und, anstatt ihm einen Katheter zu setzen, angefangen habe, es zu wichsen und zu lecken, er, angeschlossen an die Apparate, habe allerdings von dem, was da vor sich ging, nichts mitgekriegt. Sie habe erst aufgehört, als sie den entsetzten Blick der Kollegin gesehen habe, die mit der sauberen Schüssel für die große Notdurft hereingekommen war.

2

Seit Senka mit Andrea in ihre Wohnung zurückgekehrt war, half ich ihr häufig finanziell aus, denn sie hatte nur ein geringes Einkommen.

– Nur bis ich mich ein bisschen gefangen habe, sagte sie.

Jede Begegnung mit ihr erzeugte einen seltsamen Schmerz in der Lunge, den gleichen, den ich verspürt hatte, als sie nach dem Tod von Frau Ksenija nach Genf geflogen war. Sie rief mich an und sagte:

– Entschuldige, dass ich dich wieder störe, aber Andrea braucht einen Wintermantel.

– Hast du denn die Alimente noch nicht gekriegt?

– Doch, das Urteil ist ergangen, aber das Geld ist noch nicht gekommen.

– Gut, ich komme am Nachmittag.

Und so stieg ich wieder dasselbe heruntergekommene Treppenhaus hinauf, das diesen leichten Salpetergeruch hatte, aber jetzt unvergleichlich leichter als damals, als wir hier ihre Mutter pflegten. Ich klingelte, aber anfangs rührte sich nichts. Ich wusste, dass sie es gehört hatte, aber auch, dass sie zögerte, damit es nicht so aussah, als erwartete sie mich ungeduldig wegen des Geldes, das ich bringen würde. Ich klingelte ein zweites Mal, etwas stärker, um ihr die Illusion zu verschaffen, als würde ich tatsächlich glauben, sie habe es nicht gehört, und dann waren im Flur leise Schritte zu hören.

– Möchtest du einen Kaffee?, sagte sie und ließ mich vorbei in die Wohnung. Nie fragte sie, ob ich vielleicht etwas essen möchte. Einmal, als ich schon entschlossen war, ihr kein Geld mehr zu leihen, öffnete ich zufällig den Kühlschrank und entdeckte, dass er leer war. Ein andermal kam Andrea, die ich selten sah, leise zu mir und flüsterte mir ins Ohr:

– Tiho, kaufst du mir eine Pirogge?

Sie wollte kein Eis, sie wollte eine Pirogge. Und passte gut auf, dass die Mutter nicht sah, wie sie mit mir flüsterte. Das Paar silberner Kerzenständer, das hier gestanden hatte, solange wir Frau Ksenija pflegten, war nicht mehr da.

– Was ist mit den Kerzenständern passiert?

– Die Untermieter haben sie gestohlen, sagte sie.

Auf Schritt und Tritt stieß ich in der großen Wohnung auf Spuren schweren Mangels. Seit sie ausgezogen waren, hatte sie mir auch nicht erlaubt, Andrea in den Zoo oder ins Kino auszuführen.

– Sie muss lernen, ohne dich zu leben, sagte sie.

Mit der Zeit hatte sich eingebürgert, dass ich ihr zweimal im Monat Geld brachte, eine halbe Stunde blieb, einen Kaffee trank und wieder ging. Ich stellte fest, dass der Innenhof, auf den die Küche hinaussah, immer hässlicher wurde. Schmutzige Fassaden, an denen der abgefallene Verputz große Löcher hinterlassen hatte, schwarze Spuren von Wasser, das von den schmutzigen Dächern rann, weil die Dachrinnen löchrig waren, aufgehängte Wäsche (Frauenunterhosen in traurigen Größen und aus der Mode gekommene Männerpyjamas), Tauben, die alle horizontalen Flächen gesprenkelt hatten, gesprungene Terracottafliesen im Garten und die Leute aus den Kellerwohnungen, die Papierrosen herstellten. Hässlichkeit und ein Gefühl der Sinnlosigkeit traten überall offen zutage.

– Zahlst du die Betriebskosten?

– Diesen Monat noch nicht, aber ich werde es tun.

– Nimm das hier für Strom. Für Gas gebe ich dir etwas, wenn ich mein Gehalt bekomme.

– Danke, sagte sie und küsste mich unerwartet auf die Wange.

Seit ihrem Auszug und der Geschichte mit dem Zwerg, Ende September, hatte sie mich kein einziges Mal mehr geküsst.

Von Senkas Fenster aus sah ich in diesen Tagen auf hässliche Höfe hinunter, vom Balkon meines Wohnzimmers hatte ich die ganze Stadt im Blick. Ich trat morgens auf den Balkon hinaus, mit einem Tässchen Kaffee, und sah hinunter, über die Dächer unserer Straße hinweg, auf die Stadt, die sich immer mehr ausbreitete. Seit Kurzem geschah etwas Seltsames mit dieser Stadt. Ihr Erscheinungsbild veränderte sich unglaublich rasch. Mir kam es so vor, als würde unten im Südteil jeden Tag ein neues Hochhaus aus dem Boden sprießen. Das Seltsame daran war, dass ich es erst sah, wenn es schon fertig war, wobei der Bauvorgang, wenn über der unfertigen Betonkonstruktion wie ein Storch mit unglaublich langem Schnabel der schlanke Kran wachte, mir irgendwie entgangen war, als gäbe es in meinem Bewusstsein ein schwarzes Loch. Mein Bewusstsein schien mit diesen Veränderungen nicht zurande zu kommen, und meine Wahrnehmung weigerte sich, das neue Faktum anzuerkennen. Und während das Faktum gebaut wurde, während die Betonkonstruktion in die Höhe wuchs, während sie mit Verputz oder Glas verkleidet wurde, war meine Wahrnehmung wie eine Festung, die nichts anderes hineinließ als Milchkaffee, Drosselgezwitscher und Lindenblütenduft. Nur das, was es für mich seit jeher in dieser Straße gegeben hatte. Erst wenn die bauliche Tatsache endgültig war, erst wenn die Augen ihr nicht mehr ausweichen konnten, weil sie den bläulichen Horizont in zwei ungleiche Teile zerschnitt, erst dann ließ ich sie in mich hinein und fragte mich verwundert, wann sie so rasch emporgeschossen sein mochte. Ich hatte nicht den Prozess gesehen, nur seine beunruhigenden Folgen. Kurzum, es gab in dieser Wohnung jene Aussicht nicht mehr, die Senka vom Balkon gehabt hatte, als wir noch morgens gemeinsam Kaffee tranken. Die Welt hatte sich rasch verändert und war nicht mehr die Unsere.

Hochhäuser und Pornofilme kamen zur selben Zeit auf. Genau als Senka auszog und sich mein Sozialleben aufgrund der Umstände intensivierte, fingen die Freunde massenhaft an, sich Projektoren für Super-8-Filme anzuschaffen. Die Ausrede war immer dieselbe: Wir haben den Projektor und die Kamera gekauft, um die Kinder bei Ausflügen und Geburtstagen zu filmen, um mit der modernen Methode des Bewahrens von Erinnerungen mitzugehen, die eine größere Überzeugungskraft und lebendigere Vergangenheit versprach. Aber die Sache beschränkte sich darauf, dass wir auf Partys, auf denen keine Kinder waren, schwedische und deutsche Pornos sahen. Fast immer, wenn wir uns ein wenig angetrunken hatten, holte der Mann des Hauses den Projektor heraus und sagte zu einem seiner Freunde:

– Hilf mir mal beim Montieren.

Und während die Männer montierten, protestierten die Frauen:

– Nicht schon wieder. Das ist langweilig.

Wenn allerdings die Projektionen begannen, waren die Frauen lauter bei der Sache als die Männer.

– Sieh dir das blöde Huhn an, wie sie Grimassen schneidet.

Oder:

– Nicht für eine Million Dollar würde ich so etwas machen.

Auf Männerveranstaltungen wiederum, wenn man genug getrunken hatte, gab es auch solche, die die Hand in die Hosentasche steckten. Danach erzählten sie von ihren sexuellen Ausflügen außerhalb der Ehe, und alles endete gewöhnlich mit dem Schlechtmachen der eigenen Ehefrau. Wie konservativ und verklemmt sie sei, dass sie nicht gewillt sei, der Ehe neuen Pepp zu geben. Die Generation von Idealisten, die an spanischen und jugoslawischen Fronten bereit gewesen war, ihr Leben für Gleichheit und Freiheit einzusetzen, wurde allmählich abgelöst von der Generation jener, die in engen, abgedunkelten Liebhaberkreisen für die Freiheit des Fickens kämpften.

Kurz vor dem Tag der Toten Ende Oktober 1972, ein Jahr nachdem sie aus meiner Wohnung ausgezogen war und ihren Blick vom Balkon den aufdringlichen Hochhäusern anheim gegeben hatte, rief mich Senka weinend an. Es war Samstagmorgen, und ich stand gerade unter der Dusche.

– Tiho …, stammelte sie, aber in der Folge war nur ein Schluchzen zu hören, durch das hier und da ein undeutliches Wort zu dringen versuchte.

Ich war wie versteinert. Ich glaubte, Andrea sei etwas zugestoßen. Alle meine im Prinzip unschuldigen Fantasien über ihren Tod begleiteten mich den ganzen Weg bis zur Solovljeva, weil mir Senka einfach nicht hatte sagen können, was passiert war.

Andrea öffnete. Ich fasste sie unter den Achseln, hob sie in die Luft und küsste sie, glücklich, dass sie am Leben war. Senka wiederum saß am Tisch in der Küche, vor sich einen vollen Aschenbecher, etliche Kippen waren nur angezündete und sofort wütend ausgedrückte Zigaretten, weiße, fiebrig gekrümmte Schlangen aus Papier und Tabak.

– Was ist passiert?

Ich hatte sie wohl wieder verprügelt erwartet, mit Löffeln auf dem Gesicht. Aber sie sagte nur:

– Die verfluchten Hinčs!

Die Hinčs waren ihre Verwandten mütterlicherseits, die ich nie kennengelernt hatte, von denen sie mir aber seinerzeit erzählt hatte.

– Sie sagen, dass mir meine verstorbene Mutter ganz egal sei, weil ich ihr Grab nicht pflege.

– Wer hat dir das gesagt?

– Alma. Sie war oben und wollte Mamas Grab besuchen, aber die standen schon alle da und zerrissen sich die Mäuler über mich, haben aber selber keine einzige Kerze angezündet, stell dir vor. Sie hätten wenigstens das billigste Gesteck kaufen können, wenn sie schon wissen, dass ich kein Geld habe.

– Du hast kein Geld?

Sie sah mich wütend an mit Tränen in den Augen.

– Ich werde doch wohl eher dem Kind etwas zu essen kaufen, als das Geld auf diesen blöden Friedhof schleppen.

Ich sah sie an, die so seltsam Gebeugte, Barfüßige, im Schlafrock ihrer Mutter mit Rosenmotiven, die ein wenig an die Papierrosen aus dem Hinterhof erinnerten. Diese seltsame Symmetrie lenkte für einen Augenblick meine Aufmerksamkeit ab, als ich mich an Mutters Kleid mit den Rosen erinnerte und an unsere Kletterrose, die so gewuchert war, dass man überhaupt nicht mehr auf dem Hofgeländer sitzen konnte.

– Du hörst mir überhaupt nicht zu, presste sie durch die Zähne, du hast mir nie zugehört.

– Gut, sagte ich in versöhnlichem Ton, jetzt wirst du dich schön anziehen und dann gehen wir auf den Mirogoj und werden Mama das schönste Grabgesteck kaufen, das wir unter den Arkaden finden. Einverstanden?

Sie sah mich noch immer so wütend an.

– Du glaubst, dass man mit Geld alles lösen kann.

– Ich glaube nicht, dass man mit Geld alles lösen kann, sagte ich ganz ruhig zu ihr, aber das hier ja. Zieh dich an!

Und so mündete dieser Morgen in einer Tournee zu den Gräbern der Allernächsten. Bei Senkas Mama ließen wir ein Gesteck aus roten Rosen und Orchideen zurück, das teuerste, das ich gesehen hatte, und dann besuchten wir meine Mama und meinen Papa. Als wir am Grab meiner Eltern standen und die vergoldeten Lettern sahen, hakte sie sich bei mir ein und sagte:

– Dein Papa fehlt mir.

Und als wir im Käfer die Grškovićeva hinunter Richtung Stadt fuhren, sagte sie:

– Du hast zu viel für Mamas Gesteck bezahlt.

Wir waren gerade beim Haus von Savka Dabčević-Kučar, über die man nicht mehr sprechen durfte, als sie mir an den Schlitz fasste.

– Du bist so gut zu mir, und ich so abscheulich zu dir!

Mein Glied war sofort steif, obwohl ich es nicht wollte. Die Erregung verursachte einen starken seelischen Schmerz, und dieser Schmerz wirkte leider erregend.

– Komm heute Abend zu mir, wenn Andrea eingeschlafen ist, flüsterte sie mir ans Ohr. Und bring etwas Geld mit. Es muss nicht viel sein, denn die Blumen waren teuer.

Bis zum frühen Nachmittag hatte ich nicht vor in die Solovljeva zu gehen, aber dann begannen mich die Bilder von Senkas Armut erneut zu erregen. Das Bild der schmutzigen Wände ohne die Altgoldrahmen, auch ohne die Kalenderreproduktionen von Picasso und Gauguin. Erst am Abend gab ich nach. Ich lief die Treppe zu ihr hinauf, bezahlte rasch, und wir gingen zum freigeräumten Sofa. Alles war bereit, sie war in Mamas Schlafrock, und darunter hatte sie nichts an.

So fing ich an, sie für Geld aufzusuchen. Was wir bisher nur gespielt hatten, war auf einmal Wirklichkeit geworden.

3

Als Senka und ich nach dem Tag der Toten 1972 unsere Beziehung erneuerten, zumindest auf dieser Zahlungsbasis, meldete sich wieder die traurige Notwendigkeit, die eine Hure wegen einer anderen verlassen zu müssen. Die „Schwester" kam am Donnerstagabend, am Ende eines weiteren Tages mit Totgeburten, und brachte eine Flasche Prosecco und einen Käsestrudel mit. Allerdings nahm sie es, als ich ihr sagte, dass wir Schluss machen müssten, völlig gleichmütig auf. Derart gleichmütig, dass es verletzend wirkte. Aber es tut nur wenig weh, sagte ich mir, nichts, was über Nacht nicht vergehen könnte. Ich sagte es ihr, bevor wir ins Bett stiegen, und wir aßen den Strudel angezogen, am Küchentisch, den Blick auf die funkelnde Stadt unter uns.

– Du bist ein anständiger Kerl, sagte sie, du hättest es mir auch hinterher sagen können.

– Hätte ich, aber so habe ich Geld gespart.

– Wieso bescheißt du dich ständig selber?

– Ich weiß nicht. Ich bin so.

– Anständig bist du ihr und mir gegenüber.

– Ja, sagte ich und versuchte mit allen Mitteln das Gespräch in die Länge zu ziehen, damit es wenigstens ein bisschen nach einer wirklichen Trennung aussah.

Die Tatsache, dass ich mit der „Schwester" Schluss gemacht hatte, bot mir die Möglichkeit, zu Senka nicht zweimal, sondern viermal im Monat zu gehen, ohne dass sich meine ohnehin großen Ausgaben für die Lebenshaltung ernstlich erhöht hätten. Allerdings war unsere Beziehung schon von Anfang an seltsam. Als sie noch mit mir zusammenlebte, in der Wohnung meiner Eltern, hatte Senka eingewilligt, mit mir Liebe für Geld zu machen, aber unter sehr aktiver Mitwirkung ihrerseits. Ich bezahlte, aber wir machten wirklich Liebe, sehr leidenschaftlich und mehrere Male die Nacht. Sehr oft und auf ihr Insistieren hin, umsonst. Jetzt, wo wir irgendwie wieder zum Ort des Verbrechens zurückgekehrt waren, wirkte Senka überhaupt nicht mehr mit. Sie nahm das Geld, stellte die Uhr auf den Tisch und lag ruhig da, während ich das Meine verrichtete. Sie wollte mich nicht einmal mehr küssen. Anfangs dachte ich freilich, das sei ihr Beitrag zur Authentizität dieses Geschäftes, aber später begann es mich doch zu stören.

– Und wenn du ein wenig mittun würdest?, sagte ich bei einer Gelegenheit zu ihr.

– Für Geld kriegst du nur das, antwortete sie.

Mit der Zeit bemerkte ich an ihr auch Spuren von Ekel. Während wir Liebe machten, und das immer ich auf ihr und sie ruhig und mit gespreizten Beinen unter mir, hielt sie ihren Kopf so weit wie möglich von meinem entfernt und sah irgendwohin zur Seite, als würde sie von dort Erlösung erhoffen. Sie sah mir weder in die Augen, noch sagte sie ein zärtliches Wort. Mehr noch, oft kam von ihr ein:

– Bist du endlich mal fertig?

Zwischen Weihnachten und Silvester 1972 kam ich unangemeldet und etwas angeheitert in Senkas Wohnung, um Andrea und ihr die Geschenke und zwanzigtausend Dinar zu bringen, was zu der Zeit ein Drittel meines Gehalts war. Senka war allerdings sehr unfreundlich, und als ich mit ihr schlafen wollte, willigte sie zuerst ein, um dann unter mir in Tränen auszubrechen und zu sagen:

– Du hast keine Ahnung, wie du mich anekelst!

Später ging sie ins Badezimmer, ich hörte, wie sie etwas zu Andrea sagte, und als sie zurückkam, ließ sie die Schlafzimmertür offen. Das erinnerte mich daran, dass die Tür auch bisher immer offen gewesen war.

– Entschuldige, heute bin ich etwas nervös, sagte sie zu mir und strich mir übers Gesicht wie aus weiter Ferne, bringen wir es zu Ende.

Ich stieg auf sie, und während ich mich hob und senkte und die Federn der alten Matratzen, auf denen Frau Ksenija gestorben war, laut quietschten, hatte ich die ganze Zeit das Gefühl, dass mich jemand beobachtete. Dass wir nicht allein waren. Einen Augenblick lang dachte ich, mein Gott, sie erlaubt Andrea, uns zuzusehen. Das war ein derartiger Schock für mich, dass ich mich sofort von ihr herunter auf die andere Bettseite rollte.

– Mach die Tür zu, sagte ich zu ihr.

– Nein, presste sie wütend hervor.

Da zog ich mich an und verließ wortlos die Wohnung, mit der Absicht, nie mehr zurückzukehren. Vor dem Haus traf ich zum Glück Andrea, die mit den Mädchen aus der Straße Gummihüpfen spielte. Sie war damals fünf.

4

Und dann entdeckte ich in ihrer Wohnung plötzlich Spuren von noch einem Mann. Der meldete sich in Form eines schwarzen borstigen Haares mittlerer Länge auf dem weißen Porzellan des Waschbeckens, eines Haares, das auf den ersten Blick einem krummen Riss in der Keramik glich, bis der Wasserstrahl es verformte und in den Abfluss beförderte. Der scheinbare Riss im Porzellan rief einen ganz konkreten Riss im Bewusstsein hervor, denn das Haar gehörte offensichtlich weder zu Senka noch zu Andrea und auch nicht zu mir. Später stieß ich auf weitere dieser Borsten auf dem Kamm, mit dem ich mir nach dem Duschen durchs Haar zu fahren pflegte. Manchmal war in der Luft neben dem leichten Blütenduft von Senkas Parfüm noch ein anderer, bedeutend stärkerer, dessen Werbung sich auf den Seiten des *Playboy* neben Fotos von unrasierten Männern fand, die auf einer Yacht die Fock festzurrten oder von der Kamera hinter der Windschutzscheibe eines Cabriolets eingefangen worden waren. Das Paco Rabanne schwebte jetzt dort, wo einst Uringeruch dominiert hatte. Das französische Parfüm barg für mich allerdings größeren Schrecken als der Geruch des Sterbens.

Diese Spuren fand ich immer dann, nachdem wir uns aus dem Bett herausgewurstelt hatten, in dem Augenblick, wenn die befriedigte sexuelle Spannung einer Trauer Platz zu machen begann. Dann pflegte ich mich nach einem traurigen, einseitigen Orgasmus auf ihr zu entspannen, und sie, die Hände an meiner Hüfte, wartete noch einige Augenblicke, mir so die Gelegenheit gebend, mich allein zu erheben, ohne sagen zu müssen:

– Geh duschen, du bist mir zu schwer.

Gierig griff ich nach diesen Sekunden der Berührung, nachdem der Sex geendet hatte, suchte nach der Zärtlichkeit, die sie einst mir gegenüber empfunden hatte, und fand leider nur Höflichkeit, die ich nicht allzu lange auf die Probe stellen durfte.

Eines Donnerstags, als ich mich nicht telefonisch angekündigt hatte, es aber klar war, dass ich kommen würde, denn ich kam jeden Donnerstag, traf ich vor dem Hauseingang wieder Andrea, die mit älteren Mädchen auf der Straße Gummihüpfen spielte. Wir hatten Ende Oktober, es war schon ziemlich kalt, aber das Laub hing noch an den Zweigen. „Listopad“, der zweite Knöchel an der rechten Hand, über dem Mittelfinger, der laut Mutters Erklärung so hieß, weil er der Monat war, in dem „das Laub fällt“. Mittlerweile wusste ich aus zwanzigjähriger Erfahrung, dass das Laub bei uns nicht im Oktober, sondern im November fällt, nach den ersten Nachtfrösten. Ihre Namen tragen unsere Monate noch aus alter, uralter Zeit, als wir unsere Heimat noch weiter im Norden hatten, wo das Laub auch tatsächlich in diesem Monat fiel. Der richtige „Blätterfall“ galt nur für eine bestimmte geographische Breite, die anderen „Blätterfälle“, südlichere und nördlichere, waren eine große bunte Lüge. So wie auch die Daten in dem prämortalen Tagebuch meiner Mutter, so wie auch Senkas Geschichten. Ein eisiger Nordwind blies gefährlich, und die Kleine trug ein relativ dünnes Wollkleidchen und eine weiße Strumpfhose, die nicht mehr ganz sauber war. Das helle Lockenhaar war zu einem Pferdeschwanz zusammengebunden, und ich bemerkte, dass es etwas dunkler geworden war. Als würden im Oktober auch die Haare die Farbe wechseln. Sie hüpfte ungeschickt und versuchte das gespannte Gummiband zu treffen, aber es wollte ihr nicht gelingen, da sie noch zu klein war. Aber kaum war ich in ihrem Sichtfeld aufgetaucht, kaum war der Impuls ins Zentrum ihres Köpfchens gelangt, lief sie auf mich zu und umarmte mich, drängte ihren Kopf an meine Brust und drückte mich fest. Das war ungewöhnlich, weil sie mir schon längere Zeit keinen solchen Empfang mehr bereitet hatte. Ich dachte, das sei ein sporadischer Rest ihres einstigen Verhaltens, ein schönes Fossil unter den Gesten, das, wie alles Fossile, fröhlich Zeugnis ablegt vom einstigen Leben in ungastlicher Felswand.

– Tiho, sagte sie schmeichelnd, kaufst du mir ein Jo-Jo?

– Mach ich, ich gehe nur hinauf, Mama begrüßen.

– Mama begrüßt du später, jetzt gehen wir in das Geschäft.

Sie fasste mich an der Hand und begann mich Richtung Draškovićeva zu ziehen, wo es einen Selbstbedienungsladen gab.

Und so machten wir uns auf den Weg, vorbei an einer Wiese, auf der ein Jahrmarkt seine Buden aufgeschlagen hatte. Auf dem Weg zum Laden schenkte Andrea dem Karussell mit den Pferdchen keinerlei Beachtung. Erst später, als wir zurückkehrten und sie fröhlich mit dem hohlen Plastikball am Gummiband spielte und an dem Bonbon aus seinem Innern lutschte, erklärte sie, dass sie gerne auf so einem Pferdchen reiten würde, weil sie es noch nie getan habe. Und so gingen wir zum Karussell und sie fuhr ein paar Mal damit. Dann sagte sie, dass sie auch gerne mit den Autos fahren würde.

– Das geht nicht, das machen wir morgen. Jetzt gehen wir Mama begrüßen.

Sie ließ den Kopf hängen, und wir gingen weiter. Und je näher wir zu ihrer Wohnung kamen, desto schlechter wurde Andreas Laune. In einem Moment bemerkte ich, dass sie ängstlich auf die Fenster der Wohnung blickte.

– Was hast du?

– Tiho, besser, du spielst noch mit mir.

Das war ein Schock für mich.

– Weshalb?

– Weil sie wieder böse ist.

Ich begriff, dass sie mich die ganze Zeit hinzuhalten versucht hatte, weil sie nicht wollte, dass ich hinaufging. Ich drehte mich um und flüchtete.

5

Im Januar 1973 ging ich zur Weiterbildung nach Graz. Das war die Zeit, als von Ultraschall in der Gynäkologie auch bei uns immer öfter die Rede war, es war eine magische Erfindung, die rechtzeitig, früher als alle bisher bekannten Techniken, Fehlbildungen am Fötus entdecken konnte. Man konnte schon damals erkennen, dass der Bilder erzeugende Schall eines unserer Grundwerkzeuge werden würde. Ich hätte die Weiterbildung freilich auch bei uns machen können, aber ich musste flüchten. Das Landeskrankenhaus in Graz war das nächstgelegene europäische Krankenhaus mit ernst zu nehmender Reputation, in dem die Möglichkeit bestand, eine dieser Ausbildungen zu absolvieren. So beantragte ich ein Studienjahr und unbezahlten Urlaub, und Chefarzt Ruszkowski half mir, den zur damaligen Zeit prestigeträchtigen Platz zu bekommen. Natürlich war der wahre Grund, wegen dem ich mich zu diesem Schritt entschlossen hatte, nicht der Wunsch nach Wissen, und auch nicht die Möglichkeit, in der Zukunft einmal eine Privatpraxis eröffnen zu können, sondern die panische Flucht aus Zagreb. Ich dachte sogar über eine Stelle in einem der blockfreien afrikanischen Länder nach, und hätte das mit Graz nicht geklappt, wäre ich sicherlich in den Kongo oder nach Sambia gegangen. Am Abend vor meiner Abreise wusch ich das Geschirr ab, räumte die Wohnung auf, leerte den Kühlschrank und steckte ihn aus, warf ein paar Belanglosigkeiten weg, die

Senka vergessen hatte, darunter auch den Teddy ohne Bein, der eingehüllt in Staubflocken unterm Bett geblieben war. Die Koffer standen neben dem Couchtisch im Wohnzimmer, gepackt, und der rote Pass, die Zugkarte und das Geld warteten auf dem Tisch auf mich. Vor dem Schlafen, gegen zehn, rief ich Toni an. Zu der Zeit hatte er schon mehrere Vorlesungen über Ultraschall gehalten, aber nach dem Zwischenfall mit der Polizei trafen wir uns nicht mehr. Und wenn wir einander auf einer Fachkonferenz begegneten, nickten wir uns nur zu wie Bekannte. Ich wollte nicht, dass es so blieb.

– Hallo?, meldete er sich.

– Ich gehe für längere Zeit weg aus Zagreb, ich wollte mich verabschieden.

– Wohin gehst du?

– Nach Graz zur Weiterbildung.

– Ich freue mich für dich, sagte er säuerlich, er schien die Worte mit Gewalt aus sich herauszuziehen. Wer hat dir das vermittelt?

– Ruszkowski.

– Das habe ich mir auch gedacht, murmelte er. Na dann gute Reise!

Und legte auf. Mein Gott, er hatte gedacht, ich wollte angeben und hätte ihn deshalb angerufen. Bis dahin hatte ich schon gelernt, dass eine Beziehung zwischen zwei Menschen, wenn Missverständnisse solcher Art auftreten, unwiderruflich zu Ende geht und dass es das Beste ist, so schnell wie möglich einen Schlussstrich zu ziehen, da jeder neue Versuch, etwas zu korrigieren, nur zu einem weiteren Missverständnis führt.

Erst als ich in Graz angekommen war, mich in einer Einzimmerwohnung im Zentrum, unterm Schlossberg, einquartiert, meine Sachen ausgepackt hatte und zu einem Spaziergang durch die mir unbekannten Straßen aufgebrochen war, erschien es mir vielleicht keine so gute Idee mehr. In der Zeit, als ich mich das erste Mal von Senka kurierte, hatte mir gerade meine eigene Vergangenheit geholfen, die Zeit vor ihr, die fotografischen Beweisstücke eines Lebens, das ich, wie auch die Zeit vor der Geburt, als eine Art Tod erlebt hatte. Jetzt aber war jede Beziehung mit der Vergangenheit abgebrochen, und die fremde Stadt, so schön sie auch sein mochte, wirkte leer auf mich. In diesen ersten Tagen, als die Verpflichtungen im Krankenhaus und an der Uni noch nicht mit voller Intensität eingesetzt hatten, sah ich auf den Straßen von Graz eine unglaubliche Anzahl Bekannter. Alles nur Phantome. Unbekannte Gesichter verwandelten sich in einer Mischung aus Wunsch und Angst plötzlich in bekannte. Nicht nur in liebe, vertraute Menschen, sondern auch in solche Bekannte, denen gegenüber ich neutrale Emotionen hegte, und in solche, die ich nur vom Sehen her kannte. Zu jener Zeit fuhren freilich viele Zagreber nach Graz einkaufen, aber die bekannten Gesichter, die ich sah, waren nicht sie. So sah ich auch meine Lehrerin aus der Grundschule, Vera Milas, einen Lehrer aus dem Gymnasium, Čolja, Studienkollegen, Starčević und Šturlić, und viele andere. Manche grüßte ich auch, derart echt wirkten die Kopien, aber immer trafen mich ihr überraschter Gesichtsausdruck und das unsichere Kopfnicken. Die Unbekannten hatten hier Masken von Bekannten aufgesetzt, so wie die Phantomfrauen von vor drei Jahren die Maske von Senkas Gesicht aufgesetzt hatten. Einmal wurde ich überrascht, als ein älteres Ehepaar meinen Gruß erwiderte. Der Mann sagte:

– Oh, Kollege Romar, wie geht es Ihnen?, und reichte mir die Hand. Sie waren zum Einkaufen da.

Zu der Zeit, als ich innerlich intensiv mit Senka Schluss machte, sahen nicht nur die Menschen, sondern auch die Straßen bekannt aus. Graz verwandelte sich in ein Zerrbild von Zagreb, ähnlich wie sich das Spiegelbild am Rande eines Kristallspiegels bricht. So fand ich im alten Teil der Stadt sowohl die Kamaufova als auch die Medulićeva, und in einer der bekannten Straßen, in der Radićeva, wohnte ich. In manchen ihrer Details, in einigen Ansichten, war es, als würde die Stadt vor sich selbst flüchten und eine andere Stadt mimen. Sie hatte Ansichten von Paris oder Brüssel aufgesogen, träumte von Größe und von einer anderen Sprache. Mir schien damals, dass auch Städte mit unserer, ihrer Einwohner, Hilfe träumen. So wie auch unser Zagreb für Augenblicke so tut, als wäre es Wien, wobei es in der Matoševa, in der Oberstadt, mehr Ähnlichkeit mit Prag hat, und man es in der Mesnička mit Lemberg verwechseln kann. Eine schöne, blonde Phantomgestalt hatte ich gegen einen ganzen Raster an Phantomstraßen und ihre Bewohner eingetauscht.

Dass ich in Graz heimisch geworden war, wurde erst deutlich, als ich aufhörte, Phantombekannte und Phantomstraßen zu sehen, als dieses kranke Trugbild anfing in seine wahren Dimensionen zurückzukehren. Damals überfiel mich unerwartet auch eine Krise. Ich glaubte, dass Senka und Andrea Hunger litten. Das Bild des leeren Tisches in der Solovljeva nahm die Umrisse des Ölgemäldes *Mutter und Kind* von Račić an und überrumpelte mich im Augarten nahe der Mur. Ich lief zur Post und schickte Senka ein Drittel meines Arztgehalts. Fünf Tage später kam der komplette Betrag zurück, und auf dem Rückschein stand: „Annahme verweigert."

6

Die Krise dauerte dieses Mal vom Winter bis in den späten Frühling, aber weniger intensiv. Die Arbeit an der Universität und in der Klinik war anstrengend, und das Lesen der Ultraschallbefunde erforderte maximale Konzentration. Wir waren Pioniere bei etwas Bedeutendem und würden eine neue Technologie und neue Kenntnisse in unsere Länder mitnehmen. Dieses Gefühl der Bedeutung erfüllte mich und verdrängte irgendwie auch Senka. Mit mir zusammen arbeiteten ein Dozent aus Sarajevo, Stjepan Lovrić, und ein Spezialist aus Bitola, Kosta. Wir unternahmen auch nach der Arbeit etwas gemeinsam und freundeten uns bald an. Zu uns gesellte sich auch ein Deutscher, Reinhard von der Gynäkologie der Barmherzigen Brüder in Regensburg. Er hatte mehr von einem Balkanesen als von einem Deutschen, kam immer zu spät, hatte ein Faible für Feten und neigte zu leichtsinnigen Entscheidungen. Er ging oft mit uns fort, und so kamen Reinhard und ich einander näher. Als ich ihm anvertraute, weshalb ich hier sei, formulierte ich es pathetisch:

– Um eine Frau zu vergessen.

– Auch ich habe so eine Geschichte, antwortete er. Für uns Europäer braucht es anscheinend eine große Liebe im Leben, damit wir etwas haben, um uns daran zu erinnern. Das wurde die ganze Literatur hindurch so gehalten.

Freund Kosta formulierte es einfacher:

– Schick die Nutte zum Teufel!

Nach zwei Jahren schien ich Senka völlig vergessen zu haben, und die Erinnerungen an das gemeinsame Leben verblassten immer mehr. Ich schickte ihr weder Geld, noch schrieb ich ihr, und auch sie meldete sich nicht mehr. Reinhard, Kosta und ich streiften nach der Arbeit durch die Lokale der Stadt, aßen Würstchen und Salzgurken, diskutierten beim Bier über die fundamentalen Probleme des Menschen im Westen, über den Unterschied zwischen Sozialismus und Kapitalismus, der immer kleiner wurde, den letzten Krieg, in dem Reinhards Vater gefallen war, das deutsche Schuldgefühl und den verkappten österreichischen Nazismus. In dieser Zeit war ich nur ein Mal in Zagreb, und zwar, weil in der Wohnung eine Leitung geplatzt war. Ich blieb zwei Tage, bis alles repariert war, aber ich meldete mich bei niemandem. Reinhard und ich hatten mit den Österreichern Zweijahresverträge abgeschlossen, und nach bestandener Prüfung hieß es, nach Hause zurückkehren. Obwohl keine ernsthafte emotionale Gefahr mehr bestand, war mir der Sinn nicht nach Zagreb. Aus der äußeren Perspektive war die Stadt geschrumpft, und die Mentalität der Menschen, vor allem der Kollegen, die einen besonderen Clan bildeten, war für mich irreparabel provinziell. Selbst wenn sie von ihren Weiterbildungen aus Berlin oder Hamburg kamen, fanden sie nach der Rückkehr sehr rasch wieder zu dieser Mentalität zurück. Ich hatte mich dermaßen entfremdet, dass auch Zagreb für mich zur fremden Stadt geworden war. Ich teilte meine Angst vor der Rückkehr mit Reinhard, und als wir uns auf dem Hauptbahnhof in Graz verabschiedeten, sagte er, dass er schauen werde, ob es an seiner Klinik eine Stelle gebe, da sich für Fachleute unseres Profils jetzt überall verschiedene Möglichkeiten auftäten.

Die Einladung kam zwei Wochen später. Reinhard meldete, dass eine Stelle ausgerechnet in seiner Abteilung frei geworden sei, dass sie jemanden brauchten, der mit Ultraschall umgehen könne, und sagte, dass er schon mit seinem Chef gesprochen habe und dass ich zu einem Gespräch kommen solle. So packte ich meine Sachen, verabschiedete mich von Kosta, der noch ein Jahr in Österreich bleiben würde, und ging nach Regensburg. Ich wurde ein richtiger Gastarbeiter. Aber im Unterschied zur Mehrheit der anderen hatte ich einen ausgezeichnet bezahlten Arbeitsplatz und einen guten Freund.

7

Hätte sich der Tod nicht wieder eingemischt, hätte mein Leben damals eine ganz andere Richtung genommen. Ich begann mich an den mörderischen Arbeitsrhythmus zu gewöhnen, hatte eine Wohnung in der Nähe von Reinhards Familie gefunden, hatte ein Abonnement für die neue Ballettsaison im Stadttheater, und alles sah ausgezeichnet aus. Doch dann, zwei Monate nachdem ich nach Regensburg gekommen war, im August 1975, rief Roman an und sagte, dass Mrazović gestorben sei. Er habe auch im zweiten Bein Gangräne bekommen, habe aber eine Amputation verweigert.

– Ich sage dir das nicht, damit du zum Begräbnis kommst, lautete sein Hinweis, nur dass du es weißt.

Na gut, jetzt wusste ich es. Ich wusste auch, dass ich nicht hinfahren musste, und doch, wir waren mit ihm aufgewachsen, er war Romans Stiefvater, wir kannten einander gut, und die Verbindungen zwischen München und Zagreb waren zu der Zeit gut. Es würde kein Problem sein zu kommen. Was uns tatsächlich nähergebracht hatte, war das ähnliche Schicksal. Mrazović, der sich über beide Ohren in Romans Mutter verknallt hatte, konnte diese Ehe nur kurz genießen: Sie starb, als wir im ersten Studienjahr waren. Mitten in der Nacht weckte uns die Sirene des Rettungswagens, und alle aus dem Haus sahen wir zu, wie sie unter rotierendem Blaulicht in den Wagen getragen wurde. Wenige Tage zuvor hatte sie über Schmerzen im Bauch geklagt, worauf sie zu Frau Doktor Šram am Petričićev Trg gegangen waren, die eine Darmverstopfung diagnostiziert hatte. Sie gab ihr Abführmittel. In dieser Nacht erwachte sie indessen unter schweren Schmerzen, die Ähnlichkeit mit Geburtswehen hatten. Am nächsten Tag, gegen Morgen, raffte sie die Blutvergiftung dahin. Und so blieb Mrazović mit einem Stiefsohn zurück, der ihn nicht ertragen konnte. Ungeplant verwandelte er sich in einen Vater, obwohl Roman schon selbstständig war. Nach dem Begräbnis machte Roman den Vorschlag, er würde hinunterziehen in ihre alte Wohnung im Keller, die ihnen damals nur als Abstellkammer diente. Mrazović erklärte, dass das nicht in Betracht komme, dass er quasi sein Sohn sei und dass er oben wohnen bleiben könne. Falls er die untere Wohnung brauche, um mitunter ein Mädchen mitzubringen, könne er das, aber hinunterzuziehen komme nicht infrage.

– Das tust du deshalb, damit die Leute nicht sagen, du hättest mich hinausgeworfen, sagte Roman zu ihm.

Mrazović überlegte kurz und meinte:

– Ja.

Und so lebten die zwei Männer, die einander nicht ertragen konnten, die ganzen fünf Jahre von Romans Studium miteinander. Wenn ich zu Roman kam, konnte ich Mrazović sehen, wie er auf dem altertümlichen Sparherd Gemüse kochte und Schnitzel scharf briet.

– Tiho, willst du mit uns essen?

– Ich habe gerade gegessen, sagte ich dann, auch wenn es mitunter nicht stimmte.

Ich wollte nicht mitwirken an seiner unerwarteten Degradierung zur Hausgehilfin. Ihn störte das allerdings nicht.

– Dann trinken du und ich einen Scharfen, sagte er.

Und so schenkte er mir und sich selbst ein, und wir tranken. Ich konnte diesen Menschen überhaupt nicht in Verbindung bringen mit dem Typen, vor dem wir so viel Angst gehabt hatten. Roman trank nicht mit, aber er und Mrazović bauten mit den Jahren eine faire Beziehung auf, voller Höflichkeit und klar definierten Ritualen. Roman zog im Vorraum immer ordentlich die Schuhe aus und Pantoffeln an, sie grüßten einander höflich und fragten einer den anderen nach der Gesundheit, Mrazović schickte ihn niemals in den Laden um Zigaretten oder die Zeitung, wie mein Vater es mit mir getan hatte, und Roman äußerte ihm gegenüber nie Widersetzliches. Zu Allerheiligen gingen sie gemeinsam auf den Mirogoj mit knallgelben Chrysanthemen. Wenn man ihnen zuhörte, hätte man denken können, dass da zwei völlige Fremde eine freundliche Unterhaltung führten.

In dieser Woche musste ich ständig an Roman und Mrazović denken und beschloss, doch zu fahren. Da war etwas, wovor sich zu drücken, ungezogen gewesen wäre. Während ich packte, fiel mir ein, dass auch Senka kommen würde. Roman war schließlich auch ihr Schulkollege gewesen, wir hatten viel zusammen unternommen, sie hatte sich mit seiner Frau angefreundet. Es war einfach nicht möglich, dass sie nicht dort sein würde. Bisher hatte ich überhaupt nicht an sie gedacht, und das zeigte mir, wie indifferent ich geworden war. Ich war geheilt. Seit unserer letzten Begegnung waren mehr als zwei Jahre vergangen.

8

Der Mirogoj war für mich längst so etwas wie eine Heimat. Er hatte sich in ein Kehrbild der Stadt verwandelt, mit seinen Avenuen, Straßen und winzigen Pfaden zwischen den Gräbern, mit seinen Vierteln und Adressen. Immer mehr Menschen, die ich gekannt hatte, lagen in dieser ruhigen Parkanlage, sodass ich mit diesem Kehrbild des Lebens auf sehr liebe Weise bekannt wurde. Ich besuchte sie alle. Mama, Papa, Oma, Radovan, Romans Mutter, Frau Ksenija. Ich wusste, wie man am schnellsten zu ihnen kam, ich kannte die Abkürzungen und geheimen Durchlässe im Drahtzaun, ich wusste, dass man vom Srebrnjak aus hineinging und so den Weg über die Arkaden abkürzte, ich kannte auch schon alle ihre Nachbarn vom Mirogoj, und es fehlte nur noch, dass ich sie begrüßte: „Guten Tag, Herr Kaufmann, wie geht es heute? Feucht? Ach, es hat geregnet? Machen Sie sich nichts draus, es wird schon wieder besser." Auch die Aufbahrungshalle war ein Ort, auf den ich schon von Kindheit an abonniert war.

Neben dem einfachen Sarg, dem ich sofort die III. Kategorie ansah und auf dem sich eine Stellage mit den Orden befand, wie damals bei Papa, standen nur Roman und Indira. Er wirkte betroffen, was merkwürdig war, denn er hatte nie irgendwelche Berührungspunkte mit Mrazović gehabt. Aber würde jemand das Leben seines Stiefvaters einmal nacherzählen, müsste der, der sie hörte, traurig werden. Er hatte seit seinem siebzehnten Geburtstag in Gefängnissen gesessen, und der Krieg hatte ihn im Lager überrascht. Es gelang ihm zu fliehen, und er war vier Jahre lang bei allen

Offensiven dabei, im Kordun brachte man seine ganze Familie um, Eltern und Brüder und deren Familien, er blieb mutterseelenallein zurück, bekam eine Stelle bei der UDBA, und als er heiratete, starb seine Frau. Später kam der Zucker, die Amputation des Beines, das Leben im Heim. Vielleicht schien es Roman, als hätte er versäumt einen Menschen kennenzulernen, der es wert gewesen wäre, gekannt zu werden. So, aus der Position der Endgültigkeit, in die uns der Tod versetzt, kann man sich alles Mögliche vorstellen.

Draußen traf ich Senka. Sie hatte etwas kürzeres Haar, und das einfache schwarze Kleid bis über die Knie stand ihr ausgezeichnet.

– Du hast schon kondoliert?, fragte sie.

– Ja.

– Warte draußen auf mich!

Das sagte sie, als hätte ich vorgehabt, nach dem Begräbnis gleich das Weite zu suchen. Oder vor ihr. Mich überraschte indessen die Tatsache, dass ich kein derartiges Bedürfnis hatte. Es war mir sogar lieb, sie zu sehen. Aber auf eine für mich ungefährliche Weise.

Nach der Beerdigung versammelte Roman die Freunde und Bekannten und bat uns zum Leichenschmaus in ihr Haus in Šestine. Ich sah Senka, wie sie sich im großen Wohnzimmer bewegte, aus dem man durch eine Glaswand hinaustrat auf die Terrasse. Sie half Indira, das Essen zu tragen, sie brachte sich ganz in diese Tätigkeit ein, munter, aber ernst, wie es einem Leichenschmaus zukommt. Wenn sie den Gästen kleine Kekse vom Tablett anbot, dosierte sie ihr Lächeln, um nicht geschmacklos fröhlich zu wirken. Und doch, am Verhalten des Gastgebers und der Gäste konnte man ablesen, dass jemand relativ Unwichtiges gestorben war, jemand, dessen Tod gewisse Freiheiten zuließ. Sogar Witze. Jetzt tat mir Mrazović leid. Senka fügte sich vorzüglich in dieses Nuancieren der Ernsthaftigkeit ein, und sah in keinem Augenblick gekünstelt traurig aus. Ich sah, wie sie kurz mit Toni und Jugana sprach, wie sie ihnen freundschaftlich die Hand auf die Schulter legte, bevor sie zu ihrer Arbeit zurückkehrte und Indira ein paar notwendige Worte zuwarf: „Der Braten ist fertig." Oder: „Hol du die Gurken, ich bringe den Ajvar." Ich sah sie und blieb gleichmütig. Von den Qualen, die ich ihretwegen durchlebt hatte, waren nur Bilder geblieben, und diese Bilder konnten keine Emotionen mehr erwecken. Ich wusste zum Beispiel, dass ich auf dem Schlossberg, am Uhrturm, krank vor Einsamkeit gewesen war, das Bild kehrte zurück, aber die Trauer nicht mehr. Sogar als ich mich an das Haar im Waschbecken erinnerte, an ihre Geschichte, an das bebende Erwarten des einen Briefes, schien mir alles so fern zu sein, in einer anderen Ära. Ich nutzte sogar den Augenblick, als Alma allein war, um auf sie zuzugehen. Wir sahen, wie Senka mit einem von Romans Kollegen maßvoll kokettierte.

– Hat sie jemanden?, fragte ich und deutete mit dem Kopf zu Senka.

Alma sah mich leicht tadelnd an.

– Das musst du sie fragen, sagte sie, aber ich denke nicht.

Und zwinkerte mir zu.

– Wenn sie jemanden hätte, würdest du es wissen?

– Nein, Tiho, wir sind nicht mehr so gut miteinander. Aber ich denke, dass nicht.

Später, im Verlauf des ganzen Abends, kehrte dieser eine Satz mehrmals zurück: „Ich denke, dass nicht." Nichts weiter, nur dieser Satz.

Noch später, auf der Terrasse seiner hängenden Villa, von wo aus man den ganzen Ostteil der Stadt sehen konnte, sagte Roman:

– Ich wollte dich anrufen. Hast du morgen Zeit, dass wir zusammen essen gehen?

– Ja, ich kann … Ich bleibe übers Wochenende, um ein paar Dinge zu klären.

– Ausgezeichnet! Wir haben über alles Mögliche zu reden.

– Dann rede, sagte ich zu ihm.

– Doch nicht hier, bist du verrückt!

9

Am Samstag, beim Mittagessen im Lagvić, fragte er mich:

– Wie kommt dir Senka vor?

– Gut, sagte ich, sie wird nicht älter. Im Unterschied zu mir und dir.

Ich dachte an seine grauen Stellen und an meine Tonsur, die aus dem einst dichten Haar hervorsah.

– Sie hat so ein Gesicht, sagte ich, so kindlich. Solche bleiben lange jung.

Und tatsächlich, schon als wir noch zusammen waren und in unbekannten Gesellschaften erschienen, hatten alle gedacht, sie wäre gut zehn Jahre jünger als ich, und sich gewundert, dass wir gemeinsam in eine Klasse gegangen waren. Sie war eine der seltenen Frauen in jener Zeit, die bedeutend langsamer alterten als der Mann, mit dem sie zusammen waren.

– Hör mal!, sagte er und wälzte die Worte im Mund, ich war es nicht gewohnt, ihn so zu sehen. Ich bin jetzt mit Senka zusammen.

Im ersten Moment glaubte ich nicht richtig gehört zu haben. Die Worte drangen nur langsam zu mir, obwohl sie rasch gesprochen waren.

– Und was ist mit Indira?

– Sie weiß es nicht. Sie würde mir die Augen auskratzen.

Daran galt es sich erst einmal zu gewöhnen. Von allen meinen Freunden, und sogar von deren Freunden, die ich kannte, in diesem weiten Kreis von Menschen gab es zwei Geschöpfe, die ich nie als Paar gesehen hätte, Roman und Senka. Sie konnten sich gegenseitig nicht ausstehen, genauer gesagt, sie konnte ihn nicht ausstehen.

– Ich weiß, dass zwischen euch nichts mehr läuft, sagte er versöhnlich, aber ich würde gerne wissen, ob es dich stört.

Ob es mich stört? Ich überlegte eine Zeit lang, ich versuchte aus mir wie aus einem Brunnen die Antwort auf diese Frage zu schöpfen. Die Gleichmütigkeit, mit der ich bisher an Senka gedacht hatte, veränderte sich irgendwie, als würde sie einen anderen Aggregatzustand annehmen.

– Ich weiß nicht, sagte ich und überlegte wieder. Es stört mich nicht. Ich glaube nicht. Aber ich hätte nie gedacht …

– Ich weiß, dass es ein wenig überraschend kommt, sagte er, aber dir ist klar, dass ich es wissen muss.

– Gut, sagte ich, nun weißt du es.

Aber tief im Inneren musste ich mich mit der Unglaublichkeit dieser Meldung erst abfinden.

– Wann ist es passiert?

– Hör mal, du hast sie allein gelassen.

– Nicht ich habe sie verlassen, sondern sie mich.

– Als du aufgehört hast, dich bei ihr zu melden, wurde sie böse auf dich.

– Was du nicht sagst!

– Sie rief Indira an, und dann haben die beiden lange geredet. Jeden Nachmittag, wenn sie von der Arbeit kam, ging sie zu Senka. Das kannst du dir nicht vorstellen, sie standen sich nach kurzer Zeit sehr nahe. Und dann fing auch ich an bei ihr vorbeizuschauen.

– Was hast du dort gemacht, während sie geredet haben?

– Repariert.

– Was?

– Das, was du versäumt hast. Die Rollläden, den Wasserhahn im Badezimmer, was weiß ich.

– Gut, und wie hat es angefangen?

– Sie hat gefragt, wieso dich Prostituierte anziehen.

– Und was hast du ihr gesagt?

– Das, was ich weiß.

– Von Schweinskopf?

– Ja. Und anderes. Dass du früher damit angefangen hast als wir.

Senka wusste es, ich hatte ihr alles gesagt, ich hatte vor ihr keine Geheimnisse gehabt.

– Wir haben ständig über dich geredet, Alter. Ich musste ihr erzählen, was wir als Jungen gemacht haben, wie du dich um deine Mama gekümmert hast, als sie krank war, alles. Bis ins kleinste Detail. Sie konnte gar nicht aufhören, über dich zu reden.

– Schön von ihr, sagte ich. Und so hat sie, während ihr über mich geredet habt, sich in dich verliebt?

– Verliebt?, er schwieg eine Weile. Ich weiß nicht. Sie war einsam, so ist es richtiger.

– Hat sie dir von dem Hausmeister erzählt?

– Ja. Sie hat mir alles gesagt, aber das ist jetzt vorbei. Der Mann ist verheiratet …

– So wie du, sagte ich.

10

Das war mittags. Wir aßen auf und fuhren nach Hause. Am Abend rief er wieder an.

– Alter, wir könnten morgen mal auf den Sljeme gehen!

– Wer?

– Na wir vier. Und die Kinder.

– Aber wie wollen wir …

– Du würdest uns einen Gefallen tun, wenn du dabei wärst.

Ich sagte ihm, dass ich es mir überlegen würde. Und ich überlegte wirklich. Als er sagte „du würdest *uns* einen Gefallen tun“, an wen hatte er dabei gedacht? Wer war dieses *„uns“?* Indira und er, Senka und er? Oder alle zusammen. Aber das war nicht mehr meine Angelegenheit. Vermutlich ist es logisch, dass ich, wenn ich schon in Zagreb bin, mit meinem besten Freund einen Ausflug mache. Nur warum war auch Senka dabei? Also rief ich ihn an:

– Und warum geht Senka mit?

– Indira hat sie eingeladen, jetzt wäre es ziemlich unangenehm abzusagen.

Er stotterte.

Und so stiegen wir am Sonntag in Romans Citroën DS und starteten auf den Sljeme. Indira hatte Frikadellen und Kartoffelsalat gemacht, und Senka hatte Blechkuchen gebacken, damit wir am Berg nicht vor Hunger zusammenklappen würden. Senka und ich saßen hinten, und zwischen uns saßen Andrea und Nenad.

– Wird ihr oben bei den Serpentinen schlecht?, fragte ich Senka.

– Nein, sagte sie fröhlich, ich habe ihr etwas gegen Übelkeit gegeben.

Indira und Senka unterhielten sich fröhlich über Indiras Namen. Senka fragte sie neckend, wie es komme, dass sie Indira heiße, wo doch zu der Zeit, als sie geboren wurde, noch niemand etwas von Indira Ghandi wusste. Indira wiederum erklärte, dass sie den Namen nach einer Großmutter bekommen habe, einer Muslimin aus Goražde, die als junge Frau unglaublich schön gewesen sein solle.

– Als ich geboren wurde, sah mich Mama an und sagte: „Mein Gott, ganz die Oma Indira."

Und so war sie eine der ersten Indiras, vor dem Januar 1966, als Indira Ghandi Premierministerin des befreundeten blockfreien Indien wurde. Und später bekamen viele neugeborene Mädchen in Jugoslawien diesen Namen. Unsere Indira war die Vorhut, die Avantgarde.

Wir fuhren bis zur Hunjka, ließen das Auto stehen und gingen in den Wald. Auf einer idyllischen Waldlichtung, gut dreihundert Meter südöstlich der Hütte, wollten wir den Tag verbringen. Indira und Senka gingen vor uns, fröhlich plaudernd, und Roman und ich trugen das Essen, die leichten Aluliegestühle und Decken, die Kinder sprangen um uns herum. Zwei ganz normale Familien auf einem Ausflug, so sah es aus.

Indira und Senka benahmen sich als wären sie beste Freundinnen.

– Wir müssen Steine für den Grill suchen, sagte Indira.

– Das mache ich mit den Kindern, sagte Roman.

– Hurra, wir sammeln Steine, rief Neno, und ihm gesellte sich auch Andrea hinzu. Sie war schon so sehr gewachsen und verändert, dass ich sie auf der Straße schwerlich wiedererkannt hätte. Sie ignorierte mich. Oder hatte mich einfach vergessen. Auch ich war für sie vermutlich ein Mensch aus einer anderen Ära.

– Was drängelst du dich vor!, sagte Indira. Das machen Tiho und Senka, du sammelst mit den Kindern Holz!

Und zwinkerte ihm zu.

So ging er mit den Kindern in den Wald Dürrholz sammeln, und Senka und ich nahmen den steilen Pfad hinunter, wo es Indiras Meinung nach Steine gab. Der Pfad war so steil, dass sie von Zeit zu Zeit sagte:

– Tiho, gib mir die Hand!

Und so gab ich ihr die Hand, ließ sie aber auch schnell wieder los. Ich trug einen alten Rucksack, in den ich größere Steine packte, auf die wir stießen.

– Wie viele brauchen wir?

– Ein Dutzend dieser Größe, antwortete sie.

Als wir uns weit genug entfernt hatten, sagte ich:

– Du bist jetzt mit Roman zusammen?

Sie schwieg und ließ sich den Abhang hinunter, darauf konzentriert, wohin sie ihre Füße setzte.

– Ja und nein, sagte sie schließlich. Aber wenn ich richtig verstanden habe, braucht es dich nicht zu kümmern.

– Es kümmert mich auch nicht, aber es kommt mir seltsam vor. Ich kann doch wohl fragen.

– Es kommt dir seltsam vor, Tiho? Du hast uns verlassen und hast dich zwei Jahre lang nicht gemeldet, und jetzt interessiert es dich plötzlich. Hier, nimm auch den hier!

Ich bückte mich nach dem größeren Stein. Wir hatten den Rucksack vollgestopft mit Steinen, sodass ich ihn kaum schleppen konnte, und wir sprachen nicht mehr darüber. Wieder gab sie mir die Hand, wenn wir an einen Stamm gerieten, der über dem Pfad lag, oder vor allem bei steilen Stücken.

Als wir zurückkehrten, sah Indira Senka mit einem Lächeln an, als würde sie etwas erwarten. Roman wiederum nahm die Steine, legte sie um ein kleines Häuflein Dürrholz und machte Feuer. Nun hatten wir eine Feuerstelle. Die Kinder tanzten um das Feuer.

– Mama, schau, wir sind Indianer!, rief Andrea.

Nach dem Essen, während wir in den Liegestühlen lagen und in der Sonne ruhten, sagte Indira zu Roman, sie könnten mit den Kindern zur Berghütte spazieren.

– Bringt uns auch Strudel mit, rief ihnen Senka nach. Und als sie außer Sicht waren, sagte sie:

– Du hast Andrea sehr gefehlt!

– Das habe ich nicht gerade bemerkt.

– Jetzt hat sie sich daran gewöhnt, aber es ist ihr schwergefallen, glaub mir.

Indira und Roman benahmen sich merkwürdig bis zum Ende des Tages. Alle naslang verschwanden sie mit den Kindern unter irgendeinem Vorwand, und wenn sie zurückkamen, sahen Indira und Senka einander vielsagend an.

11

Am Sonntagabend stieg ich in den Zug und ging direkt vom Bahnhof zum Dienst. Ich hatte nicht ernsthaft darüber nachgedacht, was auf dem Sljeme geschehen war. Ich fand, während wir durch die Vororte von Regensburg fuhren, ihren Versuch, mich wieder mit Senka zusammenzubringen, falls es das gewesen war, sogar ein wenig geschmacklos. Hier warteten die Arbeit auf mich, ein gutes Gehalt, ein guter Freund und ein paar Damen nebenbei, über die man keine Worte mehr zu verlieren brauchte. Es gab freilich auch genug Einsamkeit in diesem Herbst in Regensburg, als die Regen einsetzten, und Reinhard zu Hause mit seinem Sohn die Modelleisenbahn aufbaute. Ich hatte nicht vor nach Zagreb zu fahren, aber eines Abends rief Roman an.

– Alter, du könntest mal wieder bei uns vorbeischauen. Wir könnten zum Wochenende zum Beispiel nach Stubičke Toplice fahren.

Ich sagte, ich würde es mir überlegen, und legte auf. Am Freitag allerdings, schon seit dem Morgen, kam es mir so vor, als würde ich etwas sehr Wichtiges versäumen, wenn ich nicht zu diesem Wochenende fuhr. Ich hatte keinen Dienst, Reinhard war mit seiner Familie nach Rostock gefahren, die Eltern seiner Frau besuchen, und ich hatte in Regensburg eigentlich nichts zu tun. Ist doch nicht schlimm, wenn ich noch einmal hinfahre, dachte ich. Und dann sagte ich Roman schnell Bescheid, dass ich käme, und schaffte es gerade noch zum Express, der um acht Uhr abends aus München abfuhr.

Und so fuhren wir am Samstagabend nach Stubičke Toplice. Es war Spätherbst, heiter, aber in der Luft lag der Geruch von Schnee, und an der Ecke des Kurhauses stand ein alter Mann, der Kastanien verkaufte.

– Wir haben eine Überraschung, sagte Indira, fröhlich, fast schon enthusiastisch, als wir auf dem Parkplatz aus dem Auto stiegen. Wir gingen ins Hotel, zogen uns um und tauchten ins warme Wasser des Innenbeckens. Wir zwei blieben am Beckenrand stehen, und Senka und Indira, lächelnd, gingen ein wenig schwimmen.

– Tut es gut?, fragte Roman.

– Hervorragend, sagte ich. Das warme Wasser behagte mir. Und die Gesellschaft erst recht.

– Es hat sich also ausgezahlt zu kommen?

– Doch … ja. Es ist okay. Wo sind die Kleinen?

– Bei Indiras Mutter.

Als sie zurückkamen, sagte Indira:

– Und jetzt die Überraschung.

Sie führte uns durch den Glastunnel zum Außenbecken.

– He, wir kriegen Gehirnhautentzündung, sagte ich, als wir ins Außenbecken kamen. Es war abgeschirmt mit großen Wellplatten aus Zement.

– Nein, kriegen wir nicht, sagte Indira, komm, sei keine Mimose!

Es war gegen acht Uhr abends, Dunkelheit, nur im Becken brannte diskretes Licht. Der Dampf aus dem heißen Wasser erzeugte einen Nebel, in dem die Menschen nur als Silhouetten zu sehen waren. An den Beckenrändern standen Liebespärchen, von denen man durch den Nebel hindurch nur die sich bewegenden Köpfe sah. Es waren viele, in Abständen von nicht mehr als einem Meter. Viele von ihnen machten offensichtlich Liebe, aber in dem Nebel war alles irgendwie weicher und diskret.

– Indi, hier dürfen wir mit Eisprung nicht rein, wir könnten uns einen Geschwänzelten einfangen, sagte Senka.

– Ekelst du dich etwa?, lachte Indira.

Und nachdem wir eine Runde gemacht und noch ein paar verstohlene Blicke auf die Paare am Beckenrand geworfen hatten, verschwanden Roman und Indira wie gewöhnlich. Senka griff bei mir nach unten und sagte:

– Komm, du zahlst später!

In diesem Augenblick sah ich durch einen Spalt zwischen den gelblichen Platten, wie ein Zug sehr nahe an uns vorüberfuhr. Die Quadrate seiner Fenster erhellten die Nacht sehr schön. Der Zagorje-Express. Er schien mir etwas kleiner zu sein als andere Züge. Ich lehnte mich ruhig an den Beckenrand, und Senka zog mir die Badehose herunter und hockte sich auf mich. Sie umfing mich gierig mit den Beinen. Für jemanden von der Seite, und wäre er auch einen Meter von uns entfernt, sahen wir vermutlich aus wie ein Paar, das sich im warmen Wasser etwas leidenschaftlicher küsst.

Später kamen Roman und Indira zu uns geschwommen.

– Was ist, ihr Turteltäubchen, sagte Indira, da haben wir euch das Richtige gezeigt, was?

Und dann gingen die Frauen allein sich etwas umsehen, und Roman blieb bei mir.

Es war mir unangenehm. Es sah für mich so aus, als hätte ich einen Augenblick der Unachtsamkeit ausgenutzt, um mit der Geliebten meines Freundes Liebe zu machen, in einem Augenblick, in dem er nicht reagieren kann.

– Hör mal, es tut mir leid, sagte ich, es ist passiert.

– Macht nichts, sagte er, Hauptsache, es hat dir gefallen.

Später setzten wir zwei uns an die Bar, und Indira und Senka schwatzten miteinander.

– Sie stehen sich sehr nahe, sagte ich zu Roman, ich kann nicht glauben, dass Indira nichts weiß.

Er sah mich ernst an, sein Blick durchbohrte mich:

– Sei nicht verrückt, natürlich weiß sie es nicht. Dass es dir bloß nicht zufällig entwischt!

– Mach dir keine Sorgen.

Das beruhigte ihn ein wenig.

– Sie sehen aus wie beste Freundinnen. Sind sie ständig zusammen?

– Ja, sagte Roman, so haben sie einander leichter unter Kontrolle.

Beim Verlassen der Therme erlebten wir eine seltsame Szene. Als wir wieder im Innenbecken waren, stand wenige Meter von uns entfernt ein ziemlich Betrunkener. Verklebtes nasses Haar, die Kapillare auf den Wangen geplatzt, schmutzige Nase, Alkoholiker. Er lehnte am Beckenrand und starrte dumpf ins Wasser. Wer weiß, was er dort sah. Plötzlich begann er sich zu übergeben. Er warf einen Haufen Kotze aus, und die bildete auf der Wasseroberfläche eine kleine, stinkende Insel. Mir kam der Magen hoch, und Senka musste sich beinahe übergeben. Sie krallte sich in meinen Bizeps, und wir machten, dass wir aus dem Becken kamen.

Die ganze Fahrt bis Regensburg verfolgte mich diese Szene. Wie sie krampfhaft meinen Arm presst, und wie sich dieser Mann übergibt.

In diesem Herbst kam ich noch an zwei Wochenenden nach Zagreb, obwohl es nicht einfach für mich war. Und jedes Mal, wenn wir zu viert fortgingen, benahm sich Senka so, als wären wir wieder zusammen. Sie gab mir mit ihrer Gabel Fleisch von ihrem Teller zu kosten, tat Salz auf meine Hose, wenn ich ein paar Tropfen vergossen hatte, ließ mich ihre Tasche halten, während sie mit einem Papiertüchelchen den Schmutz von der Stiefelspitze wischte.

12

Gut zwei Wochen vor Silvester 1975, im Zuge der Vorbereitungen für das Fest, rief mich Roman an und fragte, ob ich freihätte und ob ich eventuell ein Wochenende früher kommen könne, zu Weihnachten. Ich sagte, dass ich das könne, da wir an den christlichen Feiertagen ohnehin freihätten.

Zu Weihnachten habe ich mich immer festlich gefühlt, obwohl wir es im Prinzip nicht feierten. Nicht wie Gläubige. Als ich klein war, kaufte Mama heimlich ein Geschenk für mich. Den Weihnachtsbaum schmückten wir später, gewöhnlich vor Neujahr, wie alle in unserem Haus auch.

Aber auch das, dieses kleine heimliche Geschenk, war genug, um Weihnachten für mich festlich werden zu lassen.

Es war ein Samstag, in der Stadt waren Knaller zu hören, und ich wartete, dass der DS vor meinem Haus hielt. Ich hatte mich schon fürs Baden vorbereitet. Aber dann kamen Roman und Senka allein in meine Wohnung.

– Wo ist Indira?

– Der Kleine ist krank geworden, da kann sie nicht weg. Wir konnten ihn nicht bei Mama lassen.

– Ach je, geht es ihm gut?

– Ja. Er hat Windpocken.

– Und Andrea geht es auch gut. Sie ist bei Alma, sagte Senka. Nur so viel, falls es dich interessiert.

– Es geht mich eigentlich nichts an, sagte ich und stellte die Sporttasche ab, die ich schon über die Schulter gehängt hatte, und fügte hinzu:

– Ich denke, dass ich keine Lust habe mitzukommen.

Für einen Augenblick herrschte Stille.

– Komm Alter, mach jetzt keine Probleme, du kennst sie doch.

– Genau deshalb, weil ich sie kenne.

Da trat sie zu mir und sagte:

– Verzeih, ich weiß nicht, was mit mir war.

Und küsste mich auf den Mund. Da gab ich nach. Aber unwillig. Fast die ganze Fahrt bis zur Therme herrschte Stille im Auto. Eine anfangs unangenehme, später durchaus annehmbare Stille. Im Radio spielte das Lied *C'est la vie* von Emerson, Lake & Palmer, und durch die erleuchteten Fenster konnten wir in Bistra und in den umliegenden Dörfern in den Häusern geschmückte Weihnachtsbäume sehen.

Als wir ins Becken stiegen, herrschte noch immer ein gewisses Unbehagen, ein Zögern, Trotz. Mit einem einzigen Satz war es ihr gelungen, bei mir die gesamte Galle unserer durchlebten Jahre zurückzubringen, insbesondere die der letzten Jahre. Roman indessen sagte:

– Ich gehe mal schauen, was für Tussies es hier gibt, und war verschwunden.

Und Senka schmiegte sich sofort an mich.

– Wirst du mir jemals verzeihen?

– Ich weiß nicht, sagte ich.

Und dann begann sie wieder mit dem Küssen, Beißen und ihrem üblichen Repertoire. Wieder hockte sie sich auf mich, und wieder kam der Zug, wie ein lieber Freund. Und ich dachte gerade, dass die Beziehung mit Roman nur eine ihrer Methoden war, mein Interesse für sie wieder zu wecken, als mitten im Liebesspiel auch er auftauchte. Er kam von hinten, fasste sie an der Hüfte und rammte sie langsam auf mich. Dann tauchte er ab und war ziemlich lange weg.

– Was tut er da?, fragte ich, schockiert.

– Er sieht zu, wie du in mich eindringst, flüsterte sie.

Rot wie ein Krebs

1

Wir haben heute den Tourismus. Unsere Altvorderen hatten den Ersten Weltkrieg. Aus der Gefangenschaft in Sibirien kehrte mein Großvater, an den ich mich nicht gut erinnern kann, weil er sofort nach dem zweiten Krieg an galoppierender Schwindsucht starb, über Yokohama, Singapur, Kapstadt und Marseille zurück. Hätte Gavrilo Princip nicht den Ferdinand erschossen, wäre er kaum einmal von Hrvatska Dubica bis Kostajnica oder Petrinja gelangt. Vor einem halben Jahr bin ich auf eine Korrespondenzkarte gestoßen, die er in dieser Zeit geschrieben hat.

Tscheljabinsk 8. I. 1916

Liebe Eltern!

Ich habe Euch bisher viele Karten auf Deutsch geschrieben, habe aber bisher von Euch keine einzige empfangen, von dieser bezweifele ich überhaupt, dass sie ankommt, da sie kroatisch geschrieben ist, kommt sie vielleicht doch an. Seid ihr gesund, wisst ihr etwas von Ivo? Wenn ja, meldet es mir, schickt mir Antuns Adresse, wenn ihr etwas von ihm wisst. Hier ist jetzt ziemlich starker Winter, solche gibt es bei uns nicht. Ich bitte Euch, schreibt mir alles, es wird nun fast ein Jahr, dass ich nichts von zu Hause erfahren habe. Warum? Entweder kommen die Karten nicht an, oder Ihr schreibt mir überhaupt nicht. Empfangt alle zusammen einen herzlichen Gruß von

Ilija.

Kadett prisonnier de guerre,
Tscheljabinsk, Gubernium Orenburg

Die zweite Karte an den ehemaligen Kadetten und damaligen Forstaufseher schreibt sein Sohn Josip aus dem zweiten großen Krieg.

Herrn Ilija Romar,
Forstdirektion,
Hrv. Mitrovica

Peterwardein, 19. VII. 1944

Lieber Papa,
Anlässlich Deines hochgeschätzten Namenstages empfange meinen aufrichtigen Glückwunsch mit den besten Wünschen, auf dass du noch viele glücklichere und friedlichere erleben mögest. Vivat!
Dein dankbarer Sohn
Josip

P.S. Ich habe euch einen Brief geschrieben und letzte Woche eine Karte, dass ich das Paket bekommen habe, aber von Euch habe ich kein Schreiben erhalten und daher interessiert mich, ob ihr selbiges bekommen habt. Hier ist ansonsten alles beim Alten ohne irgendwelche Neuigkeiten, und wir bleiben so lange (fürs Erste), wie ich euch geschrieben habe.

Der Krieg hat also den Großvätern dazu verholfen, die Welt zu sehen, er hat den Vätern dazu verholfen, Wälder und Berge zu sehen, und er hat auch uns dazu verholfen, das zu sehen, was wir sonst nicht gesehen hätten. Hätte es zum Beispiel keinen Krieg gegeben, hätte ich nie ein Krankenhaus in Nova Bila, Glamoč und Tomislavgrad gesehen, wohin ich als mobilisierter Arzt mit chirurgischer Erfahrung abkommandiert wurde. Aber bis dahin hatte ich schon New York, Paris, Houston, Stockholm, Berlin, Barcelona, Tokio, Hamburg und mindestens zwei Dutzend weiterer großer Städte gesehen. Ohne diesen Krieg wären für mich Nova Bila und Glamoč ewige Unbekannte geblieben. Als ich dort eintraf, fragte mich der Kollege, ein orthopädischer Chirurg, der tagtäglich mehrere Beine oder Arme amputierte:

– Welche chirurgische Erfahrung haben Sie?

– Kaiserliche, sagte ich und zwinkerte ihm zu, worauf er die Augen verdrehte.

Es gab indessen auch Geburten, das Krankenhaus funktionierte auch für Zivilpersonen, und so war ich nicht unnütz. Ich lernte auch etwas über Kriegsmedizin. Wir hatten jeweils einen Monat lang Dienst, dann kamen wir für zwei Wochen nach Hause. Meiner Frau schickte ich per Sanitätstransporter kurze Briefe.

Nova Bila, 12. Juni 1993

Liebe Tanja,

Hier ist es jetzt ruhig, und es gibt nicht viel Arbeit. Schwerverwundete kommen nicht mehr, und wir können uns ausruhen. Schicke mir bitte über den Burschen, den Fahrer, Sommerhemden und saubere Wäsche, vor allem Unterhemden, denn es ist schon heiß geworden. Ich trage den Kittel auf dem nackten Körper, was mir unangenehm ist. Das habe ich dich auch im letzten Brief gebeten, aber du hast mir noch nichts geschickt. Wie geht es Sara? Hat sie sich in Latein verbessert oder muss sie zur Nachprüfung? Schreib mir doch ein bisschen, was bist du so schwerfällig! Die Telefonverbindungen funktionieren nicht, und du weißt, dass ich dich nicht anrufen kann.

Es liebt euch

Tiho

Und so hatten wir, Großvater, Vater und ich, jeder seinen Krieg, aber daran denkt der Mensch nicht, solange sich bei ihm nicht solche Karten auf dem Haufen finden. Wenn er alt wird, suchen diese Dinge wie von selbst den Weg zu ihm, er findet sie dort, wo sie nie waren. Zum Beispiel in einer Schublade des Nachtschränkchens im Schlafzimmer, in der Schublade, in die er vorher hundert Mal hineingesehen hat auf der Suche nach Aspirin, Hämorrhoidensalbe oder nach einem Stift, um etwas aufzuschreiben, während er im Bett telefoniert. So war auch das Bündel dieser vergilbten Karten aufgetaucht, in Schönschrift geschrieben, mit einer Tinte, die vor Alter hellgrünliche Farbe angenommen hatte. So dachte ich zumindest, als ich sie fand. Alles auf einem Haufen, Großvaters und Vaters Karten und dieser Brief von mir, in der Schublade des Nachtschränkchens. Ich fragte Tanja:

– Hast du die Briefe in die Schublade gelegt?

– Nein, Tiho, wie kommst du darauf? Ich habe sie seit Jahren nicht gesehen.

Dasselbe fragte ich Sara, aber auch sie sagte, sie sei es nicht gewesen, sie wisse auch nichts von Großvaters Karten aus dem Krieg. Sie habe gedacht, dass man aus dem Krieg nicht habe schreiben können. Vor allem nicht so, mit Marke und Stempel. Seltsam, aber man konnte es. Und so kommt dem Menschen der Gedanke, dass ihn seine Vergangenheit einholt, dass sie aus der Schublade lugt und ihm zuzwinkert, als wollte sie sagen: „Du hast nicht mehr lange, mach dich bereit." Nach den Karten fand ich indessen auch andere Dinge an merkwürdigen Stellen: einen schmutzigen Teller in der Brotdose, eine Džezva mit Resten von Kaffeesatz im Kühlschrank, einen Haufen Damenhöschen in meinem Schrankteil.

– Leute, wer tut so etwas?, rief ich aus.

Denis war zu klein. Er krabbelte nur auf dem Boden herum.

Wir wussten indessen nicht, dass das Symptome waren.

Tanja hatte sich in sich zurückgezogen, sie hatte an nichts mehr Freude, sie spielte nicht einmal mehr mit Denis und ging nicht mehr mit ihm spazieren. Wir dachten, sie sei in einer Depression. Einmal aber kam ich nach Hause, Sara und Denis waren bei seinem Vater in Špansko, und fand die schrecklichste Unordnung vor, die ich je im Leben gesehen hatte. Im Schlafzimmer war alles aus dem Schrank gerissen, der Inhalt der Schubladen auf den Boden gestülpt, selbst die Bücher waren durcheinander. Im ersten Augenblick dachte ich, es handle sich um einen Einbruch, aber Tanja saß ruhig auf dem Bett und sah aus dem Fenster.

– Was ist passiert?

– Ich habe deine grünen Strümpfe gesucht, sagte sie ruhig.

Wir brachten sie nach Rebro, zu Frau Doktor Demarin. Es ist nicht Alzheimer, denn sie hat die fünfundsechzig überschritten, sagte die Kollegin nach umfangreichen Untersuchungen, aber es handelt sich um Demenz ähnlicher Ätiologie, die nur progressiv sein kann.

Bald schon begannen sie die Wörter zu verlassen. Zuerst die Namen der Freunde und Verwandten und dann auch ganz alltägliche Wörter. In diesem Augenblick beschloss ich, sie zu notieren, damit sie bleiben würden. Und dann fand in einer dieser Unordnungen, die Tanja auf der Suche nach irgendetwas angerichtet hatte, auch Mutters Terminkalender wieder zu mir. Gerade er schien mir der richtige Ort zum Aufzeichnen der verlorenen Wörter zu sein. So entstand das seltsame Wörterbuch, das ich auch hier auf der Tramuntana nach jedem Anruf zu Hause auf den neuesten Stand bringe. Sara unterrichtet mich detailliert.

Zuerst notiere ich das Wort, dann die Umstände und das Datum, wann es verschwunden ist.

Spucke. 11. Februar 2010. Tanja sagt: „… das, was aus dem Mund kommt."

Oder:

Stille. 1. März 2010. Tanja sagt: „… wenn du nichts hörst."

Dokumente. 15. März 2010. Tanja zieht ihre Versicherungskarte heraus, hält sie hoch und sagt: „das hier."

Am Morgen haben wir Richtung Silba abgelegt. Bald nach dem Frühstück ging die Nachricht um, dass die Klassenlehrerin am frühen Morgen von Bord gegangen sei, dass Jugana und Silva sie begleitet hätten und dass Josip selbst den Koffer getragen habe. Sie hat sich nicht von uns verabschiedet. Logisch, denn sie betrachtet uns als ihr eigenes Scheitern. Ich sollte deswegen Scham empfinden, aber ich bin abgestumpft, ich schäme mich nicht einmal, nicht weil ich mich nicht schäme, da ist nur so eine sanfte Trauer, dass alles gerade so passieren musste. Wieder ist es bewölkt und schwül. Schon seit dem Morgen. Da hilft auch nicht das Lüftchen, das die Tramuntana bei voller Fahrt erzeugt. Ich sitze auf den Autoreifen am Bug und notiere das Wort, das sie gestern vergessen hat: *Tihomir.*

Im Leben habe ich mit mehr als einem guten Hundert Prostituierter geschlafen, und fast alle habe ich mir gemerkt. Aber sie sich mich nicht. Mich haben sie vergessen. Es konnte vorkommen, dass ich an zwei Tagen nacheinander zu ein und derselben kam und dass sie sich nicht mehr an mich erinnerte. Der Mensch fühlt sich seltsam, wenn er so viele Male vergessen wird. Selbst die greisenhafte Unsichtbarkeit, von der Frau Sruk gesprochen hat, kommt dem nicht gleich: Hundert Mal vergessen, hundert Mal bin ich flüchtiger Gast im Kurzzeitgedächtnis trauriger Frauen mit übergroßen Hängebrüsten und Blähbäuchen gewesen, die alles, was sie verdienen, fürs Essen ausgeben, weil die Liebe sie nicht mehr freut. „War es der Schwarze, der Kastanienblonde oder der Glatzköpfige, der gestern gesagt hat, dass er ein Doktor ist, ach, was weiß ich, wer soll sich jeden Kunden merken." Mich haben so viele Frauen wenige Minuten, nachdem ich von ihnen weggegangen bin, vergessen, und jetzt vergisst mich auch meine eigene. Ich bin kein Wort und kein Bild mehr. Sara sagt, sie habe gestern, als sie mein Foto sah, gesagt, ich sei ihr Sohn.

2

An diesem Tag haben wir einen schönen Vormittag an Bord verbracht. Es hat weder Streit noch ätzende Bemerkungen gegeben, die Zerstrittenen bleiben freilich weiterhin zerstritten, aber jetzt ist der Hader zumindest ein stiller. Wir wenden uns mehr dem leisen Gespräch und dem Innenleben zu. Senka liest auf dem Oberdeck, obwohl es keine Sonne gibt, nur ein scharfes diffuses Licht, das durch die dünne Wolkendecke drängt und die Wellen silbrig färbt. Auch die Motoren der Tramuntana arbeiten langsam, wir haben es nicht mehr eilig, und der nächste Bestimmungsort ist relativ nah. Wir werden auf Silba anlegen. Zuerst im Hafen Mul, wo die Touristenschiffe haltmachen, und nach der Ortsbesichtigung werden wir zum Nachtbaden in die Bucht Nozdre fahren. Im Reiseprospekt wird das Nachtbaden als größte Attraktion zusammen mit einer Überraschung als

Höhepunkt der ganzen Reise angekündigt. Es ist vorgesehen, dass wir heute sowohl das Mittag- als auch das Abendessen an Bord einnehmen. Zu Mittag essen wir, wenn wir anlegen, zu Abend dagegen ziemlich spät, nach dem nächtlichen Baden.

Und alle sind beruhigt, außer Barba Zvir, der, seit er gesehen hat, dass es bewölkt ist, schrecklich zappelig ist. Mehrere Male ist er von der Brücke aufs Oberdeck herausgekommen und hat in die Ferne geblickt, wobei er die Hand über die Augen hält, um sich vor dem diffusen Licht zu schützen. Was mag er sehen? Unwetter und Wasserhosen, einen gewaltigen Jugo, wie er alles vor sich niederreißt, einen zerstörerischen Scirocco oder einen Tramuntana, der zu einem Sturm anwächst. Ich sehe, wie Denis, nicht nur einmal, hinter Barba Zvirs Rücken mit bohrendem Finger grinsend auf seinen Kopf deutet. Vorsicht und Respekt gegenüber dem Meer sind diesen Rotzbengeln etwas so Abwegiges, dass sie vor den Gästen ihren alten Kapitän herabwürdigen. Einen Kapitän, der, damit alles noch schlimmer wird, zugleich Denis' Onkel ist.

Die Tramuntana legt sich weich gegen die Gummifender und bleibt mit leichtem Zittern stehen, wie ein gut dressiertes Tier. Wie stets nach dem Anlegen räumt nach kurzem Krächzen Mate Mišo Kovač den Lautsprecher, und es meldet sich die heitere Stimme Silvas mit ausgesprochen optimistischer Intonation:

– Liebe Abiturienten, wir haben nun auf Silba angelegt. In einer halben Stunde werden wir an Bord Mittag essen, anschließend können Sie sich ein wenig ausruhen vor dem abendlichen Ausgang. Ich empfehle Ihnen etwas zu ruhen, denn wir werden heute Nacht lange wach bleiben.

Zum Mittagessen gibt es Frikadellen vom Oktopus und gedünsteten Kohl mit Kartoffeln. Eine mediterrane Variante der populären Hackbällchen mit gegartem Gemüse aus unserer Kindheit. Alles gut und frisch, was der Barba da heute Morgen auf dem Markt in Zadar eingekauft hat. Und danach gehe ich tatsächlich in die Kabine hinunter, um ein Auge zuzumachen, und Senka tut das Gleiche. Ich schalte den Ventilator ein, und die Luft wird erträglich. Wenn es heiß ist und wenn das Schiff Fahrt macht, ist es etwas angenehmer an Deck. Wenn allerdings eine solche Schwüle herrscht und es auch nicht den geringsten Fahrtwind gibt, ist es egal, wo wir uns aufhalten. Außerdem erleichtert der künstliche Wind des kleinen Ventilators die Situation enorm. Wir legen uns wieder nebeneinander, aber vorsichtig, damit wir uns nicht mit den verschwitzten Körpern berühren.

– So haben wir immer nach dem Essen geschlafen, erinnerst du dich, oben in deiner Wohnung.

– Geschlafen?

– Ja. Auch geschlafen, du Ferkel, du bist siebzig und denkst nur an das eine. Hast du mit Tanja auch nachmittags geschlafen?

– Ja. Bis Sara kam. Dann konnten wir es nicht mehr, sie hat nie geschlafen.

– Wie war sie als Kind? Du hattest schon Erfahrung mit kleinen Mädchen.

– Eigensinnig. Es war schwerer mit ihr als mit Andrea. Aber die Zeit ist mir als glückliche in Erinnerung geblieben.

– Das freut mich für dich, sagt sie. Und Tanja? Du erzählst mir gar nichts von ihr.

– Eigentlich heißt sie Tatjana. Ihr Vater war russophil. Erst später haben sie sie Tanja gerufen, abgekürzt. Habe ich dir erzählt, dass Saras erstes Wort „Tata" war?

– Papa?

– Ja, ich dachte auch zuerst, sie ruft mich, und sagte triumphierend zu Tanja: „Siehst du, das Kind hat sich zuerst an mich erinnert." Worauf sie: „Das ist doch normal, Mädchen sind immer mehr auf den Papa fixiert." Später ist uns allerdings aufgegangen, dass sie mit Tata ihre Mama meinte. Sie konnte so klein weder Tanja noch Tatjana sagen, nur Tata. Wenn wir Gäste hatten, führte Tanja ihnen ihren Unterrock oder ihre Schuhe mit den hohen Absätzen vor und fragte:

– Wem gehört das? Sara, sag, wem gehört das?

Und Sara sagte dann:

– Tata! Ta-ta!

Und alle lachten. Ich hielt mir dann immer Tanjas Unterrock vor die Brust und machte ein paar Tanzschritte, und die Leute kreischten vor Lachen. Ihnen fiel das Essen aus dem Gesicht. Einmal, als ich so den Unterrock hielt, fing die Kleine schrecklich an zu weinen. Alle waren augenblicklich still, wir genauso wie die Gäste, aber sie schluchzte krampfhaft. Sie wollte ihren Papa nicht im Unterrock sehen, obwohl es sie ein paar Tage zuvor unterhalten hatte. Danach haben wir damit aufgehört. Ja, das waren unsere glücklichsten Jahre.

– Mir ist heiß, sagt sie und wischt sich mit dem Handtuch den Schweiß vom Gesicht.

– Warum trägst du das Nachthemd? Komm, zieh es aus, ich werde dich nicht sofort vergewaltigen.

Sie sieht mich zärtlich an. Sehr zärtlich, so wie sie mich auf dieser Reise noch nicht angesehen hat.

– Du bist ein guter Mensch, Tiho. Aber ich habe dir nicht alles gesagt.

– Was hast du mir nicht gesagt?

Sie schweigt.

– Komm, wir kennen uns doch.

Sie setzt die Füße auf den Boden. Sie schläft immer am Rand, und ich an der hölzernen Wandverkleidung. Und so, im Sitzen, mir den Rücken zugekehrt, zieht sie ihr Nachthemd aus und bleibt nur im Höschen. Dann dreht sie sich um.

Eine Brust ist kleiner und hat keine Warze. Und auch der Schnitt nach der Operation ist sichtbar.

– Siehst du?

– Wann?

– Vor zwei Jahren.

– Und ist es jetzt in Ordnung?

– Ja. Es ist in Ordnung. Mammografie und Tests. Ich war zur Therapie, das Haar ist mir ausgefallen, und danach ist dieses rote nachgewachsen. Ich spare für eine Rekonstruktion. Eine Warze ist nicht billig, und sie von der Rente zu bezahlen, ist schwer. Das weißt du selber. Hier und dort gebe ich Musikunterricht, und das lege ich dann auf die Seite.

– Aber wozu brauchst du das?

– Wie wozu?

Sie schweigt kurz. Vielleicht verletzt.

– Das bedeutet, du glaubst, ich bin schon zum Entsorgen.

– Das habe ich nicht gesagt.

– Du hast es gedacht. Was braucht ein altes Weib Brustwarzen. Ich habe niemanden, wenn du das gemeint hast, ich lebe allein. Es ist meinetwegen. Wenn ich mich morgens im Spiegel ansehe, als hätten die Brüste ein Auge geschlossen. Mir blinzelt die eigene Brust zu.

– Ich habe nicht gemeint, dass du für den Kehricht bist, ich wollte sagen, dass man es nicht sieht. Ich habe es nicht gesehen, und wir schlafen hier schon drei Nächte zusammen.

– Aber vielleicht hast du auch das andere gedacht.

– Welches andere?

– Dass es ohnehin keinen Sinn mehr hat, was braucht sie Brustwarzen, wenn das Ende nahe ist. Schade um das Geld, soll sie lieber ein bisschen herumreisen.

– Du weißt, dass ich das nicht gedacht habe.

Ich brachte es kaum heraus. Ich hatte einen Kloß im Hals, wie einen Knäuel blutiger Gaze.

– Entschuldige, sagt sie jetzt, legt sich neben mich und streichelt mich. Ich weiß, dass du das nicht gedacht hast. Aber Tiho, das ist eine heimtückische Krankheit. Jetzt ist es gut, aber schon in zwei Monaten …

– Im Prinzip nicht, wenn es rechtzeitig gemacht wird. Vor allem heutzutage. Wie hast du es gesehen?

– Es war rot um die Warze herum. Sehr rot, aber ohne Schmerzen. Auch Mama ging es drei Jahre nach der Operation gut. Wir hatten es fast schon vergessen, aber du weißt, wie es geendet hat.

– Das kannst du nicht vergleichen. Es hat in der Medizin große Fortschritte gegeben.

– Ja, Tiho, aber die Menschen sterben trotzdem. Ich bin mir dessen bewusst. Und jetzt, wo wir schon darüber sprechen, kann ich es dir sagen. Ich hatte daran gedacht, dich anzurufen, ich hatte es vor, noch bevor Juga begann die Reise zu organisieren. Auch deshalb habe ich ihr zugeredet, damit wir ein wenig länger zusammen sind, damit ich dich um etwas bitten kann.

– Um was?

– Dass du mir etwas versprichst.

– Schau, ich kann helfen, das ist keine Frage, noch habe ich Verbindungen zu den Kollegen, und viele von ihnen sind meine Studenten.

– Ich denke nicht an so etwas, Tiho.

– Sondern an was?

– Du weißt, was ich meine. Ich möchte keine Schmerzen, die monatelang dauern.

Und jetzt sieht sie mich an, auf die Ellbogen gestützt, verschwitzt, alt, aber noch immer schön, und nur die Augen in ihrem Gesicht sind nicht alt, denn Augen altern nicht. Und so sehen wir uns an mit diesen noch immer jungen Augen, doch ich zögere, ich will nicht nachgeben, ich will es ihr nicht nur so versprechen, obwohl mir noch immer Mamas Worte im Kopf klingen: „Bringen Sie mich um, ich flehe Sie an!“

– Das ist Euthanasie, meine Liebe, das verlangst du?

– Ich denke nicht an Euthanasie, sagt sie, ich denke an etwas mehr.

Es gibt keinen besseren Weg, einer alten Liebe seine Liebe zu zeigen.

– Wenn die Schmerzen beginnen, erschrickst du, die Ärzte setzen dich unter Drogen, sie reden dir ein, dass es noch Hoffnung gibt, dass es Hoffnung bis zum Schluss gibt, du halluzinierst. Ich möchte, dass du, wenn es beginnt, zu mir kommst und mir sagst: „Es gibt keine Chance mehr. Der Augenblick ist gekommen.“ Ich möchte, dass du mir dieses „Jetzt“ sagst. Das ist das Wichtigste. Dass dir jemand, dem du glaubst, sagt: „Jetzt!“ Und dann kann ich es vielleicht auch selbst. Wenn du mir Anweisungen gibst.

– Ich weiß nicht!

Sie ist enttäuscht. Sie hat geglaubt, ich würde leichter nachgeben, und hier ist ohnehin nur von einem Versprechen die Rede, und versprechen kann man alles Mögliche. Aber Versprechen nehme ich ernst.

– Du weißt, seit mir das passiert ist, habe ich viel über alles nachgedacht. Vor allem über dich. Du bist ein guter Mensch, du hast mir schrecklich viel geholfen mit Mama, das, was du damals für mich getan hast, würde ich weder von einem Ehemann noch von einem Bruder noch von den Allernächsten erwarten, und damals waren wir nur Freunde. Glaub mir, Tiho, Nacht um Nacht habe ich über dich nachgedacht. Und dann bin ich auf etwas gekommen, woran ich mich nicht einmal erinnern darf. Genau genommen fürchte ich mich, daran auch nur zu denken.

Sie hält ein wenig inne.

– Ich kann es nicht glauben, dass ich dir das erzähle.

– Was?

– Sie hat den ganzen Tag vor Schmerzen gestöhnt, wenn du im Dienst warst. Ich konnte es nicht mehr hören, ich habe mir Watte in die Ohren gesteckt. Und dann habe ich einmal, du hattest gerade Dienst, als ich den Topf wegbrachte, gesehen, dass sein Rand völlig ausgebissen war. Sie hatte den blauen Blechrand ausgebissen, ich konnte die Abdrücke der Zähne sehen.

– Wieso haben ihre Brücken da nicht nachgegeben?

– Ich weiß nicht, aber sie hat den Rand ausgebissen. Ich wollte dir das nicht sagen, um dich nicht zu beunruhigen. Du hast sie gern gehabt, denn du warst in mich verliebt. Ich kenne diesen Mechanismus. Aber erst nach meiner Operation ist mir das eingefallen. Du hast ihr Morphium gegeben. Du hättest ihr eine etwas stärkere Dosis geben können.

– Was willst du damit sagen?

– Dass du genauso wie ich gesehen hast, wie sehr sie sich quält, und dass du ihr eine stärkere Dosis hättest geben können, damit sie friedlich stirbt. Niemand hätte Probleme gemacht, Schwerkranke, die zu Hause sterben, kommen nicht zur Autopsie. Du hättest ihr fast einen Monat vor ihrem Tod helfen können. Sie hätte nicht so leiden müssen.

Ich bin wie gelähmt. Habe ich richtig gehört? Und dann bricht es aus mir hervor:

– Jetzt wirfst du mir das auch noch vor! Nach all dem.

– Wer weiß, ob dir die Möglichkeit damals eingefallen ist?

Sie sieht mich prüfend an. Sie sucht meinen Blick und versucht mir durch die Pupillen in den Kopf zu sehen.

– Nein, sage ich, sie ist mir nicht eingefallen.

Aber ich weiß selber nicht, ob sie mir eingefallen ist oder nicht.

– Aber dir ist zum Beispiel eingefallen, dass Andrea stirbt?

– Das ist etwas anderes. Etwas ganz anderes.

– Sag mir, kannst du schwören, dass du nicht auf den Gedanken gekommen bist, Mama etwas mehr Morphium zu geben.

– Das hier hat keinen Sinn. Gehen wir schlafen.

– Nein. Wir gehen nicht schlafen. Antworte mir!

– Hör zu, ich erinnere mich nicht. Es ist dreißig Jahre her, fünfunddreißig, ich weiß es wirklich nicht, ob ich damals je auf die Möglichkeit gekommen bin.

– Solche Sachen vergisst man nicht.

– Das glaube ich nicht. Du beschuldigst mich noch immer?

– Ich beschuldige dich nicht. Ich dachte, dass ich auch nicht auf die Möglichkeit gekommen bin. Damals. Erst später, als ich krank wurde.

– Gut. Dann glaubst du mir wohl, dass ich auch nicht auf die Möglichkeit gekommen bin.

– Ja. Aber ich bin nicht die, die am Morgen, wenn sie die Augen aufmacht, als Erstes an den Tod denkt. Ich beschuldige dich nicht, wenn du mich verstehst, du bist nicht schuld, dass es so ist und dass du das alles durchgemacht hast, aber für mich ist es etwas unlogisch, dass dir als Arzt nicht der Gedanke an diese Möglichkeit gekommen ist.

– Mir scheint es ungewöhnlich, dass er dir nicht gekommen ist. Es war doch deine Mutter.

Und so schweigen wir beide, wir glauben einander nicht.

– Hättest du es mir gesagt, ich hätte es damals auch getan. Hättest du es mir gesagt.

– Wie weißt du, dass du es getan hättest, wenn du nicht weißt, ob dir der Gedanke gekommen ist oder nicht.

– Einfach so. Ich weiß es.

Jetzt schweigt sie. Und weint, sie bebt vor Weinen, und mir scheint, dass sie mehr um ihr vergangenes Leben weint als darum, dass ich ihrer Mutter nicht etwas mehr Morphium gegeben habe.

Und dann, als hätte sie eine schreckliche Entscheidung gefällt, sagt sie:

– Weißt du, was ich denke? Es ist dir eingefallen. Das würde jedem normalen Menschen einfallen, und erst recht dir. Vielleicht hast du nicht viel darüber nachgedacht, aber es ist dir mitunter durch den Kopf gegangen. Wenn du … aber du hast es mir nicht gesagt, denn das hätte bedeutet, dass du mich verlieren würdest. Du wolltest mich einfach nicht verlieren, und deshalb gebe ich dir keine Schuld.

– Und warum denkst du das?

Sie schweigt. Sie bereitet den entscheidenden Satz vor.

– Deshalb, weil es mir eingefallen ist, und genau deshalb habe ich es dir nicht gesagt. Ich wollte nicht weggehen, aber ich wusste, dass ich es würde müssen. Ich wäre gerne mit dir in der Wohnung geblieben, wenn nötig, auch das ganze Leben. Selbst wenn sie sich neben uns gequält hätte.

– Senka, das ist alles nachträglich sehr klug gedacht. Damals haben wir nicht daran gedacht.

Sie schweigt kurz und sieht mich an.

– Das haben wir, Tiho, aber wir waren selbstsüchtig. Du genauso wie ich. Liebe ist eine selbstsüchtige Hure.

Und das ist für uns die wichtigste Schlussfolgerung dieser Abireise. Und wenn es so ist, wenn ich zugelassen habe, dass Frau Ksenija nur deshalb tierische Schmerzen litt, weil ich mich nicht von Senka trennen konnte, bin ich viel schlimmer als mein Vater. Er hat nur bezahlt, dass sie Mama im Krankenhaus behalten, und hatte kein Geld für die Musik. Ich denke daran, jetzt bei Denis das Lied *Oprosti mi, pape* zu bestellen, „Ja, verzeih mir, Papa". Aber am Ende, entwaffnet durch die eigene Schlechtigkeit, sage ich:

– Gut. Ich verspreche es dir!

Als wiederholte sich der Schwur aus dem Pionierheim Đuro Đaković: „Heute, an dem Tag, an dem ich Pionier werde, gebe ich das Versprechen … ja, ich werde dich umbringen, Liebste. Mit Kali oder Morphium. Dass du mir nur einschläfst." Und ich wiederhole:

– Senka, mach dir keine Sorgen.

Und zufrieden schläft sie an meiner Schulter ein.

3

Ein leichter Ruck hat mich geweckt. Wir liegen noch immer so, wie wir eingeschlafen sind, ihr Kopf lehnt an meiner Schulter. Unter dem Kopf hat sich eine Schweißpfütze gebildet, und aus dieser Pfütze rinnt ein dünnes Bächlein über ihre linke Brust zum Nabel. Auch Senka ist aufgewacht und schmatzt leicht, sie zerkaut die letzten Reste trauriger Nachmittagsträume, und irgendwo in den Eingeweiden der Tramuntana ist der schwach gedämmte Motor zu hören.

– Wir fahren, sagt sie und setzt vorsichtig die Füße auf den Holzfußboden. Mein Gott, wie bin ich eingeschlafen!

Ich lange nach dem Handtuch auf dem kleinen Regal über dem Bett und wische mich ab.

– Gehen wir hinaus, hier ist es unerträglich, sagt sie.

An Deck ist es erträglicher. Eine leichte Brise weht, und die Dunkelheit senkt sich bereits herab. Es brennen nur die schwachen Lichter an den Masten, und flimmernd leuchten hier und da die Fenster der Häuser. Silba in der Nachsaison ist gespenstisch verlassen. Wir fahren die dunkle Küste entlang, und das Einzige, was wir sehen, ist der felsige Streifen am Ufer, der von den Wellen umspült wird, während der Waldrand nur wenig dunkler ist als der Himmel darüber und das Meer darunter. Diese Nachtfahrt hat auch die anderen Bewohner der Tramuntana geweckt, sie beginnen sich aus der Dunkelheit zurückzumelden, in Badekostümen, mit Handtüchern auf der Schulter, oder in einen Bademantel gehüllt wie Lidija. Wir blinzeln und schmatzen im grellen Licht des Salons, noch immer halb im Traum. Silva sagt:

– Wir werden in der Bucht Nozdre ankern, und Barba Zvir wird für uns eine Badeleiter hinunterlassen, sodass wir wieder an Deck klettern können. Passen Sie auf, diese Leiter kann rutschig sein, dass sich nicht jemand das Bein bricht. Wenn Sie hinaufsteigen, bitte schön langsam, wir haben es nicht eilig.

Und nachdem uns Silva höflich auf unser Alter hingewiesen hat, damit die Agentur im Falle eines Falles nicht Schadensersatz zu leisten hat, steht plötzlich von irgendwoher eine Flasche Biska auf dem Tisch, ein Mistelschnaps.

– Das ist ein Geschenk vom Barba, sagt Denis und stellt bereits die Schnapsgläser vor uns hin. Damit Sie ein bisschen wach werden, solange wir noch fahren.

Und so heben wir einige Male das Glas auf den Barba, das Schiff, die Abireise, sogar auf die Klassenlehrerin. Letzteres auf Lidijas Initiative hin. Sie sagt:

– Und jetzt einen auf die Klassenlehrerin!

Und alle rufen:

– Sie soll leben!

Und wir kippen den Schnaps, aber zugleich mit dem Alkohol, der uns in der Wurzel der Speiseröhre brennt, brennt einige von uns auch die Erinnerung an die jüngste Vergangenheit und daran, wie wir uns von der Klassenlehrerin getrennt haben. Mit dem Toast hat uns Lidija ein Kuckucksei untergeschoben.

Das Meer liegt ruhig und dunkel da wie die Oberfläche eines Nichts, auf dem sich die Tramuntana nur schwach behauptet, als schwämme sie durch die reine Dunkelheit. Aus dem Lautsprecher meldet sich diskret Oliver Dragojević, aber nicht mit *Oprosti mi, pape,* sondern mit *Skalinada.*

– Ist es noch weit?, fragt Marijan, dessen zerzaustes Haar emporragt, als wäre es Morgen.

– Noch gut zehn Minuten, sagt Silva. Wenn wir dort sind, wird der Barba alles erklären. Das Nachtbaden ist seine Spezialität, das kriegen Sie auf keinem anderen Schiff.

– Mir ist ein bisschen kalt, meldet sich Alma.

– Um Himmels willen, sagt Jugana, es ist heiß, dass es nicht zum Aushalten ist.

– Gerade richtig, um uns zu erfrischen, sagt Ana, hättest du lieber, dass es so ist wie am Tag?

Aus dem Salon kann man sehen, wie sich die Tramuntana langsam dreht, dem hellen Felsrand des Ufers folgt und in eine Bucht einläuft.

– So, jetzt sind wir da, sagt Silva nach einem Blick aufs Deck.

Und bald hören wir, wie Denis die Ankerkette löst und auf die Brücke hinauf Barba Zvir zuruft:

– Ala, šijaj, šijaj!

Und dann nach einer halben Minute:

– Stooooooooop!

Und die Tramuntana bleibt weich stehen, an den Anker gekettet.

Wir im Salon sehen uns still an. Wir wissen nicht, ob wir jetzt hinausgehen sollen, oder ob noch etwas vorbereitet werden muss. Der Kleine vom Deck fummelt am Heck mit der Leiter herum, er kriegt sie nicht losgehakt, sodass der Barba kommen muss:

– Himmel, Arsch und Wolkenbruch, du kannst nicht einmal die Leiter anlegen.

Und dann kriegt auch der Barba sie nicht los.

– Kreuz Christi, wer hat die festgemacht?

Denis läuft hinzu, um das Ansehen des Schiffes und die Ehre der Besatzung zu retten:

– Aber, Barba, es geht, es geht, man muss nur stärker ziehen.

Und im Nu hat er den Knoten gelöst und die Leiter hinuntergelassen. Jetzt steht der Weg in den Abgrund, in den sich das Meer verwandelt hat, offen. Aber Barba Zvir spricht noch einmal zu uns als Zeremonienmeister des Nachtbadens.

– Gehen Sie jetzt hinaus an Deck, aber springen Sie noch nicht ins Meer. Steigen Sie erst hinein, wenn ich es Ihnen sage, und ruft hinunter in die Eingeweide des Schiffes:

– Ala, Kleiner, bist du fertig?

– Ja, Barba!

Und der ins Meer abgelassene Reflektor schafft einen Kreis klaren Lichts auf der linken Flanke des Schiffes. Das Meer hat sich aus dem dunklen Abgrund plötzlich in einen gutartigen türkisfarbenen kleinen See verwandelt. Ringsum, obwohl wir Mitte September haben, sind noch die Grillen zu hören und die Rufe von zwei Seglern, die vor uns ankern. Ich sehe auch, wie der Kleine von Deck aus etwas ins Wasser wirft, kann aber nicht sehen was. Und wir warten auf Barba Zvirs Zeichen.

– Und jetzt steigen Sie leise ins Meer. Nicht springen, sondern über die Leiter, langsam.

Und alle steigen gehorsam, langsam, sehr langsam ins Meer hinab. Als würde mich ein dunkler kalter Mantel umhüllen. Ich strebe zu dem hellen Kreis. Das tun, wie ich sehe, auch die anderen. Sobald sie unten sind, sobald die dunkle Kühle sie umfängt, streben sie zum Licht. Aber darin liegt ein Reiz, eine Ahnung von etwas, worauf wir nicht mehr gehofft haben. Und wenn wir in den türkisfarbenen Kreis kommen und jemand laut etwas fragt, beschwichtigt uns der Barba von Deck.

– Pssst, nicht laut reden, dann hält er inne, beobachtet uns ein wenig von oben, und als er zu dem Schluss gekommen ist, dass alles in Ordnung ist, sagt er wieder, und nicht schwimmen. Halten Sie sich nur leicht über Wasser.

Wir gehorchen.

Alle sind im Kreis, ruhig halten wir uns auf dem Wasser, wir sprechen nicht, wir schwimmen nicht, wir plätschern nur. Aber es ist, als hätte sich in dieser Stille wieder eine Gemeinschaft zwischen uns gebildet, als wären wir im eigenen Bewusstsein wieder eins, so wie wir es waren, als wir zu dieser Reise aufgebrochen sind. Selbst Josip kommt schwimmend zu Marijan und sagt:

– Dir fällt es leicht zu dümpeln, mit dem Bauch.

Das sind die ersten Worte, die er nach dem Streit am Strand um Zrće an ihn richtet. Der Lichtkreis hat etwas Magisches, er verbindet uns aus irgendeinem Grund mehr als alles andere, was wir in diesen Tagen gesagt oder getan haben. Selbst Lidija und Jugana wechseln ein paar leise Worte, ein Flüstern, das, vielleicht gerade weil es ein Flüstern ist, Vertrauen schafft, Risse kittet und dieses Wohlgefühl ermöglicht. Was zu Beginn kalt und dunkel gewesen ist, ist jetzt hell und warm, wie Vergangenheit oder Heimat. Anscheinend begreifen wir hier besser als an anderen Orten, dass für uns die Vergangenheit Heimat ist. Und nicht nur Heimat, sondern auch Vaterland.

Ein anderes haben wir nicht. Alles um uns herum ist schon seit Jahren eine von seltsamen Stämmen bevölkerte *terra incognita.* Mit Dreißigjährigen, die an Meditation und Beschwörungen glauben, mit ethikbewussten Vegetarianern, die als Bankangestellte Familien aus ihren Wohnungen werfen, um diese zu versteigern, mit aggressiven Pazifisten, mit solchen, die lieber mit Maschinen reden als mit Menschen, mit solchen, die die Wirklichkeit durch einen Bildschirm sehen, mit solchen, die sich an keine Zeit vor dem Computer erinnern können, mit Moralisten, die so viele Jahrzehnte nach dem ersten Nudismus vor der Nacktheit und vor unanständigen Flüchen zurückschaudern, mit falschem Adel, falschen Wohltätern, falschen Gläubigen …

Und der Barba flüstert von Deck:

– Schaut ins Meer! Auf das Meer müsst ihr achten!

Und wir senken die Blicke. Wir sehen unsere Körper und Beine im Wasser, weiß, als wären wir schon seit Langem tot. Wir wissen nicht, worauf der Barba hinauswill, weshalb er uns anhält, uns selbst als Bleichsüchtige zu bewundern. Das wird mir erst klar, als neben mir der erste Fisch erscheint. Neugierig und ziemlich groß. Aber nach ihm kommen noch andere. Sich treiben lassend und ohne hastige Bewegungen kommt Senka vorsichtig näher und flüstert mir ins Ohr:

– Wenn sie mir nur nicht unten reinschwimmen, dass du sie dann rausholen musst.

– Du hast ja auch noch Toni …

– Du Ekel!, flüstert sie und entfernt sich langsam.

Und dann kommen die Fische in Scharen. Meeräschen, Goldstriemen, Goldbrassen, ein Schwarm Sardellen, der mit großer Geschwindigkeit an uns vorüberjagt, als wären sie ein Körper oder eine eingespielte Ballettgruppe. Wir sind mutig geworden durch den Schnaps und das Gemeinschaftsgefühl, keiner hat Angst, selbst als nach den Sardellen größere Fische kommen, Meeraale, Zahnbrassen und andere. Wir dümpeln dahin wie in einem großen Aquarium, das anstatt gläserner Wände den scharfen Rand des Scheinwerferbündels hat. Es ist wie im Traum, wie vor vielen Millionen Jahren, als das Leben im Meer begann. Wir schwimmen zusammen mit unseren uralten Vorfahren, die wir sonst tagtäglich vom Grill verspeisen, die aber jetzt plötzlich unsere Freunde und Artgenossen sind. Die Stille, das türkisblaue Wasser unter uns, unsere weißen Beine, die sich kaum bewegen, und dieser Schwarm Fische. Wie die Geister aller Fische, die wir im Leben verspeist haben. Einige majestätische Augenblicke lang bewegen sich die Fische um uns herum, doch dann muss jemand niesen, das erschreckt den Schwarm und bringt uns zurück in die Greisenrealität.

Die Löwin tritt ab

1

Das Leben kommt aus dem Meer, es hat sich volle fünfhundert Millionen Jahre entwickelt, von der Amöbe zum Brontosaurus, vom Lungenfisch zum Beuteltier, volle fünfhundert Millionen Jahre lang haben sich Zellen verbunden, geteilt und vermehrt, Hunderte Millionen Jahre sind Mitochondrien und Ribosomen um die Kerne wie um die Sonne gekreist, bis sich schließlich, auf dem weiten Weg der Evolution, dieses Leben in das Geschöpf verwandelt hat, das sein süßes Köpfchen mit der Frisur einer französischen Tänzerin auf meinen nackten Bauch gelegt hat. Roman hat sich seitlich hinter ihren Rücken gestellt und nimmt sie sanft von hinten. Ich liege ruhig da wie ein Kissen für dieses Wesen, in dem Millionen von Jahren wohnen und in dem sich die Zellen so schön angeordnet haben, dass mich beim Blick auf ihr seliges Gesicht ein Schwindel überkommt. Er macht derart zärtlich Liebe mit ihr, dass sich ihr Kopf auf meinem Bauch nur unmerklich bewegt. Ihre Augen sind geschlossen, man würde denken, sie schläft, würde sie nicht hier und da ein leichtes Ächzen von sich geben, ein kurzes unterdrücktes Stöhnen. Und alles ist ruhig, zärtlich und mit gedämpften Geräuschen. Wir müssen leise sein, denn Andrea schläft im anderen Zimmer.

Unsere Zusammenkünfte wurden bald ziemlich häufig. Ich kam vor Senkas Haus gefahren, parkte meinen Käfer neben Romans Citroën DS, ging hinauf in die Wohnung und steckte mehrere Scheine in Senkas Höschen. Sie und ich waren in der Regel das Vorspiel für ein langes Liebemachen zwischen ihnen beiden. Ich war, entsprechend der Natur der Dinge, wie das bei Prostituierten eben so geht, sehr schnell fertig, und dann traten die beiden in Szene. Senka verhielt sich, solange ich in ihr war, völlig professionell, aber mit Roman nahm sie vollständig an der Sache teil. Allerdings, gerade in dem Zeitraum, in dem sie mein frisches Sperma noch an sich trug und Roman noch in ihr war, konnte ich ihr das Beste von mir bieten. Reine unverfälschte Zärtlichkeit. Sie schmiegte sich an mich, während sie Liebe machten, wir berührten uns auch mit der ganzen Länge unserer Körper, ich bemühte mich, mit ihr meine sinnlosen Teile zu verdecken, so wie vor drei Jahren in unserer Wohnung, als sie aus dem Krankenhaus zurückgekommen war. Immer öfter fand sie, während Roman sie von hinten nahm, meine Lippen, und dann küssten wir einander zärtlich, und auf einmal, wenn es für kurze Zeit kein Verlangen mehr gab, erwachte in mir der Wunsch, mich als Ganzes irgendwie in diesen Lippen zu kondensieren, damit wir erneut ineinander überströmen konnten, wie wir auch am Anfang ineinander übergeströmt waren. Ich hatte das Gefühl, als würden wir diese Zärtlichkeit irgendwie stehlen, eine Zärtlichkeit, die für den anderen Mann reserviert war, der sich nun hinter ihrem Rücken auslebte, und dieses Gefühl, für kurze Zeit etwas zu bekommen, was mir nicht zustand, hatte etwas Unirdisches. Am meisten genoss ich es, wenn sie es mir aus Dankbarkeit gewährte, nicht etwa, weil auch sie es genoss, sondern nur so, wie Gottes Segen. Und wenn die Konvulsionen einsetzten, wenn mein Freund sie von hinten in die Weichen schlug, nahm sie meine Hand und drückte sie fest. Und ich drückte ihre.

Manchmal, wenn er lange keinen Höhepunkt erreichte, bestimmte er Senka, die auf mir lag, wieder mein Glied in den Mund zu nehmen und es zu lutschen, bis es wieder steif wurde, und wenn ich dann wieder einen Höhepunkt erlebte und es ihr ins Gesicht spritzte bei offenem Mund und fest geschlossenen Augen, kam auch er. Beide waren wir seinem Genuss untergeordnet. Die Lage unserer Körper und den Wechsel der Stellungen bestimmte er. Senka gesellte sich ihm voll Liebe bei, aber in diesem schönen Ballett wartete immer auch ein Platz für mich. Und da, während sie ihn im Mund hielt und die allgemeine Erregung wuchs, bemerkte ich, dass die Folge der Schlepper-Frauen ausblieb, die ich gebraucht hatte, um zu Senka zu kommen, wenn wir allein Liebe gemacht hatten. Und nicht nur das, ich konnte mit ihr Liebe machen in der Gegenwart. Gut, mitunter dachte ich noch immer an sie vor gut zehn Minuten, wie sie sich zierte, bevor sie mit der Hand leicht auf meinen gespannten Schlitz drückte, aber mehr fühlte ich sie in der Gegenwart, genau in diesem göttlichen Augenblick, in dem ich in ihrem Mund war. Warum konnte ich jetzt, wo sie nicht mehr nur mein war, vollständig mit ihr sein? Außerdem spürte ich, wie ihre Zärtlichkeit und Hingabe mir gegenüber völlig im Dienste ihrer Liebe zu Roman standen. Und so wie mich früher erregt hatte, dass sie mir mit ihrem Körper dankte, wenn ich mich um ihre Mutter kümmerte, und später auch, wenn ich sie bezahlte, kam ich nun gerade deswegen, weil sie sich mir hingab, um Roman zu befriedigen. In unserer ersten Beziehung in dieser Wohnung, solange noch die Flitterwochen dauerten, als Frau Ksenija im Sterben lag, erlebten wir den Höhepunkt als Liebespaar. Später, nachdem sie in die Wohnung meiner Eltern übersiedelt war, nach zwei Jahren gemeinsamen Lebens mit Andrea, erlebten wir den Höhepunkt als Mann und Frau. Jetzt eröffneten sich auf einmal weite Räume einer ganz anderen Beziehung.

Nach einer solchen Séance, während wir in der Küche ein spätes Rührei aufschlugen und Senka Andrea zu beruhigen suchte, die ungeplant wach geworden war, sagte ich zu Roman beim Anblick der Liebestöter, die sich im Hof in melancholisch machenden Größen im Mondlicht wiegten:

– Du könntest ihr etwas Geld geben, sie hat die Alimente noch nicht gekriegt.

Er sah mich an, als würde ich ihm ein neues Liebesspiel vorschlagen.

– Alter, das macht wohl dich an, aber nicht mich.

So war das Gespräch über Geld ein für alle Mal beendet. Mein Kindheitsfreund war genau genommen herrlich egoistisch, und Gott hatte ihn dazu verurteilt, eine Erregung erst dann zu verspüren, wenn jemand anderer Liebe machte mit seiner Geliebten.

2

Anfangs war es Roman und mir unangenehm, wenn wir einander zufällig berührten, wir zuckten mit dem Arm oder dem Bein, als wäre die Haut des anderen heiße Glut, doch mit der Zeit gewöhnten wir uns daran, beim geschäftigen Tun um Senka uns auch zufällig gegenseitig zu berühren. Bald konnte sich Roman ganz frei an mich lehnen, so wie auch ich mich an ihn, ohne dass wir dabei Abstoßung empfanden.

Nach dem Liebemachen, das manchmal so aussah, als hätte jemand bei einer Ballettvorführung im Fernsehen den Ton weggedreht, und nachdem wir einige Zeit in Stille nebeneinandergelegen hatten, gab es regelmäßig ein kleines Schauspiel. Für gewöhnlich begann es so: Er zuckte zusammen, sah auf die Uhr und sagte:

– Ich muss nach Hause!

Dann schmiegte sich Senka an ihn, drehte mir ihren Hintern zu und flüsterte ihm ins Ohr, er solle noch ein wenig bleiben. Seine Entschlossenheit war darauf berechnet, dass sie ihn überredete, und das verwandelte sich manchmal in eine weitere Séance. Aber das kam doch selten vor. Öfter geschah es, dass Roman etwas lauter sagte:

– Immer dasselbe. Du weißt, dass ich nach Hause muss.

– Ich weiß, sagte sie, aber noch fünf Minuten.

Nach diesen fünf Minuten, in denen er einige Male auf die Uhr sah, sagte sie:

– Komm, noch zwei Minuten, und küsste ihn auf die Wange neben dem Ohr. Zwei Minuten! Zwei Minuten!, flüsterte sie.

Und dann blieb er noch zwei Minuten. Ich ging inzwischen meistens unter die Dusche, um die beiden ein wenig allein zu lassen und um selbst noch eine Zeit lang bleiben zu können, wenn er gegangen war. In dieser unpraktischen Wohnung musste man vom Schlafzimmer den ganzen, über sieben Meter langen Flur durchqueren, bis man zum Badezimmer kam, das nahe der Küche lag, weshalb die Möglichkeit bestand, dass Andrea, falls sie wach wurde, mich nackt im Flur antraf. Aber dieses Risiko nahm ich regelmäßig auf mich und tappte bloßfüßig über den unlackierten Parkettboden durch die Wohnung, die zuerst ein Hospiz, dann ein Flitterwochenhotel, dann das Nest einer seltsamen Familie mit einem sehr alten Kind, dann ein Freudenhaus gewesen war und die zum Schluss etwas absolut Undefinierbares darstellte. Wenn ich aus dem Badezimmer zurückkam, mit einem Badetuch als Röckchen um die Hüften wie ein altägyptischer Bauer, war Roman für gewöhnlich nicht mehr da. Es war nur der Zigarettengeruch geblieben, vermischt mit Parfüm.

Ich ging ins Zimmer und sagte:

– Ist er etwa schon weg?

Senka reagierte nicht. Sie lag auf dem Bett und rauchte, oder sie wühlte im Schrank herum, dessen Regalbrett ich noch immer nicht repariert hatte und das nun neben dem Schrank hochkant in der Ecke stand. Ich liebte diese Augenblicke, wenn ich allein mit Senka blieb, aber sie hatte Angst davor. Sie versuchte mich zu ignorieren oder mit mir über unwichtige Dinge zu reden. Solange Roman anwesend war, verhielten wir uns völlig frei, aber wenn er weg war, war es, als fehlte uns die Entschuldigung, wegen der wir uns so frei verhielten, und wir wurden, ganz unerwartet, einer gegenüber dem anderen unbeholfen, wie wir es eigentlich nie gewesen waren.

– Willst du einen Kaffee?, fragte sie, oder: Wann wirst du den Schrank reparieren?

Eines Freitags im Mai oder Juni 1976 indessen lagen wir nach dem Liebemachen im Schlafzimmer jeder in seiner Welt. Ich lauschte den bekannten Geräuschen des Hauses in der Solovljeva, wenn der Verkehr und die Bewohner zur Ruhe gekommen waren und sich in den Wänden das Heulen der Rohre oder das Geräusch der Wasserspülung in der Toilette meldete. Roman dachte sich vielleicht gerade ein weiteres schwebendes Haus aus, und Senka war zwischen uns beiden eingeschlafen, das Gesicht ihm zugewandt und den Hintern mir, und gab so jedem das, was ihm zukam. Es war schon ziemlich spät, so spät ging Roman nie, also begann ich langsam und unmerklich darauf zu warten, wann er seinen bekannten Satz sagen würde:

– Ich muss nach Hause.

Der kam allerdings nicht. Damit schmolz auch meine Gelöstheit irgendwie dahin. Und während ich in den Augenblicken, als ich noch dachte, dass er bald gehen würde, völlig ruhig gewesen war und sich meine Trauer irgendwohin verloren hatte, verspürte ich nun eine immer stärkere Beunruhigung. Die Situation drohte, mich um jene wenigen Augenblicke zu bringen, die ich gewöhnlich mit Senka allein verbrachte und die der Höhepunkt jener Tage geworden waren, wenn wir zusammen waren. Bald hörte ich, wartend, wie auch Roman leicht schnarchte. Er war ohne Kissen eingeschlafen, auf seinem Arm, und so hatten sie mich für einen Augenblick allein gelassen. Mir blieb nichts anderes übrig, als mich auch dem Schlaf hinzugeben. Und als ich aufwachte, steif und unterkühlt, war es schon zwei Uhr nachts, und Roman war noch immer da. Ich ging mich duschen mit der Absicht nach Hause zu gehen und dieses Mal den Höhepunkt meines Tages eben auszulassen. Es hatte keinen Sinn mehr, noch auf etwas zu warten, was in dieser Nacht höchstwahrscheinlich nicht mehr eintreten würde. Ich ließ den lauwarmen Regen aus dem Duschkopf über mich fallen, einer von jenen, bei denen man das Gefühl hat, dass er jegliche Unreinheit von einem abwäscht, äußere wie innere.

Als ich zurückkam, saß Senka im Bett, rauchte und lächelte sanft meinem Freund zu, der über ihr stand und eine Flasche Kutjevačka Graševina öffnete.

– Überraschung, sagte sie, offenbar auch selbst überrascht, ganz strahlend von dieser Überraschung, die sich bei ihr auf unterschiedlichste Art äußerte; in der Stellung der Lippen, in den Augen, in der Nase, die irgendwie gerader war, in der Haltung der Hand, mit der sie die Zigarette hielt, und deren Bewegung langsamer und runder wurde, in der Farbe des Pyjamas, den sie angezogen hatte. Ihr Strahlen machte auch mich benommen, so schön war es mit anzusehen, wie die ganze Welt, das Zimmer, das Bett, Roman, ich, das Fenster, selbst der Blick aus dem Fenster, wie alles das in sie einging und verwandelt wieder aus ihr herauskam, angerührt vom Glück, das sie verspürte, weil sich das übliche Schauspiel nicht wiederholt hatte. Ihr dritter und längster Orgasmus dieses Abends. Das stete Verlangen nach Romans Anwesenheit war unerwartet befriedigt worden.

– Roman bleibt heute Nacht, zwitscherte sie, und morgen machen wir alle zusammen einen Ausflug.

Mich schnürte etwas in der Kehle, weil auch ich Teil eines solchen Glücks war, und so küsste ich sie lange und sanft auf den Mund, etwas, was ich sonst vor Roman außerhalb des Sex nicht mehr tat. Und sie erwiderte den Kuss. In diesem Augenblick liebten wir uns wieder, irgendwie mittelbar, über Roman, aber wir liebten uns.

Die Menschen denken für gewöhnlich, dass das Leben eines Mannes, dem sich das Glück in derart kleinen Portionen schenkt, verfehlt ist. Die eigene Unersättlichkeit verlangt von uns etwas Dauerndes und lange Währendes. Zeit und Intensität standen hier umgekehrt proportional zueinander. Je seltener diese Augenblicke waren und je kürzer sie dauerten, desto größer war ihre Intensität und desto stärker blieben sie im Gedächtnis bewahrt. Und in diesem Paradoxon glich sich alles zusammen irgendwie wieder aus. Was in der Realität kurz währte, verlängerte sich und variierte in der Erinnerung in unzähligen Formen.

Er schenkte uns vom Wein ein, wir stießen an und sprachen lange über alles, was uns in der Vergangenheit verbunden hatte. In dieser Nacht bekam ich von Senka unvergleichlich mehr unverfälschte Zärtlichkeit als in den vergangenen fünf Jahren, in denen wir nicht mehr zusammengelebt hatten.

– Was denkt ihr, wohin soll es gehen?, zwitscherte sie.

– Nach Postojna, schlug Roman vor.

– Ich mag keine Höhlen. Ich werde lange genug unter der Erde sein, wenn ich krepiere.

– Nach Mokrice, sagte ich.

Sie sah mich verschmitzt lächelnd an.

– Das wird nicht gehen, Kater, erklärte sie. Ich habe genug vom Reiten für eine ganze Woche.

Am Ende waren wir uns einig, dass es am klügsten sei, nach Samobor ins Šmidhen zum Baden zu fahren. Die Außenbecken waren schon geöffnet, das Wasser war warm, und auch Andrea schwamm gern.

Am Morgen kochte Senka harte Eier, kaufte Würstchen und machte einen Salat, den sie in eine sehr breite Thermoskanne tat, damit er kalt blieb. Dann holte sie die Alubox für die Ausflüge hervor, dieselbe, die wir immer mit ihrer Mutter und meinem Vater dabei gehabt hatten, wenn wir nach Samobor fuhren, und die durch ein Wunder auch mehrere Untermieter in dieser Wohnung überlebt hatte. In die Box tat sie eine runde Schachtel mit Zdenka-Käse, ein paar Frikadellen vom Abendessen, die im Kühlschrank warteten, Jungzwiebeln und Radieschen. Ich half ihr, Andreas Sachen in den Rucksack zu stopfen, und sie sagte fröhlich:

– Wann wirst du den Schrank reparieren?

– Morgen, sagte ich, und wir lächelten.

Den Schrank habe ich nie repariert, aber glückliche Momente sind nicht dazu da, sich an traurige Misserfolge zu erinnern.

3

Am Morgen sammelten wir Andrea bei Alma ein und kletterten alle vier in Romans DS, in den „Frosch". Er und Senka vorne, wie Eltern, und Andrea und ich hinten.

Nachdem wir aus der Stadt heraus waren und die Straße eben, sodass der Kleinen nicht übel war, zwitscherte sie:

– Tiho, lass uns Fli-Fla-Flu spielen.

Und so spielten Andrea und ich auf dem Weg nach Samobor Fli-Fla-Flu. Sie zählte die Punkte.

– Du hast vier Punkt, und ich habe sechs Punkt.

– Das ist nicht wahr, du schummelst. Außerdem heißt es nicht Punkt, sondern Punkte.

– Ich schummele nicht, rief Andrea, Mama, sag du es ihm.

– Mama hat nicht gesehen, wie ihr spielt, meldete sich Roman, ich habe es gesehen, und du hast recht.

– Siehst du!, schob sie sich vor mein Gesicht.

– Du, bitte, sieh auf die Straße, warnte Senka als verantwortungsbewusste Mutter.

In meiner Erinnerung stand sie noch immer nackt neben dem Telefon und sagte mit Resten von Sperma auf den Lippen:

– Mein Schatz, Mama kommt dich in einer Stunde abholen, und dann machen wir einen Ausflug. In Ordnung?

Das hier war eigentlich meine dritte Familie, in der Senka eine Konstante bildete, nur die Kinder wechselten. Nachdem unser erstes Kind in die ewigen Jagdgründe gegangen war, kam dieses zwitschernde zweite, und jetzt war auch das dritte da, ihr Brüderchen, das mit ihr auf dem Rücksitz eines populären Automobils, das seinen Spitznamen von einem ziemlich unpopulären Tier hatte, Gesellschaftsspiele spielte.

Im großen Becken des Freibades Šmidhen, während Andrea in ihrem Schwimmreifen mit Drachenkopf herumpaddelte, plauderten Roman, Senka und ich über unwesentliche Dinge, über Leute von ihrer Arbeit, über Romans Häuser, die schrecklich populär geworden waren, über meine Kollegen und über Toni, mit dem ich jegliche Beziehung abgebrochen hatte. Mitten in ein kürzeres Schweigen hinein sagte Senka unvermittelt:

– Leute, wohin fahren wir ans Meer?

Der Sommer kam heran, und die Frage des Urlaubs gewann plötzlich an Wichtigkeit. Ihre Stimme zitterte allerdings, während sie das fragte, denn sie hatte vor Romans schroffer Reaktion Angst und vor einem Satz des Typs: „Du weißt doch, dass ich mit Indira und dem Kleinen ans Meer fahren muss." Ich muss gestehen, dass auch ich eine solche Reaktion erwartet hatte, aber Roman sagte:

– Wir könnten eine Kreuzfahrt machen. Freunde von uns sind von Venedig bis Haifa gefahren, über Griechenland …

In Senkas Gesicht explodierte ein Lachen. Sie begann ihn dort im Wasser unkontrolliert zu küssen, und er wehrte sie scheinbar ab:

– Krieg dich wieder ein, die Leute schauen schon!

– Wir fahren Ende Juni, erklärte Roman, da werde ich den ersten Teil meines Urlaubs nehmen. Dann wandte er sich an mich:

– Kannst du?

Ich sah Senkas Gesicht und ihre Reaktion auf diesen Vorschlag, sie schien zufrieden.

– Ich kann, wann ich will, die Schule endet nächste Woche, sagte sie.

Zu dieser Zeit unterrichtete sie Rhythmus am Theaterplatz. Ihre Schule hatte einen Saal der Theaterakademie gemietet.

– Gut, dann trage ich meinen Urlaub für Ende Juni ein.

– Hurra!, rief sie und begann auch mich zu küssen. Aber das war nur ein Abglanz jener Küsse, die sie Roman gegeben hatte. Obwohl sie heftig und zahlreich waren. Ein Außenstehender hätte den Unterschied nicht erkennen können, und auch Andrea nicht, die mit ihrem Reifen angepaddelt kam und fragte:

– Mama, darf ich ins Wasser pinkeln?

4

Im Jahre 1295 bringt Marco Polo merkwürdige Stäbchen aus Weizenmehl aus China mit nach Venedig, die beim Kochen so weich werden, dass man sie essen kann. In den nachfolgenden drei Jahrhunderten wird die Teigware zur italienischen Nationalspeise. Ende Juni des Jahres 1975 bringt mir auf einem großen Passagierschiff mit dem Namen Costa Marina, das im Hafen von Ancona ankert, eine junge Chinesin Spaghetti Milanese mit einem unglaublich freundlichen Lächeln, das aufrichtig wirkt. Es sieht aus, als hätten wir sieben Jahrhunderte übersprungen, als wäre ich Marco Polo und sie Dienstmagd am Hof des Kublai Khan und als servierte sie mir zum ersten Mal die Speise, die ich nicht kenne. Auf einmal bin ich ihr dankbar für diesen Zeitsprung, weil sie alles ringsum in ein Märchen verwandelt. Es ist ein Uhr, und von Venedig nach Ancona sind wir die ganze Nacht gefahren.

Eine Nacht, die ich mit Senka und Roman wiegend auf dem großen Bett in ihrer Kabine verbracht und die ich verlassen habe, als der bläuliche Tag durch das kleine Bullauge drang, damit sie schlafen können, während ich von Deck aus zusehe, wie wir anlegen. Und gerade als mir die Chinesin mit dem verführerischen Lächeln noch den Tomatensalat und den Käse bringt, erscheinen schlaftrunken auch Roman und Senka.

– Enjoy your meal, sagt die Chinesin in einem kaum verständlichen Englisch und verneigt sich kokett, und Senka lässt ihren schläfrigen Blick für einige Sekunden auf ihr ruhen und sagt mit belegter Stimme:

– Ich sehe, wir stören.

Es klingt eifersüchtig. Aber auch diese Eifersucht ist Teil des Spiels.

– Ich glaube, dass dich die Gelbe anmacht, sagt sie.

So wird noch ein Ritual etabliert. Die beiden suchen eine Frau für mich. Und während wir langsam, mitten auf der Adria, Richtung Otranto unterwegs sind, zeigen mir Senka und Roman Frauen mittleren Alters, die allein am Pool liegen wie auf einer großen Bühne und sich langsam eincremen.

Andrea hatten wir gestern ins Flugzeug in die Schweiz gesetzt, und sie war glücklich, zu ihrem Vati zu kommen.

– Mama, ich liebe dich, aber du bist mir schon langweilig, hatte sie gesagt und war mit ihrem kleinen Rucksack über der Schulter zur Stewardess gelaufen, die sie an die Hand nahm.

Wir waren am selben Morgen nach Italien weitergefahren. Wir hatten uns eine Weile in Triest aufgehalten, nur so viel, dass ich Senka eine leichte Sommergarderobe aus Rohseide und Sandalen mit hohem Korkabsatz kaufen konnte, die mit kleinen Riemen um die Wade geschnürt werden. Etwas was sie sich schon lange Zeit wünschte und was sie bei mir abarbeiten würde, während wir Richtung Griechenland fuhren. Und unten würde ich ihr eine Lederjacke kaufen, denn dort sind sie billiger als bei uns, und auch die Auswahl ist größer.

Unsere Kabinen lagen nebeneinander, im ersten Unterdeck, Roman hatte sie gleich nach dem Gespräch im Schwimmbad reserviert. Die beiden hatten eine Kabine mit Doppelbett, während ich meine Zeit in einer absaß, die zwei getrennte Betten hatte. Es waren Luxuskabinen, und jede verfügte über eine eigene Dusche und WC.

In den folgenden Tagen, beim Frühstück und an Deck, bemerkte ich, dass uns die Leute seltsam ansahen. Wir berührten uns nie öffentlich, Senka und Roman küssten sich nicht einmal, alles wirkte dezent, und dennoch wurde die Kellnerin, meine Chinesin vom Hofe des Kublai Khan, zurückhaltender und lächelte nicht mehr so, die Italiener, die am Nebentisch saßen, und auch die Franzosen einen Tisch weiter, große Familien mit vielen lärmenden Kindern, wussten nicht, wie sie uns einordnen sollten. Es kamen neugierige Blicke von Kindern, aus denen wir schließen konnten, dass die Eltern flüsternd über uns redeten. Senka hielt sich ausgezeichnet, sie lächelte den Männern dieser Großfamilien zu und die erwiderten ihr Lächeln, worauf ihre Frauen sie diskret zu Sitte und Anstand aufforderten. Hier auf dem Schiff konnten wir sehen, wie die europäische Gesellschaft in der Frage der sexuellen Freiheit dabei war, sich unumkehrbar in einen konservativen und einen liberalen Teil zu spalten. Bei alledem hielt sich Roman noch am besten. Er kokettierte mit allen Frauen, mit denen er in Kontakt kam, das war einfach seine Art des Umgangs, galant und mit der Etikette vergangener Zeiten. Ich wiederum stellte fest, dass mich alles zusammen amüsierte. Mir war es durchaus angenehm, nach einer halb durchwachten und schönen Nacht mit viel Alkohol und gegenseitigen Zärtlichkeiten zu dritt vor den Leuten herumzuspazieren, zu lächeln und diskrete Grüße zu erwidern.

Und das blieb alles so, bis wir in Piräus anlegten. Nach der Besichtigung der Akropolis und der Agora stiegen wir an diesem späten und heißen Nachmittag zur Plaka hinunter und füllten uns mit einem Wein ab, der uns gut geschienen hatte, von dem sich aber herausstellte, dass er viel stärker war, als wir gedacht hatten. Senka war am Ende so betrunken, dass der Taxifahrer immer wieder stehen bleiben musste, damit sie sich übergeben konnte, und die Fahrt nach Piräus zog sich über zwei Stunden in die Länge. So legte sie sich früher schlafen, und in dieser Nacht schliefen wir getrennt.

Am Morgen, vor acht, weckte mich ein Klopfen an der Tür. Ich dachte, das Zimmermädchen sei früh dran, dabei war es Senka.

– Ich weiß, dass du nicht schläfst, sagte sie fröhlich. Roman schläft noch, gehen wir nach oben einen Kaffee trinken.

Sie war frisch, geschminkt, in dem leichten Kleid, das ich ihr in Triest gekauft hatte und das sie bereits in der ersten Nacht zur Hälfte abgearbeitet hatte. Und diesen Morgen gingen wir nicht an den üblichen Platz auf Deck, neben dem Pool, wo wir für gewöhnlich Kaffee tranken, sondern sie führte mich an einen vornehmeren Ort, am Heck, der sich Blauer Salon nannte. Die Sessel und der Teppich am Boden waren blau und sollten wohl an die Fenster griechischer Häuser erinnern. Die Klientel hier war etwas älter, alle waren schön gekleidet, und alles hatte einen etwas dekadenten Touch. Schon an diesem Morgen ertappte ich mich dabei, wie ich es genoss, dass wir hier allein waren, dass Roman nicht da war und dass die Leute um uns herum dachten, sie sei meine Frau. In den nächsten Tagen wurde das zu unserem Ritual, wir standen früh auf, während Roman noch schlief, und tranken Kaffee im Blauen Salon. Dort lasen wir einander die Schlagzeilen der Zeitungen vor. Sie übersetzte sie mir aus dem Französischen und ich ihr aus dem Deutschen. Mit der Zeit begannen uns die Stammgäste zu grüßen, und ich überließ mich immer mehr dem gefährlichen Genuss, sie als ausschließlich mein zu betrachten. Der Höhepunkt des Tages, der in Senkas Wohnung am späten Abend kam, wenn Roman nach Hause gegangen war, war jetzt an den Tagesanfang gewandert. Der Duft des guten italienischen Espressos und das Französisch, das flüssig aus ihrem Mund kam, machten jeden Morgen ungewöhnlich schön. So hatten wir auch den alten Mann und seinen Sohn bemerkt, einen Mongoloiden. Der Mann war um die achtzig, und auch der Mongoloide war alt.

Er war der älteste Mongoloide, den ich jemals gesehen hatte. Sie schienen für gewöhnlich kein so hohes Alter zu erreichen, aber der hier sah aus, als wäre er fünfzig oder älter. Und jeden Morgen wiederholte sich das gleiche Bild: Sie saßen am Tisch am Fenster, im Blauen Salon. Der Alte las ein Buch, und sein Sohn saß völlig ruhig neben ihm und betrachtete die Menschen. Ich hatte ihn auch einmal im Lift gesehen, als er vom Pool-Deck nach unten fuhr, zu den Kabinen. Er war völlig verloren, er wusste nicht, welchen Knopf er drücken sollte, er wusste überhaupt nicht, wo er sich befand. Ich brachte ihn zum Blauen Salon, wo der Alte saß und auf ihn wartete. Gewöhnlich las er, als würde er sich aus dieser Welt in die geschriebene flüchten, wo er sich höchstwahrscheinlich besser fühlte. Seine Frau war vermutlich schon gestorben, und so war er mit seinem Sohn allein geblieben.

Im Blauen Salon tranken wir auch an dem Morgen einen Kaffee, als wir auf Kreta anlegten. Wir machten uns auf zur Besichtigung, bewaffnet mit Strohhüten, dunklen Sonnenbrillen und Fächern, die uns gleich beim Verlassen des Schiffes ein Mann ohne linkes Bein verkauft hatte. Roman erklärte die Architektur der stufenförmig angelegten Städte, die überhaupt nicht invalidengerecht waren, und Senka war begeistert von den griechischen Kirchen.

– Diese orthodoxen Kirchen sind für mich wahrhaftiger als unsere, sagte sie und fotografierte ständig das, was man nicht fotografieren durfte. Die Welt hatte sich ihr zu Füßen gelegt als Quelle des Genusses.

Von Kreta behielten wir nur den Mann ohne Bein im Gedächtnis, und auf Mykonos besichtigten wir die Windmühlen. Die Terrassen der Restaurants wurden von riesigen Ventilatoren gekühlt, die jenen an Filmsets glichen, und ihr Wind hob die leichten Kleider und verwirrte das Haar. Senka nannte ihn den Kunstwind von Mykonos.

Am fünften Tag der Reise dann, als wir uns in ihrer Kabine für das Abendessen umkleideten, Roman und ich schlüpften in die leichten Sommeranzüge und Senka in das Abendkleid, in dem sie das Neujahr 1974 erwartet hatte, kam der Erste Offizier und informierte uns, dass wir am frühen Morgen eine Rettungsübung haben würden. Wenn wir den Alarm hörten, erklärte er, müssten wir uns rasch und in aller Stille anziehen, die Rettungsweste anlegen und an den vereinbarten Sammelplatz kommen. Unser Sammelplatz war der Blaue Salon. Von dort würden wir in die Rettungsboote steigen, und zwar gemäß einer im Voraus festgelegten Reihenfolge, damit es zu keinem Gedränge käme. Senka war über dieses Spiel erheitert, aber Roman sagte:

– Blödsinn. Ich gehe nicht. Ich werde weiterschlafen.

– So geht es nicht, sagte sie, was für alle auf diesem Schiff gilt, gilt auch für dich.

– Du kannst dir denken, wie sehr das für mich gilt.

– Du denkst immer, dass du etwas Besonderes bist.

– Ich bin auf Urlaub, liebe Frau, ich habe keine Lust im Morgengrauen aufzustehen, damit die ihre Übung abhalten können.

– Aber das ist Pflicht für alle Passagiere, was machst du, wenn wirklich etwas passiert, was machst du dann?

– Ihr werdet mich retten.

– Du bist schrecklich.

– Sollte das Schiff wirklich zu sinken beginnen, weckt mich.

Ich saß auf ihrem Bett in der Kabine und nippte an Senkas Martini Rosso, den sie neben ihrem Nachtschränkchen deponiert hatte. Seit Beginn der Kreuzfahrt, eigentlich noch davor, sobald wir mit den Ausflügen angefangen hatten, war ich Zeuge häufiger Meinungsverschiedenheiten zwischen den beiden gewesen. Senka nahm ihre Streitpose ein, die eine Hand in die Hüfte gestemmt, in einem Kleid, das auf dem Rücken nicht zugeknöpft war, sodass die Enden hervorragten wie kleine Fledermausflügel, und auf ihrem Pony hatte sie einen einzigen Wickler.

– Ich habe genug von deiner Arroganz.

– Glaubst du denn, ich hätte nicht genug von deiner Scheiße. Hast du gehört? Du machst aus nichts eine Szene. Na und, wenn ich nicht zu der Übung möchte? Was macht dich das so wütend?

– Weil es mich wütend macht.

– Das ist aber eine Antwort. Erkläre es mir bitte.

– Ich muss dir gar nichts erklären.

– Du kannst es mir nicht erklären, das ist es. Du weißt nämlich nicht wie.

– Du Affe.

Ich ergriff die Gelegenheit, mich einzumischen, wie immer wenn der Streit eskalierte.

– Etwas ruhiger, das Kind sieht euch!

– Tiho, sag du ihm, dass er ein egoistischer Idiot ist!

Dann drehte sie mir den Rücken zu und sagte:

– Knöpf es mir zu, und dann essen wir zu Abend, er muss ja nicht mit.

Aber dann verließen wir doch alle drei die Kabine, Senka aufgebracht, Roman grimmig, und ich bereits gleichmütig, die Streitereien gewöhnt. In einem Augenblick, als sie etwas voraus war, flüsterte mir Roman zu:

– Du hast keine Ahnung, wie sie mir auf die Eier geht.

Das Abendessen verlief in angemessener Stille, und danach gingen wir wieder hinunter in die Kabinen, Senka nahm ihren Martini, das Necessaire und das Nachthemd.

– Heute Nacht schlafe ich bei Tihomir.

– Von mir aus!, sagte Roman wütend und schlug die Tür zu.

Diese Nacht, die wir ankernd vor Santorini verbrachten, war unser ganzes Leben in komprimierter Form. Das Gefühl, sie die ganze Nacht nur für mich zu haben, hatte ich schon seit Langem nicht mehr gekostet. Vermutlich deshalb, weil sie Roman gegenüber rachsüchtig und mir gegenüber sehr zärtlich war.

– Verzeih, wenn ich dich jemals verletzt habe, sagte sie, als sie sich aufs Bett setzte und ein Bein unter den Hintern schob, so wie damals, vor langer Zeit in ihrer Wohnung, als ich ihr gerade dieser Bewegung und dieser Pose wegen hatte helfen wollen mit ihrer Mutter. Das Necessaire warf sie neben das Bett, die Flasche hielt sie noch immer in der Hand.

– Hol uns Gläser!

Sie sagte, dass es ihr schrecklich leidtue, falls sie mich verletzt habe, aber sie habe nicht anders können, denn auch ich habe, wie ich wisse, meine Fehler, und es sei nicht leicht damit zu leben. Das sei jetzt vielleicht nicht so wichtig, aber mir gegenüber verspüre sie noch immer Liebe, nur wisse sie, als erwachsene Frau, dass unsere Beziehung keine Chance mehr habe, dass wir im Rahmen der konventionellen Möglichkeiten an ein Ende gekommen seien.

– Komm, schenk mir ein!

Ich schenkte ihr ein. Sie sei sich dessen bewusst, dass auch ich das Recht auf ein eigenes Leben hätte, jetzt wo sie mit Roman zusammen sei, aber dass sie die Eifersucht mitunter nicht unterdrücken könne, so wie vor zwei Tagen, als sie gesehen habe, wie mir diese Chinesin zulächelte. Sie werde sich in Zukunft bei so etwas zurückhalten. Und was Roman betreffe, so sei er der egoistischste Mensch, dem sie je begegnet sei, und er besitze nicht eine einzige gute menschliche Eigenschaft.

– Und doch liebst du ihn?

– Anders als dich. Du verdienst es, aber er nicht. Schenk mir noch ein.

Also schenkte ich ihr ein.

– Erinnerst du dich, als du mir sagtest, Mama und Papa würden sich paaren wie Hunde, da fand ich das sehr komisch. So kannte ich dich nicht vom Gymnasium her.

Nach dem dritten Gläschen sagte sie, ich sei ihre erste Liebe gewesen, ihren ersten Liebesbrief habe sie mir geschrieben, als meine Mutter gestorben sei, und das sei etwas so Schönes und Reines gewesen, das man niemals vergessen könne. Nach dem vierten Gläschen sagte sie:

– Ich darf nicht mehr, mir wird schlecht werden, dann hielt sie einen Augenblick inne, genau genommen, denke ich, war Toni meine erste Liebe, aber ihm habe ich keinen Brief geschrieben.

Dann blickte sie mir tief in die Augen und sagte:

– Du bist mir doch nicht böse, dass ich das gesagt habe?

Ich umarmte sie, und sie küsste mich und sagte:

– Heute Nacht musst du mir nichts zahlen!

Eine schreckliche Zärtlichkeit sprach aus diesen Worten.

Und wir liebten uns wie Kinder, wie Liebende, wie Freunde, wie Mann und Frau. Und die ganze Zeit über, während wir uns liebten, standen unsere Rettungswesten neben dem Bett. Bereit.

Es läutete kurz vor vier. Bläuliches Licht drang bereits durch das Bullauge, und wir brauchten kein Licht zu machen, während wir uns anzogen. Senka war irgendwie nachdenklich und missgestimmt. Und als wir aufs Deck hinaus gingen, benahm sie sich so, als würde ich nicht existieren, sie ließ nur den Blick über die Menge wandern, ob sie eventuell Roman sehe. Er war natürlich nicht da. Santorini erhob sich genau vor uns aus dem Meer, eine bizarre schwarze Welt im Morgennebel. So stelle ich mir den Hades vor. Schwarzes Vulkangestein und kleine weiße Häuser über die Gipfel verstreut, wie Schatten in weißen Togen, die über dem Boden schweben. Im Blauen Salon gaben Mädchen in weißer Uniform Lunchpakete an uns aus für den Ausflug auf die Insel. Die hätten wir im Falle einer echten Katastrophe vermutlich auch bekommen. Damit wir im Meer treibend noch ein wenig dicker würden für die Haie.

– Geht es dir gut?, fragte ich sie.

– Ja, antwortete sie abwesend, komm, dreh dich um, du hast die Weste nicht gut zugeschnürt.

Der Lärm war unerträglich, da die Kinder die Trillerpfeifen aus den Schwimmwesten herausgezogen hatten und aus vollen Lungen pfiffen. Ein junger Offizier erteilte über die Lautsprecheranlage Anweisungen für den Einstieg in die Boote. Zuerst auf Italienisch, dann auf Deutsch, Englisch und Französisch. Und mitten in diesem Chaos sah ich den Alten mit seinem mongoloiden Sohn. Der Alte saß da und las, als würde nichts vor sich gehen, und sein Sohn versuchte vergebens ihm die Rettungsweste anzulegen. Dann legte der Alte das Buch doch zur Seite und erlaubte seinem Sohn, ihm die Weste überzustreifen, aber das gelang ihm nur verkehrt herum. Das Vorderteil war hinten und ragte dumm in die Luft. Ich trat zu ihnen und drehte die Weste um. Der Mongoloide sah mich mit seinen ohnmächtigen alten Augen an, und mir war, als könnte ich in diesem Blick Dankbarkeit lesen. Als wir seinem Vater die Weste vorschriftsmäßig angelegt hatten, versuchte ich ihm zu zeigen, wie er die Schnüre an den Seiten verknoten könne. Er konnte nicht einmal die einfachste Schleife binden, etwa die Schnürsenkel an den Schuhen. Der Alte saß die ganze Zeit über nur unbeteiligt da, er wandte sich mir mit keinem einzigen Wort zu. Bald darauf fuhr er mit dem Lesen fort, und der Mongoloide kriegte doch irgendwie die Schnüre verknotet. Danach setzte er sich neben seinen Vater und blickte stolz um sich, um zu sehen, ob die Leute seinen Triumph bemerkt hätten. Und so ließ ich sie zurück. Der Mongoloide saß stolz neben einem Mann, der sich vermutlich sein ganzes Leben für ihn geschämt hatte. So wie ich neben Senka.

5

Wir drei waren in einer sehr einträchtigen Klasse erzogen und von der jungen Klassenlehrerin auf jede erdenkliche Weise geradezu zur Eintracht angehalten worden. „Eintracht zwischen Brüdern heißt das Fundament des Hauses“ waren ihre Worte mit stets erhobenem Zeigefinger, aber nicht auf Gott gerichtet, den gab es längst nicht mehr, sondern auf höhere Ziele.

– Was würde unsere Klassi sagen, wenn sie uns jetzt sähe?, warf Senka bei einer Gelegenheit ein, als Roman und ich ihr Gesicht gleichzeitig mit dicker weißer Creme verzierten. Das war der Höhepunkt der Eintracht. Das Ideal der Nachkriegserziehung, der Einzelne im Dienste des Kollektivs. Aber nicht immer war es so idyllisch. Es gab auch gefährliche Erschütterungen. Wie im Herbst 1976. Zu der Zeit war die Krise in der Luft greifbar.

– Es ist nicht anständig, Indira so zu betrügen, appellierte Senka die Gerechte, während sie und ich auf der Terrasse im Restaurant Šestinski Lagvić bei einer bereits ziemlich leeren Flasche roten Kaštelets saßen.

Es war Mittagspause, der Tag war heiter, und man konnte die ganze Stadt sehen. Man hätte erwartet, dass wir auf dieser Seehöhe ehrlicher gewesen wären.

– Denkst du, dass wir sie betrügen?

– Nicht wir, er. Ist dir das nicht klar?

Dann trank sie einen Schluck, sie befeuchtete die Kehle für einen Wortschwall.

– Ich habe immer zu ihm gesagt „seien wir anständig", erinnerst du dich, ich war immer für offene Karten, im Übrigen weißt du, ich habe ihn nie ermuntert, aber nein, er kriegt das einfach nicht in seinen Kopf hinein, was glaubst du, habe ich gesagt, dass du sie nicht verletzt, wenn du es verheimlichst, irgendwann erfährt sie es, und dann wird es schlimmer sein, glaub mir, ich weiß, was ich sage …

Zu dieser Zeit hatte Roman beschlossen, seine Ehe zu retten, und angefangen, sich ein wenig mehr um seine Frau zu bemühen, er nahm sie öfter mit an die Orte, wo er seine Häuser baute. Und Senkas Logorrhö setzte sich fort:

– Du kannst nicht dein ganzes Leben zwischen zwei Stühlen sitzen, habe ich ihm gesagt, sag es klar und offen, es wird böses Blut geben, es wird Streit geben, aber wenn ihr erst einmal eine gesunde Beziehung aufgebaut habt, wenn du das Kind regelmäßig siehst und dich darum kümmerst, ist es hundert Mal besser als das hier. Habe ich recht?

– Nein!

Sie sah mich wütend an, ziemlich betrunken.

An diesem Abend gab sie sich mir hin als Geliebte, nicht als Hure, sie warf sich schon im Wohnzimmer auf mich, und wir machten Liebe, langsam, lange, als wollten wir wieder versuchen, jene Liebe langsam zu entfachen, die hier einmal begonnen hatte, als ihre Mutter im Sterben lag. Ich fand es freilich etwas seltsam, dass wir uns im Wohnzimmer wälzten, wo wir doch das Schlafzimmer gehabt hätten und dort freier gewesen wären. Für einen Augenblick dachte ich, dass es die Leidenschaft sei, dass wir es bis zum Schlafzimmer nicht geschafft hätten, und außerdem war sie lauter als sonst. In diesen drei Jahren hatte sie gelernt, sich wegen Andrea zurückzuhalten, sie stieß keine lauten Schreie aus, aber jetzt geschah gerade das. Und in dem Moment entdeckte ich das Telefon auf dem Tisch und daneben den Hörer. Ich genoss es trotzdem in ihr zu sein, so als machten wir wirklich Liebe, als wäre Roman nicht in der Leitung und horchte nicht auf unser Stöhnen. Die Zeit, die nur mir gewidmet war, war mit einem Mal so kostbar geworden, dass es mir gelang, den Hörer zu verdrängen, obwohl ich wusste, dass es mich mit voller Härte treffen würde, wenn alles vorüber wäre. Und das tat es. Sie ächzte und stöhnte, ich spürte sogar die Kontraktionen, und dann, in einer stillen Pause, während wir uns zwischen zwei wilden Sturmläufen küssten, war aus dem offenen Hörer dieses tu-tuuuu, tu-tuuu zu hören. Das Signal einer unterbrochenen Verbindung. Und sie sagte kühl:

– Du hast noch zwei Minuten!

6

Manche Männer sehen an einer Frau zuerst das Gewand, das Kleid, das sich an den Körper schmiegt, die Hose, die ein schönes Bein nachzeichnet, oder die Bluse, die die Farbe der Augen betont, andere wiederum sehen sofort, was unter der Kleidung ist, die Hüfte, die Brüste, die Pobacken, die Kräusellöckchen, die Haut. Ich meinerseits sehe regelmäßig auch, was darunter ist, die Schicht der Epidermis, die Fettschicht unter der Haut, ich weiß, wie das alles aussieht, wenn man es zerschneidet, und ich kann dem nicht entkommen.

In diesen Tagen, es war später Frühling, Ende April oder Anfang Mai, stahl ich mich oft von der Arbeit davon. Wenn ich in der Ambulanz Dienst hatte, war das nicht möglich, aber auf der Station übergab ich die Verpflichtung kurzerhand einem jüngeren Arzt, stürmte so, noch im Kittel, hinaus und fuhr zum Westeingang des Maksimir. Der Käfer versah seinen Dienst noch immer gut, auch wenn er ungefähr so alt war wie meine Liebe zu Senka. Nur so, vormittags im Maksimir, wenn es nicht viele Spaziergänger gab und auf der Bank am dritten See die Frösche gut zu hören waren, konnte ich klarer nachdenken, unbelastet von den Räumen, die Senka und ich, und später auch wir drei, so intensiv kontaminiert hatten, und die sich immer gegen mich stellten, wenn ich versuchte über einen endgültigen Entschluss nachzudenken: über die Notwendigkeit, mich aus dem allem zurückzuziehen, da der Schmerz zu stark zu werden drohte.

Du musst Schluss machen, sagte eine Stimme in mir, du musst ernstlich Schluss machen. Ich wusste, dass es nicht leicht war, denn ich würde nicht nur eine Frau verlieren, die ich noch immer liebte, sondern auch ein Kind und einen Mann, der mir die längste Zeit ein Freund gewesen war. Die Einsamkeit erschien mir als ein fantastisches Bild, allein in einer Kapsel ins Weltall entsandt. Nur dunkle Weite und hier und da ein Sternenpünktchen. An die Zeit vor Roman konnte ich mich praktisch überhaupt nicht erinnern. Genau genommen konnte ich mir ein Leben ohne sie nicht vorstellen. Und gleichzeitig fühlte ich mich wie auf dem Grunde eines Brunnens, wo jemand noch einen Brunnen gegraben hatte, der tiefer war als der erste, und ich war direkt auf dem Grund, also an jenem Ort, der tiefer war als alle anderen Orte, an denen ein lebendiger Mensch leben kann, und unter mir gab es nur Hölle und geschmolzene Lava.

So sah ich auf einer dieser Maksimir-Expeditionen, am begrünten Hügelgrab des Kroatischen Falken, eine Frau, die einen Kinderwagen mit einem Kind schob. Auf den ersten Blick, von Weitem, nichts Ungewöhnliches. Allerdings war sie hergerichtet wie für einen festlichen Ausgang. In einem dunkelblauen Kostüm, einer Stewardess gleich, mit gepflegter Frisur und sorgfältig geschminkt, glich sie überhaupt nicht einer jungen Mutter, die sich mit Stillen, Windelwechseln, Bäuerchen machen und nächtlichen Krämpfen plagt. Mehrere Kinder spielten auf der Wiese, ziemlich weit weg, und außer mir und ihr gab es niemanden auf dem Weg. Und doch ging sie, diesen Kinderwagen schiebend, wie ein Mannequin. Nur hatte sie niemanden, dem sie sich zeigen konnte. Sie ging aufrecht, in Schuhen mit hohem Absatz, die ihr auf dem tiefen Kies der Parkwege schlechten Halt boten, und sie schob auch den Kinderwagen irgendwie seltsam, als wäre er Teil dieser seltsamen Vorstellung. Für einen Moment tat mir diese Schönheit leid, die sich panisch so unterschiedlichen Wesen zeigte, wie etwa den Buchen und den Ahornbäumen zu unserer Linken oder dem englischen Lolch, dem Wegerich und dem Sauerampfer auf der Wiese zu unserer Rechten. Das ist wohl gemeint, wenn man sagt, eine Frau richte sich ihrer selbst wegen her. Oder vielleicht sogar wegen mir, einem zufälligen Passanten, der zwar zuerst die Kleidung und die Haltung bemerkt, die Vergeblichkeit des blauen Stoffes, der so schön über ihre Hüften fällt, und die Frisur, die so harmonisch im Takt der Schritte wippt, der sich aber eigentlich fragt, wie bei ihr unten die Nähte verwachsen sind, ob es eine Infektion gegeben hat oder ob es vielleicht ein Kaiserschnitt war, wie die Narbe beschaffen ist und ob sie noch Probleme macht. Sie sah mich bedeutungsvoll an, als ich sie eingeholt hatte. Eine junge Mutter, festlich gekleidet für

Wegerich und Sauerampfer, und macht Unbekannten schöne Augen. Seltsam. Sie setzte sich unterhalb des Hügelgrabs auf eine Bank, und ich ging geraden Wegs weiter zum Maximiliansturm. Es waren schon viele Jahre vergangen, seit mich eine Frau so ernsthaft angesehen hatte, geschweige denn eine solche schöne und adrette. Oder ich hatte es schlicht nicht bemerkt, weil mir andere Dinge durch den Kopf gegangen waren. War ich gerade in diesem Augenblick offen gewesen für diesen Blick? Dann aber, schon auf halbem Weg zum Aussichtsturm, von wo aus man besser sieht und nüchterner denkt, wurde mir plötzlich bewusst, dass ich in meinem weißen Arztkittel steckte, der zudem nicht ganz sauber war, dass ich im oberen Täschchen, oberhalb des Herzens, eine komische Sammlung bunter Bleistifte, in das weiße Leinen gesteckt, mit mir herumtrug und dass alles zusammen aussah wie die Ordensspangen an den Galauniformen der Offiziere. Ihr Blick, eigentlich voller Verwunderung, verfolgte einen durchgeknallten Arzt, der den Kiesweg Richtung dritter See und gelber Aussichtsturm entlang hastete, stehen blieb, das heißt, für einen Augenblick, und dann wieder irgendwohin irrte Richtung Wiese, alte Eiche und Kinder, die einem Ball nachjagten. Und so wunderten wir uns beide über einander. Und ausgerechnet aus dieser Verwunderung und dem Allgemeinzustand, in dem ich mich befand, entsprang irgendwie der Mut, ihr auf dem Rückweg näherzutreten. Ich wollte wohl über das Baby eine Art Kontakt mit ihr herstellen, auch wenn es nicht meine Art war, jungen Müttern, die gerade erst entbunden hatten, den Hof zu machen, und solchen war ich in meinem Leben unzählige Male begegnet, aber etwas an dieser Frau zog mich an. Vielleicht die Vergeblichkeit, mit der sie sich so schön gemacht hatte, die Intensität dieser Emotion, die mich die ganze Zeit gefangen hielt, während ich vom Aussichtsturm aus auf die Hauptallee hinunterschaute und auf die Schwäne, wie sie auf dem zweiten See nach dem aufgeweichten Brot schnappen. Ich blieb kurz vor der Bank, auf der sie saß, nonchalant stehen, um mir den Schuh zu binden, und beugte mich dann mit engelhaftem Gesichtsausdruck und mit irgendwelchen Koseworten im Mund über den Kinderwagen. Aber das, was ich dort erblickte, entsetzte mich. Obwohl ich als Arzt alles Mögliches gewöhnt war, war das doch zu viel. Fast unwirklich. Ich sprang vom Kinderwagen zurück, und die junge Frau zuckte erschrocken zusammen.

7

Zu dieser Zeit, als ich zum hundertsten Mal versuchte Schluss zu machen, sahen wir einander kaum mehr. Roman war damit beschäftigt, seine Ehe zu retten, oder er kroch auf seinen Baustellen herum, und auch Senka und ich begannen uns aus dem Weg zu gehen. So wie damals in meiner Wohnung, nur dass wir jetzt unvergleichlich mehr Raum zur Verfügung hatten. Jeden Tag rief ich sie vormittags vom Dienst aus an. Manchmal verabredeten wir uns auch und gingen aus. Immer öfter hatte sie allerdings etwas in der Schule zu tun, Proben für eine Aufführung oder sie arbeitete an einer Choreografie. Wenn sie mir sagte, dass wir uns nicht treffen konnten, verspürte ich keine besondere Enttäuschung. Sie hat zu tun, dachte ich, das Kind, eine alleinerziehende Mutter, das muss man verstehen. Sie ist nicht immer zum Ausgehen aufgelegt, wie im Übrigen ich auch nicht. So verteidigte ich sie vor mir selbst: mit jenen seltenen Augenblicken der eigenen Übersättigung und dem Bedürfnis, alles zusammen zu beenden. Während ich sie mied, war alles gut, aber als ich begriffen hatte, dass auch sie mich mied, begann ich wieder mir selber etwas vorzumachen. Vor der endgültigen Trennung, dachte ich, bevor die Stadt ungeahnte Ausmaße annimmt, müsste man noch einmal etwas Schönes erleben, das bleibt. Es müsste so sein wie damals auf dem Flughafen, als sie mich das erste Mal verlassen und ich ihr erstarrt nachgesehen hatte, worauf sie zurückgekommen war und gesagt hatte:

– Das letzte Bild ist nicht gut!

Und mich dann zur anderen Seite umgedreht hatte, damit wir uns gleichberechtigt trennen konnten.

So lud ich sie eines Samstags nach langem Zögern doch ins Šmidhen zum Baden ein.

Obwohl es Herbst war, waren die Außenbecken noch in Betrieb.

– Leider kann ich nicht, sagte sie, bei mir kommt die Putzfrau.

Sie müssen in der ganzen Wohnung die Fenster und Teppiche waschen, da, wie ich weiß, die Kleine der Staub stört.

– Ich weiß, sagte ich, dass die Kleine der Staub stört, aber kannst du die Dame, die da sauber machen kommt, nicht allein werkeln lassen?

– Nein, sagte sie.

Und so bereitete ich mich auf ein einsames Wochenende vor. Während ich den Rucksack zum Bergwandern packte, fiel mir ein, was ich im Kinderwagen im Maksimir gesehen hatte und wie unglaublich das alles gewesen war. Wie sich hinter dem scheinbar heilen Bild von Mutter und Kind eine Geschichte verbarg, die zu akzeptieren sich ein normaler Geist weigert. Mich hatte ein schönes, aber oberflächliches Bild getäuscht, an das ich hatte glauben wollen. Mir wurde klar, dass das wahrhaft Seltsame sich dann meldet, wenn wir es am wenigsten erwarten, wenn wir an der Oberfläche kratzen und uns trauen, spontan in einen Kinderwagen zu sehen, der am Wegrand steht. Und in dem Moment läutete das Telefon. Es war Senka. Sie sagte, dass sie wirklich Lust habe ins Šmidhen zu gehen, dass sie die Kleine zu Alma gebracht habe und dass ich sie abholen solle. Das war noch nie vorgekommen. Dass sie mir zuerst absagt und dann doch einwilligt. Als hätte das Unglaubliche aus dem Kinderwagen irgendwie auch bewirkt, dass Senka es sich anders überlegt hatte. Nachdem ich den Hörer aufgelegt hatte, wäre ich vor Freude fast in die Luft gesprungen. Ich warf rasch die Sachen zum Bergwandern aus dem Rucksack hinaus, saubere T-Shirts, Toilettenpapier, einen ausziehbaren Becher, und warf zwei Badehosen und ein Handtuch hinein. Dann kam mir der grobe Bergsteigerrucksack doch nicht angemessen vor, also nahm ich alle Badesachen heraus und tat sie in die blaue Adidastasche, die ich für Flugreisen nehme. Meine Freude, dass Senka endlich eingewilligt hatte, war derart unverhältnismäßig gegenüber der Tatsache, dass mich ihre Abweisung überhaupt nicht traurig gemacht hatte, dass ich erst einmal darüber nachdenken musste. Meine gegenwärtige Freude zeigte deutlich, wie sehr es mich doch eigentlich hätte ärgern müssen, dass sie mich abgewiesen hatte. Und zwar jedes Mal, wenn sie mich abwies, und dass die Tatsache, dass ich keine Trauer oder Enttäuschung verspürte, eine Art Paralyse war, eine Gewöhnung an das Schlechte und an die Einsamkeit. Und davor erschrak ich und hatte Angst, solange dieser gemeinsame Tag dauerte. Hätte es diese Angst nicht gegeben, wäre er sicherlich einer der schönsten geworden.

Das war der Tag, der unser gegenseitiges Verhältnis in komprimierter Form zeigte. Ein Tag wie eine Zelle, als kleinster Baustein, der den gesamten Organismus unserer gegenseitigen Beziehungen aus sich entwickelte. Es begann mit einem Zögern, sobald ich bei ihr war, um sie abzuholen, so als hätte sie, kaum hatte sie eingewilligt, Gewissensbisse bekommen. Sie war schweigsam, fast schroff, und sie mied jede Berührung. Als wir ins warme Wasser eintauchten, das leicht nach Schwefel roch, wie in einem angenehmen Vorhof der Hölle, löste und öffnete sich Senka. Wir konnten mit Worten zueinander vordringen, was sonst ohne Roman so schwer ging. Und selbst als wir miteinander Liebe machten, geschah das vorsichtig, als hielten wir unser Verlangen unter strenger Kontrolle. Und je mehr sich der Tag dem Ende zuneigte, desto offener waren wir. Senka schmiegte sich an mich, wir küssten uns freizügig auf dem Badetuch zwischen Backhuhn essenden Familien, und mir war, als würde an den Stellen, an denen wir einander berührten, ihre und meine Haut schmelzen und unsere Körper ineinanderfließen. Aber in den Momenten, wenn sie mich verließ, um einen Sprung ins Wasser zu machen, fühlte ich mich, als hätte sie ihre Wurzeln aus mir herausgerissen, und jeder noch so kleine Austrieb verursachte starken Schmerz. In solchen Momenten war ich mir auch der Angst bewusst, dass ich sie zu sehr liebte.

Wir aßen in Samobor zu Abend, auf einer Forellenfarm. Und während wir in das ruhige Wasser sahen, auf dessen Oberfläche die letzten Reste der Sonne dieses Tages schimmerten und unter dessen Oberfläche Wesen schwammen, die nur dafür lebten, um von jemandem gegessen zu werden, sagte ich zu Senka, dass ich eine außergewöhnlich schöne Frau gesehen hätte.

– Ist das die Einleitung zu etwas, was ich heute Abend nicht hören möchte?, sagte sie mit rauer Stimme, als wäre ihr ein Knochen im Hals stecken geblieben und als hätte sie ein Recht auf Eifersucht.

– Sie wirkte normal auf mich, in einem blauen Kostüm, mit einem Kinderwagen.

– Warum denkst du, dass ich das hören möchte?

Sie sagte das mit derselben rauen Stimme, reserviert, aber so, als hätte sie der Kinderwagen etwas beruhigt.

– Weil es mich quält.

– Was?

– Die Tatsache, dass alles völlig normal aussah, eine sehr schöne Frau, nur ein wenig seltsam gekleidet für einen Spaziergang im Park. Stöckelschuhe und ein Kostüm, als wäre sie aus einer Anwaltskanzlei, so eine Frau. Ich hatte auch den Gedanken, sie könnte nur einen Sprung von der Arbeit gemacht haben, um dem Kind die Brust zu geben …

– Aber das hätte sie wohl zu Hause gemacht und nicht im Park. Oder?

– Ja, natürlich. Eigentlich sah sie für mich überhaupt nicht so aus, als hätte sie vor Kurzem ein Kind zur Welt gebracht. Ich erkenne das, glaub mir.

– Tiho, wieso sprechen wir jetzt über sie?

– Ich habe es dir gesagt. Weil es mich quält. Ich bin mir noch nicht im Klaren …

– Womit?

– Na … mit dem, was ich gesehen habe.

– Ich weiß, dass wir jetzt eine schlechte Zeit haben, ich weiß auch, dass du jemanden finden musst, das haben wir vereinbart, aber warum suchst du dir immer eine Zeit aus, wenn ich am schwächsten bin?

– Das hat jetzt nichts mit dir zu tun.

– Doch, das hat es, Tiho, wir sitzen hier, wir haben es nach langer Zeit schön, und du erzählst mir von einer Frau. Als wärst du von ihr besessen.

– Vielleicht bin ich es ja.

– Na, dann hättest du dich nicht bemühen müssen, mich zum Baden mitzunehmen, und alles das hier.

Roman war wieder irgendwo im Gelände unterwegs, und die Idee, dass auch Indira mit war, machte Senka besonders verwundbar.

Das waren die seltenen Momente, in denen ich mich an ihrer Eifersucht gütlich tun konnte.

– Es geht nicht darum, dass sie schön war, gut, das zieht einen auf den ersten Blick an, aber sie benahm sich dort so seltsam, sie war so seltsam gekleidet für den Park am Vormittag, und dann bin ich auf sie zugegangen.

– Ihr habt miteinander gesprochen?

– Eigentlich nicht. Um genauer zu sein, ich wollte auf sie zugehen, ich wollte etwas zu dem Kind sagen, etwas wie „Butzi, Butzi“, einen Blödsinn, ich beugte mich über den Kinderwagen und …

– Was?

– Ich wollte das Kind streicheln, und da habe ich gesehen, dass es aus Plastik war.

Ihre Augen gingen weit auf, sie sah mich argwöhnisch an. Als würde ich das Gespräch damit in eine ungeplant verrückte Richtung lenken.

– Wie, aus Plastik?, murmelte sie.

– Ja, ein Baby aus Plastik. Mit diesen Augen, die auf und zu gehen. Ich kann nicht aufhören daran zu denken. Dabei war alles dem Anschein nach normal.

Plötzlich umarmte sie mich wie ein Kind, das man vor bösen Träumen beschützen muss.

– Wer weiß, was es war? Am besten du vergisst es möglichst rasch.

Aber ich konnte den Wahnsinn nicht vergessen, der mir aus diesem Plastikkind entgegengeblickt hatte, und der Augenblick, in dem ich es gesehen hatte, verband sich in meinem Bewusstsein genau mit jenem Moment, als ich Senkas verprügeltes Gesicht und den Löffel aus Alpakasilber sah, den sie sich aufs Auge hielt. Später gingen wir in ihre Wohnung und machten Liebe, langsam und ängstlich, in dem Bewusstsein, dass es das letzte Mal war. Nicht einen einzigen Augenblick kam mir der Gedanke, ich hätte sie bezahlt, egal mit was. Nach mehreren Malen drückte ich die letzten Tropfen aus mir heraus, als presste ich mir Sperma direkt aus dem Herzen.

8

In der darauffolgenden Woche war ich drei Mal im Maksimir, aber die schöne Frau mit dem Kinderwagen sah ich nicht mehr. Die Routine war wieder da, Untersuchungen, Geburten, Nähte, Kaiserschnitte, Nähte, Geburten, Nähte, und der ein oder andere Abortus in der Ambulanz für Schwangerschaftsabbrüche. Und das ging so etliche Wochen lang, etliche schwere Wochen, in denen ich weder Senka noch Roman sah. Erst eines Nachmittags, vielleicht war es auch ein Donnerstag, ging ich wieder in den Maksimir. Dieses Mal zog ich den Kittel aus und ließ ihn im Auto. Schon von Weitem sah ich auf der Bank unter dem Hügelgrab die Frau, dieses Mal in einem schönen dunkelroten Kostüm, und neben ihr den blauen Kinderwagen. Sie hatte eine andere Frisur, das Haar hatte sie dieses Mal zu einem Dutt aufgesteckt, aber die Haltung und Stöckelschuhe waren da. Als ich näherkam, sah ich, dass das Plastikbaby nicht im Kinderwagen lag. Ich setzte mich auf die Bank neben sie.

– Frei?

– Sie haben sich ja schon gesetzt, sagte sie schnippisch, weshalb fragen Sie also?

Sie rückte weg, um mir Platz zu machen. Ihr Profil erinnerte vielleicht ein wenig an Senka, eine kindliche Spitznase, ein kleiner runder Kopf. Sie war jünger als Senka, und sie sah zu der Gruppe Kinder hinüber, die irgendwo ziemlich weit weg im Schatten der alten Eiche auf der Wiese spielten. Sie registrierte mich überhaupt nicht, es war verwunderlich, dass sie nicht aufstand, da ich sie offensichtlich störte. Alle Bänke ringsum waren frei, und ich hatte mich ausgerechnet auf ihre gesetzt. Aber dieses Gefühl, mit jemandem zu reden, der nicht völlig normal ist, gab mir eine seltsame Freiheit.

– Wo ist Ihr Kind?, fragte ich dreist. Wir haben uns schon vor ein paar Wochen gesehen. Falls Sie sich erinnern, weißer Kittel, Arzt, Stifte in der Tasche. Sie müssen wissen, nicht einer davon funktioniert. Sie sammeln sich dort nur an …

Sie drehte sich langsam zu mir um mit einem Fragezeichen in den Augen:

– Wie bitte?

In diesem Augenblick kam aus der Gruppe der Kinder ein kleines Mädchen angelaufen, vielleicht vier oder fünf Jahre alt, mit einem großen Plastikbaby. Das hielt es an einem Arm und schleifte es fast über die Erde.

– Ich will nicht mehr mit ihr spielen, sagte sie zu der Frau und übergab ihr die Puppe.

Die Frau legte sie in den Kinderwagen, der offensichtlich dem kleinen Mädchen gehörte, und die Kleine deckte sie schnell mit einem Deckchen zu und sagte:

– Schlaf schön!

Und schon war sie beim nächsten Spiel.

– Ist das Ihr Mädchen?, fragte ich und biss mir fast auf die Zunge, weil ich so direkt gefragt hatte.

– Nein, sagte die Frau, von meiner Schwester. Meine Nichte. Ich passe manchmal am Vormittag auf sie auf, wenn ich früher von der Arbeit komme.

– Vielleicht habe ich sie zur Welt gebracht, sagte ich, wo hat ihre Schwester entbunden?

– In Heiliggeist, sagte die Frau argwöhnisch.

– Schade.

– Und wo arbeiten Sie?

Die Frage bedeutete eigentlich, sind Sie denn normal, berufstätig, wieso sprechen Sie Frauen auf Parkbänken an, ich hoffe, dass Sie sie nicht auch noch erwürgen.

– In der Petrova, sagte ich. Falls Sie es jemals benötigen sollten, Doktor Romar, von der Geburtenklinik in der Petrova. In der Pause, statt essen zu gehen, komme ich hierher zum Spazierengehen.

Ich stand auf.

– Ich muss leider zum Dienst.

Das schien sie zu beruhigen.

Ich hatte ihr fast schon den Rücken zugekehrt, als sie unerwartet sagte:

– Warten Sie!

Sie grub in der offenen Handtasche, entnahm ihr eine Visitenkarte und reichte sie mir.

– Da, nehmen Sie, falls Sie einmal etwas benötigen sollten.

Prof. Tanja Šicel, Gerichtsdolmetscherin für Englisch und Spanisch.

9

Der Herbst des Jahres 1976 war lange warm, aber der Winter kam plötzlich. Das nordeuropäische Kältehoch brauchte weniger als zwölf Stunden, um sich auch bei uns breitzumachen und die letzten Wildenten in den Süden zu vertreiben. Ich saß im Wohnzimmer, bedeckt mit einer Decke, und las. Es war schon mehr als ein Monat vergangen seit unserem letzten Ausflug ins Šmidhen, und ich musste daran denken, wie die Becken wohl jetzt aussahen, das grüne Wasser und die Wände, an denen sich Algen gebildet hatten, der rote Laubdeckel, der auf den kleinen Wellen zitterte. Wir beide hatten einen der letzten warmen Tage erwischt, als man noch baden konnte. Über diese Becken nachsinnend, die mich immer an die Becken in der mexikanischen Stadt Quauhnahuac aus dem Roman *Unter dem Vulkan* erinnerten, den Senka mir an jenem Tag ins Krankenhaus mitgebracht hatte, als ihre Mutter sie in die Hand gebissen hatte, muss ich in den Schlaf gesunken sein. Die Einsamkeit, die ich momentan lebte, mich von Erinnerungen nährend, wie das auch die Bilder der Becken in der mexikanischen Hölle Geoffrey Firmins waren, sagte mir zu. Ich erlebte das Fehlen Senkas und meines Freundes zumindest nicht als akutes Delirium tremens. Alles zusammen war irgendwie in eine ruhigere Phase übergegangen. Und dann weckte mich die Türglocke. Es war zehn vor drei. Im ersten Moment war ich mir nicht bewusst, dass mich das Läuten an der Wohnungstür geweckt hatte, zuerst wurde mir nur klar, wie spät es war und dass ich ein Gutteil der Nacht im Sessel verschlafen hatte. Aber dann, als ich begriffen hatte, dass jemand läutete, durchfuhr mich der Schauder. Nicht aus konkreter Furcht, sondern eher aus Unbehagen, vielleicht auch aus Vorahnung. Ich schwang mich aus dem Sessel, die Decke glitt von mir herab wie ein Stück Kleidung von einer Stripteasetänzerin, und ich sah vorsichtig durch den Spion, konnte aber nichts sehen. Nur Dunkelheit. Ich dachte sogar, ich hätte mir es nur eingebildet, ein oder zwei Mal Ding-Dong, vielleicht hatte jemand in meinem Traum geläutet. Aber dann hörte ich es wieder und öffnete vorsichtig. In der Dunkelheit stand Roman, zerrupft und blutend, und als der Lichtstrahl aus der Wohnung plötzlich auf ihn fiel, blinzelte er. Erst als er hereingekommen war, sah ich, dass auch seine Augen blutig und geschwollen waren, als hätte er geweint. Im Gesicht hatte er eine tiefe Kratzwunde, um die das geronnene Blut schon verkrustet war. Er ging grußlos an mir vorüber und platzierte sich auf der Couch, meinem Sessel gegenüber. Er sagte nichts, nicht einmal Guten Abend.

Ich stand verdutzt da und sah ihn an. Wenn ich mich recht erinnere, interessierte mich im ersten Moment nicht, was passiert war, es war da ein seltsames, stärkeres Gefühl: Alles an ihm war seins, Gesicht, Haare, Augen, selbst die Kleidung, die ich kannte, zum Beispiel der schwarze Seemannsmantel oder die blaue Strickjacke darunter, aber etwas passte nicht ins Bild. Als er hereinkam, hatte ich die Feuchtigkeit und Frische der Nacht gespürt, die er mitbrachte, keinen anderen Geruch, nicht einmal den Duft seines starken Parfüms. Er war unrasiert, und in seinen Fünftagestoppeln hatte sich Raureif verfangen.

– Ich habe Licht gesehen, war alles, was er sagte.

Ich fragte, ob er etwas trinken wolle, etwas Warmes, Tee oder Kakao, aber er sagte nichts. Er blickte dumpf vor sich hin. Er schwieg und saß da, als brauchte er einfach nur die Nähe von jemandem, brachte aber nicht die Kraft auf für ein einziges Wort. Für einen Moment dachte ich, er würde sich automatisch in ein Möbelstück verwandeln, sodass ich in der nächsten Minute wie in meinem eigenen Sessel bei ihm im Schoß sitzen und fortfahren könnte zu lesen, als wäre nichts gewesen. Und so kam mir, ganz spontan, dieser verrückte Gedanke, niemals zuvor und niemals danach, ein Gedanke, der wie eine Öffnung war in eine gefährliche, psychotische Episode: Ich dachte, das sei überhaupt nicht er. Mir schien für einen Augenblick, als hätte ein fremdes Wesen oder ein böser Geist von seinem Körper Besitz genommen und säße nun da in meinem Wohnzimmer und wüsste nichts mit mir anzufangen. Das Unglück sprang aus seinem Gesicht, schwebte durch die Luft meines Wohnzimmers, drang ein in Gegenstände und Möbel, die plötzlich schärfere Ecken bekamen, gefährlichere Grate, und sich zu feindlichen Konstellationen gruppierten.

Dann sah ich auch das Blut, das von irgendwo aus ihm heraustropfte, aus dem linken Hosenbein. Mir schien die Stelle, aus der das Blut tropfte, diese Wunde, eigentlich das Loch zu sein, durch das das unbekannte Wesen in den Körper meines Freundes eingedrungen war, dieser böse Geist, der mir jetzt in die Augen sah. Er hatte sich wohl auch schon früher gemeldet, für kurze Augenblicke. Sein Aufbrausen war gewöhnlich im Bett zu spüren gewesen, während ich Senka in den Mund fickte und er ihren Kopf hielt und ihn grob auf mein Glied hämmerte und dabei schrie:

– Schluck, du widerliche Schlampe, schluck den Schwanz für Geld!

Jetzt indessen schwieg der böse Geist, sah aber wesentlich gefährlicher aus. Als er selber das Blut bemerkte, wie es auf den Parkettboden tropfte, sagte er:

– Hast du ein Taschentuch?

Ich ging ins Bad und holte Gaze und Alkohol und verband die hässliche Wunde am Sprunggelenk des linken Fußes. Es war nur eine einzige Verletzung, aber aus ihr strömte es wie aus einer Kompanie Soldaten.

– Was ist passiert?

– Indira hat mich gebissen.

Etwas Entsetzliches hatte sich wiederholt.

– Komm, von Anfang an!

– Ich habe Indira verlassen, sagte er.

Er hatte sie endlich nach zwölf Jahren verlassen, so lange hatte er gebraucht, mehr als sein Sohn Jahre zählte. Sie hatte sie im Auto erwischt, vor ihrem Haus in Šestine, und hatte ihm sofort ihre Nägel ins Gesicht geschlagen. Er war ins Haus gerannt und hatte angefangen zu packen, sie hatte geweint und ihn angefleht zu bleiben. Er hatte gesagt, er werde ausziehen, er könne so nicht mehr weiterleben, er habe sich genug für das Kind aufgeopfert, aber er könne nicht mehr, weil sie eine hysterische Kuh sei, die nichts begreife. Er sei schon bis an die Tür gekommen, da habe sie sich auf den Boden geworfen und seine Beine gepackt, damit er nicht hinauskönne.

– Lass mich raus, bitte!, habe er geschrieen, aber sie habe ihn weiterhin festgehalten. Er sei, sagte er, so gegangen, dass er sie hinter sich hergezogen habe, und dann habe sie ihn, kaum dass er die Tür geöffnet habe, in den Knöchel gebissen. Er habe sie mit dem Fuß ins Gesicht schlagen müssen, um sich frei zu machen. Er sagte, er werde vorübergehend zu Senka gehen und später werde er sehen, was werde.

Er ging erst gegen Morgen, es tagte bereits. Er hinkte zu seinem Citroën DS, der vor Planićs Alpenvilla geparkt stand. Damals sah ich ihn das letzte Mal.

10

Ich zählte nur dreiunddreißig Jahre, und für das Alter war es noch zu früh. Aber es wollte nicht warten. Es kam, wie gewöhnlich der Tod kommt: per Telefon. Am Freitagabend rief Senka an, nachdem wir uns volle zwei Wochen nicht gehört hatten und die Stadt in der Zwischenzeit so groß geworden war, dass ich zu Fuß von unserer steilen Straße bis zum Krankenhaus in der Petrova gute vierzig Minuten brauchte. So viele neue Häuser waren in diesem ansonsten alten Viertel aus dem Boden gesprossen, so viele alte Bekannte wollten stehen bleiben, um mit mir ein Wort zu wechseln, und so viele neue Stuckaturen gab es an den Häusergiebeln zu sehen, an denen ich vorüberkam.

– Bist du zu Hause?, sagte sie nervös in den Hörer, ohne Gruß und Einleitung. Ich komme in zehn Minuten.

Allerdings brauchte auch sie von der Solovjeva mindestens vierzig Minuten, genug für mich, um drei Chivas ohne Eis zu kippen und den Grad der seelischen Abgestumpftheit an die unerwartete Begegnung anzupassen.

– Ich wollte es dir nicht am Telefon sagen, begann sie gleich an der Tür, Roman und ich fahren übers Wochenende nach Italien, an den Gardasee, im Übrigen weißt du wohin, wir waren ja zusammen dort. Er ist in einem schlechten Zustand, er weiß nicht, dass ich hier bin. Ich möchte ihn ein wenig aufheitern, du weißt, wie sehr er den Gardasee liebt …

Für einen Moment hoffte ich auf eine Einladung und begann es fast schon zu bedauern, dass ich sie würde abschlagen müssen, als sie fragte:

– Kannst du Samstag und Sonntag auf Andrea aufpassen?

Sie sah mir lange in die Augen, während sie das fragte, als versuchte sie mir all das Gute in den Kopf zu stopfen, das wir zusammen erlebt hatten.

– Kann ich, kein Problem, gurgelte ich und sah komplizenhaft zu der Flasche Chivas hinüber, die in aller Unschuld auf der Kommode stand.

– Er muss nur diese Krise umschiffen, sagte sie und legte mir freundschaftlich die Hand aufs Knie, und danach kommen wir auch wieder zusammen.

Ich wusste indessen, dass es dieses „danach“ nicht mehr geben würde, dass es sich schrittweise und endgültig in ein „nie“ verwandeln würde.

– Ich würde dich nicht belästigen, aber Alma kann nicht, sagte sie beim Weggehen.

Wir küssten uns auf die Wange wie alte Freunde.

11

Am Morgen, um neun, hupte der DS zwei Mal vor meinem Haus, und ich wartete in dem Moment schon am Fenster. Andrea stieg aus, den roten Rucksack auf der Schulter, den Rucksack, den ich ihr im NAMA am Kvatrić gekauft hatte und in dem sie vermutlich ihren Pyjama, ihre Zahnbürste und ein paar Spielsachen oder Bilderbücher hatte. Vielleicht sogar ein Schreibheft, um übers Wochenende ihre Hausaufgaben zu machen, denn seit Herbst ging sie in die erste Klasse. Ihr Tisch und ihr Zimmer in meiner Wohnung warteten noch auf sie.

– Möchtest du Milchkaffee?, fragte ich, als sie hereingekommen war und die Sachen abgelegt hatte.

– Das mag ich nicht mehr, sagte sie sich umsehend, sich irgendwie steif durchs Wohnzimmer bewegend, denn sie war, obwohl wir die letzte Zeit öfter zusammen gewesen waren, lange nicht hier gewesen.

– Vielleicht Grießbrei?

– Meinetwegen, sagte sie desinteressiert, aber tu nicht zu viel Schokolade hinein.

Sie nahm ihren Rucksack und ging in ihr Zimmer um auszupacken. Es dauerte nicht sehr lange. Es gelang mir, die Milch heiß zu machen, den

Grieß aufzukochen und die Schokolade zu schmelzen, als sie mit dem gläsernen Figürchen der Eule in den Händen erschien, die, als sie klein war, in der Nacht als Schutzengel über sie gewacht hatte, denn auch die Eule hatte ja Flügel. Dort hingen unter der Decke noch meine Flugzeuge aus Sperrholz, aber es gab auch noch Sachen von ihr. Diese kleine Figur zeigte ihr, dass sie ja doch nach Hause gekommen war, und die ursprüngliche Steifheit gab sich allmählich.

Sie setzte sich an den Tisch, band sich brav ein Küchentuch um den Hals, um ihre Sachen nicht zu bekleckern, so wie es die Mutter ihr beigebracht hatte, und begann zu essen. Noch immer hielt sie kindlich ungeschickt den Löffel mit der ganzen Faust und schob langsam, unter Pusten, den heißen Grießbrei in den Mund.

– Mama macht ihn besser, sagte sie, fuhr aber fort zu essen. Ich hatte das Gefühl, als ob es ihr nicht recht war, dass man sie nicht mitgenommen hatte nach Italien, aber sie gab keinen Kommentar ab, und die Frage, warum wir nicht mehr alle gemeinsam verreisten, kam nicht, obwohl sie ständig in der Luft hing.

– Wie geht es in der Schule?

– Gut.

– Hast du schon ein paar Einser bekommen?

– Wir bekommen noch keine Noten, nur Bienen.

– Willst du noch?

– Nein, danke, sagte sie und rührte mit dem Löffel im Teller herum.

– Und was sind das für Bienen?

– Die Lehrerin hat einen Stempel in Form einer Biene, der ist blau, und wenn du fleißig bist, drückt sie dir den ins Schreibheft.

– Und wenn du es nicht bist?

– Kriegst du ein rotes oder blaues Häkchen. Das bedeutet, dass du dich verbessern musst. Tiho, ich kann nicht mehr.

Sie legte den Löffel in den Teller und schob ihn von sich.

– Was möchtest du gern, dass wir machen?, fragte ich und spülte Teller und Milchtopf ab.

– Ich muss etwas über den Specht schreiben. Die Lehrerin hat uns gefragt, ob wir schon mal einen Specht gehört haben, wie er im Wald pocht, aber niemand von uns, stell dir vor, die ganze Klasse, niemand hat einen Specht im Wald gehört oder gesehen, nur im Fernsehen, im Comic. Und dann haben einige diesen Specht nachgemacht, wir haben einen Dubravko, der immer Stimmen nachmacht.

– Und wo werden wir einen richtigen Specht finden?, fragte ich.

– Im Wald, sagte sie.

– Im Maksimir?

Das Kindergesicht strahlte, einige Erinnerungen waren vielleicht zurückgekehrt. Dorthin waren wir, sie und ich, immer allein gegangen, ihre Mama hatte keinen Zutritt zu unserer Welt im Maksimir gehabt, weder zu den Pinguinen noch zu der Glaswand mit den Häschen. Im Übrigen kurierte ich mich auch deshalb im Maksimir von Senka: Diesen Raum hatten wir nicht mit unserer Zweisamkeit kontaminiert.

– Glaubst du, dass es dort Spechte gibt?

– Im Wald gibt es sicher welche, sagte ich überzeugt, obwohl ich mich nicht erinnerte, wann ich das letzte Mal dieses Klopfen am Stamm gehört hatte.

Und so zogen wir uns, nach Grießbrei und Zähneputzen, sportlich an (sie hatte auch Tennisschuhe im Rucksack) und machten uns auf den Weg.

Wir fuhren mit dem Auto bis zum Westeingang und gingen den Kiesweg hinunter. Dieses Mal, im Unterschied zu meinen einsamen Ausflügen an den Arbeitsvormittagen, wimmelte es hier von Menschen. Die sonnigen Apriltage hatten Kinder, Eltern, Hunde und Pensionisten hinausgelockt auf die Fluren des Maksimir, und alles war irgendwie festlich, als wäre es ein Feiertag. Als wir hinter dem dritten See, auf der Suche nach dem Specht, in den Wald abbogen, wurde die spazierende Menge allmählich spärlicher.

– Was ist das Grüne da auf dem Wasser?, fragte Andrea.

– Seerosenblätter.

– Warum ist der Baum hier grün und da nicht?

– Wegen des Mooses, das auf der Nordseite wächst, weil es Schatten liebt.

– Ich mag auch Schatten, erklärte sie.

– Warum taucht die Ente?

– Sie fängt Fische.

Alles begeisterte sie an diesem Samstagvormittag, die Schlangen, die Dreiräder, die Hühner, das Moos, die Blätter der Seerosen, auf denen Frösche saßen, und ich musste ihr alles erklären. Ich war für sie eine große Enzyklopädie, mein Kopf wurde flach und eckig von all diesen Fragen. Das ist der Unterschied zwischen Alter und Jugend, dachte ich für einen Augenblick. Für sie ist alles neu und für mich alt, für sie ist es unbekannt, für mich hingegen mehr als bekannt. Alles das hier, die Seerosen und die Schildkröten und das Moos und noch viele, viele andere Dinge. So oft war ich hier vorbeigekommen, während ich mich von ihrer Mutter kurierte, und mit einem Male spürte ich, dass ich alt geworden war. Dass dieses Alter irgendwie genau an diesem Vormittag gekommen war und dass sein allerschlimmstes Kennzeichen war, dass ich mit einem Male alles wusste. Ich weiß, dass wir keinen Specht hören werden, ich weiß, wohin uns dieser Pfad führt, ich weiß, warum das Laub Humus bildet, warum die Bäume blühen und warum die Bienen auf der Lichtung summen. Und plötzlich werden die hundertjährigen Eichen im Maksimir und ich Altersgenossen, eine Generation, Schulkameraden sozusagen, und mein Gang verlangsamt sich, der Rücken krümmt sich, und die Dinge und Wesen um mich herum werden immer vertrauter. Und dabei bin ich gerade mal dreiunddreißig. Ich habe mit der Mutter dieser Kleinen mindestens drei Leben durchgemacht, völlig unterschiedliche, dass wir uns recht verstehen, und nichts auf der Welt scheint mich mehr überraschen zu können. Kein Unglück, aber auch kein Glück, kein Sterben und kein neues Leben, keine Missbildung einer Frucht und keine geplatzte Eichenborke, mich kann keine Lüge überraschen und auch keine unerwartete, als Lüge getarnte Wahrheit, mich können weder Egoismus noch Altruismus überraschen, auch nicht die Kürze der Zeit, in der sich Erregung in Trauer verwandelt, mich kann auch keine Liebe überraschen, die der Sinnlichkeit, der Emotion, der Freundschaft beraubt ist, all dessen, nur nicht des egoistischen Wunsches, jemand anders zu sein, mich können keine mit Urin gefüllten Präservative überraschen, die durch die Luft fliegen, und auch kein Weinen durch das falsche Organ. Bekannt sind mir die Launenhaftigkeit und Sprödigkeit der Liebe, wie auch ihre Beharrlichkeit und Hartnäckigkeit, bekannt sind mir die seltsamen Wiederholungen, denen uns das Leben aussetzt, wie Variationen eines musikalischen Themas, ich weiß, dass Stille als Rache wirken kann, so wie Worte auch heilsam sein können, ich habe Güte gesehen, die mit dem Tode bestraft wird, und wie wir Menschen, die nie real existiert haben, oft mehr betrauern als alte Freunde. Und am Ende bin ich mir bewusst, dass Knochenschmerz und laute asthmatische Engbrüstigkeit unvermittelt auftreten, zusammen mit dem schrecklichen Gedanken, dass wir nichts Neues mehr erleben werden.

– Komm schneller, Tiho, rief Andrea über die Schulter, während wir die Wiese am vierten See passierten. Offenbar hatte ich bei diesem seltsamen Anstürmen des Alters begonnen, hinter ihrem entschlossenen Schritt, mit dem sie den Specht suchte, zurückzubleiben. Schon hatte sie sich ziemlich weit entfernt, ich sah das Aufblitzen ihres roten Rucksacks im Wald nur noch für Momente.

– Verlauf dich nicht, rief ich, aber offensichtlich hörte sie mich nicht mehr und bog auf einem seltsamen Pfad tiefer in den Wald hinein.

Ein unbekannter Wald, ein unbekannter Teil des Maksimir. Bald wurde der alte Eichen- und Weißbuchenwald von Jungholz abgelöst, wo kein Stamm dicker war als der Arm eines erwachsenen Mannes. Wir kamen auf eine Schotterstraße und waren, soweit ich mich orientieren konnte, irgendwo hinter dem Zoologischen Garten gelandet, im Nordostteil des Waldes. Auf der einen Seite der Straße waren Wiesen und künstlich gebildete, mit Gras bewachsene Hügel, auf der anderen dieser junge Wald. Andrea ging entschlossen vor mir her, als wüsste sie, wohin sie ging, und ich trottete ihr nach.

– Hier wirst du keinen Specht finden, wir müssen zurück unter die alten Bäume.

– Ich weiß, sagte sie, aber vielleicht sonnt sich hier einer.

Und so kamen wir, der Straße folgend, zu mehreren eingeschossigen Montagehäuschen, die wie ein Feldlazarett oder eine Ambulanz aussahen, mit grün eingefärbten Fenstern und Milchglas an den Türen. Plötzlich hielt vor einer der Baracken ein kleiner, grüner Kleinlaster, aus dem zwei Männer ausstiegen. Sie kümmerten sich überhaupt nicht um uns, die wir ein wenig weiter weg standen, am Rande des Waldes. Einer von ihnen stieß einen Pfiff aus, und aus der Baracke kamen noch zwei Männer. Drei von ihnen waren jüngere Burschen, der vierte mochte an die sechzig sein und trug einen weißen Kittel. Einer der Burschen öffnete die Seitenplanke des Lasters, die krachend umklappte. Andrea war stehen geblieben und sah ihnen zu. Zwei Männer kletterten auf die Pritsche und schoben ein großes Tier mit gelbem Fell, das auf der Ladefläche lag, bis ganz an den Rand. Dann packten die vier das Tier, jeder an einem Bein, und senkten es langsam auf das Gras neben dem Lastwagen ab.

Andrea hatte es als Erste begriffen.

– Schau mal!, rief sie und lief hin.

Ich hastete ihr nach.

– Pass auf, nicht näher gehen!

Sie blieb vor ihnen stehen.

– Onkel, was ist das für ein Tier?

Der ältere Mann im weißen Kittel schien erst jetzt ihrer Anwesenheit gewahr zu werden.

– Eine Löwin.

– Ist sie tot oder schläft sie?

– Leider ist sie tot, sagte der Mann mitfühlend.

Andrea kam die paar Schritte zu mir zurück und sagte:

– Tiho, das ist eine Löwin, und sie kann uns nicht fressen, weil sie gestorben ist.

Verblüfft stand ich vor dem toten Tier, während mich Andrea an der Hand hielt. Der Mann im weißen Kittel sagte:

– Jetzt werden wir ihr ein Begräbnis machen, wenn du willst, kannst du zusehen.

– Meine Oma hatte auch ein Begräbnis, sagte Andrea.

– Besser, wir gehen weiter den Specht suchen, sagte ich, aber auch mich reizte es, das Begräbnis der Löwin zu sehen.

– Nein, Tiho, ich will das sehen, sagte die Kleine und hatte bereits ihren Entschluss gefasst.

An diesem Vormittag wohnten wir dem Begräbnis einer alten Löwin bei, die ihr ganzes Leben im Käfig verbracht und die nie die Freiheit gekostet hatte.

– Sie wurde im Tierpark in München geboren, erklärte der alte Herr Andrea, und ist dann als Geschenk in unseren Zoo gekommen. Ich war noch jung, als sie zu uns kam, war sie fast noch ein Baby. Wir haben ein Tuch in Milch getränkt und es ihr zum Saugen gegeben.

– Wie hieß sie?

– Regina, antwortete der Herr, das heißt Königin.

Eine Königin, die ihr ganzes Leben in einem zwanzig Quadratmeter großen Käfig verbracht hatte, nervös vom Gitter zur Wand und von der Wand zum Gitter laufend. Ich stellte mir vor, wie sie, als sie jung war, die Besucher angeknurrt und angefaucht hat und wie sie sie später vermutlich nicht mehr wahrnahm hatte. Nur der Wind trug ihr durch die Gitter seltsame Gerüche zu, Gerüche, die außer den Menschen kein lebendes Wesen auf der Erde kennt.

– Jetzt werden wir sie auf eine Trage legen, damit es leichter geht, sagte der alte Herr, und Andrea hörte ihm mit weit offenen Augen zu und sah von Zeit zu Zeit auf den hingestreckten gelben Körper auf dem Gras. Die untere Partie der Schnauze war weiß, wie das Haar einer alten Frau.

Die Burschen brachten die Trage, eine einfache Krankenbahre, wie für Menschen, und dann packten die vier sie wieder an den Füßen.

– Auf gehts, eins, zwei, drei jetzt!, sagte der alte Herr, und die Löwin landete, fast in derselben Lage, auf der Trage.

Und ich stellte mir immer noch vor, wie sie von der Wand zum Gitter und vom Gitter zur Wand ging, tagelang, monatelang, jahrelang. Die Zeit hat sich für sie, dachte ich, in ein All verwandelt, das sich zusammenzieht, bis es die Größe eines einzigen Tages angenommen hat. Die Savanne in ihren Genen, der Geschmack des warmen Blutes, das aus dem Hals der Antilope spritzt, die Schirmkronen der Eukalyptusbäume, die in der heißen Sonne zittern, alles das hatte sich in ihr zu einem kleinen Knäuel verdichtet, das sie vermutlich das ganze Leben in der Kehle würgte.

Dann hoben die Männer die Trage auf und gingen durch das Wäldchen, aus dem wir gekommen waren, zu der Lichtung mit den grasbewachsenen Hügeln. Nur wenig weiter von dort, auf Dotrščina, haben die Ustascha Partisanen umgebracht und später Partisanen Ustascha liquidiert. Es gibt auch ein Denkmal. Auf der Lichtung, wohin wir gingen, gab es indessen keinerlei Denkmäler.

Sie gingen langsam, um nicht zu straucheln, und wir gingen langsam hinterher, wie Trauernde hinter einem Sarg. Das Mädchen mit dem roten Rucksack und der Alte von dreiunddreißig Jahren. So etwas habe ich noch nicht gesehen, dachte ich, und werde es vermutlich auch nie mehr sehen. Da geschieht etwas wirklich Besonderes. Und während wir in diesem seltsamen Trauerzug dahinschritten und aus dem Zoologischen Garten das Trompeten der Elefanten und die krächzende Stimme eines Sumpfvogels zu hören waren, begann mein verfrühtes Alter irgendwie zu schmelzen. Endlich geschah etwas, was ich noch nicht gesehen hatte.

– Wenn du willst, kannst du für sie beten, sagte der alte Herr zu Andrea. Dann drehte er sich zu mir um:

– Ist das in Ordnung?

– Es ist in Ordnung. Unbedingt, soll sie beten, aber ich fürchte, dass sie nicht weiß wie.

– Ich weiß, sagte sie ein wenig trotzig und begann, lieber Engel mein, lieber Schutzengel, behüte diese Löwin, damit sie es in der Erde warm hat …

– Wunderbar, ermunterte ich sie.

– … und dass es da viele kleine Löwenkinder gibt, damit ihr nicht langweilig wird.

Endlich kamen wir auf die Lichtung hinaus und machten an einem ausgehobenen Grab halt. Es war ziemlich tief, und von der Seite ragten Wurzeln hinein, seine Ränder waren unregelmäßig, der Boden uneben. Man sah sofort, dass da keine Profis am Werk gewesen waren. Die Burschen wickelten den Körper der Löwin in die Plane, mit der die Trage abgedeckt gewesen war, und trugen sie mit der Plane zur Grube. Der schwere Körper schlug dumpf auf dem Boden auf.

Das ganze Leben im Käfig, dachte ich, ein lebenslanges Gefängnisleben ist beendet, und eigentlich ist das jetzt ein glücklicher Augenblick.

– Tiho, ich kann ihr doch ein paar Blumen pflücken?

– Kannst du, aber pass auf, dass du dir nicht die Hose schmutzig machst. Was würde da Mama sagen?

– Das ist mir doch egal, sagte sie und rannte schon auf die Lichtung. Ich sah, wie sie sich bückte und wieder hochkam, wie ein Haubentaucher aus einem wogenden, grünen Meer.

– Entschuldigen Sie, wir haben uns nicht miteinander bekannt gemacht, sagte ich und streckte dem alten Mann die Hand hin, Romar.

Auch er reichte mir die Hand und sagte seinen Namen, den ich sofort wieder vergaß. Ein Gynäkologe und ein Veterinär, die einander über den Leichnam einer Löwin hinweg „angenehm“ sagen, das war ihr Abschied von dieser Welt.

– Nehmen wir die Plane wieder mit oder nicht?, fragte einer der Burschen mit den Schaufeln, die sich anschickten, den Körper zu begraben.

– Nein, lass, sagte der alte Herr.

In diesem Augenblick verspürte ich Optimismus, und das Alter hatte mich definitiv verlassen. Genau genommen hat es mich nicht verlassen. Es will mir eine zweite Chance geben. Ein lebenslanges Gefangenendasein einer völlig unschuldigen Kreatur ist endlich zu Ende gegangen, Andrea pflückt Blumen für ihr Grab und genießt es wie damals, als sie in diesem Park ein kleines Kind war. Der Tag ist sonnig, der Frühling beginnt, und die in Italien haben wir gänzlich vergessen.

– Sagen Sie, leiden so eingesperrte Tiere das ganze Leben, fragte ich den alten Herrn.

– Natürlich, sagte er, aber sie gewöhnen sich daran. So wie wir, nicht wahr?

Und hier, über dem Grab der Löwin, die Regina geheißen hat, kam der endgültige Entschluss. Wenn am Sonntagabend der Citroën vor meinem Haus hält und zweimal hupt, werde ich Andrea mit ein paar flatternden neuen Eindrücken hinunterschicken, und nachdem sie ins Auto eingestiegen ist, werden wir uns nicht mehr sehen. Und so war es auch. Nach diesem Begräbnis habe ich Senka fünfunddreißig Jahre nicht gesehen, so lange nicht, bis eines Tages eine ihrer zahlreichen Doppelgängerinnen aus der Ballettschule am Illyrischen Platz herauskam.

Wir mussten warten, bis die Burschen den Körper vollständig zugeschüttet und die Erde mit den Schaufeln festgeklopft hatten.

Andrea legte ihren Strauß, den sie vorher mit ein paar stärkeren Halmen zusammengebunden hatte, vorsichtig auf den Grabhügel. Sie stand über den Hügel gebeugt, und ich sah, wie ihre Tränen flossen. Ich sprang hinzu, umarmte sie und begann in der Jackentasche nach einem Taschentuch zu suchen. Zusammen mit dem Taschentuch förderte ich auch eine Visitenkarte zutage, Tanja Š., Prof., Gerichtsdolmetscherin. Wir hatten uns schon einige Male ganz unverbindlich getroffen, vormittags in der Stadt, auf einen Kaffee. Vielleicht könnte man am Abend ins Kino gehen, dachte ich, ihre Nichte ist im selben Alter wie Andrea. Und ich rief sie an, sobald wir zu Hause waren.

Es lag noch ein Leben vor uns.

Epilog

1

Beim Frühstück sind wir alle guter Laune. Das Baden mit den Fischen hat uns irgendwie gereinigt, die Feindschaften haben sich gemildert. Josip begrüßt Marijan, und Marijan nimmt den Gruß an, ein ganz anderer Mensch als der, der ihn auf Zrće beleidigt hat. Und obwohl sie nicht zusammensitzen, ist die Atmosphäre angenehmer. Lidija lächelt Jugana zu, und die erwidert den Gruß mit Lächeln und Kopfnicken. Alma wiederum, ausgeschlafen, frisch und hergerichtet, sagt beiläufig zu Lidija, sie habe ein super Kleid, und fragt, wo sie es gekauft habe. Toni sitzt neben Vera, nimmt ihr weich gekochtes Ei und köpft es weltmännisch. Dann gibt ihm auch Ana ihr Ei, damit er es auch für sie tun kann. Nur Franco spricht noch immer nicht mit Jugana, er sitzt allein und trinkt seinen morgendlichen Cappuccino. Senka besteht darauf, dass wir uns zu ihm setzen.

– Weshalb?

– Deshalb, weil er so allein ist, sagt sie.

Und so setzen wir zwei, die wir auf diesem Schiff bereits den Status von Eheleuten bekommen haben, weil wir schon vier Nächte zusammen schlafen, uns an Francos Tisch, begleitet von spöttischen Blicken. Ich flüstere ihr zu:

– Du weißt natürlich, was die jetzt denken …

– Das ist mir nun wirklich egal, sagt sie.

Wir wechseln ein paar Worte mit Franco, der auf seinem Handy die Zeitung liest. Er hat die Sonnenbrille ins graue Haar gesteckt und linst auf die kleinen Buchstaben auf dem Display. Wir haben uns zu ihm gesetzt, damit er nicht allein ist, und er ignoriert uns wegen der Titelseite des *Corriere della Sera*, die er wie ein Besessener studiert. Dann lächelt er und sagt:

– Entschuldigen!

Und geht mit leerem Teller und Porzellanbecher, um in der Küche sein gekochtes Ei, Schinken und Zdenka-Käse auszufassen.

– Hast du bemerkt, wie sehr Franco Roman ähnlich sieht?, sagt sie zu mir, sobald er sich erhoben hat.

– Was du nicht sagst, sage ich. Nein.

– Doch, er sieht ihm ähnlich.

Die Schwüle der vergangenen Nacht ist an diesem Morgen stärker geworden. Wieder dringt diffuses farbloses Licht durch die dünne Wolkendecke, und die Feuchte erobert jeden Winkel des Schiffes. Rettung gibt es weder im Schatten unter dem Sonnensegel am Heck noch in dem Schatten, den die große Kabine der Tramuntana auf einem der Decks wirft, und ganz schlimm ist es im Unterdeck. Hier im Salon helfen uns irgendwie die beiden Ventilatoren, die sich über unseren Köpfen träge drehen und mit ihrem schwachen Lüftchen die Schweißtröpfchen trocknen, die über Stirn und Nacken rinnen. Plötzlich hört man Geschrei vom Oberdeck, und dann ein Türenknallen. Denis, der nach dem Frühstück die Teller einsammelt, hält inne und horcht. Barba Zvir hat offenbar jemanden angebrüllt. „Und gerade haben die Streitereien etwas nachgelassen", denke ich, „und der Mensch kann sich ein wenig erholen von fremdem Unglück und Bösen, da geht es schon wieder los."

– Was wollen Sie machen, zuckt Denis mit den Achseln, als wüsste er, was ich denke, der Jugo!

Nach ein paar Minuten kommt Silva wütend in den Salon, das glatt zurückgekämmte, fast nasse Haar zum Pferdeschwanz gebunden, Lippen und Augen zusammengepresst. Sie sieht aus wie ihr Smiley, das zu lächeln aufgehört hat, sie geht zu Jugana, flüstert ihr etwas zu und zieht sie aufs Deck hinaus. Und bald darauf dringen von Deck Silvas hohe Stimme und Juganas tieferer, beruhigender Ton herein. Und dann kehren die beiden in den Salon zurück. Silva starrt noch immer wie ein wütendes Kind mit zusammengepressten Lippen auf einen Punkt, Jugana ist in der Mitte des Salons stehen geblieben. Dieser Streit betrifft offensichtlich uns alle.

– Also Folgendes, sagt sie, geplant ist, dass wir heute hier bleiben, in der Bucht, und den ganzen Tag baden. Wir werden das Mittag- und Abendessen wieder an Bord haben, und am Abend würden wir weiterfahren nach Lošinj.

– Warum am Abend?, fragt Marijan.

– Ja hast du denn das Programm nicht gelesen?, meldet sich Ana, hier steht doch deutlich „Nachtfahrt von Silba nach Lošinj".

– Also jetzt, das Problem ist, fährt Jugana fort, dass der Barba nicht einverstanden ist. Er sagt, dass ein Sturm aufziehen könnte und dass es besser ist, wenn wir in ein, zwei Stunden losfahren, am Tage, und dass wir baden, wenn wir auf Lošinj festgemacht haben.

– Wenn der Kapitän das sagt, was haben wir dann darüber zu diskutieren, sagt Vera. Er weiß es wohl am besten und trägt die Verantwortung für das Schiff.

– Wir können darüber diskutieren, denn wir haben für die Nachtfahrt bezahlt. Und für ein weiteres Nachtbaden, sagt Ana.

– Ein Sturm ist höhere Gewalt, sagt Vera, Schönwetter kannst du nicht bestellen. Das könntest du schon langsam wissen.

– Kommt, kommt, friedlich, wirft sich Jugana rasch dazwischen und fährt mit leiserer Stimme fort, die Frage ist, wie wahrscheinlich ist das mit dem Sturm.

Toni holt sein Handy heraus und beginnt auf der Tastatur herumzuklopfen.

– Aladin hat nichts. Da, nördliche und mittlere Adria, leichter bis mäßiger Wind aus südlichen Richtungen, keinerlei Sturm.

Jetzt hole auch ich mein Nokia heraus. Sara hat es mir zum Geburtstag gekauft und mir gezeigt, wie ich zur Wetterprognose komme.

– Was hast du?, fragt Toni.

– AccuWeather. Aber die haben auch nichts.

– Liebe Leute, sagt Ana, die Satelliten würden doch wohl einen Sturm erkennen?

– Ja und nein, kommentiert Marijan. Und dass wir doch auf den Barba hören?

– Ja, was bist du denn für ein Hasenfuß, sagt Ana zu ihm, ich kann es nicht glauben.

– Leute, jetzt mal ganz nüchtern, wenn ein Sturm aufzieht, würde man das heute wissen?, fragt Jugana.

– Ja natürlich, sagt Toni, die Satelliten kannst du nicht beschummeln.

– Gut. Und war etwas in den Nachrichten im Radio?

– Nichts, sagt Josip, der ständig Radio hört. Der sogar den Barba bittet, die Musik zu unterbrechen, damit er die Nachrichten hören kann.

– Nichts, wiederholt Jugana und wendet sich dann an Denis: Hat es etwas über Funk gegeben, eine konkrete Warnung oder wenigstens eine Andeutung?

– Keine Spur, sagt Denis, aber auch wenn es einen Sturm geben sollte, könnten wir problemlos bis Lošinj kommen.

Und reckt den Finger nach oben, zur Kapitänsbrücke, und richtet selbigen gegen seinen Kopf und bohrt.

– Ich verstehe nichts davon, meldet sich Vera, aber ich glaube alten Leuten.

– Gut dann, sagt Jugana, sind wir für die Nachtfahrt?

Alle heben die Hand. Außer Vera und Marijan.

– Ich gehe da nicht mehr rauf, sagt Silva.

– Nix da, sagt Ana, ich werde es ihm sagen. Juga, kommst du mit?

– Ich komme.

– Was wollt ihr ihm sagen?, fragt Senka. Er trifft letztlich die Entscheidung.

– Ich werde ihm ein bisschen um den Bart gehen, sagt Ana und greift sich an die Hüften.

Und so ist das Problem der Nachtfahrt gelöst.

2

Senka und ich landen wieder auf dem Oberdeck. Sie breitet die Liegematten aus, legt Handtücher drauf und reicht mir die Luftkissen für unter den Kopf zum Aufblasen. Sie hat Sonnenöl und ein Buch dabei. Dieses Mal ist es der Roman *Unter dem Vulkan.* Zuerst liest sie, und ich sehe ihr dabei zu, auf die Ellbogen gestützt, wie damals, als wir zusammen im Bett lagen in jenem vergangenen Leben, das mir jetzt völlig unwirklich erscheint.

– Ich weiß nicht, ob wir richtig entschieden haben, sage ich langsam auf der Suche nach einer günstigen Position, damit es mir nicht ins Kreuz schießt.

– Warum?

– Und was, wenn ein Sturm aufkommt, was, wenn Zvir recht hat?

Sie sieht mich über das Buch hinweg an, voller Verachtung.

– Ich würde mir geradezu wünschen, dass einer kommt, sagt sie trotzig.

– Dieser alte Kahn würde im Nu auseinanderbrechen …

– Soll er auseinanderbrechen!

– Senka, was ist mit dir?

– Nichts, du gehst mir auf die Nerven.

– Gut, ich kann auch hinuntergehen, sage ich beleidigt und will mich schon erheben. Aber das geht nicht so leicht, denn es ist mir gerade ins Kreuz geschossen, ich muss aufpassen, dass es mich nicht stärker erwischt, denn dann wäre ich wie gebannt, und man müsste mich von der Abireise abtransportieren. Vorsichtig schiebe ich das abgewinkelte linke Bein unter mich und stütze mich mit den Händen ab, dann lasse ich mich langsam auf die Knie sinken und richte mich erst aus dieser Position vorsichtig auf. Sie sieht mir zu, wie ich versuche aufzustehen, wie man einem blöden Kind zusieht.

– Komm, Tiho, sei vernünftig, sagt sie und fügt hinzu, entschuldige! Aber es geht mir auf die Nerven, wenn du andauernd so auf Nummer sicher gehst. Na und, wenn ein Sturm kommt, gehen wir eben unter. Auch so etwas passiert, nicht wahr?

– Ja, sage ich so vierfüßig, unentschlossen, ob ich hochkommen oder mich wieder hinlegen soll. Wenn es nicht unbedingt sein muss, passiert es besser nicht.

– Und glaubst du, sagt sie wieder, es wäre schade um uns? Um uns alle hier, glaubst du, es wäre um uns schade?

– Du bist verrückt!, sage ich noch immer aus der Stellung heraus.

– Gut, ich bin verrückt. Aber hast du dir uns angesehen? Glaubst du wirklich, dass es um uns schade wäre? Ein vernünftiger Gott, wenn es einen gibt, hätte uns schon längst mit dem Blitz erschlagen.

– So unterhalte ich mich überhaupt nicht, Senka.

– Dass wir am Leben sind, Tiho, das ist für dich der Beweis, dass es Gott nicht gibt.

– Senka, sage ich zu ihr mit Nachdruck, was hast du denn heute Morgen?

– Nichts, sagt sie leiser.

– Komm, sag schon, etwas ist doch.

– Sieh mich an!, sagt sie und dreht sich so, dass ich sie sehen kann. Ich, den das Alter in eine Tierpose zurückgeworfen hat, als hätte sich der Affe nie auf zwei Beine gestellt. Aus dieser Pose sehe ich ihr vorsichtig in die Augen.

– Und du siehst nichts?

– Nein.

– Sieh besser hin, hier am Hals!

– Ich sehe nichts, Senka.

– Man sieht es mit bloßem Auge, ich habe es heute Morgen im Spiegel entdeckt.

Jetzt, unter erheblichem Risiko, knie ich mich hin, richte mich auf den Knien möglichst gerade, um die Arme frei zu haben und fasse sie mit beiden Händen am Hals. Obwohl wir vier Nächte zusammen geschlafen haben, berühre ich sie jetzt zum ersten Mal ernsthaft. Alles vorher ist irgendwie Zufall gewesen, vor dem Schlafen oder wenn wir aus dem Bett aufgestanden sind. Ich betaste ihren Greisinnenhals, an dem es auch ein Mehr an Haut gibt und unter dem rechten Ohr eine Beule von der Größe einer Nuss. Sie hat recht, man sieht es sogar.

– Hast du es gefunden?

– Warte, ja, sage ich und betaste die Geschwulst, lass mich sehen. Tut es weh?

– Ein wenig, wenn du stärker drückst.

– Seit wann hast du das?

– Ich sage ja, heute Morgen habe ich es gesehen.

– Und du hast es nicht schon früher ertastet, solange es kleiner war?

– Habe ich nicht, Tiho, ich sage es dir doch, und dann nach kurzem Schweigen, was denkst du?

– Man wird sehen.

– Für Mumps ist es etwas zu spät, nicht wahr?, sagt sie ironisch.

– Ich würde sagen, es ist virös. Ist dein Hals entzündet?

– Nein.

– Ich denke, dass du nicht beunruhigt sein musst und dass es virös ist. Natürlich muss man es punktieren, wenn wir zurückkommen.

– Das sagst du nicht nur, um mich zu beruhigen?

– Nein, Senka, solche rasche Knoten wachsen im Falle einer Infektion. Wovor du Angst hast, das kommt langsamer. Und macht keine Schmerzen.

Sie sieht mich zweifelnd an, aber ich scheine sie doch beruhigt zu haben.

– Entschuldige, das heute Morgen hat mich ganz durcheinandergebracht, sagt sie.

– Es ist okay, man muss vorsichtig sein, aber ich denke, dass es nicht gefährlich ist.

– Es geht mir auf die Nerven, wenn du dich aufführst wie einer, der andauernd auf Nummer sicher geht, das provoziert mich geradezu.

Ihre Stimme nimmt wieder sanftere Töne an, jene Intonation, die Verzeihung heischt.

– Ich habe mich bemüht, vernünftig zu leben, sage ich.

– Das ganze Leben gehst du durch dieselben Straßen, isst immer dieselben Speisen, und du hast dich sogar in mich verliebt, weil du mich kanntest.

– Das hast du mir schon gesagt …

– Und, fragt sie, hat es sich ausgezahlt?

– Was?, frage ich, während ich vorsichtig in meine liegende Position zurückkehre.

– Vernünftig zu leben.

– Ich weiß es nicht, sage ich unter einem Seufzer der Erleichterung. Jetzt muss ich mich nur ein wenig beruhigen und wärmen, und die Kreuzschmerzen werden vergehen. So geht das schon ein paar Jahre lang, da gibt es keine große Hilfe, nur Taktik.

– Du weißt es nicht?, sagt sie ironisch.

– Genau. Ich weiß es nicht.

– Und bist du zufrieden mit deinem Leben, denkst du, du hast vernünftig gelebt?

Eine schwere Frage. Ausgelöst heute Morgen von einem vergrößerten Lymphknoten. Ich versuche auf etwas zu antworten, worüber ich eigentlich nie nachgedacht habe. Bin ich zufrieden mit meinem Leben? Kann man diese Frage überhaupt stellen, ohne plötzlich eine Flut von Verteidigungsmechanismen zu aktivieren?

– Hängt davon ab, sage ich.

– Hängt von was ab? Tiho, ich frage dich eine einfache Sache, bist du oder bist du nicht zufrieden?

– Das hängt davon ab, sage ich, ob es Jugo gibt, ob es Rheuma gibt, ob es mir ins Kreuz schießt wie heute Morgen, oder ob ich leicht bin wie ein Schmetterling, ob die Rechnungen bezahlt sind …

Und dann überlege ich wieder. Wir sehen uns in der Stille an.

– Aber ich denke, im Prinzip bin ich zufrieden. Und du?

– Ich nicht!

3

Das ganze Leben sind wir mit dem Tod und mit dem Verlust von Menschen konfrontiert. Es gibt einen Augenblick im Alter, wo es uns scheint, als würden diese Menschen zurückkehren. Irgendwie sind sie immer öfter bei uns, und jeder Gedanke führt plötzlich auch zu ihnen. In manchen Zeiten habe ich ein ganzes Dutzend Jahre nicht an Roman gedacht. Ich habe Arbeiten geschrieben, Vorlesungen über HVO gehalten und einige Zeit lang, als Sara an der Uni inskribiert war, drei Jobs gemacht: im Krankenhaus, an der Uni, und dienstags und donnerstags als Wahlarzt in einer Privatpraxis. Die Anzahl der Kinder, die ich auf die Welt befördert oder ungeboren herausgeholt habe, hält sich in etwa die Waage, ich bin in einem seltsamen Gleichgewicht, aber die Lebenden und die Toten sind ebenfalls in einem seltsamen Gleichgewicht in Bezug auf mich und auf Gott, der für mich alles in allem nie existiert hat, der aber jetzt, genauso wie die Toten, immer mehr an Existenz zu gewinnen scheint. Jetzt ist Roman immer öfter bei mir. Heute muss ich oft daran denken, dass fast kein einziges seiner Häuser überlebt hat, obwohl er in den Sechzigern ein gefragter Architekt war. Er ist der dunkle Stern unserer Architektur, ein Mann, der populär war, als in Jugoslawien das individuelle Bauen boomte, aber würde ich heute durch die Stadt spazieren, vor allem im Norden, könnte ich kein einziges seiner Häuser zeigen. Zumindest nicht in der Form, in der er es sich vorgestellt hat. Die schwebenden Häuser haben nicht überlebt, weil die Menschen massenhaft angebaut haben, um zusätzliche Quadratmeter zu gewinnen. Er war unglücklich, als er sah, dass die Leute unter den schwebenden Betonstrukturen Souterrainwohnungen einfügten und so das Ensemble dauerhaft zerstörten.

– Sie binden sich an die Erde, pflegte er zu sagen, als wären sie schon tot.

Sein ganzes Leben verachtete er Menschen, die nur ein Leben lebten. Selbst seine Häuser sahen so aus, als würden sie jeden Augenblick davonfliegen. Immer brauchte er irgendeinen Fluchtweg, die Möglichkeit, sich nicht definieren zu müssen, alles in jedem Moment offen zu lassen. Deshalb hat er auch kein hohes Alter erreicht, denn das ist eine Situation, die einen endgültig definiert. Je mehr Vergangenheit es im Leben gibt, etwas, was du nicht verändern kannst, desto klarer ist der Mensch irgendwie für sich selbst und andere. Es gibt weder Überraschungen noch Rätsel. Jene, die in der Jugend wie Rätsel sind, diese ungreifbaren interessanten Persönlichkeiten, sind im Alter kleinliche Langweiler. Und gerade Roman war einer von ihnen. Immer bereit zu etwas, wovor andere Angst hatten, traute er sich und packte alles an, half aber auch jedem. Im Gymnasium habe ich zuerst gesehen, wie beliebt er war und wie alle versuchten, ihn nachzumachen. Für mich war er ein alter Freund, genau genommen der einzige Freund, etwas Alltägliches. Als wir ins Gymnasium kamen, begriff auch ich mit einem Mal seinen Wert. Ich war ja ganz anders. Ich ging auf Nummer sicher. Das ist vielleicht nicht das richtige Wort. Senka übertreibt, aber vorsichtig ja. Das ist das richtige Wort, *vorsichtig.* Wie haben wir uns nur gefunden?

Und bin ich, der Vorsichtige, jetzt zufrieden mit dieser Vorsicht? Ich denke darüber nach, auf warmen Brettern liegend, die mir angenehm das Kreuz wärmen, so wie uns im Frühling der Asphalt unserer Straße den Rücken gewärmt hat. Es gab auch schreckliche Augenblicke, es gab auch solche, wo ich nicht vorsichtig war, sondern mutig, wo der Widerwille gegen das Vorsichtige so stark wurde, dass er mich zum Mut trieb. Aber immer bedurfte es für diesen Mut auch eines besonderen Vorwandes, einer außerordentlichen Situation. So wie gestern auf dem Schiff, als ich zum Barba sagte, er solle den Alarm einschalten. Offenbar hatte Senka diesen Mut provoziert. Aber ist das der Grund, weshalb ich sie so hartnäckig geliebt habe? Sie hat mir geholfen, ein anderer zu werden, so wie das Frau Ksenija bei meinem Vater getan hat. Die Liebe zu Senka ließe sich vielleicht in ein einziges Gefühl zusammenfassen: Hass gegen sich selbst. So würde sie das nennen. Ich würde sagen *Unzufriedenheit* mit sich selbst. Aber was wäre ich für ein Mensch geworden, wenn ich mit ihr zusammengeblieben wäre? Das geht mir oft durch den Sinn.

– Woran denkst du?

– An meinen Vater und deine Mutter.

– Erinnerst du dich, was dein Vater zu meiner Mutter gesagt hat, bevor sie starb?

– Ich weiß nicht, woran du genau denkst?

– Es gibt kein Paradies und keine Hölle. Dies ist die Hölle.

Und es ist wirklich die Hölle. Wir liegen auf dem Oberdeck des Schiffes, es ist ein warmer Vormittag im September, es gibt keine Sonne, die uns unbarmherzig rösten würde, sondern nur diese Schwüle, die mir jetzt bei diesen Kreuzschmerzen ganz guttut, neben uns stehen die geleerten Cocktailgläser, wir haben gut gefrühstückt. Selbst die geschwollene Drüse wirkt nicht gefährlich.

– Dies ist die Hölle, und nach dem Tode gibt es nichts.

4

Franco und Marijan lümmeln auf den Reifen am Bug herum und kippen jetzt jeder, nass und gerade dem Wasser entstiegen, ihr Stella. Franco sieht ausgezeichnet aus in der Badehose, im Unterschied zu Marijan, bei dem der obere Rand der Badehose von einem großen Hängebauch verdeckt wird. Und sie stoßen an wie alte Freunde. Indessen ist jedem klar, dass Marijans Gesellschaft für Franco eine Art Notlösung darstellt, eine Ausrede, nicht ständig allein sein zu müssen. Das hat vermutlich auch Jugana gesehen, die den Mut zu etwas fasst, wozu er bisher gefehlt hat. Die sich hinüber begibt und sich neben Franco setzt. So groß, so würdevoll, im schwarzen Einteiler, das Haar nur an den Spitzen nass. Sie hat auch die Kindercreme mit dem hohen Schutzfaktor dabei, um ihm den Rücken einzucremen, obwohl es keine ernst zu nehmende Sonne gibt. Doch als sie sich das weiße Tröpfchen, nicht größer als ein Möwenschiss, auf die Handfläche drückt, rückt Franco weg. Er fasst das Gelenk ihrer Hand, die unbefugt seinen Rücken sucht, und entfernt sie entschlossen. Marijan, noch immer nüchtern, weil Mittag gerade erst vorüber ist, in einer seiner Zerknirschtheitsphasen, erhebt sich sofort und gibt Fersengeld. Juganas Arm verharrt für einen Moment in der Luft, mit der Creme auf der Hand, als könnte sie es nicht glauben. Doch dann beginnt sie zu reden, leise, aber zornig, ins Profil des Menschen hinein, der so tut, als hörte er sie nicht.

Aber vorher verschmiert sie die Creme auf ihren Schenkeln, rational und im Eifer des Streits, als ob sie sich überhaupt nicht mit der Creme in der Hand hatte streiten wollen, weil sie sie ihm sonst einen Augenblick später auf die Nase geschmiert hätte. Sie redet und redet, Franco hingegen sagt nur wenige Worte. Die sind offenbar giftig, denn sie steht demonstrativ auf und kehrt ans Heck zurück. Ich sehe den ganzen Vorfall von der Treppe aus, auf der ich vom Oberdeck heruntersteige. Und platze mitten hinein in ein lautes Gespräch der Klassenschönheiten.

– Er ist für mich gestorben, ächzt Jugana, er will, dass ich mich von meinem Sohn lossage.

– Lass ihn, er braucht Zeit, meint Ana zu ihr. Komm, wir trinken einen Schnaps!

Und sie winkt Denis, der wenige Sekunden später, rekordverdächtig, schon mit mehreren Gläsern Biska kommt.

– Auf dann, Mädchen, sagt Ana, auf ex!

– Auf ex!, sagt Alma und setzt an, während Jugana nur verweint dasitzt und in ihr Glas starrt. So als wäre der Mann ihres Lebens plötzlich auf die Dimension eines Schnapsglases null Komma fünf geschrumpft.

– Ich habe zehn Jahre gewartet, dass dein Mann stirbt. Muss ich jetzt warten, bis auch dein Sohn stirbt?

Das hat er zu ihr gesagt, und Jugana hat gespürt, dass er sie für immer gestrichen hat. Das leuchtende Radium aus der Geschichte von Marie und Pierre Curie ist für immer zerfallen.

– Ex, sagt auch Jugana und hebt das Gläschen Biska, denn das Leben geht immer weiter. Selbst wenn jemand, der noch lebt, für uns definitiv gestorben ist.

5

Am Nachmittag ist die Sonne vollständig verschwunden, die Schwüle ist noch drückender geworden, aber sonstige Wetteränderungen hat es nicht gegeben. Ich schwimme mit Toni und Senka zur Mitte der Bucht, wo eine große Jacht ankert, eine Pershing 115. Von dort dringt fröhliches Gekreische herüber, und so schleichen wir uns ein wenig in die Nähe der Welt der Reichen, um auch das mal zu sehen. Gut getarnt durch die glitzernde Oberfläche spähen drei alte Köpfe aus dem Wasser, ein roter, ein grauer und ein kahler. Von der Kommandobrücke der Pershing springen mehrere kreischende junge Mädchen ins Wasser. Sie springen ungeschickt, mit den

Füßen voran, und halten sich mit den Fingern die Nasen zu. Danach, wenn sie wieder an Bord geklettert sind, wartet oben schon der Kellner mit bunten Cocktails: eine rosa Flüssigkeit, eine Scheibe Ananas auf den Rand gesteckt und ein abgeknickter Strohhalm. Auf der Brücke steht ein älterer Herr, vielleicht sogar unseren Alters, mit langem grauen Haar und weißem, um die Hüfte geschlungenem Handtuch. Über den Rand des Handtuchs fließt ein kleiner Bauch. Er hält ein Glas mit scharfem Getränk in der Hand und ermuntert die Mädchen. Wir stehlen uns näher heran, als Senka sagt:

– Ist das nicht …?

Sie hat noch nicht geendet, als Toni ihr ins Wort fällt:

– Der Töpfekönig.

– Du liest die *Glorija*?, fragt sie überrascht.

– Nein, aber ich kenne ihn. Er hat dem Krankenhaus einen Ultraschall gesponsert.

Und wirklich, das Gesicht des Mannes ist von irgendwoher bekannt, von den Titelseiten der Klatschpresse vermutlich, und vielleicht ist er auch dort auf seiner Jacht abgebildet. Die Mädchen sind sehr jung, mit ausgezeichneten Proportionen.

– Was glaubst du, sagt Senka, sind das seine Töchter?

– Natürlich, sage ich, Töchter nebst Freundinnen. Eine Nachmittagsparty im Familienkreis.

Eine der Sirenen legt sich nach dem Sprung, der gar nicht so schlecht ist, ernsthaft mit Schwimmen ins Zeug. Sie klopft im freien Stil an die hundert Meter herunter, zieht an unseren Köpfen vorüber und entfernt sich von der Jacht.

– Schwimmen wir zurück!, sagt Senka.

– Komm, Senka, lass uns noch ein bisschen gucken, bittet Toni.

– Ihr könnt ja bleiben, ich fühle mich nicht gut.

Und sie schwimmt in Richtung unserer ausgedienten Barke zurück, und wir folgen ihr. Schwer ist es, so, am Ende des Lebens, aus der unteren Perspektive ein Leben anzusehen, das allem Anschein nach um so Vieles angenehmer ist als unseres. Und deshalb hat sie ihm den Rücken gekehrt, um wenigstens auf die Weise ihre Verachtung zu zeigen. Schwimmend indessen kommen wir an dem Mädchen vorüber, das zu schwimmen aufgehört hat und sich nur auf dem Wasser treiben lässt. Und das mit einem Mal mit hellem Stimmchen kichert:

– Doktor Romar, sind Sie das?

– Ja?, sage ich und nicke mit dem Kopf.

Sie macht ein paar Schläge und schwimmt auf mich zu.

– Er ist es, Doktor Romar, erinnern Sie sich an mich, Martina. Martina aus der Lopašićeva?

– Ja, sage ich, wie sollte ich nicht. Ihr Haar ist nass, und da habe ich Sie nicht gleich erkannt. Wie geht es Ihnen?

– Gut, zwitschert sie, es hat keine Komplikationen gegeben.

– Ich sehe, Sie unterhalten sich gut.

– Ja, es ist der Geburtstag einer Kollegin, und da feiern wir.

– Genießen Sie es!, sage ich zu ihr. Süß ist sie auch so, im Wasser. Das dichte dunkle Haar zurückgeworfen, Augen wie ein Reh, blühende Lippen. Das Reh indessen kommt näher und sagt leise:

– Doktor Romar, ich stehe in Ihrer Schuld.

Und dann begrüßt sie höflich Senka und Toni und reckt den Arm in die Luft. Auf dieses Zeichen hin besteigt der Seemann von der Jacht ein Schlauchboot, das am Heck vertäut ist, und sprintet heran, um sie aufzunehmen. Damit die Ärmste nicht zu weit zurückschwimmen muss.

– Gut die Kleine, sagt Toni, woher kennst du sie?

– Eine Patientin.

– Da möchte ich wissen, wer wen behandelt!, meldet sich Senka voll Bitterkeit.

6

Und als wir aus dem Wasser gestiegen sind, das Haar frottiert und uns angezogen haben, holt Senka von der Bar zwei kleine Stella, geht zu Franco, der jetzt allein am Bug sitzt, drückt ihm eines in die Hand und stößt mit ihm an.

– Seht doch, Senka angelt sich Franco, sagt Ana, und alle müssen lachen. Der Abend senkt sich langsam auf die Tramuntana hernieder und auf die ganze Bucht mit der geankerten Jacht des Geschirrkönigs, zwei Seglern und mehreren Fischerbooten. Und da es keine Sonne gibt, kommt die Dunkelheit gleichmäßig herab, als würde jemand eine große Schachtel von oben mit einem durchsichtigen Deckel verschließen. Aus der Küche dringen die angenehmen Düfte des Brodetto, den Barba Zvir zubereitet, mit Kopf und Bart. Er bereitet, wenn er kocht, die Speisen buchstäblich mit dem Bart zu, denn immer gibt es jemanden, der in seinem Teller ein graues Kraushaar aus dem dichten Wald unter seiner Nase findet. Es ist tröstlich, dass es jedes Mal eine andere Person ist. Ich überlege gerade, wer wohl dieses Mal das Haar finden wird, als der Barba aus der Küche späht und besorgt zum Himmel emporsieht. Er wischt sich die Hände an der Schürze ab, stützt sich auf die hölzerne Reling des Schiffes, um die geschwollenen Fußgelenke zu entlasten, und fixiert mit den Augen das Meer im Süden.

– Der Barba sieht einen Sturm aufziehen, kommentiert Denis, der im Salon die Teller aufdeckt.

Senka wiederum zeigt im Gespräch mit Franco die gleichen Posen und ein Lächeln wie damals, als sie mit Roman sprach, auf der einzigen Reise, auf der wir zu dritt waren. Sie lehnt mit dem Bier in der Hand an der Reling, und Franco sitzt, so schön, grauhaarig und braun gebrannt, in seinen hellen Bermudas auf den Reifen und hält ebenfalls seine Flasche in der Hand. In dem Dämmerlicht sehen sie aus wie aus einer Bierreklame, Zielgruppe: das dritte Lebensalter. Ich sehe, Senka bestraft mich wegen der kleinen Sirene mit den Rehaugen, die so unverhofft aus dem Meer aufgetaucht ist und ungewollt auch den schadhaften Teil meiner Vergangenheit mit heraufbefördert hat. Eine Vergangenheit, die Senka zwar kennt, aber es ist doch etwas anderes, wenn man sie sieht, wenn die junge pralle Haut aufblitzt, wenn sich geschürzte feuchte Lippen röten, wenn seidiges Haar den Kopf umflattert. Das verzeiht man nicht. Franco indessen ist begeistert, sofort haben sie eine gemeinsame Sprache gefunden: Französisch. Und in dieser Sprache plaudern sie bis zum Abend, während wir am Heck den Aperitifs zusprechen. Unglaublich, wie viele Aperitifs das Drittel einer alten Klasse trinken kann. Und ich sehe, alle haben einen kleinen Urlaub von der Diät genommen, einen Urlaub vom gesunden Leben. Selbst ich habe aufgehört Medikamente zu nehmen, um so wenig wie möglich an den Tod zu denken.

Und wie die Stimmung steigt, weil sich das Abendessen nähert, und auch die Abfahrt, das Abenteuer der Nachtfahrt und die gesegnete Brise, die das Schiff in Bewegung erzeugen wird, wächst auch wieder das Gemeinschaftsgefühl. Ich bemerke aber auch, wie Jugana sich von Zeit zu Zeit erhebt und über das Deck spaziert, als wollte sie sich die Beine vertreten und zum Himmel emporsehen, ob sich am Horizont ein Unwetter ankündigt, denn sie ist die verantwortliche Reiseleiterin und Initiatorin des Beschlusses, doch nachts zu fahren, aber eigentlich, und da bin ich mir ganz sicher, obwohl ich es von hier aus nicht sehe, wirft sie einen Blick zum Bug und zu der gerontologischen Bierreklame. Ihre Unruhe stört den vorabendlichen Frieden ein wenig, erzeugt aber zugleich auch die Gemeinschaft, die jetzt im Entstehen ist. Denn wieder sind wir geteilt, nur jetzt nach anderen Kriterien. Wir zehn hinten und die beiden vorn.

Beim Abendessen sitzen Senka und Franco nebeneinander am Tisch und unterhalten sich auf Französisch, so als ob ringsum niemand wäre. Neben ihnen sitzen noch Toni und Marijan, aber die sind mehr mit Barba Zvirs Brodetto und der Polenta mit Oliven beschäftigt als mit wechselseitiger Kommunikation. Ich höre, wie Vera Senkas Benehmen kommentiert:

– Das tut man nicht in unseren Jahren, sagt sie leise, aber laut genug, dass es die ganze Runde hört. Und dieser Satz bezeichnet den Exzess, verwandelt ihn in etwas Ungehöriges, obwohl wir gut vierzig Minuten vorher darüber gelacht haben. Die Sache nimmt eine ungeahnte ernste Wendung. Senka indessen hat von alledem nichts mitbekommen, und die beiden verziehen sich nach dem Abendessen, nachdem sie vom Tresen jeder noch zwei Stella mitgenommen haben, wieder an den Bug. Jugana ihrerseits wird immer unruhiger, Ana muss ihr einen weiteren Schnaps bringen, damit sie sich beruhigt.

– Das hat nichts zu bedeuten, sagt sie zu ihr, sie hat sich mit Tiho gestritten und will ihn jetzt eifersüchtig machen.

7

Nach dem Abendessen geht plötzlich ein Zittern durch die Tramuntana, die Vibrationen des angeworfenen Motors laufen wie Fieberschauer über das Deck und die Schot bis hinauf in die Mastspitze, und am Bug scheppert die Kette des Ankers, der eingeholt wird. Wir fahren los, und sobald das Schiff eine bestimmte Geschwindigkeit erreicht hat, bringt uns der leichte Wind, auf den wir den ganzen Tag gewartet haben, Kühlung.

Die Nacht ist hell, der bewölkte Himmel blassrosa.

– Ich erinnere mich nicht, dass es im September jemals so schwül gewesen wäre, sagt Toni, der an der Reling steht und die Brise genießt.

– Das Klima ändert sich, mein lieber Toni, erinnere dich, wie sehr es sich im Laufe unseres Lebens geändert hat, sagt Marijan.

– Liebe Leute, das Klima ändert sich unablässig, erklärt Josip, der Geograf, wie es einen eben trifft. Manch einen trifft auch die Eiszeit.

– Mir gefällt es gerade so, gibt Ana hinzu. Ich bin ein Kind des Sommers. Alle reden von globaler Erwärmung, was heißt hier global, mir gefällt, wenn es warm ist. Ich hasse den Winter und den Schneematsch.

Im Salon, wo Denis geschickt die Reste des Abendessens abserviert, sitzen Alma, Jugana, Silva und Vera an einem Tisch und spielen Bela. Das

Kartenspiel hat sie völlig in Beschlag genommen, und alle Augenblicke hört man jemanden rufen:

– Und jetzt komm ich mit Trumpf.

Oder:

– Fünfzig zum Ass …

– Das gefällt mir, flüstert Ana mir zu, dass Juga sich mal ein bisschen ablenkt. Schrecklich war das alles mit Mislav für sie. Und dich stört das nicht?

– Wieso sollte es mich stören?

– Entschuldige, wenn ich das frage, aber du schläfst jeden Abend mit Senka …

– Wir machen Klarschiff mit unserer Vergangenheit, wir holen die Leichen aus dem Keller. Sonst nichts.

– Ich weiß, dass ihr zusammengelebt habt, bevor sie sich mit Roman eingelassen hat, das war zwar nicht besonders klug von ihr, aber gut. Was war, das war, das lässt sich nicht rückgängig machen.

– Ana, das war vor vierzig Jahren.

– Ich weiß, aber für mich sieht es nicht so aus, als wäre es vorbei.

Etwas macht sie nachdenklich, vielleicht die Ziffer von vierzig Jahren, bevor sie sagt:

– Aber das mit Roman, das will mir nicht in den Kopf.

– Ich weiß nicht, sage ich, um das fruchtlose Gespräch nicht in die Länge zu ziehen, aber ich ahne, was mit Franco ist. Als Marijan vor einer halben Stunde im Vorbeigehen zu Franco etwas Ironisches gesagt hat, von wegen wie man die Sache mit Senka angehen müsse, hat sie zu Marijan gesagt:

– Weißt du, was sein Name bedeutet? Du weißt es nicht, weil du ein Idiot bist. Er bedeutet rein. Und jetzt sieh dich an!

Und wirklich, Franco ist rein. Ich weiß nicht, wie es ihm, dem so Schönen, gelungen ist, die späten Sechziger und Siebziger hindurch diese Reinheit zu bewahren. Ich habe den Eindruck, dass er sich auf einmal all der Dinge entledigt hat, mit denen Jugana auf ihn Druck ausgeübt hat: der Pflicht und der Bescheidenheit und der ständigen Notwendigkeit, sich für andere aufzuopfern. Und auch Mislav hat ihm paradoxerweise, indem er seine Mutter als Karikatur beschrieb, ein wenig die Augen geöffnet, hat den Blickwinkel verschoben, aus dem heraus er sie gesehen hat. Und er spürt jetzt vermutlich, wie sinnlos diese zehn Jahre Entsagung waren.

Inzwischen gehe ich aufs Oberdeck, und dort lehnt schon der Barba an der Reling und sieht in die dunkle Weite. Am Steuer steht der Kleine.

– Es ist nicht gut, Doktor, sagt er, kaum dass ich mich auf dem Deck neben ihn gepflanzt habe, das Meer so herauszufordern. Das Meer hat sein eigenes Ich, es will seine eigenen Spielchen spielen, es will dich hinunterziehen, dich kurz und klein schlagen, und es gibt davon so viel auf der Welt.

– Ach was, Barba, es wird schon alles gut gehen, tröste ich Landratte ihn, den Seewolf, der zwanzig Jahre auf Großer Fahrt zwischen Portugal und Brasilien navigiert hat.

– Kann sein, dass es das tut, sagt der Barba, ich sage nur, dass es nicht klug ist.

Dann schweigt er ein wenig, damit sich seine Prophezeiung bei uns beiden setzen kann, und sagt dann wieder:

– Aber hast du, Doktor, einmal in der Nacht gesehen, dort wo das Wasser brackig ist, wie auf der Oberfläche die kleinen Spinnen laufen?

– Nein.

– Dann guck mal, da gibt es so kleine Spinnen, die über das Wasser rutschen, als wär es Wimbledon, die fallen nicht rein und ertrinken nicht, nein. Und was machen sie? Sie warten, dass eine Mücke ins Wasser fällt, die will sich satt trinken, das zieht sie wohl an, was weiß ich, und wenn sie reingefallen ist, wenn sie sich verfangen hat, dann kommen sie schön angelaufen und happ, saugen sie aus, was in ihr ist. Das Meer, Doktor, ist eine Falle.

Dem muss ich wiederum zustimmen.

– Und würde zum Beispiel der Kvarner austrocknen, wie viele menschliche Knochen würde man auf seinem Grund finden?

Jetzt ein kleines Schweigen. Und ein Seufzer:

– Ein Friedhof ist das, mein guter Doktor!

Aber vom Oberdeck habe ich einen ausgezeichneten Blick auf das Paar von der Bierwerbung. Obwohl es Nacht ist, reicht das Licht über der Tür der Nasszelle bis hin zum Bug. Die Tramuntana ist kein großes Schiff, man sieht und hört alles.

Plötzlich geht Alma auf Senka und Franco zu. Ihr Schritt ist fest, entschlossen, und sie hält sich nur leicht an der Reling fest. Als sie vor ihnen steht, fragt sie Franco liebenswürdig:

– Wie gehts?

– Gut, sagt er, wenn es nicht schwül ist.

– Ja, es ist in Ordnung, das denke ich auch, sagt sie und wendet sich Senka zu:

– Senka, ich bräuchte dich für einen Moment.

– Was ist? Ist etwas passiert?

– Nein, keine Angst. Nur kurz.

Und fasst sie am Oberarm und zieht sie freundschaftlich mit hinüber auf die linke Seite des Decks, das jetzt im Dunkeln liegt und wo niemand ist. Als sie unterhalb der Treppe sind, sagt Alma:

– Hör mal, es geht mich nichts an, aber das ist nicht klug.

– Was?, fragt Senka. Was ist nicht klug?

– Den Teufel am Schwanz zu ziehen.

Ich höre das alles zufällig, obwohl ich nicht lausche. Klein ist dieses Schiff, und sie sind genau unter mir.

– Wie ziehe ich den Teufel am Schwanz, sag, wie?

Senka hat bereits die Hörner aufgestellt.

– Juga denkt, dass das, was du tust, frech ist.

– Was kann ich dafür.

– Komm, setz dich zu uns, wie lange haben wir uns nicht gesehen?

– Wir zwei?, fragt Senka. Seit du aufgehört hast dich zu melden.

– Gut, aber setz dich jetzt zu uns, was willst du mit diesem Itaker.

– Nichts. Aber er tut mir leid, denn ihr habt ihn isoliert. Alle zusammen.

– Diese Reise ist danebengegangen, sagt Alma. Von Anfang an. Und ich habe mich so gefreut.

– Alle haben wir das.

– Komm jetzt mit, sag ihm, dass du etwas mit den Mädchen zu bereden hast.

– Bist du noch normal, Alma, ich unterhalte mich mit dem Menschen, und ihr benehmt euch, als ob …

– Wegen solcher Sachen habe ich aufgehört, mich bei dir zu melden.

– Wie bitte?

– Du weißt es ganz genau.

Senka war schon richtig wütend. Sie trat von einem Bein aufs andere.

– Gut, bin ich schuld, dass dein Mann nach meinem Hintern gegrapscht hat, immer wenn er die Gelegenheit hatte?

Nach diesen Worten ist Stille. Alma scheint sich verschluckt zu haben.

– Das ist überhaupt nicht wahr, presst Alma mit heiserer Stimme hervor. Wenn du es unbedingt wissen willst, er hat gesagt, dass du ihm leidtust, dass du unreif bist. Und das denke ich auch.

Senka lacht. Mit einem dämonischen Lachen, das geradezu eine kondensierte Beleidigung ist.

Und Alma dreht sich um und geht ans Heck zurück.

Allerdings sagt sie doch ein paar Worte zu Franco und geht dann mit ihrem Fläschchen Bier in den Salon, während er allein am Bug zurückbleibt.

Wenn es so weitergeht, denke ich, werden wir ihn am Morgen zum Holzklotz erstarrt finden, als Galionsfigur. Senka finde ich später, wie sie bei den Kartenspielerinnen sitzt und kiebitzt, als Jugana fünfzig zum König ausruft. Es hat ihr wohl doch leidgetan um die Schulfreundin, und das hier ist ihre Art sich zu entschuldigen. Ich setze mich neben sie und beobachte sie.

– Bitte?, sagt sie nach einiger Zeit.

– Ich habe nichts gesagt.

– Du wolltest aber!

– Nein.

– Komm, ich kenne dich, Tiho. Gehen wir an die Bar etwas trinken!

– Soll ich es dir bringen?

– Nein, wir gehen hin, sagt sie, um uns von den Kartenspielerinnen wegzubringen.

Und als wir auf den sicheren Barhockern Platz genommen haben, bestellt sie bei Denis noch zwei Stella.

– Ich will nicht, dass du mir nachspionierst oder mir Vorhaltungen machst, hast du mich verstanden!

– Du lässt dich an mir aus, weil dich Alma beleidigt hat.

– Du hast gelauscht?

– Nein, aber ich habe es gehört.

Sie sieht mich voller Verachtung an, während sie ihr Stella aus der Flasche lutscht.

– Hast du die Kleine gevögelt, bevor du ihr den Abortus gemacht hast oder danach?

Und dann, nach kurzem Nachdenken:

– Danach, damit hast du sie bezahlt, du Affe, denn Geld für so ein Hürchen hast du ja nicht gehabt.

Dann wurstelt sie sich aus dem Hocker heraus. Sie strauchelt, und ich halte sie am Oberarm.

– Lass mich!, schreit sie, und dann leiser und zu sich selbst, wirklich, ich bin ja selbst schuld.

Und segelt davon an den Bug.

Ein seltsamer Ruck stiftet Verwirrung. Die Tramuntana erzittert, dann setzt sie die Fahrt langsam fort. Das einförmige Brummen des Motors indessen ist verstummt. Gleichzeitig meldet sich oben von der Brücke der Barba, aufgeregt:

– Deniiiiiiiiis! Hierher!

– Was war das? Sind wir mit etwas zusammengestoßen?, fragt Lidija.

– Ich weiß nicht, sage ich. Ich denke nein.

Schon stürmt Denis aus der Küche auf die Brücke. Er nimmt drei Stufen auf einmal, und einen Augenblick später können wir hören, wie der Barba und Denis miteinander flüstern. Etwas stimmt nicht.

– Warum sind wir langsamer geworden?, fragt Toni, der vom Heck zu uns gestoßen ist. Gleichzeitig sehe ich, wie sich Franco am Bug umsieht. Nach wenigen Minuten kommt der Kleine von der Brücke ins Unterdeck gespurtet. Gleich darauf können wir ein Geräusch hören, ein Klicken, und der Kleine ruft aus dem Unterdeck:

– Will nicht!

– Und jetzt, zum Teufel?

– Nein!

– Jetzt?

– Nichts.

Und dann begreife ich, dass wir stehen. Der Motor hat seinen Dienst aufgekündigt. Erst als die Tramuntana völlig zum Stillstand gekommen ist und aufgehört hat, Wellen zu machen, und der angenehme Windhauch sich verloren hat, sehen wir, dass wir mitten in völliger Windstille stehen. Die Bewegung des Schiffes hatte uns noch das Gefühl gegeben, dass sich alles um uns bewegt, lebt, dass das Meer gluckst, dass der Wind doch bläst. Meer und Himmel sind jetzt eins geworden, und die Tramuntana scheint mit einem Mal zu schweben. Das Schiff mit dem Namen eines Windes dümpelt in der nebeligen Windstille, und rings um uns gibt es nichts. Selbst die fernen Lichter hat der unangenehme Nebel verschluckt. Es gibt keinen Horizont, wie man ihn in hellen Nächten sehen kann, es gibt weder die Umrisse von Lošinj noch von Cres, da ist auch nicht der dunkle Rücken von Silba hinter uns, es scheint nicht einmal das zu geben, was man von hier aus nicht sieht, sich aber vorstellen kann, weder das Massiv der Učka noch Istrien, die Heimat des Kroatengeschlechts, auch nicht das märchenhafte Opatija, es gibt nicht einmal Pag oder Rab, es gibt kein Zurück oder Vorwärts, kein Oben und Unten, es gibt fast kein Jetzt und kein Gestern. Als wäre das Ende der Zeit gekommen, und dabei sind wir doch noch gar nicht im Jahre zweitausendundzwölf angekommen. Völlige Stille herrscht rings um das Schiff, an Deck und im Salon. Die Kartenspielerinnen haben aufgehört, aufgehört hat das Nachreden und Verunglimpfen ebenso wie das Trostspenden und greisenhafte Hoffieren, nur unten aus dem Maschinenraum sind Metallgeräusche zu hören. Der Käpt'n und Denis zerlegen den alten Volvo Penta, und der Kleine reicht das Werkzeug.

Ich gehe an den Bug zu Senka, die jetzt schweigend neben Franco sitzt. Sie haben offenbar nichts mehr, worüber sie sich unterhalten könnten.

– Entschuldige!, sage ich.

– Gehen wir reden, sagt sie, und wir steigen hinauf aufs Oberdeck. Vor uns der erschreckende Anblick des Nichts. Weder Raum noch Zeit. Das wahre Dekor für das große Geständnis. Das scheint es zu sein, was sie will, die große, runde Geschichte.

– Deine Hurerei hat mich immer zur Weißglut gebracht, aber wenn ich mich beruhigt hatte, ging es mir gut.

– Weißt du, was für mich das Wertvollste ist im Leben? Ich meine nicht die Familie, meinen Enkel und Sara, sondern für mich, was ist für mich das Wertvollste?

– Hast du getrunken?

– Ja. Wie du auch. Das, weswegen ich vierzig Jahre hindurch Blumen ans Grab deiner Mutter gebracht habe, das, weswegen später alles möglich war, dein Leben ebenso wie mein Leben?

– Lassen wir das, vielleicht sollten wir darüber sprechen, wenn wir nüchterner sind.

– Das, wenn ich mich daran erinnere, wie wir deine Mutter gepflegt haben. Zu der Zeit hatte ich das Gefühl, dass ich mich ändern könnte, dass alles möglich wäre.

Sie sieht mich mitleidig an.

– Mein lieber Tiho, du hast nie verstanden, ehrlich zu dir selbst zu sein.

– Ich habe dich auch danach die ganze Zeit geliebt, sage ich.

Das scheint mir einen Moment lang die Wahrheit zu sein.

– Auch jetzt bist du nicht aufrichtig.

– Und weißt du, weshalb ich dich geliebt habe? Deshalb, weil ich mit dir ein anderer hätte werden können.

– Du glaubst, dass ich am Sterben bin, sagt sie plötzlich versteinert, mit rauer Stimme.

– Das glaube ich nicht.

– Doch, das glaubst du. Sonst hättest du das nicht zu mir gesagt.

– Doch.

– Das ist, als hättest du mir dieses *Jetzt* gesagt!

– Red keinen Unsinn, Senka. Die Dinge sind ganz einfach. Hätte ich gekonnt, hätte ich mit dir mein Leben verbracht. Da ich es nicht konnte, habe ich es mit Tanja verbracht. Und vielleicht war es gar nicht so schlecht …

– Ich habe alle möglichen Gauner und Halunken kennengelernt, aber du mit deinen Lügen bist der Allerschlimmste.

– Ich habe immer an dich gedacht, wenn wir gereist sind.

– Und ich habe an dich nur auf dem Friedhof gedacht.

Sie dreht sich um und starrt in die Leere vor uns. Stumpf, roboterhaft, ohne Emotionen.

– Tiho, du hast keine Ahnung, was geschehen ist.

– Was ist geschehen?

Sie starrt weiter in die Finsternis.

– Das versuche ich dir …

Und dann bricht sie zusammen, ihre Schultern beginnen zu zittern, und sie beißt in ihre Faust. Bis zum Blut.

– Mein Gott, Senka.

– Lass mich, ich geh in die Kabine!

Ich will ihr nach.

– Nein, sagt sie. Ich komme zurecht.

– Du blutest.

– Es ist gut. Bleib du nur hier.

Und sie eilt die Stufen hinunter.

9

– Verflucht beim Jesus am Kreuz!, ruft der Barba aus dem engen und entsetzlich schwülen Raum, und die Burschen schweigen, wie es sich gehört, wenn Ältere sprechen.

– Jesus ist daran nicht schuld, kommentiert Silva oben auf der Treppe, über die man ins Unterdeck gelangt, eine Inspektion hätte gut getan.

Irgendwie haben wir uns alle um Silva geschart, Neugier nagt an uns, gepaart mit Angst. Wir sind wie eine Gruppe Bürger, die sich um einen Verunglückten auf der Straße schart und gafft. Ist er tot? Zittern seine Lippen noch? Er ist höchstwahrscheinlich schon sehr alt, hergestellt in Schweden Mitte der Dreißigerjahre des vergangenen Jahrhunderts. Das würde bedeuten, er ist jetzt älter als wir. Aber eine Gerechtigkeit und ein Ausgleich liegen darin, dass die Rentner auf ihrer neuerlichen abituralen Seereise von einem Rentner geschleppt werden. „Altes soll zu Altem, Junges sich zu Jungem gesellen“, sagt Horaz in den Anweisungen für ein gutes Drama. Und hier haben wir unser Drama. Mitten auf dem dicksten Meer, inmitten einer dem Hades würdigen Windstille, und wir können uns nicht vom Fleck rühren.

Plötzlich kommt der Barba heraus, völlig nass, schlimmer und schrecklicher als damals, als das Klo seinen Dienst aufkündigte, und sagt, als er uns im besorgten Halbkreis versammelt sieht:

– Kommt, Leute, geht ruhig, das wird nicht so schnell!

Das anstelle jenes: „Auseinandergehen!“, wie ein Milizionär unserer Zeit sagen würde, sollten wir einen Achtzigjährigen begaffen, der auf der Straße zusammengebrochen ist. Auch ein Motor bedarf der Würde, denke ich, sonst lässt er sich nicht reparieren.

Wir gehen also auseinander und versammeln uns einmütig im Salon, als Risikogruppe. Dort entzünden wir Kerzen und stecken sie in die Hälse leerer Flaschen, denn mit dem Motor ist auch der Strom dahingegangen. Denis hat gesagt, wir sollen sofort die Lampen ausmachen, weil wir den Strom für die Kühlschränke sparen müssen.

– Liebe Leute, was glaubt ihr, wie lange kann das hier noch dauern?, fragt Vera besorgt.

– Macht euch keine Sorgen, die kriegen das schon hin, sagt Jugana beruhigend. So als hätte sie kaum erwarten können, eine neue kritische Situation vorzufinden und die Notwendigkeit sich zu engagieren, um nicht an andere Dinge denken zu müssen. Und wäre draußen nicht diese schreckliche Windstille und wäre unser Motor nicht in den Ruhestand getreten, könnte es ganz romantisch sein bei diesem Kerzenlicht.

– Lasst uns was trinken, Leute, sagt Toni, der sich sofort auf Juganas Seite geschlagen hat, zu denen, die die Stimmung heben. Er geht selber hinter den Tresen, nimmt den Prošek in der Tarnflasche und stellt ihn auf den Tisch, um den wir aneinanderrücken wie ängstliche Kinder. Jugana geht Gläser holen.

Und so heben wir alle unser Gläschen in die Luft. Auch Silva mit uns.

– Auf dass wir gesund und lebendig zurückkehren!, spricht Vera den Trinkspruch.

Der nächste gilt dieser Abireise, die ja gar nicht so schlecht verlaufen ist.

– Alles in allem war es interessant, sagt Jugana.

Dann kommt Denis in den Salon gestürzt, ebenfalls völlig nass, und sagt, dass wir uns etwas gedulden sollen, aber dass er jetzt den Strom instand setzen wird. Jetzt wuchten er und der Kleine ein altes Stromaggregat an Deck, füllen es mit Diesel und versuchen es zu zünden. Aber es springt nicht an. Der Anlasser rasselt und scheint leer zu drehen, Denis dreht den Schlüssel, man hört den Motor kurz orgeln, alle hoffen, doch dann versinkt alles zusammen wieder in enttäuschende Stille. Und so dauert das schon mehr als vierzig Minuten. Auch das Stromaggregat ist offenbar in den Ruhestand getreten. Denis erwähnt in seinem Fluch nunmehr auch die Mutter Jesu, bringt das Aggregat zurück ins Unterdeck und erscheint mit zwei weiteren Kerzen, die in kupfernen Tischleuchtern stecken, in denen die Kerzen wie auf einem flexiblen kegelförmigen Gewicht stehen.

– Was soll das werden?, fragt Marijan Denis, und der antwortet ihm mit einem Achselzucken.

– Der Barba hat den Schaden noch nicht gefunden, sagt er.

Und dann geht ein plötzlicher Windstoß durch den Salon und bringt die Kerzen fast zum Erlöschen. Ich gehe aufs Deck hinaus, und dort trifft mich der nächste Windstoß, und auch das Meer ist nun aufgewühlt.

– Leute, der Wind wird stärker, rufe ich denen im Salon zu, und der Barba erscheint sofort an Deck. Er sieht aufs Meer rings um die Tramuntana und hinauf an die Mastspitze. Seine Bewegungen sind panisch, seine Stimme gebrochen.

– Ala, Denis!, brüllt er. Wir werfen den Schleppanker, wir kriegen Sturm.

Schon ist Denis neben ihm mit einem größeren flachen Anker, dem eine lange Kette klirrend nachschleift, als ginge da eine Kompanie Galeerensträflinge. Und das Schiff beginnt ernsthaft zu schaukeln, und die angebundenen Türen reißen an ihrem Halfter. Etwas im Salon scheppert auf den Boden und klirrt gefährlich. Das löst ängstliche Schreie aus.

– Ala, mach schneller, schreit der Barba.

Die beiden befestigen die Kette an einem dicken Ring am Heck und werfen, sich an der Reling festhaltend, weil die Tramuntana jetzt gefährlich schaukelt, den Anker ins Meer.

– Verdammt, aber das wird uns jetzt etwas bremsen. Trotzdem, wir sitzen in der Scheiße, Denis, der Sturm kommt, und der Motor läuft nicht. Wer soll ihn jetzt da unten reparieren, wenn alles schaukelt.

– Gehen wir zusammen, Barba, ich werde das Licht halten.

Der Kleine ist unterdessen im Salon erschienen und hat hinterm Tresen Wasser und Gläser hervorgeholt. Er hat auch ein Schächtelchen Dramamin dabei.

– Es wird schaukeln, es wird eklig werden!

Und er nimmt die weißen Pillen heraus und legt sie uns auf die Hand. Daran können wir sehen, dass die Dinge ernst sind. Vera hat angefangen zu weinen, Marijan hält sich am Tisch fest, obwohl keine Gefahr besteht zu fallen. Und alle schlucken die Tabletten gegen Übelkeit, als ob uns das helfen würde, wenn das Schiff untergeht. Jetzt hat sich die Tramuntana wieder auf die Seite gelegt, die Flaschen an der Bar klirren, und noch ein Aschenbecher fällt zu Boden. Toni springt hin und schließt die Tür zum Heck.

Nur mit Mühe bringt er den Knoten auf, mit dem sie festgebunden ist, und als er hereinkommt, ist er nass von den Wellen, die an die Flanken branden. Der Kleine hat die vordere Tür geschlossen, die zur Treppe hin, und jetzt fühlen wir uns im Salon irgendwie sicherer. Jetzt gibt es wenigstens kein so starkes Heulen des Windes und Schlagen der Schot ans Holz. Und so warten wir, und das Schaukeln wird stärker. Beim Licht der Kerzen, die bedeutend weniger schaukeln als das Schiff, warten wir, dass der Barba und Denis unser Schicksal bestimmen.

Toni indessen sieht in die Karte. Es ist gut, wir sind weit weg von der Küste.

– Und das ist für dich gut?, kommentiert Lidija.

– Ja. Wir werden nicht an den Felsen zerschellen.

– Ach wirklich, meldet sich Marijan, und was ist mit dem Motor?

– Kommt Leute, es ist alles nicht so schlimm, sagt Silva. Ich habe schon schlimmere Stürme erlebt.

– Aber Sie hatten einen Motor, sagt Marijan.

Silva zuckt mit den Achseln:

– Ja.

Und doch scheint das einen Streifen Optimismus gebracht zu haben. Aber dann legt sich das Schiff wieder auf die Seite, und ein Glas beginnt über den Tisch zu rutschen. Ein bisschen vor, ein bisschen zurück. Jugana sieht zu und verfolgt seine Bahnen, bereit es wie ein Kind zu ergreifen, sollte es sich allzu sehr dem Rand nähern. Und dann sagt sie:

– Leute, lasst uns Geister beschwören.

Eine verrückte Idee in dieser Situation. Aber die Mehrheit ist dafür.

– Dann los!

Wenn wir schon Angst haben, dann wenigstens vor etwas, was nicht existiert.

10

Jeder von uns auf der Tramuntana trägt jetzt einen ganzen Dorffriedhof mit sich herum, so viele Tote gibt es schon in uns, und diese Toten melden sich von Zeit zu Zeit, zeigen sich in lebenden Menschen, wir sehen sie in Gesten, manchmal in einem Wort, das, wer weiß von wem, in ihnen zurückgeblieben ist und Jahrzehnte überlebt hat. Und jetzt, in der Nähe des Todes, hoffen wir vielleicht, dass uns diese Toten irgendwie helfen werden. Deshalb dreht Ana jetzt das Glas, das ohne Mitwirkung von Geistern über den Tisch wandert und auch auf keinem aufgemalten Buchstaben zu stehen kommt.

Mit ernster, tief klingender Stimme sagt sie:

– Sag, wer du bist!

Draußen heult der Wind, die Tramuntana stolpert, die Kerzen schwanken und zittern, aber Antwort kommt keine.

– Sag, wer du bist!

– Boba!, sagt jemand. Wir sehen uns an, offenbar hat niemand gesehen, wer das gesagt hat. Auch ich war es nicht. Die Stimme war vielleicht die von Marijan, aber vielleicht auch nicht. Er sitzt noch immer tot vor Angst da und hält sich krampfhaft am Tisch fest.

– Seele, sag, wer du bist, wiederholt Ana, als wäre der erste Name ein falscher gewesen.

– Doktor Res, sagt jemand mit tieferer Stimme. Ich sehe, dass es Alma ist. Und Toni sagt jetzt offen:

– Ich hoffe, Sie schmoren in der Hölle, die Fünf aus Physik im ersten Halbjahr der dritten … Ich hoffe, Sie brennen.

– Seele, sag, wer du bist, wiederholt Ana, und die Stimmung wird immer besser trotz des Sturms. Denn so wie wir unsere Toten aufrufen, wie sie sich vor uns aufreihen, bald als Namen, bald als Erinnerungen, sehen wir plötzlich, wie viele es sind: Boba, Doktor Res, fast alle Lehrer, Marinac, Šebetić, Štajner, Rendulić, Galogaža, Svilenac, dann Milena aus Australien, die letztes Jahr gestorben ist, und aus der Klasse noch Sikirica, Stevanac, Martić, Olman, dann die arme Megi Radić, die nach einer Hüftoperation gestorben ist, Oršić, Donatello, Mikić … Allein von den letzten gemeinsamen Toten könnte man einen Chor bilden, größer als der von der kroatischen Radiotelevizija, und wenn sich ihnen auch unsere individuellen Toten zugesellten, wäre das schon eine gewichtige Wählerformation. So viele sind schon gestorben, denkt jetzt jeder von uns, während draußen der Sturm tobt, da ist das hier nichts Schlimmes.

Doch Marijan geht es nicht gut. Grün im Gesicht, große Schweißtropfen, weiße Fäuste, mit denen er sich an das Holzbrett klammert.

– Marianchen, ist dir nicht gut?, fragt Ana, aber er gibt keine Antwort.

– He, Leute, Marijan ist es nicht gut, ruft sie, als hätten wir sie vorher nicht gehört und als ob sich da etwas machen ließe. Indessen tritt Silva zu ihm:

– Ist Ihnen schlecht? Ich habe Spucktüten mit.

– Nein, sagt er heiser, ich muss dringend.

– Was?, drängelt sich Jugana durch die Menge.

– Er muss mal, wiederholt Silva lauter. Und dann zu Marijan: Jetzt können Sie nicht raus. Sie müssen sich etwas gedulden!

Er jedoch schüttelt den Kopf.

– Sie können nicht?

– Nein, presst er hervor.

– Warten Sie!

Und Silva öffnet die Tür zur Treppe und ruft ins Unterdeck hinunter:

– Barba, kann man raus?

Und Barba von unten:

– Sie sollen drinnen bleiben, was wollen sie jetzt draußen?

– Einer muss raus, erklärt sie. Er kann nicht warten.

Daraufhin wirft der Barba ihr eine Rettungsweste zu.

– Soll er die anlegen und gehen. Aber Sie führen ihn!

Und so begleitet Silva Marijan an den Bug zum Scheißen und kehrt mit nassem Haar zurück. Die Hilfe ist freilich nur eine psychologische, denn das kleine Mädchen könnte seine einhundertzwanzig Kilo nicht halten, wenn sie über die Reling rutschten.

In der Zwischenzeit sind der Barba und Denis mit finsteren Gesichtern im Salon erschienen. Barba hält in seiner rauen Hand ein kleines, spindelförmiges Teil blanken Stahls, so als hielte er einen Tumor, den sie gerade herausgeholt haben.

– Die Halterung der Fliehgewichte an der Boschpumpe ist gebrochen, erklärt er.

– Und was jetzt?, fragt Juga konstruktiv.

– Ja was? Nichts.

– Wie nichts?

– Denis wird versuchen, das mit Cyanofix zu kleben.

– Und wie lange wird es dauern?, bleibt Jugana hartnäckig, sie braucht etwas, eine Hoffnung, an die sie sich klammern kann.

– Vielleicht zwei Stunden?, erklärt der Barba. Das muss belastbar sein.

Und so warten wir unter den Schlägen des Sturmwindes, während sich die Tramuntana um sich selbst dreht, dass der Superkleber das Hartgummi an den Fliehgewichten der Boschpumpe am alten Volvo Penta irgendwie auflöst und das Material wieder zu einem Ganzen verschmilzt, wie es einmal gedacht war. Einige von uns haben sich schon auf die harten Bänke im Salon gelegt, jeder hat die bequemste Lage gefunden, und jetzt schweigen wir, jeder in seiner Angst. Aber diese Angst wird irgendwie weniger. Und das nicht nur wegen der Toten, sondern weil das alles zusammen schon ziemlich lange dauert. Im Kampf gegen die Angst hilft dem menschlichen

Wesen die Müdigkeit. Und vor Angst sind wir müde geworden. Aber in diesem Alter ist jede Müdigkeit ein wenig auch Müdigkeit am Leben.

11

Marijan ist noch auf dem Klo, niemandem ist es bisher eingefallen, nach ihm zu sehen, und er hat seine Därme vollständig entleeren können, den dicken wie den dünnen und den zwölfgefingerten und dazu noch die Leber und die Pankreas plus einen Lungenflügel. Die zweite Person, die fehlt, ist Senka. Sie ist unten in der Kabine geblieben, nachdem sie sich in die Hand gebissen hat, und nachdem ich irgendwie ins Unterdeck hinuntergekraxelt bin und geklopft habe, hat sie mir gesagt, dass alles in Ordnung sei, dass sie mich momentan nicht zu sehen wünsche und dass sie in den Salon kommen werde. Ich habe es kaum wieder hinaufgeschafft, so sehr schaukelt es. Dort finde ich eine rührende Szene vor. Die Abifreunde liegen auf dem Boden und auf den Bänken, der Raum ist stickig vor Feuchtigkeit und menschlichen Ausdünstungen, und man kann kaum atmen. Die fröhliche Atmosphäre von kurz zuvor ist mit dem Wind verflogen und hilft jetzt mit, die Tramuntana in alle Richtungen zu schaukeln; manchmal gleiten wir lange und elegant auf einer Welle dahin, bevor wir aufknallen, und manchmal wirft es uns kurz und zuckend hin und her. Franco, der das Deck verlassen hat, liegt auf dem Boden neben Jugana, sie tragen orangefarbene Schwimmwesten und sehen beide schweigend an die Decke. Jetzt bemerke ich, dass alle Schwimmwesten tragen, die hat ihnen wohl Silva gegeben, während ich unten mit Senka gesprochen habe.

Und so liegen wir und warten, dass der Sturm vorübergeht. Die Flaschen schlagen klirrend aneinander, der Plankenboden knarrt, und die Wellen, die unversehens von der Seite kommen, bringen uns in gefährliche Schräglage, nachdem sie wie ein schwerer vorsintflutlicher Schwall an die Fenster des Salons gebrandet sind. Lidija betet den Rosenkranz. Die religiöse Mimikry hat sich unter dem Einfluss der Angst in wahren Glauben gewandelt. Toni spricht leise mit Alma, die jedes Mal zusammenzuckt, wenn sich Tausende Liter Wasser über das Deck ergießen und langsam wieder abfließen. Silva, die neben dem Kleinen sitzt, hält Kotzbeutel in der Hand bereit, aber die hat zum Glück noch niemand gebraucht.

Der Höhepunkt des Sturms kommt gegen vier Uhr morgens. Jeder Millimeter der Tramuntana scheint zu knarren, das Holzgewebe scheint unter den Stößen des Sturms in seine Zellen zu zerfallen und sich vorübergehend wieder zu der Nussschale zusammenzufügen, die uns mit letzter Kraft an der Oberfläche hält. Aber mit dem Heraufziehen des ersten Morgenlichts schwächt der Wind ab. Er lässt so rasch nach, wie er begonnen hat. Ich muss überlegen, ich habe den Moment eigentlich gar nicht mitgekriegt. Aber das Wasser schwallt nicht mehr über die Reling, es platscht nicht mehr gegen die Fenster, das wilde Knarren hat sich beruhigt. Der Kleine kommt hoch, er hält sich noch immer am Tisch fest und sieht hinaus.

Dann kommt auch Denis von der Brücke und sagt:

– Leute, der Sturm ist abgezogen!

Ich stehle mich hinaus aufs nasse Deck. Obwohl der Wind nachgelassen hat, gehen die Wogen noch immer hoch. Draußen ist es noch dunkel, aber etwas sieht man doch schon. Und das, was ich sehe, ist Romans schaukelnder Gang, er kommt übers Deck auf mich zugeschlingert. Und obwohl dieser schaukelnde Gang die Folge des nachlassenden Schlingerns des Schiffes ist, wird er im ersten Moment noch intensiver. Was auch sonst da ist, dessen ich mir nicht bewusst gewesen bin, hat das instabile Deck bis zur Sichtbarkeit verstärkt. Marijan, der entlastet und ermutigt vom Klo zurückkommt, geht wie Roman. Diesen angeberischen Gang hat er schon auf dem Gymnasium übernommen. Und jetzt, wo ich mir dessen bewusst werde, presst mich etwas in der Kehle. Josip wiederholt sein „es täte mir leid um die Spucke für ihn", und auch das hat er im Gymnasium übernommen, denn Roman war sein Idol. Alle wollten damals sein wie er, und etwas ist uns davon geblieben. So haben wir ihn in unsere Mitte gerufen. Marijan geht wie er, Josip spricht wie er, Franco sieht auch für die anderen so aus, nicht nur für mich. Und ich? Ich habe gerade zugegeben, dass ich noch immer eine seiner Geliebten liebe. Und darin ist keine Magie, kein Spiritismus, nichts Jenseitiges, alles hier ist diesseitig und von dieser Welt, alle diese Spuren an uns.

12

Als sich das Meer beruhigt hat, rappeln wir uns auf, müde und gestaucht, schleichen mit den Rettungswesten im engen Salon herum, haben das Bedürfnis nach Bewegung, nach der stärksten Manifestation des Lebens, wenn wir auch nicht wissen, wohin damit. Und in diesem Durcheinander an erwachtem Leben kommt Jugana zu mir:

– Wo ist Senka?

Franco ist in Sicherheit, denke ich, in ihrer Nähe, jetzt kann sie großmütig auch nach der zeitweiligen Konkurrentin fragen.

– Unten in der Kabine, sage ich, keine Sorge.

Vera indessen weint.

– Warum weinst du, wir leben?, sagt Toni und legt ihr die Hand auf die Schulter.

– Gerade deshalb, antwortet ihm Marijan, in dem der Sinn für schwarzen Humor zurückgekehrt ist. Denn zu Hause wartet niemand auf sie, ihre Katze ist vor zwei Monaten gestorben und ihr Sohn vor ein paar Jahren bei einem Verkehrsunfall. Sie hat keinen Anlass sich zu freuen.

Mit dieser Todesgefahr haben wir einen der Höhepunkte unseres Lebens erlebt, solche wird es höchstwahrscheinlich nicht mehr geben. Wir werden darüber sprechen in dem bisschen Zeit, das uns bleiben wird, an den Geburtstagen der Kinder und Enkel. „Weißt du, Denis, Opa wäre beinahe ertrunken", wird Sara sagen, und das wird die Einleitung sein zu dieser Geschichte. Mein letzter Höhepunkt, die letzte Größe.

Und dann kommt Jugana wieder zurück.

– Ich habe geklopft, sie meldet sich nicht.

– Sie schläft, sage ich, ich werde sie wecken.

Und so gehe ich hinunter zur Kabine. Sie ist nicht verschlossen. Eine schreckliche Unordnung fällt mir als Erstes ins Auge, so als hätten Einbrecher gewütet. Ich spüre den Geruch von Erbrochenem. Aber Senka ist nirgendwo. Ich sehe in die anderen Kabinen hinein, sie sind ebenfalls nicht abgeschlossen, weil die Schulkameraden, bevor der Sturm stärker wurde, alle Augenblicke etwas holen gegangen sind. Wärmere Kleidung, Tabletten, Tennisschuhe, um sich leichter auf den rutschigen Planken bewegen zu können. Die Tür des defekten Klos ist abgeschlossen.

Von oben, vom Deck, sind jetzt Rufe zu hören. Und ich will schon wieder hinaufgehen, um zu sehen, weshalb sie rufen, als ich zwischen den zerknautschten Laken mein Handy bemerke. Es ist nicht im Etui und wurde offenbar so aufs Bett gelegt, damit ich es sehe. Ich bin ganz ruhig, nur irgendwo von der Peripherie, von den Zehen an den Füßen und Fingerkuppen an den Händen her, dringt Kälte vor. Auf dem Bildschirm des Nokia, in der rechten oberen Ecke, zeigt ein Symbol, dass eine Nachricht eingelangt ist. Ich warte einen Augenblick, bereite mich innerlich vor, dann rufe ich sie auf:

– Lieber Tiho, aktiviere die Memofunktion und höre zu. Mein Handy kann nicht aufnehmen, deshalb spreche ich in deines. Wenn du meine Nachricht abgehört hast, wirf das Handy bitte ins Meer. Wenn du die

Nachricht nur löschst, kann man diese Aufnahmen später wieder herstellen. Tu mir dies bitte noch zuliebe. Küsschen, Senka.

Ich setze mich aufs Bett und tippe mit zitterndem Finger auf dem Display auf die erste Aufnahme.

Spur 01.mp4

Tiho, ich war immer ein Feigling, du erinnerst dich, es fiel mir leichter zu schreiben, aber jetzt schaukelt alles so, und deshalb spreche ich für dich in dieses Handy. Ein Glück, dass es diese Geräte gibt und dass ich gelernt habe, wie man damit aufnehmen kann, als mein Enkel anfing zu sprechen. Ich weiß nicht, wo ich anfangen soll, weil es so vieles gibt. Als du sagtest, dass für dich die Monate in der Solovljeva am wertvollsten sind, hat es mir die Kehle zugeschnürt, glaub mir, ich konnte nichts sagen. Vor allem als du sagtest, dass uns das niemand nehmen kann. Aber er hat es schon genommen, alles hat der Teufel geholt. Das, was man jetzt hört, ist mein Necessaire, das vom oberen Bett heruntergefallen ist. Du würdest nie erraten, woran ich jetzt denke. Jetzt, genau in diesem Augenblick, hoffe ich, dass das Schiff auseinanderbricht, so knarrt er auch, der alte Seelenverkäufer, und dass wir alle absaufen. Kein leichter Tod, aber zum Glück dauert es nicht lange. Als ich mich von der Operation erholen musste, erinnerst du dich, ich habe es dir vorgestern erzählt, bin ich in die Daničićeva zum Schwimmen gegangen. Da habe ich mich auf den Boden des Beckens gesetzt, das ist nicht leicht, und habe die Luft rausgelassen … falsch, vergiss, was ich gesagt habe, ich verliere schon wieder den Faden, wie würde die Sruk sagen, „deinem Aufsatz fehlt der rote Faden", und deshalb hatte ich auch nur eine Vier in Kroatisch, ich verliere immer den Faden. So war auch mein Leben. Also, das was du kennst, kannst du überspringen, du hast da die rechte Taste, dann überspringst du und gehst zur nächsten Aufnahme. Du erinnerst dich, dass ich nach der Abireise mit Roman gegangen bin. Ich sagte dir, wir seien kurz zusammen gewesen. Und das waren wir auch. Ich habe nicht gelogen. Aber ob hundert Mal kurz oder tausend Mal kurz, immer endete es auf die gleiche Weise. Erst nach Wochen meldete er sich wieder, und ich konnte es nicht ertragen, ihn nicht zu sehen. Ich weiß, dass er dir nicht davon erzählt hat, ich glaube sogar, dass er sich schämte. Er schämte sich für mich, Tiho. Im Gymnasium haben wir uns nicht ausstehen können, auch das weißt du, er war ein aufgeblasener Wichtigtuer. Aber auf dem Schiff, auf der Abireise, hat er sich verändert, nur kann ich dir auch jetzt nicht sagen wie. Zuerst hat er mich beleidigt und später hat er sich entschuldigt. Als er sich entschuldigte, weiß ich, dass ich dachte: „Er ist ja gar nicht so schlecht." Und von „gar nicht so schlecht" bis „er gefällt mir" ist es ein kleiner Schritt. Es geschah auf Silba. Wir gingen nachts baden, und dann hat er mich im Wasser geküsst. Ich erinnere mich, noch während er mich küsste, dass ich dachte: „So, ich küsse mich, aber ich habe nicht gedacht, dass ich mich jemals mit ihm küssen werde." Danach sind wir in meine Kabine gegangen, uns abzutrocknen. Und haben nebeneinandergelegen. Ich habe erwartet, dass er mich bedrängen würde und dass ich ihn nicht würde aufhalten können, es hätte mir damals auch gefallen, aber er lag nur ruhig da. Und ich hörte, wie er sagte:

– Wenn ich dir sage, dass ich dich seit der ersten Klasse Gymnasium liebe, wirst du mir nicht glauben!

Ich habe ihn angesehen, Tiho, das war für mich ein Schock, und ich hatte schon Freunde gehabt, ich habe im Theater getanzt, auch Ältere haben mir den Hof gemacht.

– Nein, habe ich zu ihm gesagt.

Und wieder lagen wir ruhig da. Auch die Kabine war ähnlich wie diese hier. Ich musste erst einmal verdauen, was er gesagt hatte.

In einem Augenblick, es hat vermutlich geschaukelt, wurde mir übel. Ich sagte, dass ich mich erbrechen müsse, und so sind wir hinausgerannt aufs Deck. Er hielt meinen Kopf, während ich mich übergab. An seine Hand auf meiner Stirn erinnere ich mich, an seine Hand und an meinen Magen, der sich zusammenkrampft.

Spur 02.mp4

Danach saß ich mit dir, Toni, Marijan und dem verstorbenen Mladen am Heck. Es war genau so ein Tisch, ich weiß nicht, ob du dich erinnerst? Ihr wart alle betrunken und habt angegeben. Toni war mit Ana zusammen, das habe ich gewusst, Ana hat ihn sofort rangelassen. Ana hat alle sofort rangelassen. Marijan sagt, dass er mit Lidija zusammen war, aber da lügt er. Lidija hatte längst Vera erzählt, dass sie zwar zusammen in der Kabine waren, aber dass da nichts war. Vera hat es Ana gesagt, Ana Alma und Alma mir. Ich weiß alles. Ich höre euch vom Oberdeck, das Schiff damals hatte genau so ein Oberdeck wie das hier, auf dem abends nie einer war. Erinnerst du dich? Tagsüber haben wir uns oben gesonnt, aber nachts, in der Dunkelheit, hatte es keinen Sinn hinaufzuklettern. Jugana war verliebt in Toni, genauso Ana. Toni log nicht, denn das kann er nicht. Er sagte nur, dass er auf der Abireise beide haben würde, dass das sein Ziel wäre, und Ana hatte er im Übrigen schon gehabt. Mladen geht schon ein halbes Jahr mit Anita, daran erinnerst du dich, sie waren zusammen in einer Kabine wie Mann und Frau, sie passten nur auf, dass die Sruk nichts sah. Lediglich Roman brüstete sich nicht, dass wir uns geküsst hatten und dass er mich haben konnte. Mit keinem Wort hat er gesagt, dass er mit mir zusammen war, er hat meinen Namen überhaupt nicht in den Mund genommen. Seit damals liebe ich ihn.

Silva kommt hinunter ins Unterdeck. Ich sitze allein auf dem Bett inmitten der ganzen Unordnung, das Handy in der Hand.

– Herr Tihomir, kommen Sie an Deck!

Und wir gehen beide hinauf.

Dort haben sich die alten Abiturienten bereits am Heck versammelt und sehen hinaus auf etwas im Meer, gut dreißig Meter entfernt vom Schiff. Es gibt noch immer kleinere Wellen, sodass wir es nicht richtig sehen können. Mein Blick sucht Senka unter den alten Köpfen, so wie bei der Abfahrt im Hafen von Opatija.

– Rötlich, sagt Denis, wie eine Schwimmweste.

– Mein Gott!, sagt Jugana.

Da der Motor noch nicht wieder läuft, können der Barba und der Kleine das Gummiboot nur mit Mühe aufs Meer hinunterlassen, können es bei dem Wellengang nur mühsam entern, und der alte Tomos 4 will einfach nicht anspringen. Totenstille herrscht an Deck, als das Boot wieder zurückkommt, und dann hebt Denis einen Rettungsring hoch und zeigt ihn uns. Nur einen Rettungsring. Einer von denen mit der roten Aufschrift Tramuntana, die an der Reling befestigt waren und die der Sturm losgerissen hat.

Spur 03.mp4

Danach waren wir kurze Zeit zusammen. Er kam zu mir ins Theater und war bei einer Probe dabei, wir probten für Der Teufel im Dorf. *Und dann stand er mitten in der Probe auf und ging.*

Als ich ihn später anrief, sagte er:

– Ich sehe, wie du ihn ansiehst!, er meinte meinen Tanzpartner, und dann sagte er noch, ich sei ein Flittchen und knallte den Hörer auf. Zwei Wochen später rief er an und fragte, ob wir zusammen ins Kino wollten. Nie hat er mich offen gebeten, ihm zu verzeihen, das musste ich selbst tun. Oder er stand dort, wo ich herauskommen musste, damit wir uns „zufällig" trafen. Hörst du das? Die Betten und der Boden knarren, vielleicht erfüllt sich mein Wunsch wirklich, und das Schiff … Von der Fakultät für Architektur bis zum Theater sind es sieben Minuten zu Fuß. Ich habe es gemessen. Er kam unangemeldet zur Probe und führte mich ins Kavkaz auf einen Kaffee. Bei jedem Mann, der mich grüßte, fragte er:

– Wer ist der Typ?

Wenn es ein bekannter Schauspieler war, kriegte er einen Wutanfall. Wir stritten das ganze Jahr. Das war euer erstes Jahr an der Uni. Ich wusste nicht, bin ich mit ihm zusammen oder bin ich es nicht. Als er wieder mitten in einer Vorstellung in die Garderobe kam und mich vor den Kolleginnen anschrie, habe ich ihn verlassen. Ich beschloss, dass es dieses Mal für immer sein würde, und das sagte ich ihm auch, und seine Antwort war: „Gut." Und damals hätten wir uns wohl auch ernstlich getrennt, wäre nicht seine Mutter gestorben. Ich ging auf die Beerdigung, und es genügte, ihn nur zu sehen. Ihn und Mrazović, wie sie neben dem Sarg standen. Mrazović war ein gebeugter, gebrochener Mann, aber Roman stand nur da und biss sich auf die Lippe. Er war zu stolz, um zu weinen, und es schien, dass er seiner Mutter böse war, dass sie gestorben war. Tiho, was will man machen, ich war eine dumme Gans. Das hier schaukelt alles sehr und mir ist schlecht, ich hoffe, ich werde fertig, bevor ich kotzen muss.

Spur 04.mp4

Wir sind nie miteinander gegangen im eigentlichen Sinne des Wortes. Entweder war er eifersüchtig, oder er hat sich für mich geschämt. Aber später habe ich begriffen, dass das miteinander verbunden ist. Ich war hübsch, ich tanzte im Theater, er hätte mit mir angeben können, tat es aber nicht. Er machte sich nie wichtig wie andere Männer. Damals dachte ich, dass das eine gute Eigenschaft von ihm sei. Später begriff ich, dass er nie öffentlich zu mir stand, er hatte Angst, dass ich ihn betrügen und alle es erfahren könnten. Zu der Zeit hatte er an der Uni einen Freund, Siniša Marković, du erinnerst dich vielleicht an ihn. Ja, und dieser Marković wohnte in der Dalmatinska, in einer Mietwohnung, einer kleinen Wohnung im Souterrain, die einmal eine Waschküche gewesen war. Oft gingen wir nach meinen Proben und ihren Vorlesungen dort hin und verbrachten den Nachmittag gemeinsam, und wenn er abends ausging, hatten wir die Wohnung für uns. Ich begann sie als meine eigene Wohnung zu empfinden, so weit ging das. Zu meiner Mutter sagte ich, ich würde üben.

Einmal, als er früher aus dem Studentenzentrum kam, traf er uns im Bett an. Es war Winter, draußen lag hässlicher Schneematsch, und wir hatten keine Lust aufzuhören.

– Macht nichts, sagte er, nahm aus der Wäschetruhe eine Steppdecke und legte sich auf den Boden.

Später taten wir das oft, wir machten Liebe, während er schlief. Oder ich denke wenigstens, dass er schlief. Und als ich vor dem Ende des Winters einmal aufs Klo ging, das draußen, außerhalb der Wohnung auf dem Gang war, und durchfroren zu Roman ins Bett zurückkroch, sagte ich zu ihm:

– Stell dir vor, ich würde mich irrtümlich zu Siniša legen.

Sofort spürte ich seine Erektion. Es gab keinen Anfall von Eifersucht, nur eine starke Erregung. Wir machten Liebe, und ich flüsterte ihm ins Ohr, was ich mit Siniša machen würde, und der Mann schlief friedlich einen Meter von uns entfernt. Wir brauchten aber doch noch ein paar Monate, bevor wir das tatsächlich machten. Er war für uns der Erste, Siniša Marković.

Ich höre es, spule zurück und höre es mir erneut an. Ihre Stimme ist heiser, aber ruhig. Ich habe den Eindruck, als spräche da eine schläfrige und sehr müde Person. Es ist seltsam, die Gleichförmigkeit der Stimme steht im Missverhältnis zu dem, was sie sagt. Es ist geraume Zeit vergangen, draußen ist schon die Sonne aufgegangen, unter der Treppe kann ich das gelbe Parallelogramm sehen, das vom dunklen Holzfußboden absticht.

Aber dann mischt sich in den Klang von Senkas Stimme noch eine, sehr stark und aufdringlich. Sie dringt durch die Wände, sie kommt von irgendwo unten, als stiege sie vom Grunde des Meeres herauf. Ein tiefes, beunruhigendes Brummen. Gleichzeitig ist es, als würde die ganze Tramuntana anfangen zu zittern. Die Holzkonstruktion, auf der ich sitze, vibriert stark. Ich schiebe das Handy unters Kissen und steige langsam zum Deck hinauf.

An der Seite der Tramuntana hat ein starkes Schnellboot der Hafenkommandantur von Rab festgemacht, und der Barba und Denis rufen einem Mann auf Deck etwas zu. Jetzt sehe ich, dass wir uns zwischen Rab und Lošinj befinden. In der Ferne kann ich die bläulichen Umrisse von Cres ausmachen. Der Barba erklärt, dass wir bewegungsunfähig sind, dass unser Penta hin ist.

– Sollen wir das Schiff in Schlepp nehmen?

– Noch nicht nötig, nein, ruft der Barba, wir werden versuchen, den Propeller der Pumpe zu reparieren. Wenn das nicht geht, könnt ihr uns schleppen.

Der Kapitänsstolz gebietet ihm, doch zu versuchen den Penta zu reparieren.

Spur 05.mp4

Du weißt schon, wohin es geführt hat, aber du weißt nicht alles. Manchmal sah es für mich so aus, als wollte er sich auf diese Weise von seiner Eifersucht kurieren, die krankhaft war, bei Gott, Tiho, das garantiere ich dir. Die Sache war allerdings die, dass er mit der Zeit anfing mir zu glauben. Und als er anfing mir zu glauben, als er sicher war, dass ich ihn niemals betrügen wür-

de, begann es ihn zu erregen, dass sich die Männer an mich hängten. Ich begann die Männer der Reihe nach anzumachen, vor allem, wenn Roman es sehen konnte. Die Schauspieler im Theater, Regisseure, Bühnenarbeiter. Er hielt mich geradezu dazu an. Als ich mit einem Belgrader Schauspieler, erheblich älter, geschlafen hatte, sagte ich zu ihm, ich hätte das nur seinetwegen getan, und er gab mir zur Antwort:

– Auch dich erregt das!

– Nicht im Geringsten, sagte ich, es widert mich an.

– Das stimmt nicht, wäre es für dich so widerlich, hättest du es nicht getan.

Und das stimmt genau. Roman war mein erster ernsthafter Freund, obwohl wir nicht miteinander gingen. Zumindest nicht konventionell. Du erinnerst dich, in jenen Jahren war es das Wort „konventionell", vor dem man sich hüten musste. Und so war er der Erste, mit dem ich geschlafen habe, wenn du mich verstehst, wir reiften gemeinsam, und mich erregte, was ihn erregte. Er liebte es, mich Unbekannten zu überlassen, und das konnte mich um den Verstand bringen, obwohl mich diese Männer anwiderten. Heute würde man sagen, dass ich missbraucht wurde. Vielleicht bin ich das, aber Tiho, ich hatte Orgasmen wie am Fließband, du erinnerst dich, während andere Frauen um einen Orgasmus bettelten.

Die Unordnung, die du in der Kabine siehst, ist die Folge meiner Suche nach Tabletten. Als mein Necessaire herunterfiel, flog alles auf den Boden. Ich musste unsere Koffer hochheben, um die Tablettenschachtel zu finden, und dann sind die Sachen aus dem Koffer gefallen. Sammle schön meine Klamotten ein und mach den Koffer zu, ich habe jetzt keine Zeit. Die anderen werden schon wissen, was damit zu tun ist.

Spur 06.mp4

Ich versuche, dir alles der Reihe nach zu erzählen, entschuldige, wenn ich zu ausführlich bin, aber schließlich hast du diese Taste mit dem Pfeil für vorwärts. Da ich nur einen Versuch habe dir alles zu erzählen, ist ein Zuviel besser, als dass etwas unklar bleibt. Dann kriegte ich Syphilis. Ich wusste es zunächst nicht, und so steckte ich einen Kollegen vom Theater an, die Geschichte machte die Runde, sie sahen mich an wie eine Dirne. Die Kolleginnen aus der Truppe sprachen nicht mehr mit mir, sie redeten sich heraus, wenn ich sie zu einem Kaffee einlud, die Männer mieden mich, als hätte ich Lepra, obwohl ich nach zehn Spritzen Antibiotika geheilt war. Dein Kollege Mataušek erklärte mir, dass das Wort Syphilis viel schrecklicher sei als die Krankheit selbst. Das war der Moment, alles abzubrechen. Es war nicht leicht, aber es begann mir auch an Konventionellem zu fehlen. Etwa meinen Freund ständig neben mir zu haben, gemeinsam auf Reisen zu gehen, vielleicht eine Familie zu gründen. Ich sagte zu Roman, dass es aus sei, ich ließ ihn, auf den Tisch starrend, im Kavkaz zurück und fand nach drei Wochen über einen Regisseur eine neue Stelle in Prag. Dort blieb ich ein Jahr, danach wechselte ich nach Genf. Das Theater wollte mich, ich brauchte nur noch ein Visum und eine Arbeitsgenehmigung, und da weißt du, wie es weitergegangen ist. Dort fand ich sofort einen Freund, noch immer war ich beim Auskurieren der Syphilis. Ich erzählte ihm von der Krankheit, dass mich mein untreuer Freund angesteckt habe und dass ich deshalb auch von Zagreb weggegangen sei. So habe ich geheiratet und bin Mutter geworden. Roman hat ebenfalls geheiratet, und zwar sofort, als er hörte, dass ich ein Kind bekommen hätte. Aus Trotz. Später behauptete er, er hätte es getan, um nicht verrückt zu werden. Vielleicht stimmt es, ich weiß es nicht. Jedenfalls kriegte ich, kaum hatte ich entbunden, in Genf die Nachricht, dass Roman und Indira geheiratet hätten. Ich kannte das Mädchen nur vom Sehen, weil sie sich irgendwo in Romans Umkreis bewegte, aber sie schien mir zu unbedarft.

In meinem Nest höre ich wieder ein Geräusch. Ein Klopfen. Ich schalte das Handy aus und trete hinaus auf den Gang. Dort kriecht Denis in den Raum unter der Treppe, wo der Motor ist. Jetzt soll endlich der Propeller der Pumpe eingebaut werden. Ich stehe direkt über ihm.

– Brauchst du Hilfe?

– Nein, ist nicht schwer. Wenn er dann nur läuft.

Er bückt sich und richtet sich rasch wieder auf, in der Hand einen Gegenstand. Zuerst kann ich ihn nicht erkennen, aber dann sehe ich, dass es sich um einen braunen Frauenmokassin mit Metallspange handelt.

– Mein Gott!, entfährt es mir.

– Wem gehört der?

– Gib her, sage ich zu ihm, ich gebe ihn zurück.

Denis kriecht aus dem Motorraum und reicht mir den Mokassin. Ich sehe die Treppe hinauf und hinunter zum Motor. Der Schuh riecht nach Motoröl und kommt mir schrecklich klein vor. Kleiner sogar als Andreas Schühchen, wie ich sie in Erinnerung habe. Die Sache ist mehr oder weniger klar, sie ist während des heftigsten Sturms die Treppe hinaufgeklettert und hat dabei den Schuh verloren. Sie hat hinaufwollen, um sich zu übergeben, denke ich. Vielleicht wollte sie auch nur an ihre Grenzen gehen … Und statt mit Entsetzen erfüllt mich die Nähe des Todes mit seiner Größe. Und sollte das Schlimmste passiert sein, hatte sie ohne Schwimmweste in diesen Wellen keine Chance. Ich werde das Handy ins Meer werfen und es dann melden. Die Polizei und die Hafenkommandantur werden in Aufregung geraten, Hubschrauber werden kommen, eine Untersuchung wird beginnen.

– Warum war die Dame allein in der Kabine?, wird man mich fragen.

– Hatten Sie Streit miteinander?

– Die Zeugen sagen, sie habe geblutet. Haben Sie sie verletzt?

Dann werden sie ein wenig telefonieren, sie werden die Zentrale anrufen und sagen, ja, ich verstehe, ja … Und werden mich erneut fragen:

– Sie haben die Dame schon einmal verprügelt, nicht wahr?

Ich werde sagen, nein, ich hätte sie nie auch nur angerührt.

– Bei der Polizei gibt es auch ein Protokoll, das Sie unterschrieben haben?

So werden sie sagen, über uns werden die Hubschrauber fliegen, und die Trauer wird langsam kommen, so wie die Flut kommt …

Spur 07.mp4

Das Blut, das du auf dem Bett siehst, stammt von meiner Hand. Ich habe das manchmal gemacht. In der Jugend öfter. Du warst einmal so lieb, sie mir zu verbinden. Roman hat es schrecklich erregt, wenn du mit mir zusammen warst, ich musste ihm alles erzählen, was wir machen. Aber vor allem, als du angefangen hast, mich zu bezahlen, da musste ich ihm bis ins Detail sagen, was ich fühle, was ich glaube, dass du fühlst, wie ich gelegen habe, was du verlangt hast für das Geld, das du mir gegeben hast. Wenn wir allein waren, gewöhnlich wenn du Dienst hattest, war er, kaum hatte ich die Worte wiederholt, die du gesagt hattest, sofort fertig. Ich hatte das Bedürfnis es dir zu sagen, aber er hat mir gedroht. Als ich ihm im Kavkaz verkündete, dass ich dir alles erzählen werde, dass du ein guter Mensch bist, dass ich dich liebe und dass du es verdienst, alles zu wissen, kriegte er einen Nervenzusammenbruch. Ich musste ihm versprechen, es dir nicht zu sagen. Niemals. Später versprach er, er werde es auf andere Weise regeln. Und das hat er auch getan.

Spur 08.mp4

Sobald ich aus Genf gekommen war, Mama zu pflegen, habe ich ihn angerufen. Und während ich auf dem Weg zu seinem Büro war, habe ich mich gefragt, wie ich es so lange ohne ihn habe aushalten können. Nachdem wir beide uns im Ribnjak getroffen hatten, sagte ich ihm, dass du dich geändert hättest, dass du geistreich und unterhaltsam seist und dass ich dich so aus der Schule nicht in Erinnerung hätte. Er redete mir zu, mich wieder bei dir zu melden. Du sagtest, du könnest mir mit meiner Mutter helfen, er dachte an deine Verbindungen im Krankenhaus. Ich wollte es nicht deswegen, das kam mir unehr-

lich vor. Später, als ich sah, dass ich dir gefalle, wollte ich die Beziehung abbrechen, aber er überredete mich, dir einen Brief zu schreiben. Während wir Mama pflegten, habe ich mich jeden Abend telefonisch bei ihm gemeldet. Ich habe ihm für den Tag Bericht erstattet. Einmal hast du mich dabei gesehen, aber du dachtest, ich spräche mit meinem Mann. An meinen Mann, Tiho, habe ich damals nicht gedacht.

Oft denke ich, wäre nicht jener Vorfall passiert und wäre ich nicht im Krankenhaus gelandet, wäre es mir irgendwie gelungen, länger mit dir zusammenzubleiben, dann wäre sowohl dein als auch mein Leben besser gelungen. Wenn du verstehst, was ich meine. Dann hätte ich dir nicht so viel vorlügen müssen. Der Mann, der in unserer Schule als Handwerker arbeitete, Glühbirnen auswechselte und Wasserhähne reparierte, beobachtete mich manchmal heimlich, wie ich mich umzog. Zu der Zeit hatte ich mich gerade mit Roman zerstritten, aber du und ich wir verstanden uns schon jahrelang gut. Ich wollte mit dir zusammenbleiben, Tiho, so sehr wollte ich es, dass es mir wehtat. Ich musste mir in die Hand beißen. Du hast es nie bemerkt. Aber dann habe ich, während wir zusammen waren, angefangen über diesen Menschen nachzudenken. Seine dicklichen Hände, immer schmutzig, seine kurzen Beine, die gebrochene Nase, wie bei einem Boxer. Wochen- und monatelang stellte ich ihn mir vor, aber nur wenn ich sehr erregt war. Ich liebte dich, aber ich habe mir diesen Kerl vorgestellt. Später, als ich mich mit Roman versöhnt hatte, und zwar auf meine Initiative hin, damit es keinen Irrtum gibt, habe ich ihm von diesem Menschen erzählt. Roman und ich trafen uns schon einige Zeit in der Medulićeva, ich hatte den Schlüssel zufällig gefunden, es war nicht geplant. Eines Nachmittags habe ich diesen Menschen von der Arbeit mitgenommen. Direkt vor deinem Geburtstag. Ich brauchte dieses andere Leben, außer dem, das wir hatten. Roman war dienstlich unterwegs, und es erregte ihn schrecklich, wenn er an mich und dieses Schwein dachte.

Ich höre, wie das Wasser durch die Bretter gluckert, als würde es ins Schiff eindringen. Und mein Magen will sich umstülpen. Ich habe noch ein Apaurin genommen, vielleicht hilft es.

Kaum waren wir oben, fiel er über mich her. Ich sah seinen mit spärlichem Haar bewachsenen Speckwulst am Hals. Mit dicken, speckigen Fingern, als würde mich ein Riesenbaby berühren. Es ekelte mich, du hast keine Ahnung, wie es mich ekelte. Aber wir waren allein in der Wohnung, und er war schon in Fahrt. Ich ließ ihn auf mich steigen und wartete, dass er fertig werden würde. Ich zählte im Stillen, eins, zwei, drei … Als er mich am Ende bepinkeln wollte, habe ich ihn geschlagen. Dann er mich auch. Mit der Faust. Den Rest kennst du.

Als wir auf dem Schiff waren, wir drei, wollte ich dir nach jenem Streit mit Roman sagen, dass ich ihn schon seit Jahren liebe, dass wir zusammen waren, noch bevor wir beide uns getroffen hatten, ich habe dich in dieses Café mit den blauen Stühlen geführt, aber du warst an dem Morgen so glücklich, dass ich nicht die Kraft hatte, dich zu verletzen. Ich werde es ihm sagen, wenn wir nach Zagreb zurückkommen, habe ich mir gesagt, um mich zu beruhigen. Aber ich habe es nie getan.

Spur 09.mp4

Von deinem Weggang haben wir uns nie erholt. Ohne dich verlor er völlig das Interesse an mir. Er funktionierte überhaupt nicht mehr, wenn nicht noch jemand Dritter dabei war. Wenigstens bei mir. Ich weiß, dass er die ganze Zeit auch andere Frauen hatte. Von einigen hat er mir auch erzählt, du hattest keine Ahnung, wie mir das wehtat. Wenn du dies hörst, weiß ich, wie das alles auf dich wirken musste, verzeih mir, bitte, wenn du kannst. Das hätte alles viel früher gesagt werden müssen, aber ich habe gehofft, dass auch du das irgendwie sehen wirst, dass du es begreifst. Wir haben ekelhafte Sachen gemacht. Ich habe jemanden aufgesammelt und mit nach Hause genommen, und Roman hat vom Flur aus zugesehen. Mit der Zeit wurden unsere Fantasien immer kühner. Wir haben uns gegenseitig angestachelt. Eine seiner ständigen Fantasien war, dass sich mehrere Männer an mir befriedigen, während er zusieht. Heute kannst du das überall sehen, du brauchst nur ins Internet zu gehen. Aber ihn hat das so sehr erregt, dass wir monatelang im Bett nur darüber gesprochen haben. Alles das ist passiert, als wir schon angefangen hatten zusammenzuleben. Einmal hat er mich in eine Kaserne nach Borongaj gebracht, dort haben sich bei mir die Rekruten angestellt. Er hatte das mit einem Korporal ausgemacht. Sie waren sehr jung, und manche haben mich mit „gnädige Frau" angesprochen. Sie haben wohl gesehen, dass ich keine Hure bin. Das hat mich sehr erregt, wenn sie „gnädige Frau" zu mir gesagt haben. Als sie fertig waren, bin ich nackt hinaus vor die Baracke, nur eine Decke um. Und dann haben wir uns gemeinsam den Sonnenuntergang angesehen. Daran erinnere ich mich, an dieses Gefühl, wir beide zusammen, wir sehen den Sonnenuntergang. Zuvor hatte ich ihn in solchen Momenten gehasst, aber jetzt war er für mich wie ein jüngerer Bruder, wenn du mich verstehst. Danach hat er sich erinnert, dass wir lange nicht an Mamas Grab gewesen waren, und hat mich zum Mirogoj gefahren. Dort haben wir Blumen und einen kleinen Strauß vertrockneter Blumen vorgefunden, und ich wusste, dass du das gewesen bist, dass du vorbeigekommen bist, wenn du zu den Deinen gegangen bist, und ich dachte, wenn ich dir irgendwann begegne, muss ich dir danken. Es war, als hätte mich jemand mit einem glühenden Rasiermesser in der Mitte auseinan-

der geschnitten. So sehr tat es weh. Die ganze Zeit hat er mich an der Hand gehalten, und wir haben an dich gedacht. Wir brauchten nichts zu sagen.

Spur 10.mp4

Mit dir hatten wir den anderen Teil unserer Leben verloren. Es gab immer mehr Verzweiflung, immer weniger Erregung. Ich weiß nicht, ob du mich verstehst, aber unser Leben zu dritt, dann diese ekelhaften Leute, die uns erregten, alles das war so etwas wie eine Ergänzung. Eine Art Ausgleich. Während wir unsere Familien hatten, ich dich und er dieses Leben mit Indira, war das wie ein Gegengewicht zu den Geburtstagen, Sandwichs und Torten, Krediten, Mixern und neuen Badezimmern. Damit kurierten wir uns von der Langeweile, wenn du mich verstehst. Ich wusste, dass ich immer dieses geheime Leben habe, verschieden genug von dem, das ich lebe. Banal? Ja, vielleicht sind wir dazu verurteilt, vor allem, wenn man das so direkt sagt, ohne Verbrämung.

Aber auch die Familien waren wichtig. Du warst mir wichtig, Tiho, denn mit dir habe ich mich von ihm geheilt, so wie ich mich mit ihm von dir geheilt habe. Aber das Geheime ist immer das Wichtigere, deshalb bleibt es auch geheim, musste es geheim bleiben. Ich denke, dass du mich verstehst. Aber als wir allein blieben, ich ohne dich und er ohne Indira, als wir uns selbst ein Gegengewicht hätten sein sollen, ist es nicht gelungen. Wir wollten mehrere Leben gleichzeitig, wir waren gierig, und dann waren wir plötzlich auf dieses eine reduziert. Ich mit ihm und er mit mir. Ein Käfig, eine Mausfalle, zu all dem wurde unser Leben.

Spur 11.mp4

Ich habe zu dir gesagt, dass es keinen Gott gibt. Im Zorn. Vielleicht gibt es ihn, ich bin mir nicht sicher. Aber bei etwas bin ich mir sicher. Wenn es ihn gibt, ist er entsetzlich langsam. Ich denke, ich kann hinnehmen, dass er das Huhn und das Krokodil geschaffen hat. Aber warum brauchte er für ein Huhn zwanzig Millionen Jahre? Für ein Krokodil etwas weniger? Deshalb, Tiho, weil er Zeit hat. Ihm bedeutet die Zeit nichts. So ist es, wenn er erschafft. Aber dasselbe ist manchmal, wenn er tötet. Den einen tötet er rasch, einfach so, das Herz bleibt stehen oder ein LKW kommt, und den anderen langsam, über Jahre. Und mich hat er beschlossen, langsam zu töten. Von Tag zu Tag, jeden Morgen gibt es weniger Leben, weniger Willen, die Lämpchen erlöschen, die Türen werden zugemauert … Die Metastasen sehe ich wie ein Geschoss, das schrecklich langsam in den Körper eindringt, gerade einmal ein Mikron in mehreren Wochen. Es gibt keine Todesstrafe, die so grausam wäre, nicht einmal Christus am Kreuz ist so lange gestorben.

Nachdem Roman gestorben war, war ich mit keinem Mann mehr zusammen. Ich hatte meine Quote aufgebraucht. Ich konnte nicht. Sie haben mich nicht mehr erregt, sie wurden mir zuwider. Unmittelbar vor Romans Tod hat ihn der Investor eines Hauses in Šestine verklagt, weil eine der frei ragenden Betonplatten gesprungen sei. Sie hätten darunter Säulen einziehen müssen, und da war es kein schwebendes Haus mehr. Roman behauptete, dass man das vollständig hätte sanieren können, dass keine Gefahr bestanden hätte, dass solche Dinge beim Bauen vorkämen, aber andere Architekten hatten den Rat gegeben, die Konstruktion mit Säulen abzustützen, weil es sicherer sei. Am darauffolgenden Samstag fand ich ihn dort erhängt. Es sah so aus, als schwebte er zwischen einem großen Betonträger und dem Boden. Er hatte sich an einem dünnen Draht aufgehängt, den man fast nicht sah. Er hat nicht damit gerechnet, dass ich ihn finden würde, es war Zufall. Aber weißt du, was mich am meisten getroffen hat? Ich habe ihn fast das ganze Leben hindurch geliebt und war bereit zu allem Möglichen. Ich war seinetwegen mit vielen Männern zusammen, sie haben mich gefickt und auf mich gepinkelt. Und er hat sich aufgehängt wegen eines Hauses.

Irgendwann, als wieder ein leichter Ruck durch die Tramuntana geht und sie ins Schaukeln gerät, kommt Jugana hinunter ins Unterdeck.

– Tiho, sie nehmen uns in Schlepp, sagt sie und bleibt an der Tür zu unserer Kabine stehen. Verdutzt. Mein Gott, wer hat denn das Durcheinander angerichtet?

Ich sitze auf dem unteren Bett mit dem Handy in der Hand und sehe sie an.

– Was tust du da? Wo ist Senka?

– Ich weiß es nicht.

– Wie, du weißt es nicht? Du hast gesagt, sie sei hier.

– Ist sie nicht.

Sie steht an der Tür, die Hand vorm Mund.

– Wir haben einen Schuh von ihr gefunden, füge ich hinzu.

– Wo?

– Im Motorraum. Unter der Treppe.

Sie stürzt zur Treppe, hält inne und sieht sich um.

– He, hier ist Blut.

Resigniert gehe ich hin, ich mache die paar Schritte. Und wirklich, auf den Trittflächen ist Blut, und auch unter der Treppe, im Schatten auf dem Boden, kann man noch verschmiertes Blut sehen, das weder Denis noch ich bemerkt haben.

– Mein Gott, Tiho, wir müssen sie finden.

Ich stehe dort, als hätte mir jemand alle Knochen zu Eis erstarren lassen. Ich kann mich nicht bewegen.

– Was hast du?

– Warte, sage ich, ich glaube, mir ist nicht gut.

Sie ist inzwischen dabei, von Kabine zu Kabine zu gehen und nach Senka zu rufen. Im Nu ist sie alles abgegangen, sie hat auch den Verschlag für die Rettungswesten und noch ein paar Schränke geöffnet und zischt dann aufgeregt:

– Wir müssen das melden. Wenn sie nur nicht ins Meer gefallen ist. Mein Gott! Und du schweigst?

– Sie hat versucht, bei dem Sturm aufs Deck zu steigen, sage ich.

Jetzt sehen wir beide von unten zum Treppenabsatz hinauf.

– Ich denke, dass sie beim Hinaufsteigen gestürzt ist, sage ich.

Jugana holt ihr Handy heraus und tippt voller Panik eine Nummer ein.

– Wen rufst du an?

– Na, Senka.

Von Deck können wir aufgekratztes Gejohle hören. Nichts von dem, was sich hier unten abspielt, dringt zu ihnen hinauf. Die Altabiturienten sind zu sich gekommen, sie haben sich mit dem Gedanken abgefunden, am Leben zu sein, und als das Schiff der Hafenkommandantur sich anschickt, die Tramuntana in Schlepp zu nehmen, feuern sie es fröhlich an. Aber durch dieses Gejohle dringt kaum hörbar eine leichte Melodie hindurch, *Für Elise*, die immer lauter wird. Wir gehen beide dem Klang nach und bleiben vor der Tür des alten Klos stehen. Jugana beginnt panisch am Griff zu drehen.

– Es ist abgeschlossen, ich habe es probiert.

Ihr gelingt es indessen unter schwerer Mühe, die Tür aufzudrücken, sodass sich ein dunkler Spalt von kaum einem Zentimeter Breite zeigt.

– Was guckst du, hilf doch!, ruft sie.

Schon drücken wir beide gegen die Tür, und wir können sie noch ein Stück weiter aufschieben. Sie leuchtet mit ihrem Handy durch den Spalt hinein.

– Da liegt sie, sagt sie, sie drückt mit dem Körper dagegen. Mach schon, hol jemanden her.

Vor vierzig Jahren, als ich bei der minderjährigen Geliebten meines Freundes den Abortus durchgeführt habe, habe ich etwas Wichtiges gelernt: Wenn du denkst, dass eine Person verschwunden ist, wenn dir scheint, sie hätte sich in Nebel aufgelöst, dass sie nicht einmal in Atomen mehr vorhanden ist, sieh zuerst auf dem Klo nach. Diese Lehre hatte ich in der Zwischenzeit vergessen.

Ich habe mich schon umgedreht, um Hilfe herbeizurufen, als wir von drinnen leises Stöhnen hören.

– Senka, wir sind hier, ruft Jugana, mach Platz, damit wir aufmachen können.

Von drinnen ist Bewegung zu hören, ein Rumpeln, das Quietschen einer Gummisohle auf Holzboden. Dann ist sie zur Seite gerückt, und wir können die Tür aufschieben.

In der Muschel, deren Spülung nicht funktioniert, ist mehrere Stunden altes Erbrochenes verkrustet. Senka ist schmutzig, zerzaust, und auf dem Jochbein hat sie eine Platzwunde vom Sturz. Ihre Kleidung ist voller Stückchen halbverdauter Nahrung. Wir bringen sie kaum auf die Beine und schleppen sie langsam zur Kabine.

– Mein Gott, Senka, was ist passiert?, fragt Jugana.

– Ich bin auf der Klomuschel eingeschlafen, sagt sie. Ich bin raus, um mich zu übergeben, und bin gestürzt. Das Apaurin hat mich schläfrig gemacht.

Noch immer spricht sie langsam, wie jemand, der sehr müde ist. Wir legen sie aufs Bett.

Und dann sieht uns Jugana beide an. Sie so schmutzig und hingestreckt, mich, wie ich über ihren Körper gebeugt dasitze.

– Was macht ihr nur für Dummheiten, ha?, sagt sie streng und setzt dann hinzu: Bleib bei ihr! Ich komme gleich zurück.

Nachdem sie nach oben aufs Deck abgeschwirrt ist, nehme ich ihre Hand:

– Was hast du genommen?

– Nichts.

– Sicher?

– Sicher, Tiho, murmelt sie. Nur die paar Apaurin, glaub mir.

Dann hält sie die Augen eine Zeit lang geschlossen und sagt wieder:

– Tiho?

– Ja?

– Ich bitte dich, lösch die Mitteilungen.

– Gut.

Jugana erscheint wieder, diesmal mit Schwamm, Handtüchern, einem Erste-Hilfe-Kasten und einem Eimer voll Wasser. Dann beginnt sie langsam sie zu entkleiden, und Senka lässt es zu wie eine Schwerkranke. Wie ihre Mutter, als wir sie pflegten.

– Geh du rauf, sagt sie zu mir, ich mach das schon.

Aber als ich schon halb die Treppe hinauf bin, kommt sie mir nach:

– Ist alles in Ordnung? Sie hat nichts genommen?

– Nein, sage ich.

13

Wir legen an der Riva von Rab an, die Tramuntana ist in ihren Mutterhafen eingelaufen, wo schon der Mechaniker wartet, und Silva bespricht unseren Transfer mit dem Bus von Rab nach Opatija. Als wir die abgewetzten Steinplatten betreten, sieht man, dass wir nach all dem Geschaukel den festen Boden genießen. Es ist ein herrlicher Morgen, frisch, sonnig, keine Spur von dem Sturm. Die Riva ist voller Menschen. Übrig gebliebene Touristen, Angler, Bootsführer, Kinder, alle gehen an uns vorüber und bemerken uns überhaupt nicht.

– Guten Morgen!, sagt Marijan, glücklich, dass er am Leben ist, zu einer feschen Dame auf Stöckeln, in einem Kostümchen, unterwegs zur Arbeit in einer Bank oder einem Fremdenverkehrsbüro, entschlossenen Schrittes, konzentriert, aber in der falschen Richtung. Denn sie strebt zum Ende der Mole, nach fünfzig Metern gibt es kein Weiter, nur das Meer. Und das schon ziemlich tief.

– Ich muss Sie bitten …, sagt der Barba, genauso froh, dass die Tramuntana relativ ganz ist, zu dem Fischer, der gerade mit seiner Pasara an unserem Schiff festgemacht hat, missmutig die leeren Fischkisten herausholt und in seinen Bart murmelt. Aber auch der Fischer reagiert nicht, er nimmt die Kisten und den Eimer mit den Haken und verschwindet Richtung Stadt. Als wären wir Geister, und als würden jetzt die Kinder mit einem Gründling am Haken durch uns hindurchlaufen und schreien:

– Mama! Mama! Ich habe einen Fisch!

Und würden nicht spüren, dass sie durch etwas hindurchgelaufen sind. Aber der Tod, der langsam kommt, schon seit jenem falsch zugestellten Telegramm, ist doch nicht zur Gänze gekommen, seine Sense ist an uns vorbeigezischt, der eisige Wind hat uns nur gestreift, und wir sind doch lebendig aus dem Bauch der alten Arche gekrochen. Lebendig, aber so als wären wir rasch gealtert bis zum Lebensalter unserer Klassenlehrerin: dem vierten. Das ist, wenn niemand mehr glaubt, dass du noch lebst, und man im Gespräch überrascht sagt:

– Doktor Romar … nicht möglich, lebt denn der noch?

Wir versammeln uns langsam unter der Tramuntana, wir sind noch nicht komplett. Der Barba und der Kleine sind mit dem Schiff beschäftigt und benehmen sich, als wäre jetzt alles ganz normal, als hätte uns vor kaum zehn Minuten nicht das Schnellboot des Hafenkapitäns hereingeschleppt. Einem Menschen in Aktion fällt es leichter, eine Schande zu vergessen.

Und dann kommen Jugana und Franco aus der Kabine. Gebadet, hergerichtet, ohne jede Spur der nächtlichen Angst im Gesicht. Jugana trägt ein einfaches Kleid mit Blüten, die große Ähnlichkeit mit den Bougainvillen haben, die hier noch immer auf manchen Terrassen blühen, und Franco trägt ein dünnes, graues Stoffsakko und ein elegantes, rosafarbenes Hemd. Sie bringen ihre Sachen heraus, sicher, eingespielt, und man sieht, dass sie wieder ein Paar sind. Jetzt haben wir uns fast alle versammelt und stehen über unseren Koffern und Taschen. Das Experiment, für einen Augenblick die Jugend zurückzuholen, geht gerade zu Ende, und vielleicht tut es uns darum ein wenig leid.

– Und wo ist Senka?, fragt Alma, als es so scheint, als hätten wir uns alle eingefunden.

– Sie zieht sich noch an, sie kommt jeden Moment, sagt Jugana, als sie von Deck steigt. Sie trägt nur ihre Handtasche, hinter ihr kommt Franco und trägt beide Koffer, ihren und seinen.

– Immer muss man auf sie warten, setzt Alma hinzu.

Und dann erscheint Senka an Deck. Sie strahlt von innen, vielleicht auch deshalb, weil sie gestern alles von sich gegeben hat. Von sich gegeben und sich gereinigt hat. Aber sie strahlt nicht nur von innen. Es strahlt auch alles an ihr. Sie trägt einen goldenen Bikini mit Silikoneinlagen unter einer durchsichtigen, weißen Bluse. Ihr Haar ist frisch gewaschen und flattert im leichten Wind, und ihr Mund ist grellrot geschminkt. An dem einen Handgelenk hat sie ein Dutzend sehr dünner, silberner Armreifen, die wie eine einzige Spange aussehen, und am anderen eine jugendliche, weiße Uhr. Anstatt eines Kleides hat sie um die Hüften einen durchsichtigen weißen Pareo mit Fransen geschlungen, die an den Enden in kleinen Metallkügelchen enden, sodass alles zusammen klirrt, wenn sie geht. Die noch immer schönen, in den Waden etwas stärkeren Beine hat sie in weiße Sandalen mit zehn Zentimeter hohen Absätzen gezwängt, und um eine Fessel windet sich, wie eine kleine Schlange, ein dünnes Goldkettchen. Ihre Tasche ist golden, so wie ihr Badekostüm, sie ist ganz in dieser Kombination aus Gold und Weiß. Und so stakt sie langsam das Fallreep herunter. Den Samsonite und das Necessaire trägt Denis ihr langsam nach. Die Schulkameradinnen werfen sich vielsagende Blicke zu, Marijan ist der Unterkiefer heruntergefallen, Toni lacht spöttisch, und Lidija bekreuzigt sich, für alle sichtbar. Doch dann sagt Jugana nach ausgiebiger Musterung zufrieden:

– Leute, gehen wir auf einen Kaffee!

Als wir losgehen, drehe ich mich nach der Frau im Kostüm um, die am Ende der Mole stehen geblieben ist, zwischen Wellenbrecher und Leuchtturm, und, den Blick aufs Meer gerichtet, telefoniert. Plötzlich zieht sie ein Tuch aus ihrer Handtasche und tupft sich die Tränen. Und während wir zwischen blumengefüllten steinernen Jardinieren und ankernden Jachten die Riva hinuntergehen, drehen sich die Leute nach Senka um.

– Sieh dir die Alte an, sagt ein Mädchen zu ihrer Freundin, und beide verfolgen kichernd Senkas klirrenden Schritt.

Und alles ist wieder in Ordnung. Wir sind keine Geister. Genau genommen werden wir nur noch sichtbar, wenn etwas hervorsticht, wenn etwas aggressiv ist. Und plötzlich ist es mir lieb, dass die alte Liebe so hervorsticht. Dass sie strahlt an diesem herrlichen Morgen. Noch einen Augenblick lang. Und dann ist ohnehin alles vergessen.

Inhalt

Ein glückliche Fügung 7

Erster Teil
Die Einschiffung 18
Die Namen 25
Der Gast 41
Ein seltsamer Bote 45
Die Uhr aus der Frauenklinik 62
Die Begegnung 71
So wie es bei Geistern ist 78
Die Spucke 81
Hunde pinkeln, ihr spuckt 102
Il Silenzio 107
Das Original 130
Die Hochzeit 136

Zweiter Teil
Der Kriegsheld und die feine Lady 148
Die Insel 173
Der Schmerz des Gebärens 180
Ein Handel mit dem Teufel 208

Dritter Teil
Auch eine Krücke ist ein Phallussymbol 224
Der erste Streit 261
Der Spitzel 285
Vir 325
Der Zwerg aus dem Stadtcafé 351
Das Geheimnis des alten Koffers 381

Vierter Teil
Auf ernst 408
Rot wie ein Krebs 440
Die Löwin tritt ab 456
Epilog 493

Sämtliche Bände 13,5 x 21 cm

Vincenzo Consolo Bd. LXXXV
Palermo. Der Schmerz. Roman
Gebunden mit Schutzumschlag, 232 S., ISBN 978-3-85256-446-3

Gerhard Ruiss/Oswald von Wolkenstein Bd. LXXXVII
Herz, dein Verlangen. Lieder, Nachdichtungen. Band II
Gebunden mit Schutzumschlag, 152 S., ISBN 978-3-85256-448-7

Maria E. Brunner Bd. LXXXVIII
Indien. Ein Geruch
Gebunden mit Schutzumschlag, 88 S., ISBN 3-85256-474-6

Herbert Rosendorfer/Kay Voigtmann Bd. LXXXIX
Der Gnadenbrotbäcker. Ein Bilderbuch der Unberufe
Gebunden mit Schutzumschlag, 96 S., ISBN 3-85256-475-3

Manfred Peters (Hg.) Bd. XC
Seitensprünge. Literatur aus deutschsprachigen Minderheiten in Europa
Gebunden mit Schutzumschlag, 253 S., ISBN 3-85256-476-0

Michael Hamburger Bd. XCI
Letzte Gedichte
Franz. Broschur, 180 S., ISBN 3-85256-477-7

Andrej Blatnik Bd. XCII
Ändere mich. Roman
Gebunden mit Schutzumschlag, 220 S., ISBN 3-85256-494-4

Martin Kubaczek Bd. XCIV
Sorge. Ein Traum. Roman
Gebunden mit Schutzumschlag, 280 S., ISBN 3-85256-497-5

Luis Stefan Stecher Bd. XCV
Korrnrliadr. Gedichte in Vintschger Mundart
Neuausgabe. Gebunden mit Schutzumschlag, 124 S., ISBN 3-85256-475-3

Michael Hamburger Bd. XCVI
Baumgedichte
Neuausgabe – zweisprachige Ausgabe. Fr. Broschur, 64 S., ISBN 978-3-85256-503-3

Michael Hamburger Bd. XCVII
Aus einem Tagebuch der Nichtereignisse
Neuausgabe – zweisprachige Ausgabe. Fr. Broschur, 144 S., ISBN 978-3-85256-504-0

Josef Oberhollenzer Bd. XCIX
Der Traumklauber. Eine Erzählung in 52 Träumen
Gebunden mit Schutzumschlag, 128 S., ISBN 978-3-85256-510-1

Gerhard Ruiss/Oswald von Wolkenstein Bd. C
So sie mir pfiff zum Katzenlohn. Lieder. Nachdichtungen. Band III
Gebunden mit Schutzumschlag, 174 S., ISBN 978-3-85256-527-9

Drago Jančar Bd. CI
Der Baum ohne Namen. Roman
Gebunden mit Schutzumschlag, 329 S., ISBN 978-3-85256-529-3

Inhalt

Ein glückliche Fügung 7

Erster Teil

Die Einschiffung 18
Die Namen 25
Der Gast 41
Ein seltsamer Bote 45
Die Uhr aus der Frauenklinik 62
Die Begegnung 71
So wie es bei Geistern ist 78
Die Spucke 81
Hunde pinkeln, ihr spuckt 102
Il Silenzio 107
Das Original 130
Die Hochzeit 136

Zweiter Teil

Der Kriegsheld und die feine Lady 148
Die Insel 173
Der Schmerz des Gebärens 180
Ein Handel mit dem Teufel 208

Dritter Teil

Auch eine Krücke ist ein Phallussymbol 224
Der erste Streit 261
Der Spitzel 285
Vir 325
Der Zwerg aus dem Stadtcafé 351
Das Geheimnis des alten Koffers 381

Vierter Teil

Auf ernst 408
Rot wie ein Krebs 440
Die Löwin tritt ab 456
Epilog 493

Sämtliche Bände 13,5 x 21 cm

Vincenzo Consolo Bd. LXXXV
Palermo. Der Schmerz. Roman
Gebunden mit Schutzumschlag, 232 S., ISBN 978-3-85256-446-3

Gerhard Ruiss/Oswald von Wolkenstein Bd. LXXXVII
Herz, dein Verlangen. Lieder, Nachdichtungen. Band II
Gebunden mit Schutzumschlag, 152 S., ISBN 978-3-85256-448-7

Maria E. Brunner Bd. LXXXVIII
Indien. Ein Geruch
Gebunden mit Schutzumschlag, 88 S., ISBN 3-85256-474-6

Herbert Rosendorfer/Kay Voigtmann Bd. LXXXIX
Der Gnadenbrotbäcker. Ein Bilderbuch der Unberufe
Gebunden mit Schutzumschlag, 96 S., ISBN 3-85256-475-3

Manfred Peters (Hg.) Bd. XC
Seitensprünge. Literatur aus deutschsprachigen Minderheiten in Europa
Gebunden mit Schutzumschlag, 253 S., ISBN 3-85256-476-0

Michael Hamburger Bd. XCI
Letzte Gedichte
Franz. Broschur, 180 S., ISBN 3-85256-477-7

Andrej Blatnik Bd. XCII
Ändere mich. Roman
Gebunden mit Schutzumschlag, 220 S., ISBN 3-85256-494-4

Martin Kubaczek Bd. XCIV
Sorge. Ein Traum. Roman
Gebunden mit Schutzumschlag, 280 S., ISBN 3-85256-497-5

Luis Stefan Stecher Bd. XCV
Korrnrliadr. Gedichte in Vintschger Mundart
Neuausgabe. Gebunden mit Schutzumschlag, 124 S., ISBN 3-85256-475-3

Michael Hamburger Bd. XCVI
Baumgedichte
Neuausgabe – zweisprachige Ausgabe. Fr. Broschur, 64 S., ISBN 978-3-85256-503-3

Michael Hamburger Bd. XCVII
Aus einem Tagebuch der Nichtereignisse
Neuausgabe – zweisprachige Ausgabe. Fr. Broschur, 144 S., ISBN 978-3-85256-504-0

Josef Oberhollenzer Bd. XCIX
Der Traumklauber. Eine Erzählung in 52 Träumen
Gebunden mit Schutzumschlag, 128 S., ISBN 978-3-85256-510-1

Gerhard Ruiss/Oswald von Wolkenstein Bd. C
So sie mir pfiff zum Katzenlohn. Lieder. Nachdichtungen. Band III
Gebunden mit Schutzumschlag, 174 S., ISBN 978-3-85256-527-9

Drago Jančar Bd. CI
Der Baum ohne Namen. Roman
Gebunden mit Schutzumschlag, 329 S., ISBN 978-3-85256-529-3

Sämtliche Bände 13,5 x 21 cm

Herbert Rosendorfer **Bd. CII**
Letzte Mahlzeiten. Die Aufzeichnungen des königlich bayrischen Henkers Bartholomäus Ratzenhammer
Gebunden mit Schutzumschlag, 134 S., ISBN 978-3-85256-529-3

Toni Bernhart (Hg.) **Bd. CIII**
Johann Herbst: Das Spiel vom Eigenen Gericht
Franz. Broschur, 128 S., ISBN 978-3-85256-535-4

Ferruccio Delle Cave/Martin Hanni (Hg.) **Bd. CIV**
Lyrik im Gespräch. Der Lyrikpreis Meran
Gebunden mit Schutzumschlag, 120 S., ISBN 978-3-85256-530-9

Maxi Obexer **Bd. CV**
Wenn gefährliche Hunde lachen. Roman
Gebunden mit Schutzumschlag, 165 S., ISBN 978-3-85256-555-2

Bora Ćosić **Bd. CVI**
Im Ministerium für Mamas Angelegenheiten
Gebunden mit Schutzumschlag, 160 S., ISBN 978-3-85256-559-9

Martin Kubaczek **Bd. CVII**
Die Knie meiner Mutter und mein Vater im Krieg
Gebunden mit Schutzumschlag, 160 S., ISBN 3-85256-557-6

Klemens Renoldner **Bd. CVIII**
Lilys Ungeduld. Roman
Gebunden mit Schutzumschlag, 261 S., ISBN 978-3-85256-577-4

Drago Jančar **Bd. CIX**
Nordlicht. Roman
Gebunden mit Schutzumschlag, 261 S., ISBN 978-3-85256-576-7

Georg Paulmichl **Bd. CXI**
Nirgendwo. Zweisprachige Ausgabe
Gebunden mit Schutzumschlag, 96 S., ISBN 978-3-85256-579-8

Gerhard Ruiss/Oswald von Wolkenstein **Bd. CXII**
Lieder. Nachdichtungen. Gesamtausgabe in drei Bänden
3 Bände im Schuber, ISBN 978-3-85256-524-8

Roberta Dapunt **Bd. CXIII**
Nauz. Gedichte und Bilder.
Gebunden mit Schutzumschlag, 73 S., ISBN 978-3-85256-582-8

Herbert Rosendorfer **Bd. CXV**
Huturm. Roman
Gebunden mit Schutzumschlag, 186 S., ISBN 978-3-85256-598-9

Luis Stefan Stecher **Bd. CXVII**
Vorübergehendes Bild, zu ebener Erde wohnend. Sonette
Gebunden mit Schutzumschlag, 168 S., ISBN 978-3-85256-606-1

Wolfgang Popp **Bd. CXVIII**
Ich müsste lügen. Roman
Gebunden mit Schutzumschlag, ca. 248 S., ISBN 978-3-85256-603-0

UNTERHALTUNG BEI FOLIO

Zoran Ferić

Die Kinder von Patras

Roman. Aus dem Kroatischen von Klaus Detlef Olof
Gebunden mit Schutzumschlag, 171 S., ISBN 978-3-85256-343-5

Der Tod des Mädchens mit den Schwefelhölzchen

Roman. Aus dem Kroatischen von Klaus Detlef Olof
Gebunden mit Schutzumschlag, 208 S., ISBN 978-3-85256-233-9

Engel im Abseits

Neun Erzählungen. Aus dem Kroatischen von Klaus Detlef Olof
Gebunden mit Schutzumschlag, 155 S., ISBN 978-3-85256-143-1

Walt Disneys Mausefalle

Zehn Erzählungen. Aus dem Kroatischen von Klaus Detlef Olof u. a.
Gebunden mit Schutzumschlag, 137 S., ISBN 978-3-85256-085-4

„Mit schwarzem Humor spießt Ferić die Werte einer Gesellschaft auf, die aus den Fugen geraten ist.“ *Deutsche Welle*

„Ein sarkastisches, romantisch durchströmtes Werk.“ *Berliner Zeitung*